TALK TALK

DU MÊME AUTEUR

WATER MUSIC, *roman*, traduit par Robert Pépin, Phébus, 1988.

LA BELLE AFFAIRE, *roman*, traduit par Gérard Piloquet, Phébus, 1991 ; Seuil, 1993.

AU BOUT DU MONDE, *roman*, traduit par Jef Tombeur, Grasset, 1991.

SI LE FLEUVE ÉTAIT WHISKY, *nouvelles*, traduit par Robert Pépin, Grasset, 1992.

L'ORIENT, C'EST L'ORIENT, *roman*, traduit par Robert Pépin, Grasset, 1993.

AUX BONS SOINS DU DOCTEUR KELLOGG, *La route de Wellville*, *roman*, traduit par Robert Pépin, Grasset, 1994.

HISTOIRES SANS HÉROS, *nouvelles*, traduit par Robert Pépin, Grasset, 1996.

AMÉRICA, *roman*, traduit par Robert Pépin, Grasset, 1997.

RIVEN ROCK, *roman*, traduit par Robert Pépin, Grasset, 1998.

25 HISTOIRES D'AMOUR, *nouvelles*, traduit par Robert Pépin et Jef Tombeur, Grasset, 2000.

25 HISTOIRES DE MORT, *nouvelles*, traduit par Robert Pépin et Bernard Leprêtre, Grasset, 2002.

UN AMI DE LA TERRE, *roman*, traduit par Robert Pépin, Grasset, 2002.

D'AMOUR ET D'EAU FRAÎCHE, *roman*, traduit par Bernard Turle, Grasset, 2003.

LE CERCLE DES INITIÉS, *roman*, traduit par Bernard Turle, Grasset, 2005.

25 HISTOIRES BIZARRES, *nouvelles*, traduit par Robert Pépin, Jef Tombeur, André Zavriew, Grasset, 2006.

T. CORAGHESSAN BOYLE

TALK TALK

roman

traduit de l'anglais (États-Unis)
par
BERNARD TURLE

BERNARD GRASSET
PARIS

L'édition originale de cet ouvrage a été publiée par Viking Penguin, a member of Penguin Group (USA) Inc., à New York, en 2006, sous le titre :

TALK TALK

ISBN 978-2-246-70271-9

La citation de Dylan Thomas en exergue est tirée du recueil Dix-huit poèmes *traduit par Patrick Reumax et publié dans* Œuvres I. *© Éditions du Seuil, Paris, 1970.*

Pour Russel Thimothy Millet.

Et en mémoire de Jack et Geraldine.

Je tiens à remercier Marie Alex, Jamieson Fry, Susan Abramson et Linda Funesti-Benton pour tous leurs conseils et leur soutien.

NOTE DE L'AUTEUR

Hormis dans les passages où c'est indiqué, je ne vise pas à donner ici une quelconque transcription de la langue des signes, ainsi que de nombreux auteurs l'ont fait, admirablement, d'ailleurs, mais plutôt à exprimer tant bien que mal le message transmis par le biais de la langue courante.

Nous sommes notre langue, mais notre véritable langue, notre véritable identité, réside dans le discours intime, le flot, la production incessante de sens qui constitue notre intériorité.

L.S. VYGOTSKY, Pensée et langage.

J'appris la langue de l'homme pour tordre les formes
Des pensées dans l'idiome pierreux du cerveau,
(...)
J'appris les verbes du vouloir et j'eus mon secret.
Le code de la nuit saignait sur ma langue,
Ce qui était un eut plusieurs sens et plusieurs sons.

DYLAN THOMAS,
« Depuis la première fièvre de l'amour à sa peste ».

PREMIÈRE PARTIE

1

ELLE était en retard, toujours en retard, c'était un de ses défauts, elle le savait, mais, d'abord, elle n'avait pas retrouvé son sac, et une fois qu'elle l'avait retrouvé (sous sa veste en velours bleu pendue à la patère dans l'entrée), c'étaient ses clefs qu'elle avait cherchées. Elles auraient dû être dans son sac mais elles n'y étaient pas et elle fit le tour de l'appartement – deux, trois fois – avant de songer à vérifier dans les poches du jean qu'elle portait la veille. Mais où étaient-elles donc? Pas le temps de prendre un toast. Ou de faire griller du pain. Pas de petit déjeuner. Plus de jus d'orange dans le frigo. Plus de beurre, plus de fromage frais, non plus. Le journal sur le paillasson ne fut qu'un obstacle supplémentaire. Du café tiède comme du jus de chaussettes (était-ce un terme acceptable? oui), du jus de chaussettes dans un mug maculé, puis vérification succincte du rouge à lèvres et de la coiffure dans le rétroviseur et la voilà qui mettait le contact et reculait dans la rue.

Sans doute remarqua-t-elle à la périphérie de sa vision une camionnette qui passait, fugace, dans la direction opposée, le chien pie qui reniflait une tache sur le bord du trottoir, l'arrosage automatique d'un voisin qui accrochait la lumière dans un miroitement de gouttes translucides, mais la montée d'adrénaline (ou les nerfs, qu'importe) ne lui permit pas d'y prêter attention. Sans compter qu'elle avait le soleil dans les yeux – ses lunettes noires, mais où étaient ses lunettes noires ? Il lui semblait les avoir vues sur la commode, dans un enchevêtrement de bijoux – ou était-ce sur la table de la cuisine, à côté des bananes ; elle avait d'ailleurs songé emporter une banane, ça se mangeait vite, c'était riche en potassium et en fibres – mais elle y avait renoncé parce qu'avec le Dr Stroud, mieux valait ne rien avoir dans le ventre. Elle se sustenterait d'air. Rien que d'air.

Se hâter, se dépêcher, se trémousser : racines latines, même triste et connotatif couperet du sens. Elle n'avait pas les idées claires. Elle était tendue, stressée, en retard. Et lorsqu'elle rejoignit l'angle de la voie rapide au bout de sa rue, elle connut un instant de bonheur car la voie était libre ; hélas, alors qu'elle faisait semblant de ralentir et passait la seconde avec une preste et experte pression sur l'embrayage, elle remarqua la voiture de police garée plus haut à l'ombre marbrée d'un 4 × 4.

Le temps s'arrêta, le flic figé au volant, elle-même lançant un regard impuissant, d'un air de se justifier, puis elle le dépassa en se maudissant tandis qu'elle le voyait exécuter un paresseux demi-tour et allumer son gyrophare. Elle perçut alors nettement tous les alentours : les palmiers aux troncs en forme d'ananas, aux jupes qui pelaient, les épines cuirassées des yuccas partis à l'assaut de la colline, les rochers jaunâtres et rougeâtres, une camionnette gris métallisé qui ralentissait pour la dévisager béatement lorsqu'elle se fut arrêtée sur une bande brune de terre – et, en contrebas, l'étendue pentue des toitures de tuiles avec, au loin, l'immensité bleue du Pacifique. Aucune raison de se presser désormais, absolument aucune raison. Elle observa le flic – l'agent de police – dans son rétroviseur latéral lorsqu'il ouvrit sa portière et releva sa ceinture (ils faisaient tous ça, comme si la ceinture, la matraque, les menottes et le colt à poignée noire, à eux seuls, résumaient leur personnalité). Puis il vint à sa hauteur, rigide.

Elle avait déjà préparé son permis et les papiers de la voiture :

elle les lui tendit en offrande, l'air suppliant. Mais il ne les prit pas – pas encore. Il parlait, lèvres claquant comme s'il mâchait un paquet de nerfs. Mais que disait-il donc? Ce n'était pas « permis » ou « papiers de la voiture ». Qu'est-ce que ça pouvait bien être... « Est-ce le soleil, là-haut dans le ciel? » « Quelle est la racine carrée de 144? » « Savez-vous pourquoi je vous ai indiqué de vous garer sur le côté? » Oui. C'était ça. Et elle connaissait la réponse. Elle n'avait pas marqué le stop. Parce qu'elle était pressée – pressée d'aller à son rendez-vous chez le dentiste, pensez! – et qu'elle était en retard.

« Je sais, dit-elle. Je sais mais... j'ai rétrogradé, tout de même. »

Il était jeune, ce policier, pas plus vieux qu'elle, un conscrit, un contemporain, elle aurait pu danser à côté de lui, *avec* lui, au Velvet Jones ou dans un autre club du Lower State. Ses yeux étaient trop gros pour sa tête, exorbités comme ceux d'un boston-terrier... Comment s'appelait cette particularité? *L'exophtalmie.* Le terme savant lui était venu instantanément et elle en ressentit un éclair de satisfaction en dépit des circonstances. Mais le flic, le policier... Il avait une sorte de mollesse dans la mâchoire, qui, combinée à ses yeux – liquides, mouillés –, lui conférait un air d'inachevé, comme s'il n'avait pas du tout son âge à elle mais était encore adolescent, un enfant hydrocéphale qui se serait déguisé, aurait revêtu un uniforme pour jouer à représenter l'autorité. Dès qu'elle ouvrit la bouche, elle vit son visage se métamorphoser. Elle avait l'habitude.

Il répondit et, cette fois, elle le comprit, lui tendit son permis de conduire, plastifié, et la fine liasse des papiers de la voiture; mais elle ne put s'empêcher de lui demander ce qui n'allait pas, même si elle savait que son expression la trahirait. Quand elle posait une question, elle haussait systématiquement les sourcils, ce qui lui donnait un air accusateur ou irrité; elle avait essayé de corriger ce défaut, avec des résultats mitigés. Le policier recula et parla encore tout en retournant à son véhicule pour une vérification de routine de son permis, sans doute, avant de rédiger la contravention standard pour non-respect du stop. Cette fois, elle se tut.

Pendant quelques minutes, elle ne s'aperçut pas du temps qui passait. Elle ne pensa qu'à ce que cette bêtise allait lui coûter, aux points qu'elle perdrait, au malus – était-ce cette année ou l'année précédente qu'elle s'était fait pincer pour excès de vitesse? Sans compter que, maintenant, il était certain qu'elle arriverait en retard. Chez le dentiste. Tout ça pour le dentiste. Et si elle arrivait en retard au cabinet dentaire, comme la séance devait durer deux heures, au minimum, ainsi qu'on le lui avait notifié par écrit pour qu'il n'y ait pas de méprise, alors elle serait aussi en retard pour son cours – or elle n'avait personne pour la remplacer. Elle songea au problème du téléphone – sans doute pourrait-elle demander à la réceptionniste du dentiste d'agir comme intermédiaire mais quelle galère! Quelle *galère*. D'où venait cette expression-là? se demanda-t-elle. Elle décida de vérifier dans le dictionnaire des expressions usuelles quand elle rentrerait chez elle. Mais qu'est-ce qui lui prenait si longtemps, à ce flic? Elle eut envie de se retourner pour lancer un regard foudroyant au pare-brise de la voiture de police étincelant sous le soleil, mais elle s'abstint et abaissa l'épaule gauche pour vérifier dans le rétroviseur.

Rien. Elle distingua une silhouette, celle du policier, ombre massive, tête baissée vers le volant. Elle jeta un coup d'œil à l'horloge du tableau de bord. Il s'était écoulé dix minutes depuis qu'il était retourné à son véhicule. Elle se demanda si c'était un débutant particulièrement lent, dyslexique, le genre qui aurait du mal à se rappeler l'intitulé exact de l'infraction qu'elle avait commise, à triturer le bout de son crayon, à appuyer très fort pour que le double soit bien lisible. Une andouille, un crétin, un demeuré. Un Néandertalien. Elle testa le mot sur sa langue, martelant les syllabes – Né-an-der-ta-lien – et observa dans le rétroviseur ses lèvres se retrousser, revenir en avant puis se retrousser encore.

Elle pensait à son dentiste, un vrai moulin à paroles, des sourcils qui semblaient ramper sur son visage penché à l'envers au-dessus du sien, oubliant qu'elle ne pouvait réagir à sa logorrhée qu'avec des grognements et des cris venus du fond de la gorge, parce que les boules de coton hydrophile freinaient sa langue et que le tube d'aspiration lui tirait sur la lèvre, lorsque la portière de la voiture de police, accrochant soudain la lumière, s'ouvrit; le policier en sortit. Elle devina tout de suite qu'il y avait un problème. Son langage corporel avait changé, radicalement : ses jambes avaient perdu leur raideur, ses épaules étaient portées en avant et ses pieds rôdaient sur le gravier avec des précautions exagérées. Elle observa son visage lorsqu'il vint emplir le rétroviseur – lèvres pincées, yeux plissés, réduits à rien – puis elle se tourna vers lui.

Elle eut un choc.

A trois pas de sa portière, il avait sorti son arme, la pointait vers elle et lui disait quelque chose à propos de ses mains – il aboyait, les traits décomposés, furibond. Il dut se répéter plusieurs fois, plus furieux chaque fois, jusqu'à ce qu'elle comprenne : *Mettez les mains bien en évidence!*

D'abord, elle eut trop peur pour parler, s'exécuta en silence, saisie par la violence primaire de l'instant. Arme toujours pointée sur elle, le policier la tira hors de la voiture, plaqua son visage sur la vitre et le métal brûlants de la voiture, et lui tordit les bras dans le dos pour lui passer les menottes, pesant de tout son poids sur elle, avant qu'elle ne le sente lui écarter les jambes avec l'enclume de son genou droit. Ensuite, il la palpa, agrippant d'abord ses chevilles, remontant le long des jambes jusqu'aux hanches, au ventre, aux aisselles, tapotant, tâtant. Elle huma l'odeur hormonale âcre de l'homme, de son mépris, de sa révulsion, son haleine chaude explosant contre son oreille en même temps que les fricatives et les occlusives de ses paroles. Il fut brutal, ne lui épargna rien. Qui sait, le ton aurait pu cacher des questions, des ordres, une douceur accommodante? Mais elle n'entendait rien et ne voyait pas son visage – mains prises comme des poissons sur une grille de barbecue.

Ensuite, dans le véhicule de patrouille, dans la cage de la banquette arrière, semblable à celle où l'on enfourne les chiens errants, elle se sentit comme les policiers veulent qu'on se sente : minable, sans espoir, sans recours. Son cœur s'emballait. Elle était au bord des larmes. Des passants la dévisageaient : elle ne pouvait rien faire que se détourner, honteuse, horrifiée, priant pour qu'aucun de ses étudiants ne passe par là – ou quiconque, d'ailleurs, de sa connaissance, les voisins, son propriétaire. Elle s'affaissa dans le siège, baissa le front pour faire tomber ses cheveux devant son visage. Elle s'était toujours demandé pourquoi les accusés se cachaient le visage sur les marches des tribunaux, pourquoi ils s'efforçaient tant de dissimuler leur identité, alors que le monde entier la connaissait : elle comprit leur attitude, tout à coup, en en faisant l'expérience elle-même.

Elle rougit (on était en train de l'arrêter, aux yeux de tous!). Pendant un instant, elle fut paralysée. Elle ne put penser qu'à sa honte, une honte cuisante comme une douleur physique, une morsure d'insecte, de mille insectes grouillant sur son corps – elle sentait encore l'étreinte des mains du policier sur ses chevilles, ses cuisses. Elle avait l'impression qu'il l'avait brûlée au fer rouge, marquée à l'acide. Elle étudia l'arrière du siège, le tapis de sol, son pied droit agité par l'influx incontrôlable de ses nerfs, et puis, tout à coup, comme si on avait tourné un bouton dans son esprit, elle sentit la colère monter en elle. Pourquoi aurait-elle dû ressentir la moindre honte? Qu'avait-elle fait?

C'était le flic. C'était lui. Lui, le responsable. Elle leva les yeux et il était là, cet idiot, ce porc : épaules carrées dans un uniforme bleu marine moulant, arrière du crâne aussi plat et rigide qu'une pagaie qu'on lui aurait fixée à la nuque : il parlait dans sa radio, micro aux lèvres, tout en propulsant la voiture de patrouille dans la rue avec une secousse : sans défense, projetée en avant contre la ceinture de sécurité, Dana était hors d'elle, près d'exploser. C'était quoi son problème, à ce flic ? Qu'est-ce qu'il croyait ? Qu'elle dealait ? Que c'était une cambrioleuse ? Une terroriste ? Elle n'avait fait que brûler un stop, bon sang, un stop – merde !

Elle ne put se retenir : les mots lui sortirent de la bouche : « Vous êtes cinglé ? » Elle se moquait de savoir si sa voix était trop forte, son intonation inexistante, si elle était affreuse, si elle crispait les gens. Elle se moquait de savoir quels sons produisait sa voix, à ce moment précis, là où elle se trouvait. « Je vous parle : vous êtes cinglé ? »

Il ne l'entendait pas, il ne la comprenait pas. « Ecoutez-moi », dit-elle en se penchant autant en avant que la ceinture le lui permettait, s'efforçant d'articuler aussi nettement que possible, alors que, vraie boule de nerfs, elle étouffait, que les menottes étaient trop serrées et que son cœur battait comme un oiseau piégé qui tente de s'envoler : « Il doit y avoir une erreur. Vous savez qui je suis ? »

Le monde défilait, hachuré, en une glissade sauvage et rude. Le plancher de la voiture de police vibrait. Dana tendait le cou pour distinguer le reflet du visage du flic dans le rétroviseur, pour voir si ses lèvres remuaient, pour glaner au moins un indice – la plus minuscule information, n'importe quoi –, sur ce qui était en train de lui arriver. Il avait dû lui réciter ses droits quand il lui avait passé les menottes – *Vous avez le droit de garder le silence* et tout le reste, les formules de rigueur qu'on rabâchait à la télé. Mais *pourquoi* ? Qu'avait-elle donc fait ? Et pourquoi les yeux du policier allaient et venaient-ils sans cesse entre la route et le rétroviseur, comme si on ne pouvait lui faire confiance même menottée et enfermée dans la cage, comme s'il s'attendait à ce qu'elle se métamorphose, vomisse de la bile, suinte, s'enfuie et empuantisse l'habitacle ? Pourquoi cette haine ? Cette rancœur ! Cette intransigeance !

Il lui fallut un moment, sang brûlant dans ses veines, visage enflammé par la honte, par la colère, par la frustration, avant de comprendre : elle était victime d'une erreur sur la personne. Bien sûr. C'était évident. Qu'est-ce que ça aurait pu être d'autre? Quelqu'un qui lui ressemblait – une autre jolie jeune femme de trente-trois ans, svelte, gracieuse, les yeux foncés, sourde, mais qui ne se rendait pas chez son dentiste, qui n'avait pas un paquet de copies à corriger avant le début de son cours : une autre femme, qui avait braqué une banque, ouvert le feu sur les passants, tué un gamin et pris la fuite. C'était la seule explication, car Dana n'avait jamais enfreint la loi sauf de la manière la plus banale et la plus inoffensive : en dépassant la vitesse autorisée sur l'autoroute au coude à coude avec cent autres automobilistes qui en faisaient autant; en fumant un joint de temps à autre à l'adolescence (avec Carrie Cheung et, plus tard, Richie Cohen, quadrillant le quartier, planant, oui, tout là-haut dans les nuages, mais personne ne l'avait jamais su ou ne s'en était jamais soucié, et encore moins la police); récoltant de loin en loin une contravention pour stationnement interdit ou une autre infraction au code de la route – le tout enregistré en bonne et due forme, réglé et effacé de son casier. Du moins le croyait-elle. La contravention à Venice, 60 dollars pour un ticket de parking, alors qu'elle devait avoir en tout et pour tout deux minutes de retard, la contractuelle rédigeant la contravention devant elle, qui la suppliait de n'en rien faire – mais elle avait fini par la régler, non?

C'en était trop. Le choc, la frayeur – ces gens-là le lui paieraient, elle prendrait un avocat : brutalité policière, incompétence, arrestation abusive, tout le tintouin. D'accord. Très bien. Si c'est ce qu'ils voulaient, elle leur ferait voir. La voiture oscilla. Le flic se raidit comme un mannequin. Pendant un instant, elle ferma les yeux : une vieille habitude, pour s'isoler du monde ambiant.

Ils l'inscrivirent dans les registres, prirent ses empreintes digitales, lui retirèrent son portable, ses bagues, son pendentif en jade et son sac, la plantèrent devant une cloison – air misérable de chien battu, épaules basses, regard vide –, en vue de l'interminable humiliation de la photo d'identité. Et toujours rien. Pas de chef d'inculpation. Ni rime ni raison. Les lèvres des policiers s'agitèrent, agressives, et elle ne maîtrisa plus sa voix, qui dut finir par résonner jusqu'au plafond de la pièce aux murs gris et ternes, aux certificats encadrés, au drapeau accroché à une barre en cuivre bien astiquée, symbole flasque américain d'un système corrompu et vacillant. Dana était hors d'elle. Blessée. Furieuse. Piquée au vif. « Il doit y avoir une erreur, répéta-t-elle un nombre incalculable de fois. Je m'appelle Dana, Dana Halter. Je suis professeur à l'Ecole San Roque pour les Sourds et je n'ai jamais... je suis sourde, vous ne vous en apercevez pas? Il y a erreur sur la personne. » Elle les observa qui remuaient la tête et haussaient les épaules comme si elle avait été une curiosité, un dauphin doué de parole ou la marionnette d'un ventriloque soudain venue à la vie. Mais ils ne lui révélèrent rien. Pour eux, elle n'était qu'une criminelle de plus – une coupable de plus –, un autre cas, une bonne à rien – à enfermer et rayer de leur mémoire.

Mais on ne l'enferma pas, pas tout de suite. On la menotta à un banc dans le vestibule derrière l'accueil et elle ne comprit pas l'explication qu'on lui donna (le flic, le policier de permanence, un homme, la trentaine, qui avait presque l'air de s'excuser quand il lui prit le bras, s'était détourné en la poussant gentiment mais fermement et en réajustant les menottes). La raison, néanmoins, devint manifeste lorsqu'un homme, petit gabarit, décoloré, le visage labile et un soupçon de moustache, passa la porte et vint à elle, les mains déjà agitées. Il s'appelait – il se présenta en employant la langue des signes – Charles Iverson; il était interprète pour les malentendants. *Je travaille parfois à l'Ecole San Roque pour les Sourds*, dit-il. *Je vous ai déjà vue là-bas.*

Quant à elle, elle n'avait aucun souvenir de l'avoir croisé. Ou peut-être bien que si, finalement. Il y avait un je-ne-sais-quoi de familier dans sa petitesse et son côté propret, et il lui sembla se le rappeler, en effet, fonçant à grandes enjambées, sûr de lui, tête baissée, dans le couloir. Elle se força à sourire. « Je suis contente que vous soyez venu », dit-elle à voix haute, levant ses mains menottées en essayant d'employer en même temps la langue des signes comme cela lui arrivait quand elle était agitée. « Ceci n'est qu'une énorme erreur. Tout ce que j'ai fait, c'est griller un stop... et eux, eux... » Laissant croître en elle le sentiment d'injustice et la souffrance, elle eut du mal à maîtriser son expression. Et sa voix. Elle avait dû la laisser monter dans les aigus et l'y maintenir parce que tout le monde la regardait : le policier de permanence, une secrétaire à la silhouette soignée mais au visage ingrat et dur, deux jeunes Latinos remisés à l'accueil, avec des casquettes de base-ball et des bermudas volumineux. *Mets-la en veilleuse*, lui conseillait leur langage corporel.

Iverson prit son temps. Sa gestuelle était rigide et pataude mais compréhensible malgré tout et elle se concentra entièrement sur lui tandis qu'il lui détaillait ce dont on l'accusait. *De nombreux mandats d'arrêt ont été lancés contre vous*, commença-t-il, *dans le comté de Marin, dans les comtés de Tulare et LA, ainsi qu'à l'extérieur de l'État, dans le Nevada, Reno, Stateline...*

Des mandats d'arrêt ? Quels mandats ?

Il portait une veste sport et un t-shirt sur lequel était inscrit le nom d'une équipe de basket. Il s'était mis de la laque ou du gel mais l'effet n'était guère réussi – ses cheveux tellement blonds qu'ils en étaient translucides rebiquaient comme le duvet des poussins qu'on élève en couveuse à l'école élémentaire. Dana le regarda soulever le revers de sa veste et extraire de sa poche intérieure une feuille de papier pliée. Il sembla réfléchir un instant, la soupeser comme il l'eût fait d'une dague, avant de la poser sur ses genoux et de la signer : défaut de comparution pour différentes inculpations devant plusieurs tribunaux, à différentes dates, au cours des deux dernières années. Emission de chèques sans provision, attaque à main armée – et ainsi de suite. Il la regarda dans les yeux, lèvres pincées : aucune sympathie à attendre de sa part. Elle comprit qu'il croyait à ces accusations, croyait qu'elle avait mené une double vie, qu'elle avait violé toutes les règles de vie en société et trahi la communauté des sourds en confirmant un énième préjugé des entendants. Oui, disaient ses yeux, les sourds ont leurs propres règles, des règles de seconde zone, corrompues : ils vivent grâce à nous et sur notre dos. Ce regard-là, elle l'avait rencontré toute sa vie.

Il lui tendit la feuille, sur laquelle se trouvait tout, les dates, les lieux, les codes de la police, et les accusations portées contre elle. C'était incroyable mais son nom s'y trouvait aussi, indéniable et indélébile, en majuscules, sous le chef d'accusation, cour supérieure de tel ou tel Etat, et les numéros de mandats étaient égrenés dans les marges.

Quand elle leva les yeux, elle eut l'impression d'avoir reçu une gifle. *Je ne suis jamais allée dans le comté de Tulare – j'ignore même où ça se trouve. Et pas plus dans le Nevada. C'est dingue. Ça ne va pas, c'est une erreur, voilà tout. Dites-leur que c'est une erreur.*

Un regard d'une grande froideur, un signe des plus succincts. *Vous avez droit à un seul coup de fil.*

B RIDGER était au travail, la matinée oblitérée par Starbucks et l'irréalité crépusculaire de la longue salle
fraîche de Digital Dynasty; il voyait, entendait et
respirait dans un univers qui était l'écran sous ses yeux. La scène
– un seul plan – était figée dans les profondes ténèbres de tons
acajou et cuivrés; il travaillait sur le remplacement de la tête
d'un personnage. Son patron – Radko Goric, un entrepreneur
de trente-huit ans enveloppé dans des lunettes de couturier à
200 dollars, des vestes Pierro Quarto blanc cassé mais portant
des godillots en vinyle sortis d'une caisse de promotions – avait
proposé des prix plus bas que trois autres compagnies d'effets
spéciaux pour le contrat sur ce film, dernier volet d'une trilogie
sur une planète lointaine et ennemie où des seigneurs de guerre
sauriens rivalisaient pour établir leur suprématie et des merce-
naires humains changeaient d'allégeance suivant les règles d'un
ancien code de chevalerie. Tout ça était parfait. Il était fan de la
série – avait vu les deux premiers épisodes six ou sept fois
chacun, émerveillé par les détails, le souffle, la perfection des
effets – et il s'était lancé dans le projet avec la meilleure des
intentions, et même une espèce d'euphorie. Mais Rad (comme
il tenait à ce qu'on l'appelle, et pas Radko, Mr. Goric ou Son
Altesse) ne lui avait donné aucune marge de manœuvre en ce

qui concernait les délais. La première du film devait avoir lieu dans moins d'un mois et Bridger et ses cinq assistants travaillaient douze heures par jour sept jours par semaine.

Pendant longtemps, il se contenta de fixer l'écran, le menton posé sur ses poings blanchis qui semblaient avoir perdu leur structure osseuse. Le monde était là, là devant lui, bien plus immédiat et réel que ce box, ces murs, le plafond, le sol en ciment peint, et il se trouvait à l'intérieur, il divaguait, rêvait, dormait les yeux ouverts. Il était à plat. Mort. Il avait les doigts flasques, le dos en compote. Il n'avait pas changé de chaussettes depuis trois jours. Et voilà qu'il sentait venir une migraine, fondant sur lui comme les nuages brun caca qui maculaient Drex III, la planète qu'il ombrait, hachurait et astiquait jusqu'à lui donner le brillant d'une lame de couteau avec l'aide de son logiciel Discreet et d'une souris élimée. Le café ne lui était d'aucun secours. Ç'avait été le tour de Banjo d'aller au Starbucks chercher le café de la pause du matin, et il avait commandé un *venti* avec une extradose d'expresso, qui était là devant lui, à moitié consommé, et il n'y avait gagné qu'à se sentir nauséeux. Et endormi, assoupi, narcoleptique. Si seulement il avait pu poser la tête quelque part, rien qu'une minute...

Il reçut un message. De Deet-Deet. L'icône correspondante apparut dans l'angle de l'écran et, quand il cliqua dessus, il découvrit un pirate unijambiste brandissant un coutelas, sur lequel Deet-Deet avait greffé un découpage agrandi de la tête de Radko. Le texte était le suivant : *Ti-ti-ti, mes petits! Vous serez tous virés si ce projet n'est pas dans la boîte avant le 30 du mois – qu'on ne ronfle pas!*

C'est ainsi qu'ils parvenaient à ne pas perdre la boule. Le boulot était du travail de somme, du travail à la pièce, peinture et roto à 25,62 dollars de l'heure avant déduction d'impôt, et, même s'il comptait ses moments de bonheur artistique (comme masquer les fils sur de minuscules personnages volants projetés dans les espaces rugueux par toute une série de méchantes explosions extraterrestres), en gros, c'était une corvée. Pour le remplacement de tête sur lequel Bridger bossait depuis la veille et pendant encore toute cette matinée soporifique, il devait surimposer le visage photographié en trois dimensions du héros du film (Kade ou *le* Kade, comme on le désignait dans le générique désormais), sur le casque blanc d'un cascadeur. Celui-ci chevauchait une moto futuriste à lames rétractables, qui lui permettait de grimper sur une rampe et de sauter du haut d'une falaise pour aller écumer un lac de feu de Drex III, avant de se faire propulser au cœur du camp ennemi, où il se mettrait à tailler, creuser et envoyer des coups de pied à la tête de toute une succession de malheureux guerriers lézards. Ce n'est pas précisément ce que Bridger avait imaginé qu'il ferait six ans après avoir quitté la fac (il s'était représenté une trajectoire à la Fincher ou à la Spielberg) mais du moins il gagnait sa vie. Il la gagnait bien. Et il avait mis un pied dans l'industrie du cinéma.

Il surimposa la tête du Kade sur celle de Radko, il obligea le Kade à cligner de l'œil, à sourire, à grimacer (comme quand la moto atterrissait au milieu des légions de sauriens avec un choc sacro-iliaque discordant) puis à faire encore un clin d'œil, avant de rédiger son message : *Saborde le vaisseau et apporte-moi un café, mon royaume pour un café, un autre café.* Il ajouta un post-scriptum, sa citation préférée de *Miss Lonelyhearts*, qu'il se faisait un point d'honneur de placer dès qu'il pouvait l'appliquer à une situation donnée : *Comme un mort, seule une friction pouvait le réchauffer ou la violence le rendre mobile.*

Ensuite, à deux box de distance et depuis les interstices fusants et infranchissables du cyberspace, Plum se connecta, de même que Lumpen, Pixel et Banjo, tout le monde se réveilla, et la nouvelle journée, en tout point semblable à la précédente et à celle d'avant encore, commença à se dérouler.

Il peignait les bords blancs résiduels des contours de la tête du Kade et commençait à songer au petit déjeuner (bagel et fromage frais) ou peut-être bien au déjeuner (bagel, fromage frais, plus saumon fumé, choux et moutarde), lorsque son portable se mit à vibrer. Radko n'aimait pas entendre des sonneries ou des carillons pendant les heures de travail car il ne voulait pas que ses employés soient distraits par des appels personnels, tout comme il ne voulait pas qu'ils surfent sur le Web, fréquentent des chat-rooms ou cèdent aux charmes du SMS, de sorte que Bridger éteignait toujours la sonnerie de son portable, qu'il gardait dans sa poche intérieure droite pour être immédiatement averti par son étrange mouvement crépitant et répondre discrètement à ses appels. « Allô ? » fit-il, gardant sa voix au niveau d'un murmure propulsif.

« Oui, allô. Charles Iverson, de la police de San Roque. Je suis interprète pour les sourds et je suis en compagnie de Dana Halter.

— *La police ?* Il y a un problème ? Elle a eu un accident ?

— C'est Dana, répondit une autre voix, dont on aurait pu croire que c'était celle d'un esprit. Il faut que tu viennes ici payer la caution.

— Pourquoi ? Qu'est-ce que tu as fait ?

— Aucune idée, répondit la voix, la voix de l'homme, grave et rugueuse comme du gravier, mais j'ai grillé un stop et maintenant ils pensent que... »

Suivit un silence. Le Kade le dévisageait depuis l'écran, grimaçant, le côté gauche du visage encore encombré par les trois quarts de son halo blanc. Les néons à peine fonctionnels augmentèrent de puissance avant de faiblir derechef, car l'un d'eux avait constamment des problèmes. Plum, la seule femme de l'équipe, se levant de son box, traversa la pièce et prit la direction des WC.

La voix d'Iverson revint : « ... ils pensent que je suis coupable de toute une série de délits mais (un silence), naturellement, c'est faux.

— Bien sûr que c'est faux, répondit-il en imaginant Dana dans un poste de police anonyme, visage détourné du téléphone et son interprète s'adressant à elle en langue des signes au milieu des photos de criminels et des avis de recherche : cela ne cadrait pas avec son personnage. Je croyais que tu devais aller chez le dentiste, dit-il, puis : Des délits ? Quels délits ?

— J'étais en route, dit Iverson, mais j'ai grillé un stop et la police m'a arrêtée. » Elle-même disait plus que cela – Bridger l'entendait en fond – mais Iverson donnait une version abrégée. Sans plus élaborer, il débita la liste des chefs d'accusation comme une serveuse récitant celle des plats du jour.

« Mais c'est n'importe quoi. Tu n'as pas... enfin, je veux dire, elle n'a pas...

— Le temps imparti est écoulé, le coupa Iverson.

— Bon écoute, j'arrive. Dans dix minutes... même pas. » Levant les yeux au moment où Plum rentrait dans le box, Bridger baissa la voix et murmura : « C'est quoi, la caution ? Je veux dire : combien ?

— Comment ? Parlez plus fort. Je ne vous entends pas. » Radko traversait la salle et Bridger plongea plus bas dans son box pour ne pas se trahir. « La caution... combien ?

— Ils n'ont pas encore précisé.

— D'accord. D'accord. J'arrive. Je t'aime. »

Un silence. « Je t'aime aussi », répondit Iverson.

Comme il n'était jamais allé au poste de police de San Roque, il dut vérifier l'adresse dans l'annuaire. Lorsqu'il obliqua dans la rue qu'il cherchait, il découvrit avec surprise que les véhicules de police occupaient toutes les places libres de part et d'autre de la chaussée. Il lui fallut un moment pour trouver à se garer, il dut faire plusieurs fois le tour du pâté de maisons jusqu'à ce que l'une des voitures de patrouille s'en aille. Annonçant bien son intention, il exécuta un créneau complexe et sophistiqué entre deux véhicules noir et blanc. Il était agité. Il était pressé. Mais ce n'était guère le lieu ni le moment de tordre ou même de heurter légèrement un pare-chocs.

Une femme bouffie et essoufflée qui semblait avoir du sang séché autour de l'œil (ou était-ce du maquillage?) montait lourdement les marches devant lui et il eut la présence d'esprit de lui ouvrir la porte, ce qui lui permit de recouvrer son sang-froid. Ses relations avec la police depuis qu'il était adulte étaient réduites au minimum et purement formelles (« Sortez de votre véhicule »); il avait été arrêté deux fois en tout et pour tout dans sa vie, la première à l'âge de quatorze ans, parce qu'il avait volé une babiole dans un magasin, et l'autre, quand il était à la fac, pour conduite en état d'ivresse. Il savait bien que, en théorie, la police était au service de la population (donc de lui-même) et assurait sa protection, mais il n'en ressentait pas moins un brusque sursaut d'inquiétude et une sensation nau-séeuse de culpabilité dès qu'il voyait un flic dans la rue. Même les polices privées le mettaient mal à l'aise. Mais qu'importe : il suivit la femme bouffie à l'intérieur du poste.

Un comptoir séparait le saint des saints – où se trouvaient les bureaux des policiers et des enquêteurs – de l'espace public (drapeaux, celui de l'Etat et le drapeau fédéral, néons violents, lino luisant comme pour défier les liquides corporels et la crasse de la rue régulièrement déversés dessus); un couloir discret menait sans doute aux cellules. Où devait se trouver Dana. En rejoignant le comptoir, il jeta un coup d'œil en biais en direc-tion du couloir, au cas où il aurait pu l'apercevoir mais, bien sûr, elle n'était pas là. Elle était sans doute déjà en taule avec un tas de prostituées, d'alcooliques, de récidivistes violentes et dangereuses, et cette pensée lui glaça les sangs. Elles ne feraient qu'une bouchée de Dana. Ce n'est pas qu'elle ne pouvait pas se défendre (c'était la femme la plus farouchement indépendante qu'il avait jamais rencontrée) mais elle était naïve et bien trop avenante, et, dès qu'elles auraient découvert qu'elle était sourde, elles disposeraient d'une arme contre elle. Il songea à la façon dont les vagabonds fondaient sur elle quand il l'emmenait quelque part, comme si elle devenait leur bouc émissaire, comme si, Dieu sait comment, son handicap (non, il devait faire plus attention : sa *différence*) l'abaissait à leur niveau. Ou plus bas. Encore plus bas qu'eux.

Mais toute cette affaire était une simple erreur. De toute évidence. Il la ferait sortir avant que l'étau de la police se referme sur elle, quoi qu'il en coûte. Il attendit son tour après la grosse femme, vérifiant sa montre, par pur réflexe, toutes les cinq secondes. Onze heures dix. Onze heures onze. Onze heures douze. La grosse femme venait se plaindre du chien de sa voisine : elle ne pouvait pas dormir, ne pouvait pas manger, ne pouvait pas penser, parce qu'il aboyait continuellement ; elle avait appelé la police, ce poste-là, vingt-deux fois déjà, et avait un relevé qui faisait état de tous ces coups de fil au cours des quinze derniers mois. Est-ce que la police avait l'intention d'intervenir ? Ou faudrait-il qu'elle reste plantée à ce comptoir jusqu'à ce qu'elle rende son dernier souffle ? Parce que c'est ce qu'elle allait faire s'il fallait en passer par là ! Elle ne bougerait pas d'un pouce.

Radko n'avait pas apprécié que Bridger lui demande l'autorisation de s'absenter. « C'est Dana », avait-il expliqué en l'interpellant alors qu'il allait se servir au réfrigérateur. Bridger était déjà sur le départ, tâtait déjà ses clefs de voiture dans sa poche de pantalon. « Elle s'est fait arrêter. Pardon, mais c'est vraiment une urgence. »

Les lumières palpitèrent, faiblirent. Une Drex III menaçante rougeoyait à l'écran – il restait vingt-sept jours avant qu'elle ne prenne sa place au firmament parmi les autres sphères interstellaires. Radko recula d'un pas et le dévisagea sous ses paupières lourdes. « Urrgence ? répéta-t-il. Pourquoi ? Des gens sont jetés en prison tous les jours.

— Non, vous ne comprenez pas. Elle n'a rien fait. C'est une erreur. Je dois, hum... je sais que ça paraît cinglé mais je dois aller payer sa caution. Tout de suite. »

Rien. Radko serra les lèvres et lui lança un regard que, dans un flash d'inspiration, Pixel avait taxé d'« infestation paranoïaque de la grenouille ».

« Je ne peux pas la laisser seule là-bas. Dans une cellule. Ça vous plairait, d'être enfermé dans une cellule ? »

Pas la question à poser. « Dans mon pays, dit Radko, les gens naissent dans cellules, accouchent dans cellules, meurent dans cellules.

— Et c'est bien ? rétorqua Bridger. Ce n'est pas pour ça que vous êtes venu ici ? »

Radko se contenta de lui tourner le dos, lui faisant au revoir de la main. Il n'ajouta qu'un « Pffft! »

« J'y vais, déclara Bridger, et il vit Plum se pencher de son box pour profiter du spectacle. Je vous le dis pour que vous soyez au courant. Je n'ai pas le choix. »

Lourdement, une main sur la poignée du réfrigérateur, l'autre décrivant un arc rapide tandis qu'il faisait volte-face et pointait un index accusateur, Radko répliqua. « Une heure. Une heure maximum. Je te le dis pour que tu sois au courant. »

Le policier à l'accueil – début de calvitie au sommet du crâne, rouflaquettes blanches, yeux brouillés, exaspérés, levés brièvement au-dessus des lunettes de vue tombant sur l'arête du nez – rassura la grosse femme d'une voix douce, conciliante, mais elle n'était pas venue chercher du réconfort : elle voulait de l'action. Plus le policier baissait la voix, plus elle parlait fort, au point qu'il finit par se détourner d'elle et faire un geste en direction de la salle. Un instant plus tard, un collègue beaucoup plus jeune – un Latino raide comme un piquet dans un uniforme qu'on aurait dit sorti de chez un couturier – fit un signe à la vieille depuis une porte battante qui menait aux bureaux à proprement parler. Et le policier de l'accueil lui dit : « Voici l'officier Torres. Il va s'occuper de vous. C'est notre spécialiste des affaires canines. Hein, Torres ? »

Ce dernier prit la relève, sans l'ombre d'un sourire. « Oh, ouais, dit-il. C'est vrai. Je suis le spécialiste des chienchiens. »

Sur quoi, le policier au comptoir se tourna vers Bridger. « Oui ? »

Bridger traîna ses Nike sur le carrelage, fixa des yeux un point juste à gauche de la tête du policier et dit : « Je suis venu pour Dana. Dana Halter ? »

Deux heures plus tard, il attendait encore. C'était vendredi ; l'après-midi était très avancé et tout allait très lentement, un paisible compte à rebours avant le week-end avec son lot mécontent de poivrots et de bagarreurs qui pourraient bien mettre le feu à la baraque – pour ce que ces ronds-de-cuir, ces fonctionnaires, ces somnambules aux regards portés sur l'infini s'en souciaient ! A cinq heures, ils rentreraient chez eux boire une bière et poser les pieds sur la table basse – et jusque-là ils feraient des allers-retours jusqu'aux armoires et tapoteraient sur leurs ordinateurs, réfugiés dans leur monde où personne, et surtout pas Bridger, ne pourrait les atteindre. Il avait réussi à glaner quelques bribes fondamentales d'information auprès du flic aux rouflaquettes poivre et sel – oui, on l'avait amenée ici ; non, Bridger ne pouvait pas lui parler – puis, il s'était assis sur un banc près de la porte, sans rien à lire ou à faire qu'attendre.

Quatre autres personnes attendaient avec lui : un très vieil homme dans un costume trop chaud pour la saison, qui restait si parfaitement droit que sa veste ne touchait jamais le dossier ; une femme originaire du Moyen-Orient, sans âge, habillée de ce qui aurait pu être un caftan ou une robe de cérémonie et, à côté d'elle, son fils qui n'arrêtait pas de donner des coups de pied et qui devait avoir cinq ans – mais, comme Bridger ne connaissait absolument rien aux enfants, plus il l'observait, moins il était sûr de son estimation : en fait, le gamin pouvait avoir n'importe quel âge entre trois et douze ans ; enfin, plus loin, une fille, encore adolescente ou dans les vingt ans, pas spécialement mignonne ni de visage ni d'ailleurs mais qui, lorsqu'on lui avait lancé régulièrement des coups d'œil pendant deux heures, commençait à avoir une certaine allure. Hormis quoi, une centaine de personnes devaient être entrées ou sorties pendant tout ce temps, la plupart s'adressant au flic de l'accueil sur un ton empreint de respect, avant de repartir la tête basse. La grosse dame avait depuis longtemps regagné ses pénates et les aboiements du chien de sa voisine.

Bridger s'ennuyait effroyablement. Il avait du mal à rester assis en toute circonstance, sauf quand il était absorbé par un jeu vidéo ou laissait son esprit vagabonder dans l'atmosphère délétère de Drex III ou quelque autre scénario digitalisé. Il finit par être aussi agité que le gamin – qui n'avait pas cessé de donner des coups de pied puis de ramener les jambes sous le banc, comme si celui-ci avait été une balançoire démesurée et qu'il essayait de les faire tous s'envoler de cet endroit stupéfiant. Pendant de longues minutes, Bridger fixait un point à mi-distance, l'esprit vide, morne, empli de néant, et puis, inévitablement, ses craintes à propos de Dana refaisaient surface et il se représentait alors son visage, la douce confusion de sa bouche et la façon dont elle fronçait les sourcils quand elle posait une question – *Quelle heure est-il ? Où as-tu dit que se trouvait la poêle ? Combien de mesures de triple sec ?* – et son ventre était noué par l'inquiétude. Et par la faim. La fringale, tout simplement. Il s'aperçut qu'il n'avait avalé ni bagel ni déjeuner – que le café Starbucks, en fait – et l'acidité lui remontait à la gorge. Qu'est-ce qui leur prenait, à ces flics ? Ne pouvaient-ils pas répondre à une question simple ? Traiter un dossier ? Fournir des informations en temps voulu ?

Il se persuada de rester calme, même si c'était difficile, compte tenu qu'il avait déjà appelé Radko six fois et que l'impatience de son patron ne cessait de croître. « Je travaillerai jusqu'à minuit, promit Bridger. Juré. » La voix de Radko, grave à l'extrême et épaissie encore par le pilonnage de son intonation étrangère, lui revenait en petites explosions qui voulaient dire : « T'as intérrêt. Je te le dis. Toute nuit, pas seulement minuit. » Mais après tout, il était égoïste, se dit-il. Il ferait mieux de songer à Dana. Que ne devait-elle pas endurer de son côté! Il repoussa l'image qui se présenta à lui : Dana enfermée dans une cellule avec une demi-douzaine d'inconnues, des harpies qui se moqueraient d'elle sous son nez, auraient des exigences, en viendraient aux mains. Dans cette arène-là, Dana serait impuissante; l'étrange pulsation monocorde de sa voix qu'il trouvait si charmante apparaîtrait comme une provocation à ces femmes en colère, ces femmes dures, ces femmes dans le besoin. Toute l'affaire n'était qu'une grossière erreur. Forcément.

Puis il se concentrait à nouveau sur des riens : le flic à la réception, ses compagnons de souffrance au Purgatoire, les murs maussades et les sols brillants qui se fondaient tous dans un flou, et il revoyait le jour où il avait posé les yeux sur Dana pour la première fois, à peine un an plus tôt. Un soir, Deet-Deet et lui étaient sonnés, yeux gonflés et papillotant après être restés scotchés à leur écran de dix heures du matin à plus de huit heures le soir, malgré le collyre qu'ils se passaient et repassaient. Ils étaient sortis, d'abord dans un restaurant de sushis où ils avaient descendu quelques sakés glacés, après quoi ils n'avaient plus eu qu'à se détendre, même si c'était lundi et qu'une longue semaine barbante s'étirait devant eux comme un paysage en cinémascope de *Dune*, et ils avaient décidé d'aller en boîte et de voir ce qui se présentait. A cette époque-là, Deet-Deet venait de rompre avec sa petite amie et Bridger était célibataire depuis trois mois stériles; c'est pourquoi, surtout après deux sakés, ils tombèrent d'accord sans problème sur la marche à suivre.

Ils attendaient dans la file devant Doge, vers dix heures et demie, la brume qui montait de la mer pénétrait dans les rues

dont elle faisait briller les trottoirs sous les phares de la circulation qui avançait au pas, quand Deet-Deet interrompit son
monologue sur les défauts et les excès de son ex assez longtemps
pour allumer une cigarette : Bridger en profita pour lever la tête
et évaluer ses chances. La boîte était ouverte sur la rue, de sorte
que la musique et les flashes intermittents du stroboscope se
déversaient sur le trottoir, d'où les clients pouvaient jeter un
coup d'œil à l'intérieur et décider si cela valait le coup de payer
les 5 dollars d'entrée. Bridger avait observé la masse habituelle
de corps qui ondulaient sous l'assaut de la musique (ou plutôt
de la ligne de basse, qui seule était audible) : membres d'abord
projetés puis rétractés, corps un instant décapités par une
taillade du stroboscope pour retrouver leur tête l'instant
d'après, genoux levés, fesses cogneuses, suivant le même scénario qui avait été joué la veille et le serait le lendemain et le
surlendemain encore. Ses yeux palpitaient. Le saké avait bu
toute l'humidité de son cerveau. Il était sur le point de dire à
Deet-Deet qu'il commençait à douter de vouloir entrer dans la
boîte, celle-ci ou une autre, d'ailleurs, parce qu'il sentait venir
un mal de tête – or on n'était que lundi et ils ne devaient pas
oublier qu'ils commençaient à dix heures le lendemain matin
pour effacer les fils dans l'interminable film d'arts martiaux sur
lequel ils bossaient depuis trois semaines –, lorsqu'il vit Dana.

Elle se tenait sur le bord de la piste de danse, contre un
énorme ampli sur pied, suivant le rythme de la basse avec ses
pieds – nus –, bougeant les coudes comme dans une séance
d'aérobic ou comme si elle s'exerçait sur un StairMaster. Ou
peut-être dans sa tête était-elle en train de danser un quadrille,
do-si-do « et faites tourner votre partenaire ! » Elle fermait très
fort les yeux. Ses genoux tressautaient, elle levait les pieds et les
rebaissaient. Le faisceau lumineux du projo au filtre rouge
accrochait sa chevelure et l'embrasait.

« Alors, qu'est-ce que tu en dis, tu en vois une qui en vaut la
peine ? » lui demanda Deet-Deet. Il avait vingt-cinq ans, ne

mesurait guère plus d'un mètre soixante et affectait le style gothique alors que les milieux de la science-fiction avaient depuis longtemps adopté le look intello-indé. Son vrai nom était Ian Fleischer mais, chez Digital Dynasty, on n'appelait les gens que par leurs pseudos – qu'ils aiment ça ou pas. Bridger, c'était « Sharper » parce que, lorsqu'il avait débuté comme sous-fifre, à l'époque où il était encore sérieux, dévoué, zélé et méti-culeux – *sharp* –, il harcelait les gars des scanners pour qu'ils lui confient des tâches toujours plus pointues – *sharper and sharper*. « Parce que je ne sais pas si je veux rester très tard, expliqua Deet-Deet, et ce saké, je crois, commence vraiment à faire son effet. Avec quoi ça se mélange, de toute façon ? Avec de la bière ? De la bière, j'imagine, c'est ça ? On continue à la bière ? »

Bridger n'écoutait pas. Il se soumettait aux effets des spots et de la musique, qui, pénétrant en lui, modifiaient son humeur. La file d'attente avança (il devait rester une dizaine de clients entre lui et le videur) et il suivit le mouvement. Il vit les choses sous un nouvel angle – une nouvelle perspective, qui lui permit d'observer cette fille, cette femme, qui, à la lisière de la piste de danse, prenait la musique à bras-le-corps. Ses genoux mon-taient, ses poings descendaient, ses coudes s'écartaient. Ses mouvements n'étaient pas saccadés, empotés ou désynchronisés avec la musique – pas exactement. On l'aurait dite connectée sur un autre rythme, plus profond, comme un contretemps, une matrice enfouie sous la surface de la musique dont per-sonne d'autre – ni les danseurs ni le DJ ni les musiciens qui avaient enregistré la musique – n'aurait été conscient. Il était fasciné. Elle le fascinait.

« Sharper ! Tu es avec moi ? » Deet-Deet le dévisageait, bou-che bée comme un gosse à la fête foraine. « Je disais : Est-ce que tu en as vu une qui t'intéresse là-dedans ? » Il se hissa sur la pointe des pieds pour mieux voir. La musique se désintégra soudain, avant de se reconstituer autour de la ligne de basse de l'air suivant. « Elle ? C'est *elle* que tu regardes ? »

Ils étaient quasiment parvenus à la porte, il y avait vingt-cinq ou trente personnes derrière eux, la brume enduisait tout d'une pellicule luisante : les lampadaires, les palmiers, les cheveux des gens.

Deet-Deet fit une dernière tentative : « Tu veux vraiment entrer ? Tu crois que ça vaut les 5 dollars, ce soir ? »

Bridger tarda à répondre parce qu'il avait l'esprit ailleurs – ou plutôt non, il était médusé. Il avait déjà eu deux histoires importantes, l'une à la fac et l'autre – avec une certaine Melissa – qui s'était effilochée trois mois auparavant dans un bruit d'arbre qui tombe au fond de la forêt sans que personne ne l'entende. Quelque chose l'attirait : une force irrésistible, une intuition qui étincelait sur la surface corrodée de sa conscience comme l'éclat d'un stroboscope. « Oh, ouais, dit-il, moi j'entre. »

Lorsqu'il se fut extrait de la brume de son souvenir, s'apercevant que la femme à l'enfant avait disparu et que le flic aux rouflaquettes poivre et sel avait été remplacé par une femme aux lourds sourcils sans doute synthétiques, il se leva. Quelle heure était-il ? Quatre heures passées. Radko allait faire une attaque. Non, il en avait déjà fait une. Une apoplexie ! Bridger avait manqué tout un après-midi de travail au moment précis où l'équipe avait le plus besoin de lui – et qu'avait-il gagné sinon le loisir d'avoir fait une bonne sieste aux frais de la princesse sur un bon banc lissé par des milliers de paires de fesses au poste de police de San Roque ? Rien. Rien du tout. Dana était encore enfermée Dieu sait où à l'arrière et lui-même était encore coincé là, perdu. Il sentit l'irritation le gagner, une brusque bouffée de colère qu'il eut du mal à contenir ; pour se calmer, il alla jusqu'à un présentoir : *Comment se protéger dans la rue* ; *Comment protéger sa maison des cambrioleurs* ; *Usurpation d'identité : qu'est-ce ?* Il fit semblant d'absorber les sages conseils distillés par chacun des fascicules. Il passa un moment ainsi puis se retourna vers l'accueil d'un air décontracté.

« Excusez-moi, dit-il, et la femme leva les yeux du formulaire qu'elle était en train de remplir. Je m'appelle Bridger Martin et j'attends depuis onze heures et quelques... ce matin... et je me demandais si vous pourriez m'aider, par hasard. »

Elle ne répondit rien – à quoi bon se fatiguer? C'était un pétitionnaire, synonyme de requêtes, de plaidoyers, d'exigences, à l'image des milliers d'autres qui se succédaient à ce comptoir; il arriverait au nœud de son affaire à sa manière et à son propre rythme, elle le savait. La perspective semblait la barber. La réception, les ordinateurs, les murs, les sols et les lumières semblaient la barber, et Bridger aussi. Ses nouveaux collègues, ses souliers, son uniforme; tout la barbait, tout était un pensum, un pur rituel, un cliché, sans commencement, sans fin. C'est cela que ses yeux exprimèrent et ils étaient loin d'être aussi compatissants qu'il ne l'avait cru de prime abord, pas quand on la voyait de près, en tout cas. Et sa bouche – elle pinçait tellement la bouche qu'on aurait dit qu'elle essayait de retenir un tic facial.

« C'est à propos de mon... mon *amie*. Elle a été arrêtée et nous ne savons pas vraiment pourquoi. J'ai pris tout l'après-midi au travail pour venir ici et... (il sentit que c'était un dialogue de film et les mots lui collèrent au palais) je veux payer sa caution mais personne ne connaît la somme exacte ni même les chefs d'accusation? » Il avait tourné ça en question, en supplique.

Elle le surprit. Ses lèvres s'adoucirent. Un soupçon d'humanité (compassion, sympathie) revint dans son regard. Elle allait l'aider. Elle allait l'aider, après tout. « Son nom? s'enquit-elle.

— Dana. Dana Halter. »

Elle tapa sur les touches tandis que, inutilement, il épelait le patronyme, H...a...l...t...e...r, et l'observait consulter l'écran. Elle était jolie – ou presque – pour son âge, quand l'étau de sa bouche se desserrait. Bridger, en tout cas, avait envie d'être charitable, envie qu'on l'aide, qu'on le materne, qu'on le prenne par la main. Cette femme était belle, glaive de la justice à la main, irradiant la vérité. Du moins pendant les quelques secondes qu'il lui fallut pour trouver l'information qu'elle cherchait. Sur quoi, son visage perdit toute animation et toute sa joliesse. Son regard se durcit, sa bouche se rétrécit, amère. « Nous ne savons pas, en effet, parce que les chefs d'accusation continuent d'arriver. Et, à cause de cette affaire dans le Nevada, on dirait que les fédéraux vont s'en mêler.

— Quelle affaire dans le Nevada ?

— Inter-Etat. Cette affaire de chèques en bois.

— Des chèques en bois ? répéta-t-il, incrédule. Elle n'a jamais... commença-t-il avant de se reprendre. Ecoutez, je vous demande de m'aider. Parce que c'est manifestement une erreur sur la personne ou quelque chose de ce genre. Je suis sûr qu'il y a une explication. Je veux simplement savoir quand je peux payer sa caution et la faire sortir de là. Et où je dois m'adresser. »

Un infime tremblement amusé souleva les commissures des lèvres de la préposée. « Elle a des oppositions à caution dans au moins deux comtés parce qu'elle s'est déjà soustraite à l'action de la justice, alors je ne vois pas bien comment quoi que ce soit pourrait se débloquer avant lundi.

— Avant *lundi* ! » Il avait presque aboyé, il n'avait pas pu s'en empêcher.

Un temps. Deux. Puis les lèvres de la femme bougèrent à nouveau : « Au plus tôt. »

3

ON l'installa dans une cellule récurée peu avant par une présence invisible, néons éblouissants et grillagés au plafond ; la trace en éventail d'un résidu de coups de serpillière séchait sur la cuvette des WC en aluminium qui trônait comme un modèle d'exposition au milieu de la pièce. L'odeur de désinfectant, combustion chimique flottant dans l'atmosphère renfermée, lui fit venir les larmes aux yeux ; elle essaya pendant plusieurs minutes de ne respirer que par la bouche mais ça ne fit qu'aggraver les choses. Elle s'adossa au mur en ciment gris criblé de hiéroglyphes – graffiti furtifs – et se frotta les yeux : ce n'étaient pas des larmes, assurément pas des larmes, parce qu'elle n'était pas intimidée, elle n'avait pas peur, et elle n'était pas triste non plus, pas le moins du monde. Elle était – quel mot cherchait-elle ? – *frustrée*, voilà tout. Enragée. Scandalisée. Pourquoi refusait-on de l'écouter ? Elle aurait pu rédiger une déposition si quelqu'un avait songé à lui donner un stylo et une feuille de papier. L'interprète, Iverson, avait été d'une inutilité totale, parce qu'il la jugeait coupable tant qu'elle n'aurait pas prouvé son innocence, et c'était injuste, complètement injuste. Elle devait trouver quelqu'un qui la comprenne. Elle avait besoin d'un homme de loi – un avocat. Et elle avait besoin de Bridger.

Il était là, elle sentait sa présence. Présent dans ces murs, à l'accueil, avec tous ces policiers oisifs et ces secrétaires revêches : il était en train de tout arranger. Il leur expliquait, il la défendait, il faisait tout ce qui était nécessaire pour la sortir de là – il irait à la banque, il irait voir le responsable des cautions, il convaincrait le juge et le procureur, toute personne dont il pourrait attirer la sympathie. Il parviendrait à leur faire comprendre l'erreur dont elle était la victime, qu'ils devaient rechercher une autre Dana Halter, qu'il fallait être aveugle pour ne pas saisir ça : alors, ils comprendraient et reviendraient la libérer. Dans un instant, le gardien pousserait la lourde porte en acier au bout du couloir, il ouvrirait la porte de sa cellule, il la conduirait vers la lumière du jour et tout le monde se confondrait en excuses : le flic à l'accueil, le policier qui avait effectué l'arrestation, Iverson, avec sa bouche pointilleuse, son regard accusateur et sa langue des signes impardonnablement imprécise...

Dans son agitation, sa fureur et son profond dégoût, elle finit par s'apercevoir qu'elle n'arrêtait pas de tourner autour du siège des WC, seul équipement dans cet espace strictement fonctionnel et minimaliste, à l'exception des deux couchettes rivées aux murs. Elle n'était pas encore prête à s'asseoir. Elle parlait toute seule, elle se convainquait de se calmer, sans doute remuait-elle les lèvres, peut-être parlait-elle même tout fort : oui, peut-être. Cela n'importait guère, bien sûr. Personne ne l'entendait : vendredi matin, ce n'était guère un moment pour se faire arrêter. Les vrais criminels étaient encore au lit et les autres, les maris qui battaient leur femme, les alcooliques miteux, les motards marginaux, étaient au travail, ils se préparaient pour le soir. Dieu merci, c'est vendredi ! Elle se rappelait combien à la fac elle aimait par-dessus tout le vendredi soir, seul moment où elle pouvait se laisser aller, plus que le samedi soir parce qu'après samedi venait dimanche et que le dimanche était diminué par la perspective du lundi et toute la routine renouvelée des cours, des devoirs, des contrôles continus. Le vendredi soir, elle sortait avec ses amies, buvait quelques bières, un petit verre de Cuervo, elle dansait jusqu'à ce que le rythme de la musique remonte par ses semelles et irradie dans tout son corps : elle finissait même par avoir l'impression qu'elle pouvait l'entendre comme les autres. Ce qu'elle recherchait, c'était décompresser, rien de plus, parce qu'elle devait travailler tellement pour combler son handicap – elle travaillait plus que toutes ses amies, elle se menait la vie dure, s'imposait une discipline de fer qui maintenait béantes les plaies de son enfance : cuisantes dans sa chair, ouvertes aux moqueries de ses camarades de classe, le fardeau d'être stigmatisée, jugée lente, sourde et stupide. Stupide. On disait qu'elle était idiote alors qu'elle valait n'importe quel membre de la cohorte des entendants, n'importe qui dans le vaste monde. C'étaient eux, les idiots. Les flics. Les juges. Les interprètes.

Vendredi soir. Bridger et elle avaient prévu de dîner dans un restaurant thaïlandais puis d'aller voir un film sur lequel il avait travaillé, un kung-fu à grand spectacle avec des acteurs qui volaient comme Peter Pan accrochés à des fils invisibles. Elle s'était réjouie de cette perspective pendant toute sa longue semaine de travail acharné : les multiples copies d'examen que les étudiants lui avaient rendues, quantité de conférences et de réunions de la section littérature, pas une minute à elle pour ses propres travaux d'écriture, les factures qui s'accumulaient, pas le temps de se poser pour faire ses comptes et encore moins pour amadouer la compagnie du gaz, de l'électricité, American Express et Visa, et, pour couronner le tout, les élancements fulminants et incessants d'une molaire inférieure gauche. Quelqu'un avait-il prévenu le Dr Stroud, au moins ?

La cuvette des WC. Le « trône », comme disait sa mère. Elle ne put s'empêcher de réfléchir à cette expression (était-ce du jargon des prisons, le trope venait-il de là ?) ; sur quoi, elle s'aperçut qu'elle allait devoir l'utiliser car le jus de chaussettes s'était converti en urine : elle jeta un coup d'œil à la cellule voisine, au couloir désert et à l'imposante porte en métal. Y avait-il des caméras ? Un geôlier pervers ou un flic infantile gardait-il les yeux rivés sur un écran dans une pièce aveugle qui sentait le moisi, attendant le moment où elle relèverait sa jupe et s'assiérait sur la cuvette en alu ? Cette simple pensée l'enflamma à nouveau. Elle ne leur procurerait pas ce plaisir – elle préférait retenir ses déjections, mourir d'un éclatement de la vessie. Elle continua de faire les cent pas autour du « trône », pratiquant l'autosuggestion, se réconfortant à l'idée qu'elle serait libérée sous peu. Ensuite, elle irait aux toilettes du tribunal comme n'importe quel innocent.

Le temps passa. Combien de temps, elle n'aurait su le dire. Il n'y avait pas de fenêtres et on lui avait pris sa montre, or, dans son univers, il n'y avait pas de clochers pour sonner le quart ni d'oiseaux qui chantaient au crépuscule. Pour elle, l'heure de pointe était aussi calme que le milieu de la nuit pour les entendants – ou plutôt non : plus calme, de beaucoup. Car eux entendaient les criquets, n'est-ce pas ? Un bruit ambiant, le moteur du réfrigérateur qui redémarrait, le hurlement lointain et flûté d'un coyote fondant sur sa proie, une voiture égarée dans la toile baveuse de la nuit ? On entendait tout ça dans les livres, non ? On l'entendait à la télé, dans les films d'horreur. *Un grand bruit*, précisait le télétexte. *Bruit de verre cassé. Un cri.* Or elle n'entendait rien de tout ça. Elle n'entendait rien. Elle vivait dans un univers à part, son propre monde, un monde meilleur ; le silence était son refuge, sa coquille dure, immuable, et elle se parlait à elle-même des profondeurs de son cœur inébranlable. Telle était son essence, sa véritable identité, la voix que personne n'aurait su détecter même à l'aide du plus sophistiqué des sonotones ou des implants cochléaires, même ceux qui paradaient dans le monde des entendants. Ça, on ne pouvait le lui ôter. Personne.

Elle s'arrêta enfin de faire les cent pas. Soudain consciente qu'elle était fatiguée, accablée, elle s'assit sur le bord de la banquette. Pendant un long moment, elle resta assise, voûtée, un pied ballant, ôtant et remettant son soulier, des dizaines de fois. C'en était trop. Voilà qu'elle était enfermée comme un animal, et pour quelle raison? Par la bêtise des autres. A cause de leur incompétence. D'erreurs de ronds-de-cuir. Ce qui l'irritait le plus, plus que l'injustice et l'inanité de cette affaire, plus que Iverson, les flics et tous ceux qui soutenaient cette bureaucratie imbécile, véreuse et vacillante, c'était le temps qu'on lui faisait perdre. Ses copies végétaient dans sa voiture (qui devait d'ailleurs avoir été mise à la fourrière) : elle devrait sauter le dîner, le film que Bridger et elle avaient prévu de voir et renoncer à l'idée de dormir chez lui pour passer une partie de la nuit à les corriger. Alors qu'elle aurait pu corriger ses copies dans cette solitude contrainte et forcée. Et son livre! Elle s'était juré, et elle l'avait juré à Bridger aussi, qu'elle s'y collerait, une page par jour, jusqu'à ce qu'elle l'ait terminé. Quelle plaisanterie. Cela faisait un mois qu'elle accumulait les retards – elle était plus près du paragraphe par jour... les bons jours. Elle avait espéré se rattraper pendant le week-end : elle se serait acharnée sur les touches de son portable; Bridger aurait passé la nuit chez elle, avec une tasse de *tchai* pour huiler la machine, et la matinée du dimanche se serait déroulée dans un flot régulier et assuré d'inspiration, bercée par la promesse de l'été tout proche.

Et maintenant. Quel problème y avait-il avec « maintenant »? Genet avait écrit *Notre-Dame des Fleurs* en prison. Sur des feuilles de papier de soie, pas moins! Elle eut envie de se lever et d'aller agiter les grilles comme James Cagney ou Edward G. Robinson dans l'un de ces vieux polars qu'elle adorait et que Bridger détestait. Tirer sur les grilles et brailler jusqu'à ce que les flics se radinent avec un stylo-bille et un carnet à spirale. C'en était presque amusant. Et ça serait un grand moment de télé quand elle aurait son propre *reality show* : « Prenez votre voiture et retrouvez-vous en prison. » Le Dr Stroud trouverait ça hilarant, non? Lui qui aurait perdu deux heures de son temps? Et ses étudiants, pensez! Sans parler du directeur de l'école, Mr. Koch – ne trouverait-il pas ça désopilant, qu'un de ses professeurs se retrouve en taule plutôt qu'en classe?

Rires garantis, oh oui. Mais elle avait envie de pisser. Ça devenait urgent, ce n'était plus une simple sensation de congestion, de malaise ou une vague envie pressante : si elle n'allait pas aux toilettes, elle n'arriverait plus à se contrôler. Comment Bridger se sentirait-il s'il devait la prendre dans ses bras devant tous ces flics et ces secrétaires, et qu'elle avait une longue traînée sombre sur le devant de sa jupe?

Elle était face au mur lorsque la porte s'ouvrit mais elle se retourna instantanément, comme si elle avait entendu le claquement des pas, le tintement des clefs et le grincement des gonds. Toute sa vie, elle avait été à l'écoute des moindres variations, des courants d'air, des rythmes, des vibrations, du parfum le plus subtil, de la rumeur la plus fugace d'un toucher tellement imperceptible que l'ouïe serait incapable de la capter. Il fallait bien ça, pour survivre quand on était sourde. Et ce n'était pas seulement un tour pour amuser la galerie, comme ses camarades l'imaginaient, surtout à l'école primaire où sa mère l'avait immergée dans le monde des entendants, intégrée dans une école où elle était la seule enfant sourde sur plus de huit cents; les gamins du quartier grimpaient tout doucement l'escalier jusqu'à sa chambre pour pousser discrètement la porte et se retrouver face à elle qui les dévisageait. Non, c'était de la biologie – la plus élémentaire. Quand il vous manque un sens, les parcours nerveux se reconstituent pour se renforcer les uns les autres : c'est la synesthésie de la nature. Combien de fois n'avait-elle pas invoqué les exemples de Ray Charles et Stevie Wonder?

Elle leva les yeux pour assister à un petit drame à la porte de sa cellule : deux femmes flics, mastoc, maladroites, grosse poitrine, grosses fesses, visages suant la contrainte, poussaient une troisième femme comme on pousse une voiture en panne. Les mains voletaient comme des oiseaux, les épaules étaient carrées et la troisième femme – la prisonnière – restait campée sur ses deux pieds, résistant, poussant son épaule droite entre les barreaux et agitant les poignets pour se dégager de l'emprise des menottes. Toutes trois hurlaient et juraient – l'habituel *fuck you*, passant de lèvres scintillantes en lèvres rose bonbon, comme s'il était contagieux, comme un bâillement – et les policières grognaient tant elles devaient forcer pour faire entrer la prisonnière dans la cellule. *Hmpf, hmpf, hmpf* – Dana n'avait aucune idée de ce à quoi des grognements ressemblaient mais elle les voyait aussi bien que s'ils avaient été écrits sur une page et fourrés dans leurs bouches. Toute cette agitation, cette danse macabre, avec ses coups de pied, ses gesticulations, ses horribles accès de violence, dura beaucoup plus longtemps qu'elle ne l'aurait imaginé. Un mouvement de bascule, terrain gagné, terrain perdu, jusqu'à ce que les femmes aux larges épaules l'emportent finalement et que la prisonnière valdingue à l'intérieur de la cellule. Elle fit encore trois pas titubants, alla frapper contre la cuvette des WC et s'effondra comme si elle avait été atteinte par une balle.

Les deux femmes flics imprimèrent à leur bouche une grimace colère et hargneuse quand la plus petite et plus forte tourna la clef dans la serrure ; sur quoi, elles carrèrent les épaules et remontèrent d'un air féroce le couloir, au bout duquel la grosse porte en métal cadenassée s'ouvrit toute seule pour les laisser passer. Quant à la détenue, par terre, elle ne bougeait pas. Elle était abasourdie – ou pire. Dana se leva, d'un mouvement hésitant, de la couchette. Était-ce du sang ? Non, pas du sang. Ce n'étaient que les cheveux de la femme, foncés, emmêlés, évasés sous sa joue collée au sol.

Dana ne sut que faire. La femme avait besoin d'aide, manifestement, mais... et si elle était violente ou ivre – ou les deux ?

Elle respirait, ça au moins c'était sûr, à voir sa cage thoracique se soulever et retomber, et elle ne semblait pas avoir de contusion là où la tête avait heurté le carrelage éraflé, du moins pour ce que Dana arrivait à voir de sa place. Elle ne serait pas tombée aussi brutalement si les femmes flics avaient pris la peine de lui enlever ses menottes : Dana supposa que c'était une punition – œil pour œil. La prisonnière avait heurté la cuvette dans sa chute et s'était étalée de tout son long sans pouvoir se servir de ses mains. Dana se pencha sur elle. Essayant de contrôler sa voix, elle demanda : « Ça va ? Vous avez besoin d'aide ? Est-ce que je dois appeler quelqu'un ? »

C'est alors que l'odeur la frappa de plein fouet : une odeur barbare venue des rues : vêtements suppurants, secrétions corporelles, nourriture rance. La femme portait un pantalon sale en polyester marron qui se terminait au-dessus des chevilles, une chemise à carreaux six fois trop grande pour elle et des espèces de godillots à quatre sous, sans les lacets. Elle ne portait pas de socquettes et la crasse était restée accrochée à ses chevilles comme du lichen sur un rocher. Dana posa une main sur son bras. « Hé ! Vous m'entendez ? »

Soudain, les yeux s'ouvrirent, des yeux troubles, foncés, de la couleur des nœuds sur une planche de bois – les lèvres ourlées autour d'un grognement. Puis la femme dit quelque chose, d'une voix dure, sur la défensive : « Pas touche ! » Oui, voilà ce qu'elle disait, en essayant de se mettre en position assise. Elle n'y réussit qu'à la troisième tentative, jambes écartées devant elle, bras coincés dans le dos. « Vous avez besoin d'aide ? » demanda Dana. Mais la femme ne fit que répéter : « J'ai dit : pas touche ! »

Poussant avec les coudes, elle se dirigea vers la couchette la plus proche, contre laquelle elle se carra. L'instant d'après, elle était debout, quoique chancelante. Elle parla encore : « Tu veux ma photo ? » Mais Dana ne pouvait en être certaine car même l'Einstein de la lecture labiale ne captait jamais que trente pour cent d'un énoncé, en dépit de ce que les entendants croyaient – mais qu'en savaient-ils? Ils connaissaient la question par l'intermédiaire de films, d'une actrice aux airs d'enfant battue qui faisait semblant d'être sourde mais menait une conversation comme n'importe qui d'autre tandis que ses immenses yeux implorants brûlaient l'écran dans une parodie de compassion et d'appréhension de l'adversité. Non, ça ne fonctionnait pas comme ça. En anglais, tant de mots étaient monophones – se formaient de la même manière au niveau des lèvres – qu'il était impossible de les distinguer. Le contexte. Le contexte, tel était l'alpha et l'oméga pour lire sur les lèvres. Le contexte *et* la déduction. Dana ne dit rien. Elle esquissa un sourire et s'installa sur l'autre couchette, espérant que son langage corporel parlerait pour elle : *Je ne vous veux aucun mal, je veux simplement aider.*

Pendant un long moment, la femme se contenta de la dévisager. Elle avait une bosse sur le front, visible maintenant au-dessus de son œil gauche, où la peau était tendue et éraflée. Dana soutint son regard parce qu'elle n'avait pas d'autre solution – si la femme lui adressait de nouveau la parole, c'était sa seule solution pour la comprendre et la dernière chose qu'elle voulait, dans les circonstances, c'était que sa codétenue pense qu'elle l'ignorait. Ou ne la *calculait* pas, comme on disait. Lui manquait de respect.

La femme se remit à parler, lui posa une question – sourcils levés dans l'interrogative. Mais que lui demandait-elle? Dana répondit : « Je ne comprends pas.

— T'es sourde ou quoi! » fit la femme, et Dana comprit chaque mot parce qu'elle avait lu la question mille fois sur un millier de lèvres. Elle essaya de prendre une voix douce, exempte d'agressivité mais, même après quantité de sessions avec l'orthophoniste, c'était toujours un coup de poker : « Oui », répondit-elle.

L'expression de la femme : incrédulité panachée d'une

flambée de colère. Disait-elle « Tu te fous de ma gueule ? » ou « Non, merde... pas possible... » ? Ses lèvres remuèrent mais elle était manifestement soûle (*en état d'ébriété* et *tapage sur la voie publique* n'étaient-elles pas les expressions consacrées des rapports de police ?). La mécanique défectueuse de sa prononciation ralentissait son élocution. Mais voilà que l'interrogation revint, associée cette fois à un geste, un geste universel – elle dessina un V avec les doigts et baissa la tête en retroussant les lèvres comme pour inhaler : *un clope*, disait-elle. *T'as un clope ?*

Dana fit non de la tête, plus énergiquement que d'ordinaire. Puis, de peur que sa compagne ne se trompe sur le sens de son geste, ne pense qu'elle mente ou qu'elle ne la *calcule* pas, elle précisa, à voix haute : « Désolée, je ne fume pas. »

Les heures passèrent et personne ne vint la chercher, ni Bridger ni le policier responsable de son arrestation ni Iverson ni un avocat commis d'office. Personne ne vint, il ne se passa rien. La poivrote, Angela, l'abreuva de plusieurs longs discours prononcés avec des lèvres non synchro, dont Dana ne comprit donc pas grand-chose, et, finalement, la surveillante ou gardienne ou Dieu sait qui... une femme, en tout cas, arriva avec un trousseau de clefs, s'adressa à Angela et lui ôta les menottes. Un peu plus tard, la même femme revint avec deux sachets en papier qu'elle leur tendit à travers les barreaux. C'était leur dîner : une saucisse entre deux tranches de pain blanc, assortie d'une petite crotte de ketchup peinte comme un œil de bœuf au milieu de la tranche ; une pomme jaune talée ; une boisson fruitée trop sucrée dans un carton avec une paille scotchée dessus. Lorsqu'elle eut pris le sachet, lorsqu'elle l'eut dans les mains et en eut senti le poids palpable, Dana faillit craquer. Oui, si elle avait été seule, elle aurait craqué, mais on ne jouissait d'aucune intimité dans ce lieu : la gardienne se tenait juste là, avec son expression nulle et non avenue. Angela passa la main à travers les barreaux pour prendre les sacs des mains de la gardienne, comme s'ils avaient été pleins à ras bord d'excréments humains.

Ce n'était pas tant le contraste entre le pain blanc à la saucisse et les plats thaïs ou entre l'atmosphère de la cellule et celle du restaurant avec ses odeurs exotiques, ses aquariums, son ballet de serveuses et tout le reste, ou même l'absurdité de la situation, l'injustice, le gâchis, mais le fait que c'était l'heure du dîner et que c'était le premier repère temporel dont elle ait bénéficié depuis qu'on l'avait enfermée là. Si c'était le moment de dîner, il devait être six heures, au moins, et personne n'était venu la chercher, ni Bridger ni un avocat ni sa mère qui vivait à New York et qui aurait pu passer des coups de fil, tirer des ficelles, remuer la terre entière pour venir au secours de sa fille sourde. Il ne s'était rien passé du tout. Rien que les murs, les barreaux et Angela, qui, après un moment, se recroquevilla sur sa couchette et sombra dans un sommeil comateux.

Si, d'abord, Dana avait cédé à l'impatience et à la colère, maintenant elle avait peur, elle se sentait seule, déboussolée. Elle voulait sortir de là, seulement sortir, et elle se remit à faire les cent pas dans la cellule, un pied dans le sillage de l'autre, comme un animal névrosé enfermé dans un zoo. Il y avait un problème. Bridger n'arrivait pas à se faire entendre. Il ne réussissait pas à rassembler l'argent de la caution, il ne trouvait pas d'avocat parce que tous les avocats en ville avaient fermé leur étude pour le week-end. Pire, il parvenait sans cesse de nouveaux chefs d'accusation : l'autre Dana Halter, qui qu'elle fût, s'était lancée dans un véritable carrousel délictueux. Comté de Tulare! Mais où c'était, ça, le comté de Tulare? Comment pouvaient-ils ne pas comprendre – comment *personne* ne pouvait comprendre – que tout cela ne la concernait en rien? Elle se tint les épaules et continua de faire les cent pas. Il n'y avait rien d'autre à faire.

A un moment donné – une heure plus tard? deux? comment

savoir dans cet endroit? –, la porte à l'extrémité du couloir s'ouvrit et la plus grande des deux femmes flics apparut, au fond, bras droit soutenant une blonde, la trentaine ou la quarantaine, qui avait du mal à tenir droite. Elles déboulèrent dans le couloir, la femme appuyée lourdement sur sa guide, puis la porte de la cellule s'ouvrit brièvement. Angela leva la tête pour lancer quelques jurons au hasard avant de replonger dans ses bras repliés, et voilà qu'elles se retrouvèrent à trois dans la cellule. La porte se referma avec ce qui dut être un grand bruit (dans les livres, les portes ne se refermaient-elles pas toujours avec un grand bruit?), la femme flic disparut et la blonde se tint là, étourdie, manifestement incapable de saisir le sens de la séquence d'événements qui venaient de se dérouler, le soutien d'une main sous son coude, l'ouverture et la fermeture de la porte, la clef dans la serrure, les barreaux entre elle et le mur gris et nu du couloir.

Dans son étonnement, elle regarda autour d'elle, les deux mains accrochées aux barreaux, avant de se laisser lentement glisser à terre. Elle était ivre, ça au moins c'était évident, mais, dans le genre ivrogne, elle était l'opposé d'Angela. On aurait dit qu'elle s'était lavé, permanenté et séché les cheveux l'instant d'avant : ils lui tombaient, luisants, jusqu'aux épaules, la raie bien nette juste à la droite du milieu. Elle portait une jupe et une veste bleu marine assorties, très femme d'affaires, un œillet blanc à la boutonnière, un chemisier blanc, et des collants extrafins mais pas de chaussures – on avait dû lui retirer ses talons quand on l'avait coffrée. Dana se demandait si c'était une avocate ou un agent immobilier quand la femme, la fixant des yeux, lui adressa un sourire épanoui, éblouissant – elle avait des lèvres épaisses. « Salut, fit-elle, moi, c'est Marcie, et vous? »

Angela remua, leva la tête et répondit. Dana observa ses lèvres s'arrondir et refluer en une grimace lorsqu'elle déclara : « Elle est sourde. »

Dana l'ignora. « Je m'appelle Dana.

53

— Enchantée », dit Marcie, ajoutant un mot que Dana ne saisit pas.

Angela prit la parole, quelque chose comme : « Je te dis qu'elle est sourde. » Et elle continua avant de faire à Marcie le signe pour « cigarette ».

Marcie fit une nouvelle grimace. « Je suis soûle », affirma-t-elle, ignorant Angela et rivant son regard sur les yeux de Dana depuis le sol, où elle était accroupie, les genoux entre les mains. Elle remuait les lèvres d'une manière mécanique, énonçant aussi lentement et exactement que possible. « Ils m'ont fait marcher en ligne droite et réciter l'alphabet. C'est dingue, non ? »

Ses interlocutrices ne surent que répondre. Même si Dana l'avait interprétée correctement, or elle ne pouvait en être certaine, la rhétorique était douteuse : elles étaient en prison, toutes les trois, coupables ou innocentes, ivres ou pas. Et non, ce n'était pas dingue, ce n'était même pas amusant.

A la prison du comté (un autocar était venu les chercher aux petites heures du jour, on les avait fait s'aligner, on leur avait mis des fers, des menottes et elles avaient dû monter dedans en traînant les pieds), elles furent installées dans une cellule plus spacieuse, déjà occupée par six autres femmes en manque de sommeil, l'air revêche, à divers stades de dégradation et de désespoir. Deux d'entre elles avaient le contour d'un scorpion bleu délavé tatoué sur le côté droit de la gorge et une autre, une adolescente, une montagne à visage d'ange, la boule à zéro, avait l'air capable de casser les murs sans effort. Les trois autres – de jeunes Asiatiques, sveltes, maquillées à outrance, flottant dans leur combinaison orange de détenues – étaient peut-être des prostituées. Toutes ces femmes pouvaient être des prosti-tuées, songea Dana. Mais quelle différence cela faisait-il ? Elle était comme elles désormais, et s'il lui fallait dormir par terre (un simple coup d'œil l'informa qu'il n'y avait que six couchet-tes pour neuf détenues), elle le ferait. Elle ferait n'importe quoi pourvu qu'elle puisse se sortir de là. Si seulement le cauchemar pouvait se terminer...

Elle aussi était en combinaison orange. Ses vêtements (jusqu'à ses chaussures et ses sous-vêtements) lui avaient été confisqués pour être remplacés par une tenue en coton tout simple, lavée et relavée (*SAN ROQUE COUNTY JAIL* inscrit sur les épaules en lettres de quinze centimètres de hauteur), sans oublier une paire de claquettes bon marché, cadeau des contribuables du comté de San Roque. Angela avait émergé de sa torpeur dès qu'elles avaient pénétré dans cette nouvelle cellule – elle avait embrassé la fille immense comme si elles avaient été sœurs, avant d'aller immédiatement à la pêche aux cigarettes, recourant à la même pantomime qu'elle avait déjà testée avec Dana et Marcie. C'est la dernière chose dont Dana se souviendrait clairement parce que ce qui suivit, ce furent deux nuits et deux interminables journées d'agression ciblée. Elle se retrouva continuellement collée au mur, à essayer de s'expliquer à l'aide des lèvres et des mains, tandis qu'une femme ou l'autre lui soufflait au visage une tirade enragée. *Elle avait rien à offrir, pas de cigarettes, de bonbons, de chewing-gums, de maquillage, que dalle ? Elle était tarée ou quoi ? Sourde et muette, c'est ça ?* Le tout accompagné d'un regard condescendant de tout le reste de la chambrée (sauf Marcie, dont la caution avait été payée dès le premier matin et qui les avait quittées) et tous les visages se tordaient avec le genre de jubilation cruelle que Dana avait dû endurer toute sa vie. Mais, dans ces circonstances, c'était pire. C'était spécial. C'était comme se retrouver dans la cour de la Burgess Elementary School – les détenues ne se lassaient jamais de se moquer parce qu'elle ne pouvait pas leur répondre, ou pas assez vite et pas dans un accent suffisamment reconnaissable : elle devint leur souffre-douleur, la seule chose animée à portée de main qui pourrait les faire se sentir mieux pendant ces longues heures de rumination et de haine.

Le lundi matin, à quatre heures d'après l'horloge au bout du long vestibule qui menait à l'air frais et à l'odeur éprouvante et écœurante de gaz d'échappement qui flottait par là, on les fit monter à nouveau dans le bus, femmes d'un côté, hommes de l'autre. Dana était au-delà du désespoir. Elle se sentait insensible à tout, blindée contre l'humiliation d'avoir à utiliser la cuvette des WC au milieu d'une pièce éclairée par des néons éblouissants, sous le regard de sept autres femmes, insensible à l'étreinte des chaînes autour de ses chevilles et des menottes qui collaient son poignet gauche au poignet droit de l'adolescente immense, lavée de tout souvenir de copies d'étudiants, de son appartement, de son boulot, de son petit ami, même de son innocence. Telle était sa vie : ces chaînes, ces femmes grossières, ignorantes, qui puaient; deux tranches de pain blanc, une tranche de salami, une giclure rouge de ketchup. Ça et rien d'autre.

4

CE soir-là, le soir où ils s'étaient rencontrés, Bridger, au bar à côté de Deet-Deet, commanda une bière qu'il ne but jamais. Il essayait d'avoir l'air décontracté, le dos contre la surface brillante du comptoir en acajou, se servant de ses coudes comme points d'appui, cultivant un air désinvolte, qu'il aimait appeler *cool terminal*, mais il échouait lamentablement. Tout le monde était accablé par la basse comme par l'attraction terrestre, comme si le son était plus lourd que l'air, comme si c'était carrément un autre médium, de la colle, du plomb, de la cendre volcanique. En fait, ainsi que n'importe qui s'en serait aperçu, il était hypnotisé par Dana. Il avait l'air décontracté, c'est certain, dans son jean presque jamais lavé, ses Nike presque cent pour cent destroy, et son t-shirt Digital Dynasty orné de son extraterrestre orange vif grimaçant goulûment sur l'épaule, sans parler de ses cheveux, qui repoussaient vite, de sorte que son crâne était hérissé d'épis, mais il ne se sentait pas le moins du monde détendu. Ce qu'il ressentait, avant même que Deet-Deet, avançant la main quasiment à l'aveuglette vers celle d'une fille genre poupée à bustier jaune, se retrouve happé par la piste de danse, c'était une espèce particulière de tension dont il n'avait pas fait l'expérience depuis très longtemps (angoisse, crainte de se faire rejeter ou punition du désir, comme on voudra...).

Il patienta pendant trois airs indifférents, s'assurant qu'elle n'était pas accompagnée, sauf peut-être par une blonde avec une queue de cheval remontée sur le haut du crâne, puis commença à remuer les épaules, à se laisser gagner par le rythme, tout en se dirigeant vers la piste. Il dansa devant elle pendant tout un interminable morceau, se donnant à fond, faisant remonter les dernières gouttes de saké des jambes à la tête ; quand elle finit par le remarquer, ce fut avec un regard étonné suivi d'un sourire franc. Ce qu'il trouva de bon augure. Après le morceau suivant, il cria plusieurs phrases dans son oreille et elle cria en retour *J'aime ta façon de bouger. Bon morceau, hein ? Comment tu as dit que tu t'appelais ?* Et ce qui était merveilleux, extraordinaire et insurmontable, ce qui envoyait encore des échos jusqu'à cet après-midi qu'il passait au poste et où il pensait à tout ça, c'est qu'il n'avait pas eu la moindre idée qu'elle était sourde. Lui-même était sourd, tout le monde était sourd, du moins jusqu'à ce que les lumières reviennent et que le DJ fasse taire le tonnerre.

Deet-Deet avait disparu et Bridger était là, dans la foule qui se clairsemait, tenant la main de Dana, tout à la douce pression de sa paume lorsqu'elle lui présenta la fille – la femme – à la queue de cheval, et une autre dont il n'avait pas remarqué qu'elle était avec elle : Mindy et Sarah, des colocataires, et il avait de la chance, beaucoup de chance, parce qu'elle ne serait jamais sortie un lundi si ce n'avait pas été son anniversaire. Oui, elle avait trente-deux ans ce jour-là, déclara-t-elle en grimaçant. Ça faisait d'elle une vieille, non ? Trente-deux ans ! Non, protesta-t-il, pas du tout. Ce n'était rien. « Oh, ouais », lâcha-t-elle, son visage s'ouvrant à lui, tout entier, le visage le plus expressif qu'il eût jamais vu, le plus sensuel, le plus joli, et puis il remarqua son accent, indéniable, mais il la crut scandinave ou d'Europe de l'Est : « Et toi, tu as quel âge? » Eh bien, il avait vingt-huit ans. Elle grimaça à nouveau, avec ses grands yeux qui envahissaient son visage. « Vous voyez? fit-elle, timide, lançant un regard à Mindy et Sarah, avant de revenir sur lui : un bébé! »

Ils n'allèrent pas jusqu'à échanger leurs numéros de téléphone mais, en dépit des effets résiduels du saké, il parvint à se rappeler son nom et, une fois rentré chez lui, il vérifia son adresse dans l'annuaire (*D. Halter, 31 Pacific View Court*). Il lui téléphona le lendemain matin pour l'inviter à dîner mais personne ne répondit et le message, sur son répondeur, débité d'une voix monocorde, caverneuse, lui indiqua de ne pas laisser de message mais de lui envoyer un courriel, à une adresse hotmail. Dès qu'il arriva au bureau, il lui en envoya donc un, soulagé d'une certaine manière d'éviter ainsi l'incertitude et la gêne potentielles d'un contact direct : ils avaient à peine fait connaissance et elle pourrait le rabrouer, elle était peut-être mariée, fiancée, positivement indifférente à lui, ou si pathologiquement dévouée à sa carrière qu'elle excluait tout le reste : après avoir évoqué en deux lignes leur rencontre de la veille, il se lança. A sa grande surprise, elle répondit quelques secondes plus tard : *Oui, c'est exactement ce dont j'ai envie, un bon italien, mais seulement si tu me promets de ne pas me faire danser ensuite pour faire passer les pâtes*, et elle lui indiqua comment venir à son appartement.

La résidence où vivait Dana était agréable, mieux que la sienne; elle s'étendait sur un flanc de colline à la végétation parvenue à maturité – oiseaux du paradis, plantains, palmiers de toutes tailles et variétés – mais les numéros des appartements semblaient être distribués au petit bonheur la chance et, à sa première tentative, il ne trouva pas le numéro 31, qui ne semblait pas être situé entre le 30 et le 32, devant lesquels il était déjà passé deux fois. Après avoir fait trois fois le tour de la propriété sans succès, il arrêta une femme qui avait à peu près l'âge de Dana et qui descendait un escalier avec un chat en laisse : « Excusez-moi, mais est-ce que vous sauriez me dire où se trouve l'appartement de Dana Halter ? »

Elle lui retourna un regard vide.

« Vous savez... dit-il, *Dana*... La trentaine, à peu près votre taille, brune, très jolie ? »

Le visage de la femme s'illumina : « Oh, sûr, ouais... désolée, désolée. Vous voulez dire la sourde, c'est ça ? »

Le coup l'atteignit avec la force d'une épiphanie. Soudain, tout cadra : sa voix sans inflexions, les sauts du coq-à-l'âne, la fluidité de son visage quand elle parlait, comme si chaque muscle était un organe de communication distinct. Quand il sonna à sa porte, la sonnette produisit un bourdonnement mécanique insistant comme toutes les sonnettes mais, en même temps, une lumière se mit à clignoter à l'intérieur. Et voilà que, soudain, elle parut, belle, mains virevoltant, voix trop forte pour l'accueillir, yeux rivés sur lui, contact visuel indéfectible qui lui donna l'impression d'être irrésistible ou le gêna – il n'aurait su dire. Et puis il y eut le CD qu'il lui avait apporté, sur lequel il s'était beaucoup interrogé pendant le trajet (Le jugerait-elle d'après lui ? Connaissait-elle le groupe ? L'aimait-elle ?) et dont elle ne parla pas, cela va de soi, et les plats du jour qu'elle ne commanda pas, la conversation pendant le dîner qui alla de l'autobiographie à leurs intérêts communs dans le domaine de la politique et de l'environnement, et qui s'enraya quand, s'excitant, il se mit à parler trop vite ou la bouche pleine – et il ne parvenait toujours pas à évoquer sa surdité. A l'école, personne ne demandait au petit aveugle comment il avait perdu la vue, il te l'apprendrait quand il en aurait envie (une histoire d'explosif dans une cave) – et il aurait été impensable d'interroger le nageur à la jambe artificielle au club de gym. Ça ne se faisait pas. C'était malpoli, une façon de souligner leur différence.

De son côté, Dana attendit que, à la fin du repas, le serveur ayant débarrassé la table, ils se retrouvent tous les deux à méditer sur la carte des desserts, pour lever la tête et dire : « Je ne sais pas si tu as remarqué mais je dois te dire... – après une pause, le fixant des yeux et, d'une voix tonitruante qui fit se retourner les convives des tables alentour – je suis sourde. D'une surdité totale. Une perte d'environ cent décibels. Tu sais ce que ça signifie ? »

Il fit oui de la tête. Tout le restaurant était pendu à ses lèvres.

« Je n'entends rien du tout. »

Il bafouilla. Que pouvait-il répondre : *Je suis désolé. Ça n'a pas d'importance. Le tiramisu, ça te dit* ? Elle trouva qu'il était à se tordre de rire. Ses épaules gigotèrent, son regard s'enflamma. Elle lui lança un regard rayonnant, aussi triomphal que celui du vainqueur du gros lot dans un jeu télé. « Je t'ai vraiment eu, non ? » dit-elle, haletant et éclatant de rire, un rire communicatif : tous deux durent s'accrocher à la table pour ne pas partir complètement à la dérive.

Ensuite, les choses progressèrent lentement (elle était occupée, lui aussi) mais ils passèrent des rendez-vous sushi, thaï, musée, ciné, plage à un fonctionnement moins officiel et, avant même qu'ils s'en rendent compte, ils dépendaient l'un de l'autre. San Roque était une petite agglomération côtière – quatre-vingt-neuf mille habitants, à en croire les panneaux aux entrées de la ville ; et la population devait doubler au plus gros de la saison touristique. L'appartement de Bridger se trouvait à dix minutes de celui de Dana en empruntant les rues les plus calmes, les moins passantes. Il était très facile de faire un saut, de laisser un mot, de prendre un café ou de décider d'aller à un concert ensemble sur l'inspiration du moment (oui, elle aimait les concerts de musique classique, de jazz, de rock, toute son attention rivée sur le langage corporel des musiciens comme si ç'avait été un ballet muet). Ils se voyaient presque tous les jours ou communiquaient au moins par e-mail et SMS. Dana avait surgi dans la vie de Bridger et comblé un vide. Il était amoureux. Et elle aussi, c'était évident : ses yeux, ses mains, son expression quand il entrait dans la pièce – les signes étaient favorables, il se sentait béni des dieux, pour un peu il se serait pris pour le Kade. Au café, elle observait ses lèvres et riait beaucoup trop de ses plaisanteries. « Oh, ouais, disait-elle, à sa manière, exempte d'intonation, la voix tremblotante et ballottée au point de tout lisser, tu es rigolo. Et tu le sais, n'est-ce pas ? » Elle lui apportait des statistiques tirées de *Dear Abby* prouvant que la majorité des femmes célibataires recherchaient avant tout un partenaire qui avait de l'humour.

Bien sûr, en même temps, elle lui annonça que quatre-vingt-dix pour cent des sourds choisissaient leur partenaire dans leur propre communauté et, quand leur choix se portait sur un partenaire entendant, les taux de divorce étaient faramineux ; et puis, inutile de préciser qu'il y avait la question des enfants. Un couple de sourds de sa connaissance avaient très mal vécu la grossesse : « Sera-t-il sourd ? Sera-t-il sourd ? » n'arrêtaient-ils pas de se demander. Or, ils avaient eu une fille, parfaite, rose et grasse, avec tous les doigts et les orteils là où il faut ; bref, ils étaient aux anges, et ils avaient tellement crié que l'infirmière était arrivée en courant et que toute la clinique avait été sens dessus dessous. La gamine, elle, ne réagit pas à leurs cris. Et ils s'étaient exclamés : « Dieu soit loué ! Elle est des nôtres. »

« Et tu veux en venir où ? » demanda Bridger.

Sa partenaire abaissa le regard et son visage se figea. « A rien. »

Ils se trouvaient dans l'appartement de Dana, ils avaient attaqué leur deuxième bouteille de vin après avoir goûté à la salade au crabe, spécialité de la maîtresse de maison, et à son parfait complément, un sachet de chips sauce barbecue de chez Lucy, que Bridger avait apporté. Il fallut à ce dernier un moment pour décoder le message qu'elle essayait de faire passer, puis il avança la main sur la table et tritura les siennes jusqu'à ce qu'elle relève les yeux. « Ce n'est pas toi, ça, dit-il, tournant autour du pot. Je veux dire, tu n'es pas comme ça.

— Je ne comprends pas.

— Tu n'es pas... tu n'es pas née comme ça. Non ? »

On aurait dit qu'elle allait se mettre à pleurer, mais elle se força à sourire.

« Née comme quoi ?

— Sourde. »

Elle se leva et sortit de la pièce. Quand elle revint, un instant plus tard, elle portait un t-shirt qui remontait à ses études à Gallaudet, un t-shirt qu'il avait déjà vu, qu'elle portait selon que son humeur était conflictuelle ou provocatrice. Représentant un poing levé, il reprenait plus ou moins le logo des Black Panthers, avec la légende *DEAF POWER*. Les sourds au pouvoir.

A quatre ans et demi, elle avait manqué mourir d'une méningite cérébro-spinale ; elle avait eu 40 de fièvre pendant trois jours consécutifs. Les médecins avaient expliqué à ses parents que ses nerfs auditifs avaient été endommagés de façon irrémédiable, qu'elle serait profondément sourde, toute sa vie. Mais elle avait eu de la chance, insistait-elle, parce qu'elle était devenue sourde *après* avoir acquis les rudiments de la langue parlée, ce qui lui rendait mille fois plus facile l'apprentissage de la parole et de la lecture, et, donc, l'insertion dans le monde des entendants. Que se rappelait-elle de cette brève période avant la fièvre ? Des mots, des histoires, des voix. Son père l'emmenant voir *Yellow Submarine* dans un cinéma d'art et d'essai.

« En effet, dit-elle, avançant la main pour la plonger dans le sachet de chips comme si elle voulait la lui cacher, comme si elle craignait ce que cette main risquait d'exprimer, ce n'est pas moi. » Et, en une sorte d'écho discordant, monocorde et décousu, elle entonna : « *We all live in a yellow submarine, yellow submarine...* »

Il ne quitta pas le poste de police avant qu'on lui ait appris qu'elle avait été transférée à la prison de Thompsonville – il était alors plus de neuf heures. Plus tôt, de son portable, il avait appelé le seul avocat qu'il connaissait, un ami de la fac qui faisait ses armes dans le domaine du droit artistique à Las Vegas. « Steve, s'était-il annoncé, c'est moi, Bridger » et Steve avait embrayé illico, question de rattraper le temps perdu, et il avait versé dans le récepteur le sirop de sa voix spécial mondanités jusqu'à ce qu'il ait épuisé ses ressources de banalités et se soit éclairci la gorge d'une façon qui indiquait que le minuteur fonctionnait, ou aurait dû fonctionner. Bridger avait alors dit : « Hum, en fait je t'appelle parce que j'ai un problème. » Et il expliqua la situation.

« Pas bon, fit remarquer Steve. Pas bon du tout.

— Ce n'est pas elle. Elle n'est pas coupable. Elle a grillé un stop, c'est tout... tu comprends ça, non?

— Tu as vérifié du côté de l'usurpation d'identité?

— Je ne sais pas... erreur sur l'identité, usurpation d'identité... quelle est la différence? »

Bridger entendit une voix en fond. « Ça va, ça va, dit Steve, je vais faire bref. » Puis : « Bridger? Ouais, écoute, la différence, c'est l'argent, les gros sous, parce que si c'est une usurpation d'identité, il faut régler tous les dossiers dans toutes les juridictions où l'autre femme a commis ses larcins, et puis il faut aller voir les agences de crédit et ce n'est pas de la tarte, crois-moi.

— Je comprends mais que dois-je faire..., là maintenant? Je veux dire, je ne peux pas la laisser croupir en prison.

— Tu dois contacter un avocat.

— Je croyais que c'était précisément ce que j'étais en train de faire.

— Un avocat spécialisé dans les affaires criminelles. Et sur place. Tu ne connais pas quelqu'un qui connaîtrait quelqu'un?

— Non.

— Ecoute, tu vas sur les pages jaunes et tu passes des coups de fil. Mais je dois t'avertir que, quand ils auront eu vent des chefs d'accusation, ils exigeront une provision aux alentours de 50 000 et en plus probablement 10 000, rien que pour parler à ta copine, ce qui ne garantira rien, surtout avec une demande d'extradition dans le Nevada et toutes ces oppositions à la liberté sous caution. Mais file-leur l'argent et ils te promettront n'importe quoi.

— Je n'ai pas... je veux dire, je gagne bien ma vie mais...

— Qu'est-ce que c'est, au fait, peinture et roto ?

— Hé, ça serait trop long à expliquer... en gros, des effets spéciaux, tout simplement. Je te montrerai quand tu viendras nous rendre visite, promis. J'aime bien ce boulot, c'est bien payé, mais ce que je veux dire, c'est que je n'ai pas une fortune sur mon compte et je n'ai aucun moyen de, hum, tu sais, réunir une somme pareille... »

La voix en fond revint, tout un clapotis de voix, en réalité. Steve passa du miel au vinaigre. « Elle est en prison pour le week-end. Personne ne peut rien y faire. Lundi, ils la feront comparaître et désigneront un avocat commis d'office, un troll sorti de sa caverne, avec son costume à deux sous, sa sacoche bon marché et son air de lassitude de fin de course : il faudra faire avec. Cela dit, c'était chouette de pouvoir discuter avec toi. Bonne chance ! »

Le lundi matin, il prit sa journée (Radko : *Stp les messaj.*) et descendit au tribunal, un édifice des années 20 qui se prenait pour l'Alhambra. Tout en pierre de taille, stuc et céramique, avec une horloge monumentale et une passerelle d'observation sur le toit, d'où les touristes jouissaient d'un panorama du centre-ville de San Roque, du tapis bleu de l'océan jusqu'aux tapisseries brumeuses des montagnes. A l'accueil, une vieille dame radieuse avec un long nez aux narines dilatées et un soupçon d'accent britannique lui dit de consulter le calendrier du jour à l'autre extrémité du hall. Il y vit le nom de Dana inscrit en compagnie de quatre-vingts ou cent autres. La présentation de l'acte d'accusation était prévue pour huit heures et demie dans la salle 2.

La salle de tribunal était le genre d'endroit qui inspirait la confiance dans le système pénal : plafonds voûtés, bancs en acajou dans lesquels était inscrit le riche grain de l'histoire, la tribune du jury en hauteur à gauche, celle du juge, grandiloquente, polie, lustrée, au centre sous l'impressionnant blason de l'Etat de Californie, et, poussés le long du mur de droite, une longue série de mobilier de moindre importance – bureaux pour les greffiers et les clercs –, le tout très silencieux et l'air très efficace à huit heures cinq du matin. Bridger s'installa au dernier rang. Hormis l'huissier, un grand flic musclé, la mine sérieuse, vêtu de la chemise de flic marron avec une sorte de talkie-walkie épinglé au col, il n'y avait que deux autres personnes, un jeune couple, peut-être des étudiants, serrés l'un contre l'autre au premier rang, qui lisaient les bandes dessinées dans le journal du jour. Bridger était épuisé. Il avait travaillé tout le week-end pour essayer de rattraper le temps perdu, et s'était nourri exclusivement de Red Bull, de café et de pizza. Le visage du Kade, qui lui était si lugubrement familier, ressemblait à une hallucination, avec ses yeux trop petits et le contour simiesque de son crâne : il le voyait même quand il ne fixait pas l'écran. Il était heureux que son travail ne requière pas la moindre réflexion parce que son esprit était aussi éloigné que possible de Drex III. Tout le week-end, il n'avait pensé qu'à Dana, Dana enfermée dans une cellule, Dana effrayée et vulnérable, Dana mangeant de la pâtée dans un seau, stressée, abusée, incapable de s'exprimer.

Il avait appelé tous les avocats de l'annuaire et n'avait eu que des répondeurs : Vous êtes bien au cabinet Merker et Stillmann, nos bureaux sont ouverts de dix à dix-sept heures, du lundi au vendredi; en cas d'urgence, appelez le 565-1608. Comme c'était un cas d'urgence, il avait appelé quelque cinquante-quatre avocats au barreau et tous ces numéros sauf un s'étaient révélés être aussi sur répondeur. Au numéro qui ne l'était pas – on était alors samedi matin –, c'est une femme survoltée qui décrocha et demanda qui diable avait donné à Bridger son numéro personnel et ce qui se passait de si extra-ordinaire pour qu'il l'interrompe pendant sa seule journée de liberté dans la semaine? On entendait des cris en fond, le bruit sec d'une balle de tennis venant heurter le cordage d'une raquette. Il lui expliqua la situation et, brusquement, elle devint la plus raisonnable et la plus bienveillante des femmes, scandalisée par ce que le système juridique avait fait à la moitié de Bridger, Dana, c'est ainsi qu'elle s'appelait, c'était bien cela, Dana? Elle se battrait pour elle jusqu'au bout... dès qu'il lui ferait parvenir une provision de 75 000 dollars.

A huit heures vingt-cinq, la salle commença à s'emplir, des gens de tous âges passèrent la porte en lançant un coup d'œil inquiet en direction de l'estrade du juge, avant d'aller s'installer en silence sur un banc. Leur comportement témoignait de leur modestie, de leur soumission, de leur irréprochabilité, les hommes comme les femmes, tous citoyens respectueux des lois qui n'auraient jamais songé à causer la moindre agitation ou à remettre en cause l'autorité de la cour. Ils s'étaient lavé les cheveux avant de venir, ils avaient fait attention à leur mise, les hommes avec leur chemise bien repassée, certains même avec des cravates nouées sagement, les femmes en vêtements aux couleurs neutres, les mains agrippant leur plus beau sac : des gens arrêtés lors de bagarres dans la rue, pour tapage nocturne, désordres domestiques ou conduite en état d'ivresse, mais dont on avait pu payer la caution pour qu'ils puissent passer la nuit dans leur lit, se mettre sur leur trente et un et se maquiller le moment venu. Les autres, comme Dana, attendaient dans un couloir quelque part, et Bridger sentait son sang ne faire qu'un tour chaque fois que s'ouvrait la porte derrière l'estrade du juge.

Le flic avait été rejoint par un collègue – même talkie-walkie, même chemise, mêmes muscles, mais plus petit et plus brun, avec un regard dur et accusateur. Tous deux se tinrent en sentinelles tandis que les clercs entraient en rang côté jardin comme pour le début d'une pièce – ce que c'était, au fond, songea Bridger. Quand tout le monde fut à sa place, la porte du juge s'ouvrit et se referma en coup de vent, le juge se retrouva parmi eux et le plus grand des deux flics cria : « Veuillez vous lever et faire silence, sous la présidence de l'Honorable Kathleen McIntyre. »

Bridger fut un peu rassuré : une femme juge. Lorsqu'il se leva puis se rassit, il observa son visage : un visage intéressant, sympathique, gentil même, un regard poignant, le maquillage de bon goût, la coiffure de même. Il fut certain que ce fiasco serait résolu dès qu'elle aurait jeté un coup d'œil à Dana : elle verrait instantanément que cette accusée n'était pas une faussaire, une voleuse, une violente, une habituée de l'attaque à main armée, une fugitive. Non, pas Dana. Dana était souple et belle. Elle était enseignante. Son casier était vierge. Elle était sourde. Et innocente, innocente à cent pour cent. La juge McIntyre comprendrait tout ça du premier coup d'œil. N'importe qui le verrait.

Mais aucun signe de Dana. D'abord, une escouade d'avocats manucurés, en costumes onéreux, se présentèrent et s'entretinrent avec la juge sur telle ou telle question, ou au nom de tel ou tel, puis l'interprète espagnol débita son speech à la cour, et l'on pria tout le monde de regarder une vidéo d'un quart d'heure, d'abord en anglais puis en espagnol, qui expliquait les droits de tous. Ensuite, pour chaque cas, la juge en faisait la lecture à toute vitesse, les inculpés entraient quand on les appelait, la juge lisait les chefs d'accusation à voix haute, informant les inculpés de ce que le procureur (jeune, pédant, épaules carrées, coiffure sortie d'un magazine branché) préconisait dans leur cas, sur quoi elle leur demandait comment ils allaient plaider. La plupart, y compris l'homme du jeune couple qui lisait les bandes dessinées dans le journal, étaient accusés d'ivresse sur la voie publique, et/ou de conduite en état d'ébriété; la plupart plaidèrent non coupables et s'en sortirent avec un verdict de peine accomplie, une amende et une contribution au Fonds d'Assurance des Victimes. Il y eut des affaires plus saisissantes – une vieille femme aux cheveux emmêlés et le regard fixe, accusée de conduire avec un permis qui lui avait été retiré, d'abandon du lieu de l'accident et de refus de comparaître; un participant à un viol collectif qui arborait les tatouages de rigueur, accusé de dealer en prison, ne se présenta suite à un mandat d'amener que pour se voir menotté et emmené séance tenante. Les plats de résistance, les accusations graves, durent attendre jusqu'après la pause de midi. Bridger ne pouvait pas y croire : il avait perdu toute une matinée. Radko aurait sa peau : tout ça pour quoi? Il n'avait pas vu Dana depuis la veille de son arrestation. Il avait envie de taper sur quelque chose avec un maillet – avec le marteau de la juge, avec une planche arrachée à un banc – envie de taper dessus jusqu'à en faire de la bouillie.

Vint l'après-midi. De nouveaux hommes de loi, de nouveaux accusés aux airs de chiens battus, la juge McIntyre durcissant ses verdicts, de plus en plus irascible au fil des heures. Finalement, à deux heures et quart, la porte à l'arrière du box des jurés s'ouvrit et deux longues files cliquetantes de prisonniers en combinaisons orange, les fers aux pieds, avancèrent lentement dans la salle; hommes et femmes s'assirent à des rangées différentes. Bridger se leva légèrement de son siège pour mieux voir quand les femmes passèrent chacune à son tour dans l'encadrement de la porte avant d'être remplacée par la suivante. Quand il finit par distinguer Dana, coincée entre une femme élancée, à l'œil noir, la tête près de tomber, les épaules nerveuses, et une immense adolescente bien en chair, les cheveux ras et un clou en argent poinçonné dans le sourcil droit, il eut du mal à la reconnaître. Epaules affaissées, tête basse, cheveux sales, pas peignés. Elle semblait avoir une espèce de tache au menton.

Elle s'assit avec les autres, jambes maintenues dans les fers, et ne leva même pas la tête pour scruter l'assistance et vérifier s'il était là. Il fut immobilisé sur place par la colère, l'horreur. Il eut du mal à s'empêcher de hurler et ne comprit que trop la façon insidieuse dont le système fonctionnait, malgré le bois verni et le grain de l'histoire : passe le week-end en taule, innocent ou pas, et tu es condamné au look prison – compromission et culpabilité. Tu es sale, abattu et si tu n'es pas coupable des forfaits qui te sont reprochés, tu es coupable tout de même, d'être accusé, d'être apathique, désespéré, crasseux, aliéné. Il se promit de ne jamais oublier cette leçon, jamais.

Quand la juge appela son nom, Dana se leva, cria qu'elle était présente d'une voix qui ricocha d'un mur du tribunal à l'autre ; là, près d'elle, répondant d'une voix chantante et rédemptrice, se trouvait son avocat commis d'office, une femme, la cinquantaine, en jupe et blazer. Tout en elle réclamait justice. « Votre Honneur, chantonna-t-elle – un chant qu'elle avait répété au cours de centaines d'après-midi semblables au tribunal –, je suis Marie Eustace du bureau des avocats de la cour. Je représente Dana Halter, en garde à vue, ici à mes côtés, et je réclame une vérification d'identité immédiate ; il s'agit manifestement d'une erreur d'identité. Ma cliente est connue à San Roque, c'est une enseignante, elle souffre d'un handicap et son casier est absolument vierge. Elle a été arrêtée par erreur, Votre Honneur, et a passé le week-end à la prison du comté. Je suis convaincue que nous pouvons envoyer des fax à ces juridictions pour obtenir empreintes digitales et photo, et la faire libérer dès cet après-midi. »

C'est alors que Bridger vit un autre personnage, debout dans la rangée devant l'avocate, un homme de très petite taille, comme un jouet à ressort, presque aussi bas sur pattes que Deet-Deet, qui interprétait tout ce qui se disait en langue des signes. De petits signes étriqués, coudes contre le thorax – à ce moment-là, il s'interrompit, attendant la réponse de la juge.

Bridger la regarda. Fronçant les sourcils, elle jeta un coup d'œil à l'avocate, à l'interprète, à Dana, le front plissé sous une mèche teinte, permanentée et séchée artistement par son coiffeur. « Très bien, maître, déclara-t-elle en lâchant un long soupir exaspéré, voyez ce que vous pouvez faire et quand vous aurez quelque chose à me montrer, nous aviserons. »

Alors seulement, il parvint à croiser le regard de Dana – elle le vit et ne le quitta plus des yeux. Aucun doute possible : elle le vit là, présent au tribunal, faisant son maximum pour elle – mais le regard qu'elle lui adressa n'était pas empli d'amour, de gratitude ou même de soulagement. Il le transperça. Puis elle détourna les yeux.

5

IL était quatre heures du matin lorsqu'elles quittèrent la prison du comté, après un petit déjeuner de pain blanc et pâte de fromage, allongé d'une mandarine sèche et d'une boisson aux fruits, le tout distribué dans des sachets en papier kraft, et qu'elles montèrent dans le bus. Dana mangea jusqu'à la dernière miette, en faisant attention à cause de sa carie douloureuse ; elle se lécha même les doigts après avoir terminé. Et puis elle ressentit un infime élan d'optimisme : elles bougeaient, les roues de la justice tournaient, en craquant certes, tandis que le bus cahotait, faisait des embardées et que la vitre cliquetait comme une mitraillette contre la grille en métal, et elle se moquait bien de leur destination tant qu'elles mettaient la plus grande distance entre elle et l'enfer qu'elle venait tout juste de quitter. Les autres laissaient ballotter leur tête contre le dossier du siège de devant, yeux fermés, jambes écartées. Le gaz d'échappement qui passait par le plancher était une bénédiction parce qu'il faisait oublier les miasmes humains. L'unique lumière venait de la lueur verdâtre du tableau de bord et du faisceau pâle des phares du bus, sur lequel Dana fixa son attention. Les autres pouvaient bien dormir, elle-même resta assise le dos droit, en alerte, le regard fixé par-dessus l'épaule du chauffeur sur l'endroit où le tapis lisse et sombre de la chaussée se déroulait, là où les collines et les arbres laissaient la place à des lampadaires ambrés, et des toitures ombreuses d'immeubles d'habitation et de maisons individuelles dans lesquels les gens dormaient et rêvaient.

Le bus les déposa au tribunal; un policier armé d'un fusil monta la garde tandis qu'elles avançaient dans le couloir jusqu'à une cellule située à proximité de la salle d'audience. Une fois qu'elles furent installées dans la cellule, une gardienne leur ôta les menottes et elles eurent le droit de se mélanger et de se rassembler à leur guise. Dana resta seule ou, du moins, essaya. Elle alla jusqu'à l'extrémité opposée de la cellule, s'assit par terre et prit soin de ne pas croiser le regard de qui que ce soit; mais l'adolescente énorme restait toujours là, comme une croûte qu'on gratte, rentrant dans son champ de vision toutes les deux minutes, et Angela tangua d'un groupe à l'autre, doigts en V réclamant de la nicotine, avant de venir s'effondrer à côté de Dana pour entonner un long monologue sur un sujet – ou plutôt des sujets qui lui demeurèrent abscons. Rien ne se passa de toute la longue matinée et jusqu'en début d'après-midi, heure à laquelle toutes se mirent à se redresser et à remuer comme en réaction à une décharge électrique; un homme du bureau des avocats commis d'office déboula dans la cellule et fit un discours que Dana ne parvint pas à déchiffrer. Peu après, Iverson apparut à son tour, se fraya un chemin au milieu des prisonnières, accompagné par une femme qui portait une sacoche.

Que ressentit Dana lorsqu'elle le vit surgir dans la foule, tournant la tête d'un côté et de l'autre, à sa recherche? Du bonheur. Un pur bonheur. Elle ne l'aimait pas, le rendait responsable d'une bonne partie de ce qui lui était arrivé (il aurait dû intervenir, il aurait dû expliquer aux policiers qu'ils se trompaient de personne, il aurait dû insister, user de son influence et la faire sortir) mais cela ne l'empêcha pas, à ce moment-là, de le voir comme son sauveur. Enfin, enfin il allait se passer quelque chose. Il lui présenta l'avocate, qui lui tendit une carte (*Marie Eustace, avocate au tribunal*) et se pencha suffisamment près pour jauger Dana et s'assurer qu'il ne s'agissait que d'une grossière méprise ; Iverson traduisait simultanément dans sa langue des signes rigide et mécanique. Cela ne prit pas plus de cinq minutes : ils allaient établir l'identité de la véritable criminelle et feraient sortir Dana en un clin d'œil ; telle était leur promesse ; Marie Eustace lui adressa un regard outré et lui dit combien elle enrageait de voir que cette cour s'était complètement fourvoyée dans cette affaire. « Ne vous inquiétez pas, l'assura-t-elle, vous serez sortie en un rien de temps. » Dana se déplaça pour aller se blottir contre Angela.

Elle n'avait jamais assisté à un procès et les drapeaux, les tapisseries, le blason monumental et tout le reste l'auraient peut-être impressionnée dans d'autres circonstances, mais tout ce qu'elle ressentit, assise là dans le box (oui, c'était le mot : comme une stalle d'écurie) des accusés, ce fut la même honte, la même colère qu'elle avait ressentie le matin de son arrestation, bien qu'elle fût multipliée par dix à présent. Par dix – au moins. Elle ne pouvait se résoudre à lever la tête, à porter un regard panoramique sur l'assemblée, pour y distinguer Bridger, elle ne pouvait que plonger au tréfonds d'elle-même et se fermer comme une huître. Pendant tout le week-end, elle s'était distraite en se remémorant les poèmes dont elle avait pris l'habitude de battre la mesure en classe pour que ses étudiants puissent en apprécier la musique : dactyles, iambes et trochées chantaient dans leurs têtes tandis que ses mains tapaient le rythme sur le bureau d'un tel puis d'un autre. Et c'est ce qu'elle fit à ce moment-là, tête baissée, loin de la scène qui l'entourait. *Ainsi que mes doigts sur ces touches/créent de la musique, ainsi ces mêmes sons/sur mon esprit en jouent.*

Quand ils finirent par l'appeler, après Angela, après la grande et grosse adolescente au crâne rasé (au nom improbable de Beatrice Fleurs) et une demi-douzaine d'hommes qui serrèrent les mâchoires et firent jouer leurs épaules lorsqu'ils passèrent devant la juge, elle émergea de sa transe assez longtemps pour surprendre l'assemblée avec toute la puissance débridée de son organe : « Oui, lança-t-elle, se levant lorsque Iverson lui signifia qu'ils avaient annoncé son nom, présente. » C'est seulement alors qu'elle leva les yeux et vit Bridger, toute son expression tendue vers elle, le seul qui dans toute la salle ne cilla pas en entendant la tonitruance de sa voix. Elle-même n'exprima rien dans le regard qu'elle lui adressa, ni espoir ni joie ni amour. Elle se rassit et baissa la tête derechef.

Attente, encore. Eternelle attente. Les cas se succédèrent : on exposait et enregistrait des actes d'accusation, décidait du montant de cautions, fixait des amendes. A seize heures quinze, Marie Eustace reparut pour s'entretenir avec la juge et ajouter au dossier des fax envoyés par plusieurs juridictions; la juge chaussa ses lunettes de lecture, la cour se relâcha et les intervenants scrutèrent le plafond ou plongèrent sous la porte pour affaires pressantes. Puis la juge ôta ses lunettes et appela de nouveau Dana; Iverson lui servit encore d'interprète, et Dana se faufila jusqu'à la barre : au moins lui avait-on enlevé les fers. Déjà ça.

La juge avait les yeux d'un bleu laiteux, délavé, comme s'ils avaient perdu toute vitalité, mais elle avait un sourire en réserve, un sourire mélancolique, qu'elle parvint Dieu sait comment à arborer pour l'occasion : l'exonération de Dana Halter. Dana avait tout compris : il y avait erreur sur la personne ou, pire, usurpation d'identité. La léthargie dans laquelle elle avait sombré jusque-là fut vite remplacée par la colère, par une rage qui crût en elle jusqu'à ce qu'elle soit incapable de la contenir. « La cour vous doit ses plus profondes excuses, déclara la juge, tandis que les mains d'Iverson s'affairaient et se tortillaient devant Dana, parce que ce que vous avez subi est terrible, je ne l'ignore pas, mais jusqu'à ce que les preuves arrivent – la juge brandit une liasse de fax, dont le premier, du comté de Tulare, présentait le portrait ombrageux d'un inconnu, un homme blanc en tout cas, légendé Dana Halter –, nous ne pouvions rien faire. Mais nous vous présentons nos excuses... je vous présente personnellement mes excuses... et nous vous soutiendrons avec tout notre pouvoir afin de régler cette affaire. Nos conseillers de l'Assistance aux Victimes sont très qualifiés et seront à votre entière disposition dès votre libération. »

Dana ne put s'empêcher de parler, de pousser son avantage. « Est-ce tout? – elle ignorait totalement si elle hurlait ou si elle chuchotait : Est-ce tout ce que vous allez faire? »

Marie Eustace pâlit. La langue des signes d'Iverson s'affola. *Ça suffit. Rien de plus. Elle va classer l'affaire.*

Dana se tourna d'un coup vers lui, lui répondit en langue des signes, de grands signes furibonds, bras décrivant des boucles, coudes en angles : *Vous vous taisez, parce que je n'ai pas besoin de vous... Quand j'avais besoin de vous, vous n'étiez pas là.* Tout sortit alors d'un coup, la blessure, le désarroi : elle se retourna vers la juge et sa voix retentit comme une extension tangible d'elle-même, de ses mains qui gesticulaient furieusement : « J'ai été enfermée, j'ai été maltraitée... j'ai manqué deux journées de travail et il n'y a même pas eu quelqu'un pour prévenir mon employeur... et vous me faites ces excuses... et je devrais m'en satisfaire? » Son visage était déformé par la colère. Elle se sentit absurde, haineuse, un clown dans une combinaison orange, et elle vit que le regard de la juge se durcissait, mais quel mot lui venait aux lèvres? Quel juron? *Merde, merde*, voilà ce que c'était, elle allait le dire tout fort, *merde!* Mais, avant qu'elle ne puisse vomir le vocable, Marie Eustace s'avança et s'adressa à la juge, après quoi celle-ci regarda Dana dans les yeux et ses lèvres dirent : « Affaire classée. »

Elle n'avait aucune intention de rester assise dans un bureau sans aération, à se confier au personnel de l'Assistance aux Victimes, à répondre à leurs questions idiotes, à remplir des formulaires, à décrypter sur leurs lèvres la banalité de leurs clichés tandis que Charles Iverson jonglait minablement avec ses mains : elle n'avait pas une seconde à perdre. Pas une seconde. Elle voulait enlever cette combinaison, retrouver ses vêtements, ses clefs, sa voiture – et les copies, les copies de ses étudiants. Elle devrait appeler l'école et expliquer sa mésaventure, elle devrait y aller en personne et se mettre à la merci de Mr. Koch, elle devrait affronter sa classe et faire son boulot – si on ne le lui avait pas retiré. Qui la croirait ? On ne jetait pas les gens en prison sans raison, n'est-ce pas, pas en Amérique, en tout cas ! Lorsque furent rédigés les documents de sa libération et que Marie Eustace obtint du tribunal que soit rédigée une déclaration sous serment proclamant son innocence, elle imagina l'incrédulité et la colère qui se peindraient sur le visage de Mr. Koch parce qu'un professeur se serait permis de jouer à l'école buissonnière à moins d'une semaine de la fin du trimestre...

Ce dont elle avait envie, par-dessus tout, assise, muette, dans l'antichambre terne, dans les profondeurs du bâtiment, attendant que les papiers soient classés dans les archives et que soient tout simplement annulées les accusations lancées contre elle pour que, enfin, on lui rende sa vie, c'était une douche. Elle se curait un ongle avec un autre ongle, car ils étaient noirs de crasse, la crasse des cellules, la crasse de femmes odieuses, malveillantes, prostituées, clochardes, droguées et alcooliques. Elle les avait croisées cent fois dans les rues, avait éprouvé de la pitié pour elles, toujours prête à plonger la main dans son porte-monnaie à la recherche de quelques pièces ou d'un billet de un dollar – mais non, jamais plus. Elles étaient communes, elle le savait maintenant, communes dans le sens de : pas raffinées, vulgaires, viles, grossières. Et mesquines. Méchantes. Aucun sentiment, aucune compassion à l'égard de quiconque, sinon d'elles-mêmes. Les petites gens, la plèbe, le *hoi polloi*. Voilà ce que c'était, cette engeance, c'était « Sa Majesté des mouches » dans cette cellule, dans les rues, où qu'elle se tourne ; et elle, dans tout ça ? Et Ralph, et Porcinet ? N'empêche, elle ne se percevait pas comme victime, elle refusait ce statut et, une fois qu'elle serait rentrée chez elle, une fois qu'elle aurait refermé la porte derrière elle et laissé le monde à l'extérieur, elle prendrait une douche et éliminerait toute la crasse accumulée – elle épuiserait les ressources de son ballon d'eau chaude ; ensuite, elle appellerait Mr. Koch et irait tout droit à la fourrière, même si elle ne savait pas où elle se trouvait, et elle prendrait ses copies à l'arrière de sa voiture. Rien qu'à y penser, elle en eut le cœur serré : elle avait pris un tel retard ! C'était de la folie. Comme les cauchemars qu'elle faisait juste avant de se réveiller, ceux dans lesquels elle se retrouvait devant sa classe sans avoir rien préparé, sans projet, échevelée, vêtements tombés en tas à ses pieds. Nue. Frigorifiée. Incapable de parler ni avec les mains ni avec la langue.

Elle avait les nerfs tellement à vif qu'elle en oublia presque Bridger. Mais voilà qu'il courait vers elle dans le couloir, au moment où elle franchissait la porte en compagnie de Marie Eustace, d'Iverson et de sa toute récente déclaration sous serment : Bridger, tout compassion et amour. Elle le laissa la prendre dans ses bras, bien que gênée par l'odeur qu'elle dégageait, et furieuse contre lui : pourquoi n'avait-il *rien* fait ? Il dit quelque chose, quelque chose d'inutile : elle sentit son haleine contre son oreille quand il la serra contre elle ; puis elle le repoussa et, en langue des signes, lui demanda : *Comment as-tu pu me laisser croupir là-bas dedans ?*

Il savait à peine parler la langue des signes. Certes, parce qu'il l'aimait, il avait suivi un cours mais ses mains étaient des massues qui assassinaient la langue. *J'ai essayé.*

Pas suffisamment.

C'est alors que le flic à la chemise marron, l'huissier, intervint. Il parla avec Iverson et Marie Eustace, sur quoi celle-ci se retourna et lui adressa un regard consterné. Elle roula les yeux et tapa du pied. « Quoi ? Quoi, maintenant ? demanda-t-elle.

— Vous aurez du mal à le croire », commença Marie Eustace en se tournant vers Iverson pour qu'il traduise. Ses yeux voletant, contrits, entre eux deux. « Je suis navrée, mais vous allez devoir retourner à la prison du comté pour qu'on vous délivre votre autorisation de sortie. »

Dana fit non de la tête. Un mouvement violent. Elle l'agita d'avant en arrière : ça, ils le comprenaient, n'est-ce pas ? « Non ! » lança-t-elle, sentant que sa voix s'amplifiait, sa puissance compressant son larynx au point qu'elle finit par sentir comme une balle dure et compacte dans sa gorge. Elle tourna le dos à son avocate, s'adressant à Iverson en langue des signes : *Je suis innocente, voici le document qui le prouve et il n'est pas question que je retourne là-bas, jamais, et n'essayez pas, ni vous ni les autres, de m'y forcer.*

Iverson, avec l'expression d'un mauvais acteur et des mains qui calaient et bégayaient, interpréta pour l'avocate, que Dana refusait de regarder, alors que Marie Eustace lui parlait, lui mettait la main sur le bras – une main que Dana repoussa. Elle ne regardait qu'Iverson qui traduisait : *Il n'y a pas moyen d'y échapper. C'est la loi, coupable ou innocent. On vous a amenée ici en bus, on doit vous ramener là-bas en bus. Vous devez rendre cette combinaison et récupérer vos affaires ; et il y a des papiers à signer.*

Non, fit Dana, *non, je n'irai pas.* Furibonde, elle imposa le silence à ses mains et agrippa l'étoffe rude de sa combinaison, dont elle voulut s'arracher, criant tout à coup pour que tous puissent l'entendre, le flic, Bridger et la juge dans ses bureaux : « Prenez ce truc de merde et je foutrai le camp d'ici à poil, je m'en fous, je m'en fous... »

Mais, en fin de compte, il n'y avait pas moyen de s'en foutre – ou l'on fit en sorte que ce soit impossible. L'huissier s'avança et lui informa qu'elle était encore en détention et qu'il lui remettrait les fers, au besoin. Marie Eustace était livide. Elle souffla de l'air dans la direction de l'huissier et Iverson transmit les menaces à Dana, que Bridger se contenta de fixer du regard, comme pour la protéger avec son corps. Jamais, de sa vie, elle n'avait été aussi furieuse : quelle absurdité, c'était kafkaïen, ou, pire, on se serait cru dans un Etat policier : Cuba, la Corée du Nord, le Liberia. Mais ce qui la calma, ce qui annihila sa résistance en un instant, ce fut de voir la main de l'huissier sur le bras de Bridger. Elle ne put distinguer ce qu'ils se disaient, les lèvres décrivant des ronds, le visage empourpré, mais elle comprit que Bridger lui-même était à deux doigts de se faire arrêter pour entrave à la justice ou quelque idiotie de ce genre. « Ça va, dit-elle tout fort. Ça va », sur quoi le flic la saisit par le coude et l'escorta dans le couloir. Ils franchirent deux portes très lourdes et retournèrent dans la cellule, avec Angela, Beatrice Fleurs et leurs consœurs.

Il était près de minuit quand ils la libérèrent enfin de la prison du comté à Thompsonville, à vingt-cinq kilomètres de San Roque ; Bridger l'attendait dans la salle d'attente surpeuplée et éclairée par des néons éblouissants. Pendant un long moment, elle se contenta de le serrer dans ses bras. Elle n'avait pas l'intention de pleurer mais, dès qu'elle l'aperçut, dès l'instant où tout fut fini, elle ne put plus retenir ses larmes. Comme ils se dirigeaient lentement vers la sortie, elle se dégagea de son étreinte, et, tout à coup, s'élança à l'extérieur, avant de rester à nouveau pendant un long moment sur le seuil, à ressentir l'air frais sur son visage : salé, une vague odeur de poisson, mais de l'air pur, le premier air pur qui emplissait ses poumons depuis le vendredi matin. Bridger s'approcha d'elle par-derrière et posa le bras sur son épaule, mais elle le repoussa. Soudain, elle s'emporta, de nouveau hors d'elle. « Je me demande si tu peux seulement imaginer comme c'était là-dedans ! Tu crois que tu peux l'imaginer ? »

Pendant tout le trajet du retour, sur tout le chemin vers sa douche, son lit et sa porte qui lui permettait de repousser les gens à l'extérieur plutôt que de les enfermer à l'intérieur, Bridger tenta de lui expliquer mais elle ne comprenait qu'une infime partie de ce qu'il disait car il avait les mains sur le volant et sa bouche produisait du vent comme n'importe quel entendant, ce qui ne réussissait qu'à la rendre plus impitoyable encore. Finalement, une fois chez elle, les cheveux enveloppés dans une serviette, avec une bière et un sandwich qu'il lui avait préparés, posés devant elle sur la table basse, il l'entraîna vers l'ordinateur et tapa furieusement sur les touches une apologie interminable, genre épilogue de roman russe : alors seulement, elle comprit ce qu'il avait fait, tout le mal qu'il s'était donné, et qu'il ne fallait pas le rendre responsable, lui, mais le système – ou plutôt non, le *voleur*, l'usurpateur d'identité, oui, le responsable, c'était l'usurpateur et, pour la première fois, le souvenir du portrait, du sombre contour sur la feuille de papier luisant au-dessus de son propre nom, revint tanguer dans sa tête : un *homme*, un *homme*, pas moins! Au bout d'un moment, elle se pencha contre Bridger, le prit dans ses bras et commença à pardonner.

Le matin, Bridger la conduisit en pick-up à l'école. Elle n'avait guère dormi, ses cauchemars avaient été empoisonnés, antithétiques; à chaque réveil, elle avait dû reprendre son souffle, elle se croyait encore là-bas, sous les néons éblouissants. Sur le carrelage de la cellule. Elle arriva à l'école vingt minutes après le début des cours et sans Bridger elle aurait été plus en retard encore : elle était habituée à réagir au signal lumineux du réveil mais elle n'avait jamais été aussi fatiguée de sa vie et aurait dormi plus longtemps s'il ne l'avait pas secouée. La première chose qu'elle avait faite en sortant de sa douche, la veille, avant même de boire sa bière fraîche et de dévorer son sandwich, la moitié d'un énorme paquet de chips et des biscuits, tout un paquet, ç'avait été d'envoyer un e-mail à Mr. Koch. Trois pages. Elle avait fourni un compte rendu circonstancié de toute l'affaire : du moment où elle s'était rangée sur le bas-côté après avoir brûlé le stop, jusqu'à sa libération de Thompsonville quelque quatre-vingt-trois heures plus tard. Elle savait qu'elle pourrait mieux communiquer par écrit que par la parole, ou plus en détail, en tout cas, et il lui fallait absolument assurer sa défense : Koch était un petit bonhomme taciturne, aigri, qui n'avait pas une piètre opinion de sa personne et n'acceptait pas les faux-semblants, sans compter qu'il exigeait autant des professeurs sourds que des entendants. Peut-être encore plus, d'ailleurs. Dana avait besoin de sa compréhension, voilà ce qu'elle avait écrit en conclusion, et elle lui promettait de venir le voir avant son premier cours pour lui apporter la déclaration sous serment. Or, elle avait vingt minutes de retard et son cours avait commencé sans elle – et Mr. Koch se trouvait là, en personne, dans sa classe, à couvrir son retard face à ses élèves, et elle ne l'avait jamais vu l'air plus amer.

Il se leva dès qu'elle entra dans la classe : il avait demandé aux élèves de relire leurs devoirs, et s'était plongé lui-même dans la vérification d'une liasse de documents que sa secrétaire lui avait tendus quand il avait quitté son bureau en coup de vent un peu plus tôt. Il adressa à Dana un regard qui ne nécessitait aucune traduction. Ces étudiants de dernière année qui préparaient leur entrée à l'université étaient l'une des meilleures classes de Dana. Ils étaient douze et chacun avait en germe un talent particulier qui lui permettrait de réussir dans le monde des entendants ; elle connaissait tous leurs secrets et leurs défauts. *Désolée d'être en retard*, dit-elle en langue des signes, jetant son sac et sa sacoche sur le bureau. Elle était essoufflée et cramoisie. Elle contracta les épaules en guise d'excuse. *Panne d'oreiller.*

Koch ne lui fit pas de cadeau. Il était déjà à la porte. Un rayon de soleil tombait sur la première rangée de bureaux comme pour scinder la pièce en deux. Les douze élèves restèrent assis, attentifs, tendus, fascinés, et Robby Rodriguez, qui était émotif, donnait l'impression qu'il allait s'effondrer sous le poids d'un désespoir personnel. Pendant un long moment, Koch resta la main sur la poignée de la porte. Puis, tout de go, il déclara, en langue des signes, qu'il la recevrait dans son bureau pendant la pause, sur quoi il ouvrit la porte d'un coup et sortit à grandes enjambées.

Comme la plupart des écoles pour sourds, San Roque était un internat ; les élèves venaient de tous les Etats-Unis même si la majorité était originaire de la côte Ouest. L'école était gérée davantage comme un campus universitaire que comme un lycée (les lycées, aux yeux de Dana, ne valant pas mieux que des maisons de redressement) et, quand les élèves n'avaient pas cours ou n'avaient pas leurs séances d'orthophonie, ils étaient libres d'occuper leur temps comme bon leur semblait – dans certaines limites, naturellement. Les mardi et jeudi, Dana voyait trois classes différentes, une le matin, deux l'après-midi ; dans l'intervalle, elle effectuait des tâches administratives, s'occupait de choses et d'autres en rapport avec l'école ou, quand c'était possible, volait une heure pour travailler au roman qu'elle était en train d'écrire. Elle nourrissait un espoir secret pour celui-ci, une ambition qui l'amenait à s'attacher aux plus infimes détails, à être d'une précision infinie, à communiquer d'une façon qui pouvait être une seconde nature pour les entendants mais qui, pour elle, était aussi nouvelle et exaltante que l'amour : pas l'amour érotique, mais l'*agapê*, un flot amoureux irrépressible en direction de la création entière. Rien qu'à y penser, à penser à ce qu'elle avait déjà accompli et au territoire encore vierge qui s'ouvrait devant elle, elle en éprouvait une bouffée secrète de satisfaction et de fierté. Elle n'avait encore parlé à personne de son roman – sauf à Bridger. C'était trop intime, trop personnel. Même le titre, *L'Enfant sauvage*, était telle une incantation, l'évocation d'un esprit et d'une voix dont elle n'avait jamais été consciente auparavant ; aux moments les plus inattendus, elle se surprenait à le psalmodier et à le psalmodier encore, en son for intérieur.

Dès qu'elle eut terminé les cours du matin (elle avait donné à ses élèves un bref compte rendu de sa mésaventure et leur avait juré qu'elle leur rendrait leurs copies le lendemain, sans faute), elle alla tout droit au bureau de Koch pour s'expliquer. Son secrétaire lui indiqua en langue des signes qu'il était en réunion et Dana indiqua qu'elle attendrait, s'asseyant sur une chaise dans un coin du bureau de l'administration, où elle feuilleta les pages raturées de l'album de sa classe, espérant se calmer – en vain. Sa rage de dents avait repris de plus belle : les élancements tout à fait supportables avaient laissé place à une douleur intermittente et aiguë dont les accès suivaient le rythme de son pouls. Et rester assise sur une chaise en plastique moulé de couleur vive, coudes rentrés tandis que le reste du monde continuait à vaquer à ses affaires, c'était comme se retrouver en cellule.

Quand Mr. Koch finit par la recevoir, à douze heures précises, il s'adressa à elle de la façon brusque et impersonnelle qu'il adoptait avec les élèves indisciplinés. Elle ne s'était pas attendue à une quelconque sympathie de sa part mais elle tenait à ce que les gens (les sourds mais surtout les entendants) restent courtois. Elle avait déjà passé trop de temps à essayer de communiquer avec des individus qui se révélaient hostiles dès qu'elle ouvrait la bouche, pour se satisfaire de moins. *Regardez-moi*, exigeait-elle. *Regardez-moi. Et écoutez-moi.* Tel était son contrat social et, ceux qui n'aimaient pas ça, elle était désormais prête à les planter là. Sans exception.

Koch était à son bureau quand elle entra. Il lui fit signe de prendre la chaise de suppliant en chêne, très dure, face à lui. Elle lui adressa un sourire neutre en s'asseyant, la déclaration sous serment sous le bras dans une chemise kraft tachée, piochée à la hâte dans son classeur quand elle avait dû se presser en partant de chez elle le matin. « Monsieur », dit-elle tout fort. Koch ne répondit pas. Penché sur son bureau, il apposait sa signature minutieuse et infinitésimale sur les diplômes que l'école remettrait le samedi matin, les déplaçant d'une pile sur l'autre, et, chaque fois, elle pensait qu'il allait s'interrompre et lever la tête, mais il en piochait toujours une autre et continuait.

Le bureau était assez banal : une foule de livres et de documents partout, des certificats et des photos encadrées de diplômés suintant des murs, les pavillons multicolores des universités qu'avaient intégrées des étudiants de l'école : USC, Yale, Stanford, Gallaudet. Dana essaya de se rappeler quand elle était venue pour la dernière fois dans ce bureau : est-ce que ça pouvait remonter à un an, au jour où elle avait été embauchée ? Son regard se posa sur un très petit portrait, à l'huile, de Mr. Koch s'adressant en langue des signes à un public mal défini dans un amphithéâtre qui n'était évoqué que succinctement. Apparemment, le peintre affectionnait le rouge — avec pour résultat que le visage du modèle ressemblait à une tranche de viande crue.

« Tout ça est bien embêtant, dit-il en levant tout à coup vers elle un regard acéré et s'exprimant simultanément en langue des signes pour attirer son attention. Une vraie gabegie. Ça ne pouvait pas plus mal tomber. Vraiment. Voyons, *la semaine des examens !* » Une pause, puis : « Avez-vous même fait passer leurs examens à vos étudiants ? »

Peut-être était-elle sur les nerfs (sa voiture était encore à la fourrière, un escroc qui se faisait passer pour elle se promenait librement dans le pays, elle avait à peine fermé l'œil depuis trois jours, et sa dent lui faisait aussi mal que si quelqu'un lui avait planté un câble électrique dans la mâchoire), mais, vraiment, Mr. Koch la brossait dans le mauvais sens du poil. Ses paroles pénétrèrent ses yeux puis son cerveau, où elles déclenchèrent une réaction chimique qui la fit se lever si brusquement que la chaise tomba à la renverse, heurta le sol avec ce qui aurait pu être un bruit mat — si elle avait pu l'entendre. Par signes, elle répliqua : *Vous parlez comme si j'étais coupable.*

Il fixa sur elle un regard neutre, mains croisées sur son bureau. Il entendait mais il avait passé toute sa vie dans une institution pour sourds et sa langue des signes aurait été la plus naturelle du monde si elle n'avait manqué d'expressivité. Et cela, ça ne s'apprenait pas, pas que Dana sache, en tout cas. « Je ne vois pas qui d'autre pourrait l'être », rétorqua-t-il – et ses mains restèrent tout ce qu'il y a de plus immobile.

Vous n'avez pas reçu mon e-mail?

« Si. Mais il n'explique pas vos absences de vendredi *et* de lundi... ni, par-dessus le marché, pourquoi vous êtes arrivée en retard ce matin. Vous n'auriez pas pu appeler, au moins? Vous n'auriez pas pu au moins avoir cette politesse? »

J'étais en prison.

« Ça, je le sais. C'est la raison pour laquelle nous avons cette discussion. » Il abaissa le regard sur son bureau, souleva un presse-papiers en forme de ballon de foot (Deuxième place, Eliminatoires de 3ᵉ Division, 2001) avant de le reposer. « Ne vous a-t-on pas accordé un coup de téléphone? »

Un. Un seul. J'ai appelé mon ami...

« Excellent. Et lui, n'aurait-il pas pu nous appeler? Quelqu'un n'aurait pas pu appeler en votre nom? »

... pour qu'il paie ma caution.

« Voyez-vous, vos étudiants ont été contrariés... la fille Rogers, comment s'appelle-t-elle, Crystal, en particulier. Nous étions tous contrariés. Je trouve très peu professionnel de votre part... et très impoli... de disparaître de cette manière. La semaine des examens, qui plus est! Vous n'avez pas été libérée sous caution, n'est-ce pas? »

Vous avez lu mon e-mail. Je ne pouvais rien faire. Il y avait erreur sur la personne, pire, c'est un cas d'usurpation d'identité (elle brandit la chemise kraft) *et si vous croyez que c'est une partie de plaisir, d'être enfermée en prison pendant tout un week-end, essayez donc, vous verrez. Ç'a été la pire expérience de toute ma vie. Et vous avez le front de m'accuser?*

« Je n'aime pas votre ton. »

Et moi je n'aime pas le vôtre.

Il abaissa les paumes de ses mains sur le bureau avec une énergie cinétique suffisante pour faire voler toute une pile de papiers, puis, comme s'il réagissait à une impulsion subite, il se leva d'un bond tandis que les papiers retombaient par terre à ses pieds. « Suffit! » hurla-t-il avant de passer à la langue des signes, furibond, jouant de ses mains comme un boxeur. *Il ne vous appartient pas d'aimer ou pas. Laissez-moi vous rappeler que vous n'êtes qu'une employée ici, pas moi... Vous avez été embauchée avec un contrat à durée limitée. Vous arrivez en retard la moitié du temps...*

« Conneries! » lança-t-elle. « Conneries! » répéta-t-elle, avant de tourner les talons et de refermer la porte derrière elle avec une force telle qu'elle sentit la secousse remonter dans son bras lorsqu'elle dépassa le bureau de la secrétaire et, prenant le couloir, sortit du bâtiment.

6

LORSQUE Dana l'appela, Bridger était au travail, immergé dans Drex III, lancé sur son orbite, manipulant sa souris, extension désincarnée de son cerveau, son sang suivant un cours – pression, relâchement – régulier, sûr, tranquille. Il était arrivé tôt, directement après l'avoir déposée à l'école, espérant rattraper un peu du temps perdu pendant les quatre derniers jours, et il avait déjà pu récupérer deux heures de boulot avant que les autres arrivent. Ce qui n'empêcha pas Radko de le sermonner devant toute l'équipe sur « l'impordance du drrafail t'équipe », et le fait qu'avec un tel comportement, il laissait tomber tous ses collègues. Bridger trouva ça injuste, très injuste, d'autant plus lorsque, sortant la tête de son box, Deet-Deet commença à faire des grimaces à la Radko pendant toute la suite de ces remontrances. Mais il ne se défendit pas sinon en disant qu'il était arrivé à huit heures et resterait jusqu'à l'heure du dîner... aussi longtemps qu'il le faudrait, même... jusqu'à ce qu'il ait terminé tous les plans de cette séquence (un autre remplacement de tête, cette fois de la tête de la partenaire du Kade, Lara Sikorsky, dont la doublure faisait un triple saut périlleux depuis l'une des colonnes fines comme des aiguilles de Drex III en plongeant dans un lac de feu, d'où elle émergeait indemne, bien sûr, grâce à l'adaptation génétique que permettaient sa peau, ses cheveux et ses ongles méticuleusement polis et vernis pour survivre à des températures qui pouvaient atteindre 180 °C). En fait, il était si absorbé par son travail qu'il n'avait encore ouvert aucune des fenêtres intruses de ses collègues et n'avait jusque-là rien avalé que du café.

Quand son portable se mit à vibrer, il le retira en catimini de sa poche, se pencha très bas pour ne pas être vu – par Radko, qui aurait pu être en chemin vers le réfrigérateur ou la salle de détente. Si Dana avait tendance à envoyer des romans fleuve par SMS, pour une fois, elle restait succincte : *Koch est 1 con! Je démissionne, je le jure.*

Il répondit illico : *Tu veux parler?*

Rien à dire. Je rentre à la maison.

Ne fais pas ça. Tu n'as plus que 4 jours.

Plus rien. Il garda son portable à la main pendant un moment comme un objet totémique, comme s'il avait pu projeter du sens sans intervention humaine, mais Dana se contenta de renvoyer son premier message : *Koch est 1 con!*

Toute autre considération mise à part, Bridger ne pouvait que lui donner raison. Il avait rencontré Koch quatre ou cinq fois, lors d'ennuyeuses réunions à l'école (auxquelles Dana était forcée d'assister, sans quoi elle aurait perdu le bénéfice de la patience et de la bonne volonté de l'administration) : il était aussi rigide, guindé et antipathique que les cent gardes casqués du palais de Drex III. A voir ses manières condescendantes à l'égard des professeurs sourds – sans parler des élèves –, on l'aurait cru plus doué pour l'humiliation que pour l'éducation. N'empêche, c'était son directeur et Dana n'avait guère le choix. L'Ecole San Roque pour les Sourds était la seule de son genre dans les parages et même, à sa connaissance, la seule sur la Central Coast. Il rappela Dana – en vain.

Il l'appela ensuite tous les quarts d'heure mais elle ne répondit pas ; il jeta un coup d'œil à l'extérieur de son box pour vérifier où se trouvait Radko avant de lui envoyer un nouveau message (*N'agis pas sur 1 coup de tête*) à la fois par e-mail et sur son portable. Il n'arriva plus à se concentrer sur son travail, sa souris se déplaçait si lentement qu'on l'aurait crue en Krypto-nite, le plan figé devant lui n'était pas fondamentalement différent du précédent, bref, le film se transformait en bouillie sous ses yeux. Il ne pensait qu'à une chose : qu'arriverait-il à Dana si elle perdait son job ? Au mieux, elle devrait déménager très loin pour en trouver un autre : il y avait une école pour sourds à Berkeley, il en était quasi certain, mais les autres pouvaient se trouver n'importe où : Texas, Dakota du Nord, Alabama. A cette simple pensée – l'Alabama, mon Dieu! –, il eut un haut le cœur et la rappela une fois de plus.

Quand Radko partit à trois heures et demie, pour Los Ange-les, où il avait « rréunion », Bridger s'éclipsa aussi. En dépit de ses promesses, il n'avait aucune intention de bosser jusqu'à la nuit, pas aujourd'hui, en tout cas : il devait emmener Dana à la fourrière, où elle récupérerait sa voiture avant d'aller rencontrer un conseiller de l'Assistance aux Victimes et d'entamer le processus qui lui permettrait de reprendre ses droits sur sa vie : car il n'y avait aucune garantie qu'elle ne serait pas arrêtée de nouveau, pas jusqu'à ce qu'on ait coffré le taré qui avait usurpé son identité. Quand il se gara sur le parking de l'école, elle l'attendait sur les marches, et il en fut soulagé, bien qu'il n'eût jamais cru qu'elle abandonnerait ses classes, même si son directeur atteignait un degré insoupçonné d'imbécillité. Ce n'était pas le genre de Dana. Pas le genre à baisser les bras.

Elle était au beau milieu d'une discussion enflammée, en langue des signes, avec l'un de ses élèves, d'environ dix-sept ans, avec une tête de fouine, qui semblait avoir consacré beaucoup de temps à l'élaboration de sa coiffure (deux couleurs, gel à gogo, rasé autour des oreilles et trop haut sur la nuque) et elle semblait être redevenue elle-même lorsqu'elle se leva, réunit ses affaires et monta dans la voiture. Mais son regard se fit glacial et la première chose qu'elle dit, ce ne fut pas « Comment s'est passée ta journée ? », « Je t'aime » ou même « Merci d'être venu me chercher » mais « Je suis vraiment arrivée au point de non-retour ».

Bridger haussa les sourcils, expression dont il espéra qu'elle signifiait l'interrogation, tout en sachant que la pantomime n'était pas son fort.

« Avec Koch, je veux dire.

— Pourquoi ? demanda-t-il, prenant soin d'exagérer le mouvement de ses lèvres. Qu'est-ce qui s'est passé ? »

Son véhicule eut des ratés, cala et redémarra. C'était un pick-up Chevrolet de 96 qu'il avait acheté d'occasion quand il était à la fac et qu'il avait l'intention de faire réparer depuis lors. « Peu importe, dit-elle. Il me faudrait une semaine pour t'expliquer. » Le jeune à la tête de fouine leur lança un regard tragique, un regard qui ratifia ce que Bridger avait déjà deviné : il était éperdument amoureux de sa prof et marcherait sur le feu pour elle – dès qu'il aurait éliminé son adversaire, cela va sans dire. Dana lui fit un signe d'adieu avant de se retourner vers Bridger. « Avance. Il faut que je récupère ma voiture. Je suis bloquée sans elle. Et les papiers... » Elle fit alors un mouvement qui lui était familier, une sorte de contorsion hyperactive à la hauteur de la taille, comme si le siège la brûlait et qu'elle ne pouvait s'échapper : « Oh, mon Dieu, les papiers ! »

A la fourrière (ESPÈCES OU CARTE DE CRÉDIT, PAS DE CHÈQUES), ils patientèrent dans une file d'attente pendant vingt minutes, le temps de laisser les gens avant eux faire une démonstration des limites et des variétés de la rage chez les hominidés. Par une série insistante de flèches peintes sur le mur extérieur en béton, ils avaient été dirigés vers le guichet, d'où se dégageait une atmosphère de bunker, sombre, réductrice et absolument imprenable. Dès l'entrée, ils avaient été confrontés à un mur de Plexiglas pare-balles, derrière lequel se tenait une caissière maigrichonne, le teint cireux, l'air revêche, les cheveux couleur de mazout. Elle avait dans les quarante, quarante-cinq ans, un âge, en tout cas, au-delà duquel il n'y a plus d'espoir et pas même un simulacre d'espoir; elle portait une chemise de travail bleue avec un écusson sur l'épaule. Son travail consistait à accepter les règlements à travers un Hygiaphone, puis, à son gré, tamponner un formulaire qui permettait de récupérer le véhicule incriminé. De tôt le matin à la fermeture (six heures), les gens lui parlaient (l'insultaient, vitupéraient, écumaient de rage) à travers une grille en métal éraflée. Pas une voiture en vue. Elles étaient toutes à l'arrière, quelque part à l'abri du mur en béton et stuc de trois mètres de haut, surmonté par des barbelés.

Le couple bloqué là quand Dana et Bridger arrivèrent demandait à la femme de l'autre côté du Plexiglas si elle accepterait un chèque. Elle ne prit même pas la peine de répondre, se contentant de lever un index amorphe en direction du panonceau PAS DE CHÈQUES. S'ensuivirent d'autres négociations (pouvait-elle accepter la plus grosse partie en carte bleue et le reste en chèque?), une seconde objectivation de l'index, puis un roulement de menaces débridées (ils feraient un procès, en appelleraient au maire, au gouverneur...), avant que le couple tourne les talons, l'œil assassin, sorte en faisant claquer la porte, bredouille. Ce fut ensuite le tour d'un homme si grand (plus d'un mètre quatre-vingt-dix) qu'il devait quasiment se plier en deux et plonger dans le guichet pour parler à travers la grille. Tout d'abord, il fut calme ou, du moins, il fit des efforts pour contenir sa rage et sa consternation mais, quand la caissière lui tendit la facture du remorquage et de deux journées de garde, il céda aux deux. « Qu'est-ce que c'est, ça? Merde, mais qu'est-ce que c'est? »

La caissière lui renvoya un regard éteint. Elle ne bougeait jamais, ne cillait pas, même quand il commença à taper sur le Plexiglas avec les poings. Quand il eut terminé, quand il se fut bien éreinté, elle lui demanda simplement : « Espèces ou carte ? »

Même si les détails lui avaient été épargnés, si tout cela n'était qu'une sorte de guignol muet (du moins, c'est ce que crut Bridger), Dana, cela va de soi, avait observé la scène. Quand elle s'avança et glissa à travers l'Hygiaphone l'avis de mise à la fourrière et son permis de conduire, elle s'attendait à ce que la femme lui rende ses clefs de voiture. Au contraire, elle lui présenta une facture et annonça : « Ça fera 487 dollars, frais de remorquage plus quatre jours de frais de garde. Espèces ou carte ?

— Mais, vous ne comprenez pas, commença Dana, d'une voix qui ressemblait à une perceuse. Je suis innocente, c'est une erreur. La police recherchait quelqu'un d'autre, pas moi. Regardez... et elle plaqua la déclaration sous serment contre la vitre. Vous voyez ? Ça me disculpe de toute accusation. »

Bridger n'en fut pas absolument certain mais il lui sembla distinguer un soupçon d'intérêt dans le regard de la caissière. Voilà quelque chose d'inhabituel, qui sortait de la routine et, l'espace d'un instant, il crut qu'elle allait agir en conséquence – mais non, pas du tout. « Espèces ou carte ? répéta-t-elle.

— Ecoutez », s'interposa Bridger, avançant à son tour, sachant pourtant que Dana détestait qu'il intervienne, comme si le fait qu'il agisse comme son interprète l'exposait ou la diminuait d'une manière ou d'une autre. Elle n'avait pas besoin d'un interprète, précisait-elle toujours : elle s'était parfaitement débrouillée jusque-là sans que lui ou qui que ce soit mène sa barque à sa place. Elle lui adressa donc un regard féroce mais il ne put s'empêcher d'insister : « Vous n'avez pas compris, reprit-il. Je veux dire... Madame, si vous vouliez seulement écouter un instant : les policiers ont arrêté la mauvaise personne, c'est tout, elle n'a rien fait... Vous avez vu la déclaration. »

La caissière se pencha en avant : « 487 dollars, répéta-t-elle, prononçant la somme lentement et en articulant bien, pour qu'il n'y ait pas d'erreur. Vous payez ou vous partez. »

Ensuite, ce fut le bureau de l'Assistance aux Victimes dans l'annexe à l'arrière du poste de police. Dana et Bridger arrivèrent un quart d'heure en retard au rendez-vous avec la conseillère parce que, même après que Bridger eut persuadé Dana de payer la facture de la fourrière et de demander un remboursement à la police, il leur fallut attendre une heure et demie avant de pouvoir récupérer la voiture, et personne – ni une voyante ni l'astrologue du président ni même l'avocate commise d'office – n'aurait su expliquer pourquoi. En conséquence, Dana était passablement hors d'elle lorsqu'elle franchit la porte du bureau : elle en voulait au monde entier, à son directeur, à la caissière de la fourrière, et à Bridger aussi, parce qu'il avait osé lui tenir tête : les choses se passèrent donc mal, du moins au début. Il faut reconnaître que la conseillère (âge mûr, cernes sous les yeux, la femme maternelle par excellence) était un monument de patience. Comme une plaque l'indiquait au centre de sa table de travail, elle s'appelait Mrs. Helen Bart Hoffmeir. « Appelez-moi Helen », dit-elle dans un murmure mais ni l'un ni l'autre ne put s'y résoudre. Elle laissa Dana parler pendant un moment, offrant sa compassion à ce qui lui semblait être des moments adéquats mais, naturellement, le gazouillis doux et reposant de sa voix n'eut guère d'effet sur son interlocutrice.

Au début, Dana avait des convulsions, tellement elle était en rage ; elle refusa se s'asseoir, elle refusa de s'amadouer. D'une armoire derrière elle, la conseillère prit une boîte de trois étages de chocolats de marque et la posa sur sa table. « Voulez-vous une infusion, une camomille ? » demanda-t-elle, soulevant le couvercle de la boîte de chocolats et adressant successivement à Dana et à Bridger un sourire d'une tendresse excessive : « Ça aide, c'est très reposant, vous savez. »

Ils prirent donc des chocolats et une infusion, et Dana se calma suffisamment pour s'asseoir et entendre ce que la conseillère avait à dire. Elles bavardèrent en sirotant leur tisane et en mastiquant les cœurs de chocolats au nougat, au caramel ou à la cerise. Puis la conseillère regarda Dana fixement et lui dit : « Vous lisez sur les lèvres, n'est-ce pas, ma chérie? Ou préféreriez-vous qu'un interprète... ou votre époux...?

— Mon ami.

— Bien sûr, oui. Est-ce qu'il... peut-il traduire?

— Naturellement, dit Bridger. Je peux essayer. J'ai suivi un cours le semestre dernier à l'université des adultes mais je ne me débrouille pas très bien... » Il rit et la conseillère fit de même. Brièvement. Très brièvement. Car, soudain, elle prit un ton très business.

« Nous disions donc... dit-elle en ouvrant le dossier, comme vous avez dû le comprendre, Dana, vous êtes victime d'une usurpation d'identité. » Elle retira quatre fax du dossier et les poussa sur la table. La photo du voleur les dévisagea et Bridger eut un tic de colère. C'était donc lui, cet homme de race blanche, environ la trentaine, cheveux coupés court, à la mode, pattes taillées en pointe, regard assuré et suffisant jusque dans cet instant réducteur, où il avait été pris en photo dans le département du shérif du comté de Tulare, à Marin, LA, Reno : c'était donc lui, cette merde qui avait foutu Dana en prison. « Malheureusement, poursuivit la conseillère, une légère crispation de regret s'attaquant aux commissures de ses lèvres, il vous incombe de vous défendre.

— C'est lui, ça? » demanda Bridger. Son ton était si dur qu'il faillit étouffer en parlant. Jusque-là, il avait toujours suivi son petit bonhomme de chemin (lycée, fac, école de cinéma, Digital Dynasty), il avait vécu une existence de vidéo, facile de tout point de vue et jamais plus heureuse que lorsqu'il était affalé sur le canapé, à regarder un DVD, ou lové dans un fauteuil moelleux au ciné tandis que défilait le générique (Melissa le traitait de « taupe vidéophage » – et ce n'était pas un compliment!) mais, à ce moment-là, il sentit monter en lui quelque chose qu'il n'avait jamais ressenti auparavant : car tout, désormais, était différent : bobine de pellicule déraillée, canapé renversé. C'était la haine, voilà ce que c'était. C'était de la fureur. Elle était incendiaire et elle avait une cible : *alors, c'est lui ce fils de pute !*

La femme fit oui de la tête. Des lunettes de vue pendaient à une cordelette autour de sa gorge : elle les monta à hauteur des yeux pour étudier les photos. « Nous ne connaissons pas son vrai nom et il est possible qu'il ait déjà été arrêté sous plusieurs pseudonymes différents... »

Soudain, Dana prit la parole. « Et les empreintes digitales ?

— Nous n'en avons pas. La police n'en a pas pris... Parce que – elle marqua une pause, regardant Bridger, cherchant un soutien pour révéler la triste vérité de l'instant –, je suis navrée de devoir dire qu'un délit comme celui-ci, sans victime, ne justifie pas le déploiement de ressources... »

Les doigts de Bridger étaient paralysés. Il devait épeler avec les mains la plupart des mots (« sans victime » lui prit une éternité) mais Dana, elle, réagit instantanément : « Sans victime ? lâcha-t-elle. Et moi, alors ? Mon travail ? Mes étudiants ? Et les 487 dollars de fourrière... qui va payer ça ? »

Qui, en effet ?

L'explication fut touffue, longue, contournant le problème pour y revenir et ainsi de suite. D'abord, Dana était une victime, bien entendu, mais elle devait comprendre que le taux de crimes avec violence était très élevé dans l'Etat de Californie, comme dans l'ensemble du pays, d'ailleurs, et qu'il était difficile de faire respecter la loi. Dehors, il y avait des voleurs en liberté, des meurtriers, des serial killers. Des sadiques. Des pédophiles. Elle ne minimisait en rien son traumatisme, bien sûr, et l'on était en train de prendre conscience de l'ampleur du phénomène (les clichés avaient pour la conseillère la même valeur que les sucreries ou la tisane : ils étaient lénifiants). Il existait plusieurs mesures que Dana pourrait prendre pour recouvrer son honneur et peut-être même amener le criminel devant la justice. La conseillère sortit un carnet et un crayon du tiroir supérieur de son bureau. « Voyons, dit-elle, avez-vous la moindre idée de l'identité de cet homme ou de la façon dont il aurait pu avoir connaissance de vos identifiants ? »

Dana hésita un instant, jusqu'à ce que Bridger ait laborieusement épelé le terme « identifiants », qui était nouveau pour l'un comme pour l'autre. « Non, répondit-elle, accompagnant sa réponse par un hochement de tête appuyé. Je ne l'ai jamais rencontré.

— Avez-vous perdu votre sac ou vous l'a-t-on volé dans les derniers mois ? »

Dana réussit à lire la question sur les lèvres de la conseillère et fit encore non de la tête.

« Et votre boîte aux lettres ? Est-elle sûre ? Fermée, veux-je dire. »

Oui, dans sa résidence, les boîtes aux lettres étaient situées dans une niche séparée et chaque locataire avait une clef pour la sienne.

« Et au travail ? Recevez-vous des e-mails ? – la conseillère remit alors les lunettes en action et regarda un instant la feuille qu'elle avait sous les yeux. A l'Ecole San Roque pour les Sourds ? »

Oui, Dana y recevait des e-mails. Quant aux boîtes aux lettres de la salle des professeurs, tout le monde pouvait y avoir accès. Mais il ne lui avait jamais rien manqué : ses bulletins de salaire avaient toujours été là tous les quinze jours comme prévu, et, à sa connaissance, il n'y avait pas eu d'interruption du courrier non plus, à son adresse personnelle.

La conseillère regarda longuement Bridger. Il avait été tellement concentré sur ce qu'elle disait et sur son effort pour le traduire à Dana qu'il avait oublié où il se trouvait. Il s'aperçut alors qu'il se faisait tard : il était plus de six heures, en tout cas, les stores vénitiens étaient chargés de couleurs et de fins doigts de lumière du jour marquaient le mur comme la silhouette d'un voleur. Il pensa à Radko. Il pensa à Drex III. Il devrait retourner au travail après le dîner, songea-t-il, et cette pensée – du dîner – lui donna la nausée. Depuis quand n'avait-il pas mangé ?

« Voyez-vous, la raison pour laquelle je pose cette question... » poursuivit la conseillère, regardant Bridger encore un instant avant de se tourner vers Dana, pour s'assurer qu'il était bien attentif et que rien de tout ceci (son discours, ses paroles, son empathie professionnelle) ne serait perdu, « ... la raison en est que l'immense majorité des usurpations d'identité dérivent de vols de portefeuilles ou de courriers détournés. En fait, l'un des procédés préférés des voleurs est de se procurer un nom et une adresse, dans un annuaire, sur une carte de visite, et de demander à la poste un transfert de courrier. Ils font envoyer votre courrier à une boîte postale et ont ainsi accès à toutes vos informations financières, factures de cartes de crédit, relevés de banque, chèques et le reste. »

Elle marqua une pause pour juger de l'effet obtenu. Les doigts de lumière grimpèrent plus haut encore sur les murs. Son visage exprima la joie, voire le triomphe : elle connaissait les ficelles, elle n'était pas en danger, ne le serait jamais. « Ensuite, ils n'ont plus qu'à se faire établir un faux permis de conduire à votre nom, commander de nouveaux carnets de chèques, des cartes de remplacement, et le tour est joué... pour une moyenne nationale de 5 000 dollars. »

Bridger songea à sa propre boîte aux lettres, une simple fente avec son nom écrit au-dessous, et au nombre de fois où ces crétins des services postaux US y avaient fourré le courrier de ses voisins ; et la fois où il s'était retrouvé avec une demi-douzaine de relevés de fonds mutuels adressés à une femme qui vivait à l'autre bout de la ville, alors qu'elle n'avait qu'un numéro et le code postal en commun avec lui (196 Berton Street au lieu de 196 Manzanita). Et s'il avait été un escroc ? Que se serait-il passé ?

Dana interrompit sa rêverie. Elle s'impatientait. Elle voulait de l'action. Ça, c'était bien elle : tout, tout de suite, pas de temps à perdre. « Tout ça, c'est bien joli, dit-elle, d'une voix plus grave encore et plus surprenante que d'habitude, mais qu'est-ce que je fais maintenant ? Voilà ce que je voudrais savoir. »

Un instant, la conseillère parut désarçonnée (c'était là une infraction à l'orthodoxie, au rituel qui calmait et absolvait) mais elle recouvra vite son aplomb. « Eh bien, il va falloir tout de suite faire établir un rapport de police que vous devrez ensuite inclure dans tous vos courriers à vos créditeurs et vous devrez aussi prévenir les compagnies de cartes de crédit en cas d'anomalies. Dans vos relevés. Vous devrez réclamer des relevés et les vérifier dans le détail : Visa, MasterCard, toutes les cartes dont vous disposez. Nous veillerons à tout ça. Ce que je veux que vous sachiez, ce que je veux vous dire, c'est comment ces choses se passent, pour que vous soyez prête, la prochaine fois. » Derechef, l'expression béate. La conseillère se cambra et fixa Dana des yeux. « Mieux vaut prévenir que guérir, n'est-ce pas ? »

Elle les retint encore une demi-heure et, en fin de compte, Bridger se demanda quel message elle souhaitait vraiment transmettre. Ou même ce qu'elle pensait, elle, de toute l'affaire. Son regard sembla s'enflammer et elle s'anima de plus en plus au fil des histoires horribles dont elle ponctua l'entrevue : la femme dont les quittances de loyer avaient été dérobées dans le bureau de son propriétaire et qui s'était retrouvée avec 30 000 dollars de dépenses : repas grandioses et services dans un hôtel de la ville où elle n'avait jamais mis les pieds, location d'une Cadillac neuve, achat et enregistrement de deux caniches, sans compter 4 500 dollars de liposuccion ; le gamin de douze ans dont le petit ami de la mère avait pris l'identité jusqu'à ce qu'il atteigne ses seize ans, et qui fut arrêté lorsqu'il alla se faire délivrer un permis de conduire, pour des délits commis par ledit petit ami ; le retraité dont le courrier cessa mystérieusement d'arriver et qui finit par découvrir que les voleurs n'avaient pas seulement demandé un changement d'adresse mais requis ses relevés de compte chez ses trois compagnies de cartes de crédit pour pouvoir assécher son compte de retraite, encaisser ses chèques de sécurité sociale et même s'approprier les 200 000 miles qu'il avait accumulés auprès des compagnies aériennes. Et les choses empirèrent encore : privé de ressources, le vieillard, un vétéran invalide de la guerre de Corée, avait été expulsé de son appartement pour non-paiement de son loyer, et avait terminé dans la rue, à faire les poubelles en quête de pitance.

« C'est affreux », déclara Bridger, pour dire quelque chose. Dana demeurait rigide à côté de lui.

« C'est seulement le sommet de l'iceberg, déclara la conseillère d'une voix chantante. Dans votre cas, ma chérie, dit-elle en se tournant vers Dana, c'est même pire, potentiellement pire, car il ne s'agit pas seulement d'un emprunt passager d'identité, comme quand un drogué ou un ex-condamné essaie de se faire un peu d'argent à la va-vite pour disparaître tout de suite après, c'est carrément une usurpation d'identité.

— En effet, dit Dana, auréolée par le soleil qui grimpait sur le mur dans son dos. Usurpation d'identité... pouvez-vous expliquer exactement de quoi il retourne ? » Elle se tourna vers Bridger, qui essayait d'aider de son mieux lorsque la conseillère griffonna le terme sur un morceau de papier, qu'elle poussa ensuite sur son bureau.

— Usurpation d'identité, répéta la conseillère. C'est quand un escroc devient un second vous-même, vit comme s'il était vous, sous votre nom, pendant des mois, parfois des années. Et s'il se tient tranquille et n'a pas maille à partir avec la loi, il réussit à ne jamais se faire prendre...

— Maintenant, je n'y comprends vraiment plus rien, Dana se surprit-elle à dire. Quelle raison aurait quiconque de faire ça : s'approprier l'identité d'autrui, si ce n'est pas pour l'escroquerie à la carte bleue ou ce genre de chose ? Voyons... quel intérêt ! »

La conseillère haussa les épaules. Elle abaissa le regard sur le téléphone comme s'il détenait la réponse. Elle se mit à agiter les photocopies entre ses mains avec des gestes brusques qui annonçaient la fin de l'entrevue, avant de lever les yeux : gris, limpides, illuminés par une étrange excitation. Ils passèrent du visage de Bridger à celui de Dana, sur lequel ils s'immobilisèrent. « Réfléchissez, dit-elle d'une voix douce. Imaginez que vous êtes sans le sou, sans éducation, que vous devez payer une pension alimentaire à votre ex-femme, que vous avez un casier, et que votre situation financière est catastrophique : vous êtes, mettons, dans l'impossibilité de rembourser un prêt, en faillite ou bien vous avez coulé votre entreprise. Vous trouvez quelqu'un de solide, quelqu'un comme vous, Dana : bonnes références bancaires, hautes études, et un casier vierge. Vous m'avez dit que vous avez fait une thèse, non ? »

Dana jeta un regard à Bridger pour qu'il traduise, ce qu'il fit de son mieux. *Elle dit : tu as fait une thèse, non ?*

« A Gallaudet », répondit Dana après un instant, et sa voix rebondit, monotone, contre les murs. Elle se redressa sur son siège, carra les épaules. Pour la première fois de l'après-midi, elle esquissa un sourire : elle était fière de ce qu'elle avait déjà accompli dans sa vie, fière de la reconnaissance qu'elle en retirait dans un monde de flemmards et de ratés, et encore ne considérait-elle ça que comme un tremplin vers d'autres réussites bien plus significatives. Elle ambitionnait un poste en fac, et pas une fac pour sourds comme Gallaudet, mais une fac d'entendants où elle pourrait enseigner la poésie et le roman américain contemporain, voire l'écriture romanesque à des étudiants entendants. « Dans le département d'études anglo-américaines. J'ai fait ma thèse sur Poe et j'ai remporté une bourse grâce au prix Morris Lassiter il y a deux ans, l'année avant mon arrivée ici à San Roque. » Sa voix se cassa – elle était épuisée, comme Bridger s'en apercevait parfaitement : elle se mit à hacher et à élider les syllabes. « Elle est en lec-ture dans une maison d'édition uni-ver-si-taire très pres-ti-gieuse où... je veux dire : à la-quelle... mon di-rec-teur de thèse m'a re-com-man-dée, mais je ne veux pas en parler tant que le contrat n'est pas signé. Ce ne serait pas bien...

— Certes », dit la conseillère, qui n'écoutait pas vraiment, car tout ce qui l'intéressait, c'était faire passer son message. Elle avait une photocopie à la main, celle qui montrait avec le plus de détails l'imposteur, l'usurpateur d'identité content de lui, malgré son regard de voleur à la tire. « Vous voyez là – elle tapota un ongle rouge et reluisant sur la peau tendue de la page –, c'est le *Dr* Dana Halter. Et vous pouvez parier qu'il n'a pas eu besoin d'écrire huit cents pages pour décrocher sa thèse. »

Bridger savait qu'il aurait dû retourner à Digital Dynasty, reprendre sa place discrètement et s'employer à finir les affaires du Kade, mais il ne put laisser Dana endurer seule ces tourments. Les nouvelles étaient effroyables : non, les avait informés la conseillère, la ville n'était pas redevable du remorquage et de l'entreposage de la voiture de Dana, et la police était dans ses droits quand elle l'avait arrêtée parce que ses identifiants étaient les mêmes que celui de l'usurpateur; ils pouvaient essayer de faire un procès mais ils avaient aussi peu de chance de gagner que cet annuaire, là sur son bureau, de s'envoler; ils pouvaient, bien sûr, s'ils le désiraient, réclamer le remboursement du remorquage et des frais de fourrière mais le résultat dépendrait beaucoup de l'humeur du juge. Bridger souhaitait donc rester aux côtés de Dana, ne serait-ce que pour commander une pizza et regarder la télé tandis que, tête résolument baissée, elle corrigerait ses copies. C'est exactement ce qui se passa. Ils se rendirent chacun dans leur voiture jusqu'à l'appartement de Dana et, alors qu'il sortait acheter deux pizzas (grand format, ail-poulet et poulet-légumes) et deux salades (sauce italienne), Dana posa sa sacoche et se mit au travail.

Il n'était guère plus de huit heures lorsque le téléphone sonna – ou, plus exactement, clignota. Essayant de faire taire sa culpabilité par rapport à Digital Dynasty, Bridger sirotait du chianti devant une rediffusion d'*Alien*, qu'il devait déjà avoir vu vingt fois (Dana adorait le slogan de la bande annonce : *Dans l'espace, personne ne vous entendra crier*). Il avait posé les pieds sur la table basse, sa cinquième tranche de pizza l'avait finalement rassasié et il appréciait le fait de pouvoir mettre le son au maximum sans risquer de déranger personne. Régulièrement, quand la créature disparaissait dans un flou de battement de queue ou qu'un tonnerre de la bande son annonçait la disparition d'un quelconque membre de l'équipage égaré dans l'espace, il levait les yeux vers Dana. Elle était assise à l'autre extrémité de la pièce, à son bureau, où la lumière laiteuse de la lampe accrochait puis relâchait les traits de son visage quand elle s'en approchait avec son crayon rouge puis s'en éloignait. L'ordre était revenu, tout avait repris sa place, hormis la créature, qui faisait son numéro avec la machine à salive et les mâchoires multicharnières. Oui... puis le téléphone clignota.

Dana leva les yeux. « Tu veux bien répondre ? »

Sans quitter l'écran du regard, Bridger ôta de la table basse ses chevilles croisées : la pub débarqua, sans transition, sans la moindre ironie ou ne fût-ce qu'un minimum de conscience télévisuelle, direct des dents baveuses au cul nu d'un bébé. Il se leva pour aller au téléphone. Comme la plupart des sourds, Dana possédait un télétype, un appareil d'assistance auditive compatible avec son portable, qui lui permettait d'envoyer des messages audio ou écrits. Bridger appuya sur le bouton ON et la lumière s'arrêta de clignoter mais, au lieu d'un message écrit, un gémissement haut perché éclata dans le haut-parleur : « Dana Halter ? John J.J. Simmonds à l'appareil, Service des impayés, à TM... J'appelle à propos de votre découvert...

— Qui ça? s'enquit Bridger.

— Si vous avez des problèmes financiers, je suis certain que nous pouvons élaborer un échelonnement des règlements mais vous devez comprendre que le paiement doit être entièrement effectué tous les mois selon les termes du contrat que vous avez signé...

— Ho là, ho là, ho là! Un instant : de quel compte parlez-vous? » Il leva les yeux vers Dana : sourcils froncés, elle était penchée sur une copie, crayon rouge suspendu aux lèvres.

« Ne me faites pas le coup des...

— Je ne... Je veux dire... nous, je veux dire elle...

— ... parce que nous ne tolérons aucun refus de paiement et je suis sûr que vous me comprenez très bien.

— En effet, mais...

— Bien, donc nous pouvons discuter – la voix lui revint comme un boomerang, rude, impénétrable. Permettez-moi de vous expliquer les faits : nous allons avoir besoin d'un chèque de banque certifié d'une valeur de 822,16 dollars envoyé par coursier à nos bureaux demain avant l'heure de fermeture des bureaux, dix-sept heures, heure de la côte Ouest, ou nous interromprons nos services et intenterons une action en justice, et ce n'est pas une menace en l'air, je vous le certifie. »

Bridger sentit la colère monter en lui. « Un instant, je vous prie. De quel compte parlez-vous... pourriez-vous me le dire, je vous prie, simplement me dire de quel compte vous parlez, *s'il vous plaît*?

— TM Cellular.

— Mais elle n'a pas... nous n'employons pas TM. Nous sommes chez Cingular.

— Ne me racontez pas d'histoires. J'ai vos impayés sous les yeux. Vous comprenez ce que je vous dis? 822,16 dollars. Federal Express, demain dix-sept heures. Ce n'est pas un jeu, je peux vous l'assurer.

— D'accord, d'accord. » Bridger observait Dana qui, front ridé par la concentration, faisait danser son crayon rouge : elle avait oublié toute l'affaire. Sur l'écran de la télé, le monstre était de retour et la caméra, effectuant un mouvement brusque, dévoila un bain de sang. « Ecoutez, tout ça est probablement une erreur, elle vient d'être victime d'une usurpation d'identité, et si vous pouviez juste nous envoyer la facture pour que nous puissions régler l'affaire...

— A qui est-ce que je parle ?

— Je suis son petit ami.

— Son petit ami ? Vous voulez dire que vous n'êtes pas Dana Halter ? Alors, pourquoi avez-vous dit que c'était vous ?

— Je n'ai jamais...

— Passez-la-moi tout de suite, vous m'entendez ? Et quand je dis tout de suite, c'est tout de suite ! Vous me prenez pour un guignol ? Passez-la-moi, bon sang, ou je vous fais poursuivre pour... pour *obstruction* !

— C'est impossible.

— Quoi, c'est impossible ?

— Elle est sourde. »

S'ensuivit un silence. Puis la voix revint une fois de plus, plus dure, plus forte, beuglement théâtral outré, moralisateur et boursouflé. « Je croyais les avoir toutes entendues mais vous avez du cran... je dois l'avouer. Qu'est-ce tu crois, que je suis un empaffé ? On est en train de parler escroquerie, délit, nous allons lui intenter un procès...

— Un instant, un instant, un instant – une idée, encore imprécise, venait de germer dans l'esprit de Bridger. Pouvez-vous simplement me donner le numéro, le numéro du compte ? Je veux dire, le numéro du portable ? »

Au bout du fil, la voix trahit un certain épuisement, l'exaspération – elle suait le mépris : « Vous ne connaissez pas votre propre numéro de portable ?

— Donnez-le-moi. »

Ironie pesante, soupir plein d'ennui et de dégoût : « Quatre, un, cinq... »

Dès qu'il fut en possession du numéro, dès l'instant où son correspondant eut donné le dernier chiffre, Bridger cria : « Vous aurez votre chèque par coursier demain. » Et il débrancha le téléphone. Ensuite, alors que son cœur battait la chamade face à l'audace – les couilles, ouais – de ce qu'il était sur le point de faire, il se retourna pour voir si Dana était encore à son bureau, encore penchée sur ses copies avec son crayon rouge et ses froncements de sourcils, avant de sortir son portable de sa poche et d'appeler le numéro. Il entendit le bourdonnement lointain, indistinct, tout en échos, de la connexion qui s'établissait, du satellite qui exécutait ses révolutions dans le néant baigné de soleil, et puis le clic du bouton Parler – avant qu'une voix d'homme réponde : « Allô ? »

DEUXIÈME PARTIE

1

« OUAIS, salut. C'est Dana? »
Ils annonçaient une promotion aux haut-parleurs : *Votre attention, s'il vous plaît, clients de Smart-Mart, nous avons une promotion éclair au rayon Appareils ménagers, notre mixer modèle superluxe trois vitesses pour seulement 39,95 dollars, jusqu'à épuisement du stock.* Le raffut détourna son attention. Sans compter que Madison pendait à son bras gauche comme un quartier de bœuf, toute barbouillée de sucre, mèche de cheveux devant les yeux, chocolat sur le menton, et chantonnant *J'en veux, j'en veux, j'en veux.* Où était donc Natalia? « Attendez, dit-il au téléphone, je ne vous entends pas. »

Il jeta un coup d'œil panoramique, portable dans une main, Madison dans l'autre, entouré par le chaos coutumier de ce genre d'endroit – des gamins qui couraient partout, des obèses qui poussaient dans tous les sens des chariots sur lesquels étaient empilées les montagnes de merdes qu'ils avaient achetées, comme s'ils participaient à une compétition ou à un exercice recommandé par leur diététicien – têtes, dos, épaules, ventres, fesses, puanteur parfumée au beurre de synthèse et aux hot-dogs grillés, aplatis et secs ; quand il eut trouvé une oasis de calme au rayon Hommes, il recolla le portable à son oreille. « Allô! Allô!

— Dana?

— Ouais. Qui est-ce? »

Un infime instant d'hésitation puis la voix au bout du fil se déversa comme une diarrhée verbale : « C'est Rick, je voulais simplement revenir sur ce truc dont on parlait l'autre jour... »

Il ne reconnut pas la voix. Il ne connaissait pas de Rick. Madison monta le ton jusqu'à un fausset nourri au sucre : « Je veux Henrietta Horsie. Je t'en prie, s'il te plaît, Dana, s'il te plaît!

— Rick qui?

— James. Rick James. Tu sais, au bar, l'autre soir? Celui sur, comment elle s'appelait cette rue... tu te souviens? »

C'est alors que tout fit silence : haut-parleurs relégués au loin, Madison remuant les lèvres sans qu'aucun son n'en sorte, gamins jambes nues fonçant muettement dans les allées, et même des bébés au visage violet de rage garrottés au beau milieu d'un cri. Il se sentit nauséeux. Comme si quelqu'un avait pris un couteau et l'avait ouvert. Il tremblait, tremblait vraiment quand il appuya sur OFF et glissa son portable dans son étui Hanes.

Sa première pensée fut de retrouver Natalia et de sortir de là, de monter dans la voiture et de mettre les bouts, mais il y renonça. Ce n'était rien – et puis si, c'était quelque chose, sans aucun doute, quelque chose de grave – mais il n'y avait aucune raison de paniquer. Ils avaient son numéro de portable, c'était sûr. Et alors, il en prendrait un autre, pas de problème. Par contre, s'ils réussissaient à remonter la piste, à retrouver son adresse? Mais non, se dit-il, il était idiot. Il était en sécurité. Il n'avait aucun problème. Tout allait bien.

Madison, cinq ans demain et le visage étroit, affamé et envoûtant d'un elfe sorti d'un conte de fées, lâcha brusquement sa main et se laissa tomber d'un bloc sur le carrelage. Il la regarda alors comme s'il ne l'avait jamais vue, avec ses yeux contractés par une douleur ou une bouderie calculée, prête à dormir. Il releva la tête d'un coup et scruta le centre commercial à la recherche de Natalia.

William Wilson, trente-quatre ans, génie de la pizza, dandy, tombeur, du moins à ses propres yeux, alors que sa dernière amie en date – avant Natalia – lui avait donné une fille qu'il aimait tant que c'en était douloureux, avant de devenir la reine des salopes et de l'envoyer tout droit derrière les barreaux. Il avait toujours détesté le prénom que sa mère lui avait imposé : William Jr (c'était celui de son père, qui avait ses propres problèmes de son côté) ; à l'école élémentaire, à cause de son prénom, il se sentait un peu supérieur et exigeait qu'on ne le déforme pas : il s'appelait William et pas Bill ou Billy ; au collège, il avait compris qu'il n'était pas très in et s'était acheté une veste de trappeur avec Will brodé sur la poitrine, en lettres de cuir blanc immaculé, mais finalement ça n'avait pas fait une grande différence. Will, William, Bill, Billy : tout ça était tellement ordinaire, tellement prosaïque – ou plébéien, l'un de ses vocables préférés en cours d'histoire, parce que si quelqu'un était l'opposé de « plébéien », c'était bien lui : or, merde, combien de William Wilson y avait-il dans un pays comme les Etats-Unis ? Sans parler de l'Angleterre. Il devait y en avoir encore des milliers là-bas. Des centaines de milliers. Et des Guillaume et des Wilhelm et des Guillermo éparpillés aux quatre coins du monde, alors ? Dès le lycée, il avait adopté le nom de jeune fille de sa mère, Peck, et personne n'avait plus osé l'appeler quoi que ce soit d'autre, parce qu'il savait manier sa langue, ses mains et ses pieds aussi : à seize ans, il était ceinture noire, et il n'y avait qu'un gamin à l'école qui croyait pouvoir lui tenir tête, et ce gamin, Hanvy Richards, se retrouva avec l'arête du nez cassée en trois endroits. Peck Wilson, voilà qui il était. Ensuite, il alla au Community College où il obtint son diplôme d'apprenti. Il grimpa l'échelle sociale – de livreur à barman puis manager de Fiorentino, dans sa ville natale, à

Peterskill, Westchester Nord. Ensuite, il entreprit plusieurs voyages : à Maui, Stowe, Miami... Il essaya les femmes comme il essayait les boissons et les recettes, toujours enthousiaste, explorant toujours. A vingt-cinq ans, tout lui souriait.

Sûr, puis il avait rencontré Gina, et après ça, ç'avait été la merde. Ou plutôt, non : il faut lui reconnaître une chose à Gina, elle avait une charpente exceptionnelle et sa langue percée avait le goût des cigarettes au clou de girofle qu'elle fumait et il avait une érection rien qu'à y penser, mais elle l'avait entraîné sur une pente merdique, un foutu plongeon de grand huit à la retiens-ton-souffle-et-cramponne-toi, dans un tonneau de merde sur des roues graissées à la merde. Mais il ne voulait plus y penser maintenant. Il ne voulait penser qu'à Natalia, la fille de Jaroslaw, insatiable, folle de shopping, pilier de restaurant, championne de la chambre à coucher ; son accent sans attaque hachait les mots d'une manière qui lui filait des démangeaisons – ah ! et sa petite fille qu'elle avait eue du gars qui l'avait fait venir aux States, qui lui avait obtenu sa carte verte, un gars beaucoup plus âgé, qu'elle n'avait jamais aimé, pas même un peu et encore moins à la folie.

Ils roulaient, maintenant. Dans la Z4 qu'il lui avait achetée (noire, décapotable, moteur trois litres, boîte six vitesses) ; le coffre était bourré d'articles de Smart-Mart et Madison se tortillait sur ses genoux. « Pourquoi partir si vite ? » lui demanda Natalia en le regardant par-dessus la tête de sa fille. Comme il ne lui répondit pas tout de suite, parce qu'il se débattait avec le cellophane d'un CD qu'il avait acheté pendant qu'elle faisait son shopping (le nouveau Hives, une compil des plus grands tubes de Rage Against the Machine, deux disques de reggae qu'il cherchait depuis longtemps), elle haussa la voix dans la pénombre : « Dana ? Tu m'écoutes ? »

Il adorait la façon dont elle prononçait son nom ou, plutôt, celui qu'elle lui connaissait : l'accentuation sur la première syllabe, suspension sur le « n » et puis montée et choc de cym-

112

bales sur le *ah* final; il laissa choir le boîtier du CD sur ses genoux et lui prit la main. « Sans raison, bébé. Je me suis dit que tu aurais envie d'aller dans un endroit bien, comme notre restaurant de poissons, peut-être, tu sais? Tu n'as pas faim? »

La voix de Natalia lui revint comme une onde, sainte-nitouche, contente d'elle-même : « Maggio? Ou Tiburon?

— Ouais – il dut lâcher sa main pour rétrograder. Je veux dire... si tu es d'accord – il lui lança un regard. Et Madison. Elle pourrait dormir dans la voiture... je veux dire, elle est vraiment vannée. »

Natalia garda le silence pendant un instant. Le moteur chanta son doux chant quand il accéléra dans le tournant. « Je ne sais pas, finit-elle par lâcher, trop touristes, non? Déjà, déjà trop touristes! Et si on essayait... » Elle suggéra un restaurant, le plus cher de Sausalito.

« Je déteste cet endroit. Complètement bidon. Tous les serveurs ont un parapluie dans le cul. » Il se remémora la dernière fois, l'air de la petite pédale aux cheveux oxygénés quand il avait mal prononcé le nom du vin : meursault; il en avait déjà bu, plein de fois, mais il n'était pas français, voilà tout.

« Moi, j'aime.

— Pas moi. Je te jure que je n'y retournerai jamais. Moi, je propose Maggio. Et c'est moi qui conduis, alors... »

Le plancher de la voiture vibrait discrètement, chaque écrou, chaque boulon sous le capot, tout était en parfait état de marche. Ça, c'était de la bagnole. Mécanique allemande! Du coup, il se sentait invincible. Il tritura un autre CD de reggae, un vieux Burning Spear que son ex-compagnon de cellule mettait en boucle, avant de le lui passer. « Et si tu me donnais un coup de main là, hein? » fit-il, et la voix de Natalia, sa voix de fumeuse, arythmique, revint flotter dans l'air : « Sûr, sûr, pas de problème, Maggio, parfait, vraiment. » Dehors, des lumières clignotaient, la brume montait de la baie et Madison, cheveux luisant dans la rigole des phares des voitures qui venaient en face, trouva sa niche dans les bras de sa mère. Et puis la voilà : la première et légère aspiration d'un ronflement d'enfant rassasié.

Pendant tout le dîner, il eut la tête ailleurs mais Natalia ne remarqua rien. Elle vantait sans relâche les avantages d'un nouvel appareil dont elle avait besoin, un nouveau micro-ondes, parce que l'ancien, celui qu'ils avaient à l'appartement, était trop vieux : il fallait près de cinq minutes pour faire chauffer une tasse de thé, et elle ne faisait pas confiance à ceux de Smart-Mart parce qu'ils étaient vraiment trop *cheap*, tu ne penses pas? Il la laissa poursuivre infiniment, sa rhapsodie de fana du shopping devenant une sorte de musique à ses oreilles. Si elle était heureuse d'acheter des objets, alors il était heureux de les lui payer. Il aimait ce sentiment qu'il avait de les lui procurer – notamment par contraste avec Marshall, le nul avec qui elle était avant lui, pas le père de Madison... non, celui qui était si radin et mesquin qu'il valait mieux ne pas en parler mais, bien sûr, elle en parlait tout le temps. Elle était déjà sortie deux fois pour aller vérifier que la gamine dormait bien dans la voiture, et fumer une cigarette, et elle s'était débrouillée pour revenir juste au moment où on leur servait leurs entrées. Lui-même ne dit rien, il se contenta de l'observer quand elle déplia la serviette blanche avec une simple torsion du poignet, épaules nues, dardant des regards dans toute la salle : dans son élément, absolument dans son élément. La vapeur s'élevait de leurs assiettes. Le serveur apparut au-dessus de leurs épaules : « Du parmesan? Un peu de poivre noir? » Et il disparut. Natalia déplia sa serviette sur ses genoux, but une gorgée de vin. « Tu es silence, ce soir, Dana », fit-elle remarquer, lui lançant un regard de côté comme pour mieux l'examiner depuis un angle choisi. « Quelque chose va pas? Tu aimes ce restaurant, d'habitude, n'est-ce pas vrai? »

Oui, il aimait cet endroit. Il n'appartenait sans doute pas à la catégorie de celui de Sausalito mais le menu était varié et, comme il y était connu (tout le monde le connaissait), s'il y avait une longue file de touristes ou de qui que ce soit, on lui donnait toujours une table dès son arrivée. Ce qui, pour lui, était dans l'ordre des choses. Il avait de l'argent, il laissait de gros pourboires, il portait toujours une veste Armani quand il venait dîner et sa copine était une splendeur : c'est eux qui auraient dû le payer pour qu'il s'assoie au bar. Il avait pris le ahi, à ses yeux le meilleur plat de la carte, accompagné d'une torsade de purée de pommes de terre à l'ail et de tranches d'oignons translucides, avec un accompagnement de légumes miniatures grillés ; Natalia avait pris le méli-mélo de poissons. Le ahi avait l'air bon, le top, mais Peck ne prit pas encore sa fourchette. Il saisit la bouteille de vin, leur seconde, un piesporter qu'il avait toujours voulu essayer ; il était bon, léger et frais, presque doux, comme un riesling devait l'être. « Ouais, fit-il, il est bien, ce restau. »

Natalia coupait délicatement un médaillon de homard en deux. Ses boucles d'oreilles accrochèrent la lumière quand elle se pencha en avant, et il la vit, là, cadrée comme sur l'écran au ciné, l'œil sélectif de la caméra enrichissant la scène jusqu'à ce que le grain des lambris étincelle dans son dos, jusqu'à ce que le cristal scintille et que son œil se lève pour croiser le sien. C'est lui qui les lui avait achetées, ces boucles d'oreilles, des pendentifs en or blanc de quatorze carats ornés d'une constellation de diamants, pour se faire pardonner après leur première dispute : cette nuit-là, elle les avait gardées pour dormir, sans rien d'autre. « Toi... pas bonne mine... comme un homme qui... je ne sais pas... pas en forme. Tu n'as pas faim ? Désappointé ? »

Le mot le fit sourire. En son for intérieur, il fulminait encore contre cette tête de nœud à l'autre bout du fil, Rick James, tu parles, et ta mère, le supercon en personne. Il devait lui reconnaître ça, à Natalia : elle arrivait à le faire sourire dans n'importe quelles circonstances. Où pour l'amour de Dieu

115

avait-elle appris ce mot? « C'est rien, bébé », lui souffla-t-il à l'oreille, allant chercher sa main de l'autre côté de la table, une main presque aussi grande que la sienne, longs doigts de préda- trice, ongles manucurés en deux teintes de vernis, comme si une lune cobalt se couchait sur une planète marasquin en dix phases successives. Elle enserra sa main dans une étreinte ardente et monta ses doigts à ses lèvres pour déposer un baiser sur ses articulations.

« Voilà, dit-elle, et tout scintillait en elle, les boucles d'oreilles, l'étoffe de sa robe, ses yeux, ses lèvres. Tu vois? Avec moi tu vas mieux. »

Mais non, il n'allait pas mieux. Il était de mauvaise humeur, morose, il avait envie de donner des baffes. Il dégagea sa main, prit sa fourchette et éparpilla les tranches cuites de chair rose dans son assiette. « Tu as ton portable? » demanda-t-il soudain.

Elle sirotait son vin, le pied de son verre comme un oiseau chanteur près du bouton de sa bouche. Elle aimait le vin. Elle l'aimait encore plus que lui. Elle aimait aussi la vodka. « Pourquoi? Tu as perdu tien? »

Il fit non de la tête, avança le bras : « Non, je l'ai laissé sur la commode.

— Mais non, tu l'as encore au Bridge, pour les cocktails. Avant le Smart-Mart. Tu te souviens? Tu téléphones pour annuler leçon de piano de Madison... Tu te souviens?

— Je l'ai peut-être laissé dans la voiture. »

Un soupir théâtral, tandis que le froncement de sourcils perplexe le cédait à un regard insistant et grondeur, tss tss. N'était-ce pas la maternité qui les perdait toutes, leur accordant omniscience et toute-puissance, et réduisant tous les autres, jusqu'aux grands-pères, aux dictateurs et aux tueurs mercenai- res, au rang d'enfants irresponsables? Alors que sa partenaire plongeait la main dans son sac, une brusque bouffée de colère lança dans son cerveau des serpentins dans tous les sens. Le lui arracha-t-il des mains? Peut-être. Peut-être, oui. « Je dois passer

116

un coup de fil, dit-il, incapable de masquer la note de fureur dans sa voix. Je reviens tout de suite. »

Il se dirigeait vers les toilettes des hommes, se frayait un chemin à travers un groupe apparemment d'avocats, au bar (de la trentaine à la soixantaine, oreilles recollées, visages que la suffisance faisait briller comme des lanternes de carnaval, Glenfiddich dans leurs verres, salopes au bras, salopes de Berkeley, salopes de Stanford, et pourquoi pas des salopes de Vassar), lorsqu'il jeta un coup d'œil à la porte et aperçut la silhouette d'une petite fille au visage tragique plantée sur la moquette à l'ombre de la table roulante. Madison était pieds nus, bain de soleil de travers, Henrietta Horsie pendant par la corde de sa queue de son petit poing tout crispé. L'odeur de la mer imposa par la porte ouverte une odeur de réfrigération et de pourriture qui lui rappela où il était, ce qu'il en coûtait de vivre dans un endroit où on pouvait toujours sentir cette odeur, nuit et jour. Elle pleurait. Ou plutôt, elle gémissait. Il entendit son faible geignement mélodieux, comme un instrument à cordes, violoncelle ou violon, qui aurait joué sans cesse la même mélodie lugubre. Deux couples apparurent soudain derrière elle, l'air intrigué et mécontent, comme s'ils avaient juste mis le pied dans quelque chose, et l'hôtesse, Carmela, dix-huit ans, grande, mince, poitrine rebondie comme la petite sœur d'un mannequin, se pliait déjà en deux, manifestement déconcertée mais faisant de son mieux pour roucouler un mot rassurant.

Merde, pensa-t-il, Natalia n'a qu'à s'en occuper ! Et il obliqua abruptement à gauche, manquant heurter une femme qui revenait des toilettes : face de raie, rang de perles, robe de cocktail noire et 500 m^3 de poitrine exposée à la vue de tous. « Oh », lâcha-t-elle comme un hoquet, comme s'il l'avait plaquée sur un terrain de foot et lui avait coupé le souffle. « Oh, pardon », et il n'en fallut pas plus (un mouvement, un instant de distraction) : il entendit Madison crier dans son dos, et, quand il se retourna, elle courait vers lui, pleurnichant déjà.

Tout le restaurant se tut, toutes les têtes se levèrent pour voir d'où venait cette agitation, même les serveurs se retournèrent, plateau à la main, figés dans leur pose. Peut-être l'un des avocats lâcha-t-il une plaisanterie : des rires fusèrent, ou plutôt un rire collectif, au bar, dans son dos, mais il choisit de ne pas entendre. Madison fonçait sur lui, avec des sanglots brutaux, explosifs, petits pieds nus et sales claquant à travers un champ de mines de bottines, de mocassins et de talons, et la voilà qui agrippait sa jambe comme un... comment appelait-on ces poissons qui se nourrissaient sur le dos des requins? « Dr Halter, tout va bien? » s'enquit un serveur, que Peck ignora royalement. Il dut soulever Madison trop brusquement parce qu'elle repartit de plus belle et il la fourra tout simplement, gigotant, sous son bras, pour l'amener à Natalia comme une bestiole qu'il aurait attrapée et ligotée dans la jungle. Tout le monde riait sous cape, il le devina, tout le monde dans ce restau chic riait de lui.

Dans les toilettes, un vieux con à cheveux blancs se séchait méticuleusement les mains – ses grosses pognes rouges – comme s'il craignait qu'elles pèlent. Peck lui lança un regard si haineux, si plein d'une violence irrépressible et bourgeonnante qu'il sortit à reculons comme un crabe. La porte se referma lentement sur le marbre et les fleurs coupées, ce décor où embaumait un parfum d'argent frais haché menu et vaporisé. Et ça, c'était quoi? Un air d'opéra diffusé par les haut-parleurs. Pendant un long moment, il ne fit que se contempler dans la glace, le regard vide, mais rien ne semblait s'imprimer sur sa rétine, comme s'il ne s'était pas reconnu – pas plus que l'endroit. C'est alors qu'il s'aperçut qu'il avait encore le portable à la main, celui de Natalia, celui qu'elle tenait collé contre l'oreille seize heures par jour pour saler la note, à parler à sa sœur en Russie, à son frère à Toronto ou à sa meilleure amie, Kaylee, dont le gamin fréquentait la même maternelle que Madison. Le portable. Il l'observa, là, dans la paume de sa main, comme s'il ne l'avait jamais vu, comme s'il n'avait pas signé un contrat de mille minutes gratuites et ne l'utilisait pas comme une extension de lui-même dès qu'il devait vérifier le score d'un match, placer un pari ou acheter un peu de came pour parfaire l'après-midi, parce qu'il n'avait rien à faire que rester assis sur la terrasse, à contempler le doux ventre bronzé de Natalia et ses jambes fuselées – ah, combien de temps peut-on faire l'amour avant de devenir aveugle, sourd et de se bousiller l'engin?

Quand il entendit quelqu'un à la porte – un autre vieux à cheveux blancs –, il dit : « Laissez-moi un instant, vous voulez bien? C'est trop demander, une minute en privé, bordel? » Desserrant les doigts, il se mit à taper le portable contre le marbre du mur devant lui, à le taper jusqu'à ce qu'il ne lui reste plus grand-chose dans les mains, après quoi il le jeta par terre et écrasa ce qui en restait avec le talon.

Plus tard, à l'appartement, quand Natalia eut couché Madison et se fut installée devant la télé (« Tout va comme vous le souhaitez? Vous voulez un doggie-bag, Dr Halter? — Non, pas la peine... donnez ça aux sans-abri, hein? »), il emporta une cannette de bière dans la chambre d'ami convertie en bureau et alluma l'ordinateur. Il alla sur le site de TM, tapa son mot de passe et ouvrit son compte pour vérifier ce qu'il pourrait trouver là – Impayés et Avis d'interruption de services. Il avait été négligent et manqué de vigilance – peu importe comment on appelait ça. Il avait mis en danger tout l'édifice, c'était stupide, vraiment stupide, stupide. Pendant un an et plus il avait bien pris soin de régler tous ses comptes au nom de Dana Halter pour que rien de ce genre ne puisse arriver mais, ensuite, il avait manqué d'argent : l'appartement, la voiture neuve, Natalia constamment au téléphone, au centre commercial, chez le coiffeur, chez Jack, chez Emilio et tout le reste : il avait perdu la maîtrise des choses. Maintenant, ils étaient après lui. Bon Dieu, rien qu'à y penser, ça le faisait enrager, putain de merde, il voyait rouge : il était à deux doigts d'envoyer valdinguer l'ordinateur et de le jeter par cette putain de fenêtre parce qu'il ne lui donnait pas à voir ce qu'il voulait voir. Il fixa l'écran, son compte, les appels passés, les appels reçus – reçus, reçus – mais rien de plus récent que la fin de la dernière période de facturation. Il voulait ce foutu numéro. Le numéro de cette putain de merde de Dana Halter ou du flic ou du détective ou qui que ce soit, *ce putain de Rick James*, et il n'allait pas attendre la prochaine facture et il n'irait certainement pas au bureau de TM pour payer celle-ci. Non, il allait se procurer un nouveau portable sous le nom d'un autre pigeon et personne ne s'en apercevrait, sauf peut-être Natalia (« Tu ne vas pas me rendre portable, Dana ? avait-elle demandé dès l'instant où ils étaient montés en voiture. — Non, j'en ai besoin, j'attends un coup de fil, OK ? Tu peux me lâcher la grappe ? Ouais ? »).

Avant, cependant, il devait faire un petit quelque chose, peut-être un tout petit peu chiant, mais pas risqué, pas du tout. Ce qu'il devait faire, son premier objectif le lendemain matin, avant même d'ouvrir un nouveau compte et d'obtenir ses cinq cents minutes gratuites et le week-end gratuit, c'était descendre au Smart-Mart et se promener dans le rayon Hommes. Il avait été trop impulsif, il s'était laissé emporter. Il n'avait pas réfléchi. Mais il pouvait déjà imaginer la scène, un pauvre type qui rangerait des étagères ou pousserait un balai : « Hé, mon vieux, tu peux m'aider... j'avais posé mon portable ici sur cette vitrine parce que j'avais les bras pleins de sous-vêtements Hanes et je crois qu'il est tombé là, ouais, là, derrière la cloison. Hé, merci, mec, merci beaucoup. » Ouais, et puis il le jetterait une seconde fois, mais pas avant d'avoir appuyé sur la touche Appels reçus, et obtenu le numéro de ce clown. Car, après tout, à qui la faute ? Qui était le plus malin des deux, qui baisait l'autre ?

2

« QUEL genre de voix ? »
Bridger haussa les épaules. Dana observa ses lèvres.
« Je ne sais pas... la voix de n'importe qui, j'imagine. »
C'était en début de soirée, elle avait les nerfs à vif, elle se sentait abattue et tellement épuisée que son compteur interne n'engrangeait presque plus rien, mais elle avait corrigé toutes ses copies, elle les avait envoyées aux étudiants et elle avait inscrit les notes sur les bulletins. Ils étaient au restaurant, un cadeau de Bridger : la démarche silencieuse des serveuses, la marée montante et descendante des clients gonflant et refluant au bar, semblable, à ses yeux, à une sorte de massage visuel ; en se versant son deuxième verre de bière, elle se sentit revivre. Elle avait toujours aimé cet endroit : il y avait de vieux canapés, des tables basses, de la musique rock à fond la caisse (très fort : elle sentait les vibrations dans la bouteille de bière, les coussins, la table, elle pouvait presque imaginer l'air se fracturant alentour) et une clientèle majoritairement jeune, les étudiants de la fac d'à côté. La lumière était tamisée, les murs étaient décorés de fresques abstraites apparemment exécutées à la va-vite, la nourriture était bon marché et bonne. Elle avait commandé du risotto, à peu près la seule chose qu'elle pouvait avaler sans

121

avoir à mâcher – à cause de sa dent; Bridger avait pris une pizza, nutriment global de base de son régime alimentaire.

« Toi qui entends, dit-elle en se penchant au-dessus de la table, tu ne peux rien me dire de mieux que ça ? A quoi ressemblait sa voix ? »

Il se pencha aussi mais avec une drôle d'expression – il ne l'avait pas entendue. A cause de la musique. « Quoi ? » demanda-t-il, forcément.

Elle lui sourit. « C'est comme le soir où on s'est rencontrés.
— Quoi ? »

Elle lui parla donc en langue des signes et il répondit de même : *Que veux-tu dire ?*

Tu es sourd toi aussi.

Sa tête était trop grosse, son contour échancré par les tourelles et les créneaux de ses cheveux sur lesquels il avait appliqué du gel, et, parfois, quand elle le voyait dans une certaine lumière, ses traits, par contraste, paraissaient réduits, comme ceux d'un enfant. C'était le cas maintenant. Il avait une expression d'enfant, surpris, naïf, mais il laissait les gestes de Dana créer lentement les mots dans son esprit et ramener leur sens jusqu'à ses yeux par le biais du processus mental. « Ah, ouais, ouais. »

Alors, sa voix ?

Autre haussement d'épaules. *Cool.*

Cool ? Le con qui m'a volé mon identité est cool ?

Encore un haussement d'épaules. Bridger leva la bière à ses lèvres pour se donner le temps de réfléchir à une réponse puis il la reposa doucement et dit quelque chose qu'elle ne comprit pas.

Quoi ?

Sa langue des signes était maladroite, imprécise mais charmante – parce que c'était la sienne. *Soupçonneux.*

Il avait l'air soupçonneux ? Cool et soupçonneux ?

Les autres clients les regardaient – la fille à la table d'à côté essayait de ne pas les dévisager mais donnait des coups de coude au garçon qui était avec elle, tous les deux étudiants, tous les deux avec de minuscules tatouages de Mickey assortis à l'intérieur du poignet gauche. Les gens la dévisageaient toujours, ouvertement ou furtivement, quand elle employait la langue des signes ; quand elle était jeune – surtout au plus fort de l'adolescence –, cela l'affectait beaucoup. Plus précisément : cela la mortifiait. Elle était différente, et elle ne voulait pas l'être. Pas à l'époque. Pas quand la moindre variation de mise ou de coiffure chez une élève suscitait une onde de choc dans toute la classe. Depuis, elle y était devenue totalement indifférente. Elle était sourde et pas eux. Ils ne sauraient jamais ce que cela signifiait.

Bridger haussa une dernière fois les épaules, d'un mouvement plus élaboré : *Oui.*

Elle épela le nom de son partenaire, un geste à la fois intime et officiel, intime parce qu'il était personnel, parce qu'il nommait Bridger au lieu de le désigner, en pointant sur lui la main droite et l'index pour dire *toi*, mais officiel aussi parce qu'il avait l'effet d'un parent ou d'un professeur annonçant qu'il était mécontent d'un élève en l'appelant avec son nom administratif. Charles au lieu de Charlie. William au lieu de Billy. *Bridger, tu ne communiques pas.*

Elle le regarda qui ouvrait la bouche pour rire, apprécia l'éclat des néons crépusculaires qui étincelèrent sur l'or de ses molaires.

Et si tu ne communiques pas, comment réussirons-nous jamais à retrouver ce type ?

Ils rirent de concert, et son rire était peut-être fou et débridé (les entendants trouvaient que les sourds avaient des rires bizarres, hennissants, dingues) mais elle n'avait aucun moyen de le savoir et elle s'en moquait complètement. Il faisait chaud dans ce restaurant et il y avait beaucoup de bruit. Un gars au bar se tourna pour la dévisager. « Mais, sérieusement, l'indicatif était 415 ?

— Quoi ?

— Quatre... cent... quinze ? »

Il fit oui de la tête. La musique aurait bien pu être superso-nique, les assiettes auraient pu cliqueter sur les étagères, les gens s'enfuir en courant vers un abri et toute une chaîne de monta-gnes aurait pu s'écrouler dans l'océan, mais un hochement de tête faisait toujours l'affaire.

« L'indicatif de la Baie.

— Exactement, dit Bridger en se penchant si près d'elle qu'elle sentit son haleine sur ses lèvres, et le préfixe 235. »

Un autre numéro. Elle le saisit au vol et le répéta. « Deux... cent... trente-cinq ?

— Le même que Andy. Mon ami Andy, tu sais. De la fac.

— Il habite Marin ?

— Ouais, Marin. »

Le vendredi matin, après son dernier cours du semestre, elle éprouva un immense soulagement. C'étaient des élèves de première année et elle ne ressentit pas du tout la tension qu'elle avait ressentie avec ceux de dernière année le jeudi, ceux qui partaient à la conquête du vaste monde pour mener leur vie sans elle – ces gamins-là, elle les reverrait l'année suivante, ils auraient grandi, ils seraient plus forts, plus sages, et elle leur fournirait des mots, des mots sur les pages, des mots dans l'esprit, des mots dans le rythme silencieux et résiduel du iambe qui était aussi naturel que la respiration : *Quelles lèvres mes lèvres ont embrassées, où et pourquoi, je l'ai oublié.* Lorsqu'elle rassem-bla ses affaires, triant livres, papiers, vidéos, elle ne put réprimer une brusque bouffée d'euphorie, comme celle qu'un coureur doit ressentir en coupant le ruban avec le torse : une première année d'enseignement derrière elle, les longues vacances devant et la blessure des événements du week-end qui commençait à s'estomper.

Les autres professeurs sortaient déjeuner dans un restaurant au bord de l'océan pour célébrer la fin de l'année autour de palourdes, de poissons et de frites, et une absorption judicieuse et strictement hygiénique d'alcool, mais elle devait aller chez son dentiste. Ou, plus exactement, son orthodontiste. Canal de la racine : la moitié d'un alexandrin. Il y avait peu de mystère métaphorique là-dedans : la racine de la dent plongeait dans sa mâchoire comme la racine d'un arbre, où le nerf transmettait la douleur au thalamus ; il fallait creuser le canal, par l'intermédiaire des tendres offices des instruments du Dr Stroud. Elle n'entendrait pas le bruit qui effrayait tant les entendants, mais la puanteur de l'incinération lui remonterait tout autant dans les narines, tandis que la structure osseuse de son crâne vibrerait, soumis aux grincements séismiques de la roulette. Quant à la douleur (qui n'avait rien d'oral pour elle), elle la ressentirait autant que les autres, peut-être davantage. Elle la voyait, comme une aura, elle la goûtait. La douleur. Bien sûr, l'approche de Bridger était toute différente : il pouvait se le permettre puisqu'il n'était pas celui qui était soumis à cette torture. La veille au soir, simplement pour la rassurer, il lui avait dit que la dernière fois qu'il était allé chez le dentiste, il avait révélé des noms et avoué tous ses secrets les plus perfides dans les trois premières minutes de la séance mais, malgré tout, le bourreau avait continué de passer la roulette. Elle lui répondit en signant, main droite ouverte, paume dirigée vers le bas, doigts tendus, puis le bout des doigts à la bouche et la main partant vers l'avant et vers le bas, avant de terminer la paume face au ciel : *Merci.* Et puis tout fort : « D'avoir partagé ça. »

Elle évitait Koch depuis leur confrontation du mardi, mais tandis qu'elle courait dans le couloir, en retard, deux cartons de livres et de papiers pressés contre la poitrine, sacoche frappant contre sa cuisse droite, et déviant maladroitement de son chemin, il émergea de son bureau. Leurs regards se croisèrent : il la vit, elle le vit. Ils ne purent s'éviter et les lèvres de Koch se mirent à bouger. Mais le problème, c'est qu'elle ne sut s'il mâchait un chewing-gum, récitait un monologue de *Richard III*, avait prononcé l'excuse qu'elle attendait, ou bien alors une menace ou une insulte, car elle baissa les yeux et le dépassa comme si de rien n'était. Comme si elle n'avait vu qu'une apparition.

Comme elle était en retard, le Dr Stroud se dispensa des habituelles dix minutes de badinage, bavardage et nouvelles du monde, et l'installa dans le fauteuil aussi vite que possible. N'empêche, sa bouche fut très active tout le temps, l'informant d'un « petit accident » (Dana raffolait de cette expression, de son rythme, de sa fonction, de la façon dont la langue claquait sur les dents, de ses occlusives presque onomatopéiques) qui était arrivé à son épouse en se rendant au marché paysan la semaine précédente – elle y était allée pour les fleurs coupées, elle les adorait, ainsi que les betteraves et les brocolis ; au fait, lui avait-il déjà raconté la fois où elle était tombée en panne d'essence en plein défilé de la fête nationale ? Un fournisseur de légumes miniatures de luxe un peu trop stressé lui était rentré dedans en faisant marche arrière avec sa Suburban de trois tonnes. Ou du moins était-ce l'idée générale, car les brocolis posèrent problème à Dana, et elle fut en retard d'une phrase ou deux. Avant qu'il insère les rouleaux salivaires et l'écarteur qui maintenait les mâchoires ouvertes, elle put réagir en affirmant que les brocolis étaient ses légumes préférés : sautés dans l'huile d'olive, avec de l'ail, des échalotes et un peu de moutarde de Dijon ; elle espérait aussi que la voiture n'avait pas trop souffert, mais, à ce moment-là, il avait déjà changé de sujet, il était passé au domaine dentaire, ou à l'orthodontie, plutôt, comprit-elle : un sujet sérieux, en tout cas, parce que ses sourcils se réunirent soudain et ses narines rentrèrent en dedans. Un instant plus tard, son assistante et lui revêtaient leurs masques antiseptiques et elle sentit la piqûre de l'aiguille lorsqu'il la planta dans la gencive, sur quoi toute communication cessa.

Deux heures sur le fauteuil. Et que je te creuse, et que je te taille, et que je t'installe une vis et que je te lime l'amalgame temporaire : deux heures que n'importe qui d'autre aurait tout fait pour oublier. Mais pas Dana. Elle avait, comme Bridger le signalait volontiers (péjorativement), une personnalité de type A, comme s'il avait fallu s'en excuser, comme si la civilisation ne s'était pas construite sur le dos des types A, comme s'ils n'avaient pas mené des armées, fait des découvertes en laboratoire, dans les hôpitaux, les universités, les salles de concert et partout ailleurs. Calme-toi, lui disait-on, lui disait *Bridger*, prends ton temps et vis ta vie, mais eux n'étaient que des types B, des lents. Comme Bridger. N'y avait-il que deux types, d'ailleurs ? Non, songea-t-elle, il devait y en avoir un troisième, le type C : les criminels. Cet homme sur la photo qui la dévisageait depuis le fax au poste de police, voilà ce qu'il était : pas besoin de s'agiter et construire ou bien de se la couler douce et faire du hamac : puisqu'on pouvait tout simplement tout faucher.

Elle était donc du type A. Et elle avait deux heures devant elle. Elle savait qu'il serait difficile de se concentrer, vu les circonstances, avec les doigts du dentiste dans la bouche et le visage de l'assistante qui flottait dans son champ de vision comme un soleil à sa lune. Aucun entendant n'aurait pu le faire – mais elle, oui, savait mettre le monde à distance : en fait, elle était championne en la matière, et elle avait apporté son mince paquet de feuilles de *L'Enfant sauvage*. Depuis plus d'une semaine elle n'avait pas eu le loisir d'y songer de façon productive, et ça la taraudait. Elle ne pouvait espérer écrire sur le fauteuil du dentiste (ce n'était guère réalisable et elle ne songeait pas à le faire), mais ce que Bridger ne comprenait pas, c'était à quel point il était vital, pour elle, de revoir, de réviser, de revisiter constamment cet univers qu'elle avait créé, pour y trouver son chemin vers une destination dont elle ignorait tout.

La roulette vrilla, les rouleaux salivaires tinrent en place. Le

Dr Stroud sonda sa mâchoire. L'assistante rôda autour d'eux. Et Dana prit le manuscrit dans une main et les bannit tous deux, dérivant, dérivant dans un lieu complètement différent, un lieu où elle n'était pas Dana Halter de l'Ecole San Roque pour les Sourds, mais un petit garçon de onze ans, nu, replié dans ses sens et qui ne portait aucun nom. Il avait une cicatrice à la gorge, un îlot de chair pincée et irrégulière, qu'il touchait parce qu'elle était là, une cicatrice qui précédait toutes les autres et le ramenait au moment où il avait pour la première fois marché vers le balancement des arbres et le vacarme métallique et rythmique des oiseaux et des insectes, à l'unisson avec la violence du vent dans les branches, avec le ton de chacune des notes que les branches chantaient. Il vivait en France, dans la forêt sauvage de La Bassine, mais il l'ignorait. Il vivait 1 800 ans après la mort de Jésus, mais il l'ignorait aussi. Tout ce qu'il savait, c'était fouiller la terre en quête de tubercules, se repaître de baies, de sauterelles, de grenouilles et d'escargots, se recroqueviller dans un nid de feuilles, écouter la symphonie de l'air et les mélodies des ruisseaux, celle des insectes le jour et des insectes la nuit, la terre qui tournait pour lui seul : nulle voix humaine, aucun mot ne risquait de le déranger.

Mais voilà que le Dr Stroud se penchait en arrière, ôtait son masque antiseptique et lui souriait – s'enorgueillissant d'un travail bien fait. L'assistante souriait aussi. « Ça n'a pas été si terrible que ça! dit-il, articulant de son mieux.

— Non (les lèvres de Dana étaient lourdes et insensibles), pas mal du tout.

— Bien, bien. Mais il est vrai que vous êtes une patiente modèle, laissez-moi vous le dire. » Elle fronça les sourcils. Il la saisit des deux mains par les épaules et l'agita d'avant en arrière, pour célébrer leur triomphe mutuel. « Si vous éprouvez la moindre douleur, prenez un Advil et ça devrait la calmer. Et ne vous fatiguez pas (oui, c'était ça : fatiguez) pendant tout le reste de la journée. Accordez-vous un peu de temps libre. Installez-vous dans un fauteuil et reposez-vous. »

Elle fit oui de la tête, la bouche figée dans la grimace que lui imposait la Xylocaïne. Il lui raconta ensuite une histoire compliquée sur l'une de ses patientes, qu'il ne souhaitait pas nommer par discrétion professionnelle, mais elle était assez hypocondriaque (bouche bée autour du mot) et Dana n'en comprit pas davantage, parce qu'il oublia de faire attention et se mit à parler si vite que même un entendant aurait eu des difficultés à le suivre. Une expression lui vint à l'esprit, « bouche moteur », et elle ne put que sourire, et tant pis s'il interprétait mal son sourire! Elle s'était levée maintenant, elle avait rejoint la porte, alors qu'il continuait de parler, mais, pour ce qu'elle comprenait de ce qu'il disait, il aurait tout aussi bien pu mâcher du chewing-gum que ça n'aurait fait aucune différence!

3

MADISON était à son cours de piano, Natalia se faisait bronzer sur la terrasse et lui-même, au comptoir en granit noir de la cuisine, préparait leur second Sea Breeze. Il se tenait là, dans un cocon de silence (il aurait fallu monter le volume de la musique mais il n'en avait pas envie), à apprécier l'un de ces moments où le monde s'ouvre tout entier à toi, quand tout ce que tu prends pour acquis au milieu des tracas quotidiens quand tu veux gratter, saisir, bref, affirmer une vague domination sur ton environnement, se trouve soudain là sous tes yeux et que la planète tourne en équilibre sur son axe, en parfait équilibre dans l'instant présent. Il n'était pas soûl, pas encore – non, il ne s'agissait pas de ça. Il était simplement en phase avec les petites choses de la vie : le goût du sel que laissait entrer la fenêtre grande ouverte, la sensation de la fine pellicule de glace sur le goulot de la bouteille de Grey Goose sortie du freezer, le parfum des tranches de citron vert, la douceur du jus de canneberge et l'excitante acidité du pample-mousse pressé de frais dans le broc en grès. Il contempla les marais salants et la baie au-delà, la lumière comme jaillie d'un tableau : mille gradations de lumière, des bandes arctiques les plus pâles, les plus sèches sur la rambarde en fer forgé de la terrasse au somptueux or tropical répandu sur Natalia et la chaise longue, en passant par la lointaine et blanche pureté des voiles des bateaux qui louvoyaient contre la brise.

Pour le dîner, il allait braiser des coquilles Saint-Jacques aux poireaux et à l'ail, accompagnées d'une sauce qu'il avait appris à faire des années plus tôt, quand il expérimentait au restaurant (une réduction de vin blanc parfumée à l'échalote et un soupçon de sherry, noix de beurre, incorporer la crème très vite et réduire encore le tout jusqu'au cinquième du volume de départ). Il se disait qu'il allait aussi préparer du riz, aromatisé au bouillon, au sherry et à l'huile de sésame, et peut-être une salade et des brocolis sautés. Quelque chose de simple. Il aurait pu faire plus compliqué parce que tout allait pour le mieux et qu'il avait tout son temps, mais il arrivait qu'on ait envie de retourner aux recettes basiques et de laisser les ingrédients parler d'eux-mêmes. Il aurait pu préparer des *dinner rolls* à partir de rien s'il en avait eu envie et il aurait pu concocter un dessert, mais rien ne valait les fraises cueillies du jour à la crème fraîche avec une pincée de sucre et une giclée d'armagnac pour relever le tout. La vie, ç'aurait dû être comme ça tout le temps, pas de tracas, pas de tensions, pas de soucis, du temps à revendre, du temps pour faire ses courses au marché bio, chez le caviste, prendre un cappuccino et un croissant avec ta nana par une matinée ensoleillée, du temps pour trancher, couper en dés, saisir à la poêle et bien présenter un bon petit repas gastronomique pour l'amie de Natalia, Kaylee, et... comment s'appelait son mari, déjà? Jonas, ouais, Jonas. Pas un mauvais gars, c'est vrai, pour un tocard. Ils étaient propriétaires d'une chaîne de salles de sport (aérobic et autres conneries de ce genre) et il supposait qu'ils gagnaient bien leur vie, ce qui n'était pas si mal. Ce gars avait l'avantage d'apprécier la bonne cuisine, et une bonne bouteille de vin : au moins Peck ne perdait pas son temps aux fourneaux pour deux minables.

La lumière évolua. Le monde recommença à tourner sur son axe. Son regard se porta à nouveau sur Natalia, soleil sur les jambes, sur le lissé, la géométrie de sa perfection, puis il revint à l'affaire en main : couper deux tranches de citron vert pour décorer leurs verres.

Lorsque la sonnette retentit, tout était prêt – Madison était revenue de sa leçon de piano, elle avait mangé et était en pyjama, les vidéos avaient été sélectionnées, la table était mise et les coquilles Saint-Jacques étaient préparées ; Natalia, en bikini et déshabillé en mousseline, se leva de sa chaise longue et passa par la porte-fenêtre, comme soulevée par la brise. Elle bougeait toujours ainsi : chaque chose en son temps, *Ne me presse pas, contente-toi de me regarder.* Il entendit les salutations à l'entrée et sortit de la cuisine, deux nouveaux cocktails à la main. La gamine de leurs invités – Lucinda – se précipita vers la chambre de Madison, et Kaylee, une blonde osseuse avec de petites lunettes à verres teintés et des cheveux frisottés, remontés en chignon, attira Peck à elle pour l'embrasser. « Hé, s'exclama-t-elle, on vient de voir une chose extraordinaire en chemin, un oiseau blanc... Jonas dit que c'est une aigrette, plantée sur la ligne jaune comme si elle s'était crue au milieu d'une rivière ou... »

Peck lui tendit un Sea Breeze tout en serrant la main droite du mari et en plantant un verre froid dans la cavité que formait la paume de sa gauche. « Hé », fit-il, et le mari (barbe de trois jours, petit bouc, adipeux autour de la boucle qui perçait le lobe de son oreille) lui retourna sa formule.

« Qu'est-ce que c'est, une aigrette, Jonas ? demanda Kaylee.

— C'est oiseau blanc », dit Natalia, se penchant pour placer une main à cinquante centimètres du carrelage, tandis que sa poitrine, en vue, remuait dans son haut de maillot de bain. « A peu près de cette taille, c'est ça ? On en voit tout le temps, déclara-t-elle en se redressant. Avec les jumelles. Il y en a plein dans les environs, oui. Plein.

— Ah bon ? » Kaylee leva en même temps les sourcils et le

cocktail à ses lèvres. « Elle était très jolie, en tout cas, dit-elle tout bas, comme si elle s'était adressée au rebord de son verre. Magique, tu me comprends ? »

Le mari, lui, ne comprenait rien. Sans se départir de son sourire, il dit : « Nous devrions peut-être en prendre une et la faire empailler pour notre maison de Corte Madera.

— Oh, Jonas », dit la femme en faisant la grimace. Elle regarda Peck, cherchant du soutien. Le mari fit de même, et tous quatre restèrent figés dans l'entrée, avalant leur vodka en parlant ornithologie.

« Sûr, dit-il enfin, pourquoi pas ? Et on pourrait empailler les touristes en même temps. »

Au dîner, la conversation aborda toute une série de sujets idiots, des machines du Nautilus au step, en passant par la Bourse, les Giants, le saumon d'élevage, le nouveau film du Kade, les vacances « superchères » que Jonas offrait à sa femme, un mois entier et la gamine chez sa grand-mère, une semaine à Paris, une autre à Venise et le reste du temps sur le bateau de trois kilomètres de long d'un crétin au large des Baléares. Ils avaient vraiment prononcé ce mot, ils l'avaient vraiment prononcé en roulant le *r* à l'espagnole et tout le tintouin, comme l'aurait fait une équipe de serveurs dans un restaurant mexicain : lui d'abord – *Islas Baleares* – et puis elle, en écho. Ils l'avaient félicité pour le repas, et le vin (ils avaient de leur côté apporté deux bouteilles de talley chardonnay qui n'était pas mauvais du tout) mais, tandis que le soleil allait se coucher, que lui-même mettait plus fort la stéréo, qu'ils faisaient un sort à la bouteille d'armagnac qui lui avait coûté 60 dollars au magasin discount, Peck commença à s'apercevoir qu'il aurait pu se passer d'être avec ces gens-là. Vraiment. Kaylee lui convenait parce qu'elle occupait Natalia, qui, ainsi, n'était pas toujours sur son dos, mais le mari était une merde ambulante, tous les deux, d'ailleurs, et il sentait qu'il perdait son sang-froid, qu'il devenait nerveux, ce qui n'était pas bien parce que ça gâchait l'humeur générale de sa journée, et ça lui faisait penser à des choses chargées d'une énergie négative, des choses qui le faisaient flipper. Comme Dana Halter. Comme *Bridger*, ce trou du cul.

Il avait appelé le numéro dans la matinée et était tombé sur un message (« Salut, vous êtes en relation avec le portable de Bridger, laissez votre numéro... »). Il avait eu la même impression que si, actionnant la manette d'une machine à sous, il n'avait obtenu que deux cerises au lieu de trois. Bridger. C'était quoi, ce nom? Et pourquoi agissait-il au nom de Dana Halter? Si ç'avait été une sorte de flic, il n'aurait pas fait la bêtise de laisser paraître son numéro de téléphone... non, ce n'était pas un flic. Qui alors?

« Alors, Dana, dit le mari, visage gras et rougeaud, penché au-dessus de la table basse comme s'il s'était préparé à plonger dans le grand bain de la piscine municipale. Du nouveau? »

Peck ressentit comme l'infime piqûre d'une écharde d'irritation. Il adressa au type un regard censé l'avertir de ne pas poursuivre dans cette direction mais l'autre était trop bête pour saisir.

« Je veux dire... avec ton cabinet, et cet espace de bureaux à Larkspur? Comment tu as pu réussir ça? »

Ce n'était pas une simple écharde, c'était une épine, une lame. Qui c'était, ce clown? Et qu'est-ce qu'il lui avait raconté? Merde, il avait oublié. Prenant le petit verre à alcool, il s'accorda un moment pour étudier la façon dont l'armagnac tournait dans le verre et le colorait : il avait la couleur du Coca Light quand la glace fond dedans – comment se faisait-il qu'il ne s'en était jamais rendu compte? C'est alors qu'il s'aperçut que personne ne parlait. Le mari le dévisageait, attendant une réponse avec sa face de gerbille; il se demanda vaguement s'il n'était pas en train de se foutre de lui et, si c'était le cas, quelle attitude il devait adopter. Les deux nanas, qui avaient cessé de caqueter sur unetelle qui s'était fait refaire les seins, l'observaient aussi. « Je ne sais pas, finit-il par lâcher, tentant de maîtriser la bulle qui gonflait en lui comme celles qui crèvent la surface d'une sauce quand on intègre la crème. Avec toutes ces assurances antipoursuite en cas de négligence, je ne vois pas comment on pourrait prétendre que ça vaut la peine. Vraiment. Parfois, je me dis que je ferais mieux de ne pas m'occuper de ça... »

La bouche de Kaylee s'ouvrit brusquement comme si elle avait été mue par un ressort : « Mais tu es si jeune... »

Le mari : « Et tes études ? Qu'est-ce que tu fais de tes études ? »

Ils étaient passés de la salle à manger au salon. « Non, non, laisse ça, avait répondu Natalia quand Kaylee avait voulu l'aider à débarrasser. La bonne le fera. » Il avait pris un certain plaisir à faire le tour de la pièce pour allumer toutes les lampes les unes après les autres et créer une atmosphère intime, chaleureuse, comme si les lampes avaient été des foyers, et les loupiottes de 25 watts des feux brillant sur fond de nuit qui épaississait et de brume qui descendait des collines. Il étudia le mari pendant une fraction de seconde : ce gros lard se moquait-il de lui ? C'était ça ? Mais non : il ne décrypta rien qu'une stupidité éthylique et bornée dans les yeux stupides qui rapetissaient. Il ne répondit rien.

« Mais tout ce boulot, tes études, médecine et tout... », dit Kaylee. Elle se cambra et fit un geste censé être furtif qui tendit les fines bretelles noires de son soutien-gorge. « Quel gâchis...

— Oh non, l'interrompit Natalia, faisant une moue sur le son *o* et le tenant un chouïa trop longtemps. Le boulot de Dana, c'est s'occuper de moi et de Madison (elle allongea le bras pour caresser le biceps de son compagnon). Pas vrai, *baby* ? » Elle lui adressa son plus grand sourire. « Et c'est temps complet, non ? »

Le petit verre à alcool du mari fut bientôt vide et il avança ses pattes pour le remplir. « Où as-tu fait tes études médicales, déjà ? Hopkins, c'est ça ?

— Ouais. Mais je pensais que ce serait bien, vraiment bien, de travailler avec Médecins sans frontières. Vous savez... au Soudan ou je ne sais où. Aider les gens. Les réfugiés, ce genre. Des victimes du choléra, de la peste.

— Médecins sans frontiiières », répéta le mari. On aurait dit qu'il s'enlevait du caramel de derrière les dents.

De la pièce du fond provenaient les bruits de la vidéo des gamines, un film des studios Disney avec des hippocampes, des étoiles de mer qui parlaient et tout le reste, musique ronflante, grondements de vagues artificiels. Peck était agité sans savoir pourquoi. Il avait passé une excellente journée, le genre de journée qu'il aurait pu vivre pour l'éternité, la journée – les journées – qu'il s'était promises quand il était au trou, quand tout était gris, quand le soleil ne se montrait jamais, quand il semblait toujours y avoir un connard zélé et imbu de son grade qui t'obligeait à rentrer dans le rang : lumières, debout là-dedans, et ces autres cons avec leurs tentatives pathétiques pour rejoindre la race humaine, *427, à l'atelier, et que ça saute*; *Personne change de chaîne, fils de pute*; et *Quelle cuisson pour ta jelly,* monsieur? Mais non, il ignorait pourquoi il était agité. Tout ce qu'il possédait se balançait désormais sur une tête d'épingle, comme – dans une vidéo de Madison – la maison en brique démontable de deux étages avec le garage pour trois voitures, l'oiseau dans sa cage et le chien jappeur, le tout plié dans un tapis et emporté par une tornade qui dévaste le lotissement où elle se tenait l'instant d'avant. C'étaient des gens comme ceux-là, comme *Jonas*, comme *Kaylee*, qui posaient problème. Que croyait-il donc? Qu'il pouvait tout simplement débarquer comme une fleur, s'installer là et que ces gens allaient devenir ses amis ou quoi? Non. Ça ne marchait pas comme ça. Ça ne marcherait jamais comme ça.

Que fit-il, donc? D'un geste il repoussa la table basse, leva un pied (Vans à damier ultracool flambant neuves et bien cirées) et le posa à côté du verre de Jonas. « Ouais, dit-il, s'enfonçant dans les coussins et étirant les bras, en faisant craquer ses articulations. C'est ça. C'est d'eux que je parle. »

Quand il avait rencontré Gina, ce n'était pas la même rengaine. Il avait vingt-cinq ans, deux années de formation professionnelle derrière lui et des jobs dans des restaurants de Maui et Stowe, un casier immaculé, hormis des infractions bénignes au code de la route (il avait jeté les contraventions à la poubelle, parce que, vraiment, c'était de l'arnaque, un moyen pour les employés municipaux de se faire de l'argent et s'acheter davantage de véhicules de patrouille et de radars portatifs pour pouvoir voler plus de citoyens au nom de l'ordre et de la loi) ; il venait d'être promu manager chez Fiorentino, le plus jeune qu'ils aient jamais eu. C'est du moins ce que lui avait dit Jocko, le vieux barman à tête de basset qui était là depuis la guerre civile. Et puis Gina avait débarqué. Il était midi, c'était son jour de congé. Il était assis au bar, avec Jocko et Frank Calabrese, le propriétaire, et il contemplait le défilé de filles qui entraient et sortaient, suite à l'annonce parue dans le journal stipulant qu'ils recherchaient une serveuse. Elles avaient toutes le type légèrement terni des serveuses de bar à cocktails, toutes sans exception, certaines avec de l'expérience, d'autres pas. Lui, ce n'est pas l'expérience qu'il recherchait. Il se concentrait sur un attribut et un seul : est-ce qu'elles étaient canon et à quel degré elles se situaient sur une échelle de 1 à 10. Aucune n'arrivait à la cheville de Gina – de près ou de loin : en ce qui concerne le visage, peut-être, mais, physiquement, elle sortait tout droit de *Playboy* – ou, mieux encore, de *Penthouse*. Jocko et Frank, qui pouvaient être brutaux, ne lui opposèrent aucune résistance.

Gina-Louise Marchetti.

Elle était allée au lycée de Lakeland, dans la banlieue de Peterskill, elle avait vingt ans, elle était entre deux petits amis, et elle vivait – temporairement, insista-t-elle – chez ses parents, sur une route noire et tortueuse dans le décor rural et arboré de

Putnam Valley, où il ne se passait absolument rien, jamais, jamais. En moins d'une semaine elle était dans son lit, et en moins d'un mois, elle avait emménagé chez lui. La plupart du temps, après le travail, ils écumaient les bars, ensuite ils dormaient jusqu'à midi et, leurs jours de repos, ils allaient en train jusqu'à Manhattan et sortaient dans les clubs. Ils prenaient de la drogue ensemble, mais sans excès, et seulement du speed et, de temps à autre, de l'ecsta, après quoi ils se mirent à apprécier les bons vins et à expérimenter des recettes quand ils passaient la soirée à la maison. Pour Noël, elle lui acheta une cave à vins en merisier (« Pour la vraie cave que tu auras un jour ») et il lui offrit une caisse de vin rouge que le fournisseur du restaurant lui avait obtenue au prix de gros ; ils préparèrent une paella, pour le dîner, simplement pour ne pas faire comme tout le monde, et ils passèrent la plus grande partie de la nuit à admirer le motif que formaient douze bouteilles de valpolicella rangées selon une symétrie parfaite dans la cave à vins.

C'était bien. Très « bonheur domestique », très tranquille. Il était amoureux, très amoureux, pour la première fois de sa vie, il se faisait du blé – elle aussi – et il n'y avait pas un seul obstacle sur leur longue route. Ils emménagèrent dans un appartement plus spacieux, avec vue sur l'Hudson, de la centrale atomique jusqu'à l'endroit où le fleuve, en amont, se lovait au creux de la montagne. Il acheta une nouvelle voiture, une Mustang argent cinq vitesses – qui avait vraiment quelque chose sous le capot. Les nuits, tous les deux seuls au lit, étaient spéciales. *Tu es un amant génial*, lui disait-elle, *génial*, et il la croyait à l'époque – il la croyait encore, d'ailleurs. Mais tout en ce bas monde se transforme en merde tôt ou tard, comme n'arrêtait pas de le répéter son père (jusqu'à sa mort dans son transat, d'un anévrisme, verre à cocktail à la main), et Frank, le propriétaire, le prouva en divorçant.

Être divorcé, cela signifiait avoir du temps libre, du temps pour chercher noise, chicaner et critiquer, or Peck encaissait plutôt mal la critique. Il l'avait toujours mal encaissée : en fait, le moyen le plus sûr de susciter une réaction de sa part, depuis tout petit, c'était de lui faire un reproche : tâche ménagère mal faite quand il était gamin, le con de prof de math en quatrième qui avait essayé de l'humilier au tableau ou la série de patrons demeurés qu'il avait eus depuis ses débuts dans la profession, et tous qui se croyaient sortis de la cuisse de Jupiter. Il savait qu'il n'en était rien. En toute circonstance, il avait toujours raison, même quand il avait tort, et il pouvait le prouver d'un direct du droit. Peut-être que les autres (les perdants) pouvaient présenter l'autre joue, baisser la tête, faire des courbettes – pas lui. Quoi qu'il en soit, Frank se mit à passer son temps au bar, inhalant du Glenfiddich toute la soirée – et de plus en plus ours, de plus en plus agressif, de plus en plus fou de jour en jour. L'inévitable arriva. Voilà qu'un soir, Peck ne put plus supporter tous ses reproches : une connerie du genre... il ne commandait pas la bonne qualité de parmesan, il ne savait d'ailleurs pas distinguer le vrai parmesan (*Parmigiano Reggiano*) de son propre cul, il foutait tout en l'air, il coûtait du fric à son patron. Bref, le plus jeune manager de toute l'histoire de chez Fiorentino partit en pétard. Ils se traitèrent de tous les noms, cassèrent des assiettes, et qu'il ne compte pas sur une recommandation de Frank Calabrese !

Gina était son pilier. Elle jeta son tablier à terre, vida le bocal à pourboires et prit la direction de sa voiture. En moins d'une semaine elle avait dégoté une boutique sur Water Street et obtenu de son père un prêt qui leur permit de démarrer Pizza Napoli. L'endroit connut un succès fulgurant (on aurait cru qu'ils les donnaient, leurs pizzas, à voir l'affluence !) ; le secret, c'était Skip Siciliano, le pizzaïolo à la moustache en guidon de vélo et l'immense toque blanche qu'il avait réussi à débaucher, parce que Frank était un trou du cul, et Skip était cent pour cent d'accord avec lui. Ça et l'emplacement. Les gens avaient envie de cette vue vallonnée de l'Hudson, et de s'asseoir à des tables bien mises avec de la sciure par terre, des salamis et des tresses d'ail pendus aux étagères, de manger des pizzas tout juste sorties du four, des *antipasti*, des *calzone*, des pâtes maison, des plats à emporter et une bonne sélection de vins italiens à des prix raisonnables. Au bout d'un an, gagnés par l'ambition, Gina et lui ouvrirent un autre restaurant : le Lugano, un nom qu'ils avaient choisi en lançant yeux fermés une pièce sur la carte d'Italie. Leur idée était de faire du Lugano un restau haut de gamme, avec menus complets, *osso buco*, fruits de mer, *cotechino*, plats du jour, de la *caponata* dans un bocal en verre taillé sur chaque table et des *crostini* dès que le client était installé.

Sur quoi Gina tomba enceinte, le dit à son père et celui-ci — grande gueule, vieux connard hors concours qui n'avait jamais aimé Peck parce qu'il n'était pas italien et, même s'il l'avait été, ça n'aurait rien changé, parce que personne n'était assez bon pour sa fille, pas même l'ailier droit des New York Yankees ou le neveu préféré de Giuliani. Le paternel tint donc absolument à ce qu'ils se marient dans le mois. Du point de vue de Peck, tout ça craignait. Il ne voulait pas d'enfant, il ne voulait pas s'engager si jeune, et il reprochait à Gina d'avoir laissé la poisse leur tomber dessus. Mais il accéda aux désirs de son vieux connard de paternel, non pas parce qu'il se trouvait que celui-ci était le partenaire majoritaire à la fois de la Pizza Napoli et du Lugano, mais parce qu'il était amoureux, vraiment. A ce moment-là, en tout cas. Ils se marièrent à l'église de l'Assomption, il y eut une grande réception au country club de Croton, pour laquelle on dépensa sans compter : la mère de Peck était au premier rang, ivre comme à l'accoutumée, et un copain de lycée qu'il n'avait pas revu depuis six ans, Josh Friedman, fut son témoin, et voilà qu'il se retrouva devant le fait accompli.

Leur mariage aurait pu marcher : lente montée vers la maturité et le mûrissement de la relation comme on le raconte — un gamin, un chien, une maison de campagne... s'il n'y avait pas eu Gina. Une fois enceinte, elle ne voulut plus coucher avec lui. Du jour au lendemain. Elle était toujours malade, se plaignait constamment de douleurs imaginaires. Elle devint négligente, se laissa aller : elle ne se lavait plus les cheveux, ne ramassait plus rien par terre et, quant au sexe... Ah, le sexe... Aussi fréquent – et satisfaisant – que la comète qui passe tous les quatre cents ans, quand on sort contempler un pauvre petit minable filet de foutre dans le firmament... si on arrive à le localiser ! Sensass, super, le pied !

Qui aurait pu le juger (pas même le pape et son saint collège de cardinaux) s'il s'était mis à rentrer de plus en plus tard du restaurant ? Aujourd'hui encore, malgré tout le temps qu'il avait passé en prison, malgré la haine, le ressentiment, la cavale et tout le reste, il ne regrettait rien. Parfois, il lui arrivait de fermer les yeux et de revoir les lumières tamisées du bar à deux heures du mat, porte close, deux ou trois bougies, flamme vacillante dans les globes jaunes (on aurait dit que l'endroit avait été vaporisé avec une fine patine de vieil or) ; Caroline, Melani ou une autre serveuse assise à côté de lui, le temps de fumer une cigarette et de prendre un Remy ; il avait la main sur la cuisse de la fille, ou sur sa poitrine – comme s'il prenait ses dimensions pour une robe sur mesure. C'était si décontracté. Si lent, si sûr. Quelle beauté : il l'avait baisée la veille et la baiserait ce soir-là encore. Une fois qu'il serait décidé.

« C'est tellement jazzy... t'entends ce jazz ? » disait Jonas – Peck était parti tout à fait ailleurs et, pendant plusieurs secondes, il ne sut plus où il était. « Le nouveau Diana Krall... tu savais qu'elle avait épousé Elvis Costello ? C'est génial. » Son hôte fouillait dans sa veste, grosse main remuant comme un animal pris dans un sac. Il en sortit un CD qu'il lui tendit. « Tu veux passer ça ? Fantastique. Crois-moi. »

A son insu, l'humeur de Peck avait changé. Les casseroles étaient sales, le repas fermentait dans leur estomac, l'armagnac s'était évaporé : ce gars-là buvait à la paille ou quoi? Mais surtout, il y avait cet empaffé de Bridger, qui menaçait de tout foutre en l'air. Et la première faille : la carte de crédit qu'il avait présentée au comptoir du Wine Nook n'était pas valable, du moins d'après le gratte-papier au comptoir. Natalia (mi-plaisantant, mi-sérieuse) l'avait accusé de faire la tête et il s'en était défendu, de façon pas très convaincante, avec une réponse du genre : « Je ne fais pas la tête, je réfléchis. » Il prit le CD des mains de Jonas et contempla le boîtier d'un air absent.

« Je crois que tu vas aimer », dit Jonas en se penchant sur la table. Il était ivre, pas net, le visage gras. Peck réprima une envie de lui donner un gnon. « C'est pas vrai, ma biche? » fit Jonas en se tournant vers sa femme.

« Oh ouais, ouais, je crois que tu vas vraiment adorer. » Elle haussa les épaules, un long frémissement qui remonta d'un côté de son torse jusqu'à ses épaules pour redescendre de l'autre côté; elle aussi était ivre — pourquoi personne ne pouvait faire un bon petit repas sans se bourrer la gueule? Elle lui adressa un grand sourire mouillé. « Te connaissant. Ton côté *soul*, je veux dire... »

Natalia était enfoncée dans le canapé comme un chat, jambes repliées sous elle — elle avait ôté ses souliers —, petit verre à alcool blotti dans le V de son entrejambe. Son regard se fixa sur Jonas. « C'est un... un standard... c'est ça, le mot, non? Un standard? Drôle de nom. »

Personne ne répondit. Après un instant, le CD encore en équilibre sur la paume de la main, Peck dit qu'un jour, il avait accompagné au Five Spot une fille avec qui il sortait dix ans avant ou plus, et que l'orchestre, ce soir-là (chanteuse, flûte, piano, percussions, basse), ressemblait à quelqu'un qui se serait déshabillé dans le noir par honte de son corps — sur quoi, il reposa le CD sur la table basse et se leva. « Ecoutez, dit-il, je viens juste de me rappeler... excusez-moi un instant. Je dois... je dois sortir. J'en ai pour une minute. »

Natalia se récria : « Voyons, Da-na, il est presque une heure. Où ? Où vas-tu ? »

Elle lui faisait un reproche devant des invités et ça ne lui plut pas. Il eut envie d'être méchant, violent, mais il se retint. Il refoula tout. Il avait tort, il le savait, et il donna une excuse pour sauver les apparences, une mauvaise excuse : « Je dois passer un coup de fil. »

Ce qui déclencha tout un putain de tollé de protestations et de sympathie ; Natalia se plaignit, d'une petite voix, qu'il lui avait cassé son portable et se demanda pourquoi il ne pouvait utiliser le fixe ; Jonas et Kaylee dégainèrent tous deux leurs portables comme s'ils s'étaient cru à OK Corral. Que répondre à cette effervescence ? Rien. Il se borna à les écarter tous d'un revers de la main et recula comme s'il avait eu peur d'être poursuivi, tiré par la manche et contraint à utiliser leurs portables. En s'esquivant, il enregistra une image mentale de leurs visages (avinés, intrigués, voire indignés).

Dehors, la brume, qui s'était épaissie, obscurcissait tout. Brusquement, il faisait froid. L'humidité traversa sa chemise et il regretta de ne pas avoir mis une veste, mais peu importait. Il monta dans la voiture de Natalia. (La voiture de Natalia ! La carte grise était à *son* nom et c'est *lui* qui payait les traites.) Il fit tourner le moteur et appuya sur le bouton Température, qui indiqua 23 ° Il ne restait plus beaucoup de cabines téléphoniques publiques : vestiges d'une époque révolue, l'époque de Frank, de Jocko, de son père décédé ; dans dix ans, elles auraient toutes disparu, il l'aurait parié. Mais il y en avait deux dans la réception de l'Holiday Inn, où il se rendit alors.

Il s'arrêta au bar pour prendre un cognac et faire la monnaie de 5 dollars. Il n'avait aucune idée de ce que coûtait un coup de fil à San Roque, et il n'aurait pas dû téléphoner, de toute manière – il y avait des façons plus simples d'obtenir ce qu'il désirait – mais il ne put s'en empêcher, pas ce soir, parce qu'il était de cette humeur-là : aigri, déconnecté, l'estomac noué. La lumière était beaucoup trop forte à la réception, qui resplendissait comme une salle de conférences, alors que, à cette heure, elle était déserte. Il écouta les pièces dégringoler dans la machine, puis la voix de l'opératrice, et ensuite la sonnerie.

« Allô ?

— Bridger ?

— Ouais ?

— Je voulais seulement vérifier que votre entrée dans notre guide était correct... pourriez-vous épeler votre nom en entier ?

— Ecoutez, si vous vendez quelque chose, je n'en veux pas... vous m'appelez sur mon portable personnel et je vous prie, s'il vous plaît, d'effacer mon numéro de vos registres.

— Oh, je ne vends rien. Rien de ce que vous achèteriez, en tout cas. » Il ménagea une pause, simplement pour lui laisser du temps. « C'est moi, Dana. Tu sais : le fan de Rick James. »

S'ensuivit un silence suppurant : croûte qu'on enlève, bandage qu'on retire. Son cœur s'emballa à l'entendre, à écouter cette tête de nœud suspendue au bout du fil, prise à son propre jeu. « Ouais, euh, salut !

— Salut toi-même, connard. Tu crois que tu peux me la faire ?

— C'est toi le connard, c'est toi le criminel. Tu crois que tu peux faucher l'identité de ma copine et t'en sortir comme ça ? Hein ? On va te retrouver, mon pote, tiens-le-toi pour dit ! »

Sa copine ? Un calcul rapide. Alors il avait pris l'identité d'une fille et le poisson mordait à l'hameçon. Fais durer, songea-t-il, fais durer. « Je suppose qu'on verra ça, pas vrai ?

— Alors, tu as mon numéro de portable, la belle affaire. Je sais où tu crèches. Je sais d'où tu appelles maintenant.

— Pas vrai !

— Si, c'est vrai. Tu pourrais appeler de n'importe où dans le 415 mais tu vis à Marin, je me trompe ? »

Ça lui en boucha un coin. Jusqu'à ce qu'il comprenne que

l'autre avait le numéro du précédent portable, le portable en mille morceaux. Des tas de gens vivaient dans le comté de Marin. Ouais. Vrai de vrai. Mais combien de Dana Halter? C'est alors qu'il se représenta le visage de Natalia, ses lèvres, les gouffres noirs sempiternellement déçus de ses yeux, et qu'il l'entendit en imagination l'interroger : Pourquoi, pourquoi, pourquoi devons-nous déménager et qu'est-ce que tu racontes : ton nom n'est pas Dana? *Mais qu'est-ce que tu racontes?*

La voix revint, une voix de pauvre type, dure maintenant, durcie par toute l'autorité indignée du gamin qu'on vient d'appeler dans la cour de récréation : « Je me trompe?

— Ouais, s'entendit-il lui répondre, levant les yeux pour suivre du regard une femme perchée sur des talons aiguilles, qui, dans sa robe bleue moulante, se frayait avec précaution un chemin du bar aux ascenseurs. Et toi tu vis à San Roque. » Sur quoi, même s'il avait envie d'arracher le récepteur et tout le truc, le boîtier noir et le panneau en argent luisant, les fils, les câbles qui transmettaient cette voix dans cet hôtel, à ce moment précis, il le reposa délicatement sur son support, et sortit dans la brume.

4

ILS venaient tout juste de commencer à travailler sur la prochaine production de Radko, une remontée dans le temps au cours de laquelle un groupe de scientifiques du XXIᵉ siècle, dont une ingénue aux seins gonflés, avec un espace sexy entre les dents de devant et un bouton tout brillant au beau milieu du nez qu'il fallait masquer à chaque plan, découvrait un portique temporel à Pompéi, la veille de l'éruption du Vésuve, et devait courir de tous côtés pour prévenir la population du danger dans une langue que personne ne comprenait. Bridger devina une présence au-dessus de son épaule et ne leva la tête que pour être confronté à Radko en personne, une expression peinée déformant ses traits. Il était dix heures. Bridger avait passé la nuit chez Dana et avait donc pris un petit déjeuner inhabituellement copieux (des Cheerios avec une cuillerée de levure, une moitié de mandarine coupée en dés, du pain grillé et du café) ; il avait laissé Dana courbée sur son ordinateur, inscrivant sans ménagement sur le clavier les dimensions du destin de son garçon sauvage. Il se sentait reposé et de bonne humeur, le nouveau projet lui plaisait (même s'il savait qu'il deviendrait sans nul doute aussi barbant, lénifiant et abrutissant que le précédent) simplement parce qu'il était nouveau : demeures et temples pompéiens accablés de soleil, reconstitués par ordinateur – rien à voir, donc, avec les ténè-bres Sienne brûlé de Drex III. Penché sur le visage de Sibyl Nachmann, il était passé au pilote automatique, retirant minutieusement le bouton, procédé que Deet-Deet avait déjà baptisé « pustulotomie », lorsqu'il s'aperçut de la présence de Radko.

« Tu devrrais la rrevoir là-bas », annonça ce dernier, d'une voix profonde et caverneuse.

Bridger scruta l'écran, pas vraiment certain de comprendre ce que son patron voulait dire : le look de Sibyl ne lui plaisait-il pas, l'expression du visage était-elle trop comique ? « Ouais, répondit-il en hochant la tête (parce qu'il était toujours préfé-rable d'être d'accord avec le patron), ouais, sûr. »

Radko agita les mains avec véhémence, comme un arbitre de base-ball certifiant qu'un joueur est hors jeu. « Non, non, dit-il, *Dana...* Elle est dehors. »

Il lui fallut un moment pour comprendre – Dana se trouvait là-bas, au bout de la longue rangée uniforme de box, qu'indiquait la silhouette ventrue, épaules affaissées, de Radko, l'air sombre et comme oppressé. Bridger repoussa son siège et se leva. Si Dana était venue, c'est qu'elle avait un problème. Il s'était passé quelque chose. Il songea immédiatement à l'homme dont la photo se trouvait sur le fax, à la voix au téléphone, à l'usurpateur. « Où ? » demanda-t-il, pour dire quelque chose.

Il la trouva à la réception, avachie sur l'une des chaises en plastique bon marché alignées contre le mur du fond. Elle portait le t-shirt et le jean qu'il lui avait vus plus tôt quand il avait quitté l'appartement ; elle ne s'était pas coiffée, n'avait pas pris la peine de se maquiller et elle tenait serrés dans sa main des documents ou des lettres. Son manuscrit ? Bridger traversa la pièce pour la rejoindre mais elle ne leva pas la tête, elle resta effondrée sur la chaise, genoux joints, jambes écartées, un talon tapant en rythme contre le pied de la chaise. « Dana, dit-il en lui prenant le menton pour lui faire lever les yeux, qu'est-ce qui se passe ? Qu'est-il arrivé ? »

Il entendit un bruit dans son dos : à la porte de sécurité, Radko faisait un geste à la réceptionniste, une blonde de dix-neuf ans qui, deux semaines auparavant, avait teint ses cheveux en noir cirage et banni toute couleur de sa garde-robe, pour aller dans le sens de Deet-Deet, quelque message que celui-ci voulût faire passer à travers sa tenue. La fille lança à Bridger un regard tragique, s'excusa (« Je vais aux toilettes », dit-elle tout bas) avant de sortir et de refermer la porte derrière elle. Ils se retrouvèrent seuls.

Dana ne se leva pas. Elle ne dit rien. Après un instant, lui saisissant le poignet, elle lui tendit une enveloppe que lui avait adressée l'Ecole San Roque pour les Sourds. Il n'eut qu'à la voir pour comprendre de quoi il retournait, mais il prit la lettre et la déplia tout de même, sous le regard de sa compagne. La lettre, de la main du Dr Koch, lui apprenait qu'après consultation avec le conseil d'administration, il avait le devoir et le regret de l'informer que son poste lui était retiré pour la rentrée d'automne : cela ne signifiait en aucun cas que le conseil d'administration fût mécontent de son travail ; il s'agissait simplement d'une suppression de poste consécutive à des restrictions budgétaires. Le Dr Kock concluait en précisant qu'il serait heureux de procurer à Dana une lettre de recommandation et qu'il lui souhaitait tout le succès possible dans quelque voie qu'elle souhaiterait prendre à l'avenir.

« Tu sais bien que c'est des conneries, dit-elle d'une voix tonitruante qui se répercuta dans la pièce. Ils me licencient. Koch me licencie. Et tu sais pourquoi ?

— Peut-être pas. Il dit qu'ils suppriment ton poste... c'est ce qu'il écrit... »

Elle plissa les yeux, serra la mâchoire. « Conneries. J'ai envoyé un e-mail à Nancy Potter des Etudes sociales et elle m'a appris qu'ils faisaient déjà passer une annonce pour un poste de littérature au lycée. C'est à peine croyable! Tu te rends compte, ce Koch! Que des mensonges! hurla-t-elle en lui arrachant la lettre des mains. Rien que des mensonges! »

De l'autre côté des fenêtres (deux fentes horizontales pour laisser savoir aux employés du saint des saints qu'il existait un autre monde à l'extérieur, malgré toutes les preuves du contraire), une femme avec six chiens de différentes tailles faisait une pause sous l'énorme figuier cloqué qui dominait l'endroit. Un gamin coiffé d'un casque trop gros pour sa tête passa sur un scooter, suivi de près par un autre : le souffle asthmatique de leurs moteurs explosa dans le silence de la pièce. Brusquement, Bridger eut le cafard, ne pensa plus qu'à lui, égoïstement : le « Et moi, alors? » de tous les contretemps de la tragédie humaine. Dana devrait déménager, elle n'aurait pas le choix : que lui arriverait-il, alors, à lui?

Elle se leva, furieuse, impatiente, gesticula, porta les épaules en arrière dans son excitation. « Tout ça parce que j'ai été en prison. Il me rend responsable. Il m'a quasiment accusée de manquement au devoir. »

Bridger essaya de la prendre dans ses bras, de la tenir, de la réconforter, mais elle le repoussa. « Tiens, dit-elle, lui fourrant dans les mains une autre lettre comme elle lui aurait lancé un couteau, tiens, ça c'est le bouquet. »

La lettre venait du Department of Motor Vehicules. Le mois précédent, elle avait envoyé un formulaire de renouvellement de son permis, tout comme il l'avait fait lui-même deux ans auparavant. Depuis un certain temps, le DMV autorisait le renouvellement du permis par courrier sans que le demandeur ait besoin de se refaire photographier, du moment qu'il n'avait pas servi de peine. Dana avait choisi cette option – qui ne l'aurait fait? Le prix du timbre de 39 cents évitait de se déplacer au bureau du DMV et d'affronter une file d'attente interminable. Très bien. Parfait. Alors, où était le problème? « C'est ton permis! » dit-il.

Dana lui lança un regard dur et pénétrant. « Vas-y, regarde. »

Il entendit la porte dans son dos s'ouvrir avec un craquement et se retourna : le visage ovale de Courtney flotta là un instant, tout blanc, avant que la porte se referme. Bridger piocha dans l'enveloppe le nouveau permis plastifié. L'inscription « Permis de conduire californien » figurait en haut comme il se doit. Ils avaient épelé son nom correctement, ainsi que son adresse. Par contre, le sexe, la taille, le poids et la signature en bas n'étaient pas les bons. Mais ce n'était pas le pire. Les deux photos, la plus grosse à gauche, la plus petite à droite, étaient de l'homme qu'ils avaient déjà vu sur le fax : il les dévisageait, l'air fier.

Inutile d'espérer retourner au travail. Dana était sens dessus dessous. On aurait dit que, tous les jours, le courrier apportait son lot de mauvaises nouvelles : des agents de recouvrement qui la harcelaient pour des comptes qu'elle n'avait jamais ouverts ; un avis de rappel pour règlement non effectué sur une BMW Z4 qu'elle n'avait jamais vue, une notification de crédit refusé pour un prêt qu'elle n'avait jamais sollicité. Et voilà qu'elle venait de perdre son boulot et qu'elle devrait conduire avec un permis périmé. « Ce sera quoi, la prochaine fois ? » s'exclama-t-elle, d'une voix étranglée et défaite, qui rebondit sur les murs comme le cri d'un animal pris dans un piège. Elle saisit le bras de son compagnon et exerça une pression si brutale qu'on aurait cru qu'elle voulait arrêter une hémorragie, sauf qu'il ne saignait pas. Pas encore. « Ils vont me remettre en prison ? Dis-moi. Qu'est-ce que je dois faire ? »

Il voulut la tenir dans ses bras mais elle refusa parce que, tout à coup, c'était lui, le méchant, la doublure du méchant, la victime au sang chaud qu'elle avait sous la main. Un homme. Jambes velues et chair pendante. Un homme comme celui qui était la cause de ses tourments. Il répondit : « Je n'en sais rien. Je n'en sais fichtre rien », et elle continua de lui serrer le bras, ses ongles entrèrent dans sa peau, et tous les deux risquèrent de perdre l'équilibre. Tout à coup, il sentit la colère monter en lui : elle était folle, voilà la vérité. Complètement dingue. « Bordel, lâche-moi, cria-t-il, et il la repoussa. Merde. Dana. Merde. Ce n'est pas ma faute, je ne suis pas responsable de tout ça. »

C'est alors que, derrière eux, la porte s ouvrit à nouveau et que Radko apparut, visage lourd, souliers bon marché et montre de pacotille. « Je n'aime pas ça, dit-il, articulant bien. Pas dans mon burrreau. »

Dana le fusilla du regard. Un autre homme sur lequel se défouler. « Je vais le tuer », déclara-t-elle.

Radko scruta la peinture grise éraflée du sol. « Qui ? Bridger ? »

Ce dernier comprit qu'on se trouvait là à un tournant, qu'il allait devoir prendre une décision, et bientôt, très bientôt, choisir entre Digital Dynasty et cette femme à cran, échevelée, le regard incendiaire. L'idée insensée de prendre la fuite sur l'instant l'effleura mais il y résista. Il n'aimait pas les conflits et réussissait toujours – presque toujours – à les éviter. « Je suis désolé, dit-il, baissant la tête par respect pour son supérieur. C'est cette histoire... vous savez, ce qui arrive à Dana. Ça n'est pas fini. »

Radko leva les mains pour lisser les longues griffes de ses cheveux, puis s'asseyant sur le rebord du bureau de la réceptionniste, il se mit à chercher son paquet de cigarettes dans sa poche intérieure. « Ce foleur, c'est ça ? dit-il d'une voix plus amène. C'est ça ? C'est lui, le prroblème ? »

Bridger acquiesça.

« Alors, asseyez-vous (Radko désigna la rangée de chaises en plastique alignées le long du mur) et rracontez-moi tout. » Sur quoi, s'adressant à Dana, il joua avec la flamme de son briquet Bic en l'approchant de sa cigarette. « Ça ne vous dérange pas ?

— Si, répondit-elle, si. » Radko choisit de l'ignorer.

Pendant la demi-heure suivante, tandis que Courtney sortait

chercher des cafés, que Plum passait deux fois la tête par la porte afin d'évaluer la situation et de retourner faire son rapport à l'équipe, que la fumée de cigarette s'élevait dans les airs et que le soleil illuminait les fentes trop étroites des fenêtres, Dana, qui connaissait à peine Radko, s'épancha et, quand elle se retrouvait dans une impasse, Bridger venait à sa rescousse pour appuyer ses dires. Cigarette au bec, lissant ses cheveux, poussant des soupirs et marmonnant dans sa barbe, Radko écouta comme s'il écoutait la trame d'un film sur lequel on lui aurait demandé de parier. « Ah, finit-il par dire, dans mon pays, ça arrive tout le temps. Ce vol de papiers, et des gens aussi. Les kidnappings pour obtenir rançon. Vous le saviez ? »

Bridger hocha la tête mollement. Il n'était même pas certain de connaître le pays d'origine de son patron.

« Faites-moi voir ça », dit ce dernier, prenant le permis de conduire des mains de Dana. Il étudia le portrait de l'homme un instant avant de suggérer que le DMV s'était trompé et que l'ordinateur avait envoyé le permis à l'adresse de référence plutôt qu'à la nouvelle adresse que l'usurpateur d'identité leur avait donnée. « Si vous réussissez à obtenir cette adresse, dit-il en levant les yeux tandis que Courtney rentrait par la porte principale avec leurs cafés, alors, vous aurez votre homme. »

L'agitation de Dana crût au fur et à mesure qu'ils égrenaient ensemble la litanie des détails des opérations : ils contacteraient les compagnies de cartes de crédit et leur ordonneraient de bloquer toute information la concernant ; ils enverraient aux créditeurs des faux comptes des photocopies du rapport de police et de la déclaration sous serment ; ils iraient au bureau de police rencontrer les conseillers de l'Assistance aux Victimes. Mais Dana se demanda à quoi ça les avancerait : « Ce gars pourrait avoir des centaines de pseudos », dit-elle, retirant le couvercle en plastique de sa tasse en carton et marquant une pause pour souffler sur la mousse. Elle prit une gorgée. Fit une grimace. « Et comment est-ce qu'on trouvera l'adresse ? La police ne veut même pas faire une recherche d'empreintes digitales. Ils ont dit que cette affaire n'était pas assez importante. C'est un crime sans victime. Sûr. Regardez-moi : je n'ai plus de boulot.

— Milos! » s'exclama Radko.

Courtney, qui avait repris place à son bureau, faisait semblant de se concentrer sur son ordinateur, et Plum, pour la troisième fois, poussa la porte de sécurité et la laissa se refermer derrière elle. Bridger demanda : « Qui?

— Milos, mon cousin. Milos, il rretrouve qui tu veux. »

Le lendemain après-midi – c'était un vendredi et Radko était allé à une énième « rréunion » à Los Angeles –, Bridger quitta le travail tôt et alla chercher Dana à son appartement. Il dut descendre du pick-up et sonner – ou, plutôt, allumer le voyant – à sa porte parce qu'elle n'était pas tout à fait prête, et il resta planté sur le paillasson pendant cinq bonnes minutes avant qu'elle apparaisse : une apparition brève – son visage resta là un instant, l'air stressé et concentré, puis elle disparut, frappant le sol du couloir avec ses talons, en quête d'un objet vital sans lequel elle n'aurait pu sortir même si son appartement avait été en feu. Bridger aurait voulu lui rappeler qu'ils devaient se presser, qu'ils avaient rendez-vous avec le cousin de Radko à quatre heures et demie, que son bureau se trouvait à Santa Paula et que le parcours prendrait trois quarts d'heure, mais il ne put le faire parce qu'elle n'était pas tournée vers lui. Il la suivit, d'une pièce à l'autre, il suivit Dana cheveux défaits, bras nus et gesticulant tandis qu'elle fouillait dans un tiroir d'armoire, transvasait ses vêtements sur la table de nuit, mettait un sac de côté pour en attraper un autre. « Je suis un peu en retard », lança-t-elle en se retournant à peine, avant d'entrer dans la salle de bain et de claquer la porte derrière elle.

Lorsqu'ils se retrouvèrent dans son pick-up, Bridger n'était pas content (il n'avait pas envie de dépasser les vitesses autorisées et de risquer une nouvelle contravention), mais il était résigné. Il appuya sur le champignon, les pneus gazouillèrent, le pick-up protesta, asthmatique et crachotant lorsqu'il poussa le moteur dans la montée d'accès à l'autoroute ; il jeta un coup d'œil à Dana pour voir comment elle réagissait, mais elle ne remarquait rien. Il se rappela alors que le démarrage de sa nouvelle voiture, une Volkswagen, une Jetta, se faisait tellement en douceur que, quand elle l'avait achetée, elle disait ne pas arriver à savoir si le moteur avait démarré ou pas, et qu'elle avait souvent dû faire grincer le starter sans le savoir. C'est seulement quand elle s'était aperçue que les gens la regardaient sur le parking du supermarché, en faisant la grimace, en serrant les dents, qu'elle avait fini par s'ajuster. C'était une question de vibrations, et, en fin de compte, elle avait appris toute seule à repérer la plus infime indication fournie par les soupapes et tout était revenu à la normale. Le pick-up, c'était une autre affaire. Pourtant, une fois qu'il l'eut amené à la vitesse de croisière, il put rattraper le temps perdu à l'aide de quelques louvoiements créatifs entre des zombies, portable collé à l'oreille, catatoniques et chenus, dont la seule fonction dans la vie était de bloquer la voie de gauche. Ils arrivèrent à Santa Paula avec vingt minutes de retard seulement.

La ville les surprit agréablement : au lieu de l'habituel fatras californien et de ses verrues construites sur mesure, son architecture paraissait homogène, comme tirée d'un vieux film en noir et blanc. En fait, elle paraissait bizarrement familière : large artère principale bordée de bâtiments à charpentes en bois, d'un ou deux étages, qui devaient dater des années 40 et même d'avant, la quincaillerie, le magasin de vêtements de papa et maman, les restaus mexicains, le café, le débit de boissons qui faisait aussi cantine. Bridger se demanda combien de films d'époque avaient été tournés dans ce décor. Des films d'ados. Latinos en Chevrolet et Ford 55 trop rutilantes, déambulant par là en chemin vers les champs pour aller faire la cueillette.

Des drames soporifiques sur des vieux quand ils étaient jeunes. Des mélos sur la Seconde Guerre mondiale, dans lesquels un héros mutilé ne revient chez lui que pour être confronté à des réactions mitigées – de la guimauve plein les rues jusqu'aux genoux. Bien sûr, tout cela pouvait désormais être recréé sans se lever de son siège à Digital Dynasty, mais, tout de même, Bridger fut réconforté de voir une vraie ville d'autrefois, avec de vrais bâtiments en charpente en bois et en stuc. Ils la traversaient, si lentement qu'ils n'étaient pas loin de faire du surplace, lorsqu'il pointa l'index sur la feuille où figuraient les indications de Radko et qu'il demanda : « C'était quel numéro, déjà? »

Dana ne réagit pas, n'abaissa pas le regard vers son index ni ne le leva vers son visage. Elle semblait être sous le charme autant que lui, la tête à la fenêtre ouverte, jambes croisées, un pied pendant comme s'il était à peine attaché à la cheville, ce qui le fit sourire d'aise – elle était décontractée pour la première fois depuis des semaines : une petite excursion en bagnole, la perspective de la rencontre avec Milos et la possible fin de ses problèmes faisaient effet de massage. Il dut encore agiter l'index pour que le regard de sa compagne monte enfin jusqu'à ses lèvres. « 1337 », dit-elle, plissant les yeux pour scruter à travers le pare-brise les numéros des magasins.

Il ne manquait pas de places de parking (l'endroit paraissait quasiment désert). Ils émergèrent à une température de 27 °, face au soleil et à une légère brise salée. Les arbres étaient penchés, leur feuillage ondulait. Un carré d'une verdure pure, riche, pleine de chlorophylle, venait brouter le trottoir de l'autre côté de la rue, enveloppé autour d'une sorte de monument érigé en l'honneur des vétérans ou d'un maire qui avait depuis longtemps cédé aux exigences du temps. C'était vraiment très... quoi ? Très reposant. Ordinaire. Vrai.

Le bureau de Milos était situé au-dessus d'une épicerie coréenne qui ne vendait que des spécialités mexicaines et de la bière; c'est Milos qui répondit en personne quand ils frappèrent à la porte. Il était plus jeune que Radko, plus mince, les joues creuses, des lèvres fines et blanches, mais il était coiffé comme son cousin, les cheveux luisants de gel comme le nez d'un animal qui sort de l'eau, avec une touffe orchestrée de mèches sur le front. Il fallut un instant à Bridger pour comprendre à qui il lui faisait penser : Elvis Presley dans *L'Amour en quatrième vitesse.*

« Alorrs, ouais, fit Milos, avec le même accent que Radko, indéfinissable, à couper au couteau, en leur faisant signe d'entrer. Vous cherrchez un foleur, je sais, je sais. »

Il leur indiqua des sièges (il y avait là deux chaises en bois à dossier droit) et se rassit lui-même dans un fauteuil pivotant derrière son bureau, qui avait peut-être été autrefois une table de bibliothèque, tailladé, piqueté de trous de vers à bois, sans rien dessus qu'un téléphone rotatif à l'ancienne. Le reste du décor se limitait à un papier peint à motifs, une bibliothèque emplie de ce qui ressemblait à des guides ornithologiques et une longue ligne ininterrompue d'annuaires, deux cents ou plus, qui escaladaient le mur comme une fortification. Dana se percha brièvement sur le bord de son siège, avant de se relever presque aussitôt et de se mettre à faire les cent pas, utilisant beaucoup ses mains tandis qu'elle dévidait l'écheveau de son histoire, que Bridger explicitait et interprétait dès que le regard de Milos montrait qu'il perdait pied. Au bout de cinq minutes, pas plus, Dana avait déjà épuisé sa réserve de vocabulaire : elle se laissa choir près de son compagnon. Tous deux regardèrent Milos, dont l'expression demeurait impassible.

« Tout ça, je le sais! dit-il en montrant les paumes de ses mains, avant de préciser, avec un long soupir sifflant : Mon cousin. »

S'ensuivit un long silence qui enfla puis reflua. Le bâtiment était bizarrement muet, comme s'il avait été abandonné, malgré la présence de l'épicerie au rez-de-chaussée, et il faisait chaud, très chaud; les deux fenêtres derrière le bureau de Milos étaient fermées et le ventilateur, dans le coin, était à l'arrêt ou cassé. Bridger échangea un regard avec Dana : épaules basses, elle était vannée, après l'excitation des derniers jours. Il se demanda ce qu'ils faisaient là. Milos, comme Radko le leur avait dit, d'ailleurs, s'occupait principalement de divorces : il épiait des fenêtres de maisons de banlieue, observait des motels depuis le trottoir d'en face. Et son bureau n'inspirait pas vraiment confiance. Manifestement *low-tech*. Or l'usurpateur d'identité, l'homme de la photo, la voix du portable, était on ne peut plus high-tech.

Milos finit par briser le silence. « Un homme comme ça... entonna-t-il en ouvrant le tiroir de son bureau, d'où il tira un dossier maculé. Pas si malin que fous crroyez. » Il marqua une longue pause, pour plus d'effet, et avança le dossier sur le bureau en direction de Dana.

A l'intérieur se trouvait un fax, un rapport de la police de Stateline, Nevada. Et là, ils reconnurent le visage désormais familier. Il soutenait leur regard. Le nom qui l'accompagnait était Frank Calabrese, né à Peterskill, NY, 10/2/70, pas d'adresse – « De passage, précisait le rapport, Sexe masculin, Race blanche, Age 33 ans, 1 m 88, 83 kg, Cheveux bruns, Yeux marron, n° de SS?, Téléphone fixe 820 626 5757, Etat de NY. » Il avait déjà été arrêté pour contrefaçon dans un magasin Good Store, où il avait essayé de prendre un crédit au nom d'un tiers, Justin Delhomme, et d'acheter un poste de télévision à écran plasma d'une valeur de 5 500 dollars. Il portait sur lui un second permis de conduire, californien, au nom de Dana Halter, 31 Pacific View Court, San Roque.

Bridger sentit l'excitation monter en lui : enfin, il était coincé, ce salaud. Il leva sur Milos un regard plein de gratitude, euphorique : comment avait-il pu douter de lui un instant? « Alors, son vrai nom, c'est Frank Calabrese? »

Milos joignit les doigts et lança un regard désolé à Dana, qui, la tête penchée, enfermée dans son propre univers, auscultait le rapport. « Vous allez trop vite en besogne, dit-il sans la quitter du regard. Ce n'est pas son nom, pourquoi ça le serrrait ? – il haussa les épaules. Un autrre pseudonymeuh, voilà tout. »

Devinant quelque chose, Dana leva la tête.

« Mais il n'est pas malin. Vous savez pourrquoi ? » continua Milos en désignant Dana. Il lâcha un long soupir. « Parce que amoureux de vous. »

Dana regarda Bridger comme si elle avait mal lu sur les lèvres de Milos. « Amoureux... ? dit-elle en écho.

— De vous, répéta-t-il.

— Vous voulez dire... qu'il s'est trop impliqué... il s'est trop investi dans son arnaque, ou quoi que ce soit, pour l'abandonner maintenant, c'est ça ? suggéra Bridger.

— Il est trop pris parr qui vous êtes, dit Milos, la bouche en cul de poule. Exactement. Maintenant, vous pouvez attrraaper lui. »

Presque malgré lui, Bridger demanda, dans un murmure : « Mais comment ? »

Le soleil vernissait les fenêtres, sur lesquelles on voyait la trace de saletés suspendues dans les dentelles d'une illumination artificielle. Bridger huma sa propre transpiration, fluide primordial, infect, et il huma aussi celle de Dana, piquante et âcre. Il avait envie d'une bière. Il avait envie de plage, d'océan, de paix, d'union, d'amour, alors qu'à la place, il avait cette pièce étouffante et le cousin de Radko, tellement énigmatique qu'il aurait pu rédiger les textes de *fortune cookies* dans une fabrique de Chinatown. « Comment ? » répéta-t-il.

Milos ne repoussa une mèche de devant ses yeux que pour la laisser retomber l'instant d'après dans une gerbe de vecteurs noirs et luisants, sur quoi il plongea à nouveau la main dans son tiroir et poussa derechef un bout de papier sur la table dans leur direction. Ils lurent un numéro de boîte postale à Mill Valley. « Ça, expliqua-t-il, c'est où va facturreuh. Pour porrtable. L'adresse sur le compte est vôtrre et numéro fixe aussi mais facturre va là-bas – le voilà qui souriait. Homme très serviable aux Recouvrrements. Je crois que vous connaissez : Mr. Simmonds? (autre haussement d'épaules). Ce n'est pas grrand-chose. »

Les lèvres maladroites, le déséquilibre de l'accent : Dana ne parvenait pas à déchiffrer ses paroles et Bridger s'efforça donc de les lui traduire. Elle l'observa attentivement, puis remua sur sa chaise. « Mais qu'est-ce qu'on fait avec ça? » demanda-t-elle, visage réduit à presque rien.

La voix de Milos s'appuya sur un courant ascendant, plus haut désormais, comme si une brise l'avait attrapée. « Vous allez. Vous êtes Dana Halter aussi, non? Vous avez preuve? »

Elle fit oui de la tête.

« Alors, c'est boîte postale à vous. »

Le dimanche matin, tôt, ils quittèrent San Roque avec la Jetta de Dana et prirent la route du Nord. Bridger aurait voulu prévenir Radko de vive voix (il avait fait son choix, pour l'amour, pour Dana, pour la soutenir), mais, en fin de compte, il avait opté pour la solution de facilité : un e-mail. *Désolé. Je pars une semaine. Urgence. Bridger. PS. A lundi prochain?*

Ils avaient le soleil dans le dos lorsque, sortant de la ville, ils obliquèrent sur la Coast Highway ; l'océan attrapait la lumière et la déversait sur la chaussée, la voiture était une ombre qui bondissait juste devant eux. Dana était assise sur le siège passager, le visage doux et serein, cheveux encore humides de la douche qu'elle avait prise avant de partir, relevés d'une façon qui mettait en valeur la ligne de sa mâchoire, les angles marqués de ses pommettes, les arrondis de son oreille, parfaite comme un coquillage. Le matin, elle avait tenu Bridger longtemps dans ses bras, puis s'était reculée pour lui dire en langue des signes *Je t'aime*, index pointé d'abord vers le cœur puis les deux mains enlacées et finalement l'index revenant à lui, et il n'avait pu lui résister. La veille, ils avaient fait l'amour, lentement, langoureusement, leur lit tel un radeau au large dans les ténèbres et le silence de la chambre, mais ils avaient recommencé, sur le tapis dans le couloir, après qu'elle était revenue trempée de sa douche, et qu'elle lui avait dit, en langue des signes *Je... aime... toi.*

Comment se sentait-il? Resplendissant. Reluisant? Poli comme un joyau. La radio marchait et Dana, penchée sur son ordinateur portable, pianotait sur les touches et levait régulièrement les yeux pour observer le constant empilement des vagues; lèvres retroussées, regard perdu, à mille lieues de l'instant présent, de cet endroit, de ce monde. La musique de l'autoradio prit possession de lui et il tapota le rythme sur le tableau de bord. Une vieille chanson, aussi familière que son sang. *Qui, qui, qui, qui/Dis-moi qui tu es...*

5

ELLE leva les yeux de son écran et vit la mer immense devant elle, les vagues lointaines calées comme des tuiles les unes sur les autres, le lait répandu des nuages, le soleil comme de la cire (*métaphore, tout est métaphore*) tandis que la forêt sombre et détrempée de La Bassine se dissolvait dans un éclat de lumière sur l'eau. Bridger était à côté d'elle, présent et bien visible, une main sur le volant, l'autre battant la mesure sur le tableau de bord. Son menton se balançait, ses épaules plongeaient puis remontaient. Un deux, un deux. Et voilà qu'il chantait, qu'il chantait dans un silence parfait, lèvres retroussées comme s'il soufflait toutes les bougies d'un énorme gâteau d'anniversaire. Elle jeta un coup d'œil au cadran lumineux de la radio : 99.9, rock classique. Il chantait un air immémorial qu'il connaissait et dont elle ne savait rien, il chantait pour lui-même, et tout en lui était vivant, concentré et beau, à l'unisson avec la musique. Dana ne prit pas la peine de se demander ce que cela signifiait de monter là-haut, dans cet endroit où les entendants étaient transportés de la même manière qu'elle l'était quand elle écrivait, lisait ou qu'elle était enfermée dans le coffre noir d'un cinéma, devant des formes qui se rejoignaient et se tordaient sur l'écran et qu'elle voyait avec une clarté d'une telle intensité qu'elle devait détourner le regard; non, elle se contenta de ressentir la musique à travers lui, par le biais de l'ondulation de ses épaules et des tapotements rythmés de sa main, et voilà qu'elle se mit à battre le rythme aussi.

Le paysage se détacha brusquement d'eux. Le tableau de bord lâchait son flux et son reflux, leurs mains martelaient. Et puis une voiture apparut sur le couloir intérieur et les dépassa en silence et Bridger tourna les yeux vers Dana, son sourire s'épanouit, et il se mit à chanter pour elle, avec plus d'insistance, de vigueur, d'emphase – ses lèvres, ses lèvres : *Qui, qui, qui, qui?*

Elle n'avait pas réfléchi plus loin que l'instant présent : faire les bagages, emporter les deux nouvelles cartes de crédit qu'elle s'était procurées pour remplacer celles qu'elle avait annulées, parce que tout paraissait tellement naturel, tellement logique : l'usurpateur habitait Mill Valley et il avait une boîte postale à MailBoxesEtc; ils se rendaient là-bas, ils le débusqueraient, l'observeraient, le traqueraient. Et ensuite? Ils appelleraient la police. En imagination, elle le voyait entrant dans la boutique pour vérifier son courrier, tandis qu'ils attendraient dans la voiture (ils savaient ce à quoi il ressemblait mais lui pas) : alors, ils appelleraient la police. Ou bien ils prendraient le courrier eux-mêmes, découvriraient une adresse, un numéro de compte, ils iraient chez lui et le cloueraient sur place (oui, ils le cloueraient, comme, étymologiquement, on enfonçait des clous dans une planche). En imagination, elle voyait une escouade fondant sur lui, des hommes en gilet pare-balles et casque de protection, et les gyrophares tournoieraient sur les voitures de police comme des pommes d'amour lumineuses, un hélicoptère brasserait l'air, et c'est alors qu'elle se retrouverait face à lui, lui cracherait à la figure quand il serait emmené avec les mêmes fers inflexibles qu'il lui avait imposés, puis ils seraient encore confrontés au tribunal, et elle serait un témoin parfait, exerçant un contrôle parfait sur elle-même, et l'interprète pourrait rester immobile à ses côtés.

Mais tout cela, c'était dans son imagination. La réalité (elle en avait la nausée rien qu'à y penser) pourrait être plus hasardeuse, et plus dangereuse. Cet homme était-il vraiment stupide? Resterait-il aussi épris de ses identifiants quand il apprendrait qu'il avait été découvert? Peut-être, d'ailleurs, beaucoup plus malin qu'un détective amateur, se trouvait-il déjà à plus de mille kilomètres de là, se cachant déjà sous un nouveau nom, muni d'une nouvelle personnalité. Il pourrait être n'importe où. Ce pourrait être n'importe qui. Néanmoins, la pensée de ce qu'il lui avait fait subir sans trêve, sans conscience et sans un atome de sentiment réactivait trop la rage qu'elle avait ressentie toute sa vie, la rage de la honte, de l'inadéquation, de la condescendance, pour qu'elle ne veuille pas se venger. Elle voulait lui infliger ce qu'il lui avait infligé. Rien de plus.

Ils venaient de dépasser King City quand elle releva la tête. Bridger ne tapotait plus le tableau de bord, il ne chantait plus. Une main enveloppant le volant, doigts relâchés, il était avachi dans le siège conducteur, l'air fatigué. Ou lessivé, comme dans *liquidé, détruit, HS.* Elle lui toucha le bras et il se tourna vers elle. « Tu es fatigué? lui demanda-t-elle. Tu veux t'arrêter pour déjeuner? »

Il fit oui de la tête, et elle n'en demanda pas plus, car elle ne pouvait guère exiger à la fois qu'il garde les yeux sur la route et qu'il tourne ses lèvres vers elle. Mais il se tourna carrément vers elle pour lui demander : « Un mexicain?

— D'accord. »

Il souriait lorsque, à la sortie de l'autoroute, il obliqua dans la rue principale (la seule) d'un bled qui consistait en une épicerie, une station-service, une *cantina* et deux *taquerias* bondées et concurrentes, La Tolteca et El Sitio. « Bon choix », dit-il en se tournant vers Dana lorsqu'il arrêta le moteur.

163

Ils choisirent El Sitio sans aucune raison particulière. Il n'existait guère de différence apparente entre les deux restaurants, dans l'un comme l'autre il faisait sombre à l'intérieur parce que l'électricité, ça coûte, tous deux étaient tenus par les épouses, les grands-parents et les enfants d'hommes qui étaient aux champs. Il y avait un comptoir, quatre tables poussées contre le mur, et, derrière, la cuisine. Les odeurs étaient aussi sombres que la pièce qu'elles imprégnaient, mais c'étaient de bons fumets bien denses de vieux chili, de haricots frits plusieurs fois dans un récipient culotté, de piments, d'oignons, d'une poêle constamment chaude. Une table était occupée par deux Blanches *extra large* aux teintures inégales, des voyageuses comme eux, l'œil morne plongé sur les reliefs de leurs *burritos*, la main sur leur bouteille de Dos Equis comme si chacune avait tenu un extincteur. Assis à une autre table derrière elles, un vieillard tanné comme un lézard, en pantalon et vareuse blancs, poussait au hasard une fourchette en plastique rose sur une assiette de haricots aux œufs brouillés. Le menu était écrit sur un panneau fixé au mur.

Bridger le consulta un instant, avant de se tourner vers la femme installée au comptoir. Dana ne comprit pas ce qu'il lui dit. Sans doute avait-il parlé espagnol? Il se tourna ensuite vers elle : « Tu as choisi? »

Non, fit-elle, employant la langue des signes par pur réflexe. Puis elle regarda le menu et déclara tout fort : « Je peux commander toute seule. »

La femme au comptoir, minuscule, l'ossature d'une enfant bien qu'elle eût les cheveux gris, les regarda d'un air impassible. Elle était là pour prendre les commandes, leur argent, leur donner un jeton en plastique avec un numéro inscrit dessus, et appeler le numéro quand leurs plats seraient prêts – mais elle ne trahit pas le moindre intérêt en dehors de cela. Le menu était rédigé en espagnol : *taco de chuleta*; *taco de rajas*; *taco de cazuela*; *tamal de verduras*. Ce n'était pas un problème pour Dana.

Elle vivait à San Roque depuis plus d'un an et elle connaissait la cuisine mexicaine de base autant que les cuisines française, italienne ou chinoise, et, pour lui faciliter la tâche, puisqu'elle n'était pas prête à affronter la prononciation (l'anglais était assez difficile comme ça !), à chaque plat correspondait un numéro. Elle choisit le cinquième de la liste, *tostada de pollo*, se tourna vers la femme et annonça, aussi clairement qu'elle en fut capable : « Le numéro 5, s'il vous plaît. »

Pendant un long moment, la femme se contenta de l'observer d'un regard tellement noir que la démarcation entre pupille et iris avait disparu ; ensuite, elle se tourna vers Bridger, à qui, de toute évidence, elle parla en espagnol, car il ne la comprit pas du premier coup. Elle dut répéter, les pâles hérissements de ses cheveux devenus transparents sous la caresse du long rai de soleil qui filtrait par la porte. « Elle a demandé le numéro 5 », expliqua-t-il, avant de redire la même chose dans son espagnol de lycée.

Ils s'installèrent à la table voisine des deux obèses. Quel était le pourcentage d'obèses aux Etats-Unis ? Trente pour cent ? N'était-ce pas ce qu'elle avait lu dans un magazine ? Bridger alla chercher leurs boissons. Il prit une *horchata* et Dana un Coca Light. Les obèses derrière eux, accroupies au-dessus de la table, visages très animés à quelques centimètres l'une de l'autre, échangeaient des confidences – des ragots – et Dana aurait souhaité entendre ce qu'elles disaient de leur mari, de leur petit copain, de leurs bobos, de leurs soins beauté et de leurs enfants qui les décevaient irrémédiablement. A défaut, elle demanda à Bridger ce que la femme au comptoir avait dit : « Pourquoi ne me comprenait-elle pas ? Je n'ai pas été claire ? »

Il baissa les yeux. « Non, ce n'était pas ça. Elle... elle ne parle pas bien anglais.

— D'accord, mais qu'est-ce qu'elle a dit ? »

Il parut gêné ou récalcitrant et elle sentit la chaleur lui monter au visage.

165

« C'était insultant, n'est-ce pas ?

— Je ne sais pas, dit-il avant d'ajouter quelque chose qu'elle ne comprit pas.

— Elle s'est exprimée en espagnol ? »

Au lieu de se répéter en vain, il sortit un stylo de sa poche et écrivit le mot sur le dos d'une serviette en papier : « *Sordomuda*. »

Elle rougit : « Sourde et muette ? »

Il fit oui de la tête.

Refoulant l'envie de demander « Comment s'en est-elle aperçue ? », elle se contenta de jeter un coup d'œil à l'autre extrémité de la pièce, où la femme, assise sur un tabouret derrière la caisse, feuilletait, tête baissée, un tabloïd mexicain ; elle portait des boucles d'oreilles en or, infimes points de lumière ; une croix en argent pendait sur sa gorge à une chaîne en argent. Elle était parfaitement ordinaire, comme mille autres femmes dans mille autres restaurants de tacos, restaurants mexicains et *pupuserias,* une femme habituée au toucher du mortier, du pilon et à la consistance de la pâte de *harina* modelée pour emplir la main et aplatie entre les paumes. Mais qui était-elle ? Avait-elle un fils sourd et muet ? Une sœur sourde ? Était-elle sourde elle-même ? Ou se sentait-elle supérieure ? Méprisante ? Haineuse ?

Dans tout le bouiboui, rien ne bougeait, sauf le bras droit du cuisinier, un homme si petit et menu qu'il aurait pu être le frère de la caissière ; il le remuait en rythme lorsqu'il agitait la poêle d'avant en arrière sur le gaz. Après un moment, Dana se retourna vers Bridger et répéta en langue des signes *Comment pouvait-elle savoir ?* Mais il ne put que hausser les épaules et écarter les mains, paumes vers le ciel. Quand leurs plats arrivèrent, il alla au comptoir et rapporta une assiette en carton, qu'il plaça devant Dana. Le plat qu'elle contenait ne ressemblait pas à une *tostada.*

Il n'y avait pas de fruits de mer ; et pas de laitue non plus.

On aurait dit des abats en sauce dans une mare de fromage fondu.

« Ça ne va pas? demanda Bridger, la bouche pleine de haricots et de riz. Tu n'as pas faim? »

Très lentement, du bout d'un doigt récalcitrant, elle repoussa l'assiette – et elle n'eut pas besoin de s'expliquer davantage. Elle laissa ses mains parler pour elle : *Non, plus maintenant.*

« Tu veux prendre le volant? » lui demanda Bridger.

Ils étaient dans la rue, sur le seuil du restaurant, devant la voiture qui brillait au soleil. Il faisait plus chaud qu'elle ne s'y était attendue, plus chaud dans l'intérieur des terres que sur la côte. La chaleur l'assommait et elle ne vit ni la femme qui l'observa de derrière la fenêtre de la *taqueria* ni les deux lézards qui se coursaient dans la poussière à ses pieds, sur la flaque de feuilles de chêne semblables à des griffes jaunâtres. Non, elle n'avait pas envie de conduire. Elle voulait regarder la route, oublier tout le reste, et elle laissa ses mains l'expliquer à son compagnon. Un instant plus tard, le bled diminuait dans le rétroviseur et seule la vibration des pneus ceinturés d'acier, lancés à l'assaut de l'air, lui indiqua qu'ils avaient démarré.

6

IL y avait deux grandes chambres dans l'appartement, l'une pour Madison et l'autre pour Natalia et lui, ainsi qu'une pièce qui pouvait servir de chambre à l'occasion, et que la représentante de l'agence avait absolument tenu à appeler le « petit salon ». Elle pouvait servir de nursery, aussi. « Ou (elle lui avait adressé un regard, à lui, un regard de coquette, calculateur) de cabinet à domicile, de cabinet loin du cabinet. Quand vous en avez assez de tous vos patients. » Cette pièce ne payait pas de mine, elle n'était guère plus grande que la cellule qu'il avait partagée avec Sandman à la prison de Greenhaven, mais elle donnait sur la baie et la grande pyramide granulée de Mount Tam, et Natalia avait déniché un bureau en chêne, deux classeurs assortis et une lampe de bureau Tiffany lors d'une de ses virées chez les antiquaires des beaux quartiers. C'était donc devenu son bureau. Il y avait installé son ordinateur et son imprimante, il y faisait ses affaires, réservant néanmoins aux ordinateurs de la bibliothèque publique les transactions très particulières qu'il ne voulait pas prendre le risque de voir découvertes chez lui par qui que ce soit. Pour des raisons évidentes, Madison n'avait pas le droit d'entrer dans cette pièce, et il faisait même les gros yeux à Natalia si elle venait s'approprier un stylo ou une paire de ciseaux, même si, un jour, parce qu'il avait oublié de fermer la porte à clef, elle était entrée tout de même, en tenue d'Eve, et lui avait mis les mains sur les yeux. Elle n'avait pas eu besoin de demander : « Devine qui c'est ? »

Il était donc dans son bureau, à son ordinateur ; Natalia s'offrait une matinée au centre de remise en forme et Madison passait la journée à la garderie. Il effectuait une petite recherche. Il était bon dans ce domaine, excellent même – cela faisait trois ans désormais qu'il en vivait plutôt bien, et si, de temps à autre, il y avait un petit pépin, comme la fois à Stateline où il était resté toute la nuit à la table de black-jack, défoncé, lessivé et peut-être un petit peu plus soûl qu'il ne l'avait pensé, il savait récupérer le coup. Il suffisait de s'en laver les mains, de disparaître... et qu'ils poursuivent quelqu'un d'autre, Dana Halter, Frank Calabrese ou qui que ce soit ! Ça ne lui importait guère, plus maintenant. S'il n'était pas tombé amoureux de Natalia, il aurait pu vivre à Marin jusqu'à la fin des temps, sous son identité de médecin en costume sur mesure et cache-poussière en vachette de l'hiver précédent, *le fric pour rien et les filles gratis* – que demande le peuple ?

Cela dit, la première fois, quand il était encore Peck Wilson et amoureux de sa fille de quatre ans (il l'appelait Sukie, Sukie ma petite poupée en soie), la loi avait été un sabot, un harnais, un étouffoir qui lui vidait tout l'air des poumons et le sang des veines. Gina l'avait plaqué en emmenant sa fille, elle était retournée à la grande baraque du vieux connard en chef, et pourquoi ça ? Parce qu'il était une ordure, un rat, parce qu'il la trompait, qu'il n'était pas un bon père et elle ne voulait jamais plus le revoir, qu'il n'y pense pas un instant...

Ce qu'elle n'avait pas dit, ce que son avocat avait passé sous silence, c'était la façon dont elle l'avait traité, comme s'il avait été loué pour la monte et rien d'autre, pour améliorer le profil génétique de la dynastie Marchetti qui avait envie d'une petite fille, d'une héritière plus jolie qu'une reine et plus futée, et de loin, que tout ce qu'ils auraient jamais pu produire tout seuls. Ça et puis qu'il épaississe leur compte en banque en s'éreintant nuit et jour jusqu'à avoir l'impression que son cerveau lui dégoulinait par les oreilles. Une fois Gina partie, et avec l'inimitié crétine et infaillible de son père, le Lugano avait coulé en moins de six mois : l'Etat avait débarqué et fermé le restau pour non-paiement de la taxe professionnelle, qu'il n'avait pas pu honorer, devant payer les fournisseurs. La pizzeria fit donc faillite. Mais le jugement du divorce, avec lequel il n'était pas d'accord mais qu'il n'avait pas eu la force de combattre, avait précisé le montant de la pension alimentaire qu'il était censé payer et précisé les heures (les minutes!) qu'il pourrait désormais passer avec sa fille. D'accord, qu'à cela ne tienne! Il avait emménagé dans un appartement plus modeste, il s'était serré la ceinture. Il était sorti avec Caroline, Melanie, et puis... comment elle s'appelait, déjà... la nana de la librairie du centre commercial? Le dimanche, il emmenait Sukie nourrir les canards à Depew Park, ou bien ils allaient au zoo voir la montagne des ours ou encore ils prenaient un train pour descendre à New York et assister à la première d'un film pour les gosses ou aller admirer les décorations de Noël chez FAO Schwarz.

Encore aujourd'hui, assis à son bureau, observant les informations que dévidait l'ordinateur comme un don de l'Olympe, il n'avait pas oublié sa réaction quand il avait appris que Gina sortait avec un autre homme. Il s'était laissé aller, s'était mis à ne plus travailler qu'un jour sur deux ou trois, à trop boire et à dépenser plus qu'il ne l'aurait voulu pour des femmes qui ne lui valaient rien et l'enfonçaient. Un soir, après avoir fermé le restau, il se trouvait dans un club des environs où se produisait un groupe tous les samedis, il attendait au bar que Caroline revienne des toilettes, il ne pensait à rien, lorsque quelqu'un lui avait passé le bras autour des épaules : Dudley, l'un des aides-serveurs du Lugano, celui qui était toujours dans la glacière, à fumer un joint. « Salut, dit Peck.

— Salut. Qu'est-ce que tu deviens ? »

Dudley devait avoir dans les dix-neuf vingt ans, nattes afro blondes, yeux enfoncés, grand sourire de camé, tatouages jusqu'à la taille – et, bien qu'il n'en eût jamais montré plus au restau, Peck imaginait le reste : c'était le genre de type à avoir une tête de dragon tatouée sur l'entrejambe.

Peck répondit « Pas grand-chose » et se mit à débiter toute une litanie de griefs, en premier lieu contre sa salope de femme, et puis Caroline revint et tous trois prirent une Jäger. Le groupe jouait un morceau de Nirvana et ils écoutèrent, hochant la tête au rythme de la musique. Quand le groupe fit une pause, Caroline sortit fumer et Dudley se pencha vers Peck, coudes sur le comptoir, mains jointes, et lui dit : « Au restau, ça craint. »

Il avait raison. Peck était d'accord. Il y avait du mouvement à la porte, entrées et sorties ; quelqu'un mit une pièce dans le juke-box et le vacarme recommença.

« Ouais, fit Dudley, levant la voix pour se faire entendre. Et Gina aussi, elle craint. »

Peck sentit un petit poing se mettre à battre dans sa tempe droite. « Ça veut dire quoi, ça ? »

Le visage de Dudley s'éloigna, s'enfuit sur toute la longueur du bar, comme un ballon avec un visage peint dessus qui se dégonfle en montant en l'air, avant de redescendre vers son interlocuteur : « T'es pas au courant ? »

Le lendemain, il n'alla pas au restaurant. Il ressentit un infime remords : il leur manquerait, ils manqueraient de provisions et le plongeur se tournerait les pouces en écoutant des interviews de conservateurs à la radio, Skip serait tellement soûl qu'il ferait brûler la pâte et aplatirait tellement les *calzone* qu'elles ressembleraient à un truc écrasé sur la route – mais les lambeaux de son éthique professionnelle ne tinrent pas face à la rage dont il était la proie. Pourquoi travaillait-il, de toute manière ? Pour *qui* ? D'abord, il refusa de croire Dudley. Que Gina rencontre régulièrement quelqu'un, ça suffisait à le faire

171

sauter au plafond, mais qu'elle sorte (qu'elle couche, qu'elle *baise*) avec Stuart Yan, c'était impensable. Qu'il ait été asiatique (ou à moitié), ça n'avait rien à voir dans l'affaire, rien du tout (il ne put s'empêcher de se demander tout de même ce que le vieux con devait penser de la situation). Le problème, le problème immédiat qui se posa à Peck comme une pierre vous tombe sur le pied, ce fut : comment pourrait-il désormais, lui, Peck, regarder les gens en face (Dudley, ses amis, ses ex-clients, les gens au bar), alors que son ex s'envoyait en l'air avec un Jaune pendant que lui-même payait – payait pour que sa femme reste chez elle et se fasse tringler toute la journée!

A dix heures, il était garé à un coin de rue près de la maison des parents de Gina. C'était le printemps, la fin du printemps, et déjà la végétation était tordue comme un nœud, le pare-chocs était criblé de mauvaises herbes, les arbres étaient pleins de feuilles, mais cela n'empêchait pas Peck de craindre que Gina remarque la voiture – gris métallisé, ça n'était pas à proprement parler terre de Sienne. Des voitures passaient par là, trois ou quatre à la fois, comme attachées à un câble, et puis rien, et puis encore un lot de trois ou quatre. Une volée d'oiseaux perchait sur la cime de l'arbre dont les branches retombaient au-dessus de la voiture; c'étaient de minuscules oiseaux noir et jaune qu'il n'avait jamais vus auparavant, qui entraient et fusaient du feuillage comme des marionnettes, et il craignit brièvement qu'ils criblent le toit de la voiture avec les petites billes blanches et baveuses de leurs excréments mais, en fin de compte, ils s'éloignèrent de sa ligne de vision et il les oublia complètement. Il ne savait pas vraiment ce qu'il faisait, garé là sous un arbre dans une rue perdue qui ne menait nulle part; il n'avait pas de plan particulier, mais, chaque fois qu'il entendait un crissement de pneus dans les parages, son cœur se mettait à battre la chamade. Il observa des camionnettes qui passaient par là dans un bruit de ferraille, des voitures de toutes marques et formes, un gamin sur une Yamaha verte. La chaussée empestait le soleil. Après un moment, il appuya sur le bouton de sa fenêtre pour l'ouvrir entièrement et laissa la radio roucouler les doux battements d'une chanson qu'il avait entendue si souvent qu'il aurait pu l'avoir écrite lui-même. Une heure passa, deux, puis trois.

Finalement, peut-être s'était-il assoupi quelque temps, comment savoir, tout à coup, il fut sur le qui-vive, comme si quelqu'un lui avait donné une gifle ou réveillé avec un seau d'eau glacée : Gina! Sa voiture. La Honda bleu métallisé que son père lui avait achetée. Elle était au volant, avec ses horribles lunettes à montures noires, deux petits poings blancs comme des griffes qui allaient et venaient sur le volant avec des mouvements saccadés, alors que la chaussée était droite comme un fil à plomb; il y avait un siège enfant à l'arrière (Sukie, attachée, visage flou, un nounours orange fluo dans les mains), et quelqu'un d'autre, aussi, installé dans le siège passager. La voiture approcha (il avait choisi ce poste d'observation parce qu'on voyait tout, de là) et disparut, le tout en quelques secondes : mais il avait eu le temps de reconnaître le visage, rond comme un ballon de plage, paupières lourdes, bouche comme ajoutée après coup, pincée, minuscule. Sans réfléchir, il mit le contact et passa la première.

Si elle ne l'avait pas remarqué garé sur le côté, maintenant elle ne put le manquer. Il vit son regard aller au rétroviseur, puis sa tête qui hocha vers Yan et Yan qui se retourna, et il ne lui en fallut pas plus pour lui faire franchir la ligne de non-retour : ce geste de complicité, d'intimité (leurs têtes *se rapprochèrent*). Il fondit sur le pare-chocs de la Honda tellement vite qu'il dut freiner pour ne pas leur rentrer dedans. Il aurait pu... il aurait pu les envoyer valdinguer sur le bas-côté, parce qu'il en voulait, de toute manière, instinctivement, à tout ce qui marchait ou respirait sur cette terre – si seulement Sukie n'avait pas été avec eux. Sa fille. Sa fille était là, attachée à l'arrière, son nounours dans les mains, et c'était lui qui, tout à coup, s'il avait fait ça, aurait agi follement, et l'aurait mise en danger. Il laissa un espace d'une demi-voiture entre eux : la sécurité, la sécurité avant tout, parce que Gina était tellement mal coordonnée et la pire conductrice qu'il eût jamais vue, mais il continua de les filer, à fleur de peau, blessé, abusé, juste derrière eux, jusqu'à ce qu'une station-service apparaisse sur la droite, vers laquelle Gina, mettant son clignotant, obliqua.

Comme si elle avait pu s'en sortir comme ça!

En un instant, il avait sauté de sa voiture, hurlant Dieu sait quoi... des insultes, juste des insultes, des accusations peut-être, et il mit la main sur la poignée de la portière côté conducteur au moment où Stuart Yan faisait le matamore de l'autre côté et où un chauve à la pompe n° 3 criait : « Hé, qu'est-ce qui se passe, là? » S'il se rappelait quoi que ce soit de ces instants bousculés, hachés menus et retranchés de son existence, c'était bien l'expression de Gina derrière la fenêtre remontée de sa portière bloquée (pâle, lointaine, apeurée, terrifiée de ce qui pourrait se passer) et celle de sa fille. Son visage était comme une grosse blessure à vif, malmenée et interloquée, prise au beau milieu d'un ouragan d'émotions. Cette expression, l'expression de Sukie, faillit le retenir. Faillit. Mais il était trop furax à ce moment-là, il roulait au super, hautement inflammable, et il fondit sur Stuart Yan, lui donna un coup à la trachée, avant de le saisir par le costume (c'était un parasite, un agent immobilier imbu de lui-même) et de le pousser sur le capot de la voiture. De quoi avait-il besoin? D'une poubelle, premier objet qui lui tomba sous la main – du métal, en tout cas. Il la leva par-dessus sa tête (la merde vola dans tous les sens : des gobelets en plastique, des lingettes et des cannettes), il s'en servit pour taper sur le pare-brise, une fois, deux fois, et il ne put plus s'arrêter.

Il leva les yeux de son ordinateur et regarda l'endroit, dans la baie, où une ligne de pélicans fut balayée comme un tas de feuilles sur le ventre de l'eau. Au premier plan, une rangée légèrement incurvée de palmiers, comme en Floride ou à Hawaii, même mieux ; le soleil glissait sur les capots des Jag, des Mercedes et des BMW garées dans le parking privé ; des voiliers lambinaient sur la mer comme des statues animées. Si Gina avait pu le voir aujourd'hui ! Il était l'heureux propriétaire d'un appart de 750 000 dollars, il avait une BM neuve, de l'argent sur son compte en banque, une petite amie que tous les hommes lui enviaient ; penché sur son bureau, une antiquité, sous la lumière d'une lampe aussi ancienne, il faisait des recherches, manipulaient des choses, le genre de travail qui d'ordinaire le calmait – mais pas aujourd'hui. Il n'était pas heureux. Pas aujourd'hui. En fait, plus il y pensait, plus il était en colère, empli jusqu'au cou par la bile dont il avait été la proie le jour où il avait envoyé Stuart Yan à l'hôpital. Pourquoi ? Parce qu'il avait été négligent, parce qu'il s'était laissé prendre, parce que Natalia était l'unique chose qu'il ne pouvait lâcher. Et le problème, ce n'était pas Dana Halter, cela il le comprenait, maintenant. C'était Bridger. Bridger Martin.

Une fois qu'il eut obtenu le numéro du portable, le reste suivit sans problème. Il se connecta à un moteur de recherche pour obtenir le nom de l'abonné, après quoi il appela le service clientèle, s'annonça comme un certain sergent Calabrese, Division des fraudes du SFPD. La femme au bout du fil, qui pouvait se trouver en Inde ou dans l'Indiana tout aussi bien, ne vérifia rien (il avait un code de la police en règle qu'il aurait pu utiliser en cas de besoin) ; elle compara le numéro de portable au numéro de compte et lui donna le nom et l'adresse du titulaire du compte. Pour 25 dollars, un courtier d'informations en ligne lui donna l'info de tête sur les relevés de compte – nom complet, adresse, numéro de sécurité sociale, date de naissance – et, sur des papiers à en-tête de l'une de ses affaires fantômes, Marin Realty, il faxa aux trois compagnies de cartes de crédit un courrier dans lequel il déclarait que Bridger Thomas Martin, 37 ans, 196 Manzanita, San Roque, souhaitait prendre une location et commandait un exemplaire de ses relevés de compte. Une petite recherche de rien du tout. Juste pour couvrir ses arrières.

Depuis qu'il avait reçu le fameux coup de fil au centre commercial, il était occupé, très occupé, mais il ne pouvait pas prétendre qu'il ne l'avait pas vu venir. L'agent immobilier qui lui avait vendu l'appart s'occuperait de la revente et, même s'il perdait 2 000 dollars par-ci par-là, quelle importance! Il avait déjà ouvert un compte à New York pour opérer le transfert de fonds une fois la vente conclue. Et l'appart se vendrait vite : situation de tout premier ordre sur le front de mer, les gens faisaient la queue! Le hic, c'était Natalia. Elle n'en savait encore rien. La femme de l'agence ne ferait visiter l'appartement qu'après leur départ, et il était prêt à tout laisser derrière, bureau, lampe, chambre à coucher et tout le reste, mais Natalia ne verrait pas les choses du même œil, aucun doute là-dessus. Et c'est pour ça qu'il était en colère. Cette pensée. La pensée de la perdre. Et tout ça à cause de qui? De Bridger Martin!

Une semaine, il n'avait pas besoin de plus. Il aurait alors entre les mains les relevés et les nouvelles cartes de crédit, même si le dénommé Bridger Thomas Martin n'était pas à proprement parler plein aux as et si les plafonds étaient donc plus bas que ce qu'il aurait souhaité, mais, ça non plus, ce n'était pas vraiment un problème : il avait des tas de cartes – les cartes, ce n'était pas ce qui l'inquiétait. Non, il avait d'autres projets pour ce clown, tout à fait différents. Une semaine. Une semaine pour tout organiser et puis ils seraient partis, et il voyait déjà ça : la voiture neuve, par exemple. L'après-midi même, en rentrant de son club de gym, il irait voir une Mercedes avec plein de place à l'arrière pour Madison, ses jouets, ses oreillers, ses couvertures; Natalia et lui installés princièrement à l'avant. Ils s'arrêteraient aussi souvent qu'ils le voudraient : première classe de A à Z, de bonnes petites vacances, et éducatives en plus, ce serait bien pour la gosse. Traverser le pays. Voir tous ces paysages... Pike's Peak. Les Grands Lacs. Gettysburg. Et Las Vegas, Las Vegas, ah ça, ils ne pourraient pas manquer Las Vegas! Natalia ne trouverait rien à y redire.

Quand il eut obtenu ce qu'il voulait, il éteignit l'ordinateur, alla à la cuisine et se prépara un sandwich. Pendant un long moment, il resta debout au comptoir et mâcha mécaniquement, regard perdu sur les carreaux mexicains, les pots en terre cuite, les paniers et tout ce que Natalia avait acheté pour donner un peu de charme à l'endroit, le nouveau micro-ondes, les tapis navajo. La lumière qui filtrait à travers les stores remontait sur les murs. C'était une lumière exceptionnelle, la lumière du soleil qui se reflétait sur Shelter Bay, ondulante et fluide : il lui arrivait de rester là des heures avec un cocktail dans la main, à la regarder se transformer comme une image sur un écran. Cette vue lui manquerait. Et la brume aussi, la façon qu'elle avait de s'envelopper autour des objets du monde visible, telle la neige en suspension, se défaisant et se refaisant sans cesse. La colère qu'il avait ressentie plus tôt s'était évanouie : s'il ressentait quoi que ce soit maintenant, c'était une grande sensation de vide.

Mais il n'avait pas l'intention de se laisser abattre. Il avait à faire. Il rinça son assiette, la glissa dans le lave-vaisselle, puis sortit de l'armoire son sac de sport. La muscu, ça lui clarifiait toujours les idées, le flot d'endorphines, les reps aux haltères : pour lui, c'était ça, être zen, presque inconscient, une série, une autre, respiration profonde et régulière. Quand ça se passait bien, quand il entrait dans le rythme, il avait presque l'impression d'être fixé au banc, ou non, plutôt d'être carrément le banc, réduit à la conscience d'une planche de métal. Après la salle de gym, il irait chez le concessionnaire Mercedes, et puis il devrait s'arrêter au marché. Ce soir, il préparait des cordons-bleus : il devait acheter des côtelettes de veau désossées, le jambon et l'emmenthal qu'il aimait utiliser (prendre de fines tranches de veau, les envelopper avec deux tranches extra-fines de jambon et deux de fromage, paner, planter un cure-dents pour faire tenir le tout et faire cuire à la poêle, à feu vif) ; il se dit qu'il préparerait peut-être aussi des gnocchis à la sauce blanche et un petit sauté de courgettes miniatures en accompagnement. Ou bien des fèves tomates-basilic. Il achèterait deux bouteilles de l'orvieto que Natalia aimait et, s'il était d'humeur, et s'il avait le temps, il confectionnerait même deux petites tartes aux amandes. Ça lui ferait plaisir, à Natalia. Et des *spumoni* pour la gamine.

Sac de sport à la main, il passa la porte sans un regard en arrière.

Avec les honoraires qu'il avait dû régler à l'avocat, il aurait pu se payer un mois dans le meilleur hôtel de Manhattan, sans se priver, room service, billets de théâtre et consommations au bar compris, mais le gars lui avait obtenu un psy pour témoigner devant le juge que ce que Peck avait fait à Stuart Yan (plus les dommages auxiliaires à la voiture de sa femme et au témoin pas si innocent que ça) était le fruit d'un égarement passager et que son patient ne représentait en aucun cas une menace pour la société. Le procureur avait évoqué des circonstances atténuantes. L'accusé ne faisait qu'essayer de défendre sa famille contre un intrus, cet inconnu, Yan, qu'il avait perçu, à tort ou à raison, comme une menace pour son épouse et sa fille : il n'avait fait que réagir un peu trop violemment dans le feu de l'action. Il reconnaissait sa culpabilité. Il se repentait. Il acceptait l'idée d'une entière compensation financière. Et n'oublions pas que son casier était vierge. Enfin, c'était un petit entrepreneur dont l'entreprise fonctionnait bien et dont l'incarcération priverait la communauté de ses services et mettrait au chômage au moins sept personnes. De son côté, l'adjoint du procureur avait insisté, chargé l'accusé, soutenu qu'il y avait eu tentative de meurtre ou, pour le moins, agression avec un objet susceptible d'infliger de graves dommages corporels : l'accusé, après tout, n'était-il pas ceinture noire ? Il savait parfaitement ce qu'il faisait lorsqu'il avait attaqué Mr. Yan, qui, incidemment, avait temporairement perdu l'usage de la voix, son larynx ayant été touché, et il était fort probable qu'il en garderait des séquelles.

Peck avait dû rester assis sans broncher, mais il bouillait intérieurement. Dans d'autres circonstances (dans la rue, dans un bar), il aurait bousillé ce mec parce qu'il n'avait jamais autant haï quelqu'un, pas même Yan ou Gina. Qui c'était, ce mec ? Qu'est-ce qu'il lui avait fait, à *lui*, hein ? En réalité, l'assistant du procureur se bornait à des effets de manches : aucune des deux parties ne souhaitait en arriver au procès. L'issue (prévisible, compte tenu de ce que ça lui coûtait) avait été un arrangement à l'amiable.

Le juge, un petit homme squelettique à la peau noire, la quarantaine (dont le nom commençait par un *v* et se poursuivait avec six syllabes imprononçables) lui avait fait un laïus de cinq minutes débordant de sarcasme – et Peck avait dû rester là à essayer de soutenir son regard. Yan se tenait au fond de la salle d'audience, le cou coincé dans une minerve, Gina à son côté et les parents de Gina aussi, avec des airs de puritains de jadis autour de la sellette à plongeon. La seule chose qui compensait, c'est que Sukie était chez des amis à lui, parce que Gina avait beau être une excitée et têtue comme une mule, même elle avait compris que personne n'aurait rien gagné à ce qu'elle assiste à l'humiliation publique de son père, pas après ce qui était déjà arrivé à la vitre de la portière de la voiture, la pluie d'éclats de verre Sécurit, et la façon dont son père avait démarré la Mustang, roussi le bitume à en faire fumer les pneus – au point que les oiseaux avaient fui précipitamment leurs perchoirs dans les arbres. Le juge lui avait donné un sursis avec mise à l'épreuve de trois ans mais une injonction lui interdisait de s'approcher à moins de cent cinquante mètres de son ex-femme. Il n'avait même pas le droit d'entrer en contact avec elle, par téléphone, e-mail, service postal ou par le biais d'un intermédiaire, à l'exception de réunions organisées par le tribunal en accord avec la loi sur la famille, et de ses droits de visite. A la fin, le juge s'était penché en avant et, dans son accent indien et son débit très rapide, lui avait demandé s'il le comprenait.

« Oui, avait répondu Peck, même si tout ça n'était que des conneries, de la connerie en barres, et qu'il avait la nausée. Je comprends.

— Bon, avait dit le juge. J'espère sincèrement que c'est le cas. Si vous obéissez aux directives de ce tribunal et ne vous attirez pas d'ennuis, cet acte d'accusation de délit sera modifié en acte d'accusation de simple infraction à l'issue de la période de probation et après paiement complet des compensations aux victimes. » Il avait marqué une pause. On n'entendait dans la salle aucun bruit, à l'exception du lointain bourdonnement de l'air conditionné. « Mais si je vous revois ici, sous quelque chef d'accusation que ce soit, j'espère que vous aurez préparé votre brosse à dents, parce que je vous enverrai directement en prison. Me fais-je bien comprendre? »

Peck se rappelait s'être senti comme quelque chose qu'un piéton se serait enlevé de dessous la semelle, même si le procureur semblait content de lui-même et qu'apparemment, pour tout le monde, l'incident était clos. Sa mère était là, avec l'une de ses amies obèses, toutes deux probablement ivres alors qu'il n'était pas encore midi; deux de ses propres copains de beuverie, Walter Franz et Chip Selzer, de l'ex-bar de l'ex-restau, s'étaient aussi pointés pour le soutenir. Déjeuner : ces gens-là voulaient déjeuner et prendre un verre ou deux pour fêter l'événement; sa mère arborait un grand sourire, Walter et Chip se pressaient contre lui, mais lui n'avait aucune envie de tout ça. « Hé, félicitations, mon gars, s'était exclamé Walter en lui posant un bras sur l'épaule. C'est fini, hein? Finalement fini. »

Ils étaient dans le hall, une foule de gens allaient et venaient. Des gros. Des cons. La lie du peuple. Et puis il avait avisé Gina et ses parents qui poussaient la porte au bout du couloir, Yan à la traîne comme un larbin, et il n'avait pu se retenir : il avait repoussé Walter, d'un coup d'épaule qui l'avait envoyé valdinguer contre le mur, et, quand Chip s'était avancé, paumes grandes ouvertes pour lui taper dans la main, il avait tourné les talons et gagné la sortie.

Pendant plusieurs semaines, il avait fait profil bas et essayé de tout oublier. Se concentrer sur ses affaires : voilà ce qu'il s'était persuadé de faire, et se débarrasser de cette histoire, la régler au plus vite. Il ne l'avait jamais montré mais les chicanes légales (les réunions interminables avec le psy et l'avocat, les retards divers, le niveau général de tracasserie et de merde absolue), tout ça l'avait abattu, et la Pizza Napoli n'était plus ce qu'elle avait été ou ce qu'elle aurait dû être. C'était l'été, l'endroit tournait au ralenti, les clients potentiels se faisaient leur propre bouffe et allaient à la plage, et l'idée d'une pizza ne leur venait pas aussi naturellement qu'en période scolaire, quand les mioches assis à la table de la cuisine réclamaient à cor et à cri d'être nourris. Pour la première fois, et contre son gré, parce que, à ses yeux, c'était se rabaisser au niveau de Pizza Hut et de Domino, il avait cédé aux instances de Skip et fait paraître des offres spéciales dans le journal local : deux pizzas pour le prix d'une.

Ça ne lui avait guère réussi (s'il y avait eu une hausse des recettes, elle avait été insensible), mais la pub (ce n'était même pas une vraie pub, seulement des coupons ringards dans le supplément commercial du jeudi), sans parler de ce qu'elle avait coûté, avait retiré au restau le peu de classe qui lui restait. Il avait détesté. Détesté le coupon dans la page, le dessin baveux : le stéréotype du cuisto italien moustachu souriant, tenant une pizza à la verticale, défiant les lois de la gravité, sous la légende Pizza Napoli, *Deux pizzas taille moyenne garniture simple pour le prix d'une.* Autant vendre des cerceaux de hula-hoop!

Et puis il y avait Gina. Il n'avait pas le droit d'entrer en contact avec elle, mais il avait encore le droit de voir sa fille le dimanche, toute la journée du dimanche, que Gina aime ça ou pas. Son avocat avait contacté celui de Gina pour parvenir à un arrangement selon lequel la mère de Gina amènerait la fillette dans un lieu neutre, où il viendrait la chercher. Ils s'étaient mis d'accord sur un McDonald – Sukie adorait le McDonald, pour l'aire de jeux plus que pour la nourriture, le milk-shake vanille épais comme de la vase et le petit pâté ratatiné de quoi que ce soit qu'ils glissaient entre les deux tranches de pain trop grasses, sans ketchup, sans moutarde, sans oignons : après la première gorgée ou la première bouchée, elle n'en avait déjà plus envie. La mère de Gina était systématiquement en retard. Peck attendait dans la Mustang, vérifiait sa montre toutes les dix secondes, avec les gamins qui couraient partout autour, mais pas la sienne, et quand la mère de Gina finissait par arriver, elle ne s'excusait jamais et ne disait d'ailleurs pas un mot, elle lui tendait Sukie comme elle l'eût abandonnée à un violeur d'enfants. Détestait-il cette femme, toute trafiquée à force de liftings, de liposuccions, de permanentes qui lui faisaient un casque sur la tête, et cette façon qu'elle avait de fermer le visage et de lui balancer la clef comme si le simple fait de le regarder était un supplice? Oui, il la honnissait. Et il honnissait Gina à cause de ce qu'elle lui avait fait. Et le vieux con : ne fût-ce qu'entendre sa voix au téléphone, le harcèlement impérieux d'une voix qui n'en finissait jamais – rien n'allait, le menu de la Pizza Napoli, les comptes et, point crucial : *Tu ne proposes pas au public ce qu'il veut. Tu sais pourquoi? Parce que tu restes bloqué sur une seule chose. Ecoute-moi : tu te fous dedans. Complètement. Secoue-toi, tu veux?* Sans parler de Stuart Yan, qui lui intentait un procès et demandait des dommages et intérêts. Il fallait que ça craque. Même un saint aurait craqué sous une pression telle et il n'avait jamais prétendu être un saint.

C'était dimanche et il était assis dans sa voiture devant le McDonald, il lisait la page des sports, il observait la couleur des feuilles qui changeait, il vérifiait sa montre (neuf heures, neuf heures et demie, dix heures) et la mère de Gina n'arrivait toujours pas. Sa première impulsion fut d'aller chez eux et de faire des dégâts, de voir cette salope en face, de tout casser s'il le fallait, mais il s'était retenu : c'était le meilleur moyen de se retrouver en taule. Encore une fois, il avait vérifié sa montre. Un gars était sorti du McDo, un quidam en short et tongs : il tenait ses deux gosses par la main, sa joyeuse petite famille, rassasiée d'Egg McMuffin, toute réjouie d'aller ensuite passer un moment au parc, jouer au foot ou peut-être faire une croisière sur l'Hudson, pour voir à quoi ressemblaient les feuilles d'automne sur fond d'eau. Peck avait envie de téléphoner mais ça aussi, ç'aurait été aller contre l'injonction. A onze heures, malade de rage, il avait jeté l'éponge et s'était rendu au restaurant. Un message l'y attendait. « Juste pour que vous sachiez, expliquait la voix aiguë de la mère de Gina, comme si elle avait hurlé dans un tunnel, Sukie ne viendra pas aujourd'hui à cause du ballet à Carnegie Hall. Toute la famille y va. »

Il avait écouté le message deux fois, debout près du téléphone dans son bureau à l'arrière du bâtiment, et avait fait de son mieux pour garder son sang-froid. Il avait ausculté les taches sur le mur. L'endroit sentait la sauce *marinara*, une puanteur ancienne et noire, et la graisse qui giclait des poivrons et du fromage grillés sur les parois du four. Ils croyaient l'avoir terrassé, marginalisé, écarté : bientôt, il serait complètement éliminé. C'est ce qu'ils croyaient mais ils se trompaient. Il aurait pu appeler son avocat et recommencer tout le tintouin, il aurait pu se plaindre, mais à quoi bon : ils avaient leur propre avocat. Jusque-là, il avait respecté les règles. Ça allait changer.

Le matin, à l'heure d'ouverture des bureaux, il avait appelé les compagnies de téléphone, du gaz, de l'électricité, de l'eau, s'était présenté sous le nom de John Marchetti et ordonné qu'on interrompe tous les services chez lui. A la poste, il avait rempli des formulaires de changement d'adresse, avant d'appeler American Express et Visa, les deux cartes dont il avait vu le vieux con se servir : il avait perdu son portefeuille et désirait se faire envoyer par FedEx des cartes de remplacement. Quand celles-ci étaient arrivées à sa boîte postale, il avait passé des commandes – à livrer au 1236 Laurel : une nouvelle machine à laver avec sèche-linge incorporé ; une table de billard, une antiquité pesant plus de cinq cents kilos ; deux dalmatiens pur-sang ; un jacuzzi de quatorze jets pour six personnes. Et ce n'était qu'un début. Il avait annulé l'abonnement du portable de Gina, ses cartes de crédit, était allé à la banque fermer leur compte joint. Et Yan. Il s'était attaqué à Yan aussi, mais d'une manière plus directe. La semaine suivante, après avoir fermé le restaurant et fait le tour des bars, il était tombé sur la Nissan de Yan garée devant son appartement : il avait déversé dessus six bidons d'acide chlorhydrique, avant de crever les pneus et de démantibuler les essuie-glaces pour faire bonne mesure. Il faisait froid, la buée lui sortait de la bouche, le démonte-pneu étincelait sous le lampadaire comme le glaive de la Vengeance. Peut-être un voisin l'avait-il vu alors ou peut-être étaient-ils remontés à lui par le biais de la poste restante... oui, ça devait être ça. Il ne le sut jamais. Il dormait quand les flics étaient venus le chercher – et il ne se souvint pas de prendre sa brosse à dents.

Au moment où il se mit à préparer le repas, il était sept heures passées et Madison, de mauvaise humeur, pleurnichait. Assise à la table de la cuisine, les jambes tapant devant et derrière sous la chaise comme sur une balançoire, elle l'observa quand il plongea les gnocchis dans l'eau bouillante ; dans le four, les cordons-bleus envoyaient des signaux ; la sauce blanche épaississait dans la casserole ; les courgettes revenaient dans l'huile d'olive ; le vin rouge, l'ail et le basilic coupé, le gaz à feu vif juste avant qu'il le baisse à presque rien. Madison avait devant elle un verre de lait auquel elle n'avait pas touché et un croque-monsieur qu'il lui avait préparé avec un quignon de baguette et des restes de tranches de jambon et d'emmenthal brunis à la poêle. Il vit les marques de ses canines dans le sandwich quand elle l'avait porté à sa bouche avant de décider qu'elle n'en mangerait pas – parce qu'elle était patraque, fatiguée et saturée de sucre, ce jour-là, au centre aéré, ayant été décrété « journée beignets » et puis parce qu'il voulait qu'elle mange et que sa mère voulait qu'elle mange et qu'elle ne voulait pas faire ce que les gens voulaient qu'elle fasse, en tout cas pas maintenant.

Il en avait assez de lui passer ses caprices. Elle pourrait donner tous les coups de pied qu'elle voudrait, elle pourrait faire la moue, la tronche, se plaindre que le lait était tiède et le sandwich trop froid, le supplier de lire une histoire ou de la laisser quitter la table pour aller regarder la télé, lui-même était sur un nuage : il s'amusait bien, le repas qu'il avait mijoté était quasiment terminé, il restait une larme de vodka Martini dans son verre sur le comptoir et l'orvieto était au frais dans le seau à glace. Comme la soirée était exceptionnellement douce (la brume enveloppait la baie, du moins pour le moment), Natalia avait dressé la table sur la terrasse, où elle se trouvait, à l'instant même, un Martini dans une main, un magazine dans l'autre. Centre de remise en forme, puis shopping tout l'après-midi avec Kaylee : elle était rentrée avec une montagne de sacs de courses dont les couleurs chatoyantes accrochaient la lumière. Cheveux ramenés en arrière, sourire prompt et sans détour. En pleine forme. Sans conteste. Elle tint absolument à passer plusieurs tenues qu'elle s'était achetées : Est-ce qu'il aimait celle-là ? Certain ? Elle n'était pas trop… ? Sûr ?… Elle appela aussi Madison pour qu'elle essaie les trois vêtements qu'elle lui avait achetés. D'où l'humeur et l'heure tardive du repas.

Il ne lui avait encore rien dit, seulement qu'il avait une surprise pour elle. A l'heure où elle faisait des emplettes, il en avait fait aussi : il avait échangé la BMW Z4 contre une berline Mercedes S500, sièges cuir gris foncé, finitions toile teinte noisette, système de navigation GPS intégré, radio satellite Sirius ; elle était d'une jolie couleur lie de vin. Il y avait eu une différence à régler, bien sûr, une grosse somme, et il savait qu'il se faisait rouler, le vendeur avait sorti un drôle d'accent affecté, lèche-cul dès la porte d'entrée jusqu'au bureau et retour, mais au diable l'avarice ! La BM avait servi de caution (facturette rose signée par nulle autre que Dana Halter) et aucun paiement n'était requis avant six mois, or, après cette date... ça ne compterait plus ! Il passa d'une casserole à l'autre, vérifia les cordons-bleus, puis il égoutta les gnocchis et les fit glisser sur une feuille de papier sulfurisé pour les faire gratiner pendant trois minutes au four et, tout ce temps, il brûlait d'envie de montrer la Mercedes à Natalia, de frimer, rien que pour voir son expression. C'est ainsi qu'il avait prévu les choses : la voiture neuve d'abord, le ravissement, sans doute un tour dans sa nouvelle acquisition autour du pâté de maisons ou jusque de l'autre côté du pont, et ensuite seulement, il lui annoncerait la nouvelle : les affaires... Une ouverture sur la côte Est. Mais ce serait des vacances, des vacances aussi, ils visiteraient le pays. N'avait-elle pas envie de vivre à New York ? N'était-ce pas ce qu'elle avait toujours dit ? New York !

Dans l'exaltation du moment (fumets alléchants, casseroles grésillantes), il ne l'entendit pas entrer. Dedans, Madison boudait à la table, dehors, il y avait la terrasse, la chaise longue... et puis voilà que Natalia lui passait les bras autour de la taille. « Alors, c'est quoi, surprise ? lui roucoula-t-elle à l'oreille. Dis-moi. Je meurs d'impatience. »

Il coupa le gaz d'un petit coup sec, remua par précaution les courgettes dans la casserole avant de faire volte-face dans les bras de Natalia. Il posa ses deux mains sur les épaules de sa compagne et la serra contre lui, l'embrassa longuement : à cet instant-là, il était sûr d'elle, sûr de son toucher, de son goût, de son parfum, elle, sa partenaire, son amante, la sombre présence vénérienne dans son lit. « Tout de suite après le repas.

— Oooh, dit-elle, faisant traîner le son. Attendre si long-temps ? » Puis, se tournant vers sa fille : « C'est surprise, Madi-son. Pour maman. Tu aimes surprises ? »

Après le repas (Madison réussit à avaler deux fourchetées de gnocchis et la moitié d'une tranche de veau mais se contenta de regarder les légumes), il les fit descendre jusqu'à l'escalier d'entrée de l'immeuble, puis les entraîna dans l'allée de gravier parallèle à la grève. Ils se tenaient la main, tous les trois : Nata-lia à sa droite, Madison à sa gauche. Celle-ci tenait ses doigts comme Sukie autrefois, pas encore tout à fait prête à les mêler aux siens parce qu'elle était encore fâchée et c'eût été faire preuve d'une bonne volonté excessive dans les circonstances – la surprise n'était pas pour elle, après tout, pas *d'abord* pour elle. « Alors, qu'est-ce que c'est, Dana ? répétait-elle d'une voix railleuse et haut perchée de cour de récréation. Hein ? Tu ne vas pas le dire ?

— C'est vrai, Dana, intervint Natalia. Quel suspense ! C'est dehors ? Par là ? Surprise dehors ? »

Il ne répondit pas tout de suite. Il pensait à Sukie, à la der-nière fois qu'il l'avait vue. La semaine de sa sortie de prison. Ils étaient au McDonald, même heure, même endroit, mais ce n'était plus la petite fille qu'il avait connue. Bien sûr, elle avait changé physiquement : un an de plus, les centimètres supplé-mentaires, les deux dents de devant qui lui manquaient, ses cheveux relevés et retenus par une barrette en écaille qui lui donnait un air d'adulte en miniature. Mais surtout : la façon dont elle l'avait regardé. Ses yeux, marron, ronds comme des billes, qui naguère s'étaient donnés à lui sans retenue, étaient devenus méfiants, plissés contre la réverbération, contre lui. Il y avait reconnu le poison instillé par Gina et avait compris qu'il n'existait pas d'antidote : il ne pouvait rien faire pour la ramener à lui, aucune quantité de caramels ou de glaces n'y changerait rien, et pas plus le désespoir de son étreinte, ni lui raconter les histoires qu'elle aimait autrefois ni l'emmener aux mêmes endroits qu'avant. Il l'avait perdue. Il avait même oublié la date de son anniversaire. « Non, finit-il par répondre en se penchant très bas, entraîné par Natalia qui lui tirait le bras pour qu'il amène son visage à la hauteur de celui de Madison, elle est dedans. »

Ils s'arrêtèrent. Madison plissa les narines. « Alors, pourquoi on est ici ?

— Parce que c'est l'un des chemins pour aller à notre garage, non ? Un chemin plutôt agréable ? Un joli chemin, pour respirer le bon air après le dîner ? » Il se redressa quand la fillette relâcha la pression sur sa main et partit en sautillant sur la pelouse ; lorsqu'elle fut devant le garage (bois brut que, pour faire naturel, on avait laissé devenir gris sous les assauts du soleil et de l'air marin), il appuya sur la télécommande et la porte automatique se releva comme par magie.

« Nouvelle voiture ? » demanda Natalia, apercevant le miroitement des chromes tandis qu'ils avançaient sur l'herbe main dans la main.

Une fois à l'intérieur de la Mercedes, quand il eut laissé Madison grimper sur les sièges et que Natalia, bouche bée, eut ouvert la porte côté passager pour admirer le tableau de bord, il déclara : « Le top. Ou presque. » Il marqua une pause en la regardant passer la main sur la garniture. « J'aurais pu choisir la S600 mais elle consomme trop... quatre cent quatre-vingt-treize chevaux. Tout de même, il faut penser à l'environnement. »

Natalia lui lança un regard incrédule. « Mais où est ma voiture ?

— Maman, maman ! cria Madison, bondissant si haut sur le siège arrière que son crâne frôlait le plafond.

— Je l'ai rendue, en échange, expliqua-t-il, prenant garde de ne rien trahir de sa pensée. Je l'ai fait pour toi. Pour Madison. Tu ne peux plus la garder tout le temps sur tes genoux : elle grandit, regarde comme elle est grande maintenant.

— Mais j'adore ma Z. » Natalia pinça les lèvres. Le regard dur, brusquement.

« Je sais, *baby*, je sais. Quand nous serons à New York, je t'en achèterai une autre, je te le promets. »

Elle leva la tête d'un coup, la sortit de l'antre obscur de l'habitacle, de l'odeur riche de neuf, de l'écran brillant du GPS. « New York? De quoi tu parles? »

Lorsqu'ils eurent couché Madison, il ne put repousser davantage l'inévitable mise au point. Le genre de mise au point qu'il exécrait : quand on se retrouve exposé, sans retraite possible, quand la vérité doit forcément sortir... tôt ou tard. Il se sentit vulnérable. Il était en colère. Il eut l'impression de se retrouver devant le juge, l'avocat, l'agent de probation.

Natalia avait préparé du café et ils s'étaient installés face à face dans le salon, accrochés à leur mug comme ils se seraient arc-boutés contre un ouragan. Elle le regardait fixement, sourcils levés, le mug sur les genoux, serré entre les paumes des mains. « Alors, tu vas expliquer tout ça maintenant : expliquer pourquoi je dois renoncer à mon chez-moi et arracher... c'est comme ça qu'on dit?... ma fille d'ici alors qu'elle va entrer à l'école?

— Tu m'aimes, non? répliqua-t-il, se penchant en avant pour poser son mug sur la table basse. Tu me l'as dit mille fois. Tu étais sincère? »

Elle ne répondit rien. Dehors, un double faisceau de lumières bleues troua la baie.

« Je me trompe? »

D'une voix diminuée, elle répondit par l'affirmative. Elle porta une main au col de son chemisier en soie; elle tripota le collier de perles qu'il lui avait donné – acheté, plutôt.

« D'accord. Bon. Il va falloir que tu me fasses confiance, c'est tout – il leva une main pour l'empêcher de parler. Est-ce que je ne t'ai pas toujours donné tout ce que tu voulais? Hum – il n'attendit pas la réponse évidente. Eh bien, je vais continuer à le faire. Non, je t'en donnerai plus. Beaucoup plus. Madison ira dans une école privée, la meilleure, la plus chère, et tu sais que les meilleures écoles des Etats-Unis sont sur la côte Est. Tu le sais, n'est-ce pas ? »

L'expression de Natalia demeurait très sobre : rien de théâtral, aucune antipathie, elle essayait seulement de comprendre. « Mais pourquoi ?

— C'est compliqué. » Il jeta un coup d'œil vers un mouvement qu'il avait perçu de l'autre côté de la fenêtre, une traînée blanche, un battement d'ailes, quelque chose qui s'installa sur la rambarde, une aigrette sans doute. Était-ce bien une aigrette ?

« Ah, répondit-elle, se penchant à son tour au-dessus de la table basse, son regard fouillant le sien.

— D'accord, dit-il. Il va falloir que tu... Ecoute... je ne m'appelle pas vraiment Dana.

— Tu ne t'appelles pas Dana ? Quoi ? Une plaisanterie ?

— Non – il hocha la tête lentement. Ce n'est pas une plaisanterie. J'ai... j'ai *pris* ce nom. Parce que j'avais des problèmes. C'était... »

Elle l'interrompit. « Tu n'es pas médecin, non plus ? »

Il fit non de la tête. Il distinguait la silhouette de l'oiseau, comme une lueur sur la rambarde, et il ne put s'empêcher de se demander si c'était un signe, et, si ça l'était, s'il était de bon ou mauvais augure.

« Et tout ça, s'exclama-t-elle, avec un geste brusque et ample de la main, sauvage, un geste de déséquilibrée... c'est tout mensonge ? Appartement, table basse, table salle à manger ? Mensonge ? Grand mensonge ?

— Comment dire... Ce n'est pas un mensonge. Tout est réel... la voiture neuve, les boucles d'oreilles, mes sentiments pour Madison et toi. » Il détourna le regard et vit que l'oiseau s'était envolé, chassé par le geste de Natalia, par la violence de sa voix. « Ce n'est qu'un nom, après tout. »

S'ensuivit un long silence pendant lequel il prit conscience du murmure lointain de la télé des voisins, qui aurait pu être le ressac ou le chant des baleines. Mais qui ne l'était pas. Ce n'était que le bruit de la télé. C'est alors que Natalia demanda : « Bien, mais si tu es pas Dana, qui es-tu ? »

Sans un instant d'hésitation, il la regarda droit dans les yeux et répondit : « Bridger. Bridger Martin. »

TROISIÈME PARTIE

1

« C'EST bien, dit Bridger, accompagnant ses paroles par le geste. J'aime beaucoup. » Il hocha vigoureusement la tête, menton en haut, menton en bas. Son sourire s'épanouit. « Formidable.

— C'est vrai ? – elle se sentit rougir. Tu ne me dis pas ça simplement pour me faire plaisir ? »

Ils patientaient dans la voiture, en face de MailBoxesEtc à Mill Valley, de l'autre côté du Golden Gate. C'était la première fois que Dana venait dans les parages : jusque-là, elle associait seulement ce nom à un lieu qu'elle savait se trouver plus ou moins au nord de San Francisco. La commune était plutôt agréable, avec ses chênes, ses pins, la colline qui la dominait, les rues qui réussissaient à paraître urbaines et rurales à la fois, et l'impression de « petite ville » qu'elle s'efforçait manifestement de donner : le repaire idéal pour un usurpateur d'identité : des arbres derrière lesquels s'embusquer, l'argent discret, l'anony-mat ambiant.

Ils attendaient dans la voiture depuis deux heures. La veille, ils avaient pris une chambre dans un motel de Monterey : Bridger avait insisté pour l'emmener à l'aquarium, qu'elle avait aimé malgré son a priori négatif, avec les requins qui, d'un simple coup de nageoire, dévoilaient un fonds d'énergie cachée, les poissons qui flottaient comme des papillons dans le bassin haut comme deux étages de maison : le Disneyland de la mer... Et puis, le matin, après s'être levés tôt, ils s'étaient rendus directement à Mill Valley. L'itinéraire que Bridger avait téléchargé sur MapQuest, sur lequel la succursale de MailBoxesEtc qu'ils recherchaient était indiquée par une étoile rouge, les avait emmenés directement à destination sans souci ou déviation, et si Dana s'était attendue à ce que l'endroit soit sinistre, et à ce que, à son arrivée, le voleur en personne lui fasse une grimace, retranché derrière les photocopieuses, elle fut déçue. C'était un MailBoxesEtc comme tous les autres, avec des gens qui entraient et des gens qui sortaient.

Mais, ensuite, que faire ? Bridger voulait qu'elle aille au guichet et assume l'imposture, dise qu'elle avait perdu sa clef, montre une preuve de son identité (si elle n'était pas Dana Halter, domiciliée 31 Pacific View Court, alors qui l'était ?), vérifie ce qu'il y avait dans la boîte aux lettres : facture, correspondance, relevé de banque, n'importe quoi où apparaîtrait l'adresse de l'usurpateur d'identité. Une fois qu'ils l'auraient, ils pourraient renverser la vapeur. Cette fois, ce seraient *eux* qui iraient droit à *lui*. Dana savait que Bridger avait raison. C'était la logique même, parce qu'ils pourraient bien rester planqués là pendant des heures, le gars pourrait ne pas venir ou ils pourraient le manquer : ils n'avaient qu'une photo, or les photos ne présentent qu'une version d'une personne, la version du moment donné : et s'il s'était fait pousser la barbe, s'il s'était teint les cheveux ? Ou bien, il pourrait envoyer quelqu'un d'autre relever son courrier : sa femme, sa fille, son partenaire s'il était gay. Il pourrait porter un chapeau, des lunettes, il pourrait venir avec une cagoule sur la tête. Certes, Bridger avait raison. Mais c'est elle qui devait faire la démarche et violer la loi, pas lui ! Toute sa vie, elle avait dû s'ajuster à des situations sociales, se battre pour se faire comprendre alors que les gens lui renvoyaient un regard qui disait *ne vous approchez pas*; et si la réceptionniste lui demandait : « Quel numéro? *Quel numéro?* » Tout serait foutu. L'agence appellerait sans doute la police. Une femme à la voix bizarre, aiguë, assassine, essayait de perpétrer une escroquerie (c'était bien ça le mot, non? escroquerie) : elle essayait d'obtenir la clef de la boîte postale d'un citoyen sans défense – pour des raisons forcément infâmes. Et que pourrait-elle répondre : qu'elle avait oublié le numéro de sa propre boîte? Un autre mensonge pour faire bonne mesure : J'étais partie quelque temps et il m'est sorti de l'esprit, hum, parce que, ici, ce n'est que ma résidence secondaire, j'y viens seulement en vacances, et je, hum, je ne... je l'ai oublié...

Ils attendaient donc dans la voiture, les yeux fixés sur la porte d'entrée de la succursale – des clients entraient, des clients sortaient –, espérant avoir de la chance. Entre-temps, Bridger lui avait demandé de lui lire ce qu'elle avait déjà écrit de son livre, car il était curieux et voulait qu'elle partage ça avec lui, et, oui, l'avait-il assurée, il pouvait à la fois l'écouter et surveiller la porte d'entrée de MailBoxesEtc. C'est ainsi qu'elle lui avait fait la lecture et regardé son visage quand il lui disait que tel passage était bon; elle devait avoir rougi parfois – oui, certainement.

« Tu sais, dit-il, ton style est vraiment... » (Elle ne saisit pas la suite.)

Elle se pencha très près de lui. « Quoi? Mon style est comment?

— Cinématographique, répondit-il, tous les traits du visage en mouvement, tordant la bouche, les lèvres, et il épela en langue des signes pour plus de sûreté.

— Cinématographique? » répéta-t-elle, secrètement flattée. Tout d'un coup, elle ne put se retenir, elle imagina que le livre deviendrait un film : se succédèrent alors dans son esprit des scènes diverses, dont la moindre n'était pas la première : le tapis rouge, Bridger et elle en smoking – ou, plutôt, non, lui en smoking et elle en bustier noir ou, plutôt, non, blanc, oui, blanc, forcément...

L'expression de Bridger changea, ses yeux délaissant son sourire. « Il existe déjà un film sur le sujet, tu sais... D'il y a environ trente ans ? Par (il épela) *François Truffaut*. Tu savais, non ?

— Oui, répondit-elle en soutenant son regard. Naturellement. Je l'ai vu.

— *L'Enfant sauvage*, nous l'avons vu en cours de cinéma. » Il remonta encore les mains, qu'il avait reposées sur ses genoux, comme s'il avait eu l'intention de les utiliser à nouveau, mais il se ravisa. « C'était un bon film, tu t'en souviens ? Truffaut jouait lui-même le tuteur, comment il s'appelait ?

— Itard.

— C'est ça, Itard. Mais tu n'en es pas encore là, n'est-ce pas ? Tu n'es pas allée plus loin que ce que tu m'as montré : jusqu'à la découverte de l'enfant qui se promène nu dans les bois, alors que personne ne sait comment il a pu survivre seul... »

Elle fit oui de la tête. Il était facile de lire sur les lèvres de Bridger parce qu'il était son compagnon et qu'elle connaissait ses schémas linguistiques aussi bien que ceux de son père ou de sa mère : ce qui était difficile, c'était de décrypter les inconnus, surtout s'ils parlaient vite, avaient un défaut de prononciation ou un fort accent. C'est pourquoi, à ce moment-là, elle avait la nausée, c'est pourquoi son sang fusait dans ses veines comme si elle venait de monter douze volées d'escaliers : au guichet de MailBoxesEtc officiait justement une inconnue – or elle allait devoir se présenter devant elle et prétendre être autre qu'elle n'était, prétendre qu'elle entendait, prétendre qu'elle avait tout à fait le droit d'être là, et allait peut-être même devoir jouer à la cliente difficile. *Non*, dit-elle en langue des signes, *je ne suis pas allée plus loin pour l'instant*. Puis, à voix haute : « Je veux aller jusqu'au moment où Itard essaie de lui apprendre à parler, à nommer les objets, à s'exprimer par le biais d'une langue acquise, mais, d'abord, je m'intéresse à la façon dont l'enfant est perçu par la société, et à la façon dont lui, perçoit le monde. C'est ça, mon canevas.

— Il n'a jamais réussi à apprendre à parler, n'est-ce pas? Je veux dire... après des années d'exercices divers, sept jours sur sept et tout ça...? »

Et tout ça. Le combat, voilà de quoi il retournait, le combat pour combler le déficit, la diminution, la perte, Itard et Victor, l'enfant sauvage, qui parvenait à peine à prononcer son propre nom. « Pendant cinq ans », confirma-t-elle. Et puis, en fin de compte, la gorge serrée, elle lui concéda : « Non, il n'a jamais réussi à apprendre à parler. »

Il lui passa la main dans les cheveux; quand il la retira, sa paume était enduite d'une infime pellicule de gel. Elle le remarqua parce qu'il leva les deux mains, comme s'il avait voulu employer la langue des signes – cette langue qu'il essayait de parler pour elle et parce que c'était un échange encore plus intime, plus généreux, même, que leurs ébats amoureux. Dans ces moments-là, elle se sentait passer en lui comme si toutes ses attaches avaient été coupées. *Est-ce que tu vas aller en* (il marqua une pause parce qu'il ne trouvait pas le signe adéquat et dut l'épeler :) *en France? Pour voir. Pour faire des recherches...*

Elle lui montra les signes : *pays, pays étranger, Europe, européen.* « Allemagne, c'est *l'aigle à deux têtes.* Mais, pour la France, tu donnes un petit coup de poignet comme ça, comme un Français quand il sort son mouchoir de sa poche. Tu vois? C'est facile. »

Il avait reposé les mains sur ses genoux, et prit ce qu'elle appelait son expression « de chien battu » – elle adorait la référence, l'image qu'elle se représentait d'un chien qu'on faisait venir sur le tapis et la façon dont son corps s'effondrait sous tout le poids de l'émotion canine exprimée sans retenue aucune. « Quoi? dit-elle. Qu'est-ce qui ne va pas?

— Tu n'as pas répondu à ma question.

— Tu veux dire : à propos d'un éventuel voyage en France ? »

Il devait s'être écoulé une minute entière et ni l'un ni l'autre n'avait regardé par la fenêtre de tout ce temps. Les yeux de Bridger étaient rivés sur les lèvres de Dana comme si le sourd, ç'avait été lui. « Non, dit-elle, hochant, lentement, sa tête lourde comme le balancier de l'horloge de grand-père chez ses parents, celle qui claironnait l'heure à toute la maisonnée, sauf à elle. J'aimerais beaucoup mais...

— Mais tu ne peux pas te payer le voyage. Parce que tu as perdu ton boulot. J'ai raison ? »

Elle baissa le regard. Eut recours à ses mains : *Correct.*

Tous deux levèrent les yeux à ce moment-là et fixèrent la façade de MailBoxesEtc. On aurait dit des étudiants en architecture : elle aurait dû y penser, d'ailleurs, ils auraient dû apporter des cahiers de dessin et un assortiment de crayons, de fusains, de gommes, celles qui sentaient la plombières. Ou peut-être auraient-ils pu jouer aux inspecteurs des monuments historiques. Ou aux urbanistes. Elle n'aurait pas laissé construire là cet exécrable bâtiment plein d'arêtes si elle avait siégé au conseil municipal, jamais de la vie. En fait, elle détruirait tout ça en moins de deux et laisserait les chênes reprendre possession de l'endroit, puis elle ajouterait une fontaine et des bancs. Sa vision s'estompa et son regard vogua vers un mouvement à l'extérieur, le léger ballottement de formes filtrées par le reflet du soleil sur les vitres, les employés, les paquets qu'ils pesaient, le courrier qu'ils envoyaient ou réceptionnaient, les photocopieuses, un regroupement amorphe autour de la caisse enregistreuse. Elle eut un haut-le-cœur. Et puis elle sentit que Bridger la touchait : deux doigts à son menton, ramenant doucement son visage vers lui afin qu'elle le regarde : « Tu as pensé à ce que tu allais faire ?

— Non, pas avec cette épée de Damoclès au-dessus de ma tête, répondit-elle, en faisant un geste en direction de la boutique. Je serai payée jusqu'à la fin août, mais, bien sûr, je vais devoir commencer à faire circuler mon CV. » Elle observa son expression changer : il aurait voulu ne pas trahir ses pensées mais il était mauvais acteur. « Je n'ai pas l'intention de partir, si c'est ce que tu veux dire.

— C'est ce que je veux dire, oui. »

Elle se pencha vers lui pour lui donner un baiser : son odeur familière, son goût, ses lèvres qui parlaient différemment, et puis elle recula. « J'aimerais aller dans l'Aveyron, à Lacaune, à Saint-Sernin... Tu te moques de moi ? Mais malheureusement je ne peux pas me payer le billet d'avion, et avec un dollar bas... Sans compter qu'ils m'arrêteraient sans doute dès l'instant où ils passeraient mon passeport dans la machine (elle fit une grimace). Dana Halter, mensongère et irrégulière – et en plus ça rime !

— Comment peux-tu écrire sur un lieu où tu n'es jamais allée ? »

C'était facile. Elle tourna son index vers son crâne. « Je vois tout là-dedans. Et puis, j'y suis déjà allée, enfin, à Toulouse, qui n'est pas très loin. Je ne te l'ai jamais dit ? » Elle y était allée encore adolescente, quelques années après avoir perdu l'ouïe. Elle devait avoir dix, onze ans : l'âge de l'enfant sauvage. Ses parents avaient pris des vacances en Europe cette année-là et ils avaient emmené leurs enfants (Dana et ses deux frères) pour parfaire leur éducation. De ce point de vue, ses parents étaient très pragmatiques. Sa mère, surtout. Et surtout avec Dana : immersion totale et simultanée, dès le départ, dans l'univers de la langue parlée et des signes (ce que les gens qui se font du blé sur le dos des sourds nomment « la communication totale »). Elle refusait que sa fille devienne une infirme ou le moins du monde dépendante de qui ou de quoi que ce soit. Sa mère était encore jolie à cette époque : chapeau de cow-girl en daim acheté lors d'un voyage au Mexique ; longue chevelure qui lui descendait jusqu'à la taille ; jambes effilées et nues ; robe d'été

jaune. Elle avait deux garçons et une petite fille sourde com-
pressés dans ses bras : Dana ignorait si ses souvenirs de cette
époque venaient de l'album de famille ou de ce qu'elle avait
réellement vu et ressenti. Quand elle fermait les yeux, elle
voyait les doigts des palmiers gravés sur fond de stuc pâle, une
rivière comme une avenue de lumière, le Pont-Neuf (une
plaisanterie locale : il avait été construit par Napoléon) bombé
au-dessus de la rivière comme s'il nageait.

« Tu sais, dit-elle en essayant de s'accrocher à l'instant parce
que, l'instant d'après, elle devrait entrer dans le magasin, il est
plus facile d'apprendre une langue des signes étrangère qu'une
langue parlée. Beaucoup plus facile. Je l'ai appris tout de suite
parce que ma mère voulait que je rencontre des gamins sourds
français.

— L'iconicité, dit Bridger, ce qui la surprit. Comme quand
on dit "tasse" en langue des signes. » Il lui fit la démonstration,
paume gauche devenant soucoupe, droite devenant tasse au-
dessus. « Nous avons appris ça dans le cours que j'ai suivi.
Allemand, français, chinois... partout, une tasse est une tasse,
hein ? Et le mime Marceau... je parie qu'il aurait été bon. Tu
crois qu'il connaissait la langue des signes ? »

A ce moment précis, un mouvement de l'autre côté de la rue
attira l'attention de Dana et la fit sursauter. Un homme, chemise à fleurs, casquette de base-ball et lunettes de soleil panoramiques, gravit les marches de la succursale à vive allure,
comme si quelqu'un le poursuivait, comme un fugitif ; il tira
sur la porte et disparut à l'intérieur. « Bridger ! » cria-t-elle (en
tout cas, il était *possible* qu'elle ait crié ; comment savoir, elle en
eut l'impression...). « Bridger, c'est lui ! »

Elle fut dehors plus vite que lui, une sourde au milieu de la
chaussée, la circulation venant de tous côtés, et la voilà qui
dévisageait le chauffeur d'une fourgonnette UPS carrée, marron, là juste devant elle alors qu'elle n'entendait pas son klaxon
ni le geignement métallique de ses freins ; au moment où

Bridger la saisit par le bras, elle était justement en train de se dire qu'elle devrait ralentir, rester calme, concentrée. D'un bond, ils se retrouvèrent sur le trottoir d'en face. Peut-être Bridger lui parlait-il mais elle n'y prêta pas attention : elle avait les yeux rivés sur la porte devant eux. Elle vit son propre reflet sur la vitre, des formes changeantes, la poignée en métal qui luisait au soleil. Elle prit une profonde inspiration et entra, talonnée par Bridger.

A l'intérieur se trouvaient huit personnes, dont elle essaya d'enregistrer la présence toutes en même temps : dans le nombre, il y avait une femme à forte carrure derrière le comptoir, qui leva les yeux et lui adressa un sourire accort, et un vieillard à la photocopieuse qui avait manifestement du mal à trouver les bonnes pièces dans son porte-monnaie. Dana sentit son cœur s'emballer. Les plafonniers semblèrent reculer, peindre une bande fine et pâle d'illumination sur les têtes et les épaules des huit silhouettes dans leurs poses variées, qui penché, qui gesticulant, qui les lèvres battant l'air – mais où était l'usurpateur d'identité? Son regard sauta d'un figurant à l'autre puis tomba sur lui. Là-bas, au fond, où était fixée au mur, à hauteur de torse, une longue série ininterrompue de boîtes postales ; elle vit d'abord l'éclat de sa chemise puis son profil sous la visière de la casquette : il jetait des prospectus dans la poubelle. Insouciant du monde autour de lui. Complètement insouciant. On l'aurait cru innocent. Le salaud. Elle n'arrivait pas y croire.

Elle sentit Bridger la prendre par la taille, étreinte préventive qui le faisait forcer sur les ligaments de son poignet et de ses doigts. *Calme-toi*, lui faisait-il comprendre, *reste calme*. Cela lui prit un moment, pendant lequel elle se contenta de regarder, alors qu'elle sentait monter en elle la rage et l'incrédulité qu'elle avait ressenties à voir son intimité violée. D'ailleurs, elle resta tendue, prête à tout : invectives, agression physique, cris de sourde tellement caustiques et inhumains qu'ils pouvaient déclencher les alarmes de tout un quartier. Puis Bridger relâcha sa prise et elle sentit ses doigts sur son menton, qu'il força à pivoter. *Ce n'est pas lui*, signa-t-il.

Elle regarda mieux. En langue des signes, version miniature, elle affirma : *Si, c'est lui. C'est lui.*

Bridger fit non de la tête, avec conviction, et le regard de Dana passa de son compagnon à l'inconnu à la casquette de base-ball et retour. « Absolument pas », dit-il.

Ayant vérifié tout son courrier, sans crier gare, l'inconnu pivota sur un pied et vint dans leur direction, à vive allure, ce qui ressemblait à une liasse de factures et une enveloppe kraft pressées contre la poitrine, et c'est alors que Dana s'aperçut à quel point elle s'était trompée : même avec les lunettes de soleil et la visière enfoncée sur le front, cet homme ne ressemblait en rien à celui de la photo. Il était plus âgé, ses cheveux gris rebiquaient sous la casquette, nez épaté comme s'il avait été moulé en argile, lèvres en O autour d'un air de persécution perpétuelle. Ce n'était pas son voleur. Ce n'était pas Frank Calabrese ou... quel que fût son nom. Ce n'était personne. Elle l'observa quand il passa la porte avec la même impatience qu'il avait eue en entrant et il s'élança dans la rue. Le sang de Dana continua de battre fort dans ses veines.

« Bon, dit Bridger, la faisant pivoter pour qu'elle le regarde. Nous allons nous avancer jusqu'au comptoir et être Dana Halter, d'accord? Ça ne te pose pas de problème? Parce que, je te le répète, il n'y a pas d'autre moyen. »

Si, ça lui posait un problème. Elle n'approuvait pas le programme, elle n'était pas du tout d'accord avec ce plan et était encore moins partante mais elle laissa néanmoins Bridger la guider jusqu'au comptoir et esquissa un sourire en direction de l'employée, qui le lui renvoya instantanément. « Puis-je vous aider? » dit l'employée. Jusque-là, il était facile de lire sur ses lèvres. Le contexte! Tout est dans le contexte.

« Oui, je vous en prie. » Dana baissa les yeux, le temps

d'extraire de son sac son permis de conduire, qu'elle posa sur le comptoir. « Je m'appelle Dana Halter, dit-elle en relevant les yeux. Je voudrais juste... je ne sais pas ce qui est arrivé, j'ai dû égarer mes clefs... »

L'employée était plus jeune qu'elle ne lui avait semblé au premier abord. Plutôt forte, elle portait un pull rose à torsades qui soulignait peu flatteusement ses épaules et ses bras, elle avait la peau blanche, une peau anémiée, et elle portait des lunettes trop grosses, à monture plastique. Mais l'important, c'était son regard, or son regard ne portait aucun jugement. Elle ne jeta qu'un coup d'œil au permis avant de le repousser sur le comptoir. « Aucun problème », dit-elle, et son sourire s'épanouit encore. Puis elle ajouta quelque chose.

« Je suis désolée, pardon ? »

Dana vit que la femme lançait un regard vers Bridger, qui parla à son tour.

« Elle a dit, répéta-t-il lentement pour qu'elle puisse lire sur ses lèvres, qu'il y a une pénalité de 25 dollars mais j'ai dit que tu acceptais. On est d'accord, chérie ?

— Oui. » Dana hocha vigoureusement la tête en soutenant le regard de l'employée. Bien sûr. C'est normal. Et je suis désolée... c'était ma faute, pas celle de mon fiancé. » Elle brodait – il fallait toujours broder quand on mentait. « Vraiment stupide de ma part. » Elle se tourna vers Bridger, jouant l'écervelée, la blonde, la fofolle. « *Mea culpa*, chéri. » Elle commençait à apprécier la situation, surtout le choc du terme « fiancé » sur le visage de son compagnon. Mais l'employée posa une autre question et, une nouvelle fois, Dana dut demander : « Pardon ?

— Le numéro.

— Quel numéro ? »

C'était ce qu'elle avait redouté : toute personne honnête, toute personne normale, aurait eu le numéro sur le bout de la langue mais ce n'était pas le cas de Dana parce qu'elle était coupable d'imposture, elle n'était pas Dana Halter. Elle pinça encore plus fort les lèvres. Le temps d'un éclair, elle regarda ailleurs, évitant le regard de l'employée, comme une criminelle, une menteuse, une escroc, et elle dut se battre pour ne pas laisser sa voix la trahir, lorsqu'elle débita la version de l'histoire qu'elle avait répétée, comme quoi elle venait là dans sa résidence secondaire, qu'ils n'étaient pas revenus depuis longtemps et que, à sa plus grande gêne, c'était à peine croyable, elle avait oublié le numéro. Mais tenez, voici tous mes papiers : et de pousser à nouveau sur le comptoir son permis de conduire, suivi de sa carte d'assurée sociale, de sa principale carte de crédit; après quoi, elle demanda très poliment à l'employée si elle pourrait vérifier le numéro dans ses dossiers.

Le sourire s'était éteint et le regard avait perdu toute trace de sympathie. L'employée ne paraissait pas autant suspicieuse qu'embarrassée : elle commençait à saisir, Dana le comprit et, pour la première fois de sa vie, en joua. Elle resta absolument immobile, plantée devant le comptoir dans un silence qui dura un siècle, et laissa son regard parler pour elle. *Oui*, pouvait-on y lire, *je suis différente*, et ce ne fut même pas une souffrance de voir que, cette fois, c'était l'employée qui devait détourner les yeux.

A l'exception de l'avalanche coutumière de prospectus et d'offres spéciales adressées au détenteur, il semblait y avoir dans la boîte postale trois ou quatre courriers dignes de ce nom. Dana put tout juste entrapercevoir un logo sur l'une des enveloppes (était-ce une facture?) avant de tout prendre dans ses mains tremblantes et de se forcer à marcher tranquillement vers la sortie, se donnant le temps de regarder derrière elle et d'agiter deux doigts en remerciement à l'employée. Bridger l'attendait dehors. Ils traversèrent la chaussée ensemble, prenant bien soin de regarder des deux côtés et de paraître aussi calmes que possible à quiconque pourrait les observer, et puis ils se retrouvèrent dans la voiture et voilà que le courrier, le courrier de Dana Halter, était en leur possession !

La surprise vint de Bridger. Il était tellement tendu qu'il arracha la liasse des mains de Dana et se mit à l'inspecter, jetant par terre, d'un geste impatient, les prospectus sur papier journal et les brochures sur papier glacé. Il arborait une expression triomphale et volontaire, une dureté que Dana ne lui connaissait pas : à le voir, on aurait cru que c'était son identité qu'on avait dérobée. Il sortit du lot trois ou quatre lettres qui portaient l'adresse de la boîte postale mais c'est Dana qui dégagea de la liasse la facture où apparaissait le logo PG&E et la tint, exultant, à la lumière du jour. Bridger aurait pu crier « Bingo ! » ou « Eurêka ! » mais il s'en abstint. Tous deux connaissaient la portée de cette trouvaille. Ils le tenaient ! Ils tenaient leur homme.

« Ouvre-la », dit Bridger.

Elle sentit un sourire monter à ses lèvres. « C'est un délit.

— Connerie, dit-il – ou quelque chose de cet acabit. Et voler l'identité de quelqu'un... c'est pas un délit peut-être ? Ouvre-la. » Il avança la main en direction de l'enveloppe mais Dana fut plus rapide que lui, la prit dans sa main gauche et la mit à l'abri dans l'interstice entre son siège et la portière. Brusquement, elle éprouva de la peur – la peur de ce qui allait être révélé. Ils étaient si près du but ! Le visage du voleur, ses yeux moqueurs, le menton relevé, l'air suffisant, tout lui revint. Si près du but. Elle avait la nausée pour rien, à cause du croissant rassis et du café amer qu'ils avaient ingurgités à la station-service plusieurs heures auparavant. Bridger dit encore quelque chose, laconique et pressé (elle sentit la violence de son souffle) mais elle l'oblitéra en baissant le regard. Il essaya de la forcer à tourner le visage vers lui, il lui saisit le cou, mais elle le repoussa. En silence, au plus profond d'elle-même, elle compta jusqu'à dix. Alors seulement, elle ouvrit l'enveloppe.

L'adresse, à l'intérieur, l'adresse officielle du destinataire, lui sauta aux yeux, lui donna une secousse presque physique, comme si, soudain, ses nerfs auditifs avaient été restaurés et que quelqu'un lui avait hurlé à l'oreille :

109 Shelter Bay Village
Mill Valley, CA 94941

Bridger tapota sur le tableau de bord et leva le menton pour hurler leur victoire, puis il frappa l'air deux fois avec le poing et retroussa les lèvres pour émettre ce qui devait être un sifflement de jubilation. Le contexte expliqua à Dana ce que c'était : « Ouiiiiii ! »

Les autres enveloppes ne leur apprirent pas grand-chose : les deux premières se révélèrent être des pubs pour de l'immobilier et une offre de prêt dont les enveloppes avaient été rédigées dans une écriture informatique nette, censée imiter une écriture à la main et ainsi duper le destinataire afin qu'il les ouvre. La troisième était plus intéressante. Elle était adressée à *Le pote, Boîte 2120, Mill Valley, Californie*; elle contenait une feuille de papier quadrillée jaune, arrachée à un calepin, pliée en trois. Un message lapidaire était gribouillé selon un angle de quarante-cinq degrés, dans une écriture courante et ventrue : *Hé, ce truc dont on a parlé, ça marche, no problema. On se voit bientôt. Ciao, Sandman.*

« On se voit bientôt », lut-elle tout fort en regardant Bridger.

Lequel avait son air perplexe, traits flottant sur le globe clair de son visage tels des continents à la dérive. Il passa la main dans ses cheveux – qui s'étaient dressés sur sa tête. « Est-ce qu'il va voyager ? Je veux dire, ce gars : Dana, Frank, quel que soit son nom : Est-ce que tu crois qu'il envisage de partir en voyage ?

— D'où la lettre a-t-elle été postée ? »

Bridger retourna l'enveloppe. Elle avait été postée à Garrison, Etat de New York, quatre jours auparavant. « C'est où, Garrison ?

— Je crois que c'est près de Poughkeepsie. Ou peut-être de Peterskill. Oui, c'est sans doute plus près de Peterskill.

— C'est-à-dire à une heure, une heure et demie de New York? »

Elle haussa les épaules : « Ouais, je suppose. »

Le soleil cognait sur la voiture et, il avait beau faire frais à l'extérieur (elle aurait dit dans les 18-19), elle commença à le sentir et baissa la vitre. Quand ils étaient revenus à la voiture, elle s'était mise au volant : après tout, c'était sa voiture, même si Bridger avait conduit pendant la presque totalité du trajet : elle observa la rue et son rythme tranquille, et l'émotion lui chatouilla la gorge. « Et maintenant? » se demanda-t-elle tout fort. Bridger l'attira à lui, emprunté, gêné par le volant. Ils restèrent enlacés un instant, puis il recula pour qu'elle puisse voir son visage et la réponse qui s'y dessina : « Nous allons le suivre.

— Nous? » Tout à coup, elle fut gagnée par le froid, un froid cristallin et insistant, et sa peur s'envola. Elle ne fit mine de le contredire que pour le plaisir. « Et la police? Est-ce que nous ne devrions pas tout simplement leur fournir ces informations? »

Il eut une expression de dégoût. « La police? Ouais, tu parles. Et s'entendre dire une fois de plus le genre de merde qu'ils nous ont fourgué à San Roque? Sans compter que... s'il a l'intention de déguerpir (il fallut un long moment à Dana pour comprendre ce qui suivit) pour les Territoires (Bridger eut recours à l'épellation)... *Poughkeepsie* ou je ne sais où? Et si cet endroit, à cette adresse, n'était pas à lui? » Il ne cilla pas. Il la regarda droit dans les yeux, honnête, furieux, enflammé : toute sa frustration, sa conviction, *son amour* visibles à la surface. Mais était-ce vraiment de l'amour? Ou bien simplement un spasme de son ego masculin, le besoin d'y aller *mano a mano*, un exutoire pour ses hormones mâles?

Quelle importance? Dana n'avait pas envie de se projeter dans l'avenir. Elle avait une adresse et un voleur s'y cachait. Elle mit le contact, fit grincer le démarreur (donnant à Bridger l'occasion de lui lancer une sacrée grimace et de lui faire savoir ce que c'était que d'avoir des oreilles!) et, dès cet instant-là, elle sut qu'elle poursuivrait ce monstre jusque dans ses derniers retranchements.

Le brouillard, dans les collines, avait un air d'apocalypse : on aurait dit un gaz mortel qui se serait posé sur les arbres et aurait asphyxié toutes les créatures vivantes, même si le soleil était encore haut, vital, et la brise encore pure. Un autre jour, si son humeur avait été différente, Dana aurait pu trouver dans le brouillard un palliatif; c'était, après tout, la pierre angulaire du charme de la baie de San Francisco, mais pas ce jour-là, non. Il était cinq heures. Ils avaient déjeuné à Noah's Bagels – en ce qui la concernait, sans appétit ou plutôt si, elle avait faim mais, quand les plats étaient arrivés, elle n'avait rien pu avaler. Cela leur avait permis, en tout cas, de décompresser et de réfléchir à la marche à suivre – du moins, de l'énoncer, car l'un et l'autre savaient que rien ne les empêcherait d'aller jusqu'à Shelter Bay Village, à cinq minutes de là, à peine. Mais ensuite? Iraient-ils le trouver? Appelleraient-ils la police? L'assommeraient-ils et le ligoteraient-ils sans l'aide de personne?

En fin de compte, ils décidèrent de partir en reconnaissance (d'aller « scoper » les lieux, comme disait Bridger, une expression dont Dana imagina qu'elle dérivait de « télescope », mais alors n'aurait-il pas été plus logique de dire « jumeler »?). Ils s'y trouvaient maintenant, devant un coteau au flanc duquel un lotissement d'habitations en séquoia avait été orienté de façon à optimiser la vue de chacune. Ils se promenaient main dans la main sur la courbe douce d'une allée de gravier qui longeait l'océan à l'abri d'une rangée de palmiers. Et oui, des jumelles pendaient au cou de Dana et, si quelqu'un devait s'en étonner, eh bien, elle n'était qu'une innocente passionnée d'ornithologie légèrement timbrée. N'était-ce pas un héron bleu, d'ailleurs, là-bas? Oh, regarde les aigrettes!

Bridger avait le regard rivé sur la terrasse de l'unité la plus proche, celle que, de loin, ils avaient identifiée comme étant le numéro 109. Y avait-il du mouvement à l'intérieur? Il toucha son bras et elle regarda avec les jumelles, le plus discrètement possible. D'abord, elle ne vit rien, que des nappes de lumière rebondissant sur les baies opaques qui, d'argentées, viraient au noir, puis elle ajusta la vision et une silhouette apparut, celle d'une femme penchée sur une table au plateau en verre. Jeune. Jolie, brune, chignon, chemisier bleu, bermuda noir. Elle essuyait la table, voilà ce qu'elle faisait. Brusquement, le cœur battant, Dana changea de point de mire et montra du doigt la surface de l'eau comme si elle avait suivi une volée de harles. La femme regardait dans sa direction.

Dana sentit la main de Bridger se poser sur les jumelles, qu'elle lui abandonna : il jouait le jeu, orientait l'instrument d'un côté et de l'autre, suivant le parcours de volatiles imaginaires alors que ses lèvres demandaient : « Qui est-ce? Sa femme, tu crois? »

Le regard encore porté sur la surface de l'eau juste au-delà de la terrasse du numéro 109, en bois de séquoia grisé par les intempéries, Dana fit oui de la tête. « J'imagine, dit-elle, si nous ne nous trompons pas d'appartement. »

Bridger reporta vite le regard sur la terrasse avant de chausser à nouveau les jumelles.

« Tu as vu quelqu'un d'autre? Un homme? Est-ce qu'il est là, tu crois? »

Dana finit par ne plus pouvoir supporter cette tension. Elle prit doucement les jumelles des mains de Bridger, laissa son regard errer sur la baie pendant un moment puis, d'un bras, fit pivoter son compagnon et l'entraîna dans la direction opposée : deux amis des oiseaux en quête d'un volatile insaisissable. Quand ils eurent parcouru une cinquantaine de mètres, elle se pencha vers Bridger et ils s'arrêtèrent, le regard porté vers le large. « Et maintenant? » demanda-t-elle. Si elle avait pu s'entendre, si elle avait été un personnage de roman, elle aurait pu qualifier sa voix de « triste ». Oui, triste, elle l'était. La femme l'avait regardée – ou, du moins, c'est ce qu'il lui avait semblé. Il y avait donc un visage, un nouveau visage, un être de chair et de sang attaché à cette histoire : yeux noirs, cheveux bruns. Bermuda.

Bridger réapparut dans son champ de vision. « Je crois que nous devrions aller sonner à leur porte. »

Il avait raison. Elle le savait. « Ne pourrions-nous pas... attendre ? Voir, je veux dire. S'il se montrait, s'il sortait de sa voiture, nous pourrions noter le numéro de sa plaque d'immatriculation...

— Et faire quoi ensuite ? » Les lèvres de Bridger étaient si fines qu'on aurait dit un découpage. Il était manifestement déterminé. Comme une brise souffla alors, pure et suave, balayant les cheveux de Dana et les ramenant sur son visage, elle ne put pas lire la réponse de Bridger sur ses lèvres. Mais elle vit sa main, qui, tâtant gentiment son bras, la ramena à lui avec un ample mouvement. « Viens, l'encouragea-t-il, on y va ensemble. Va sonner, voilà tout. Nous sommes en vacances. Nous cherchons les Goldstein. Demande-lui si elle sait où les Goldstein habitent et vois ce qui se passe, vois si ce fils de pute est là ; il est même possible qu'il réponde en personne, et c'est tout ce qu'il nous faut. Rien de plus. »

Elle n'essaya pas de discuter. Tout à coup, la voilà qui était repartie, en suivant l'allée de gravier dont les lacets remontaient à travers les douces ondulations du gazon et les parterres de fleurs joliment encaissés que le paysagiste avait jugé bon d'offrir aux habitants de Shelter Bay Village pour qu'ils puissent se repaître du contraste lorsqu'ils contemplaient les jardins devant le vide scintillant de l'océan et les collines en fond. Une femme en jean et coupe-vent qui faisait son jogging émergea de derrière le coteau du lotissement, courant dans leur direction, avec un petit chien noir qui trottinait devant elle, à l'extrémité de sa laisse. Quelqu'un sortait d'une voiture dans le parking : une autre femme : elle plongea dans l'habitacle pour récupérer son sac et un cabas. Quelque chose flotta devant les yeux de Dana mais ce ne fut pas tangible, et puis ils se retrouvèrent sur le seuil de l'unité 109 : paillasson épais, deux pots de bégonias, heurtoir en cuivre ; elle fut heureuse de ne pas pouvoir entendre le bruit que fit la sonnette lorsque Bridger appuya sur le bouton.

La porte s'ouvrit brusquement et ils se retrouvèrent nez à nez avec la femme, qui était plus jolie encore que de loin, et il y avait aussi une petite fille, de quatre ou cinq ans, tirant de toutes ses forces sur le poignet de sa mère – car c'était bien sa mère, on ne pouvait s'y tromper. Celle-ci leur opposa un regard vide. « Oui ? Je peux vous aider ? »

Bridger dit quelque chose qui sembla la figer pendant un instant : « Dana est-il ici ? »

La fillette continua de tirer le poignet de la femme, chantonnant « Maman, maman ! ». Dana manqua encore quelques mots qu'ils échangèrent puis l'expression de la femme changea instantanément, ses yeux s'enfoncèrent dans leurs orbites, ses lèvres se durcirent autour du goût aigre du mensonge. « Non, répondit-elle, vous devez trompés appartement. » Elle détourna les yeux pour lancer un regard impérieux à sa fille avant de le fixer à nouveau sur eux : « Personne ne s'appelle Dana ici. »

2

« Q U'est-ce que tu veux dire? Ils m'ont demandé? Ils
m'ont appelé par mon nom? »
Il venait à peine de passer la porte, fatigué, auréoles
de sueur aux aisselles, il n'avait pas eu le temps de prendre un
verre ou de manger un morceau, et la première chose qu'elle lui
dit, ce fut que des gens étaient venus et l'avaient demandé. Ce
qui attira instantanément toute son attention, aucune erreur là-
dessus. Il s'arrêta net. Là, dans le vestibule, trois sachets de fast-
food chinois pendus à ses doigts et le journal plié, coincé entre
le menton et le torse. Il avait passé la plus grande partie de
l'après-midi et le début de la soirée à s'occuper de choses et
d'autres, le genre de détails qui te démangent comme une
piqûre d'abeille jusqu'à ce que ta peau s'enflamme et saigne, et
qu'il te reste tout juste assez d'énergie ou de volonté pour faire
le nécessaire : comme emporter trois chargements de vêtements
et d'accessoires de Natalia au garde-meubles de Larkspur qu'elle
avait absolument tenu à louer, ou envoyer par FedEx six cartons de robes, sacs à main, souliers et jouets d'enfants chez
Sandman, à Croton – et voilà qu'elle lui sortait ça! Il resta
planté là, pétrifié.
Elle arborait son expression de martyre, l'air qu'elle avait pris
quarante-huit heures plus tôt et dont elle ne s'était pas départie

depuis, les coups sauvages de son khôl ôtant toute vie à ses yeux, la bouche figée dans une moue permanente, les narines gonflées d'apitoiement sur son propre sort. « Non, pas toi, dit-elle en faisant volte-face, retournant vers le salon, pieds nus, avant de se jeter sur le canapé encombré d'affaires à elle. Pas toi, répéta-t-elle d'une voix cinglante. Da-na. Ceux-là veulent Dana. »

C'était la même rengaine depuis quarante-huit heures, les séquelles de sa confession : pluie de cendres, village rayé de la carte, et les habitants aussi, no man's land, la totale. Il en avait assez. Ça suffisait, maintenant. Sans s'en rendre compte, il laissa tomber les sachets en plastique blanc : il se foutait éperdument que la soupe war-wonton coule dans les coquilles Saint-Jacques à la sauce Tséchouan et goutte sur le tapis, qui serait fichu, et puis sur le plancher, et puis encore en dessous jusqu'au putain de rez-de-chaussée. Il fondit sur Natalia, la saisit par le bras, toute sa rage concentrée dans la pression des cinq doigts de sa main droite. « Ne te fous pas de moi », dit-il, d'une voix grave et dure qu'il ajustait au registre de la violence comme il l'avait appris en prison, quand tous les taulards retenaient leur souffle, tout ouïe, et que le bâtiment était soudain plongé dans un silence de mort. « Raconte-moi tout, tu piges ? Ras-le-bol de ces conneries ! »

Elle prit un air effaré – effrayé –, son regard enflammé puis réduit à rien, ce qui donna mauvaise conscience à son compagnon, mais pas assez pour qu'il lâche prise. Il lui secoua le bras, l'agita comme les sacs de farine de vingt-cinq kilos qu'il entreposait sur les étagères de la réserve à la Pizza Napoli. Elle ne poussa pas un cri. Ne protesta pas. Elle dit seulement : « Un homme et une femme. Ils cherchaient toi, ils t'ont demandé. »

Il continuait de la tenir et il sentit des palpitations dans sa cornée, comme s'il se contenait encore trop, comme si sa violence allait sortir d'un coup comme du vomi. « Quel âge ? »

Quand elle pinça les lèvres, marquant un instant d'hésitation, il la secoua de plus belle. « Je t'ai demandé : quel âge !

— Tu vas faire des marques. » La voix de Natalia s'était faite froide, distante, comme si elle parlait d'un bras attaché à un autre corps dans un autre appartement. C'est alors qu'il entendit les voix de dessin animé dans la chambre de Madison, un brusque gloussement éperdu et prolongé, un rire, une musique crépitante. Alors seulement il lâcha Natalia. Elle lui adressa un regard plein de ressentiment, comme si le coupable, c'était lui. Elle ne se frotta pas le bras : elle ne lui ferait pas ce plaisir. Elle souffrirait en silence. En martyre. « L'homme devait avoir vingt-cinq ans, je ne sais pas trop... finit-elle par répondre. La femme la trentaine. Grande, jolie. Blue-jean et une veste marron de chez Bebe, 139 dollars en promotion. Ça va comme ça ?

— Ils ne vendaient rien ? Tu es sûre ? Ils m'ont demandé personnellement, par mon nom, pas "Mr. Halter" ou "le propriétaire", rien dans ce genre ? »

D'un seul mouvement rapide, elle glissa sur le bras du canapé et fit volte-face comme une acrobate. Elle lui décocha un regard noir. Serra les poings contre ses hanches. « Qu'est-ce que tu racontes ? Pendant des mois, qu'est-ce que tu me racontes ? Tu veux que je sois Mrs. Halter, Mrs. Halter ! Et qui je serai maintenant ! Mrs. Personne ? Hein ? »

Comme il fit un pas en avant, elle recula contre la baie vitrée. « Ferme-la, dit-il. Ferme-la, tu veux ? Nous partons demain matin, à l'aube. Alors, fourre-moi toute cette merde dans ta putain de valise (il arracha du canapé une brassée d'habits) et fourre ta putain de valise dans la putain de voiture, tu m'entends ?

— Je t'entends, oui (maintenant, elle se frotta le bras), *Mister* Martin. Si c'est vraiment comme ça que tu t'appelles. C'est vraiment ça, ton nom ? Hein, Bridger ? C'est vraiment ton nom ? »

216

Il n'avait pas de temps à perdre avec ces conneries. *Un homme et une femme* : deux mots qui battaient dans son crâne avec la force d'une révélation. Ils savaient à quoi il ressemblait, ils savaient où il créchait. Ils étaient peut-être là, dehors, à cet instant même, à l'observer. Son regard passa au-dessus de l'épaule de Natalia, par la baie vitrée jusqu'à la terrasse où les teintes se neutralisaient en sombrant dans la nuit, et jusqu'à l'océan qui avait foncé, le long du rivage grisâtre de plus en plus estompé. C'est alors qu'un ressort lâcha en lui – *il n'avait pas le temps*. Madison apparut dans l'encadrement de la porte, appelant « Maman ! » d'une voix ténue, pitoyable. Tous deux se tournèrent vers elle. « Tout va bien, s'entendit-il dire. J'ai acheté à manger. Là. Là, dans le couloir. »

Assis à la table de la cuisine : un intermède de paix, langoureux, bougies, vin versé dans les verres, repas chinois, baguettes. Madison, revitalisée, leur racontait l'histoire d'un film qu'elle avait vu sur un chien et un chat qui traversaient ensemble les Etats-Unis, lorsque la sonnette retentit. S'il avait permis à son moteur interne de rester au repos pendant le repas (peu importait à quoi tout cela virerait, pour lui, le repas, c'était sacré, parce que si on ne s'asseyait pas pour dîner tranquillement, on n'était pas un être civilisé), à ce moment-là, il partit au quart de tour, si vite qu'il ignorerait un instant plus tard comment il était passé par la baie vitrée, s'était retrouvé sur la terrasse, avait sauté un étage et s'était réceptionné dans le parterre de fleurs en contrebas. « Je ne suis pas là, dit-il à Natalia, passant une jambe par-dessus la rambarde, tu n'as jamais entendu parler de moi ! » Il resta pendu un instant au balcon puis se laissa choir.

Tout cela prit soixante secondes en tout et pour tout, bras et jambes moulinant, et il se retrouva à proximité de la porte d'entrée de l'unité, caché par les feuillages et les vrilles de la végétation. Deux silhouettes (un homme et une femme) se trouvaient devant la porte, que Natalia ouvrit. L'homme, la vingtaine, un mou, manifestement, cheveux en bataille, veste deux tons, le genre de jean baggy noir qu'affectaient les racailles et les fêtards, prit la parole – la femme, elle (c'est à ce moment-là qu'il eut une illumination : *Dana Halter*, c'était *Dana Halter*, en chair et en os), resta plantée là comme une statue de cire. Elle était belle, nul doute. Elle avait les mêmes cheveux que Natalia, noirs et épais, mais bouffant et retombant sur le col de sa veste marron. Et elle était plus grande, mais voûtée parce que cette affaire lui pesait : quelqu'un se faisait passer pour elle, était en train de bousiller sa vie, et elle se tenait voûtée parce que tout ça n'était pas de la tarte. Mais pas au point de tout abandonner et de laisser les compagnies de cartes de crédit et d'assurances s'en occuper. Ça le fit réfléchir. Qui était-elle donc? Que faisait-elle avec ce mec? Récupérer sa mise : c'était ça qu'elle voulait? Et le gars, Bridger : en quoi ça le regardait, lui?

« Encore vous! – Natalia avait pris un ton grincheux et dur. Je vous ai dit, je vous ai déjà dit.

— Frank Calabrese, dit l'homme. Frank est ici?

— Qui? »

Il se répéta. Il avait pris un ton implorant. « Ecoutez, nous sommes victimes d'un fraudeur, ou plutôt, ma fiancée que voici... – il désigna la femme. Elle... quelqu'un a usurpé son identité. Nous recherchons Dana Halter. Ou Frank Calabrese. Vous êtes certaine qu'il n'est pas ici? Frank? »

De sa cachette, accroupi dans les buissons (il n'avait pas l'intention de mettre un genou à terre et d'esquinter pour rien un pantalon en serge Hugo Boss), il s'assura de bien photographier dans son esprit ces deux-là, parce qu'ils allaient la payer, leur petite visite – promis.

La lampe de faible intensité dans l'entrée projetait une lueur jaunâtre sur le petit attroupement à sa porte. Le visage de Natalia se durcit. Elle paraissait prête au combat, ce qui était bon signe : au moins, elle prenait son parti, et il comprit alors qu'elle allait demeurer à ses côtés, malgré tout ce qu'il pourrait lui révéler. « Ecoutez, répliqua-t-elle, le ton montant d'un cran, allant vers le pincé et le pleurnicheur, personne ne s'appelle comme ça ici, Da-na, et il n'y a pas Frank non plus. Vous vous trompez appartement, vous comprenez ? » Une voiture arriva sur le parking (la Lexus crème des Atkinson, du numéro 111) et son sang ne fit qu'un tour, parce que les phares décrivirent un grand cercle et illuminèrent les buissons, avant de s'éteindre. « Si vous revenez ici, dit Natalia, le visage devenu comme un masque cireux dans le rinçage de la lumière jaunâtre, si vous revenez nous *décommoder*, moi et ma fille, j'appellerai la police.

— Faites, je vous en prie, appelez-la, la police », ironisa le type, jouant les durs, mais il avait pris la même voix qu'au téléphone, et elle sonnait creux, cette voix, vide, et la porte se referma brutalement : il n'y eut plus dans la nuit paisible que le crissement des pas de Rick Atkinson sur les graviers de l'allée.

C'est alors qu'il se passa une chose bizarre : les deux individus restèrent sur le pas de la porte pendant un long moment, conversant sans prononcer un mot. Leurs mains : ils bougeaient les mains comme des marionnettes fantomatiques recouvertes d'un suaire ; il lui fallut un moment pour comprendre. Ils étaient sourds. Ou, du moins, la femme l'était. Elle n'avait pas encore pris la parole mais la voilà qui agitait les mains comme si elle moulait un objet avec de l'air et le lui passait ; puis, à son tour, il jonglait avec, avant de le lui repasser. C'était si inattendu, tellement privé, intime, que Peck perdit toute conscience de l'instant. Il se fit l'impression d'être un voyeur, il *était* un voyeur, et sa rage face à ce qui venait d'arriver glissa vers une sorte d'émerveillement, tandis qu'il les observait qui descendaient les marches puis l'allée en direction du parking. Il en resterait là : les deux intrus partaient, cela lui suffisait pour l'instant, car, au matin, lui aussi aurait déguerpi, et tout l'épisode ne serait plus qu'un mauvais souvenir. Cela dit, il recouvra ses esprits à temps pour sortir des ombres et les suivre. Simplement pour vérifier ce qu'ils allaient faire.

Ils avaient réussi à trouver son adresse mais qu'est-ce que cela signifiait, après tout? Il n'était plus Dana Halter, il n'était plus Frank Calabrese (*Frank Calabrese* : ce nom lui faisait froid dans le dos). Comment diable avaient-ils eu cette information-là? Mais qu'importe, même s'ils appelaient les flics et si les flics débarquaient, ce qui était très improbable, il n'arriverait rien ou, du moins, pas tout de suite. De quelles preuves dispose-raient-ils? Il nierait tout en bloc, il ferait semblant de tomber des nues. Et, si nécessaire, il s'emporterait. Les flics verraient, rien qu'en le regardant, à ses vêtements, à sa façon de se tenir à la porte de son appart à 750 000 dollars, qu'ils faisaient fausse route. Ces deux-là devaient le savoir. A quoi s'amusaient-ils – ils jouaient aux détectives? Ils cherchaient à le débusquer, à résoudre la question sans passer par la case Loi? Et s'ils étaient armés? N'importe qui pouvait avoir un flingue désormais, le gamin le plus froussard, le plus dégingandé de la rue, la vieille au caddie, les ménagères, les mères... Les flingues, c'était le quotidien de la société actuelle, mais lui, personnellement, ne voulait pas y toucher et encore moins se retrouver en face.

Les ombres l'aidèrent. Il resta caché, suivit les raclements de leurs chaussures sur le gravier, observa leurs silhouettes se balancer contre le parapluie rigide de lumière ouvert par le lampadaire à l'extrémité du parking. Il vit à nouveau leurs mains jongler quand ils arrivèrent à leur voiture, une Jetta noire, immatriculée en Californie, puis ils se mirent à parler à voix haute mais il ne put distinguer ce qu'ils disaient : la voix mate de Dana martelait et étouffait à la fois les syllabes comme si elle avait eu une couverture sur la tête, et les intonations de Bridger se mêlaient à la voix de sa compagne d'une façon qui les rendait toutes deux indistinctes. Après un moment, ils grimpèrent dans leur voiture et chacun claqua sa porte : deux détonations feutrées, l'une après l'autre.

Et que se dit-il? Qu'il pourrait tout simplement surgir des bosquets et aplatir ce gars-là, lui foutre une raclée, et à la femme aussi, par la même occasion : un petit encouragement physique à en rester là. Mais non, ce n'était pas la bonne méthode. La marche à suivre, c'était de tirer un trait sur ses pertes et ficher le camp. Il avait encore Natalia, il avait encore de l'argent, et une Mercedes S500 neuve, lie de vin. Sans doute ne fallait-il pas chercher à comparer Peterskill à Mill Valley mais le changement de couleur des feuilles à l'automne lui avait manqué, comme la neige à Noël, tout ça, et ce ne serait pas si mal quand ils seraient vraiment installés. Et puis il y aurait la Floride, la Floride en hiver, sans compter ce périple qui les attendait dès demain, sans rien d'autre à faire que contempler le paysage, se détendre et prendre du bon temps.

Il resta un long moment tapi dans les bosquets, à observer l'arrière de la voiture tout en réfléchissant. Natalia serait dans tous ses états, sans nul doute, et elle ne lui laisserait pas un instant de répit, pas jusqu'à ce qu'il l'ait installée dans la Mercedes et ait refermé la porte de l'appartement à jamais. L'histoire, telle qu'elle se forgeait dans son esprit et qu'il raffinerait au fil des kilomètres en traversant les Etats-Unis, tournerait autour d'une faillite, les restaurants qui n'avaient pas marché, un nom d'emprunt pour se faire oublier et pouvoir récupérer ses capitaux, et oui, bien sûr, ils garderaient l'appart comme résidence d'été, pas besoin d'empaqueter la vaisselle, l'argenterie, les serviettes, et puis pensait-elle réellement qu'il abandonnerait son cellier à vins? Il posa un poing sur le sol humide pour soulager ses genoux. Il régnait là une odeur rance de feuilles longues et fines comme des lames de couteaux, et de bourgeons d'eucalyptus pourrissant. De l'autre côté de la pelouse, contre les unités, une batterie de jets d'eau automatiques se mit en marche avec un sifflement d'air relâché. Et puis, finalement, les feux rouges de la Jetta s'allumèrent, elle recula et traversa le parking avant d'aller se glisser dans l'étreinte noire de la nuit.

Quand il était sorti de prison, il n'avait pas pleuré longtemps sur son sort, sur ce qui aurait pu être et ne serait pas, sur le traitement que Gina lui avait infligé, sur tous les efforts qu'il avait fournis, la sueur, le sang qu'il avait versés à la Pizza Napoli et au Lugano, sur sa faillite – lui l'ex-taulard qui avait dû vendre sa Mustang métallisée en même temps que tout ce qu'il possédait pour payer son avocat, cette face de rat. Non, il était trop malin pour ça. Il avait acquis cette sagesse pendant les nuits plombées, dans sa cellule, et les journées de zombie passées à la cambuse ou à éviter les ennuis – ce qui n'avait pas été facile. Il avait dû beaucoup se retenir pour ne pas exploser. Se réfugier dans ses ultimes retranchements. Pour contrôler la rage qui tapait en lui comme un marteau à chaque minute, chaque seconde. Parce qu'il en avait connu de *très* tordus sous les barreaux, des types dont la seule raison d'être et justification dans la vie, c'était de te faire chier, or leur rendre la monnaie de leur pièce était le meilleur moyen de rallonger ta peine. Il avait donc écouté ce qui se racontait, baissé l'échine et compté les jours; en toute dernière extrémité, il laissait ses poings parler pour lui, vite et dur, si vite que personne ne le voyait venir et, si une tête de nœud devait être envoyée à l'infirmerie avec les paupières en saucisses et un nez cassé, qu'est-ce que ça pouvait lui faire, à lui? Il n'était pas comme les autres : de toutes les malheureuses victimes des circonstances qui croupissaient en prison, il était vraiment le seul à être innocent, parce que ce qu'il avait fait, tout le monde à sa place l'aurait fait, et il ne risquait pas de se compliquer les choses en laissant les gens lui en remontrer davantage. C'était le commencement de la sagesse.

Et puis il y avait eu Sandman. Il avait été à l'école de Sandman.

Sandman avait roulé sa bosse. Lors de sa plus récente infraction, et c'était regrettable, il avait utilisé un certain degré de persuasion par la force, raison pour laquelle il avait été incarcéré avec les condamnés violents. Comme Peck. Les autres prisonniers, tous sans exception, étaient des minables, le genre de raclures, de dégénérés qui méritaient leur sort (après un an sous les verrous, Peck pensait comme un républicain : enfermez-les tous et jetez la clef). Mais Sandman était différent. Il avait de l'éducation. Et un credo : l'environnement, l'air pur, l'eau claire. Il pouvait parler pendant des heures de restauration écologique, de la réintroduction du loup ou de la façon dont le capitalisme avait épuisé toutes les ressources de la planète pour les recracher sous forme de sèche-cheveux (il avait un problème avec les sèche-cheveux) et de billets verts. Un mètre quatre-vingt-treize, tatoué quasiment de pied en cap, un physique sculpté dans la salle de sport, Sandman, qui n'était guère plus âgé que lui, lui avait ouvert les yeux. « Tu sais ce qu'ils disent dans les pubs pour l'armée... "DEVIENS QUI TU ES"... Moi, je dis "DEVIENS QUI TU VEUX ÊTRE". »

Il était intarissable sur Internet. Sur la rapacité des compagnies de cartes de crédit, les crédits en ligne, le crédit instantané, les numéros de sécurité sociale glanés dans les fast-foods et les stations-service, en vente sur une demi-douzaine de sites Internet pour 25 dollars. Il parlait de Photoshop et de photocopieuses couleur, de documents officiels, d'icônes, d'identifiants. Et tutti quanti. Deviens qui tu veux être.

200 dollars. C'était la somme que tu recevais quand tu sortais de prison après onze mois et demi passés à couper des choux en quatre, des oignons en dés, à inhaler la puanteur du grill, des hamburgers, des hot-dogs et des steaks déshydratés réhydratés dans l'eau. La plupart de ces crétins dépensaient les 200 dollars en femmes et en came dès le premier jour, après quoi ils se retrouvaient à la rue, à tenter une arnaque après l'autre, alors que l'officier de probation n'attendait que la première occasion pour les renvoyer d'où ils venaient. Mais pas Peck, pas William Peck Wilson.

Il était retourné directement à Peterskill, au centre d'affaires sur la route 6, où les orthopédistes, les urologues et les pédiatres avaient leurs bureaux. Là se trouvaient les bennes à ordures. Il ne lui avait pas fallu plus d'une heure. En zonant furtivement comme un émigré qui ramasse des cannettes de bière pour s'acheter un salut, il avait trouvé ce qu'il cherchait : une liasse de documents médicaux mis au rebut, avec noms, adresses, dates de naissance et numéros de sécurité sociale. Ensuite, il était allé dans un bar, avait commandé un scotch et téléphoné à Dudley, l'ancien serveur du restau, parce qu'il avait besoin de deux choses : une caisse et un contact. Dudley était le gars idéal pour lui obtenir des faux papiers car il était sorti en boîte dès l'âge de seize ans dans un Etat où l'on n'avait pas le droit de consommer d'alcool avant vingt et un ans ; Peck n'avait pas eu à regretter son choix. Pour moins de la moitié de son pécule, il avait obtenu une carte de sécurité sociale et un permis de conduire, avec photo couleur, au nom d'un patient de A&O Medical. Ensuite, tout était allé comme sur des roulettes. Avec les 100 et quelques dollars qui lui restaient, il avait ouvert un compte en banque et tiré des chèques pour plusieurs achats, qu'il avait revendus en se faisant payer en liquide ; il avait pris pension dans un hôtel modeste et commandé des cartes Visa et American Express. Une fois qu'il les avait reçues, il avait pris un taxi jusqu'au concessionnaire Harley le plus proche. Il rêvait d'une Harley depuis que, enfant, il avait vu *Easy Rider* à la télé, et Sandman l'avait encouragé dans cette direction au cours de leurs excursions nocturnes imaginaires – tout un horizon s'ouvrait alors dans la pénombre, s'épanouissait comme une fleur parfaite et éclatante : la vision était si intense qu'il sentait le vent dans ses cheveux et voyait le soleil étalé comme un liquide doré sur l'asphalte.

Le concessionnaire était bouffi et boiteux ; il portait les cheveux longs et une veste Harley en cuir sur une chemise blanche brodée, ouverte sur un médaillon de course autour du cou. Il était à la masse, complètement à la masse. Peck Wilson s'était assis dans la boutique, avait signé très professionnellement de son nouveau nom tous les documents nécessaires, qui avaient resplendi de ses références impeccables ; et on lui avait préparé la moto, une Electra Glide noire avec le logo Harley, une douce flamme rouge sur le renflement du réservoir, tandis qu'ils échangeaient des remarques à la con sur le respect des limitations de vitesse et les accidents et les motards cinglés qu'ils avaient connus tous les deux. Sur quoi, il avait enjambé son affaire, mis les gaz avec un rugissement prophétique, foncé dans la rue et s'était taillé de sa ville natale. Pour ne plus jamais y revenir.

Le soleil n'était pas encore tout à fait levé mais les étoiles avaient déjà pâli à l'est et, à l'ouest, le Mont Tam demeurait invisible dans l'impénétrable bourbier de l'obscurité mêlée de brumes. Rien n'avait bougé depuis un quart d'heure, quand il avait sorti la voiture du garage à reculons pour aller au café ; alors que la lourde porte en bois se refermait derrière lui, il sortit de la Mercedes avec le plateau en carton – cette matière avec laquelle on fabrique les boîtes à œufs... comment se faisait-il qu'il ne l'avait pas remarqué plus tôt ? Posés en équilibre dans les alvéoles moulées, se trouvaient deux grands doubles *latte* et un chocolat chaud, avec une portion supplémentaire de crème, un sachet de croissants et une demi-douzaine d'éclairs qui devraient faire sombrer Madison dans un coma sucré en route. Elle était malade en voiture, ce qui serait un problème, mais Natalia avait dépensé 200 dollars en cahiers de coloriage, une ferme miniature et des vidéos pour la télé incorporée au dossier du siège avant.

Le café était brûlant, les croissants encore chauds mais, au lieu de les emporter dans l'appartement, Peck posa le plateau en carton sur le capot de la Mercedes et ouvrit la porte latérale de l'unité, à côté de celle du garage. Il resta planté là un long moment, à observer, écouter et emmagasiner une dernière fois l'odeur chargée, humide et froide de l'océan. Puis, pour se faire plaisir, il fit quelques pas rapides dans le parking, vérifiant les voitures inertes sous leur peau de rosée. Il était calme, il respirait bien, envisageait l'avenir avec optimisme, même s'il détestait devoir partir (il détestait être *contraint* de partir, il détestait ces foutus fils de putes qui se mêlaient de ce qui ne les regardait pas, venaient lui courir après et du coup chamboulaient tous ses plans). Quand il eut fait le tour du parking, il remonta toute la longueur de l'allée de gravier et la brume (que Madison appelait joliment « l'haleine de la baie ») se leva, l'enveloppa puis le relâcha.

Natalia était perchée sur l'extrémité du canapé, vêtue d'un ensemble en velours vert, bas, chaussures à talons : elle l'attendait. Elle se maquillait – car elle n'allait jamais nulle part, ne sortait même pas à l'épicerie du coin acheter un paquet de crackers sans se maquiller. Elle ne lui adressa pas un sourire. Ne leva même pas les yeux de son poudrier quand elle déclara : « Madison dort encore. »

Il posa le plateau devant elle – tel une offrande, ce que c'était. « Pas de problème. Je pourrais peut-être la porter jusqu'à la voiture et elle ne se réveillera pas avant Tahoe, qu'est-ce que tu en dis ? »

Natalia ne répondit pas. Il avait transporté ses bagages dans le coffre pendant la nuit (au petit matin, en fait), et il était épuisé. Il rêvait de l'hôtel à venir, des draps propres, du room service, du bonheur de l'anonymat, et il remarqua avec une pointe de satisfaction que les sacs de voyage neufs assortis de Natalia et de Madison attendaient sagement près de la porte. Les disputes, c'était fini : les bouderies, les querelles, les pleurs, les supplications et les exigences ; ils entraient dans une nouvelle phase. Dans quelques minutes à peine, ils seraient partis, il aurait fermé l'appartement à clef, sans jeter un regard en arrière.

« Je lui ai pris un chocolat chaud, dit-il. Celui qu'elle aime, chez le boulanger. Et des éclairs. Une gâterie. »

Natalia n'était pas regardante sur la quantité de sucre que sa fille absorbait. A ses yeux, tout ce qu'on pouvait extraire d'une société capitaliste suralimentée et obèse était bon à prendre et les éclairs n'en étaient que l'expression la plus modeste. Elle adressa un regard à Peck par-dessus son poudrier : « Oui, fit-elle doucement, légèrement amusée, dans un esprit de concilia-tion. C'est gentil. Tu es très gentil... » Il devina qu'elle avait envie de prononcer son nom, de dire « Da-na ». Mais elle se retint. Elle se pencha en avant pour ôter le couvercle en plasti-que de la tasse en polystyrène. « C'est un double *latte*?

— Les deux sont des doubles *latte*. »

Elle approcha la tasse de ses lèvres et la mousse blanche s'accrocha comme de l'écume sur le lustre cireux de son rouge à lèvres – avant que sa langue ne la dissolve. Pures satisfactions animales : sucre, crème, caféine. Il prit sa propre tasse. L'odeur du café, simultanément nostalgique et tournée vers l'avenir, emplit la pièce. « Il est très bon », conclut-elle, doigts d'une main tâtant le sac en papier du boulanger tandis qu'elle buvait lentement son café et adressait à son compagnon un sourire luisant et franc.

Ils étaient complices. Il en éprouva de la gratitude, conscient de ce qu'elle abandonnait pour lui, de sa confiance et de la foi qu'elle avait en lui, et il se jura à ce moment-là qu'il ferait tout ce qui était en son pouvoir pour lui faire honneur. S'asseyant sur le dossier du canapé, il lui caressa la joue, l'oreille, doigts pris dans ses cheveux. « C'est vrai, que je suis gentil », déclara-t-il, et il le croyait.

Le café était encore chaud au creux de son estomac quand il prit dans ses bras Madison endormie et la porta jusqu'à la voiture. Recroquevillée en position fœtale, elle suçait son pouce, cheveux tombant sur le visage dans un tourbillon soyeux ; il la prit, avec les couvertures et les draps en même temps, gros baluchon qui laissait échapper la chaleur corporelle de l'enfant, dont les pupilles erraient dans des rêves sous ses paupières : comment ne pas penser à Sukie, sa propre fille, là-bas à Peterskill, aussi éloignée de lui qu'un extraterrestre ? En déposant Madison sur la banquette arrière et en repliant les couvertures sous ses pieds nus, l'espace d'un instant, il se représenta les deux fillettes ensemble à Depew Park, à Peterskill, courant main dans la main, jambes blanches scintillant de concert dans les pissenlits et les hautes herbes ambrées.

C'était une erreur, de retourner à Peterskill, il le savait : il le savait depuis le départ. Mais c'était l'appel du sang – c'était ce qu'il connaissait – et sa fille y vivait. Sans compter Sandman. Celui-ci lui avait parlé d'une propriété à Garrison, dans les bois, avec vue sur l'Hudson, fin XIXe, pierres de taille, poutres naturelles, remodelée dans ce que Sandman appelait la mode bourgeoise ambiante et le dernier cri du plaisir du consommateur : elle lui tendait les bras, pour 5 500 dollars par mois avec option d'achat ; Sandman participait au dépôt de garantie et s'occupait de convaincre les propriétaires, qui partaient prendre leur retraite en Floride mais n'étaient pas encore cent pour cent certains de vouloir quitter leur demeure sans possibilité de retour ; le chèque de crédit était rédigé et les documents attendaient que Bridger Martin débarque en ville et y appose sa signature. C'était parfait : après avoir vagabondé dans tout le pays lors de longues vacances, ce serait un soulagement de rentrer chez soi et de repartir de zéro : le fait est que les écoles étaient excellentes et Natalia pourrait faire son shopping à Manhattan jusqu'à en mourir. Il ne revisiterait pas ses vieux repères, il ne souhaitait rencontrer personne, pas même sa mère, *surtout* pas elle. Ou Gina. Il ne faudrait pas que les gens se mettent à l'appeler Peck, plus maintenant. Il y avait bien Garrison, la ville la plus proche, en direction du nord, mais sans doute passerait-il, de toute façon, le plus clair de son temps à New York; quant à Sukie, il suffirait de remettre l'avocat sur le coup et d'obtenir en douce un droit de visite le dimanche. Pour elle, il n'était que *papa*, ni Peck ni Dana ni Frank ni Bridger, simplement *papa*, et tout le monde serait content. Ou bien n'était-ce qu'une fiction ? Peut-être les flics viendraient-ils le cueillir au McDonald : pourquoi Gina ne le trahirait-elle pas, pourquoi *la mère* de Gina ne le trahirait-elle pas ?

« Tu es prête ? » Natalia se glissa sur le siège passager. Elle portait une visière rose avec un logo de designer, qui avait dû coûter, au bas mot, 50 dollars. Quand elle vit qu'il le regardait, elle s'expliqua : « Pour le voyage. Contre le soleil. Le soleil tape fort à Las Vegas, non ?

— Ouais, répondit-il, distrait. Ouais. Bien pensé. » Il appuya sur la commande à distance de la porte du garage, que la lumière pâle de l'aube envahit alors. Il songea à ce qu'ils laissaient derrière, à tout son matériel de cuisine (couteaux, poêles, four à convection, micro-ondes neuf) qui occuperait sa place habituelle jusqu'à ce que l'appartement soit vendu, et à tout ce dont les nouveaux propriétaires ne voudraient pas ou dont ils ne pourraient se servir et qui serait mis au rebut. Sans regret, se dit-il en allumant le moteur : celui d'une des plus belles voitures du monde, de toute l'histoire de l'automobile. Il fit marche arrière dans l'aurore.

Ce qu'il ne remarqua pas, ce qu'il manqua de voir parce que son esprit était encore à l'étage, à vagabonder dans les pièces vides de l'appartement, autour des objets négligeables qu'ils avaient accumulés et laissés dans leur sillage, ce qu'il ne remarqua pas, c'est la Jetta noire qui les suivait.

3

IL s'était endormi, impossible de résister, il était aussi crevé
que s'il s'était shooté et, quand il se réveilla, il avait la joue
contre la vitre et Dana était accrochée à lui comme des
habits de rechange, rythme de sa respiration synchrone avec le
sien. Il nota un soupçon de grise infusion de lumière. Rien ne
bougeait. La lampe jaune à l'extrémité du parking était floue,
perchée quelque part dans l'espace proche, alors que la brume
effaçait tout le reste. Son bras gauche était ankylosé parce qu'il
s'était appuyé dessus en dormant, et sa chemise mouillée lui
collait à la peau : le prix à payer pour dormir dans une voiture!
L'habitacle sentait le renfermé, comme s'ils y vivaient depuis
des mois. Il réfléchit à ça, aux effluves de l'enfermement;
pendant un moment, il ferma les yeux, et la voiture fut un
bathyscaphe suspendu au-dessus d'un gouffre dans les canyons
ombreux de l'océan, au milieu des formes contournées des
poissons des profondeurs, loups et cœlacanthes, qui défilaient
en un ballet incessant. Ensuite, rouvrant les yeux sur le néant,
sur la grisaille suintante, il pensa – seulement alors – à vérifier
l'heure à sa montre.

Lentement, avec des précautions exagérées (pas besoin de
réveiller Dana aussi tôt), il extirpa son bras ankylosé et revit
surgir son poignet. Il ne fut pas surpris de découvrir qu'il n'était

pas encore tout à fait six heures : heure effroyable, qu'il fréquentait au plus deux ou trois fois l'an quand il perdait la tête à faire la fête avec Deet-Deet ou Pixel et sombrait dans la vieille et inéluctable transe vidéo. Il ressentit pourtant un infime chatouillement d'irritation parce qu'il n'était pas douillettement installé dans un lit, dans un motel, à dormir jusqu'à midi, midi au moins. La veille au soir, il aurait préféré jeter l'éponge : ils s'étaient trompés d'appart ; le gars avait déménagé ; il était mort ; il dérivait dans l'espace intersidéral. Mais Dana avait insisté. Décidé à trouver un endroit où manger et un motel avec le câble, il manœuvrait déjà la voiture pour sortir du parking, lorsqu'elle brandit le dossier dans lequel se trouvaient la déclaration sous serment du tribunal de San Roque, les fax du rapport de police et la photo du suspect. « Ces papiers nous suffisent, dit-elle, venimeuse. Il n'y a qu'à les montrer à la police et on le tient !

— Je suis d'accord mais, d'abord, nous devons le trouver », répliqua-t-il, exaspéré. Du moins avait-il tourné le visage vers elle pour qu'elle puisse tout de même lire sur ses lèvres. « Et quand on l'aura trouvé, qu'est-ce qu'on fera ? Où sont les flics ? Tu crois qu'ils passeront par là juste au bon moment ?

— Je compose le 911 dès que je le vois. Je compose le 911 et je dis que je suis témoin d'une effraction, qu'un appartement est en train d'être cambriolé, d'accord ? Un cambriolage est en cours.

— Et ensuite ?

— Alors, je leur montre ça – la chemise. Parce que... c'est un crime, non ? En cours ? N'est-ce pas ? »

A ce moment-là, ils roulaient déjà sur l'avenue ; les phares des voitures venant en sens inverse illuminaient régulièrement le visage de Dana et il crut la voir pour la première fois. L'espace d'un instant, il se sentit glisser dans la nostalgie, dans la tendresse – elle ne lui avait jamais paru plus belle, les yeux baignés de lumière, les lèvres entrouvertes pour déverser sa rhétorique, le front haut et lumineux sous la splendeur des cheveux, tel un cadeau enveloppé dans un paquet – mais il résista à tout cela. Il avait faim, il était fatigué. Il cherchait un endroit où se restaurer, rien de flambant, un fast-food, n'importe quel bouiboui. Elle avait raison, bien sûr, mais il n'était pas encore prêt à l'admettre, pas avant de s'être calé l'estomac, en tout cas.

« Qu'est-ce que tu fais ? demanda-t-elle. Tu abandonnes ? »

Bridger aperçut un fast-food sur le trottoir gauche ; il mit son clignotant et accéléra pour se faufiler dans le parking avant qu'un prochain flot de voitures arrive d'en face. D'un seul mouvement, il traversa la chaussée et entra dans le parking, immobilisa la voiture, mit le frein à main et se retourna vers sa compagne. « Non, dit-il, je n'abandonne rien du tout. J'ai faim, c'est tout. La journée a été longue, tu ne trouves pas ? On pourrait se reposer ici pendant une demi-heure, prendre un Big Mac et un truc au poisson... tant pis pour les calories, tant pis pour le cholestérol et les triglycérides. On va se goinfrer, pour une fois, et comme ça on pourra réfléchir à un plan d'action, d'accord ? Parce que nous touchons au but, je le sais, tu as raison, et nous pouvons coincer ce con, absolument, mais on prend une minute pour récupérer, d'accord ? Et bouffer ! »

Il ignorait si elle avait saisi son monologue de A à Z (il était impossible de vraiment savoir avec elle, mais il exerçait toujours un grand contrôle sur ses lèvres, sa langue, et il aimait à croire qu'elles communiquaient bien. C'était le cas à ce moment-là. Ils restèrent assis un moment sous les néons jaune et rouge du McDo. Il observa Dana quand elle rejeta ses cheveux en arrière avec un mouvement vif du menton. Elle plissa les yeux. Elle parla tout bas, si bas qu'on aurait cru qu'elle venait de recevoir un coup au ventre. « Elle mentait, tu sais... »

Ils étaient donc retournés s'embusquer.

Après avoir fait le plein de triglycérides, de nitrates et de sucre, Dana était tellement sur le qui-vive qu'elle ne tenait pas en place ; Bridger commanda et paya, et elle le regarda comme elle aurait regardé un pédophile quand il lui dit qu'il allait aux toilettes (*Et si on le manque ?* dit-elle en langue des signes. *Et s'il rentre chez lui juste maintenant ? A cet instant précis ?*) Dans la voiture, le sachet en papier kraft sur les genoux, son sandwich au poisson encore inentamé, elle n'arrêta pas de répéter : « Tu sais qu'il est là, tu le sais, hein... ou bien, où qu'il soit, il va revenir, et nous devons rester planqués ici toute la nuit, et toute la journée de demain, toute la semaine s'il le faut ; nous devons garder les jumelles braquées sur ses fenêtres jusqu'à ce que nous l'ayons localisé et soyons certains que c'est lui. "L'identification positive", c'est pas comme ça que ça s'appelle ? Et le tour sera joué. Nous l'aurons identifié, il sera "cuit" » (une de ses expressions préférées).

Mais ils ne l'avaient pas vu. Les rideaux étaient tirés quand ils étaient rentrés (alors qu'ils n'avaient pas été absents plus d'une demi-heure, trois quarts d'heure), et ils étaient restés tirés toute la nuit, même si les lumières avaient brillé longtemps, très tard dans la nuit. Si tard qu'elles furent la dernière chose que Bridger se rappela, gravée dans sa conscience de l'instant, comme l'image récurrente de toute une flopée de flashes qui éclatent tous en même temps. Il leva les yeux. La brume enfla, dériva, se compressa et se dispersa. Les voitures n'étaient que des bosses sombres, les arbres gommés. Légèrement plus haut et à quelque distance d'eux, au milieu des ténèbres d'une entité plus vaste, il y avait de la lumière dans les rectangles parfaits des fenêtres de Frank Calabrese.

Quand, finalement, la porte du garage devint visible à la lumière de la fenêtre et que, soudain, elle se releva dans une lévitation silencieuse pour révéler les feux arrière de la voiture qui reluisait là comme un affront visuel, Bridger crut rêver. C'était un trompe-l'œil, la surface plane de la porte là un instant, effacée l'instant d'après. Avait-il la berlue ? Non, c'était bien l'arrière d'une voiture, une Mercedes, plaques temporaires, fumée filtrant du pot d'échappement avant de se fondre rapidement dans la nappe de brume, et puis le double clignotement des feux de recul – et voilà qu'elle bougeait, reculait. Bridger donna un coup de coude à Dana. Il lui donna une petite tape et lui prit le visage entre les deux mains, manipula le pivot de son cou délicat, tel un instrument qu'il aurait découvert et calibré, comme s'il lui avait appartenu : *Regarde*, dit-il, *regarde*.

Les cheveux ébouriffés de Dana, ses yeux bouffis, l'âcreté du sommeil sur son haleine : rien de tout cela n'importait. Elle fut là, instantanément – remontée tout à coup des profondeurs – avec lui. Tout son corps se tendit; elle se tint toute droite, fixa la brume, bouche ouverte tellement elle était concentrée. Et puis, instinctivement, elle s'enfonça dans son siège et ses mains agrippèrent Bridger, le forcèrent à se baisser lui aussi, sa voix s'émoussa, perdit de sa netteté, forcée de parler avant d'être prête. « C'est lui ! »

La Mercedes était sortie du garage, roues arrière virant vers la gauche tandis que le conducteur braquait; cette silhouette au volant, indistincte derrière le pare-brise et les lambeaux de brume : était-ce un homme? Bridger était médusé. Il s'était tellement baissé qu'il avait le menton à la hauteur de l'accoudoir, en proie à une montée d'adrénaline parce qu'il jouait à cache-cache. La Mercedes rétablit son cours et descendit l'allée dans le silence des petites heures du jour et voilà qu'il apparut, lui – aucun doute : l'usurpateur d'identité, ce fils de pute, menton en avant, regard rivé sur la chaussée, et, à ses côtés, sa femme, la menteuse. Bridger resta médusé en observant la barre de feux arrière monter et descendre au passage des dos d'âne, avant que Dana pose sa main sur son poignet et, parlant en libérant trop d'air dans sa précipitation, scande « Dé-mar-re ! Dé-mar-re ! »

Déjà les feux arrière de la Mercedes disparaissaient dans la brume. La main de Bridger trembla sur le contact. Une, deux fois, puis le moteur démarra et Bridger passa la marche arrière avec un geste saccadé, recula avec un bond, amena la Jetta jusqu'à l'allée, manipulant le volant tout en tâtonnant pour allumer les phares – mais la main de Dana le retint, et son visage apparut dans son champ de vision : « Non, non, pas de phares, pas de phares ! »

Il n'y avait pas de circulation et c'était tant mieux parce que Bridger se concentrait tellement sur les feux arrière de la Mercedes qu'il ne vérifia même pas s'il n'arrivait pas une voiture lorsqu'il déboucha sur l'avenue. Il accéléra. Les roues dérapèrent avant d'accrocher le bitume avec un bruit de stridulation, et puis il reconnut la sensation familière qu'on éprouve quand on est propulsé vers l'avant : l'expérience de la pesanteur, une soudaine lourdeur de la peau. Deux points rouges. Il avait pris en chasse deux points rouges. La nappe de brume se déchira, bondit, oscilla, perdit sa substance avant de se reconstituer. Bridger avait du mal à estimer où se trouvait le bas-côté, où se trouvait le fossé : ce serait quelque chose, ça oui, de sortir de la chaussée, d'exploser un pneu, de bousiller un essieu, de se prendre un arbre : toute une forêt ! Dana parla, prononça des mots déformés par l'excitation, et ses mains bougèrent, sémaphore pris de frénésie, mais c'est tout juste s'il pouvait rouler, sans phares, guidé par les deux points rouges et rien d'autre.

Un grand tournant vers la droite, puis un autre, en épingle à cheveux, vers la gauche : les lumières disparurent pour reparaître presque aussitôt. « Pas trop près ! » s'exclama Dana, oui, c'était ça : « Pas trop près ! »

Quand il répondit, sa voix était étranglée par la tension et il fut surpris par son ton abrupt, claquement rapide et relâchement : « Je ne suis pas trop près, merde. Tu me prends pour qui ? » Puis, le volant glissant sous la pression de ses doigts blancs agrippés dessus : « Je n'y vois que dalle. Merde. Bordel. Tu veux te retrouver dans le fossé ? »

Or, soudain, les feux arrière se dilatèrent, là, là juste devant et il appuya sur le frein : un stop, un stop émergeait, brouillé, de la brume, et le voleur à la Mercedes respecta le code de la route, marqua un temps d'arrêt alors qu'il ne venait pas une seule voiture : Dana, qui n'avait pas mis sa ceinture de sécurité, fut projetée en avant comme un sac à provisions. En heurtant le pare-brise, sa tête fit un bruit de tonnerre, comme une explosion. Bridger s'entendit lâcher un juron en pilant sur la chaussée alourdie de brouillard. La voiture fit un tête à queue en travers de l'avenue, alors que les feux arrière de la Mercedes avançaient, s'amenuisaient. Bridger aurait voulu demander à Dana « Ça va ? » – mais elle ne l'aurait pas entendu.

Au moins, ils roulaient. Ils étaient sur la route, sur la mauvaise voie, peut-être, mais sur la route. Il tourna les yeux vers Dana et vit le sang, juste sous la naissance des cheveux, une blessure fraîche et humide. Dana, qui se tapotait le front avec les paumes des mains, de sorte qu'il ne put voir ses yeux et pas davantage la blessure, lâcha d'un trait : « Roule ! »

La circulation était plus dense, les voitures poussées sur des chaînes de lumière avançaient comme des sous-marins dans une mer reconfigurée. Le volant lui pesait dans les mains. Il entendait le sifflement étouffé des pneus, son cœur continuait de battre à toute vitesse, une paire de phares anti-brouillard brillait dans le rétroviseur. La Mercedes était juste devant. Il avait déjà dû demander vingt fois à Dana si elle allait bien : voulait-elle consulter un médecin, fallait-il l'emmener à l'hôpital ? Les yeux rivés sur l'arrière de la Mercedes, elle ne le regardait même pas. Elle avait attaché sa ceinture et sorti de son sac un t-shirt avec lequel elle se tamponnait le crâne ; quand il lui jetait un coup d'œil, il ne voyait que le t-shirt, qui n'était plus blanc. Sur le pare-brise, à l'endroit de l'impact, s'était formé un fin réseau étoilé de rayons de lumière prismatique émanant de son centre. Retirant une main du volant, Bridger tira le genou de Dana jusqu'à ce qu'elle se tourne vers lui. « Tu saignes, dit-il. Ton t-shirt est plein de sang. »

La voix de sa passagère flotta vers lui comme si elle lui parvenait de très loin. Les pneus sifflaient. Les essuie-glaces battaient la mesure. « Ce n'est rien. Une bosse, rien de plus.

— Une bosse? Tu ne m'as pas compris. Tu saignes.

— On ne peut pas s'arrêter maintenant », répliqua-t-elle en se détournant. Et d'en rester là. Fin de la conversation. Pendant un moment, ils gardèrent le silence; des voitures émergeaient des ténèbres, l'imposant dôme d'un camion à remorque de Safeway arriva en sens inverse, feux de détresse allumés. Puis voilà que, sans crier gare, les mains de Dana s'animèrent, elle fit des mouvements de cinglée. Bridger lui jeta un coup d'œil : elle avait retiré le t-shirt de la plaie et il vit sur son front l'entaille comme une bouche, écarlate, à vif. « Regarde, regarde, dit-elle, de sorte que Bridger se tourna de nouveau vers la chaussée. Regarde, il a mis son clignotant. Il va prendre l'autoroute. »

Le volant était en plomb, il était en béton, il pesait plus lourd que la voiture, mais Bridger réussit à manœuvrer et suivit la Mercedes sur la voie d'accès puis sur la 101, direction nord, et l'autoroute s'ouvrit à eux, convoi chancelant et saccadé des camions, flèches ardentes des pick-up et des voitures fonçant vers quelque cible invisible au loin. « Eureka, s'exclama Dana, la voix chargée d'excitation. Il va à Eureka. Ou dans l'Oregon.

— Ouais, peut-être, fit Bridger en ralentissant pour laisser un pick-up bleu tout cabossé s'insérer entre lui et la Mercedes.

— Il quitte la ville. Il prend la fuite. »

Vraiment? L'avaient-ils atteint? Lui avaient-ils flanqué la frousse?

Aussi excité que sa compagne, Bridger se sentit capable de tout : il était le Kade et ce gars, ce méchant, était un simple figurant avec un masque de lézard, jetable, un rien du tout. Il grinça des dents, s'agrippa au volant. Cette fois, faux frère, jurat-il en son for intérieur, c'est toi qui vas en taule, et on verra si tu apprécies. Mais quel était leur plan? Devaient-ils appeler la police? Son esprit fusait. Que dirait-il au standard? Qu'un criminel en vadrouille avait usurpé l'identité de quelqu'un, l'identité de Dana, l'identité d'une jeune femme, d'une sourde : et que cet individu était là devant eux, qu'il roulait dans une Mercedes avec une plaque temporaire? Qu'il prenait la fuite? Mais de quelles preuves disposaient-ils? Il leur faudrait être là quand il serait interpellé car, dans le cas contraire, les flics le laisseraient partir : on ne pouvait même pas lui reprocher un excès de vitesse. Ce gars, dont Bridger réussissait tout juste à distinguer la silhouette à travers la vitre arrière du pick-up et les écrans intermédiaires de son pare-brise et de la fenêtre arrière inclinée de la Mercedes, ce gars conduisait comme s'il se rendait à l'église. Peut-être y allait-il, d'ailleurs. Peut-être sortirait-il de l'autoroute afin de poursuivre sa lente progression vers une énorme cathédrale de stuc et de verre : alors, ils le suivraient et demanderaient aux flics de l'interpeller quand il se serait age-nouillé pour purifier son âme. Quelle ironie! Parce que c'était bien lui, sans l'ombre d'un doute. Et tant qu'ils ne le perdaient pas de vue, il n'avait plus une chance de s'en sortir.

« Ouais, dit Bridger (mais il parla tout seul parce que Dana ne le regardait pas). Peut-être. »

Avant qu'il ait eu le temps de réfléchir, avant qu'il ait pu aligner deux pensées consécutives, la Mercedes obliqua vers Sir Francis Drake et la 580, en direction de Richmond Bridge. Le pick-up bleu suivit et Bridger ralentit dans le brouillard qui commençait à se dissiper; la Mercedes prit de la vitesse. « Appelle les flics, cria Dana, appelle les flics. » Mais Bridger mit son clignotant, changea de voie et accéléra pour ne pas se faire semer, tout en prenant soin de ne pas attirer l'attention. La Mercedes les distança en un instant. « Pas encore, dit-il. Nous devons d'abord savoir où il va, parce que, où qu'il aille, il faudra qu'on y soit aussi. »

Ce n'est qu'après lui avoir emboîté le pas sur la I-80, direction Sacramento vers l'est, que Bridger songea à vérifier la jauge : là, devant lui, ce simple continuum de vide à plein, la différence entre rouler et rester en plan. D'abord, il ne saisit pas : il fonctionnait au ralenti, il n'était pas concentré, il ne songeait pas au carburant parce que le carburant, c'était un fait acquis. Il lui fallut donc un bon moment, et une nouvelle montée d'adrénaline, pour comprendre que l'aiguille pointait tout en bas à gauche; au moment même où il le regardait, le voyant se mit à clignoter. Vide! Il n'en crut pas ses yeux. Il en fut outré. Sa première réaction fut de trouver un coupable : Dana. Qui avait utilisé la voiture en dernier? Le réservoir vide! Lui-même faisait toujours attention à ce que son réservoir soit à moitié plein. Toujours. Mais, le cœur palpitant, il se contenta de freiner et s'entendit crier : « Vite, passe-moi ton portable! »

Il fonça pour remonter à la hauteur de la Mercedes, avant de lâcher l'accélérateur : il eut le temps de distinguer la nuque du voleur, son profil des plus communs, l'expression benoîte sous la coupe Mr. Dernier cri, ses épaules et, en second plan, la longue frange dansante de sa femme lorsqu'elle se pencha en avant pour régler l'autoradio. Bridger dut attraper le bras de Dana parce qu'elle ne le regardait pas. « Ton portable! Vite, ton portable! » Il était repassé derrière la Mercedes, sur une autre voie, il perdait du terrain, il dérivait, laissant une Toyota argentée s'interposer entre la Mercedes et lui, voyant lumineux de la jauge perçant le tableau de bord avec son incandescence. Alors seulement Dana posa le portable dans sa main et il composa le 911.

On décrocha à la première sonnerie et une voix de femme dit : « 911, veuillez patienter, s'il vous plaît.

— Non », cria-t-il, mais la liaison ne répercuta plus que l'électricité statique, l'aiguille resta en bas et l'usurpateur roulait sur la voie du milieu comme si elle avait été financée, tracée, goudronnée, marquages exécutés pour son usage exclusif. Un panneau indiquait qu'on approchait d'une aire de service Chevron et Bridger ne savait que faire. Dana l'observait, yeux écarquillés par l'excitation, un mince filet de sang coulant de la blessure désormais noire à la naissance des cheveux. « Qu'ont-ils répondu ?

— En attente, hurla-t-il. Elle m'a mis en attente et nous devons faire le plein. Tu n'as pas... »

« 911. » La voix était revenue. « Quelle est votre urgence ?

— Un voleur. » Il continua de crier, c'était plus fort que lui. « Un vol. Un vol d'identité. Il... il a volé l'identité de mon amie, l'identité de ma fiancée, nous le voyons d'où nous sommes, nous... »

La voix de Dana, grimpant dans son registre le plus aigu, dépassa la sienne en puissance : « Une Mercedes rouge. Dis-leur : une Mercedes rouge !

— Quelle est votre situation ? »

D'abord, il ne comprit pas la question. Quelle situation ? « Nous sommes en voiture. Sur l'autoroute, la I-80 et il... nous allons tomber en panne d'essence...

— Vous allez tomber en panne d'essence ?

— Oui, et il...

— Monsieur, c'est une ligne d'urgences ici, je suis désolée. Vous allez devoir raccrocher immédiatement. »

La ligne fut coupée et Bridger venait de manquer la sortie de l'aire de service. Une pensée folle lui traversa l'esprit : pousser la Mercedes dans le fossé. Il avait vu ça au cinéma, dans des dizaines de films, mais il n'y avait personne pour masquer les fils ici, et le sang que Dana avait au front était réel. « Ta jauge, elle est fiable ? demanda-t-il, lui flanquant le portable dans la main. On peut encore rouler pendant combien de temps ? Le signal clignote quand il n'y a plus du tout de carburant ou est-ce qu'il en reste assez pour rouler pendant vingt ou trente kilomètres ? Tu le sais ?

— Quoi ? »

Il répéta sa question lentement, et elle répondit : « La jauge du carburant? »

Il fit oui de la tête.

Elle se penchait vers lui pour voir la jauge, se faire une idée, quand la Mercedes se rabattit subitement sur leur voie. Bridger fut tellement surpris qu'il manqua lâcher le volant. Le voleur les avait-il vus? C'était ça? Il appuya plusieurs fois sur la pédale du frein, ralentit jusqu'à ce que l'automobiliste derrière lui le dépasse. Mais non, le voleur ne regardait pas dans son rétroviseur, il ne faisait rien de particulier, il regardait droit devant et, de temps en temps, se tournait vers sa femme; sans doute bavardaient-ils. Il ne se doutait de rien. Aucun souci. Tout allait donc bien. Jusqu'à ce qu'ils tombent en panne sèche.

Cela le prit presque par surprise : il s'attendait à un miracle, multiplication des pains et des poissons, huile de Hanoukkah, le bien triomphant du mal contre toute attente. La voiture parut tanguer, comme si une bourrasque s'était abattue sur la chaussée, pour la remettre en place l'instant d'après, puis le moteur s'étrangla, cessa tout bonnement de tourner et Bridger, impuissant comme un seigneur des lézards de Drex III, dut s'arrêter sur la bande d'urgence.

Pendant un moment, il garda les mains sur le volant : elles tremblaient. A côté de lui, genoux remontés jusqu'au menton comme si elle voulait se protéger d'une force invisible, Dana lui lança un long regard qui le traversa de part en part. Incrédulité en partie – il la partageait. Déception, tristesse. Et puis autre chose, aussi : le dégoût. Elle avait l'air dégoûté. De lui. Il ne put réprimer un bref mouvement de colère. « Quoi? Qu'est-ce qu'il y a? Tu veux que je sorte de la voiture et que je lui coure après? »

Il s'était formé une croûte sur la coupure qu'elle avait au front, un bleu jaune enflait sous une médaille irrégulière de sang séché. Elle fendit l'air avec les mains : *Non, je veux que tu*

241

ailles chercher de l'essence. Et de désigner un bâtiment assez près, dans une rue parallèle à l'autoroute : une station-service Shell. A quelle distance ? Trois cents mètres ?

Bien qu'il eût déjà ouvert la portière (il courait quasiment déjà), il ne put s'empêcher de lui répondre, parce qu'il était aussi tendu et furieux qu'elle : comment osait-elle tout lui mettre sur le dos, comme si cette histoire était de son fait, comme s'il avait été responsable de la maintenance de la voiture, alors que ce n'était même pas la sienne ! « A quoi ça sert ? dit-il tout fort. Tu crois qu'il s'est arrêté pour nous attendre ? Tu crois qu'on a une chance de le rattraper ? Hein ? Tu crois ça ? »

Un camion passa dans un vacarme infernal, avalant tout l'air alentour, et la Jetta trembla sur ses suspensions. Le visage de Dana se tordit. Ses mains virevoltèrent méchamment et elle parla avec virulence en même temps : « Merde, merde, merde, merde ! Grouille-toi, idiot, crétin… » Mais il était déjà parti, la portière avait claqué derrière lui, et il n'avait pas fait dix mètres qu'il se mettait à courir, en rage comme il ne l'avait jamais été de toute sa vie, d'humeur meurtrière, fou, et content, cependant, de n'être plus enfermé dans la voiture avec Dana.

Tout ça, ce fiasco, leur coûta vingt minutes, peut-être une demi-heure, il n'aurait su dire. Il retourna à la voiture au pas de course, chargé d'un jerrycan aussi lourd et peu maniable qu'un boulet de canon ; puis il laissa une odeur de caoutchouc brûlé sur la portion de l'autoroute jusqu'à la prochaine sortie, qu'il emprunta pour revenir en arrière et faire le plein ; il dut demander à Dana qu'elle paie parce qu'il n'avait jamais d'argent sur lui et que le pompiste refusa de prendre sa carte – et il n'était pas d'humeur à s'engueuler avec lui. Sur quoi, sans en discuter, sans débattre pour savoir s'ils devraient appeler les flics, leur décrire la Mercedes, emplir un formulaire, aller à l'hôpital vérifier si Dana avait besoin de points de suture, sans prendre de petit déjeuner, se sustenter, manger du bacon, des œufs, du Tabasco, boire un café, bon sang!, les voilà qui bombaient sur l'autoroute, en vain, désespérés, et la Jetta vibra à peine quand il atteignit les 150.

Ils gardèrent le silence. Il se sentait étrangement calme, au-dessus des lois, hors de portée des automobilistes lambda dans leur tape-cul, leur berline, leur décapotable ou leur pick-up quand il les dépassait et qu'ils lui lançaient un coup d'œil surpris et scandalisé en le voyant slalomer, le pied sur le champignon. Le ciel s'était dégagé, le soleil rebondissait sur les capots de la longue file de véhicules qui s'étirait à l'infini, agrémenté sur le bas-côté (un flou de végétation or brun) par les éclats intermittents de cannettes en aluminium qui gisaient dans l'herbe. Il transpirait. Laissant glisser ses doigts sur le volant, à l'affût de ses moindres variations, il le manipulait avec la même finesse et l'excellente coordination main-vision que quand il jouait à la Playstation – mais à quel jeu jouait-il à présent?

Vingt minutes à ce régime, vingt minutes après qu'il eut mis le pied au plancher, Dana ouvrit enfin la bouche pour la première fois depuis qu'ils avaient quitté la station-service : « Prends cette sortie, la US 50, direction Lake Tahoe. C'est là qu'il va, je le sais, je le sens. Ralentis, ralentis! »

Pourquoi irait-il à Tahoe? Il prenait la fuite, il avait emprunté la I-80, il filait vers l'est : de toute évidence, sa destination, c'était New York. Où il se perdrait dans la foule. Où il pourrait leur échapper. Ils étaient allés chez lui, ils avaient frappé à sa porte, et maintenant il fuyait. « Tu dérailles », dit-il.

Le visage de Dana flottait là, à quelques centimètres du sien, et il était clair qu'elle n'avait rien à faire de la raison, de la logique, et même de la probabilité. « Fais ce que je te dis.

— Merde, et pourquoi pas demander à une voyante?

— Fais ce que je te dis. »

Quand il lâcha la pédale de l'accélérateur, ils eurent l'impression qu'ils avaient jusque-là été en suspension à dix mètres au-dessus du macadam et qu'ils atterrissaient tout à coup. Tout sembla aller au ralenti. Des voitures se mirent à les doubler. Appels de phares. Les visages redevinrent des visages derrière les vitres. Il roulait sur l'autoroute, il s'en apercevait maintenant, soleil dans les yeux, pneus clapotant, clim lui soufflant au visage. Un 4 × 4 glissa sur la gauche et deux gamins, frère et sœur, lui firent coucou de la fenêtre arrière tandis que leur chien (une espèce de terrier dont on aurait dit qu'il portait une fausse moustache) se dressa entre eux deux. Et puis, sans comprendre pourquoi, il se fondit dans le flot de la circulation qui se dirigeait vers Tahoe.

Était-ce la chance, le destin ? La suave harmonie de la musique des sphères ? Il n'aurait su le dire mais, toute sa vie, il se rappellerait cet instant-là : quand ils parvinrent à la première sortie, là, comme un fait exprès, devant un snack routier avec une pancarte À VENDRE était garée une Mercedes lie de vin, plaque d'immatriculation temporaire.

4

MADISON dormit pendant tout le trajet jusqu'à Sacramento : San Quentin, la traversée du pont, Richmond, Vallejo, Cordelia, Vacaville... Le chocolat chaud avait refroidi, elle n'avait pas touché aux éclairs. Pour ne pas la réveiller, il n'avait pas poussé à fond le volume de la musique (un mix de reggae qu'il avait téléchargé lui-même, surtout du Bob Marley, construit autour de versions live ou enregistrées au studio de Rebel Music, qu'il ne se lassait jamais d'écouter) : c'était un vrai sacrifice parce qu'il se sentait léger, libéré, au septième ciel et il aurait vraiment aimé que ses haut-parleurs Bose haut de gamme s'envolent avec lui. Mais Madison endormie était cent fois préférable à Madison éveillée et il se restreignit. Et même s'il mourait d'envie de pousser la voiture à fond, de voir ce qu'elle avait sous le capot, il resta sur la voie du milieu, sans dépasser le 110, parce qu'il y aurait quantité de routes dégagées sur le chemin de Vegas et dans les hauts plateaux quand ils rouleraient vers l'est. Pendant un moment, il imagina un instantané à venir : nuages frangés de violet accrochés aux griffes des cheminées des fées et aux monts d'une sécheresse inouïe, Natalia endormie, la tête sur ses genoux et Madison tranquille à l'arrière, tandis que le reggae emplirait l'habitacle et que les chevaux rugiraient à l'unisson, débridés sous le capot. Qui est donc cet homme masqué? Ça, est-ce un avion ou tout simplement le tonnerre?

Il se sentait bien. Mieux que bien. Il posa une main sur la cuisse de Natalia, là où la jupe recouvrait la soie foncée de ses bas. « Tu sais ce que j'ai envie de faire, dès que nous arriverons là-bas? »

Elle lisait une revue, cheveux épais et luisants, visage expressif. « Ce que tu as toujours envie de faire? fit-elle en lui lançant un regard séducteur, de biais.

— Ça, ce sera pour après. » Il fit glisser sa main et lui pinça le genou. « Non, je veux aller direct à la piscine, au hammam et au sauna, pour transpirer un peu, et puis me faire faire un massage, un massage double, toi et moi. Qu'est-ce que tu en dis? »

Le sourire de Natalia lui fut réservé, exclusivement : la découpe nette et parfaite de ses lèvres, à peine lourdes, légèrement rentrées vers l'intérieur, invitation pure à la luxure. « On ne mangera pas avant?

— Et des cocktails aussi, dit-il, la précédant, des cocktails à sept heures, peut-être même une piña colada ou un verre dans le salon de massage, et puis dîner en habit de soirée, le meilleur hôtel en ville. Après, on ira à Stateline pour s'asseoir aux tables de black-jack.

— Et Madison? Qu'est-ce qu'on fait de Madison? »

Un coup d'œil dans le rétroviseur : un pick-up, une demi-douzaine de voitures derrière, réparties sur les voies, un gros 18-roues blanc cassé qui se préparait à les dépasser. « Oh, merde... tant pis, on la foutra devant une montagne de vidéos et on prendra une baby-sitter à l'hôtel. On a quelque chose à fêter, non! Au diable l'avarice. On est en vacances, *baby*, et elles dureront autant que tu le souhaiteras...

— C'est ça – le sourire commença à s'estomper malgré l'effort que Natalia fournissait pour le conserver intact. La fin des vacances, ce sera quand nous arriverons dans nouvelle maison, oui, maison dans la forêt, maison pour nous tout seuls... et quand Madison sera inscrite dans nouvelle école. A ce moment-là, les vacances seront terminées. » Elle marqua une pause, jeta un coup d'œil à la route et parla au pare-brise : « C'est belle maison, n'est-ce pas ?

— Tu as vu les photos. Tu plaisantes ! C'est la classe, la grande classe. Un hectare de terrain. Piscine. Bar intégré.

— Mieux que l'appartement ?

— Tu plaisantes ? C'est une grande propriété.

— Et l'option d'achat ? » Il observa ses lèvres lorsqu'elle formait les mots ; elle mettait toujours le cap sur le point capital – infailliblement : « Tu signeras si la maison me plaît, oui ? A mon nom, aussi. »

Elle prenait un pari et il ne pouvait guère lui en vouloir. Cela ne le gênait pas. Sûr, pourquoi pas ? De toute manière, il lui faudrait faire fructifier le profit réalisé sur l'appartement, il avait plusieurs affaires en cours, le plan que Sandman avait conçu pour lui, et il pourrait avoir de la chance au jeu – en fait, il *savait* qu'il allait avoir de la chance au jeu. Il ressentait le mouvement, sa trajectoire, toujours plus haut, toujours plus haut. Il ne pouvait pas perdre. Restait la voiture. Il s'en débarrasserait, il en prendrait une autre, non, deux : une nouvelle Z4 pour Natalia et une autre pour lui, mais pas une Mustang – et pas une Harley non plus. « Bien sûr, ouais, pas de problème. Tu vas adorer faire ton shopping là-bas : il n'y a pas deux endroits comme Manhattan dans le monde.

— Même pas Jaroslaw ?

— Ça, je ne sais pas... C'est cette ville de vingt millions d'habitants où Bergdorf, Macy, Tiffany et le Diamond District ont tous pignon sur rue, je ne me trompe pas ? »

Natalia sourit et hocha la tête. « Je ne crois pas, non. »

« Grand Central ? L'Empire State Building ? Le Cirque, Babbo et l'Oyster Bar ?

— Non, dit-elle, remuant si fort la tête que sa coiffure se

dénoua et que ses cheveux se promenèrent de droite et de gauche. Pas sûr! »

Il adorait ce genre de badinage, il adorait la voir de cette humeur : son énergie finaude, d'un bloc, qui la reliait au moment présent, tout sourire, souple, belle. Et satisfaite. Satisfaite, pour une fois. Il sentit sa queue se raidir. Il la voulait au lit.

« Dis-moi tout sur Bergdorf », demanda-t-elle.

La Mercedes ronronnait, le soleil peignait l'autoroute droit devant jusqu'à l'horizon. Il entendait Bob Marley qui traçait le vague contour de sa rage sous la douce musicalité fracturée de la voix de Natalia, tandis qu'elle passait d'un sujet à l'autre, de Manhattan aux problèmes d'évacuation des eaux dans les soussols des maisons anciennes, jusqu'au chat qu'elle voulait : un chat du Bengale : avait-il déjà entendu parler de cette race? Domestiquée depuis quatre générations seulement. Un bel animal. Exquis. Peut-être en achèterait-elle deux, un mâle et une femelle, pour qu'ils se reproduisent, et puis elle enverrait un chaton à Kaylee et peut-être un à son frère, à Toronto. Par FedEx. Est-ce que FedEx transportait des animaux vivants?

Habité par le rythme de la musique, il hocha la tête, toucha Natalia, ne quitta pas des yeux la chaussée. Et plus vite qu'il ne l'aurait cru, ils bifurquèrent vers Tahoe.

Il ne se rendit pas compte que Madison s'était réveillée jusqu'à ce qu'il regarde dans le rétroviseur et voie le petit cœur étiolé de son visage encore tout tourné vers l'intérieur. Elle s'était redressée, perchée sur le bord du siège, poussant au maximum les limites de la ceinture de sécurité – qu'il avait tenu à attacher pendant qu'elle dormait. Elle avait un pli rouge sur un côté du visage et ses cheveux ressemblaient à un rebut rejeté par l'océan. Pendant l'instant qu'il lui fallut pour refaire surface, elle eut l'expression médusée et désorientée qu'ont les enfants lorsqu'ils remontent des cavernes du sommeil, mais il n'ignorait pas que c'était une question de minutes avant que les geignements démarrent. Il n'était pas spécialiste en psychologie enfantine et n'avait aucune idée de la vie que la gamine avait menée avec le dernier con que Natalia avait fréquenté mais elle était très exigeante, toujours à se plaindre, une vraie geignarde. Tout le contraire de Sukie. Bébé déjà, celle-ci se retirait en elle-même, dormait toute la nuit, mangeait aux heures dites et gargouillait pendant des heures sous le mobile qui tournoyait au-dessus de son berceau. Elle avait marché tôt, parlé tôt, avait toujours su s'amuser toute seule, et semblait avoir compris dès le début que parfois les adultes avaient besoin de moments de repos. Madison ? Elle en voulait toujours plus. Comme sa mère.

Il s'écoula environ dix secondes avant qu'elle commence. « Maman, je veux faire pipi », annonça-t-elle, d'une voix réduite à l'expression de l'essence du malheur. A l'évidence, elle devait absolument faire pipi tout de suite. Il le comprenait, ce n'était pas un monstre, mais il avait espéré pouvoir rouler jusqu'à Rancho Cordova, jusqu'à l'hôtel qu'il connaissait là-bas, où il avait l'intention de déjeuner, or, quand il avait une destination en tête, il n'aimait pas s'arrêter avant. S'ils faisaient une halte, elle prétendrait avoir faim, mais, perverse, elle dédaignerait ses éclairs, qui étaient maintenant tout fondus. Ils finiraient donc par manger de la merde de cafétéria de bord d'autoroute et bye-bye le filet mignon qui le faisait saliver depuis une demi-heure ! Il augmenta le volume de Bob Marley et garda les yeux rivés sur le macadam tandis que Natalia se retournait vers sa fille.

« Tu peux te retenir, ma chérie ?

— Non.

— Dana... je veux dire... Bridger... t'a acheté des bons éclairs. Tu veux un éclair ?

— Je veux faire pipi. »

Peck fixait l'horizon en absorbant la musique de Bob Marley mais il sentit le mouvement de sa compagne quand elle se tourna vers lui : « Nous devons arrêter. A la prochaine sortie. »

Il lâcha un juron – entre ses dents, parce qu'il ne voulait pas pourrir l'atmosphère.

« Je sais, dit Natalia, mais qu'est-ce qu'on peut faire? La laisser mouiller sa culotte?

— Ma... *man*! »

Il ne dit rien, mais déjà il mettait son clignotant, se préparait à prendre la prochaine sortie. Natalia ajouta : « Il va falloir qu'elle mange un morceau. » A Madison : « Tu veux des œufs, ma chérie? Œufs brouillés et saucisses, ton plat préféré? Avec ketchup? Tout le ketchup que tu veux? »

Elle n'obtint aucune réponse mais les geignements atteignirent un nouveau sommet d'urgence, et il abandonna la partie, se fondit sans heurt dans la file de voitures qui quittait l'autoroute pour se rendre au snack de Johnny Lee, Ouvert 24 heures sur 24. *Hé, M'sieur le flic,* chantait Bob, *j'ai pas mes papiers sur moi.*

« Alors... » commença Natalia, que le balancement de la voiture, lorsqu'il déboîta, fit pencher vers lui. Son ton trahit sa satisfaction, ce qui était toujours le cas lorsqu'il accédait à ses désirs : « Tu devras renoncer ton filet mignon au Rancho Cordova...

— Renoncer à.

— D'accord, renoncer *à*. On va manger à cafétéria. Comment tu dis toujours? C'est pas affaire? »

Sans doute prit-il la sortie un tantinet trop vite et quelque chose, un jouet, ricocha sur le tableau de bord, heurta la vitre et dégringola sur le plancher, à ses pieds. Il regarda sa compagne. Malgré lui, il était agacé – mais il n'était pas question qu'il le montre. « C'est pas *une* affaire », répéta-t-il, et il réussit même à sourire.

L'endroit était encore pire que ce à quoi il s'était attendu : un snack à thème. La Conquête de l'Ouest : roues de chariot aux murs, photos sépia de prospecteurs et du train arrière de leur mule, serveuses dans des tenues de cow-girls qui auraient pu sortir du musée de Dale Evans. Natalia emmena directement la gamine aux toilettes tandis que Peck donnait leur nom à l'hôtesse; ils durent faire la queue un quart d'heure au milieu d'un assortiment de rombières à mises en plis cuivrées et de clowns à chemises à carreaux et cravates en cordelettes. Madison se tortilla et tira tant le poignet de sa mère qu'elle finit par tomber; elle ne voulut pas se relever parce qu'elle avait faim; sa psalmodie non-stop *Quand est-ce, Maman, quand est-ce qu'on va avoir une table?* montait inlassablement de la forêt de jambes du troisième âge, tel le braillement d'une créature sylvestre à l'hallali. L'entrain qu'il avait ressenti plus tôt, la sensation d'être sur un nuage, dus à part égale au soulagement d'avoir quitté Shelter Bay Village avant que les choses ne tournent vraiment et irréparablement au vinaigre, et à la perspective de se retrouver sur la route, cet allant était retombé. Le petit déjeuner, en voyage, c'était toujours le maillon faible de la chaîne culinaire, une brimade des sens qui réduisait tout à une variante infâme œufs/saucisses/pancakes *silver dollar* et sirop de Karo façon érable. Il en avait par-dessus la tête de cette malbouffe. Ça le mettait hors de lui. Même dans un bon hôtel, qui affichait sur son menu des quiches, des œufs mimosa, des omelettes crabe et feta et du jus d'orange pressée, le petit déjeuner n'avait rien d'attrayant. Mais *ça*... – il regarda autour de lui avec un soudain tambourinement de haine dans le crâne – ... il n'avait jamais rien vu de pire.

« Martin? » appela l'hôtesse, et la queue se mit à remuer, expressions de curiosité, piétinements impatients, car, l'espace d'un instant, il ne comprit pas que c'étaient eux que l'hôtesse appelait, et Natalia dut lui donner un coup de coude. Il leva la main comme un lycéen au fond de la classe. Au moment de se glisser dans le box aux banquettes chauffées par les précédents occupants et devant la table en Formica jonchée de leurs reliefs, il eut des pulsions de meurtre.

« Je veux un sundae, annonça sans ciller Madison, sereine et sérieuse comme un pape. Le même que cette fille. » Et de désigner le box voisin, où une ribambelle de gamins (six ou sept) plongeaient leur cuiller dans diverses concoctions glacées alors que leurs parents, deux couples interchangeables aux visages porcins et au manque de style voisin de la brutalité, s'esclaffaient autour d'une tasse de café et d'assiettes maculées de gras comme s'ils cuvaient leur vin depuis des jours d'affilée.

« Pas de sundae, dit Natalia automatiquement. Des œufs. »

Madison réitéra sa demande, un ton plus haut.

« La ferme », siffla Peck entre les dents, penché au-dessus de la table : on ne pouvait endurer qu'un certain niveau de merde dans la vie, de gros blocs de merde empilés les uns sur les autres, jusqu'à ce que l'échafaudage se casse la gueule – or il y avait quelque temps qu'il était sous pression, il s'en rendait compte. Et parce qu'il s'en rendait compte, il se retint d'avancer le bras pour saisir le petit poignet tout flasque et lui appliquer une torsion qui ouvrirait à Madison de toutes nouvelles perspectives. D'ailleurs, il n'eut pas à exercer une quelconque pression physique : un regard, le même qu'il avait adressé à Stuart Yan sur les marches du tribunal, suffit. Un regard qu'il avait eu l'occasion de pratiquer, le regard viens-pas-me-faire-chier, qu'il avait porté onze mois et demi durant à la prison de Greenhaven. « Tu mangeras ce qu'on te servira. »

Le compromis portait le nom de « Crêpes Jubilée » : trois fines crêpes caoutchouteuses, à la pâte compacte, enfouies sous un monticule de fraises et d'environ un mètre de crème chantilly. Natalia, dont l'appétit le surprenait toujours, avait commandé le « Coupe-faim du Fermier », soit quatre œufs sur le plat, steak de 450 grammes, haricots du ranch, *pico de gallo* et panière de tortillas. Quant à lui, il prit un café, noir. Et basta.

« Tu ne veux pas goûter un peu de mon steak ? lui demanda plusieurs fois sa compagne. Tu ne disais pas vouloir steak ? Tiens, goûte. Il est bon. »

252

Il était furieux. Il savait qu'il se comportait comme un gamin, comme Madison, mais il n'en répondit pas moins : « Non. Je ne veux pas de ton steak. Tahoe... je mangerai à Tahoe. Tu piges ? »

Madison arborait une barbe de crème chantilly, de la chantilly jusqu'aux narines et au-delà. Ses yeux étaient vitrifiés par la dose de sucre qu'elle avait ingurgitée et sa fourchette était collée à sa main. Le petit déjeuner était terminé.

Dehors, sur le porche du ranch factice, des clients se curaient les dents et suçaient des pastilles de menthe. Il fut terrassé par la chaleur. Il devait déjà faire plus de 35 ° alors que le matin, au départ, sa montre avait indiqué 2 °. Le soleil vous assénait des coups de marteau. Il voulait tout écraser, tout aplatir. Il se dégageait une odeur d'incinération, de graisse renvoyée par les ventilateurs de la cuisine : le genre de mort qui te momifiait avant de te terrasser. Il observa un corbeau, les plumes de la couleur de la poussière de charbon, dansant autour d'une forme écrasée sur le trottoir. D'un mouvement d'épaules, il ôta sa veste sport et la plia sur son bras. Bon Dieu, comment les gens pouvaient-ils supporter cette merde ? Comment, d'ailleurs, quiconque pouvait-il vivre dans ce trou ? Il était tendu et le café n'avait rien fait pour le calmer, loin de là. Il prit Natalia par le bras. Ils descendirent les trois marches de bois décoloré, jusqu'à l'étang brûlant du parking. Madison s'exclama (qui l'eût cru !) : « Maman, j'ai *chaud* ! »

C'est à ce moment précis que la Jetta noire déboula et qu'il reconnut les deux visages suspendus derrière le pare-brise perclus de soleil. *Un homme et une femme.* Tout fit silence, les haut-parleurs cachés sous les poutres, d'où filtrait un mince cliquetis métallique de guitares country, le zoum zoum de la circulation sur l'autoroute, un jet tout là-haut en équilibre dans le ciel. Il s'était entraîné à garder son calme, à *être* calme, à dissimuler le moindre clignement d'émotion derrière un visage figé et le tranchant luisant, acéré et scandalisé de son regard —

de l'agressivité pure –, et c'est ainsi qu'il les dévisagea, longuement, même s'il avait peur, peur qu'ils viennent le cueillir là devant le restaurant et essaient de l'humilier. Habité aussi par une panique encore plus profonde : comment, bon sang, savaient-ils qu'il se trouvait là ? Là, dans ce trou perdu ? Alors qu'il ne savait même pas lui-même qu'il y viendrait.

Il ne disposait que de quelques secondes car la femme (Dana Halter, le Dr Dana Halter) parlait dans son portable et, si les flics arrivaient, vérifiaient ses papiers et les comparaient à ceux de cette femme, ou de son compagnon, de ce Bridger, il n'avait aucune chance de s'en sortir. Il accrut la pression sur le bras de Natalia, qui lui demanda « Pourquoi si pressé ? ». D'un seul regard, il lui imposa le silence. Il attrapa Madison comme il aurait attrapé un sac de voyage et, la gamine dans les bras, fonça sur la Mercedes, tout en songeant que les deux autres avaient dû se cacher près de l'appartement et le suivre. Il se maudit. Il avait été imprudent, stupide. Toute cette merde (brusquement, il fut tellement survolté qu'il eut l'impression d'avoir attrapé à mains nues un câble haute tension), tout ça, tout ça, il se l'était infligé lui-même.

La Mercedes était à une centaine de mètres, Madison gigotait sous sa poigne, Natalia était livide, de la peur qui émanait sans retenue de la précipitation frénétique de son compagnon, tête baissée . soixante-quinze mètres, cinquante, alors que leurs deux poursuivants, qui étaient sortis de leur voiture, criaient, brandissaient leur portable, tous les deux, tous les deux avaient un portable, comme si l'opérateur Cingular était la force suprême dans l'univers. « Non, rétorqua-t-il, non, tandis qu'il fourrait Madison sur le siège arrière, poussait Natalia sur le siège passager et refermait rudement la porte. Pas le temps », dit-il, répondant à la fois à la voix synthétique qui les prévenait qu'ils n'avaient pas bouclé leurs ceintures et aux deux cinglés qui approchaient dans le rétroviseur : les portières étaient fermées, le moteur tournait et, avec un simple mouvement du poignet, il sortit du parking, fonça droit devant, franchit le dos d'âne et déboucha sur la piste, en direction de l'autoroute, dans une gerbe d'herbe écrasée, de cannettes qui volaient dans tous les sens et de poussière charriée par l'air remué.

Bizarrement, et de façon perverse, c'est pour la peinture de la voiture qu'il s'inquiéta, lorsqu'ils cahotèrent sur le terrain vague, firent un bond en passant sur un caniveau, remontèrent la rampe d'accès, coupèrent la route à deux connards dans leur vieille tire avec le logo d'un groupe peint en filigrane à l'arrière, et au moment où, retrouvant l'asphalte, les pneus se mirent à chanter. Pourtant, la voiture n'avait pas d'importance. Ce n'était rien. Il devrait s'en débarrasser, de toute manière. Il n'avait pas plus tôt entendu le klaxon des deux connards qu'il se retrouva derrière un Winnebago, lancé à environ trois kilomètres heure à l'endroit où la rampe d'accès se rétrécissait avant de rejoindre l'autoroute. Un coup d'œil sur le visage tendu et exsangue de Natalia, puis il regarda dans le rétroviseur, où la caisse pourrie fondait sur lui, klaxonnant, braillant à tue-tête – les deux connards lui adressaient un majeur levé à travers le pare-brise. Mais ils ne l'intéressaient pas. Ce qui l'intéressait, c'était, derrière, la Jetta noire, qui avait quitté le parking précipitamment à leur suite, et le suivait dans la montée.

Natalia ne dit pas un mot. Même Madison, après sa déconvenue, semblait retenir son souffle. Droit devant s'élevait le mur rampant, beige, blanc et jaune citron du Winnebago, avec des vélos, des chaises longues et des barbecues attachés dessus comme dans une frénésie de reconstitution, et juste derrière lui, la caisse pourrie, pare-chocs contre pare-chocs. Centimètre par centimètre, mètre par mètre, la bretelle d'accès défila sous les roues, pas de place pour manœuvrer d'un côté ou de l'autre, parce que le tournant, ample mais étroit, avait été taillé dans la roche de la couleur du sang séché. Deux klaxons étaient en compétition désormais, celui de la caisse pourrie et celui de la

Jetta qui lui collait au cul, gesticulations à l'appui, bouches grandes ouvertes et festival d'exclamations psychorigides. C'est alors qu'il entendit sa propre voix, au moment où la rampe d'accès s'élargissait pour rejoindre l'autoroute, ordonner à ses passagères : « Mettez vos ceintures ! »

Ce qui le laissa pantois, quand il y réfléchit par la suite, ce fut la manière dont la Jetta l'avait pris en chasse. La caisse pourrie fut larguée, comme retenue par une chaîne, et le Winnebago faisait tout bonnement partie du paysage, mais la Jetta lui emboîta le pas alors qu'il appuyait à fond sur le champignon et distançait tous les autres. Quand il eut atteint les 170 km/heure, il perçut un mouvement à côté de lui : Natalia, lèvres hermétiquement serrées et yeux enfoncés dans les orbites, glissa vers l'arrière pour agripper sa fille, mais le geste ne signifiait rien, pas à ce moment-là. A 180, la voiture découvrit son destin : cavalcade de chevaux teutons, Autobahn, *vitesse de croisière*. Une partie de lui-même savait qu'il avait un problème, savait que ses poursuivants pouvaient être en train de composer le 911 pour tout rapporter au central : un conducteur ivre, un conducteur imprudent, un assassin, un cinglé mettait en danger la vie d'autrui dans une Mercedes lie de vin avec des plaques temporaires qui jouaient aux fanions flottant au vent, mais il y avait l'autre partie de lui-même, plus importante, qui s'en foutait comme de l'an quarante, celle qui se gavait d'adrénaline et appuyait sur le champignon.

Plus tard, quand la Jetta ne fut plus qu'un souvenir, que Natalia se fut époumonée à l'insulter, qu'il eut déversé deux chaudrons de qualificatifs, de sophismes et de mensonges éhontés (hé, c'étaient des bandits, ces gens, il avait eu affaire avec eux dans le cadre d'une affaire immobilière, et ils refusaient d'honorer leurs obligations contractuelles : elle savait bien, non, que les agents immobiliers étaient les pires de tous !), après qu'elle se fut endormie à l'arrière avec sa fille et qu'il eut quitté l'axe principal transcontinental à Placerville pour prendre la Gold Country Highway et retourner ensuite sur la I-80, après tout ça, enfin, il put réfléchir à l'avenir immédiat. Tahoe était hors de question, sans l'ombre d'un doute, et il lui faudrait se séparer de la Mercedes dès que possible, mais la I-80 les mènerait à Reno et, de Reno, il pourrait trouver une route qui redescendrait vers le sud et Las Vegas : la route serait longue, beaucoup plus longue que prévue, elle nécessiterait aussi des explications complexes et plusieurs journées de vénération à l'autel de sa compagne, mais il fallait bien s'habituer à l'idée qu'il ne pouvait pas faire autrement. Il l'avait échappé belle. Ça lui servirait de leçon.

Et l'incident était, après tout, derrière lui. L'horizon s'éclaircissait. Il mit la musique et se laissa porter par la belle mécanique allemande. Après un moment, il se mit à chanter, à battre la mesure sur le tableau de bord avec la main, et l'adrénaline reflua lentement de ses veines, tandis qu'ils prenaient de l'altitude, que les forêts épaississaient et que les façades nues des montagnes commençaient à accrocher et même à sculpter la lumière. Il appuya encore sur l'accélérateur pour dépasser en trombe un camping-car qui tirait tranquillement une voiture derrière lui et il se promit la chose suivante : jamais plus personne ne le retrouverait.

5

FURIEUSE? C'était peu dire. Elle avait la rage, une rage froide et lucide, inflexible, extatique, la rage du psychopathe, le soldat sous le feu, le brandisseur de lame. Jamais de sa vie elle n'avait ressenti cela, pas même lorsque, un jour, enfant, elle avait dû rester assise à la table de la cuisine, dans ses guenilles noires de sorcière, avec son maquillage vert macabre qu'elle avait passé une demi-heure à appliquer sur son visage, brûlant de sortir par la fenêtre sur son balai pour aller faire le tour des voisins avec ses camarades d'école en quête de bonbons, alors que sa mère la forçait à répéter dix fois ses exercices sur la prononciation des voyelles, dix fois, pas une de moins, alors que c'était Halloween, qu'elle la suppliait en postillonnant – elle était montée en trombe dans sa chambre et avait senti la maison trembler sous la violence du coup qu'elle avait donné à la porte en la fermant et dont l'impact avait fendillé le chambranle ; même pas lorsque, enfermée à la prison d'Etat avec des ivrognes, des dégénérées, personne ne voulait l'écouter ; même pas lorsque, dans le couloir du tribunal, elle avait vu les traits de son avocate se dégonfler quand on avait insisté pour la remmener à la prison, alors qu'elle avait été déclarée innocente de tous les chefs d'accusation et que chacun savait que toute l'affaire n'était qu'un simulacre et qu'elle aurait pu hurler au point de faire s'effondrer les murs. Cette fois, c'était différent. Il y avait le feu dans la maison.

Le seul fait de le voir, il ne fallut rien de plus. Son expression, sa démarche, la façon dont il était habillé. Après toute la tension et l'anticipation, après s'être monté la tête au point d'en perdre le souffle, après s'être vengée sur Bridger et avoir senti son estomac se nouer à cause du sentiment de perte, de haine et de frustration, enfin elle le voyait face à face : Frank Calabrese, ou quel que fût son nom, dans sa chemise de marque à rayures et ses Doc en chamois rouge, sa veste jetée négligemment sur le bras, sa femme la menteuse et leur gamine : et c'est lui qui leur décochait un regard supérieur comme si ç'avaient été eux, les voleurs! Et puis, il leur avait tourné le dos et les avaient ignorés, ignoré leurs cris et leurs accusations, comme si le sourd, c'était lui ; elle avait crié « Voleur! » quantité de fois, lorsqu'elle était descendue de voiture à toute allure et était partie en trombe sur le parking, agitant les bras comme si elle prévenait la population d'une attaque aérienne, et elle avait cru qu'elle le tenait, enfin, car les gens avaient tourné la tête : il y en aurait bien un pour appeler la police, elle-même le ferait, Bridger aussi, et l'homme était prisonnier de ce parking dans la réverbération implacable de neuf heures du matin – et il ne pouvait rien y faire. Elle avait été parcourue par un frisson d'excitation. Il était condamné. Foutu. *Foutu.*

Cependant, tout dans son attitude, de sa façon de rouler les épaules à l'arrogance de sa tête rejetée en arrière, proclamait qu'il allait tout à fait bien, qu'il n'avait pas le moindre problème, que tout ce raffut lui était indifférent. Il agissait vite, sans se démonter, guidait sa brune évaporée et sa gamine vers sa Mercedes avec de grandes enjambées efficaces, pas plus concerné par cette affaire que s'il faisait un petit jogging après la messe dans la torpeur languide des 35 ° qu'il faisait alors. Bridger et Dana n'étaient rien pour lui, moins que rien, et cette pensée attisait sa haine. Si elle avait eu une arme, elle s'en serait servie. Elle aurait pu. Elle croyait vraiment qu'elle aurait pu.

Mais elle avait un atout (une preuve, un totem, un objet). Quand il était monté sur le trottoir en ciment avec sa Mercedes et avait traversé le parking vide, elle l'avait vue par terre, à l'endroit où il était monté dans la voiture et avait refermé la porte avec violence : sa veste. Abandonnée dans sa précipitation. Tombée de son bras. Oubliée. Dana transpirait, son cœur battait à cent à l'heure, déjà ses pas raccourcissaient, et elle s'était baissée sans réfléchir pour la récupérer avant de changer de direction et de courir vers la Jetta aussi vite qu'elle en avait été capable.

De tout ce temps, tandis qu'ils étaient tous ralentis par le Winnebago, tandis que Bridger klaxonnait, qu'elle hurlait à la fenêtre et gesticulait comme si elle avait perdu la raison, que l'autoroute s'ouvrait devant eux, que la Mercedes s'éloignait jusqu'à n'être plus qu'un vague miroitement à l'horizon et puis, c'était à vous fendre le cœur, jusqu'à disparaître totalement, la veste était demeurée là à ses pieds sur le plancher de la Jetta. Elle était là tandis que Bridger slalomait, appelait le 911 pour hurler des mensonges à la femme du standard : « Conducteur ivre ! » criait-il dans son portable, « Conducteur ivre ! » pendant toute l'interminable montée vers South Lake Tahoe, tandis que, de son côté, Dana gardait le regard rivé sur l'asphalte, anticipant chaque tournant dans l'espoir d'apercevoir enfin les gyrophares de la patrouille des autoroutes et Frank Calabrese jambes écartées contre sa voiture, menotté. Puis ils étaient arrivés à Tahoe, avaient sillonné les rues, scrutant les recoins et les parcs de stationnement publics, entrant et ressortant des parkings des motels, examinant toutes les voitures rouges. Elle était tellement obnubilée par la poursuite, tellement absorbée par ce qu'elle faisait, qu'elle n'avait pas pensé un instant à la veste. Et pas plus à sa blessure. Qui se trouvait là, voilà tout, comme un simple élément de sa nouvelle configuration du monde.

A en croire le panneau à l'entrée de la ville, Tahoe se trouvait à 1 850 mètres d'altitude, et le temps était très différent à cette hauteur. On distinguait des bandes de neige dans les montagnes au-dessus du lac, le ciel était bas et l'air qui sortait des aérateurs était frais. Bridger, l'air abattu, était courbé sur le volant, qu'il tournait avec les poignets. Pendant un long moment, ils ne dirent rien. La voiture passait devant des boutiques, des supermarchés, des stations-service, des immeubles, rue après rue. « Regardons les choses en face, nous l'avons perdu, finit-il par lâcher, les yeux cernés de rouge tant il était fatigué. Il pourrait être chez un ami dans l'un de ces immeubles, il pourrait être dans un casino de Stateline, il pourrait... » Il haussa les épaules, dit quelque chose que Dana ne saisit pas. « Mais... tu sais, les plaques de concessionnaire, tu te rappelles ce qu'il y avait écrit dessus. Hum. Le nom du concessionnaire ? Je crois que c'était Bob quelque chose Mercedes, non ?

— Bob Almond Mercedes/BMW, confirma-t-elle, Larkspur. »

Bridger avait pris son air pensif. Il conduisait si lentement qu'ils seraient allés plus vite à pied. « Parce que... je me disais... tout ça ne nous mène à rien ; nous pourrions appeler Milos et lui pourrait peut-être retrouver le concessionnaire, vérifier qui a acheté la voiture, sous quel nom, je veux dire...

— Je ne veux pas retourner là-bas, dit-elle, se surprenant elle-même. Et puis, il n'aura pas signé de son vrai nom.

— ... il pourrait se procurer un numéro de série ou je ne sais quoi... un numéro d'identification du véhicule.

— A quoi ça servirait ? »

Il ne répondit pas mais demanda de but en blanc : « Et sa veste ? »

La veste, oui. Elle était à ses pieds comme un tapis en caoutchouc censé protéger la moquette. Dana avança la main et la lissa sur ses genoux : soie sauvage noire, coutures rouges. Un parfum pour homme parvint à ses narines, et aussi, plus enfouie, plus dense, son odeur personnelle, l'odeur de son corps, de ses aisselles, de sa peau. « Hugo Boss, déclara-t-elle en retournant l'étiquette. C'est bien, de savoir que ce salaud a du goût, hein ? Tu as vu ? fit-elle en glissant la main dans la poche intérieure, ce regard qu'il nous a lancé ? Quel culot ! » Il y avait un objet dans la poche, des lunettes de soleil, des Revo, 250 dollars pièce. Elle les montra à Bridger.

Il leur jeta un bref coup d'œil, mais son regard monta subitement au rétroviseur (on avait dû le klaxonner), il mit son clignotant et obliqua vers la bande d'arrêt d'urgence tandis qu'une Mini noire les dépassait à toute vitesse. Après un instant, il prit les lunettes des mains de Dana et les examina, de loin, comme un cafard qu'il aurait trouvé sous l'évier, avant de les chausser. Panoramiques, verres réfléchissants. « Ouais, dit-il, s'admirant dans le rétroviseur, je te suis. »

Elle plongea la main dans la poche extérieure gauche et en ressortit un peigne auquel était accrochée une touffe de cheveux foncés, un stylo Sharpie qui semblait n'avoir jamais servi et une pochette de mouchoirs en papier. Elle fut envahie par un sentiment étrange au moment où Bridger, se tournant vers elle, lui demanda : « Elles me vont ? » Elle caressa les dents du peigne, le porta à ses narines : l'odeur du voleur encore, l'odeur de son cuir chevelu et de son shampooing. Elle eut l'impression de le connaître d'une façon très élémentaire, comme s'il avait été avec elle à cet instant même : le viol était mutuel.

Une pluie fine se mit à cribler le pare-brise. La tête de Bridger flottait quelque part à côté d'elle mais ce n'était pas vraiment Bridger, pas avec ces orbites reptiliennes, fendues, ces verres réfléchissants qui barraient son visage, et le réduisaient. « Enlève-les », ordonna-t-elle.

Il se détourna et les ôta, lâchant « Ah, bon, c'est comme ça ? », tandis qu'elle plongeait la main dans l'autre poche de la veste et en ressortait un bout de papier, une addition du Snack de Johnny Lee, qu'elle tint à la lumière.

« Q'est-ce que c'est, un reçu de carte de crédit? Ça pourrait être une piste. Qu'est-ce qu'il y a marqué dessus? »

Il fallut un instant à Dana pour se remettre du choc. L'impression baveuse en pointillé, brouillée... et puis : le total, la TVA, le numéro de compte et la signature de ministre sous le nom du propriétaire de la carte : *Bridger Martin*.

« Bon, soyons rationnels », déclara-t-il ou, du moins, c'est ce qu'elle crut comprendre. Rationnels, c'était bien cela? Naturellement, il aurait pu avoir dit *Rashomon*, le film de Kurosawa, et, le temps d'un éclair, elle se demanda comment eux trois (Bridger, le voleur et elle) auraient pu entrer dans le scénario, avec sa perspective changeante et son récit déconstruit. Elle revit Toshiro Mifune, la bouche devenue rictus de crainte et d'agressivité, brandissant son épée, avant de revenir à Bridger, qui avait repris la parole et prononçait une phrase que, trop fatiguée, elle n'essaya pas de comprendre.

Ils se trouvaient dans un restaurant banal, lambris en faux bois, éclairage si faible qu'on arrivait tout juste à lire le menu, thon sur tranche de seigle avec un peu de pickles à l'aneth à 9,95 dollars; 3 dollars le thé glacé. On était en fin d'après-midi en plein été, mais il faisait frais et un voile d'humidité d'altitude planait sur la ville : on n'avait pas du tout l'impression de se trouver en Californie, mais dans un lieu où le temps devait être maussade à longueur d'année. Comme le Tibet. Le temps était-il toujours maussade au Tibet? Dana laissa son esprit errer. Elle était épuisée et mourait de faim; or voilà qu'arrivait son sandwich au thon, qu'elle avait dû commander en abandonnant toute tentative de prononcer les voyelles allongées et les fricatives quasiment imprononçables (des frites et un fromage frais, s'il vous plaît), car la serveuse lui avait adressé le regard interplanétaire réservé aux sourds, qui donnait toujours à Dana l'impression d'être un chien en laisse, mais elle s'en moquait; c'était sa vie et elle ne pouvait rien y faire. Pas dans sa situation présente. Et elle devait s'occuper de Bridger : c'est elle qui l'avait entraîné dans cette histoire et maintenant il se retrouvait victime à son tour (« Je n'ai même pas de carte Citybank », avait-il protesté, d'une voix qu'elle avait imaginé réduite à rien, plaintive, presque inaudible). Il était tout retourné (comment lui en vouloir ?) mais elle se concentra sur son sandwich et fit abstraction de son compagnon.

Il ne s'était pas tu un instant, ne fût-ce que pour reprendre son souffle, depuis qu'elle avait sorti le fameux reçu de la poche de la veste. Comment désignait-on ça ? Une *logorrhée* ? Oui, elle devrait se rappeler ce mot, parfait pour les vérifications d'aptitude dans ses cours... Mais c'était oublier qu'elle n'avait plus d'élèves. Son esprit vaguait, une fois de plus elle était perdue dans ses pensées, elle pensait, Dieu sait pourquoi, aux conversations interminables dans le dortoir de Gallaudet, en langue des signes principalement, mais certaines élèves parlaient tout fort en même temps, d'une manière qui était totalement inintelligible pour les entendants, une sorte de grognement chantonnant qui sous-titrait les signes. C'était *Talk Talk* le Parler Parler, ce qui arrivait quand les sourds se retrouvaient entre eux, une traduction vocale directe : ils parlaient parlaient, *talk talk* ils parlaient beaucoup, tout le temps, comme Bridger parlait à présent, mais avec les mains aussi. *Index quatre doigts main à la bouche*, tapotant, tapotant pour montrer les mots qui sortaient. Quand les sourds se réunissent, c'est *talk talk* tout le temps. Communication : besoin universel. Information. Accès. S'échapper de la prison du silence. Parler, parler, parler. *Talk talk talk*.

Bridger avait posé la main sur le poignet de Dana, le poignet de la main qui tenait le sandwich au moment où elle l'approchait de ses lèvres. « Tu fais des bruits... »

Elle regarda autour d'elle. Les gens l'observaient. Elle essaya de se réfréner mais c'était une habitude quasi inconsciente, automatique : réaction au stress que la plupart des sourds subissent : elle émettait, depuis un moment, un son mélancolique, doux, aigu, comme un dauphin rejeté sur la grève – et elle en était gênée. C'était sa gorge qui produisait ces sons, son larynx, et elle devait les contrôler. « Désolée », dit-elle, et elle répéta en signant, main droite, paume vers l'intérieur, cercle lent sur son cœur.

« Tu ne m'écoutais pas, dit-il.

— Si. » Elle mentait.

Exaspéré, il détourna le regard, les traits figés, les yeux levés au ciel, ce qui l'irrita, mais elle ne voulait pas faire d'esclandre ou pas plus qu'elle n'en avait déjà fait avec ses bruits de dauphin : elle effaça donc toute expression de son visage et se concentra sur le discours de son compagnon. Ce qu'il expliquait, du moins en substance, c'était que tous les deux étaient fatigués, incapables de prendre une décision (« Je ne rentre pas, l'interrompit-elle, et ce fils de pute ne va pas s'en sortir comme ça, je le jure, même si je dois ramper ventre à terre... d'ici à New York, je vais le coincer, tu m'entends ? »). Bridger était d'avis qu'ils devaient prendre une chambre dans un motel, se reposer et décider de la marche à suivre après une bonne nuit de sommeil – sinon, ils n'arriveraient qu'à se frustrer, à quadriller ainsi la ville, pour des prunes, pour une voiture qui devait déjà avoir filé à des centaines de kilomètres de là.

« Je l'ai retrouvé une fois, objecta-t-elle. Non ?

— Ouais, je sais... les sourds ont une sorte de sixième sens, c'est ça ? C'est vrai que c'était stupéfiant, je le reconnais, mais tu ne crois pas vraiment à ces fariboles, non ?

— Non.

— Parce que, si c'était le cas, tu pourrais me dire ce que ce con va faire ensuite, peut-être pourrais-tu le visualiser, fonçant à travers le désert avec notre argent dans les poches, du fric gratuit, tout aux frais de la princesse : lui, il n'a pas à se soucier de trouver le motel le moins cher de la ville, hein ? Non, il va séjourner au Ritz Carlton, il... »

Elle posa son sandwich pour avoir les mains libres. « C'est Frank Calabrese, déclara-t-elle, traduisant en signes ce qu'elle disait, et il rentre à New York. Et tu sais quoi? »

Il haussa les sourcils, s'appuya sur le double support de ses coudes et son visage se retrouva à quelques centimètres de celui de Dana. La serveuse, qui devait avoir dans les dix-neuf vingt ans, mais était si menue et avait le visage si poupin qu'on lui en aurait donné douze, leur lança des regards inquiets, et Dana se sentit abattue. Sur l'écran d'une télévision accrochée au mur, des spectres poursuivaient leurs mouvements muets. Elle sentit le poids de la déprime s'abattre sur elle, alors même que Bridger lui renvoyait un « Quoi? ».

« Inutile de discuter. Je me moque de dormir cent nuits d'affilée, je ne changerai pas d'avis. » Puis elle pinça les lèvres, lança un regard méprisant à la galerie et n'eut recours qu'aux mains pour sa conclusion : *Que tu viennes ou pas, je continue.*

Ils prirent une chambre au Gold Country Motel, qu'ils réglèrent avec la carte de crédit de Dana (aucune de celles de Bridger ne fonctionnait plus, Frank Calabrese ayant pris soin de dépasser le maximum autorisé sur chacune). D'abord, elle se doucha; ensuite, elle s'allongea sur l'étendue blanche du lit double et fixa le plafond comme un zombie, tandis que Bridger faisait les cent pas, une main collant son portable à l'oreille tandis que l'autre, d'un mouvement ample, plongeait et attrapait l'air pour souligner la spécificité de son désarroi. Il téléphona aux compagnies de cartes de crédit et aux responsables clientèle, ce qui sembla prendre une éternité. Dana n'arriva pas à dormir, pas même à fermer les yeux. Elle avait des élancements là où sa tête avait heurté le pare-brise, et elle s'était apparemment fait mal au genou quand elle était remontée comme une tornade dans la voiture sur le parking du snack aux abords de Sacramento. Bridger ayant insisté, ils s'étaient arrêtés dans une pharmacie pour acheter un tube de Neosporin et une boîte de pansements sport, et elle avait frotté sa blessure pendant dix minutes : on voyait une tache violacée comme une marque de naissance, avec au centre une coupure recouverte d'une croûte, mais elle était superficielle et déjà en voie de guérison ; elle n'avait aucune envie d'attirer encore davantage l'attention sur elle avec un carré couleur chair brillant sur son crâne ; elle s'était donc fait la raie au milieu et avait ramené ses cheveux sur la blessure pour cacher partiellement la contusion.

A un moment donné, épuisée, elle réussit à s'endormir et quand elle se réveilla, elle trouva Bridger endormi à côté d'elle : sur le dos, bouche grande ouverte, la respiration tranquille du gros ronfleur, ce qui, bien sûr, n'était pas un problème pour elle. Elle se rappela que, quand ils avaient commencé à coucher ensemble, il l'avait avertie qu'il ronflait (d'autres – des petites amies – s'en étaient plaintes). Mais elle ne se plaindrait pas, n'est-ce pas ! Il avait dit ça avec le sourire, et elle lui avait souri en retour, disant qu'elle devrait réfléchir à cet aspect de la question.

Quand ils étaient entrés dans la chambre, elle avait tiré les stores mais les interstices laissaient maintenant filtrer la même lumière diaphane avec laquelle elle s'était endormie, de sorte que, soit elle avait dormi toute la nuit et c'était l'aube, soit il devait être huit ou neuf heures du soir. Elle avait l'habitude de dîner plus tôt. Elle sentit son estomac gargouiller (*péristaltisme* : tiens, encore un mot à se rappeler pour les exercices) : elle s'aperçut avec une soudaine et nette appréhension qu'elle avait faim. Qu'elle mourait de faim, en fait. Elle avait été trop tendue pour manger en entier son sandwich au thon à 10 dollars et la dernière fois qu'elle avait mangé avant ça, c'était la veille au soir, quand ils étaient allés dans un fast-food, juste le temps de laisser à Frank Calabrese la possibilité de rentrer dans son garage : à moins qu'il eût été là tout du long, embusqué. Conspirateur, usurpateur. Se préparant à sa grande poursuite automobile à travers les Etats-Unis. Il l'atteignait toujours comme une flèche à la tête : il était là dès le premier instant de réveil, il était la dernière chose à laquelle elle pensait quand elle s'endormait, et encore la première quand elle ouvrait les yeux ; bientôt, elle rêverait de lui.

Elle s'assit dans le lit. Le motel était si bas de gamme qu'il n'y avait même pas de radio-réveil – pas de panneau lumineux pour lui donner une idée de l'heure : ils en avaient visité trois mais celui-ci ne coûtait que 12 dollars avec sa réduction du club automobile Triple-A ; elle se demanda où elle avait fourré sa montre. Elle l'avait enlevée pour prendre sa douche, non ? Ç'avait été son premier geste, dès que le réceptionniste (barbe, turban, pierre rouge à la narine, un grenat, ou de la simple verroterie) leur eut donné la clef et qu'elle eut jeté sa valise sur le lit : les dernières quarante-huit heures l'avaient souillée jusqu'aux os. Au moins, l'eau était chaude. Elle laissa ses pieds trouver le sol et alla chercher sa montre dans la salle de bain car la première règle, quand on séjourne dans un motel, c'est que toutes tes affaires soient rangées à tout moment sinon tu es certain d'oublier quelque chose quand tu t'en vas. Dana se retrouva donc en sous-vêtements, ses habits jetés en boule sur le lino mouillé de la salle de bain ; en effet, sa montre était là, sur la faïence craquelée et plus très blanche du lavabo : huit heures et demie. Son estomac gargouilla encore quand elle mit sa montre au poignet ; déjà elle retournait dans la chambre pour réveiller Bridger.

Il n'avait pas bougé. Il était allongé sur les couvertures, bras et jambes écartés, l'air perdu, désespéré, un frémissement aux lèvres et aux narines, dont l'air qu'elles expulsaient faisait vibrer tout son corps. Elle éprouva de la pitié pour lui. Elle éprouva de la pitié pour elle-même. Mais au moins il était là, au moins elle avait son soutien : si quelqu'un avait passé le test, c'était bien lui. Elle resta un moment debout près du lit, à l'observer : elle ne pensait pas à l'amour, pas consciemment en tout cas, mais elle était troublée, néanmoins, par un afflux de revendications hormonales, d'impératifs, de désirs. Au bout d'un moment, elle se pencha et l'embrassa sur la bouche et resta ainsi, lèvres pressées contre les siennes, comme pour le ressusciter.

Le restaurant qu'ils choisirent était un peu plus respectable que celui de midi : lumières tamisées, grands palmiers de Kentia en pots, nappes, murs abricot, et, quand ils s'étaient arrêtés un moment à l'extérieur devant la niche où le menu était présenté, elle avait apprécié les prix mais aussi le fait qu'il proposait des plats végétariens. « Les fast-food, ça suffit, déclara-t-elle, se tournant vers Bridger tandis que d'autres couples se promenaient par là et que la lumière du jour baissait par-dessus les montagnes. Finis, les burgers frites. Mangeons sain pour une fois. »

Complètement passif, il haussa les épaules. Il avait annulé ses cartes de crédit, placé une alerte sécurité sur ses relevés, dormi, pris une douche, était allé aux toilettes, mais il était encore sous le choc. Quand ils entrèrent dans la salle, elle passa le bras sous le sien, il dit quelque chose qu'elle ne saisit pas et, distrait parce qu'il dut alors parler à l'hôtesse, il ne répéta pas.

Lorsqu'ils étudièrent le menu (elle avait déjà commandé un verre de vin blanc et lui une bière), elle dit : « Je ne t'ai pas compris quand nous étions à la porte. »

Nouveau haussement d'épaules. « Oh, ce n'était rien. C'est simplement que... je ne crois pas avoir plus de 50 dollars sur moi. En tout.

— Pas de problème, c'est moi qui offre. » Elle joignit le geste à la parole : une ouverture des mains. « C'est moi qui offre tout, en tout cas jusqu'à ce que tu aies de nouvelles cartes. Ils peuvent les envoyer en vingt-quatre heures, non ? Et tu peux toujours utiliser les distributeurs.

— Les envoyer où ? »

Quand la serveuse arriva avec leurs verres, sur son visage Dana reconnut une fois de plus le regard qu'elle ne connaissait que trop. Un regard qui accompagnait systématiquement la carte des boissons, un regard codé d'un bout à l'autre du pays, le regard pénétrant de la serveuse au jugement prompt. « Qui a pris le vin blanc ? » demanda celle-ci, juste pour entendre Dana répondre « C'est moi », alors que, avec une table pour deux, même une demeurée, son premier jour de service, aurait deviné que le vin était pour la femme et la bière pour l'homme. Sans compter que cette conne avait pris les commandes elle-même.

« Avez-vous choisi ? » demanda-t-elle, et cela fut facile à lire : qu'aurait-elle pu demander d'autre, plantée là avec son petit carnet, son déhanchement et l'hypocrisie de son expression faussement avenante. Ensuite, une fois qu'ils auraient choisi, elle dirait « Oh, excellent choix » ou « C'est ce qu'il y a de meilleur sur le menu ». *Les entendants !* Dana pensait parfois que le monde serait meilleur si tout le monde était sourd.

Mais oui, ils avaient faim. Et oui, ils étaient prêts à commander (le chiche-kebab végétarien sur riz basmati pour Bridger, l'assiette pita baba ghanoush/houmous/couscous pour elle). La conversation s'épuisa lorsque Dana batailla avec la prononciation du nom des plats et dut finalement se rabattre sur la technique consistant à montrer du doigt le plat sur le menu. Environ tous les six mois, elle retournait consulter son orthophoniste pendant deux semaines pour maintenir ses acquis ; et elle essayait de s'exercer régulièrement devant la glace, mais, avec le rythme infernal de sa vie, l'enseignement, l'écriture et, maintenant, cette affaire, les exercices avaient été les premiers à sauter. Cela dit, *baba ghanoush*... même son orthophoniste aurait eu des problèmes.

Elle se tourna vers Bridger quand la serveuse s'éloigna à pas lents. Il disait quelque chose, s'arrêta car il vit qu'elle ne le comprenait pas et recommença. « Je disais, ouais, j'ai peut-être, je ne sais pas, dans les 2 000 dollars sur mon compte... à moins que cet enfoiré les ait empochés... et j'essaierai au distributeur, pour voir. Parce que je ne...

— Tu ne... Tu ne quoi ?

— Je ne veux pas que tu aies à payer pour moi, parce que si nous, si nous allons...

— Oui, nous allons.

— Ouais, alors, je vais devoir téléphoner à Radko... et tu peux être sûre que je n'aurai plus de travail à mon retour. » Il fit une grimace, puis porta la bouteille de bière à ses lèvres, ignorant la chope glacée que la serveuse lui avait apportée.

« Combien de temps ça prend de traverser le pays en voiture... une semaine ? » Dana avala une gorgée de son vin blanc, qui était amer, riche en tanin. Elle observait attentivement son compagnon.

« Je ne sais pas. Quatre, cinq jours, sans s'arrêter.

— Tu pourrais le faire ?

— Non. Et toi ? »

Elle réfléchit un instant : l'un dort pendant que l'autre conduit, la carapace du véhicule fragile dans l'immense nuit. L'éternel silence et rien pour la déranger... mais... et si elle s'assoupissait ? Comment s'appelait ce groupe, il y avait des années de cela... *Asleep at the wheel*, « Endormi au volant » ? Bridger avait sa musique, la radio, les livres enregistrés, et elle son ordinateur portable, mais pas la nuit, pas quand elle conduisait. Et s'ils tombaient en panne ? Si le moteur de la Jetta chauffait dans le désert ou (comment appelait-on ça ?) s'ils « pétaient une Durit » ? Elle allait l'interroger, le questionner sur la voiture, les Durit, mais elle n'en eut pas l'occasion car, tout à coup, deux visages flottèrent au-dessus d'eux, un homme et une femme, la vingtaine, habillés de façon presque identique, jeans baggy, grosses vestes sur des t-shirts à l'effigie d'un groupe de rock. Bridger se leva d'un bond comme propulsé par un ressort et donna l'accolade au garçon.

Dana observa la scène avec un sourire intrigué – ou perplexe, un sourire perplexe. Accolade, songea-t-elle, distraite : est-ce que cela signifiait qu'on se collait à quelqu'un ? Non, cela venait

sans doute de « col » : mettre les bras autour du cou de quelqu'un. Quoi qu'il en soit, c'était une expression désuète.

Le jeune homme s'appelait (Bridger, en le lui présentant,
resplendissait, tremblait de joie) Matt Kralik, un nom qu'il lui
épela en langue des signes alors que le Matt Kralik en question,
et sa copine, Patricia, la dévisageaient. Matt, expliqua Bridger,
regardant Matt puis elle, puis de nouveau Matt, était un cama-
rade de chambrée et son meilleur copain à SC. Que faisait-il
donc là? Ses parents avaient une maison sur le lac. Quelle
coïncidence! Génial! Si, si, si, ils devaient absolument se
joindre à eux, Bridger insista.

S'ensuivit l'habituel et maladroit déplacement des chaises, la
serveuse observant le ballet alors qu'un aide-serveur noir, zélé,
se précipita vers eux pour les aider; une fois que tout le monde
fut assis et qu'on eut servi à Matt Kralik et à Patricia leurs
Martini identiques – même si celui de Matt était officiellement
un Gibson parce qu'il avait un petit oignon dedans, alors que
Patricia avait préféré l'olive plus traditionnelle –, pendant un
moment, personne ne parla : ce que les entendants nomment
« un silence gêné » – mais aucun silence n'était « gêné » pour
Dana et son regard passa posément de Matt Kralik, assis à sa
gauche, à Bridger, face à elle, et finalement à Patricia, à sa
droite. Patricia avait un regard ardent, quasiment égrillard, les
traits trop lourds pour son corps svelte et sa peau tendue : on
aurait dit un personnage de dessin animé, tout le poids au-
dessus des épaules, rien en dessous. « Donc, fit-elle, retroussant
les lèvres, Dana... c'est bien Dana, n'est-ce pas? Je ne retiens
jamais les noms...

— C'est bien ça.

— Qu'est-ce que tu fais... hum, qu'est-ce que tu fais? Dans
la vie? »

Elle sentit le regard des trois autres peser sur elle comme sur
une otarie de Sea World, perchée sur un tabouret et s'apprêtant
à tenir en équilibre une canne sur son museau, avant de rece-

voir sa récompense glissante, une sardine fraîche tendue par son dresseur. Même Bridger avait pris cet air-là et paraissait, en outre, dépité alors que, l'instant d'avant, il était transporté de joie, plus sociable qu'elle ne l'avait vu depuis une semaine, un mois. Prononçant du mieux qu'elle put, elle répondit : « J'enseigne dans une école de sourds. Du moins jusqu'à il y a peu.

— Oh, une école de sourds, dit Patricia. Ça, c'est intéressant. Très intéressant. »

Matt Kralik prit la parole. Au lycée, il avait connu un sourd, un joueur de base-ball hors pair, un centre qui courait à la vitesse du vent, et... (Dana décrocha pendant un instant.) Il jouait au Triple A-Ball mais pas aux Majors. « Comme ce joueur des Angels l'an dernier, qui c'était déjà ? »

Bridger dit son nom. Il pensa tout de même à le traduire en langue des signes. *Pride*. Mais il avait oublié son prénom.

« Pas *Charlie* Pride ! » s'exclama Matt Kralik, et Dana aurait manqué la plaisanterie (les autres éclatèrent de rire) si Bridger ne la lui avait pas traduite.

« Non, dit Patricia, ravalant son rire et recouvrant son calme en buvant une gorgée de Martini. Lui, c'était le chanteur noir de country et de western. Mon père avait ses disques, je m'en souviens.

— Ce joueur des Angels... les adversaires pouvaient l'insulter autant qu'ils voulaient, ça ne lui faisait ni chaud ni froid. Vous imaginez ça ? Ils pouvaient insulter sa mère et il n'en savait rien. »

Bridger haussa les épaules. « Ouais, par contre quand le public l'encourageait, il n'en savait rien non plus ! »

Matt Kralik parla, Bridger répondit et Patricia fut de la partie, la conversation fusant dans des directions inattendues tandis que la nourriture arrivait, et dès lors les mains de Bridger furent réquisitionnées par son chiche-kebab et Dana perdit pied. Elle finit donc par ne plus regarder que son assiette.

Après le dîner, ils prirent du *chai* au miel et au lait concentré, continuèrent leur conversation et insistèrent pour aller dans un bar (Matt en connaissait un où l'on jouait la meilleure musique en ville) ; Dana les suivit même si sa tête s'était mise à tambouriner jusqu'à ce que le mot *concussion* lui vienne à l'esprit comme s'il avait été inscrit en lettres à amples pleins et déliés sur le tableau de sa salle de cours – un terme médical : *ébranlement violent du cerveau, de la moelle épinière, etc., par un choc direct ou indirect, etc.,* cf. *traumatisme, dérivé du latin* concussio, *coup*. Mais non. Elle était simplement fatiguée. Vaincue. Et en colère. Elle n'avait pas envie d'être dans ce bar, qui ressemblait d'ailleurs à n'importe quel bar. Il était manifestement bruyant, tapageur, et Matt Kralik, Patricia et Bridger réagissaient à l'atmosphère en secouant la tête au rythme de la musique, qui tapait probablement très fort à travers les énormes haut-parleurs suspendus dans les angles, et ils ouvraient très grand la bouche pour (sans doute) hurler au lieu de parler. Elle ôta ses souliers et dansa deux fois avec Bridger et une avec Matt Kralik, jusqu'à ce qu'un crétin lui marche sur le pied avec ses godasses de maçon. Elle n'éprouva pas le sentiment de libération qu'elle ressentait d'ordinaire en dansant et qui lui procurait une formidable sensation de planer. Elle ne pouvait tout simplement pas se sortir Frank Calabrese de la tête. Au contraire de Bridger, qui s'éclatait, elle le voyait bien, et elle ne le lui en voulut pas. A moins que... En tout cas, après avoir passé une demi-heure à regarder tout le monde mâchouiller l'air, elle lui dit qu'elle désirait rentrer au motel ; il lui adressa un regard qu'elle n'apprécia guère et elle rentra seule, à pied. Dans le petit cube stérile de la chambre, elle se glissa sous les couvertures et alluma la télé.

Elle ne dormait pas quand Bridger rentra deux heures plus tard, éméché, le t-shirt en accordéon, arborant un petit sourire réprimé, entre repentir et défi. Elle l'observa avec une indifférence froide lorsqu'il se dirigea en tâtonnant vers la salle de bain, où il pissa sans prendre la peine de fermer la porte, et elle ne dit rien quand il revint dans la chambre, le regard baissé sur ses pieds comme s'il marchait sur un fil, pour aller se planter devant la télé, légèrement de côté, fasciné par les mouvements sur l'écran. Dana regardait un film d'horreur, le seul programme qu'elle ait pu trouver à cette heure, hormis les talkshows de la nuit, qui semblaient sécréter leur propre vacuité. Elle n'était pas fana des films d'horreur et n'en aurait jamais regardé un ce soir-là si elle n'avait pas été coincée dans cette chambre de motel, à se morfondre, agitée et incapable de trouver le sommeil. « Nous devons nous lever tôt, annonça-t-elle, essayant de maîtriser sa voix. Nous devons partir d'ici. Nous devons poursuivre notre route. Mettre les voiles. »

Elle l'observa quand il se gratta la nuque puis redescendit la main pour remonter son jean. Il parla à l'écran de la télé, maugréant sans aucun doute, avant de se retourner pour qu'elle puisse lire sur ses lèvres. « Je ne sais pas, dit-il, tentant sans grande conviction de traduire ses paroles en signes. Je ne sais pas. Je déteste tout ça.

— Tu détestes? Parce que tu crois que j'aime?

— Je dois rentrer. Je dois appeler Radko. »

Elle réfléchit un instant. « Tu n'as pas à faire quoi que ce soit », finit-elle par dire, et, soudain, elle éclata. Peut-être leva-t-elle la voix, elle n'en savait rien... « Tu prétends m'aimer, tu dis que tu me soutiendras, mais ce ne sont que des mots, parce que, si tu m'aimes... Si tu m'aimais, tu n'hésiterais pas un instant. »

Le visage de Bridger se déforma sous l'effet de la colère, une rigole profonde creusa le sillon entre ses yeux, ses lèvres se retroussèrent, sa peau, reflétant un changement de scène à l'écran de la télévision, devint jaune orangé tout à coup, comme s'il avait eu la jaunisse. « Ah ouais? Sans toi... », commença-t-il, mais elle détourna le regard et se concentra sur l'écran.

Le jaune vira au doré, puis au miel, et jusqu'à un sépia foncé, crépusculaire, tandis que le tueur masqué brandissait la lame trop luisante vers la victime, l'héroïne qui, dans son teddy bleu nuit, ne pouvait que courir, s'accroupir et se cacher, jambes nues, ses ongles de pieds peints en rouge accrochant la moindre particule de lumière comme pour obturer l'objectif. *Un chien aboie*, précisait le télétexte.

Bris de vitres.

Un rapide gros plan de la victime, maquillage maculé, pupilles dilatées par la terreur.

Les pleurs continuent.

QUATRIÈME PARTIE

1

ÈS qu'il posa les yeux sur la maison, il sut qu'il devait l'acquérir. Déjà lorsqu'il vivait avec Gina, s'en sortait plutôt bien, était le roi dans son domaine et n'enviait personne, lorsqu'il devait aller d'un endroit à l'autre (pour une course, faisant la navette entre les deux restaurants), en regardant par la fenêtre de la voiture, il voyait des demeures de ce genre et ressentait... de l'admiration. Une sorte de respect. Penser aux gens qui vivaient là, médecins, avocats, fortunes anciennes, vraiment classieux, investissements de premier ordre transmis de génération en génération, la Jag et la SLK280 côte à côte dans le garage. Parfois, ils venaient au Lugano, ces nantis de quarante, cinquante et même soixante ans, ils s'y connaissaient en vin, n'avaient pas besoin qu'on leur traduise le menu, ne se trompaient pas dans la prononciation, ni en italien ni en français ni en allemand. Puis ils rentraient chez eux dans une demeure comme celle-là, toiture en ardoise, fenêtres à meneaux, buissons centenaires, taillés et domestiqués comme des extensions des murs, parterres de fleurs, lierres, glycines et, toujours, à proximité, une colline ponctuée d'arbres. D'où l'on pouvait contempler la propriété en contrebas.

Cette demeure était de ce genre-là. Le vrai de vrai. Pas une unité dans un lotissement, montée avec trois planches et du placo, pas un appart en copropriété ou une vieille baraque victorienne pleine de recoins comme à Peterskill, divisée depuis deux générations en trous à rats sombres et malodorants, habités par des camés et des filles-mères qui vivaient aux crochets de la Sécu. Non, ça c'était un endroit où vivaient les riches, où ils avaient toujours vécu. Les riches bâtissaient en pierre de taille. C'est la première chose qu'il remarqua, la pierre : un talus de pierres gris argent, barré de soleil, entraperçu d'abord à travers un rideau d'arbres tandis qu'ils remontaient l'allée de gravier à la suite de Sandman et de la femme de l'agence immobilière. Et, en second, les miroirs des fenêtres et les ardoises de la toiture étincelante – comme éternellement humide –, les gouttières en cuivre et leur ternissure verdâtre.

« C'est bel endroit, non ? » lâcha Natalia.

Le soleil se répandait dans l'allée où Sandman et la femme de l'agence (Janice Levy, petite, cheveux épais, expansive) sortaient de leur voiture. « C'est *un* bel endroit, la corrigea Peck. Et regarde-moi cette vue ! » Il désignait du doigt le panorama, la pelouse déroulée jusqu'à un bosquet qui plongeait dans un creux pour révéler l'Hudson et les sommets en toile de fond.

« Je déteste. » Madison s'était penchée vers l'avant, traits tendus, regard détectant tout. « Maman, je déteste. On dirait une maison de sorcière. Et il n'y a pas d'enfants pour jouer. »

Une fois n'est pas coutume, Natalia l'ignora. Ils sortirent de la voiture. Sandman souriait, Janice Levy les observait avec le regard attentif de la behavioriste, à l'affût de nuances, de lapsus, de tout ce par quoi ce couple pourrait se trahir. « Attendez de voir l'intérieur, déclara Sandman. Cet endroit, c'est pour toi, je te l'avais dit. »

Sandman avait raison. Cette maison lui ressemblait, sans l'ombre d'un doute. Même si l'intérieur avait été vide comme une grange, ou restauré en style motel à plafonds crépis et murs citron vert, il aurait signé les yeux fermés. Le marché était déjà conclu, on n'attendait que son accord. Et celui de Janice Levy, censée approuver leur candidature au nom des Walter Meister, qui étaient déjà à West Palm Beach parce que, à soixante-douze ans, Mrs. Meister ne supportait plus les hivers du Nord et peu lui importait qu'en Floride l'été soit lourd et humide : il ne pouvait pas être pire que l'été à New York, même si on y bénéficiait de la brise de l'Hudson. En Floride, il faisait *lourd et humide*, oui, *lourd et humide*, répéta Janice Levy, plaçant la voix juste à la limite inférieure de la caricature, imitant la vieille dame en leur faisant visiter l'intérieur, détaillant les équipements et jactant sans relâche.

Sandman (il marquait bien, il faisait respectable, les tatouages couverts par sa chemise à manches longues d'un bleu pâle banquier assorti à la couleur de ses yeux, la barbe réduite à un petit bouc type *soul*, blond sale, qui pendait de sa lèvre inférieure), Sandman, donc, souriait, tirait sur ses manches et faisait descendre sa voix de baryton jusqu'à ses profondeurs les plus suaves, tandis qu'ils passaient à pas lents d'une pièce à l'autre et que Janice Levy gesticulait, jacassait et s'insinuait avec professionnalisme dans les bonnes grâces de ses clients. « Et le bar, s'exclama-t-elle, voyez le bar ! »

Ils se trouvaient dans la pièce principale, avec sa cheminée et ses vues sur l'Hudson, ses planchers en chêne dorés par l'âge, et le bar (évier et minifrigo) collé contre un mur blanc. « Ouais, s'entendit-il dire. C'est bien. » A l'abri de ses nouvelles lunettes réfléchissantes, achetées dans un banal centre commercial de l'Utah, il arborait son expression inexpressive, ne trahissait rien, même s'il avait mentalement déjà fixé le prix de la transaction et qu'il n'y avait aucune raison ou occasion de marchander encore : c'était signer les documents ou laisser tomber. Il menait toujours ses affaires ainsi : sans jamais trahir sa pensée.

Natalia, caressant la surface lustrée du plan de travail, se tourna vers Janice Levy pour l'interroger sur les espaces de rangement : « Il n'y a pas placards ? »

Tenant en équilibre un coude dans la paume de l'autre main,

renversant la tête d'un air qui se voulait candide, Janice Levy l'assura que les placards suffisaient largement, bien que, naturellement, dans une vieille demeure... une demeure traditionnelle... il fallait faire preuve d'inventivité. Elle connaissait d'ailleurs l'antiquaire qu'il lui fallait pour dénicher des pièces d'époque, armoires, chiffonniers, bibliothèques, mais, vraiment, dans une demeure comme celle-ci, il n'y avait aucun problème...

Il n'en fallut pas plus à Natalia pour se laisser convaincre : ça et la cuisine, qui, ainsi que Sandman le leur avait annoncé, avait été adaptée aux desiderata des bourgeois (les Meister étaient de fins gourmets, leur confia Janice Levy, ils possédaient plus de cinq cents livres de cuisine). Elle fut également du goût de Peck : en plus du plan de travail en granit contre le mur, il y en avait un second, au centre de la pièce, pour la préparation des mets, des crochets pour les casseroles, du matériel Big Viking qui n'avait rien à envier à celui qu'ils avaient dû abandonner : il commit l'erreur de le dire.

« Oh, vous êtes donc un gourmet, Mr. Martin ? » s'enquit l'agente

Il la regarda puis ôta ses lunettes pour la fixer des yeux, pour lui montrer qu'il était sympathique, séduisant, fringant, un homme à femmes : rien à craindre de son côté. « Je n'irais pas jusque-là, répondit-il. J'aime simplement cuisiner. Et les bons restaurants. »

Natalia était chauffée : il vit l'humeur sortons-faire-du-shopping inonder ses yeux couleur de whisky vieilli en fût de chêne : toute une maison à meubler, une vraie maison, une propriété au milieu d'une campagne d'antiquaires – et Manhattan à moins d'une heure en voiture. « C'est le meilleur. Un chef de rêve. Et le vin ! Il est son propre sommelier. »

Janice Levy l'observa alors. Sandman aussi. Le temps était venu de signer les documents : bail de deux ans avec option d'achat, débouchez le Perrier-Jouët et renvoyons la femme de l'agence à ses visites d'appartements avec des couples obèses dans son Land Cruiser blanc et qu'elle vende, vende, vende! Elle connaissait tout de lui, les montants sur ses comptes, les capitaux qu'il avait investis dans l'appartement de Mill Valley, elle savait qu'il était clean, aucune dette, vingt-neuf ans, un diplôme de l'école de cinéma de l'université de Caroline du Sud, du fric à jeter par les fenêtres. « Bien, dit-elle, posant sa sacoche sur le bar et faisant sauter les fermetures avec un mouvement expert des deux pouces. Qu'avez-vous dit que vous faisiez? Votre métier, veux-je dire...

— Investissements.

— Oh, naturellement. Oui, vous l'avez déjà dit. » Elle rassemblait les documents pour qu'il y appose sa signature, le chèque, six mois d'avance et Sandman devait récupérer la sienne, quand elle se mit à rêver tout haut : « Vous êtes dans le cinéma? » En fond, il entendait la voix flûtée et tonitruante de Madison : Maman, maman, il y a une balançoire!

« Non, dit-il, s'approchant pour parcourir des yeux la première page du contrat. Ça, c'est pour les amateurs. Comme le casino, vous comprenez ce que je veux dire? »

Le regard de son interlocutrice (acéré : beaux yeux verts, manifestement aguichés) se posa sur lui. Il respirait son parfum. Comme toutes les agentes immobilières, elle avait des jambes de rêve, mises en valeur par une jupe qui lui descendait juste au-dessous du genou. « Non, pas vraiment. Mais j'ai un client qui cherche une maison en ce moment... il travaille dans la télévision, à Manhattan et il...

— Moi je dis : les investissements. Ça, c'est réel, au moins.

— Oui, dit-elle en hochant vigoureusement la tête. Oh, oui, sans aucun doute. »

La traversée des Etats-Unis d'ouest en est n'avait pas vraiment répondu à son attente : ils l'avaient fait durer deux semaines et un jour et avaient réussi à voir le Grand Lac Salé, un village Amish et le plus grand attelage de longhorns du monde, tout ça pour Madison, mais ils avaient loupé Tahoe et Las Vegas. Une fois sur la I-80, Peck avait filé tout droit, l'esprit accaparé par les aspérités de l'incident du snack des abords de Sacramento ; après avoir franchi la frontière de l'Etat, il y avait repensé. D'une part, il n'y avait aucune raison de traîner. Le minimum de repos, d'accord : il fallait faire plaisir à la gamine et à Natalia aussi mais, plus tôt il s'installait à New York et se mettait à refaire du fric – du vrai –, mieux ce serait. Et il y avait le problème de la Mercedes. Il était passé en mode panique pendant un moment là-bas, au snack de Sacramento, l'adrénaline avait décapé ses veines et sérieusement handicapé son jugement. Il avait des papiers d'identité et ceux de la voiture : elle lui appartenait, aucun doute là-dessus, et une fois sorti du territoire californien, il n'avait plus à craindre les flics (si ç'avait même été un problème jusque-là). Sans compter qu'elle lui avait coûté des sous. Il avait aligné 10 000 dollars en liquide en plus de la Z4 de Natalia et plus d'une année de traites : il ne risquait donc pas de se débarrasser de la Mercedes comme ça ! Les plaques temporaires, ce n'était rien : il les jetterait, remplirait une carte grise bidon et immatriculerait la voiture à New York. Quand Bob Almond de Bob Almond Mercedes voudrait savoir où ses paiements étaient passés, eh bien, il pourrait toujours aller à San Roque et les réclamer à ce con de Bridger Martin.

Ils avaient donc avalé les kilomètres. Natalia somnolait, Madison passait et repassait ses vidéos, et Dieu sait que l'inconvénient de supporter l'exaspérante musique pour gosses valait encore mieux que les incessantes agressions toutes griffes dehors de Natalia, dont il savait qu'elles n'étaient pas terminées – elle ne faisait que reposer ses cordes vocales. Le paysage (ou *l'absence* de paysage) défilait par la fenêtre. Peck gardait le pied sur le champignon et les yeux sur le rétroviseur. Il devait être dans les quatre heures, un jour, quand Madison se remit à gémir et que Natalia lui décocha un regard qui le transperça de part en part. Winnemucca était un trou, Elko encore plus et, d'une voix cinglante, elle lui demanda s'il avait l'intention de conduire toute la journée et toute la nuit sans s'arrêter pour faire leurs besoins naturels ou *consommer* (le mot même qu'elle employa) n'importe quelle nourriture. « Tu as l'intention arrêter ou tu continues fuir ?

— Je ne fuis pas.

— Ah bon, tu fais quoi, alors ?

— Je conduis.

— Tu conduis, oui. A qui tu le dis. » Elle observa par la fenêtre les broussailles, l'univers décoloré du désert, le soleil insistant comme un cauchemar. « Ça ne ressemble pas à Tahoe.

— Non, non. Changement d'itinéraire.

— Ce n'est pas Las Vegas. » Il la regarda furtivement : traits figés, hargneux, vidés de leur beauté opalescente. « Qu'est-ce que c'est, cet endroit ? Rien. »

Une sortie fusa, des camions à l'arrêt formant une crête métallique, cent voitures de connards qui grouillaient comme des silhouettes semblables à un seul trait de pinceau dans une croûte représentant l'aire d'autoroute typique : station-service, cafétéria, chambres de motel, capotes, minisaucisses en pâte feuilletée, tequila. Un panneau BIJOUX INDIENS À SEULEMENT 30 KM. Et puis la cambrousse, encore la cambrousse, toujours la cambrousse et l'infinie taillade de la route qui se réduit à rien à l'horizon.

« Arrête-toi, dit Natalia en tournant vers lui son visage furieux. A la prochaine aire, tu arrêtes, je me moque d'où c'est, tu arrêtes.

— Une piscine, précisa Madison. Je veux une piscine. Je peux aller nager, maman, je peux ? »

Il s'entendit répondre : « Sûr, pas de problème. La prochaine aire. La prochaine aire avec piscine. »

Pendant un moment, tous trois fixèrent du regard le ruban

de l'autoroute, le mille-pattes scintillant de véhicules qui disparaissaient à l'horizon, personnages de dessin animé hennissant et gloussant dans le fond, et le discret ronron des pneus. « Quelque chose ne va pas, dit alors Natalia.

— Non, tout va bien.

— Alors pourquoi pas aller à Tahoe ?

— Je te l'ai dit, j'ai changé d'avis.

— Ces gens...

— Qu'ils aillent se faire foutre. »

Elle lui adressa un regard perçant. Elle ne voulait pas qu'il jure en présence de Madison et il le savait – c'était l'une des règles qu'elle avait établies. *Pas gros mots devant Madison.* « Ces gens... répéta-t-elle.

— Qu'ils aillent se faire foutre. »

Et ainsi de suite, *ad nauseam*, pendant deux semaines et un jour.

La première nuit qu'ils passèrent dans leur nouvelle résidence, après quatre dans le motel du coin et cinq journées de shopping effréné, à découvrir les équipements, à disposer le mobilier et à ouvrir les cartons arrivés de Californie, il décida d'inaugurer la cuisine. Un petit repas fusion thaï-chinois : sauté aux trois fruits de la mer (coquilles Saint-Jacques, baudroie, gambas), rouleaux de printemps au porc pour commencer et salade de calamars modérément épicée, suffisamment pour plaire à Natalia et pas trop pour ne pas contrarier le jeune et tendre palais de Madison. Laquelle commençait à s'habituer, il le reconnaissait volontiers. Depuis que sa mère avait emménagé chez lui, il l'avait déshabituée de la nourriture insipide, glissant par-ci par-là une tranche de *daikon* ou d'oignons Vidalia, une double portion de *wasabi* et de gingembre à la saumure dans son sashimi : et, en dessert, une glace au thé vert pour qu'elle puisse se rafraîchir la bouche et comparer. Ou bien il lui faisait faire un test avec une infime tranche de *mecos chipotle*, qu'il aimait employer dans une *enchiladas* au poulet, ou un morceau rouge sang de *serrano* fumé, et toujours de la glace pour terminer. En fait, elle devenait une véritable petite gastronome en jupe courte, exigeant un peu de gelée au *jalapeno* plutôt que de la cannelle sur son toast abondamment beurré du matin.

Le supermarché du coin ne pouvait rivaliser avec ses équivalents en Californie, mais il avait déniché un marché asiatique à Fishkill (un peu loin de Garrison mais il essayait de restreindre son shopping au nord, car il n'avait pas envie de mettre les pieds à Peterskill – pour des raisons évidentes) ; il réussissait donc à se procurer quasiment tout ce dont il avait besoin, nouilles chinoises à la sauce douce-amère, crêpes de riz pour les rouleaux de printemps, *cilantro* et gingembre frais. Il avait plu récemment, les nuages s'étaient amoncelés au-dessus de Storm King puis étalés avant de plonger bas sur West Point : voilà un spectacle qui lui avait manqué, la soudaineté et la violence des orages ; debout devant le plan de travail, il humait le parfum indéfinissable de son enfance qui courait sur la pelouse, à travers les haies, l'odeur des bois, du sumac, de l'humus, de l'eau en excès stagnant dans des recoins cachés, tout en fermentation. Soudain, il fut heureux, comme s'il avait été soulagé d'un fardeau, un fardeau qui l'avait accablé pendant tout ce dernier mois et même davantage, heureux de nettoyer des calamars avec l'un de ses étincelants couteaux J.A. Henckels, heureux de prendre une coupe de champagne à la fenêtre, sous le ciel lourd et gris, surplombant la pelouse d'un vert si sombre qu'il en était presque noir. Content du champagne, le prix sur le Perrier-Jouët si intéressant qu'il en avait acheté une caisse entière, les vins français infiniment moins chers que sur la côte Ouest : il se disait donc qu'il en boirait beaucoup plus désormais, sans parler des vins italiens et même espagnols. Il goûtait ce plaisir, maniant le couteau puis le posant pour porter la flûte à ses lèvres, lorsque Natalia, arrivée dans son dos en silence, lui passa les mains autour de la taille.

« Hé, murmura-t-elle. Comment ça va ? Ça a l'air bon. Calamars, hein ? »

Le contenu d'une casserole cuisait à feu vif : il préparait un bouillon de poisson avec les restes de baudroie, un demi-verre de vin blanc, beurre, ail, oignons grelot pour relever les calamars, et il avait les mains pleines. Normalement, il n'aimait pas être dérangé dans la cuisine (cuisiner requérait sa pleine concentration ou les choses risquaient de mal tourner) mais il se sentait si bien qu'il se pencha en arrière pour sentir la pression des longs doigts de Natalia sur son ventre, juste sous la cage thoracique, où il était très chatouilleux, sur son torse et ses tétons. « Je me sens bien, dit-il, en se retournant pour l'embrasser. Tu veux une coupe de champagne ?

— Bien, fit-elle en se détachant de lui, oui, ça me dit mais je cherchais marteau que je viens d'acheter... tu l'as vu quelque part ? »

Elle avait déniché une série de gravures 1900 à peine piquées dans l'une des brocantes des environs, représentant deux enfants, un garçon et une fille, dans des poses différentes : enveloppés dans un maelström de végétation romantique, se promenant main dans la main comme des enfants perdus, balançant les pieds dans un torrent rugissant, menton levé vers les cieux comme pour y chercher du secours – elle avait passé la dernière heure à se demander où les accrocher. « Non, dit-il, je ne l'ai pas vu, mais ça te dérangerait, s'il te plaît, de... le champagne est dans le seau à champagne et j'ai les mains... – il les leva, mouillées et visqueuses d'exsudats de calamar. Et la casserole sur le feu là... tu pourrais baisser le feu ? A feu doux. Oui, c'est ça, jusqu'à feu doux. »

Elle portait un bermuda pour bien montrer le galbe parfait de ses mollets, la beauté de ses chevilles et de ses pieds, sandales ouvertes, chemisier blanc remonté et noué sous la poitrine –

elle avait aussi relevé ses cheveux, sans chichi, parce qu'il fallait ranger la maison de fond en comble. Il quadrilla avec la pointe du couteau les morceaux aplatis de calamar pour les rendre plus tendres et observa Natalia se déplacer gracieusement vers le fourneau avant de se verser une coupe de champagne. Que ressentait-il ? De l'amour, du désir ? Le doux filtre de la satisfaction et du bonheur familial ?

« Un toast ? » proposa-t-il, posant le couteau pour s'essuyer les mains sur un torchon avant de prendre sa coupe.

Le soleil avait passé les doigts à travers les nuages, illuminant soudain un carré de bois (la lumière du jour crût comme une lumière artificielle modifiée par un rhéostat) pour redescendre presque aussitôt. Un cliché. Avec une très longue exposition. Natalia observait Peck. Le poids de son corps sur un pied, le verre aux lèvres. « Un toast à quoi ? » demanda-t-elle, son expression changeant tout à coup. « A, à... (alors surgit le rougissement des pommettes, le rideau de buée qui lui blindait le regard)... à un homme qui ne veut même pas me présenter à sa mère ? Dans sa ville natale ? Présenter sa fiancée ? C'est ça, le toast ? C'est ça ? »

Il prononça son nom, d'une voix douce, pour sauver la situation.

« Parce que moi je n'en peux plus de cette merde, parce que c'est bien ça : merde. Tu m'entends ?

— Je t'en prie, pas maintenant.

— Si, maintenant », rétorqua-t-elle, allongeant les jambes pour garder l'équilibre. Puis elle renversa la tête pour avaler cul sec, comme elle l'aurait fait à Jaroslaw avec un verre de vodka de sous-marque. « Je ne te crois plus. Je ne crois plus rien ce que tu dis. Cet argent. D'où il vient ? De la drogue, c'est ça ? »

Il se contenta de la fixer du regard. Il n'avait pas envie d'entrer dans cette polémique.

« Est-ce que... est-ce que je vais faire prison, comme Sandman ? Et toi... toi, tu as fait prison, non ? Je le sais.

— C'est une longue histoire.

— Oui. Eh bien, raconte-moi. Raconte-moi toute histoire. » Elle se versa un second verre. Il remarqua que sa main, autour du goulot, tremblait. « Parce que je jure, si tu ne... Tu as honte moi? Pourquoi? A cause d'accent? Honte et je ne peux rencontrer que Sandman... pas ta mère?

— Ce n'est pas ça. » Il n'avait toujours pas bougé, les calamars étaient prêts sur le plan de travail, sa flûte de champagne était vide et la casserole mijotait sur le gaz. « D'accord, tu as raison, dit-il en s'avançant vers le fourneau pour éteindre le gaz sous la casserole et se servir un autre verre. Je suppose qu'il est temps, parce que tu en arrives à avoir un comportement bizarre... La drogue? Moi? Est-ce que tu m'as jamais vu prendre quelque drogue que ce soit? Même de l'herbe... même une seule taffe?

— De la cocaïne.

— Ça ne compte pas. Un petit sniff de temps à autre, pour s'amuser. Quoi, une fois par semaine... tous les *quinze jours*, plutôt. » Il écarta les bras en signe de remontrance. « Et toi tu aimes bien ça aussi. »

Elle lui adressa un sourire pincé. « Oui, parfois.

— Je ne suis pas un sale type. Tu me prends pour un sale type? Ce qui m'est arrivé n'est pas différent de ce qui t'est arrivé à toi. Je me suis seulement acoquiné avec la mauvaise personne, voilà tout. Ma femme. Mon *ex*-femme. Ça a été le début de la fin. Comme pour toi... comme toi avec ce... le père de Madison? »

Elle s'assit à la table achetée de la veille (en chêne, années 1890, plus six chaises assorties, deux avec des craquelures infimes comblées et vernies). Ils firent un sort à la bouteille et en débouchèrent une autre. Il lui raconta tout ce qu'il pouvait lui raconter, car il voulait être honnête avec elle; il l'aimait et croyait réellement que, dans une relation, on devait tout dire. Pas, néanmoins, jusqu'à lui révéler que son vrai nom était Peck.

Bridger convenait parfaitement, Bridger faisait l'affaire pour l'instant, même s'il avait vidé les comptes du vrai Bridger parce qu'il n'avait pu s'empêcher de lui jouer un sale tour, même s'il devrait encore changer d'identité avant longtemps; ni que ce n'était pas une société d'investissement qu'il avait l'intention de diriger depuis le vaste rez-de-chaussée de leur nouveau nid douillet; ni qu'il ne pouvait l'emmener voir sa mère non seulement parce que sa mère n'existait plus pour lui mais aussi parce qu'elle pourrait l'appeler Peck ou même William et que, pour l'heure, il avait vraiment besoin d'y aller mollo.

A un moment donné, il se leva pour hacher le *cilantro*, des pois, de l'ail et des piments, nettoyer les gambas et mettre l'eau à bouillir pour le riz. Natalia n'eut pas grand-chose à dire. Elle resta assise à passer, d'un air sombre, le bout de l'index sur le bord de sa coupe. Quant à Peck, le champagne lui était un peu monté à la tête : hélas, le plaisir de l'instant – être seul avec ses pensées tandis que la nourriture grésillait dans la casserole – s'était envolé et l'alcool avait tourné à l'âcre au fond de sa gorge. Mais, du moins, songea-t-il, il avait éludé la question. Il s'était ouvert à Natalia, il avait été aussi franc et honnête que possible dans les circonstances. Et elle paraissait satisfaite ou, du moins, pacifiée.

Pendant un long moment, ils ne parlèrent ni l'un ni l'autre. On distinguait tout juste les bruits de la campagne. Chants d'oiseaux, criquets, course humide des pneus d'une auto solitaire sur la route au bas de la propriété. Quoi d'autre? Le grincement et le relâchement des chaînes de la balançoire de Madison, aussi réguliers qu'une respiration. Tout semblait s'agréger autour de leur rythme, lent, sûr, paisible, même lorsqu'il retourna au fourneau, devant lequel il se mit tout à coup à s'agiter. Quand le wok fut à point, il ajouta l'ail, le gingembre, les oignons grelot, les piments et le parfum qui s'en exhala embauma l'air dans un jaillissement instantané qui sollicita ses glandes salivaires. Derrière lui, à la table, Natalia s'éclaircit la gorge et se versa un autre verre. Puis, de sa voix la plus menue, elle dit : « Je ne comprends toujours pas pourquoi je ne peux pas rencontrer ta mère. »

Le surlendemain, sur l'autre rive de l'Hudson, à Newburgh, il acheta une photocopieuse haut de gamme à l'aide d'une carte de crédit au nom d'une tierce personne, après quoi il avait l'intention de faire un saut à une authentique boucherie allemande à l'ancienne que Sandman lui avait signalée, car il avait pensé préparer des *Wiener Schnitzel,* avec du chou rouge en saumure, des *Spätzle* et des haricots de Lima, pour le plaisir de varier, quoique, à la réflexion, ce serait sans doute trop lourd pour la saison : il se cantonnerait sans doute à une salade de patates et des *Bratwurst* sur le grill. C'est alors qu'il décida, sur l'impulsion du moment, de s'arrêter à un bar au bord du fleuve. Il avait deux heures à tuer et la perspective était agréable. Ce serait reposant. Tout comme la sensation du soleil dans son dos lorsqu'il chargea la photocopieuse dans le coffre, aisselles déjà mouillées de sueur, la chaleur et l'humidité le soutenant d'une manière dont aurait été incapable l'air réfrigéré de la baie de San Francisco. Il eut l'impression d'être un touriste dans son propre terroir. Ou un dilettante. Un oisif prenant l'air avant de se jucher sur un tabouret de bar, devant une bière ou deux, qu'il boirait dans un verre conique perlé de condensation tandis que la télé haut perchée bavarderait sans trêve à propos de tout et de rien et que lui-même étalerait le journal sur le comptoir et méditerait sur les modestes prouesses des Yankees et des Mets.

Natalia faisait du shopping. Il l'avait déposée dans un centre commercial qui devait faire la taille du Connecticut et elle avait dit qu'elle l'appellerait vers deux heures pour qu'ils déjeunent ensemble. Ils avaient trouvé un camp de vacances pour Madison, qui, cela va de soi, clamant qu'elle n'avait pas envie d'y aller, s'était accrochée aux jambes de sa mère, s'était récriée jusqu'à ce que la morve lui coule des narines et, dans l'ensemble, avait rendu impossible la vie de tout le monde. Mais, au moins, ils n'avaient pas à s'en occuper jusqu'à cinq heures, ou était-ce cinq heures et demie ? Alors, il songea, guère étonnant, à Sukie : cela lui pesait de la savoir si près et de ne pas pouvoir la voir, mais il n'osait pas s'y risquer, pas aussi tôt, en tout cas. Il se représenta son visage lumineux, mais il disparut aussi vite qu'il était apparu. Il vérifia l'heure à sa montre (midi et quart) et entra dans le bar.

Ce n'était pas, au sens strict du terme, un bar : c'était un bar-restaurant qui tentait de monter en grade, au sein du complexe que les autorités de la ville avaient fait construire sur la rive de l'Hudson pour attirer les touristes et les autochtones un tant soi peu fortunés qui croyaient qu'ils y gagneraient quelque chose de spécial parce que les garçons portaient des chemises de marque, un nœud papillon, un tablier empesé et parce qu'on voyait l'Hudson par la fenêtre. Peck ne se plaignait pas : il adorait faire du farniente dans des endroits comme ça : Varathane encore frais sur les lambris en pin, propriétaires jeunes, inexpérimentés, ambitieux. C'était pour lui comme des vacances d'aide-serveur : il étudiait le menu, la liste des vins, calculait ce qu'ils tiraient de ce qu'ils proposaient – pour le pur plaisir de comparer. Jamais plus il ne reprendrait la charge d'un restaurant. Trop de merde. Trop de chagrin.

Il fallut à ses yeux un instant pour s'adapter, puis il adressa un hochement de tête à la serveuse (dix-huit ans, blonde naturelle, un papillon tatoué sur l'épaule gauche – tout ce qu'il détestait : les tatouages pour les femmes, surtout sur les surfaces intimes de leur corps : ils lui évoquaient une intense circulation, rien de plus) ; il ôta ses lunettes, se passa la main sur les cheveux pour les assagir et choisit un tabouret au comptoir. L'endroit était fréquenté, ce qui le surprit. Quantité de businessmen en costume d'été, deux ou trois secrétaires, et trois ou quatre membres de la pègre locale : on les reconnaissait au premier coup d'œil, malgré leurs chemises de couleurs vives et leur air regardez-moi-comme-je-me-tiens-bien ; les deux tiers des tables étaient occupées, surtout par des femmes, qui buvaient des thés froids et grignotaient leur salade au crabe servie sur un demi-avocat. Quel était le mot qu'il cherchait ? *Déclassé.* On n'était pas à Sausalito, ça, c'était certain.

Il venait de commander sa bière et une demi-douzaine de Cherrystones, il venait d'étaler le journal sur le comptoir et avait levé les yeux vers la télé pour voir un joueur de Dieu sait quelle équipe réussir un *home run* au cours du résumé des matches de la veille, lorsqu'il sentit une main sur son épaule et pivota sur son tabouret comme s'il avait été brûlé, nerveux, affolé, flippé malgré lui. Pendant un instant, il ne reconnut pas les yeux dont il croisait le regard, ceux d'un inconnu, d'un crétin qui voulait tout simplement regarder les pages sport ou demander poliment s'il ne pourrait pas bouger un tabouret pour...

« Peck, mec... tu me reconnais pas ? »

C'était Dudley, Dudley, cheveux coupés court désormais, plus de boucle d'oreille, mais un tablier passé sur sa chemise à manches longues et son nœud pap. Peck ne sut que dire. Il essaya de ne pas le voir, bonjour, au revoir, *C'est à moi que vous parlez ?* mais ça ne marcha pas, ça ne pouvait pas marcher. Il était bien William Peck Wilson et, même s'il remettait les pieds à Peterskill pour la première fois en trois ans, voilà qu'il était déjà démasqué. Newburgh, mon Dieu. A quarante kilomètres et sur l'autre rive de l'Hudson. Qui aurait pensé que quelqu'un pouvait le connaître dans ce bled ?

Dudley resta planté là, à sourire comme s'ils avaient gagné conjointement le gros lot. Ses yeux ressemblaient à des grappins. Ses lèvres se desséchaient. « Ouais, dit Peck, baissant la tête, ouais. Content de te voir.

— Oh, mec, j'arrive pas à le croire. Alors, t'es revenu ? » Et puis, sans attendre la réponse de Peck, il appela le barman : « Hé, Rick, Rick, donne à ce mec tout ce qu'il voudra. Qu'est-ce tu veux? Un petit verre de ce pur malt... c'était lequel que tu buvais toujours, avant? »

Le nom resta bloqué dans sa gorge comme un caillot de phlegme : « Laphroaig.

— Ouais, c'est ça – Dudley jeta un coup d'œil derrière lui. Je suis pas censé boire pendant le service mais, hé, ça c'est une occasion hyperspéciale. » Il fit du surplace, recula pour mieux voir, puis serra le poing pour taper sur l'épaule de Peck. « Merde! aboya-t-il. Merde, Peck, c'est super de te voir. Cul sec, mec. Cul sec! »

Or – Peck ne put rien y faire –, à cet instant-là, un ressort céda en lui, sans crier gare, il saisit Dudley par le bras, si fort qu'on aurait dit qu'il allait l'écraser, il l'attira à lui pour pouvoir parler à voix basse dans son registre abyssal de Greenhaven : « Ne m'appelle pas par ce nom-là, dit-il. Ne m'appelle plus par ce nom-là. Jamais. »

L'étincelle s'éteignit dans le regard de Dudley, pour revenir l'instant d'après dans une vague lueur de compréhension. « Ouais, fit-il. Ouais, je pige. »

Alors seulement ils burent leur Laphroaig. Alors seulement ils s'engagèrent dans une conversation tout ce qu'il y avait de plus banale, jusqu'à ce que Dudley s'excuse mais... il devait s'occuper des clients. S'ensuivirent les habituels adieux et on se revoit, hein? Sauf que Dudley n'était pas près de le lâcher comme ça. « Alors, fit-il, déjà sur le chemin de la cuisine, je vais te revoir ou quoi? Tu es bien revenu pour de bon? »

Peck observa deux femmes qui, se levant d'une table près de la fenêtre, récupéraient leurs sacs et leurs emplettes ou Dieu sait quoi : étoffe de la jupe bien serrée sur les fesses quand elles se penchèrent puis se relevèrent. Plus loin, au-dessus du fleuve, une mouette solitaire tout là-haut flottait sur les courants. Peck se leva, glissa le journal sous son bras. « Non, dit-il, je suis seulement de passage. »

2

ILS étaient quelque part dans l'Utah, au milieu d'un paysage de plaines salines tellement délavées, mornes et monotones qu'il aurait pu l'avoir créé comme toile de fond d'un polar postapocalyptique. Mais, pour l'heure, il était tellement fatigué, poisseux de transpiration, déshydraté et vaguement fébrile qu'il ne pouvait même pas en imaginer la trame ou dépasser le miroitement lointain de la séquence d'ouverture, des plus éculées. Dana conduisait. Toute la journée, elle était restée concentrée sur son écran comme elle l'aurait fait sur la boule de cristal du *Magicien d'Oz*; après qu'ils s'étaient arrêtés pour faire le plein et aller aux toilettes, elle avait pris le volant. Tout le long des deux cents derniers kilomètres, Bridger s'était mis en condition pour téléphoner à Radko, pour vérifier où ils en étaient, tout en sachant en son for intérieur qu'un remplaçant devait déjà occuper son box et manier sa souris. Il faisait une chaleur insupportable, l'air conditionné de la voiture fonctionnait mal, le soleil rebondissait sur le capot, le tableau de bord et les boutons de la radio. Il avait les aisselles moites, irritées, son t-shirt lui collait sur le dos et il n'arrêtait pas de jouer avec les aérations pour augmenter l'afflux d'air – sans grand succès. Il prit un instant pour observer Dana, mâchoire serrée et mains crispées sur le volant, puis il sortit son portable, composa le numéro et leva les yeux vers le néant blanchâtre de l'horizon.

On décrocha dès la seconde sonnerie. « Rad », annonça Radko, son habituelle salutation au téléphone, comme si prononcer les deux syllabes de « allô » avait été une perte de temps.

« Rad? » répéta Bridger bêtement. Son patron écoutait un talk-show à la radio, par ennui, un démagogue réactionnaire familier des ondes qui crachait sur les communistes, les libéraux et les Mexicains; Radko avait beau avoir baissé le volume, on entendait encore la voix haut perchée et le ton incendiaire. De ce bavardage s'éleva le terme « éco-nazi » – avant de retomber.

« C'est qui? Bridger? Bridger, c'est toi?

— Ouais, hum... salut.

— Où es-tu?

— C'est pour ça que je vous appelle, je voulais vous dire...

— Ne me dis rrrien. Tu es à aérroport, tu es chez toi, tu es dans festibule de notrre immeuble où je dirige entrreprise et je paie loyer et tu ne trouves pas za important, tu – il marqua une pause pour décrocher le terme – t'en moques. Et tu zais pourquoi?

— Je suis dans l'Utah.

— L'Udah. » Il y avait une infinie tristesse dans le ton sur lequel Radko avait prononcé ce nom, le ton qu'on prend pour parler d'une prison ou d'une léproserie.

« C'est ce dont je voulais vous parler. Je suis désolé, mais Dana... je veux dire... Milos...

— Non, mêle pas le cousin à cette histoireuh.

— Nous devons aller à New York parce que ce voleur...

— Foleur, foleur, toujours ce foleur... arrête, pourrquoi pas? Déjà trop.

— Il est après moi, maintenant. J'ignore comment, il a réussi à se procurer mes numéros, il a pris des cartes de crédit à mon nom et je ne sais quoi d'autre, et si quelqu'un vient au bureau pour moi, des créditeurs, des agences de recouvrement ou qui que ce soit, je veux que vous sachiez que ce n'est pas ma faute. Je ne suis pas coupable. Ne m'accusez pas.

— Accuser ? Qui accuse ? Je veux dire quelque chose, il y a une femme, très jeune femme, azize à ta place maintenant, trravaille vite, mieux, je crois, que toi... quand tu es là, je veux dirre. » Bridger essaya de l'interrompre mais Radko avait haussé le ton, raclant les mots sur ses couronnes pour les recracher dans le récepteur. « Mais tu n'es pas là, hein ?

— Je comprends. Je sais ce que vous pensez. Je veux simplement dire que tout ça me dépasse entièrement et, que, hum, je suppose que, à mon retour, je vous téléphonerai ? Juste au cas où...

— Au cas où quoi ?

— Où vous auriez encore besoin de moi.

— Et *quand* tu rreviens ? »

Le volume de la voix de la radio enfla puis s'étiola. Entre-temps, Dana n'avait pas bougé, n'avait même pas cillé, tout était stationnaire, à l'exception de la circulation au loin, qui s'amplifiait, oh, très progressivement, de l'autre côté du terre-plein central. « Je ne sais pas. Dès que je peux.

— Tu ne zais pas ? » Radko ménagea une pause pour gagner en impact. « Alorrs, moi non plus. » Et il raccrocha.

Ça, c'était l'Utah. Puis il y eut le Wyoming, et, après le Wyoming, le Nebraska et l'Iowa, et le bas-ventre vert et râpé de l'Illinois et ça ne finissait jamais, la route un fouet et la voiture qui s'y accrochait comme une goutte de sueur, de sang ou des deux. Ils se relayèrent au volant, l'un des deux sonné à l'arrière tandis que l'autre combattait l'ennui ; Bridger essaya de conduire sur la plus grande partie du trajet car c'était particulièrement dur pour Dana puisque la conversation était presque impossible quand elle était au volant et qu'il n'y avait pas de radio pour la divertir, l'absorber ou l'irriter. Elle ne conduisait pas mal : les sourds, comme elle le lui avait répété cent fois, ayant la vue et le sens de l'orientation plus développés que les entendants, sont de meilleurs conducteurs, sans conteste, mais Bridger ne pouvait s'empêcher de craindre qu'elle s'assoupisse au volant et fasse quelque chose de regrettable, sinon de fatal. Mais la fatigue eut raison de lui. Et la torpeur. On aurait dit qu'ils suivaient une vague de chaleur à travers les larges et grasses hanches des Etats-Unis – pas un nuage dans le ciel, pas une goutte de pluie.

Un soir, ils s'arrêtèrent dans un motel, dans une ville universitaire de l'ouest de la Pennsylvanie : tous deux tellement pressés d'échapper à la torture de l'habitacle qu'ils se moquaient que Frank Calabrese soit arrivé à New York avant eux, qu'entre-temps, il ait escroqué une nouvelle demi-douzaine de pigeons ou qu'il se soit installé comme président et chef comptable de Halter & Martin Investissements. Bridger était prêt à tout lâcher, laisser tomber, réparer les dégâts et aller de l'avant, mais Dana était intraitable. *Tu es comme le capitaine Achab*, épela-t-il maladroitement en langue des signes, dans la file d'attente d'un restaurant Subway plein d'étudiants pliés sous le poids de leur sac à dos.

Pas du tout, signa-t-elle.

« Il faut savoir accepter ses échecs (il essayait de tourner l'affaire en plaisanterie), sinon on se retrouve avec une jambe de bois ou pire : tu plonges avec la baleine. Tu ne veux pas plonger avec Moby Dick, n'est-ce pas ? »

Elle ne rit pas. N'esquissa pas même un sourire. Pendant un instant, il se demanda si elle l'avait compris, et il fut sur le point de se répéter, bien que rien ne tombe plus plat qu'une plaisanterie réchauffée, lorsque, brusquement, le regard de Dana se durcit. Epaules tendues vers lui, cheveux en éventail comme si une brise les avait soulevés. Quand elle parla, ses mots furent marqués du sceau de ses incisives : « Ce n'est pas amusant. Tu n'es pas amusant. »

Ils étaient arrivés devant le comptoir vitré, Dana était la sui-

299

vante dans la queue (ils étaient tous deux vannés, avaient besoin de se sustenter, d'une douche, de deux bonnes heures comateuses dans un grand lit devant les pulsations d'un écran de télé) mais un ressort interne, le premier cran d'une impulsion cruelle dont il ignorait qu'il l'avait en lui, le fit attendre jusqu'à ce que la serveuse exaspérée ait levé la voix (« A qui le tour ? A qui le tour ? ») et ait même dû passer le bras par-dessus le comptoir pour piquer Dana avec son index enveloppé dans un gant en plastique. Les gens n'aiment pas qu'on les ignore, voilà ce qu'il pensait, ce qu'il communiquait, une petite leçon, dent pour dent, et Dana lui lança un regard furibond, avant de se tourner vers la serveuse et de commander, désignant les plats parce que pointer du doigt était la norme dans ce genre d'établissement : toute cette histoire de faire la queue à pas lents et de composer son sandwich n'était qu'une pantomime communautaire qui se jouait entre client et serveuse, une pantomime ponctuée régulièrement par d'étranges signaux verbaux : Petit ou grand format ? Cheddar balsamique ? Complet ou italien blanc ? Et comme boisson ?

Il attendit qu'ils soient rentrés au motel, se soient déchaussés, effondrés sur le lit, sous l'œil tutélaire de la télé, et aient mordu dans leurs sandwiches, pour remettre le sujet sur le tapis : « Je ne sais pas, dit-il en regardant Dana droit dans les yeux. Je me demande simplement quel est le plan. »

Dana n'avait pas l'avantage, loin de là, car on a besoin des deux mains pour négocier un sandwich de trente centimètres de long sans qu'il se désintègre, mais elle répondit présente. Elle marqua une pause pour avaler, se pencha pour prendre une goutte de sa boisson gazeuse light dans son gobelet *extralarge* qu'elle avait coincé entre ses jambes. Bridger vit que ses traits étaient détendus : la tension et la fatigue commençaient à relâcher leur étreinte. Elle souriait quand elle se redressa. « Le plan, dit-elle posément, c'est d'aller séjourner chez ma mère, et de la laisser nous choyer pendant quelques jours. » Elle ouvrit grand la bouche, mordit franchement dans son sandwich, mâcha et avala, les deux mains prises. « Donc, reprit-elle ensuite, promenant son regard de Bridger à l'écran de la télé puis retour, nous prenons le FDR Drive jusqu'au Deegan Expressway, puis la I-87, ensuite le Spain Brook, et enfin le Taconic. Si ma mémoire ne me joue pas des tours, c'est la 9A après ça, et puis la 9 jusqu'à Peterskill. » A nouveau, elle se pencha en avant pour mordre dans son sandwich, et une bouillie de pain, de fromage suisse et de dinde fumée brouilla sa diction. « On traverse de beaux paysages, continua-t-elle tout en mâchant, les arbres sont magnifiques, il y a des cornouillers, des pissenlits. Tu vas adorer. »

Il était midi passé quand ils se réveillèrent, la chambre était glaciale et sombre, aussi retirée du monde qu'une capsule spatiale errant en silence dans l'espace intersidéral, et ils auraient même dormi plus tard si Bridger n'avait pas soudain pris conscience d'un bruit sourd, un battement saccadé, qui s'insinuait entre le grognement étouffé et le sifflement aigu de l'air conditionné. D'abord, il ne comprit pas d'où ça venait, à cause de la pénombre, de l'absence de couleurs, de la sensation de rouler, d'un mouvement, mais, lorsqu'il fut complètement réveillé, le bruit (on frappait à la porte) le fit réagir. Il enfila le boxer qu'il avait jeté sur la moquette avant de s'endormir, il ressentit le froid du coton, le froid et l'humidité de sa transpiration de la veille. Les coups à la porte parurent s'intensifier. Il lança un coup d'œil à Dana : visage enveloppé dans un doux oubli, rien ne pouvait la réveiller – et à cette pensée, il se sentit devenir tendre et protecteur. Que serait-il arrivé s'il n'avait pas été là ? Le motel aurait pu partir en flammes, elle ne l'aurait jamais su. Il tâtonna jusqu'à la porte et l'ouvrit.

Une femme se tenait sur le seuil, le poignet interrompu dans son élan : regard indigné, cheveux noirs ramassés en chignon. Pourquoi avait-il l'impression de la connaître ? Pendant un instant, il fut déconcerté mais, en voyant ses sandales et le sari couleur mandarine, il commença à comprendre : « Quoi ? fit-il, plissant les yeux parce qu'il avait le soleil dans les yeux. Qu'est-ce qu'il y a ?

— Les clients doivent libérer les chambres avant onze heures.

— Ah, ouais, marmonna-t-il. Ouais, désolé. » La torpeur qui émanait du trottoir, filtrée par chaque rivière, chaque étang, chaque mare infestée de moustiques dans le voisinage, se dressa pour le poignarder, et il fit une grimace : *le degré d'humidité ambiante*. Il n'avait jamais vraiment su ce que cela signifiait, c'était toujours resté pour lui une notion abstraite. Il transpirait déjà.

« Pour votre information, il est maintenant midi vingt-cinq.

— Désolé. »

Il n'y avait pas la moindre trace de sympathie dans le regard que l'hôtelière lui adressa. « Ne me forcez pas à vous compter une nuit supplémentaire, vous me comprenez ? » Elle tourna les yeux vers le lit et la forme recroquevillée de Dana, avant de revenir d'un coup sur lui. « Ne m'y forcez pas. »

Ils se retrouvèrent donc bientôt dans la voiture, et sur la I-80, de retour au Purgatoire, sur la route sans fin, et ce n'est pas avant de s'arrêter dans un routier aux abords de Bloomsburg qu'ils purent se coiffer, se laver les dents et s'emplir l'estomac. Ce fut un repas sans joie, ravitaillement mécanique du corps similaire au plein de la voiture. Bridger conduisit sur le dernier tronçon, essayant de trouver quelque plaisir à écouter la radio, une station après l'autre s'amenuisant jusqu'à ce qu'il finisse par abandonner et se résoudre à écouter les bons vieux et omniprésents tubes rétro. Implacable, le soleil les suivit sans relâche, cognant sur le toit de la voiture pendant tout le long après-midi, tandis que les DJs shootés, dans leurs studios à air conditionné, plaisantaient lourdement sur la chaleur insupportable ! L'un d'eux, entre les chansons, n'arrêtait pas de crier « Ça dépasse les 30, les gars ! » – et ils durent se farcir *Summer in the*

City bien trois ou quatre fois pendant leur traversée du New Jersey. Du moins *Bridger* dut-il se le farcir.

Dana ne semblait pas être incommodée par la chaleur – ou le silence, d'ailleurs. Manifestement perdue dans son univers, elle tapait sans relâche sur son ordinateur portable : c'était l'occasion ou jamais de travailler à son livre, avait-elle dit à Bridger, ne pouvait-il comprendre ça ? « Solitude forcée. Ou plutôt non, pas "solitude"... avait-elle précisé avec un sourire d'excuse, ce n'est pas ce que je veux dire. » Il savait très bien ce qu'elle voulait dire, et il ne prit pas la mouche. Pas particulièrement. Elle essayait de voir les choses du bon côté, comme s'il pouvait sortir de cette affaire quoi que ce soit de bon ! Il lui souhaitait tout le bien du monde. Il espérait qu'elle arriverait à terminer son livre, qu'elle le vendrait au plus grand éditeur new-yorkais et gagnerait des millions de dollars, si cela pouvait la combler. Parce qu'il ne faisait aucun doute que Frank Calabrese et cette folle tentative de le retrouver ne comblaient personne, ni elle ni lui ni Radko. Ni même l'usurpateur.

L'usurpateur. Il l'avait quasiment oublié, il avait quasiment oublié ce qu'ils faisaient là. La route traversait une forêt dense, la circulation augmentait, il respectait la distance entre les voitures, et tout ce à quoi il pouvait penser, c'était au pouvoir que cet individu exerçait sur eux, au fait que c'était sa faute s'ils se trouvaient à cet endroit à ce moment-là, dans cette voiture, dans la réverbération d'un après-midi caniculaire de juillet dans le New Jersey. C'est alors qu'il le vit, son visage surimposé sur les reflets changeants du pare-brise, il revit sa démarche chaloupée, comme un souteneur au cinéma, comme Harvey Keitel dans *Taxi Driver*, et il sentit quelque chose se serrer en lui, un noyau dur et irréductible de haine qui modifia son humeur une fois de plus. La veille, il était fatigué, voilà tout. Fatigué de la route, fatigué des tracas, fatigué de Radko, fatigué, même, de Dana et de la manière qu'elle avait de l'exclure. Mais si, ils allaient le retrouver, ce type ! Et oui, ils allaient tout mettre en œuvre pour le faire coffrer. Et non, ça n'avait plus beaucoup à voir avec Dana, plus maintenant.

Ils avaient le soleil dans le dos lorsqu'ils traversèrent le pont George Washington et pénétrèrent dans Manhattan, que lui-même ne connaissait que par les films, or voilà qu'il l'avait sous les yeux, la ville hérissée – telle une forteresse médiévale – de mille créneaux saturés par le suintement rosé du jour déclinant. Dana le guida dans les étroits canyons encombrés de taxis fureteurs et de pick-up garés en double file ; le soir venait, soutenu par une marée culinaire, mille ventilateurs soufflant des fumets de *mu shu*, de tandoori, de *kielbasa*, de doubles cheese-burgers, de John Dory et de *polpettone* depuis les fourneaux jusque dans les rues. Ça sentait aussi partout la merde de chien, le vomi, les ordures pourries, les fleurs épanouies et le diesel. Il descendit la vitre pour mieux inhaler l'odeur de la ville. « Tourne ici, indiqua Dana, joignant le geste à la parole. Au prochain feu, tourne à gauche. » Ils se trouvaient dans l'Upper East Side, ce que Bridger ne savait que parce qu'elle le lui avait dit. La place de parking coûtait autant pour une nuit que pour un mois entier à son *college* en Californie mais c'est Dana qui payait et elle n'avait pas l'air de s'en soucier outre mesure, et puis la nuit tomba et les lumières de la ville s'allumèrent comme pour leur souhaiter la bienvenue.

Il fallut négocier avec le portier, signer un registre, puis ils se retrouvèrent au dix-neuvième étage, accueillis par la mère de Dana. Elle était plus petite que sa fille de cinq ou six centimètres, avait les cheveux de la couleur des brosses en fils de cuivre qu'on achète au supermarché, était d'une minceur recherchée, divorcée deux fois, et son visage se recomposait invariablement dès qu'elle souriait ou faisait une grimace, comme s'il n'avait pas encore atteint son aspect définitif : c'était en fait une réaction à son nouvel appareil dentaire, ce que Bridger apprendrait deux minutes après avoir mis le pied dans l'appartement. Quant à ce dernier, il était plus grand qu'il ne s'y était attendu, une porte menant à une autre et ainsi de suite comme dans Kafka. Ou Fincher. Il était encombré et étouffant, empreint de l'atmosphère brumeuse ménagée par les stores tirés, une atmosphère que Fincher aimait décrire et dont Bridger ne raffolait pas. S'il avait joué sur son ordinateur, ç'aurait été différent mais, confronté à sa réalité, il répugna à s'asseoir sur le canapé du salon, de crainte d'y rester accroché. Quelle pensée lui traversa la tête, alors? Telle mère telle fille. Dana n'était pas précisément un parangon d'ordre et de rangement.

« Heureux de faire votre connaissance, Mrs. Halter », dit-il, encore debout, maladroit, au milieu du salon. Ça sentait la litière de chat – ou, plus exactement, le pipi de chat.

« Appelez-moi Vera », répondit-elle en le poussant vers un fauteuil jonché de projets de tricotage à diverses étapes de leur réalisation, et s'agitant autour d'une bouteille de vin (apparemment, elle ne réussissait pas à l'ouvrir) et d'une boîte de mélange de diverses noix orné d'un Mr. Peanuts sur fond bleu nuit. Elle déclara ne plus s'appeler Mrs. Halter. « Le père de Dana m'a quittée pour une femme plus âgée, c'est à peine croyable! déclara-t-elle. Il y a déjà dix ans de ça.

— Maman, l'interrompit sa fille. Ne commence pas. Nous venons à peine d'arriver. » Elle s'était enroulée sur le canapé d'angle, jambes nues pâles sur la sombre mare du cuir vert craquelé.

« Une femme de son étude. Il est avocat. J'ignore si Dana vous l'a dit... Quoi qu'il en soit, j'ai pris le nom de mon second mari, Veit. Ce n'est pas que je tienne rancune à Rob... le père de Dana... mais je me suis habituée à ce nom-là, voilà tout. D'ailleurs, il est plus dynamique, non? Vera Veit, V.V. » Elle posa la bouteille sur la table basse pour mouler dans l'air une silhouette féminine avec les blanches glissades de ses mains. « Sexy, tu ne trouves pas?

— Maman », fit Dana, sans une trace d'inflexion · un simple reproche qui flottait entre elles depuis l'époque où, adolescente aux longues jambes, éternellement belle, Dana ne pouvait jamais frapper la note juste, jamais changer le cours d'une conversation ou d'une dispute, jamais participer au rituel familial sans qu'interviennent ses mains, son visage, son corps entier. Bridger nota cela et le fait qu'elle était redevenue cette adolescente dès l'instant où ils avaient pénétré dans l'appartement, où sa mère l'avait embrassée, tenue dans ses bras et bercée en parfaite harmonie avec ses rythmes internes. Aucun problème. Tout allait bien. Pour la première fois depuis qu'ils étaient repartis de Tahoe, il put se détendre.

Pendant une demi-heure, la conversation rebondit dans le salon comme un ballon de plage qu'ils se seraient évertués à empêcher de toucher le sable : quelques questions sur Bridger, sa profession, ses revenus, ses projets, ce qui déboucha sur l'expression, par Vera, de son indignation face à « ce fléau, cette usurpation d'identité », ce qui ne l'empêcha d'en rendre Dana en partie responsable : elle était tellement insouciante ! Ce à quoi Dana réagit dans la langue des signes la plus virulente, la plus appuyée à laquelle il l'avait jamais vue recourir. Puis le ballon finit par retomber et ils restèrent assis à se regarder en chiens de faïence jusqu'à ce que la mère de Dana, se levant soudain, s'exclame : « Vous devez avoir faim. Vous n'avez pas mangé en route, n'est-ce pas ? Dîné, je veux dire. »

Jusque-là, il ne s'était pas aperçu qu'il mourait de faim. Ils ne s'étaient pas arrêtés, en effet, même pas pour un Coca, depuis le petit déjeuner (à proprement parler : le déjeuner ; il avait un souvenir nauséeux de fromage grillé, de frites et d'une salade arrosée d'une sauce ranch plus très fraîche) ; ils avaient conduit sans s'arrêter pour en terminer au plus vite, comme si la route avait été un combat de catch et qu'assommés par les coups et titubant, ils avaient prié pour que la cloche à la fin du quinzième round les libère. Il s'entendit répondre : « Sûr, sûr, mais ne préparez rien de spécial...

— Oh, rien de spécial, non, je vais me faire livrer par Aldo.

Vous n'êtes pas végétarien, non? » demanda-t-elle en se tournant vers Bridger, puis, sans attendre sa réponse, vers Dana. « *Osso buco*, ça ira pour toi? Tu as toujours aimé ça, non? »

Dana ne répondit pas, elle ne regardait même pas sa mère.

« Et une soupe. Quelqu'un veut une soupe? Ils font une excellente Pavese, vous voulez de la soupe, Bridger? Une salade? Un *antipasto*... des *crostini*? Des *calamari*? »

Après le dîner, qu'ils mangèrent dans de lourdes assiettes en porcelaine perchées en équilibre sur leurs genoux, tout en sirotant ce que la mère de Dana n'arrêtait pas d'appeler un « bardolino vraiment goûteux », Dana emporta avec ostentation les assiettes à la cuisine pour faire la vaisselle. Bridger se leva dans une tentative peu enthousiaste pour l'aider, signant *Laisse-moi faire*, mais Dana l'ignora tandis que sa mère, d'une voix chantante, l'invitait à rester avec elle : « Non, non, asseyez-vous. Je voudrais vous parler. » Elle joua à la coquette lorsqu'elle ajouta : « Comme ça, nous pourrons faire connaissance. D'accord? Ça ne vous gêne pas, au moins? Que nous fassions connaissance? » Après quoi, elle se leva et remplit le verre de Bridger, en murmurant : « Buvez. C'est bon. Pour le cœur. »

D'abord, elle lui fit part de statistiques accablantes : il n'ignorait pas, n'est-ce pas, que 90 % des sourds épousaient des sourds et que, parmi les 10 % qui épousaient des entendants, 90 % divorçaient?

« Je le sais, dit-il, se calant dans le fauteuil et prenant un moment pour humecter ses lèvres avec le vin. C'est l'une des premières choses que Dana m'a apprises quand nous nous sommes rencontrés. Je veux dire... quand nous avons commencé à sortir ensemble.

— Les chiffres ne sont pas encourageants.

— Non. » Le bardolino lui était descendu dans les jambes. Il en avait déjà trop bu. Il se sentait paralysé en dessous de la taille. Non qu'il ne se sentît pas à l'aise – plus maintenant. Ou pas spécialement. Il aimait de plus en plus cet appartement. Et la mère de Dana aussi. Ils avaient mangé un bon repas, un repas extraordinaire, même; les plats étaient encore brûlants quand elle les avait artistement fait glisser des boîtes de polystyrène hermétiquement closes sur les assiettes, et le vin lui murmurait ses secrets, réduisant à néant les tensions de la route.

La mère de Dana se pencha en avant, coudes sur les genoux. « Alors, vous n'êtes pas du genre à vous décourager facilement, et vous l'aimez. Vous aimez ma fille. Je me trompe? »

Il sentit le vin remonter par son torse jusqu'à son visage, qu'il sentit bouillant, et son front, qui était en feu. « Oui, dit-il, ou plutôt non, je veux dire... vous n'avez pas tort », et il but cul sec.

« Parce que, continua-t-elle comme si elle ne l'avait pas entendu, aussi belle, aussi indépendante et intelligente qu'elle soit, et c'est un fait, elle est brillante, j'espère que vous comprenez que... qu'il y a des problèmes, de menues frustrations qui s'additionnent les unes aux autres, vous me comprenez? » Elle avait les mêmes yeux que Dana, plus ronds qu'ovales, de la même riche couleur suspendue quelque part entre le brun et l'or; quand il soutint son regard, quand il observa ses yeux, il reconnut Dana aussi sûrement que s'il l'avait recréée sur son écran. De quelque part en contrebas, lointaine, s'éleva une sirène. « Elle peut se montrer obstinée. »

De la cuisine, le long du couloir, à deux pièces de distance, on entendait les coups et les cliquetis d'objets qu'on bougeait, et soudain un bris de porcelaine, un juron. « Quoi? » demanda Bridger, distrait. Et soûl. Soûl, pour sûr.

« Elle peut être têtue, mais vous le savez déjà. »

Il haussa les épaules. Ce n'était ni le moment ni le lieu de critiquer Dana.

Soudain, Vera – pouvait-il vraiment l'appeler Vera? – parut déprimée. Comme son verre était vide, elle se leva pour le remplir; elle fit un signe à Bridger mais il posa la paume de sa main sur le bord de son verre et fit non de la tête. Son visage se recomposa. Elle se laissa choir sur un fauteuil. Pendant un long moment, elle ne dit rien et il commençait à croire que l'entrevue était terminée quand, agitant son verre, elle s'exclama : « Les implants cochléaires. Par exemple. Prenez les implants cochléaires ! »

Il n'avait jamais entendu parler de ça avant de suivre des cours de langue des signes. C'était le premier soir ; l'un des étudiants avait voulu savoir pourquoi les sourds ne se faisaient pas implanter pour éviter d'avoir à apprendre la langue des signes. La prof (mariée à un physicien sourd de naissance, qui employait pour communiquer une combinaison de parole, lecture labiale et langue des signes) avait expliqué que, primo, tous les sourds ne pouvaient pas se faire implanter, suivant le genre de surdité dont ils étaient affectés et la pathologie liée à la perte de l'ouïe, et que, secundo, parmi ceux qui pouvaient tenter l'opération, les résultats étaient variables. Elle avait aussi expliqué le processus : on introduisait dans l'os mastoïde et la cochlée un stimulateur-récepteur et un faisceau d'électrodes qui permettaient de capter les sons d'un microphone microscopique logé derrière l'oreille. Dans le meilleur des cas, ces sons étaient transmis au nerf auditif et le patient bénéficiait d'une restitution partielle de l'ouïe, suffisante parfois pour lui permettre de fonctionner normalement dans le monde des entendants, surtout s'il avait perdu l'ouïe tardivement. Pour les autres, cela leur facilitait la lecture sur les lèvres, l'utilisation du téléphone, la perception des alarmes et des klaxons, ce genre de choses. Ce n'était pas la panacée.

« Vous savez ce que c'est, les implants cochléaires ? »

Il fit oui de la tête.

« Hum, Dana... cette histoire m'a vraiment irritée et son père aussi... et sans doute "irritée" n'est-il pas un terme assez fort, parce que j'avais envie de hurler (elle marqua une pause pour lui adresser un sourire caustique) mais, bien sûr, Dana ne m'aurait pas entendue même si j'avais crié toute la journée et toute la nuit pour le restant de mes jours. Ce à quoi je veux en venir, c'est qu'elle a refusé d'être évaluée. Elle ne voulait même pas aller chez l'otologue, même pas chercher à découvrir si son cas était susceptible de s'améliorer, si l'on pouvait espérer des améliorations physiques... Elle ne voulait pas en entendre parler. » Autre sourire. « Mais écoutez-moi un peu. Rien que notre façon de parler, nos expressions usuelles...

— Je vous entends », dit-il et, l'espace d'un instant, elle parut étonnée. Puis ses traits se réarrangèrent encore une fois, elle frappa le bras du fauteuil et tous deux éclatèrent de rire ; une sirène se lamenta en bas dans la rue, pleurant comme pour scinder la nuit en deux.

3

TOUTES les villes le long de l'Hudson se ressemblaient :
enfilades interminables de vieilles bâtisses lourdaudes et
disparates en divers états de délabrement, usines désaf-
fectées sombrant dans un terrain vague, chômeurs assommés
par le sumac, irrécupérables, avachis sur les trottoirs au revête-
ment craquelé, rangées cérémonieuses de parcmètres miroitant
au soleil. Peterskill n'échappait pas à la règle. En pire, peut-être.
Dana y était déjà venue, enfant : un été, ses parents avaient loué
un bungalow sur le lac de Kitchawank. Le samedi, ils allaient
manger dans un restaurant du centre-ville de Peterskill ; son
père, irrépressible, hurlait « *Cucina italiana*, il y n'a rien de
mieux », se tapait le ventre et se le caressait avec d'amples
mouvements de rotation, si bien que ses frères et elle finis-
saient par éclater de rire : mais c'était un souvenir vieux de
vingt ans et elle ne reconnut rien, pas même vaguement. Si, le
lac. Cette année-là, elle avait eu un canoë (fourni avec la
location) dans lequel elle pouvait s'amuser : elle se rappelait
que, discrètement, dès qu'elle pouvait fausser compagnie à ses
frères, elle allait seule jusqu'aux anses de l'autre rive ; parfois,
elle se laissait simplement dériver, elle lisait, grignotait un
sandwich, goûtait la brise sur son visage et inhalait l'odeur
enivrante du lac, l'odeur de la décomposition et du renouveau,

le parfum étrangement douceâtre que laissaient les hors-bord dans leur sillage.

« Je veux aller au lac quand toute cette affaire sera terminée, dit-elle. Du moins... quand nous en aurons terminé *ici*. »

Ils étaient installés dans la Jetta sous l'un des énormes arbres plantés à une époque depuis longtemps révolue de croissance et d'optimisme. Bridger avait étalé un plan de la ville sur ses genoux. Il leva les yeux vers elle – ses yeux enchâssés dans son visage trop large – et se passa la main dans les cheveux. « Quel lac ? De quoi parles-tu ? Tu veux dire le fleuve ? »

Elle observa les mots sur les lèvres de son compagnon mais déjà l'impulsion s'épuisait. Après un moment, quand il eut reporté son attention sur le plan, elle lâcha : « Peu importe. »

En quittant New York, elle l'avait questionné sur sa mère, sur leur entente surprenante : « De quoi avez-vous parlé ? »

Il plissait les yeux face à la réverbération de la route, le regard sautant des rétroviseurs sur la chaussée et retour : comme il y avait beaucoup de circulation, il redoublait de prudence. « De toi. De quoi veux-tu que nous ayons parlé !

— Ah oui ? » Elle avait posé une main sur les genoux de son compagnon et il lui avait adressé un coup d'œil de biais. Le temps était brouillé, la pluie menaçait. « Raconte-moi, alors. Qu'est-ce qu'elle t'a dit ? »

Elle n'avait pu lire sur ses lèvres de profil mais avait vu qu'elles remuaient.

« Je ne t'ai pas entendu. Quoi ? »

Il s'était retourné vers elle, lui avait adressé un petit sourire. « Elle a dit que tu était têtue.

— Moi ? Ne crois pas tout ce qu'on te dit, mon cher, surtout venant d'elle. Surtout de la mère de ta petite amie...

— Petite amie ? Je croyais "fiancée".

— La mère de ta fiancée. » Elle avait jeté un coup d'œil à la végétation si dense qu'on aurait pu se croire en Amazonie : ils étaient à moins de vingt kilomètres de New York et l'on ne voyait rien qu'un tunnel de verdure sans fond. « Donc, je suis têtue ? avait-elle dit en se tournant vers lui. Comment ce sujet est-il venu sur le tapis ? »

Un haussement d'épaules. « Je ne sais pas. Le premier soir, quand tu as fait la vaisselle et que tu es allée te coucher tout de suite après le dîner... ? »

Il avait penché la tête en avant, sourcils levés. Était-ce une question ou une affirmation ? « Je ne te suis pas », avait-elle dit.

Il avait jeté un coup d'œil inquiet dans le rétroviseur, avant de se tourner vers elle pour qu'elle puisse lire les mots : « Quand tu t'es couchée.

— Et alors ?

— Les implants cochléaires. Elle a dit que tu as refusé d'aller te faire examiner. »

Dana avait mis un moment à comprendre, entourée par l'odeur douceâtre de la chlorophylle qui pénétrait par les aérations, sous le ciel qui s'assombrissait comme un parapluie ouvert. « Pas étonnant de sa part. Elle me poussait sans cesse, sans cesse. Mais tu ne comprends pas... elle ne comprenait pas. C'était mon choix, celui de personne d'autre.

— Et maintenant ? Est-ce que tu le ferais maintenant ? »

Elle avait éclaté de rire, le genre de rire censé traduire l'amertume, la causticité, mais quel moyen avait-elle de savoir qu'elle n'avait pas lâché un cri ? « Sans façons », avait-elle dit, savourant la brièveté et l'irrévocabilité de sa réponse : tant d'intransigeance ramassée en trois courtes syllabes.

« Pourquoi pas ? D'autres... »

On dirait ma mère.

Il l'avait regardée et avait lâché le volant. *D'autres le font,* avait-il dit en langue des signes, *pourquoi pas toi ? Au moins...* La voiture commençant à dériver, il avait vite rattrapé le volant. « Au moins, nous pourrions en parler », avait-il dit à voix haute, jetant un coup d'œil dans le rétroviseur.

« Nous en parlons, non ?

— Tu sais bien ce que je veux dire.

— Non. Non, je ne le sais pas. Tu veux dire que je dois parler comme toi, dans ta langue, c'est ça?

— Je dis simplement que ça pourrait améliorer les choses, c'est tout.

— Ecoute, même si j'acceptais qu'on m'ouvre la tête, et je m'y refuse... est-ce que toi, tu accepterais qu'on ouvre la tienne?... même si j'acceptais, même si je pouvais entendre quelque chose, n'importe quoi, ce qu'il y a de mieux dans ce monde, la musique, la voix de mon amant, ta voix, je ne le ferais pas. Je suis comme ça. Si je pouvais entendre, ne fût-ce que pour une heure, une minute, je serais une autre. Tu me suis? »

Il avait beau faire oui de la tête, son regard était demeuré incertain, comme si elle avait parlé une langue étrangère : d'ailleurs, il avait détourné brusquement les yeux et concentré son attention sur la voiture de devant. Peut-être l'avait-il mal entendue, c'était peut-être ça. Quand elle s'enflammait, quand elle s'excitait, elle avait tendance à déformer les mots. Mais elle avait répété ce qu'elle avait dit. Sa mère avait tort : elle n'était pas entêtée, seulement déterminée. Et elle savait ce qu'elle voulait. Enfant déjà, elle savait dans quel monde elle souhaitait vivre : l'univers qu'elle s'était créé, qu'elle avait bâti rue par rue, un univers impénétrable, et personne, ni sa mère ni son père ni l'audiologue le plus adroit et persuasif n'aurait réussi à la faire changer d'avis.

Dans la Jetta, à l'ombre du grand arbre dans la chaleur étouffante de midi, à côté de Bridger qui fronçait les sourcils en scrutant le plan, elle réintégra le présent et songea à ce qu'ils étaient en train de faire, à ce qu'ils étaient sur le point de faire, et elle sentit son cœur s'emballer. Il y avait deux Calabrese dans l'annuaire de Peterskill, l'un dont les initiales étaient F.A. et qui habitait au 222 Maple Avenue, et un F.R. au 599 Ringgold Street. « Lequel allons-nous voir en premier? » demanda Bridger en se tournant vers sa compagne, doigt pointé sur le plan. « Là (elle vit la diagonale de l'artère qui descendait vers le sud-est, à l'extérieur de la ville), c'est F.A., et ici (le doigt de Bridger glissa, indiquant une rue au sud de celle où ils se trouvaient), c'est F.R. Apparemment, F.A. est plus près, mais ça n'a pas vraiment d'importance puisque la ville n'est pas très étendue... qu'en penses-tu ? Choisis.

— J'hésite. Pile ou face », répondit Dana, et elle imagina la pièce tournant en l'air puis retombant. « Bon, alors F.A. »

Bridger jeta un coup d'œil en arrière, passa la seconde et avança dans la rue principale, quasiment déserte, de Peterskill. Dana se demanda pourquoi elle était si tendue, nerveuse, hors d'haleine, pourquoi ses mains s'étaient mises à trembler. Ils ne savaient même pas si le gars s'appelait *réellement* Frank Calabrese, ou si c'était un pseudonyme, et si oui ou non il s'était dirigé vers Peterskill. Ils le supposaient mais ne pouvaient en être certains. Il y avait bien le rapport de police que Milos leur avait fourni (Frank Calabrese, né à Peterskill, NY, 10/2/70) et la missive d'un certain Sandman postée à quelques kilomètres de là, de Garrison, et qui précisait : On se voit bientôt. Mais ça aurait pu signifier n'importe quoi : peut-être lui-même avait-il l'intention de se rendre en Californie, à moins qu'ils aient projeté de se rencontrer quelque part entre les deux, ou bien lors d'une convention d'escrocs dans l'Arkansas ou dans la Tierra del Fuego.

Dana ouvrit d'un coup la chemise, pour voir les mots inscrits là sur la page, comme si, en les observant, elle allait leur faire lâcher leurs secrets : « Hé, ce truc dont on a parlé, ça marche, *no problema*. On se voit bientôt. » Était-ce un indice suffisant ? *No problema ?* On se voit bientôt ? S'attendaient-ils vraiment à retrouver ce type attendant patiemment derrière une porte grillagée sur Maple Avenue ou Ringgold Street ? C'était cinglé. Tout ce qui était arrivé ce dernier mois était insensé. Et que faisaient les flics ? N'était-ce pas plutôt leur boulot, à eux ?

Les lèvres de Bridger remuaient. Penché contre le pare-brise, il comptait les numéros : « 216... 220... là! Regarde, cette maison avec l'enduit décoloré. Là, tu la vois? »

Bridger se gara en face et Dana crut une fois encore que son cœur allait lâcher. Elle observa la maison, très banale, genre Cape Cod gris clair, qui, dans les années 50 ou 60, avait sans doute remplacé une bâtisse XIXe délabrée, dans le cadre d'une tentative malheureuse de renouveau urbain. Sous les gouttières dégoulinaient des traces noires; la pelouse semblait envahie par l'avancée d'un parterre d'aigrettes de pissenlits; un fatras de bicyclettes d'enfants abandonnées là sur l'allée goudronnée, à côté d'une voiture tout écaillée de rouille. Bridger saisit la main de Dana et prononça une phrase, qu'il dut répéter : « Tu veux que j'y aille seul? Tu peux rester dans la voiture, si tu préfères. Ça n'est d'ailleurs probablement pas la bonne adresse, hein?

— Je viens avec toi. » Elle voulut saisir la poignée de la portière mais Bridger n'avait pas relâché sa main. « Nous devons élaborer un plan », déclara-t-il, l'air pincé, les yeux écarquillés. Il essayait de paraître serein, c'était visible, mais il était aussi troublé qu'elle. « Si c'était vraiment lui – même si ce n'est sans doute pas le cas, je sais –, nous devrions battre en retraite, tu comprends... partir à toutes jambes... et j'appellerai la police avec mon portable. D'ac? Ne dis pas un mot, ne lui parle pas, rien. Seulement l'identifier et appeler la police.

— Oui, je sais, je sais. Il est dangereux, je sais ça. »

Il parla encore, s'aidant des mains pour souligner son propos. « "Agression à main armée", tu te rappelles? C'est dans le rapport de police. Nous n'intervenons pas... comme sur ce parking... où était-ce? Sacramento? C'était de l'inconscience. Nous ne devons pas refaire ça, tu comprends? Nous devons l'identifier et appeler la police. Point. »

Le ciel s'était couvert et, lorsqu'elle sortit de la voiture et traversa la rue avec Bridger, les premières taches de pluie foncèrent le trottoir. Au dernier moment, alors qu'ils remontaient déjà l'allée, elle eut envie de faire machine arrière, d'inspecter les abords de la maison (ou cette planque – aviser la planque, comme on disait dans les vieux films) mais ils étaient déjà sur la véranda, et Bridger tapait à la porte grillagée ; un chien, un shih tzu, avec plein de rubans partout, exhibait la caverne noire de son palais : il aboyait. Un instant plus tard, une femme apparut derrière le grillage, pas jolie, pas jeune, sans les yeux noirs et la classe de la femme de l'usurpateur, plutôt le genre de bonne femme à vivre dans ce genre de baraque-là et à trouver encore le temps de nouer des rubans dans les poils de son chienchien.

C'est Bridger qui s'adressa à elle. Était-ce là que vivait Frank Calabrese, par hasard ? Non ? Savait-elle... Ah, le « F », c'était pour : « Frances »... Frances Annie ? Ah bon. Bridger dodelina de la tête. La femme au chienchien pensait (même si elle ne le connaissait pas – ils n'étaient pas parents) qu'il habitait sur Union ou Ringgold – en tout cas, une des rues de l'autre côté du parc.

Il pleuvait à verse quand ils arrivèrent à Ringgold Street, des arabesques sombres de pluie se déroulaient sur le pare-brise, le trottoir reluisait, les gouttières débordaient déjà. La maison devant laquelle Bridger se gara n'était pas très différente de la précédente, hormis le fait qu'il n'y avait pas de vélos devant et que la voiture garée dans l'allée était un modèle plus neuf, un peu plus cher (mais ce n'était pas une Mercedes et elle n'était pas lie de vin). A quoi Dana s'était-elle attendue ? A voir la Mercedes luisant sous la pluie, le logo du concessionnaire californien joliment apposé au support de la plaque d'immatriculation temporaire ? Elle se sentit abattue. Cette fois, elle resta dans la voiture quand Bridger remonta l'allée en courant, se protégeant la tête avec un journal plié, la chemise instantanément trempée. Elle le vit à la porte, distingua une silhouette derrière le grillage de la portière, une ombre, rien de plus, et tout à coup, la peur lui revint. C'était *lui*, elle était certaine que c'était lui... Et pourtant non, Bridger et lui causaient poliment

– on aurait même dit qu'ils négociaient, et Dana vit l'ovale clair du visage de l'homme suspendu à la pénombre mate de son intérieur. Un avant-bras nu flottait plus bas : l'homme gesticulait. Puis la porte se referma brusquement et Bridger redescendit l'allée en slalomant. Dana tendit le bras pour lui ouvrir sa portière.

La pluie s'invita dans l'habitacle avec lui, l'odeur de la pluie ; Bridger avait les cheveux aplatis sur le sommet du crâne mais ils pendaient en franges mouillées et folles autour des oreilles. « Alors, demanda-t-elle. Ce n'était pas lui, hein ?

— Il est au restaurant. Ça, si j'ai bien compris, précisa Bridger en passant la première, c'était son cousin.

— Au restaurant, quel restaurant ?

— Fiorentino. Sur South Street... nous sommes passés devant, tu te rappelles ? J'imagine qu'il y travaille... celui-là avait la quarantaine, quarante-cinq ans, obèse... un de ces bides ! En marcel, pas moins. Tu le voyais de la voiture ? Il a regardé sa montre et il a dit : "Vous devriez le trouver là-bas à cette heure-ci." Je lui ai demandé quel restaurant et il a répondu "Fiorentino" avant de penser à me demander ce que je lui voulais. Après, il a commencé à se méfier.

— Quoi ! Qu'est-ce que tu lui as raconté ?

— Que j'étais un ami. De la côte Ouest. De Californie. »

Dana sentit son cœur s'emballer une fois de plus. « Et s'il l'appelle pour le prévenir ? »

Ils remontaient déjà la rue, les pneus envoyaient des gerbes sur les côtés.

« Merde, s'il le prévient, il le prévient, c'est tout. Nous ne savons même pas si c'est lui. Ce n'est probablement pas lui. Comment pourrait-il déjà avoir une maison et un boulot ? Voyons, c'est impossible... »

Fiorentino se trouvait à l'extrémité d'une grande artère non loin de là, et quand Bridger fit demi-tour pour se garer devant, Dana eut l'impression d'être déjà venue là, une impression de déjà-vu. Est-ce que ça pouvait être le restaurant italien où ses parents l'avait emmenée, gamine, pendant un été? Cette seule pensée lui donna la nausée. Si c'était le cas, cette affaire prenait un tour de plus en plus étrange. Elle imagina l'usurpateur d'identité, le type aux rouflaquettes et à la démarche fière, réduit aux dimensions d'un enfant, l'épiant depuis les cuisines, l'observant quand elle mangeait, parlait la langue des signes et faisait du raffut avec ses frères, devant une pizza sur un grand plat en alu : s'en souvenir, c'était comme en reprendre une bouchée.

Elle descendit de la voiture, eut du mal à ouvrir son parapluie, inspecta la façade. Le restaurant occupait la longueur de deux vitrines qu'on avait essayé d'homogénéiser à l'aide de panneaux de bois vernis, qui encadraient les vitres comme un cadre gigantesque; l'enseigne au-dessus de l'entrée avait été peinte à la main, d'une écriture libre. Sur les tables, à peine visibles à travers le rideau de pluie, on devinait des fleurs artificielles et des bouteilles de chianti surmontées d'une bougie rouge enfoncée dans le goulot : générique à souhait. Une fois à l'intérieur (un long bar en L à gauche, une alcôve et la salle de restaurant proprement dite à droite), Dana reconnut parfaitement l'endroit. Comme si sa mémoire visuelle n'avait pas suffi, elle reconnut aussi la signature olfactive : une particularité, sans doute, du four à pizzas, *pomodoro* d'importation, salami maison, épices, éclaboussures de bière, moisissure à l'arrière du réfrigérateur, au fond des cuisines : comment savoir? Mais c'était bien ça. Absolument. Elle saisit la main de Bridger et la serra. Elle aurait voulu dire *Non, ça suffit, on arrête là*, mais les mots restèrent bloqués dans sa gorge et elle eut l'impression que ses doigts étaient sculptés dans le bois.

L'atmosphère de la partie bar était typique de ce genre de quartier : une demi-douzaine d'hommes en chemisette, un barman âgé, oreilles en feu et yeux cernés de rouge, la préposée aux cocktails en jupe courte et bas résille, l'air de s'ennuyer à cent sous de l'heure, coudes posés sur son plateau au comptoir. La télé était allumée (retransmission d'un match de base-ball) et personne ne mangeait. Il était encore trop tôt. Il faisait trop chaud. Il pleuvait trop.

Dana resta à côté de Bridger, doigts mêlés aux siens, tandis que, penché sur l'extrémité du bar, il attendait que le barman prenne acte de sa présence. Le temps fut suspendu un instant, les gens leur lancèrent des regards furtifs : une évaluation rapide. Dana sentit son sang chargé de rage et de haine à la fois fuser dans ses veines et être ralenti par une sorte de nostalgie triviale pour ce bouiboui, parce que, fillette, à l'époque où ses parents étaient encore mariés, elle s'était déjà trouvée avec ses frères entre ces mêmes murs. Puis le barman s'approcha d'eux et elle vit ses lèvres formuler la question rituelle : « Qu'est-ce que je vous sers ? »

Elle n'arriva pas à le regarder en face. Elle préféra garder les yeux braqués sur Bridger – comme si cela avait pu la protéger –, car elle s'attendait à tout instant à voir l'usurpateur surgir de l'ombre de l'alcôve et mettre un terme à cette histoire. « Est-ce que Frank est ici ? » demanda Bridger. Ensuite, son attention se concentra sur les mouvements que cette question suscita : elle observa la tête du barman partir en arrière tandis qu'il appelait à l'autre extrémité du comptoir la serveuse, qui, dissimulée derrière le sédiment de son maquillage et la brillance de ses ongles, s'éveilla un instant pour aller d'un pas mou jusqu'aux portes battantes de la cuisine, se pencher à l'intérieur et transmettre un message. Le nom dut passer de bouche en bouche : Dana imagina qu'elle disait ou criait « Frank » par-dessus le bruit du lave-vaisselle, de la radio et les chocs de plats et de casseroles : « Frank, quelqu'un pour toi. »

Frank Calabrese les déçut. Il n'était pas qui il était censé être, loin de là. Quand on poussa le battant de la porte de la cuisine, Dana prit une profonde inspiration, s'attendant à voir le Frank

Calabrese qu'elle connaissait sortir en s'essuyant les mains sur son tablier : il avait eu l'intention de se mettre au frais dans le restaurant de son père, de son oncle ou de son cousin mafieux de troisième zone, jusqu'à ce que les choses se calment et qu'il puisse aller pourrir la vie de quelqu'un d'autre. C'était un fils à sa maman, un raté, un nul, un faible et, cette fois, ce serait elle qui le terrasserait du regard. Or le visage qui apparut dans l'encadrement de la porte lui était inconnu. Cet homme-là était petit, trapu, ventru et il était trop âgé : quarante ans, oui, quarante ans au moins. Il regarda la serveuse, le barman puis suivit la direction indiquée par l'index de ce dernier.

Il était très leste pour un homme de sa carrure, ce Frank Calabrese-là, et il parcourut la longueur de la salle d'un pas léger, comme s'il avait porté des chaussons de danse, l'air calme et serein, son regard cherchant à croiser celui de Dana. « Salut, fit-elle en tendant la main. Je m'appelle Dana, et voici Bridger, mon fiancé. Vous êtes Frank Calabrese, c'est ça ?

— C'est ça », répondit-il. Il avait saisi dans la façon de parler de Dana un je-ne-sais-quoi qui lui fit plisser les sourcils et relever la tête – oh, c'était à peine sensible... – comme pour essayer de s'en faire une image plus nette. « Qu'est-ce que je peux faire pour vous ? »

Bridger intervint alors : Bridger, son porte-parole. Il relâcha sa main et se passa mécaniquement les doigts dans les cheveux, pour essayer de les lisser et de les remettre en place. « Nous sommes à la recherche d'un type... »

Dana l'interrompit : « Un criminel. C'est un criminel.

— ... un type qui, je pense, doit avoir utilisé votre nom parce que... »

Elle ne put comprendre la suite mais elle connaissait suffisamment l'histoire, pas seulement les grandes lignes mais les détails aussi et elle scruta le visage de Frank Calabrese jusqu'à ce que les prémisses de la compréhension commencent à en prendre possession : oui, quelqu'un avait utilisé sa carte de crédit à son insu, et oui, ç'avait été tout un merdier pour régler cette affaire ; il continuait à recevoir des factures alors qu'il y avait déjà trois ans de ça. Dana ouvrit son sac à dos et en sortit le dossier. Frank Calabrese s'interrompit en pleine phrase. Bridger indiqua le bar pour signifier à Dana de poser la chemise dessus, de l'ouvrir et de montrer leurs preuves. Tout le monde les regardait maintenant : clients, barman, serveuse... Dana prit son temps. La tête lui tournait presque, tellement le moment était intense, puis elle se pencha en avant pour ouvrir le dossier sur le comptoir, s'assurant que le rapport de police, avec la photo au regard méchant et la liste d'identités d'emprunt figuraient bien en évidence sur le dessus de la pile.

Il y avait de l'électricité dans l'air. Frank Calabrese posa une main sur le rebord du comptoir pour ne pas perdre l'équilibre et elle vit le courant traverser son corps, ses traits se durcir, le regard bondissant sur la feuille. Avant même de formuler la question, elle connaissait la réponse : « Connaissez-vous cet homme ?

— Le fils de pute. Ce sacré fils de pute ! » Calabrese leva les yeux vers elle mais ne la vit pas. « Tu parles que je le connais ! » Et son poing retomba sur le comptoir avec une violence qui se répercuta jusque dans les semelles des souliers de Dana. Elle ne saisit pas ce qu'il dit ensuite, la clef qu'elle recherchait depuis tout ce temps, l'identifiant, le nom que Bridger répéta deux fois avant de le reproduire pour elle, à l'aide de doigts qui, pour une fois, furent si prestes et si articulés qu'il flotta, telle une bannière, dans l'air : *Peck Wilson. William Peck Wilson.*

4

IL savait qu'il n'aurait jamais dû revenir, il savait que c'était courir au désastre, il savait que des forces malignes étaient liguées contre lui : Gina, son vieux connard de père, Stuart Yan, les flics, les avocats ; tous étaient encore prêts à lui sauter dessus, impitoyables, inflexibles, et ils le dépouilleraient jusqu'au dernier centime à la moindre occasion, mais c'était son choix, qu'il fût bon ou mauvais, il devrait s'en accommoder. Pouvait-il faire confiance à Dudley ? Non, non, même avec la meilleure volonté, s'il essayait de tenir sa langue, il ne résisterait pas quarante-huit heures, jusqu'à ce qu'il croise un pote de cette époque, prenne une cuite, fume un joint : et il se mettrait à débiter sa version décousue de l'existence de Peck. Hé, mec, ça reste entre nous, tu le racontes à personne parce que c'est un secret mais je vais te dire, tu sais qui j'ai rencontré l'autre jour ?

Malgré tout, il était revenu. Il aimait tout ce que cette décision avait entraîné, il aimait sa nouvelle propriété et ce qui allait avec, les achats et l'emménagement, l'odeur de l'herbe coupée lorsqu'il traçait des bandes bien rectilignes sur la pelouse, juché sur la tondeuse laissée par les propriétaires, les grincements et relâchements joyeux de la balançoire de Madison qui tirait de toutes ses forces sur les chaînes, le mouvement plongeant et propulsif de la silhouette de Natalia quand elle disposait le canapé devant la baie vitrée panoramique ou tirait le tapis d'astrakan pour bien le placer d'équerre avec le canapé. Et il y avait Sandman. Geoff. Geoffrey R. Il lui avait manqué – ça lui avait manqué, de ne pas avoir de pote, de confident, quelqu'un avec qui passer du temps sans devoir être toujours sur ses gardes, parce qu'il y avait des moments, quand il se regardait dans la glace ou posait d'un coup sec une carte de crédit sur le plateau d'une serveuse, où il ne savait plus vraiment qui il était. William, Will, Billy, Peck, Frank, Dana, Bridger et puis le tout nouveau pigeon, un gros lot à la hauteur de 50 millions, déniché par Sandman : M.M. Mako, comme Michael Melvin. Ce nom-là était tellement ridicule qu'il ne pouvait être que vrai.

Bien. Soit. Il avait fait son choix et n'était pas inquiet. Pas vraiment. Même si les flics l'interpellaient, ils n'avaient aucun moyen de savoir qui il était. Tout ce qu'ils sauraient, c'est ce qu'il y avait d'inscrit sur son permis de conduire : il était Bridger Martin, conducteur irréprochable, aucun mandat contre lui, citoyen solide, contribuable responsable, de passage en route vers Nantucket, des petites vacances, oui, merci, m'sieur l'agent, je veillerai à ne pas dépasser la vitesse autorisée. D'un autre côté, emportant son mug de café et le journal dans le bureau qu'il s'était installé au rez-de-chaussée, il ne put s'empêcher de ressentir un infime tiraillement de gêne quand il songea à Dudley, à Dudley qui ne savait pas tenir sa langue, et dont les oreilles, désormais, seraient sans doute dressées, à l'affût. Ce qu'il voulait, et cela fut très net lorsqu'il s'installa à sa table de travail, replia la page financière et contempla la forêt, le fleuve et deux écureuils qui se pourchassaient sur la pelouse en brusques arabesques volantes, c'était vivre une vie tranquille, anonyme, dans cette somptueuse demeure avec cette voiture-là et cette femme-là, sans se faire emmerder par quiconque. Des virées dans le Nord. Dans le Sud. Passe-muraille. Etablir une base à New York, peut-être un petit appartement à Greenwich ou à TriBeCa, une broutille, juste un pied-à-terre, parce que, pour sortir, aller à une soirée, se payer un bon restau, il n'y avait aucun doute : c'était New York ou rien. Il y avait bien à West-chester deux ou trois endroits convenables, pas de problème, Putnam et Dutchess, entre autres, mais la grande vie commen-çait plus au sud : à New York. Et puis, là-bas, personne ne le reconnaîtrait. Tomber sur Dudley, c'était pas de pot, pas plus significatif que ça, et ça pourrait arriver encore, ou alors jamais plus, qui sait, pendant des années. Il approcha le journal de la lumière et but une gorgée de café. Ouais, mais Gina... s'il croisait Gina ?

C'est à ce moment précis, alors qu'il pensait à cette éven-tualité, qu'il entendit frapper à la porte dans son dos, la porte-fenêtre qui donnait sur la pelouse : huit carreaux et des me-neaux peints. Légère, vieille, pas stable sur ses gonds, une porte à travers laquelle n'importe qui pouvait voir ce qui se passait à l'intérieur, par laquelle n'importe qui pouvait entrer. Il sursauta malgré lui et, quand il se retourna sur son siège, une lichette de café sauta de son mug et éclaboussa le plastron de sa chemise.

« Hé, mec, je voulais pas te faire peur ! » C'était Sandman. La porte s'ouvrit avec un craquement : main sur la poignée, visage suspendu là dans le vide, son visiteur souriait, yeux réduits à deux points sardoniques de lumière : « Je voudrais pas dire mais t'as peut-être eu ta dose de caféine pour ce matin. Dis donc, t'as failli bondir de ton fauteuil ! »

Peck sentit un infime tressaillement d'irritation. Il avait baissé la garde, été pris au dépourvu, en flagrant délit d'agitation et d'inquiétude, à se tordre les mains comme un pauvre parano, un *minable*. Il réussit à esquisser un sourire, tout en tamponnant les taches de café sur sa chemise. « Ouais, dit-il, tu as raison, trop de café, à quoi ça sert ! »

Sandman traversa la pièce, épaules carrées sous la tête pen-chée selon un angle théâtral, comme s'il avait peur de racler le plafond : et il est vrai que celui-ci était bas, moins de deux mètres du sol à la tuyauterie apparente, mais l'attitude exagérée n'était adoptée que pour amuser la galerie; il finit par s'asseoir sur le coin de la table de travail. « Bon, tout compte fait, je ne dirais pas non à une tasse de kawa, si tu pouvais m'en faire une. Ou Natalia. Si la cafetière est sur le feu, bien sûr. Et si tu as du café, évidemment, un peu de ce fameux moka Viaggio, peut-être, avec une goutte de crème et du sucre roux? Deux morceaux. Ou du miel. Je prendrais bien du miel, ouais. » Il haussa un sourcil, caressa le duvet de son bouc sous la lèvre. « Parce que, tu me connais, je ne voudrais pas m'imposer... »

Il jouait à être Sandman, toujours aux franges de la sincérité. Il tournait tout en plaisanterie et chaque réplique était lâchée avec un sourire. Comme s'il ne pouvait pas tout simplement aller à l'étage et se verser cinquante tasses de café si c'est ce qu'il souhaitait, s'installer à demeure et emprunter la voiture pour aller dans le Maine ou demander une pinte de sang, qu'il obtiendrait sans la moindre question et encore plus qu'il n'en demanderait! Il tâtait le terrain. Il te testait pour voir si tu étais toujours en course. Or, parfois, comme à Greenhaven, la course pouvait être rude. Ce sourire, le sourire Sandman, pouvait te transformer en statue de sel à cent mètres de distance.

« Merde, lâcha Peck, l'ignorant, j'ai esquinté ma chemise.

— Achète-t'en une autre.

— Si tu n'étais pas arrivé en catimini comme un putain d'agent de la circulation ou...

— Moi? Je ne suis pas arrivé en catimini. Merde, j'ai roulé avec la capote ouverte, parce que c'est une journée exception-nelle dehors, tu sais! Et puis, j'ai fait claquer ma portière et j'ai remonté ton allée comme Paul Bunyan... regarde ça – il leva une jambe. Je porte même des boots, tu vois? Je parade depuis ce matin, mec. »

Peck n'avait pas quitté son fauteuil et tapotait encore sa chemise. Il reprit une épaisseur de mouchoirs en papier. « J'ai rencontré Dudley », annonça-t-il.

Sandman lui décocha un regard intrigué.

« Ce type que je connaissais, un gamin qui travaillait au restaurant. Je l'ai croisé à Newburgh. Il est serveur dans un restau, là-bas. »

Sandman lâcha un soupir. « Ah, c'est donc ça? C'est ça qui te tracasse? »

On entendit la pétarade d'une moto qui passait sur la route, le vroum-vroum-zzz d'un moteur à deux temps qui change de vitesse, un allumé qui allait dessiner des grands huit dans la gadoue près des voies du chemin de fer. Ils levèrent tous deux la tête pour suivre le bruit. « Je ne sais pas... répondit Peck. Je ne veux pas de problèmes, c'est tout. Je ne veux pas qu'on parle de moi, tu vois?

— Tu ne lui as pas donné ta carte de visite, tout de même? Ton numéro de fixe? Ton adresse e-mail? Ton numéro de compte bancaire? » Sandman haussa les épaules et présenta les deux mains, paumes apparentes, pour souligner son propos : « Aucun problème, voyons, mec... il ne connaît même pas ton nom. » Une longue pause. Il tapota ses poches de l'air distrait de qui cherche son paquet de cigarettes mais, comme il avait arrêté de fumer, il laissa retomber ses mains sur ses genoux. « Et alors, qu'est-ce que tu lui as raconté?

— Qu'est-ce que tu crois que je lui ai raconté!

— D'accord, d'accord. Merde. » Sandman se leva et étira ses jambes avec un mouvement théâtral, comme s'il avait été coincé dans un siège de la rangée du milieu en classe touriste pendant les six dernières heures. « Ce que je voudrais savoir, c'est, *primo*, où est mon café? *Secundo*, si t'as envie de faire un tour par cette journée qui est la plus belle de toute l'histoire de l'humanité, capote baissée et les cheveux au vent?

— Où ça? A la médiathèque? » Peck se leva et s'étira à son tour. Il essuya une dernière fois le plastron de sa chemise, puis jeta les mouchoirs en papier et le journal dans la poubelle.

Ensuite vint un sourire, un large sourire. « Ouais, c'est exactement ce que j'avais en tête. On pourrait traverser le pont et

327

aller à Highland Falls ou un endroit de ce genre, Monroe ou Middletown... il y a une médiathèque là-bas, non?» Ils entendirent alors une autre moto ou plutôt deux, un véritable moto-cross miniature qui scia en deux la matinée d'été dans un sens puis dans l'autre. Sandman changea de pied d'appui et joignit les doigts sous les narines. « Pas grand-chose, rien de crevant... on se connecte pendant deux heures, on se fait un peu de blé, ce genre de plan, tu vois... Et puis, on ira déjeuner et peut-être prendre une ou deux bières, ou une bonne bouteille de vin... Cela dit, si Natalia n'a pas besoin de toi pour transporter le mobilier, qu'est-ce que tu dirais de cet endroit tout là-haut sur la 9W, où on s'assoit dehors et on contemple toute la vallée?

— Comme des dieux?» Peck se souriait à lui-même. La tension, quelle qu'elle ait été, s'était évaporée comme l'humidité d'un trench mouillé qui sèche au vestiaire d'un restaurant trois étoiles.

« C'est ça, dit Sandman. Comme des dieux. »

Le dernier plan de Sandman reposait sur de solides recherches (« Je faisais des recherches pendant que toi, tu te branlais en Californie », dit-il avec un sourire, *toujours* avec le sourire). Il était logique autant que très avantageux. Au lieu de faucher des identités au petit bonheur la chance ou presque, sur Internet, dans les bennes à ordures, en refilant à un gamin 3 dollars pièce pour récupérer des numéros de cartes bancaires dans une station-service ou dans un chinois, Sandman visait les riches, les supernantis, et établissait des connexions susceptibles de payer les factures d'une vie entière. « Pourquoi pas? insista-t-il. Si ça marche à une petite échelle, ça marchera aussi à une grande échelle, hein? » Peck ne put qu'être d'accord. Il était prêt à passer à la vitesse supérieure. Plus que prêt.

Les femmes le trouvant à leur goût (et vice versa – il avait été marié quatre ou cinq fois), Sandman savait extraire certaines modestes faveurs de celles avec qui il se sentait une affinité particulière. Pour l'heure, il voyait simultanément deux créatures que Peck n'avait jamais rencontrées, et ne rencontrerait jamais, qui toutes deux travaillaient dans la finance. L'une occupait un poste subalterne (secrétaire) chez Goldman Sachs, et l'autre, une divorcée, avec deux gamins insupportables, était analyste chez Merrill Lynch. Que faisaient-elles pour Sandman? Elles lui procuraient du papier à en-tête. Et une adresse légitime.

A la médiathèque, Sandman s'installa devant un ordinateur et montra à Peck comment pénétrer dans des dossiers que la Commission Sécurité et Echanges gardait en ligne comme références. Ensuite, ils se rendirent à des extrémités opposées de la rangée d'ordinateurs et se mirent au travail chacun de son côté. Une fois en possession de l'information voulue, sur papier à en-tête, ils réclameraient l'historique bancaire de certains individus, ce qui leur fournirait l'accès à leurs numéros de compte. Le reste coulait de source. Ou devrait couler de source. Aller sur Internet, transférer des fonds des comptes existants à ceux qu'ils avaient créés ailleurs, les laisser reposer pendant quarante-huit heures et faire un nouveau transfert, dans le but de brouiller les opérations. Ensuite, ils fermeraient les comptes, effaceraient les liens et tout le monde n'y verrait que du feu. Et il n'y aurait pas de victimes, si ce n'est un ou deux richards au portefeuille tellement ventru qu'ils n'arrivaient même pas à mesurer leur tour de taille. Sans compter que c'étaient des escrocs, de toute façon. C'était de notoriété publique.

Il était plus de deux heures lorsque Sandman, arrivant derrière Peck, lui posa la main sur l'épaule. Le temps avait passé très vite. Plutôt qu'imprimer les documents (il était encore un peu parano), Peck les avait recopiés à la main dans un carnet qu'il avait apporté à cet effet; il devait déjà avoir une bonne centaine de noms; c'était comme pêcher dans un puits profond où les poissons n'arrêtent pas de mordre à l'hameçon. Ou, mieux encore, ramasser des lingots au fond d'une mine d'or. Quand s'estime-t-on rassasié? Quand s'arrêter? Il aurait pu y passer toute la journée et la nuit encore.

« Hé, mon ami, et ce déjeuner, tu ne crois pas...? »

Peck le dévisagea avec des yeux qui palpitaient, premiers signes avant-coureurs d'un mal de tête soufflant tel un vent fulgurant dans les recoins de son crâne.

« Amusant, non?

— Ouais », répondit Peck sans pouvoir en dire plus, pas aussi tôt; il était encore sous le charme du royaume munificent et profus de l'informatique. Il jeta un coup d'œil sur sa droite, où une autre cliente de la médiathèque, une Noire titanesque au joli minois et un rideau agité de perles sur le front, manœuvrait sa souris avec une telle délicatesse qu'on aurait dit qu'elle épluchait un raisin d'une seule main. Elle leva la tête et lui adressa un sourire, un sourire débordant de douceur et de plaisir simple, et il lui sourit en retour.

« Mais c'est bon, on en a suffisamment, dit Sandman dans un murmure. Demain, on écrira plusieurs lettres et puis on passera à l'acte. On pénétrera dans les comptes et on en ressortira à la vitesse du vent, avant que quiconque comprenne ce qui leur arrive, parce que tu sais qu'ils vont vite fermer le robinet, c'est forcé. C'est impossible qu'on soit les seuls...

— Ouais », dit Peck en se retournant vers son compagnon quand il eut éteint l'ordinateur. Sa voix lui parut artificielle; il était tellement excité qu'il avait du mal à respirer. « Je comprends ce que tu veux dire. »

Ils prirent en sens inverse ce qui doit être l'une des plus belles autoroutes du monde, tranchée net dans le flanc de la montagne, une longue suture abdominale qui tiendrait les deux flancs ensemble. Le panorama ne lui avait jamais paru aussi exotique : voiliers sur le fleuve comme des serviettes empesées sur une grande nappe bleu azur, lumière découpant le ciel en piliers de feu. Sandman alluma la radio. La voiture, une T-Bird neuve qu'il surnommait le « canari », prenait les tournants comme si elle volait, emportant ses deux passagers grisés comme des princes sur le sommet du monde, alors qu'ils n'avaient pas encore bu une seule goutte d'alcool. C'était formidable. C'était formidable, d'être de retour au bercail.

Ils remontèrent la longue allée de gravier un peu après six heures. Le soleil frémissait entre les arbres, l'air chargé, saturé, dispensait un festin d'odeurs qu'il avait oubliées : parfum subtil des fleurs le long de l'allée (ça, c'était quoi? des jonquilles?); inestimable et rare présent des glandes de mouffette; odeur pure, sans chlore, de l'eau de pluie qui tombait dans un tonneau placé sous la gouttière; jusqu'au somptueux fumet du bœuf Angus de premier choix qui cuisait sur le grill d'un voisin à deux ou trois maisons de là. Peck avait l'impression d'être tout neuf. Il se sentait invincible. Sans compter que Sandman et lui avaient descendu deux bouteilles du meilleur vin sur la carte plutôt indigne d'un bouiboui qui ne l'était pas moins mais qui jouissait du plus beau panorama de l'univers. La seconde bouteille, un sauvignon blanc, chambrée à la perfection, suffisamment froide pour rafraîchir mais pas au point d'empêcher de distinguer son corps et la grasse subtilité du fût de chêne dans lequel il avait vieilli, s'était discrètement emparée de son humeur pour la hisser très haut. Était-il ivre? Non, pas du tout. Ses sens étaient éveillés, rien de plus. Le monde envoyait ses vibrations, et il était réceptif.

Il n'avait pas pensé à Natalia de tout l'après-midi, hormis pour songer, dans un recoin de son esprit, qu'ils devraient dîner au restaurant, parce qu'il n'avait absolument pas le temps de concocter quoi que ce soit à la maison. Il vit que la Mercedes avait changé de place : Natalia avait donc dû la prendre pour faire du shopping, aller chercher la gamine et lui faire manger un sandwich à l'extérieur. Il imagina que, si les moustiques n'étaient pas trop virulents, ils pourraient choisir un restaurant avec terrasse : il en avait noté un au bord de l'eau à Cold Spring. C'était l'occasion de l'essayer.

La première chose qui l'irrita, c'est que l'arrosage automatique était ouvert sur la pelouse : Madison avait dansé en short et t-shirt entre les balayages rotatifs d'eau, alors qu'il devait déjà lui avoir rappelé dix fois de fermer le robinet parce que, sinon, l'eau formait une mare et l'herbe pourrissait ; ensuite, il s'aperçut que Natalia, dans sa précipitation quand elle avait rapporté ses achats dans la maison, avait laissé ouvertes les quatre portières de la voiture... non, pardon, seulement trois (elle s'améliorait !). Lorsque Sandman eut garé le « canari » à côté de la Mercedes et arrêté le moteur, Peck se précipita sur celle-ci pour fermer les portières en mettant un point d'honneur à les faire claquer, avant de se précipiter vers l'angle de la maison, de fermer l'eau et de ranger le disque d'arrosage. Ce faisant, il mouilla ses Vans.

Sandman resta planté dans l'allée, sourire aux lèvres, lunettes d'aviateur renvoyant la lumière sur les feuillages des arbres. « Ça fait du bien de rentrer chez soi, hein ? Le confort du foyer et tout le reste !

— Tu te moques de moi ? » Peck fit mine de lui lancer le disque jaune vif. « Parce que tu es mon maître en la matière, mon ami. Combien as-tu eu de femmes ? Je n'ai connu que Becky...

— Ouais – Sandman se tournait déjà vers la bâtisse. Mais je suis célibataire en ce moment. Dis donc, tu as encore de ton champagne français... ? Il est temps de fêter ça, non ? »

Ils allèrent donc dans la cuisine. Peck retirait le papier doré du bouchon quand, du coin de l'œil, il remarqua une présence incongrue sur le comptoir, un petit morceau de viande, quelque chose comme ça... « Merde, qu'est-ce que c'est, ça ! »

Sandman était avachi contre le réfrigérateur. Il saisit ses lunettes avec deux doigts et les glissa dans sa poche de chemise. « Ça ? Je n'en sais rien, ça ressemble à de la merde, une crotte d'animal. De raton laveur? Tu n'as pas de ratons laveurs chez toi, au moins? »

C'est alors que le mystère fut éclairci. Un chat que Peck n'avait jamais vu (fourrure léopard, des coussinets énormes, le regard pas pressé) se faufila dans la pièce, suivi par son clone. Les deux foncèrent tout droit sur lui, levèrent la tête et se mirent à miauler fort peu harmonieusement, réclamant leur pitance.

C'est cela qui déclencha sa fureur : de la merde de chat sur le comptoir où il préparait les repas, où il gardait sa planche à découper et ses couteaux, sa boule à thé, son huile de pépins de raisin, son huile d'olive de Ravenne extravierge pressée à froid dans le verseur en verre taillé! Sans savoir ce qu'il faisait, là, sous les yeux de Sandman, il perdit tout contrôle sur lui-même. Son premier coup de pied, du niveau du pur réflexe, attrapa le chat le plus proche et l'envoya valdinguer sur le buffet de l'autre côté de la cuisine; le deuxième ne fit que brasser de l'air. « Natalia! hurla-t-il, tandis que les chats s'esquivaient, s'évaporaient comme de la fumée. Putain de merde, Natalia! »

Sandman, flûte de champagne aux lèvres, parut trouver la scène plutôt divertissante. Pas concernée pour un sou, Natalia finit par arriver à son rythme et, mains sur les hanches, toisa son compagnon. « Tu cries, dit-elle. Je n'aime pas cries comme ça. »

Peck essaya de se retenir, de garder son sang-froid, de se rappeler ce qu'il avait appris à l'ombre, de la bouche même de Sandman, mais il ne put résister. « Qu'est-ce que c'est, ça? siffla-t-il, ulcéré au-delà de toute raison, en désignant l'excrément mou sur le comptoir. Comment t'appelles ça, toi? Fait chier! »

Petite, mince, yeux noirs, pieds nus, seins lourds dans un body extensible (elle avait toujours prétendu qu'ils étaient naturels mais soudain Peck se trouva bien naïf de l'avoir crue), elle haussa les épaules, traversa la cuisine et arracha plusieurs feuilles d'essuie-tout au rouleau. « J'appelle ça merde », dit-elle, se penchant pour ramasser le petit pâté odorant et le jeter dans la poubelle sous l'évier. Sur quoi, elle sortit un désinfectant d'un placard, vaporisa le comptoir et l'essuya avec une autre serviette.

« Les chats, dit-il, je ne... tu ne...

— Ce sont mes bengalis, dit-elle, prenant au vol le verre de son compagnon et le descendant cul sec, à la russe. Je les ai trouvés par une annonce dans journal aujourd'hui, un mâle, un femelle. Ne t'inquiète pas, ajouta-t-elle, souriant à Sandman, tu les adoreras. Je sais que tu vas les adorer. Mais ce n'est pas problème...

— Le problème ? Quel problème ? De quoi ?

— J'ai faim. Madison a faim – un regard à Sandman. Et vous avez fait fête sans moi. »

Des abîmes, des abîmes d'incompréhension et d'aigreur s'ouvrirent entre eux deux, et Peck se sentit amer tout à coup, aucun doute là-dessus, ce qui ne l'empêcha pas de tenter une ouverture : « J'avais pensé qu'on pourrait sortir. »

Natalia avait ouvert le réfrigérateur, elle lui tournait le dos, se versait un autre verre. « Je ne souhaite pas sortir. Je souhaite rester maison, avec ma fille. » Elle tourna vers lui un regard incendiaire et il s'aperçut que la crise était plus profonde qu'il ne l'avait cru. Sa mère : si elle parlait encore une fois de sa mère, il ne répondait plus de lui.

« Nous venons de rentrer, dit-il. Je n'ai pas fait de courses. Je pensais qu'on allait sortir. »

Elle l'ignora et, puisqu'elle avait un public, elle s'amusa à l'éreinter.

« Si tu tiens tellement à manger à la maison, reprit-il, confronté à son silence, pourquoi tu ne remues pas ton cul pour nous préparer quelque chose, ça changerait, non ! » Il ne criait pas, pas encore (ce n'était pas son style) mais il se sentait glisser sur la mauvaise pente. L'expression de Natalia le mettait hors

334

de lui : le petit noyau fermé de son visage, son regard perdu au loin, la façon dont elle portait aux lèvres sa flûte de champagne comme s'il n'existait pas. Il haussa le ton. Ce fut plus fort que lui. « Au lieu de jeter mon argent par les fenêtres. Au lieu de ramener à la maison ces putains de chats qui chient sur mon plan de travail... et où est-ce qu'ils ont chié ailleurs, tu peux me le dire ? »

Un autre haussement d'épaules, plus complexe que le précédent. « Je ferai omelette, soupe, n'importe quoi. Thon. Je vais faire thon. » Mâchoire serrée, elle alla vers le buffet et se mit à déplacer poêles et casseroles.

Sandman posa son verre sur le plan de travail. « Vous savez... je dois y aller. C'est vrai. Je viens juste de me rappeler que c'est le soir où je dois retirer les poils de mon tapis. » Son célèbre sourire. Son ton moqueur. Et puis il chaussa ses lunettes et disparut.

Il régna un profond silence pendant un moment, sur quoi Peck entendit la voiture descendre l'allée et, quelque part en dessous, dans la chambre de Madison, le son de la télé. Il alla au réfrigérateur, prit la bouteille de champagne par le goulot et se versa un verre. Il allait fêter ça et il se moquait de savoir si Natalia appréciait ou pas. Postée devant la cuisinière, elle allumait le gaz sous une casserole vide. « Qui crois-tu tromper...? » fit-il.

Lorsqu'elle se retourna, elle était calme et quand, enfin, elle ouvrit la bouche, elle parla si doucement qu'il l'entendit à peine : « Personne. Je ne trompe personne. Parce que je suis pas ta femme et je n'ai jamais vu ta mère. »

Le surlendemain, en fin de matinée, il alla à Peterskill tout en sachant que c'était une erreur. Assise à côté de lui, Natalia était penchée en avant pour étudier son reflet dans le miroir du pare-soleil, creusant les joues et faisant un rond avec ses lèvres, concentrée pour appliquer une fois de plus mascara et khôl.

Elle portait une robe bleu cobalt à l'étoffe luisante et moulante, des chaussures à talons assorties, des bas (alors qu'il devait déjà faire plus de 30 °) et elle avait débattu pendant une demi-heure pour savoir si elle allait mettre sa veste en nylon argent, simplement, dit-elle, pour faire bonne impression. Finalement, elle avait décidé de ne pas la prendre. En chemin, ils avaient déposé Madison au centre de vacances puis, pour se rendre en ville à quelques kilomètres de là, emprunté la vieille route touristique avec ses panoramas de montagne, ses vues sur l'Hudson et les dômes grisâtres de la centrale nucléaire. Natalia voulait emmener sa fille : « Elle doit rencontrer sa nouvelle grand-mère parce qu'elle l'adorera. » Mais Peck avait répliqué qu'il ne voulait pas trop en imposer à sa mère pour cette première fois et elle avait cédé parce que Peck lui avait cédé et qu'elle voulait bien faire un effort pour être raisonnable. Et sexy. Très sexy. Le soir, au lit, elle lui avait fait la fête et, quand il s'était réveillé, elle lui tenait la queue sous les draps et laissait traîner sa langue sur son torse et son ventre dans une rafale de baisers bien chauds et aspirants. Ce qu'il ne lui avait pas avoué, c'est que, quand il avait téléphoné à sa mère pour lui annoncer qu'il était en ville (mais pas pour longtemps : juste de passage), il lui avait demandé si elle ne pourrait pas organiser une rencontre avec Sukie, très discrètement.

Malgré tous ses défauts les plus patents, sa mère avait été très correcte de ce point de vue-là, elle avait continué à jouer son rôle de grand-mère, de sorte que ni Gina ni ses parents n'auraient le moindre soupçon et il se trouvait que la mère de Gina, cette harpie, avait une bursite, que Gina travaillait et que le vieux connard était trop occupé à amasser du fric pour faire du babysitting, de sorte que, si Alice voulait venir prendre Sukie pour la journée, il n'y avait aucun problème. C'est ainsi que la chose avait pu être organisée. Sukie serait présente. Comment se sentait-il ? Bizarre mais plein d'espoir. Il y avait environ trois ans qu'il ne l'avait pas vue, elle aurait grandi, elle aurait un point de vue différent sur la situation, plutôt que de se contenter de la seule version officielle dont Gina l'aurait gavée. Après tout, il était son père, il n'était pas naze comme Stuart Yan ou n'importe quel mec avec lequel Gina sortait à présent (parce que, franchement, comment aurait-elle pu rester longtemps avec Yan ; d'ailleurs, que lui avait-elle trouvé, pour commencer ?). Mais il y avait forcément un autre crétin, un demeuré que son père aurait déniché sur un chantier, un mec qu'elle aurait rencontré au boulot... Cela dit, tous ces mecs n'étaient pas le père de Sukie. Le père de Sukie, c'était lui. Et peu importe ce que ça lui coûterait, il allait tenter de renouer.

« Non, dit Natalia, tu n'écoutes pas. Je n'irai pas, dans maison de ta mère, si je n'ai pas vodka russe à offrir... export, bonne Stolichnaya, pas parfum poivre, pas vanille, pas rien... et des fleurs. Roses, je lui donnerai. Roses blanches, trois douzaines, avec longue tige. Et tu t'arrêtes. Tu t'arrêtes... là. Il y a magasin.

— Tu ne comprends pas, dit-il, caché derrière ses lunettes de soleil, mais cette ville est un trou, tu ne trouveras rien ici. Pas de fleuriste, pas de boutique sauf celles qui vendent de la bibine bon marché en demi-litre. Ici, c'est le pays du cubi, de l'alcool de malt et de la Miller High Life en grande cannette. »

Ils étaient arrêtés à un feu dans le centre-ville de Peterskill. Il avait déjà fait un petit détour pour passer devant la Pizza Napoli : façade barricadée, recouverte de graffiti ; l'énorme pancarte rouge et blanche qu'il avait payée 2 500 dollars était encore en place, proclamant l'optimisme qu'il ressentait à l'époque. Mais il n'avait rien dit à Natalia qui, trop occupée à se refaire une beauté, n'avait rien remarqué.

« Alors, tu ressors de cette ville et tu vas n'importe où... je ne sais pas, centre commercial, supermarché, et débit de boissons bonne qualité. Je te le dis. Je ne sortirai pas de voiture. »

Tout allait bien. Pas de problème. D'une certaine façon, il fut soulagé de mettre le clignotant, de tourner à gauche et de remonter la 6 pendant trois kilomètres jusqu'au centre commercial haut de gamme parce que, de toute manière, il doutait du bien-fondé de l'expédition, de l'opportunité de s'exposer ainsi à quiconque pourrait le rechercher, d'aller se garer juste devant sa maison d'enfance et de revoir sa mère. Mais aussi... il y avait Sukie et le premier instant des retrouvailles – quand elle le reconnaîtrait. Viendrait-elle à lui ? Saurait elle-même qui il était ?

Au centre commercial, il se gara à l'extrémité du parking et resta dans la voiture tandis que Natalia allait en quête des agneaux du sacrifice et autres offrandes, mais pas avant un interrogatoire qui lui rappela ceux du KGB. (« Pourquoi ne veux-tu pas venir ? — Je ne veux pas rencontrer des gens, c'est tout. — Ton ex-femme, n'est-ce pas ? Un policier ? C'est ça ? — Qui que ce soit, répondit-il. Je ne veux tomber sur personne, d'accord ? C'est quoi, ton problème ? Je t'ai menée aux magasins. Tu y vas ou tu y vas pas, bordel ? ») Une heure après, il attendait encore Natalia, dans la Mercedes immobilisée sur le bitume qui répercutait la chaleur, au point que l'océan du parking miroitait et se brouillait tel un mirage. Il finit par rallumer le moteur pour mettre l'air conditionné. Il dut arrêter au bout d'un moment parce qu'il se mit à chauffer. Il n'eut plus d'autre solution que de baisser les vitres : et il sentit à nouveau cette odeur, l'odeur de son enfance, de toutes ses années passées dans les parages, à l'époque où il ne savait pas que le reste du monde existait. Des gens passaient, enveloppés dans les ressentiments privés et alcôves recluses de leur personnalité, mères avec enfants, Juifs, Italiens, cheveux bruns, yeux foncés, retraités, punks en patins à roulettes, en compagnie des filles pour lesquelles ils paradaient : tout était spectacle.

Peck se rendit compte alors qu'il perdait la tête, complètement. Personne ne le connaissait. Personne ne le reconnaîtrait. Il pouvait entrer dans le centre commercial et acheter toutes les fleurs offertes à la vente et des caisses de vodka, et les boire au goulot sur le parking. Sûr. Bien sûr que personne ne viendrait lui chercher noise. Bien sûr que personne ne viendrait le chercher, le remettre sous les verrous pour violation de liberté conditionnelle ou parce qu'il n'avait pas versé sa pension alimentaire ou pour la Harley ou n'importe quelle autre excuse. Au moins il s'était débarrassé des plaques en carton imprimées avec le logo du concessionnaire, et du support de la plaque d'immatriculation avec le nom de Bob Almond inscrit dessus et l'adresse de Larkspur, parce que ça, c'était vraiment chercher à s'attirer des problèmes. Si quelqu'un le lui demandait, il avait le numéro d'enregistrement temporaire scotché là dans le coin inférieur droit du pare-brise, conformément à la loi californienne, et les plaques étaient en fabrication – à ce sujet, il ferait mieux de se grouiller et de s'occuper illico de l'immatriculation à New York. Conduire sans plaques, c'était le meilleur moyen de se faire arrêter par la police. Bon, le lendemain... il s'occuperait de ça le lendemain. Puis il réfléchit ou plutôt ça lui tomba dessus d'un coup, ça l'atteignit avec une sorte de panique fulgurante qui lui retourna tellement l'estomac une fois de plus qu'il dut sortir de la voiture, entrer dans le magasin – ou plutôt l'un des magasins : dans la brume de son esprit, il n'avait pas songé à acheter un jouet, une poupée, des bonbons, pour sa douce, sa petite fille légitime, pour Sukie.

La maison paternelle n'avait pas changé du tout, du moins d'après ce qu'il pouvait en voir de l'extérieur ; peut-être certains arbres étaient-ils plus grands, et l'herbe de la pelouse plus drue. Il se tenait encore à côté de la portière de la Mercedes, dans un rayon de soleil comme dans le faisceau de lumière d'un projecteur, une boîte de chocolats Godiva dans une main, les fleurs dans l'autre et la peluche pour Sukie sous le bras ; il observait rapidement la maison tandis que Natalia, se peignant une dernière fois, le faisait attendre. Son père avait toujours dépensé des sommes insensées et beaucoup trop de temps sur cette baraque; il avait bâti une pièce supplémentaire, avec cheminée en briques, monté un nouveau mur en béton, repeint l'extérieur tous les trois ou quatre ans et l'intérieur tous les deux ans, comme si cela avait pu enrayer la chute vertigineuse de la valeur immobilière de la bicoque. Cela dit, il avait beau être mort depuis douze ans, ses efforts étaient encore visibles. Il y avait, bien sûr, les inévitables dégradations. Sa mère s'en moquait : tant que le toit ne lui tombait pas sur la tête, elle se satisferait de regarder la télé avec ses amies obèses, une vodka Collins à la main, et elle observerait sans réagir les auréoles autour de la cheminée là où son père, malgré toutes ses bonnes intentions, avait raté l'étanchéité aux angles.

« D'accord », dit Natalia, qui se présenta tout à coup devant lui, épaules droites, poitrine en avant, impérieuse, belle, tête rejetée en arrière, de sorte que ses cheveux formaient un éventail de lumière et tombaient en ordre parfait sur la peau blanche et parfaite de ses épaules nues. Et sa charpente! Quelle charpente! Les omoplates, les muscles, les ligaments, mobiles, véloces même, sous la peau. Il connut un moment de révélation qui le sortit de lui-même et il la vit alors comme un sculpteur l'aurait vue, sans doute, quelque génie de la ligne et de la forme devant un bloc de marbre, le burin à la main. « Alors? » Elle lui adressait un regard crucial, un regard qui attendait une réponse : Suis-je belle? Suis-je prête? Veux-tu de moi?

« Ouais, répondit-il, ouais, ouais, tu es superbe. » Et elle lui donna le bras pour qu'ils remontent ensemble l'allée – geste le plus naturel du monde. Tout était à sa place dans l'univers. C'est à cet instant qu'il distingua une forme, un arc dessiné en bosse sur le grillage de la porte, parce que sa mère s'appuyait contre pour les regarder arriver : sa mère, avec ce nez qu'il voyait tous les matins dans la glace, les cheveux aujourd'hui argentés, coupés en une cascade rigide à hauteur de la mâchoire, qui lui donnait l'air d'une figurante de film muet. Sa mère et une autre silhouette à son côté, menue, d'une extrême délicatesse, des yeux inapaisables, le visage blême et impitoyable du juge prêt à pendre l'accusé.

5

ESPÉRER la vérité, la justice, la conclusion du procès à laquelle les victimes, avec leurs traits tendus et moroses, aspiraient constamment sur le petit écran, ainsi que le télétexte le précisait de son ton parfaitement neutre, s'attendre à autre chose que le chaos et la frustration : tout cela était illusoire, et elle était la première à s'illusionner. La vie est frustrante. Sempiternellement frustrante. Comment pourrait-il en aller autrement? Voilà ce que Dana pensait debout sous la pluie, sur la pelouse d'un inconnu, en regardant Bridger qui, au sommet de cette nouvelle volée de marches, frappait à une autre porte. Lorsque le poing de Frank Calabrese était retombé sur le comptoir avec la force irrépressible de la vengeance dans toute sa lumineuse potentialité, elle fut convaincue qu'ils avaient atteint leur but. Il connaissait le voleur. Il avait nommé le voleur. Il savait où il vivait. Dix minutes plus tard, ils se trouvaient donc devant la maison de Peck Wilson, devant sa maison d'enfance, où vivait encore sa mère. Bridger et elle étaient sortis de la voiture. Le moindre brin d'herbe dressait dru son vert vif, les extrémités des branches des arbres étaient recroquevillées en griffes. Le cœur de Dana était près d'exploser quand Bridger frappa à la porte. Le ciel s'assombrissait toujours plus jusqu'à ce qu'il fasse nuit en plein après-midi... Et maintenant, après tout ça ? Rien. Personne. Nuls bruits de pas feutrés, nulle discrète ouverture du loquet ou grincement hésitant des gonds, pas de visage apparaissant derrière le grillage ombré qui évoquait un confessionnal ou le voile de *maya*. Rien de cela. Personne.

Dana observa Bridger changer de pied d'appui. Il était livide, lèvre supérieure et peau tendue à la base des narines. Il frappa à nouveau, patienta, menton levé, yeux baissés comme pour se concentrer sur les bruits qu'il pourrait entendre à l'intérieur. Ils échangèrent des regards, un autre moment passa, puis il signa : *Je vais voir derrière*. Or, soudain, elle eut une sensation bizarre, se sentit vulnérable, comme une criminelle. Elle jeta un rapide coup d'œil dans la rue, à gauche, à droite. A cause de la pluie, alors que rien ne bougeait hormis l'eau dans les gouttières, elle faillit ne pas voir la silhouette sur la véranda de la maison voisine. Mais un vague mouvement cadencé ayant attiré son attention, elle leva les yeux et avisa une femme, une vieille aux bras adipeux, qui se balançait sur un rocking-chair en rotin et la fixait derrière ses lunettes cerclées. L'espace d'un instant, Dana fut paralysée : crier, ç'aurait été se trahir, c'est pourquoi elle se mit à taper dans les mains pour prévenir Bridger. Lequel se retourna, l'air déconcerté. *Quelqu'un nous espionne*, dit-elle en langue des signes.

Bridger regarda dans la mauvaise direction. Il était redescendu au bas des marches, où il se tint, comme suspendu sous la pluie, cheveux raides, la chemise qu'elle lui avait offerte pour son anniversaire (rétro, larges rayures verticales gris et noir, grand col pointu) pendant sur ses épaules comme un rideau de douche. *Où ?*

Elle avait le visage mouillé, l'eau lui dégoulinait du nez. Elle se sentit ridicule. La pluie redoublait, dévalant la rue par vagues successives. *Là-bas, sur la véranda*, signa-t-elle, avant de battre en retraite dans la voiture.

L'habitacle avait l'odeur d'un rebut qu'on aurait remonté de l'océan. Elle avait de la boue sur ses chaussures, des Mary Jane bleu sarcelle qu'elle avait achetées en solde l'avant-veille. Ses vêtements lui collaient à la peau. Parcourue par un frisson, elle se glissa sur le siège conducteur, mit le contact et alluma le chauffage, tandis que la silhouette de Bridger, réduite par la pluie et l'épaisseur de la condensation qui brouillait les vitres, agitant gaiement la main en direction de la vieille femme, traversait la pelouse, enjambait, sans faire le tour par le trottoir, la ligne de buissons bas qui séparaient les deux jardinets et allait se poster juste au-dessous de la toiture en surplomb de la véranda, où il remua les mâchoires et continua de gesticuler. La vieille l'imita.

Leur conversation dura une éternité; Bridger resta là-bas à bavarder comme si les cieux avaient été dégagés jusqu'à la troposphère, comme si le soleil brillait dans toute sa gloire, et la vieille dame, qui continuait de se balancer dans la pénombre de sa véranda, lui répondait gaillardement. De quoi pouvaient-ils donc bien parler, les entendants? Tout ce bavardage! Peck Wilson : était-il là ou non? C'est tout ce qu'il suffisait de savoir. Dana était frustrée, furieuse, frigorifiée dans ses vêtements mouillés tandis que le chauffage, inutilisé depuis janvier, ajoutait sa puanteur métallique et furtive au pot-pourri ambiant. Pendant un long moment, elle regarda par la fenêtre, d'abord Bridger, puis cette maison, cette vieille baraque d'un étage à toit en pente, avec une extension pas dans le style du reste, où l'homme qui lui pourrissait la vie avait joué, travaillé et était parvenu à sa pleine maturité de voleur.

Elle se mit à psalmodier, pour le plaisir, un peu d'Edgar Poe, parce qu'il semblait toujours la calmer : *Ni les anges dans les Cieux/ni les démons sous-marins/Ne pourront jamais séparer mon âme de l'âme/de la belle Annabel Lee.* Sur quoi, elle sentit la Jetta bouger et Bridger se retrouva à côté d'elle. « Alors?

— Elle s'appelle – il épela le nom – Alice. »

Elle ne comprit pas : « Qui s'appelle Alice? La vieille dame? »

Il passa les mains sur son visage jusqu'à la racine de ses cheveux, puis rejeta la tête en arrière pour évacuer l'eau comme un plongeur émergeant d'une piscine. « Non, dit-il en se tournant vers elle. La mère de Wilson. La mère de Peck Wilson. Elle s'appelle Alice.

— D'accord, mais où est-elle?

— La vieille dame... elle a été adorable, au fait... dit qu'elle est partie pour le week-end, à Saratoga ou un endroit comme ça. Aux courses avec son ami, pas son fils, son ami.

— Tu n'as pas...

— Non. Je ne lui ai rien dit. Je lui ai simplement demandé en passant, comme l'aurait fait un voisin, où se trouvait Mrs. Wilson, une amie de ma mère à laquelle ma mère m'avait demandé de rendre visite si j'allais à New York. » Il haussa les épaules, en s'enroulant sur la tête un sweat-shirt qu'il avait pioché dans le tas de linge sale sur le siège arrière. « Le baratin habituel. C'est une vieille, voilà tout.

— Et elle t'a cru? »

Nouveau haussement d'épaules. « Quelle importance? »

Elle lui adressa un long regard avant de baisser les yeux pour passer la marche arrière. Elle bouillonnait de colère et de frustration (oui, bien sûr que c'était important!) et elle accéléra trop brusquement, si bien que les roues arrière dérapèrent sur l'asphalte glissant; la Jetta, soudain, échappa à son contrôle et, si elle réussit à éviter les deux voitures garées derrière elle à sa droite, il y avait là, dépassant sur la chaussée, un camion, un camion de déménagement orange vif et blanc, le logo U-Haul apposé sur sa partie médiane : un mur de métal luisant qui fut une tout autre affaire.

Plus tard, son souvenir le plus vif de l'accident ne serait pas l'aspect de la Jetta, le coffre en accordéon encastré sous le ventre du camion comme si un géant négligent avait joué avec, mais son propre aspect, à elle, Dana Halter, debout sous la pluie à quelques mètres de la maison de Peck Wilson, de la maison du voleur, tandis qu'une policière peu accorte de la Ville de Peterskill essayait de la soumettre à l'Alcootest, et que Bridger gesticulait et battait des lèvres face au bodybuilder torse nu qui avait loué le camion et laissé l'avant débordant jusqu'au milieu de la chaussée. « Je ne suis pas ivre, répétait Dana. Je suis sourde. Sourde. Vous ne comprenez pas ? » De son côté, la policière répétait inlassablement : « Ecartez les jambes, écartez les mains, fermez les yeux, touchez le bout de votre nez. »

Des voisins sortis de leurs maisons des deux côtés de la rue s'étaient agglutinés sous des parapluies pour profiter du spectacle : des petites filles pieds nus, en short ou robe d'été nouée sur la nuque, leurs mères ventripotentes et leurs frères avec leur air béat, et un vieillard avec un chapeau de paille. Dana n'était pas blessée, pas plus que Bridger. C'était déjà ça ! Mais c'était elle la conductrice et elle était le centre de l'attention : tous ces regards fuyants et superficiels qui la jugeaient, elle, la femme ivre – ou non, pire, un monstre, une gargouilleuse, une erreur de la nature dont on se détournait instinctivement. Elle savait ce qu'ils pensaient, savait ce qu'ils raconteraient en mangeant leurs hot-dogs et leur salade de chou le soir au dîner, l'anecdote racontée en passant, l'évocation d'une infime anomalie dans une journée uniforme par ailleurs. « Elle avait pourtant l'air comme tout le monde, et même elle était jolie, jusqu'à ce qu'elle ouvre la bouche. »

La policière (taille moyenne, de l'âge de Dana, forte ossature, asymétrique, lunettes à verres épais et monture sévère, des yeux qui auraient pu être beaux avec un peu de maquillage) sembla finir par comprendre la situation. Bridger, s'étant détourné du bodybuilder déménageur, tentait d'éclairer la policière sur le comportement de Dana, tandis que le collègue de la policière, plus âgé, yeux délavés, cheveux de la couleur d'un rat de laboratoire, courbé sur son carnet, avait commencé à rédiger son rapport. Dana les observait aller et venir, et Bridger était qua-

346

siment aussi expressif qu'un sourd. « Le camion ne devrait pas être là, disait-il. Il n'aurait jamais dû être garé là. » La policière, P. Runyon (Dana lut son nom sur un badge épinglé à la poche de sa veste), n'était pas particulièrement intéressée. Ce devait être, pour elle, un cas banal, tellement routinier qu'il aurait été ennuyeux si la plaque d'immatriculation n'avait pas été une plaque californienne et si Dana n'avait pas été sourde. Bref : chaussée glissante, vitesse excessive, camion garé, cabine fermée à clef, en travers de la chaussée.

Brusquement, elle se tourna vers Dana et lui parla. De quoi ? De son assurance ? Oui, Dana avait son assurance : mains tremblantes, elle fouilla dans la boîte à gants et finit par sortir les papiers, et non, elle n'avait pas besoin d'aller à l'hôpital, elle allait parfaitement bien, merci. Cela ne sembla pas satisfaire P. Runyon. Elle marchait à grandes enjambées sous la pluie, l'eau ruisselant sur le dessus ciré de ses souliers tout ce qu'il y avait de plus standard. Elle fusillait Dana du regard et, régulièrement, se retournait vers les badauds comme pour leur signifier que, malgré les apparences, elle maîtrisait la situation, et qu'ils feraient tous mieux de faire attention et de reculer, sinon ils se retrouveraient eux aussi avec le capot de leur voiture sous un camion.

Ensuite, la dépanneuse arriva, la foule se dispersa et la voiture de police s'éloigna en patinant sur la chaussée. S'ensuivit une conversation-fleuve mais réglementaire dans la cabine mastoc et haut perchée du camion de déménagement, puis Dana et Bridger finirent au garage, où se mêlaient des odeurs vétustes de produits chimiques et celle du berger bâtard, jadis blanc, recroquevillé dans un coin. A combien s'élèverait la réparation ? Impossible de le préciser pour l'instant, mais apparemment l'essieu arrière était brisé : « Vous voyez ça... fit le gérant, désignant l'endroit où la voiture avait été remisée contre un mur bas envahi par le lierre, comme les roues sont de travers ? » Sans compter un sacré boulot sur la carrosserie, les pare-chocs, le coffre et le remplacement de la vitre arrière... Quand ils en eurent terminé, après qu'ils eurent rejoint en taxi la gare et qu'elle se fut confortablement lovée contre la fenêtre du wagon de train de banlieue, pour contempler le peau grise et grêlée de l'Hudson, Dana eut l'impression qu'il s'était écoulé une semaine entière en un seul jour. Il faudrait bien plus que cela, en fait deux semaines et demie, pour qu'elle récupère sa voiture. « Et ça, c'est si on s'y met nuit et jour », précisa le gérant au téléphone quand Bridger l'appela de chez la mère de Dana ; la main en coque sur le récepteur, il relaya l'information à Dana : « ... nuit et jour. S'ils font ça à toute allure. Parce que je sais que la petite dame doit être pressée de rentrer en Californie. »

Puisqu'il fallait prendre son mal en patience, elle essaya de se calmer. Elle avait là une occasion de se consacrer à sa mère, de travailler sur son livre, de réfléchir aux événements – et si elle devait continuer à enseigner, elle ferait mieux de revoir son CV et de commencer à prospecter : il était trop tard pour un poste dans une école d'entendants, en tout cas au niveau *college*, mais il y avait des écoles pour sourds à Riverside et à Berkeley qu'elle pourrait essayer. *Si* elle souhaitait rester sur la côte Ouest. Car elle n'en était plus si sûre, elle n'était plus sûre de rien. Deux mois plus tôt, elle était amoureuse, béatement plongée dans ses recherches et son livre, elle avait un poste assuré à l'école San Roque, et commençait à ressentir l'attrait de la Californie : *mojitos* en terrasse en janvier, un été sans insectes, le bonheur incalculable de la lumière au printemps, qui, rebondissant sur les murs en stuc et les toits de tuiles rouges dans le campus, allait s'affûter davantage encore sur l'océan. Désormais, elle ne savait plus. Elle habitait chez sa mère, n'avait plus de travail, plus de voiture. Elle était paniquée de voir la vitesse à laquelle tout s'était ligué contre elle.

Elle serait payée jusqu'à la fin de l'été et disposait de nouvelles cartes bancaires, elle avait donc un peu de temps devant elle.

Mais ses finances étaient catastrophiques : elle n'osait imaginer le tas de lettres de menace et d'injonctions de paiement qui devait s'accumuler dans un gros sac en plastique à l'arrière de la poste de San Roque, auxquelles il lui faudrait répondre une par une à un moment ou à un autre. C'est elle qui devrait s'en charger, même si ce n'était pas sa signature qui figurait sur les relevés de carte de crédit – les banques ne s'arrêtaient pas à ce genre de détail! Elles voulaient leur argent. Voilà tout. La conseillère de l'Assistance aux Victimes avait pris un air sombre quand Dana avait évoqué la rapacité des banques et des compagnies de cartes de crédit (« Crédit facile », « Crédit immédiat », « *No Refusamos Credito* ») et déclaré qu'à ce rythme-là, nous aurions bientôt tous un implant, comme les chiens et les chats, pour prouver notre identité. Bridger avait ajouté : « Exactement comme dans *1984.* » La conseillère leur avait opposé un regard éteint.

Son courrier! Son courrier posait problème. Ils avaient quitté San Roque dans une telle précipitation qu'elle avait simplement demandé que le bureau de poste garde son courrier pendant un mois. Elle pouvait demander qu'on le lui réexpédie, mais ce serait reconnaître la défaite, céder face à sa mère, choisir la solution de facilité : sans compter qu'elle n'avait pas vraiment envie de se confronter à sa débâcle financière. Son courrier ne lui apporterait que des mauvaises nouvelles et, à ce moment précis, ce mardi après-midi lourd et humide, une semaine après l'accident, tandis que, assise au bureau de la chambre d'amis, encombrée, à l'atmosphère étouffante – un véritable cauchemar –, elle jouait avec les boutons de l'air conditionné, espérant gagner un ou deux degrés de réfrigération, elle voulait se concentrer sur autre chose. Comme son livre. Les mots que lui renvoyait l'écran de son ordinateur portable, qu'elle avait pourtant tirés de son intimité, n'étaient qu'une imposture, des pions marginaux et muets qui lui permettaient de remanier son ambiguïté face aux personnages de Victor et d'Itard, des mots éculés qui lui glissaient entre les doigts, échappaient et s'entrechoquaient tels des ennemis mortels : elle ne les supportait plus. « *L'Enfant sauvage*, dit-elle tout haut, pour le plaisir de sentir le bruissement des mots sur ses lèvres, *L'Enfant sauvage* de Dana Halter », répéta-t-elle comme une incantation. Elle répéta le titre plusieurs fois, mais en vain. Parce que, dans son esprit, une voix grave et rauque répétait de son côté *Peck Wilson, Peck Wilson, Peck Wilson*.

Elle sentit la porte s'ouvrir dans son dos – son fameux tour de magie. Quand elle se retourna, elle vit sa mère et Bridger debout, là, dans l'encadrement, l'air de s'excuser. *On peut entrer?* demanda sa mère dans sa langue des signes approximative.

« Ouais, bien sûr », répondit Dana, accompagnant sa réponse d'un ample mouvement d'invite. Elle ressentit néanmoins une violente piqûre d'amour-propre. Avaient-ils frappé? Etaient-ils restés un moment à l'écouter? L'avaient-ils entendue qui répétait le titre de son livre? Son propre nom? Avait-elle dit « Peck Wilson » tout fort?

Tu as bientôt fini? demanda Bridger. Son visage était doux, ouvert et son expression aurait pu signifier amour et soutien – mais croyait-il pouvoir la tromper? Il avait un regard coupable, teinté de crainte, complice de celui de sa mère : oui, ils l'avaient entendue. Une colère irrationnelle monta en elle : son amant, sa mère!

« Oui, dit-elle. Ou non, pas vraiment. Je n'arrive à rien, voilà la vérité. Je pédale dans la choucroute, comme on dit. » D'où venait donc cette expression? Du jargon des coureurs cyclistes? Du milieu des cuisines? « Pourquoi, que voulez-vous faire? »

Sa mère s'était attachée à Bridger d'une façon que sa fille aurait trouvé gratifiante en d'autres circonstances. Elle se faisait un devoir de l'emmener visiter tous les sites touristiques de New York, de la statue de la Liberté au MoMA en passant par le Musée amérindien, Ground Zero et la tombe du général

Grant. Elle l'avait même emmené sur la Circle Line pour visiter Battery, remonter l'East River, et voir l'animation de Spuyten Duyvil et puis retour par l'Hudson, rive Ouest. Tout cela pendant que Dana travaillait – soi-disant. Le sourire de sa mère se fendit jusqu'à éclater sur son visage. « Hum... nous pensions que nous pourrions aller à une matinée, quelque chose de léger, une comédie musicale, peut-être. Bridger n'est jamais allé à Broadway et ce serait dommage qu'il ne...

— Ce n'est pas une obligation, dit ce dernier, épaules basses, sourire figé – mais, bien sûr, ce qu'il voulait dire, c'est qu'il fallait absolument qu'ils y aillent ou il ne s'en remettrait jamais. Tu arriverais à supporter?

— Comment ça? Pas une reprise des *Enfants du silence*, au moins? »

Sa mère et Bridger rirent de sa plaisanterie. Mais ils rirent jaune : elle le vit à la façon dont leurs regards se rejoignirent comme ceux de poissons qui se bécotent dans un aquarium. « Nous pensions au *Roi Lion*, dit Bridger. Ou *Rent*, si on peut obtenir des places.

— *Equus*, répliqua-t-elle. Que diriez-vous d'*Equus*? » C'était cruel mais elle ne put s'en empêcher. Elle se rappela la première fois qu'elle était allée à une représentation du Théâtre National des Sourds, en première année à Gallaudet, l'année où la vague Deaf Power avait déferlé sur la fac. Pour la première fois dans l'histoire de l'université, depuis sa fondation en 1864, un président sourd fut installé à sa tête, après que tout le corps étudiant fut descendu dans la rue pour protester contre la nomination d'un énième directeur entendant. Ils manifestèrent pendant toute une semaine en criant « A bas le paternalisme! », « Nous ne sommes pas des enfants! », « Plus de papas! » et « Plus de mamans! ». La bise les obligeait à plisser les paupières. Les flics arrivèrent montés sur leurs chevaux muets et frémissants. Elle ne s'était jamais sentie autant impliquée, elle n'avait jamais été aussi passionnée. Quand le rideau se leva sur cette pièce le dernier soir, le soir de la victoire, la salle était pleine à craquer; elle avait dû s'asseoir par terre; tout le monde retenait son souffle. Il lui fallut un moment pour comprendre : ce n'était pas une parade de mimes, ce n'était pas une reprise version pantomime de *Mort d'un commis voyageur* ou de *La Ménagerie de verre*, c'était une nouvelle pièce, commandée et écrite dans leur propre langue, la langue de leur nouveau président. Elle échangea un regard avec la fille assise à côté d'elle, sa colocataire, Sarah, dont le regard retourna instantanément à la scène. Ses mains demeuraient immobiles sur ses genoux, et elle put reprendre son souffle.

Or voilà que sa mère et son amant voulaient qu'elle assiste à toute une représentation du *Roi Lion*!

« Non, dit-elle, je resterai ici et me suiciderai pendant ce temps-là.

— Allez... quoi! » dit Bridger. Quand il posa la main sur son épaule pour la remonter jusqu'à son cou, elle s'écarta. « Ce sera bien.

— Allez-y, vous. »

Le visage de sa mère flotta au-dessus d'elle. « Un restaurant, alors? Si on allait tous au restaurant? Qu'en dites-vous?

— Non, pas moi. Allez-y, vous. »

Le jour où ils allèrent reprendre la voiture, le jour où elle avait décidé de signer le chèque de l'assurance au gérant et de récupérer les clefs, Bridger, sa mère ou n'importe qui auraient bien pu dire ce qu'ils voulaient, elle était déterminée à retourner directement dans la rue de Peck Wilson, dans l'espoir de repérer la Mercedes; le soleil, qui semblait se lever là, juste dans le salon de l'appartement de sa mère, était déjà haut et brûlait New York quand Bridger et elle arrivèrent, à pied et en sueur, à Grand Central. Bridger l'avait persuadée de s'y rendre à pied — ça leur ferait de l'exercice, bien sûr, mais il n'y avait aucune raison, aussi, de gaspiller de l'argent en prenant un taxi quand ni l'un ni l'autre n'avait de boulot et qu'ils étaient fauchés. Elle acheta trois bouteilles d'eau pendant que Bridger achetait des bagels, le *Times* et le *Daily News*, puis ils s'installèrent dans le Metro North comme des banlieusards à rebours. Les passagers avaient l'air de s'ennuyer et d'être agacés, personne ne parlait, ce qui fit plaisir à Dana, d'une drôle de façon, comme si leur silence s'était ajouté au sien. Elle imaginait d'autres sons (le bruit de ferraille des essieux, le chuintement des portes automatiques) quand Bridger lui tapota sur le bras et lui demanda de lui passer une bouteille d'eau.

Elle l'observa dévisser le bouchon, porter le goulot à ses lèvres et boire jusqu'à plus soif. La sueur restait en suspens sur sa lèvre supérieure et épaississait ses cheveux. « Ce qu'il fait chaud, articula-t-il. Pff, ce qu'il fait chaud ! » Il lui tendit un bagel très proprement coupé en deux. De l'autre côté de la fenêtre en mouvement, on aurait dit que le fleuve venait d'être rempli avec l'eau du robinet à la place de l'habituelle eau de cale gris vert. « Tu connais ces images de...? » dit-il mais elle ne saisit pas le nom. Un nom de lieu, long.

« Quoi ?

— D'Afghanistan, fit-il, épelant le nom. De la guerre, quand ça... il y a deux ans ? Tu as remarqué que les mujahiddins emportaient tous trois choses au combat ? Une kalachnikov, un lance-roquettes et une bouteille d'Evian, exactement comme celle-ci ?

— Ouais, ouais, c'est marrant. Ça montre ce qui compte pour les gens qui n'ont rien.

— Sûr, quand on n'a rien... Pas d'eau, pas d'arbres, rien que du roc. On va canarder le World Trade Center. C'est pour ça qu'on porte des armes... pour pouvoir prendre ce qu'on veut.

— Comme Peck Wilson. »

Il lui lança un regard de biais. La rame fut secouée en passant sur une mauvaise jonction de rails, manquant déloger le bagel de la main que Bridger agitait un instant auparavant. Elle l'observa faire un bond sur fond d'Hudson, entre les doigts tout aussi flottants de Bridger, qui répondit : « Je suppose, ouais.

— Tu crois qu'il est armé ? »

Il haussa les épaules. « Il a fait de la prison, c'est bien ce que Frank Calabrese a dit, non ?

— Donc oui ?

— Raison supplémentaire pour l'éviter. Je veux dire... regarde ce que ça t'a rapporté, ce que ça *nous* a rapporté : situation financière désastreuse, courir d'un bout à l'autre du pays, plus d'argent, plus de boulot, et maintenant plus de voiture.

— Mais nous allons repasser devant chez lui, d'accord ? Ou peut-être nous garer dans une rue parallèle et y aller à pied au cas où il reconnaîtrait la Jetta (Bridger voulut l'interrompre mais elle ne le regardait pas). Passer devant sa maison, à pied, rien de plus. Et si nous le voyons, ou si nous voyons sa Mercedes... la voiture serait la clef de l'affaire... nous appelons la police.

— Oh ouais, oh ouais. Parce que la police a été très bien disposée à notre égard, très coopérative ! »

A nouveau, elle ressentit de l'irritation. Elle fit un effort pour maîtriser sa voix. Inspire/expire. « Je n'abandonnerai pas, dit-elle (mais sur quel ton avait-elle dit ça, se demanda-t-elle). Plus maintenant. Pas alors que nous sommes si près du but. »

Bridger réfléchit pendant une minute. Il détourna la tête, contempla le fleuve et, au loin, les falaises fracturées des Palisades, avant de se retourner vers Dana brusquement, le regard dur et acéré : « Oui, c'est tout ce que nous ferons... nous passerons à pied devant sa maison. »

Ils arrivèrent à onze heures et quart à la gare de Peterskill. Il devait déjà faire 35 °, ou pas loin. Bridger voulait marcher jusqu'au garage (« Il est à moins de deux kilomètres », déclara-t-il, et elle répondit : « Non, plutôt trois ou quatre »). La gare avait beau donner directement sur le fleuve, il n'y avait pas le moindre souffle d'air et le soleil ricochait sur leurs visages. Des voitures entraient et sortaient du parking, lentement mais sûrement, pare-brise vernis de lumière. Un groupe de voyageurs les dépassa, épaules basses, terrassés par la chaleur, tirant des valises et des enfants élastiques. Pour aggraver les choses, un cadavre pourrissait non loin, un animal en décomposition sur la berge, puanteur relayée par une odeur persistante de friture qui émanait du snack du dépôt. Pendant un long moment, ils restèrent plantés là tous les deux, en chiens de faïence, jusqu'à ce que Dana finisse par lâcher : « Nous prenons un taxi. Je ne discuterai pas. » Elle ne put s'empêcher de terminer avec une pique : « D'ailleurs, c'est *mon* argent. »

Au garage, tout le monde avançait au ralenti, des mécaniciens au gérant qui vérifia la facture avec eux, en passant par la secrétaire qui la tapa sur l'ordinateur et fit signer Dana ici, là et encore là, s'il vous plaît. Bridger et elle inspectèrent sous toutes les coutures la Jetta, revenue de chez le carrossier le matin même. Dana s'interrogea sur un défaut de la peinture qu'on ne pouvait voir qu'avec une certaine lumière et sous un certain angle, mais le gérant l'assura qu'il n'y avait aucun problème et il sortit même un chiffon immaculé de qualité supérieure en fibre de coton avec lequel il astiqua la carrosserie. « Vous voyez ? Qu'est-ce que je vous disais ? » Si, en lisant sur ses lèvres et en scrutant son visage, elle le comprenait parfaitement, elle ne voyait, par contre, aucune différence pour la peinture : le cloquage était encore là. Mais comme il faisait chaud, mortellement chaud, elle ne voulut pas insister.

Bridger lui recommanda plusieurs fois de vérifier que tout lui paraissait normal, surtout à l'arrière, si bien qu'elle finit par reculer par petits bonds, de plusieurs mètres, sans regarder et manquant écraser le chien du garage jadis blanc et allongé dans un état comateux à l'ombre du mur de soutènement. Enfin, elle se retrouva dans la rue au volant de sa Jetta. Elle éprouva un sentiment de libération. Elle avait retrouvé sa voiture! Elle était de nouveau motorisée. Elle pouvait de nouveau aller où ça lui chantait, longer la côte du Maine, traverser les Etats-Unis en sens inverse et rentrer à San Roque, ou même descendre jusqu'à Gallaudet, pour montrer à Bridger le campus où elle avait passé neuf ans de sa vie. Ou bien retourner dans la rue du camion de déménagement, la rue de Peck Wilson.

Bridger lui donna un coup de coude. « Alors, comment elle te paraît?

— Bien. » Ce n'était qu'une voiture – comment pouvait-elle répondre à cette question? La Jetta négociait les bosses et les nids-de-poule, réagissait à la pression de ses mains sur le volant, l'emmenait où elle désirait aller, voilà tout.

« La direction ne tire pas d'un côté, au moins? »

Dana ne répondit pas. Il y avait très peu de circulation : ville morte pour un jour mort (samedi). Elle cherchait une grande artère où elle aurait pu pousser le moteur, sentir l'air fuser par la fenêtre et se prendre dans ses cheveux, mais il n'y avait que des petites rues, des montées, des descentes, des feux rouges. « Tu as envie qu'on déjeune? demanda-t-elle en se tournant vers Bridger. Avant de... avant de faire notre petite promenade. Notre petite balade? Hein? On déjeune? Ça te branche de déjeuner? »

Ils trouvèrent un snack en plein centre-ville, un snack vrai de vrai, authentique (*echt*: n'était-ce pas le mot qu'on utilisait quand on était branché?). Il était installé dans un ancien wagon, planté là dans la chaleur abrutissante. Leurs vêtements collèrent au dossier en cuir lorsqu'ils commandèrent les sandwiches auxquels ils touchèrent à peine, préférant engloutir quantité de thés glacés trop sucrés. Les deux portières étaient ouvertes et un ventilateur sur pied fonctionnait dans le coin. Le wagon était envahi par les mouches, des légions entières, certaines amassées sur les rebords des fenêtres, les autres qui entraient et sortaient dans un va-et-vient infernal. Dana avait commandé un sandwich de pain de seigle au thon, pas le meilleur choix pour une journée tropicale dans un endroit où la réfrigération n'était peut-être pas optimale (ce que Bridger avait insinué, préférant s'en tenir à un pain rond au bacon), mais son sandwich n'était pas mauvais, il était même bon. Et quand la serveuse, hanches larges, avenante et efficace, se mit bien en face d'elle et lui demanda « Qu'est-ce qui va pas, chérie, tout va bien ou c'est juste la chaleur ? », elle lui répondit avec un sourire : « Juste la chaleur. »

En fait, elle se sentait bien. C'était son jour de chance. Il était enfin venu, elle le sentait, et dans l'espace restreint des toilettes femmes, pas plus grand qu'une douche, elle se remit du rouge à lèvres devant la glace toute rayée et s'adressa un grand sourire apaisant, un beau sourire, le sourire dont sa mère disait toujours qu'il lui assurerait le succès : « *Avec ce sourire, avec ce visage, toi, tu iras loin* », comme si un sourire avait pu compenser sa cochlée bousillée ou désarmer le bel inconnu qui la dévisageait comme si elle sortait du zoo. Mais il était bien là, dans ce reflet, son beau sourire épanoui, à pleines dents, ce sourire qu'elle allait adresser à Peck Wilson quand on l'emmènerait menotté.

Comme ils ne voulaient pas prendre le risque de passer devant la maison en voiture, Dana emprunta une rue parallèle et trouva à se garer dans une longue rangée d'érables sous un spécimen immense au vaste feuillage. Bridger sortit de la voiture et s'étira comme s'ils avaient roulé pendant des heures au lieu de quelques minutes. Il portait un t-shirt de l'un des films du Kade, rouge sur fond noir, représentant le héros hydrocéphale coiffé d'une sorte de casque en cuir ; le Kade était censé avoir l'air menaçant, mais en fait Dana le trouvait un tantinet ridicule. Il avait plutôt l'air constipé. Faible, vieux et à la merci de ses agents. « Chouette t-shirt. Je t'ai déjà dit que je l'adorais ? »

Bridger sourit depuis l'autre côté du toit de la voiture. « Ouais, tu me l'as déjà dit. Mais le Kade, c'est mon truc, tu le sais bien. Sans lui, Radko serait sans doute au chômage.

— J'entends bien », dit-elle, et ils rirent. Elle aussi avait un t-shirt noir, sur lequel était inscrit le nom d'un groupe qu'elle aimait. Ou aurait aimé aimer. Et un short, ample mais pas autant que celui de Bridger. Malgré la chaleur, elle avait mis ses baskets, ou plutôt non, mieux : ses chaussures de marche. Sa première impulsion, le matin, avait été de mettre des sandales, des tongs, des souliers ouverts, en tout cas, mais elle avait changé d'avis : allez savoir ce que cette journée leur réservait – et si cette petite promenade se gâtait ! Cette pensée, qui lui revint alors qu'elle poussait son sac sous le siège et fermait la portière à clef, lui donna la nausée. « Tu as ton portable ? » demanda-t-elle.

Bridger le sortit de sa poche et le lui montra.

« D'accord, dit-elle. Alors, je suppose que nous sommes parés. »

Quoique moins imposantes que les bâtisses victoriennes décaties plus proches du centre-ville, les maisons de cette rue semblaient remonter à la même époque ; elles étaient simplement de moindres dimensions, comme si les revenus plus modestes avaient été repoussés là alors que brasseurs, industriels et banquiers s'étaient extériorisés au centre de façon plus pompeuse. Et plus pratique. Mais peut-être Dana se trompait-elle. Elle ne s'y connaissait guère en architecture et était la première à l'admettre. Mais il ne faisait aucun doute que des générations successives avaient habité là, pas comme en Californie, ce qui se reflétait dans la banalité des bâtisses, grises et banales mais encore debout après des décennies.

A l'angle, ils prirent à droite ; ils se trouvaient désormais tout près de la maison de Peck Wilson. Comment s'appelait sa rue, déjà ? Rue de la Division ? C'était ça ? Plutôt adapté, non ? Et que diriez-vous de rue de la Prison ? Ou boulevard des Voleurs ? N'avait-elle pas vu sur le plan une rue du Gibet ? C'est là qu'il aurait dû vivre, ce salaud, rue du Gibet. Elle allait le dire à Bridger, pour lui arracher un sourire, mais elle remarqua qu'il avait les yeux rivés sur la prochaine intersection et qu'il hâtait le pas. Elle sautilla sur deux ou trois mètres pour le rattraper, lui prit la main et la serra fort, adaptant son pas au sien.

Une voiture remonta la rue et tourna à l'angle, laissant derrière elle une forte odeur de gaz d'échappement. Deux gamins en vélo se pourchassaient sur le trottoir d'en face. Les feuilles des arbres se recroquevillaient. Enfin, ils se retrouvèrent dans la bonne rue; ils obliquèrent abruptement à droite. Voilà la maison devant laquelle le camion de déménagement s'était garé, et là, sur l'autre trottoir, six ou sept maisons plus bas, en partie obscurcie par les buissons, les arbres et la rangée de voitures garées devant : *sa* maison. Dana sentit Bridger se raidir à son côté; tous deux essayèrent de voir à l'intérieur quand, main dans la main, ils s'en approchèrent. Bridger ôta ses lunettes de soleil (celles de Peck Wilson, en fait) comme pour mieux voir. Ils se retrouvèrent enfin juste en face de la maison, essayant de paraître le plus désinvolte possible, mais Dana ne vit rien de particulier.

« Qu'en penses-tu? » demanda Bridger.

Ils continuèrent à marcher, dépassèrent la maison, se dirigèrent vers l'extrémité de la rue. Le soleil se répandait en bandes sur le trottoir devant eux, un arrosage automatique fonctionnait dans un jardin, un chien montra les dents de l'autre côté d'une barrière rouillée. « Je ne sais pas, dit Dana, sentant tout l'air s'échapper d'elle. On la dirait fermée. »

Les épaules en arrière, menton en avant, Bridger avait une expression qu'elle lui connaissait bien : il était agité, tendu, la testostérone qui parcourait son corps le faisait presque se contracter. Dana se rappela une conférence à laquelle elle avait assisté au lycée, donnée par une behavioriste spécialiste du comportement animal, qui avait travaillé avec les chimpanzés de Gombe et les bonobos du Congo; elle avait projeté un documentaire dans lequel les mâles s'excitaient beaucoup pour faire une démonstration de force : tous les étudiants, tous ses compatriotes sourds, avaient éclaté de rire. Ils n'avaient pas besoin d'aller en Afrique pour étudier le langage corporel : ils l'analysaient à chaque instant.

« Ouais, mais toutes ces maisons ont l'air fermées, dit-il, approchant son visage si près du sien qu'elle sentit les relents de bacon. Tout le monde est planté devant sa télé, avec l'air conditionné qui marche à toute bringue. Il faut qu'on... » Elle rata la suite parce que, à ce moment-là, ils traversèrent l'intersection, bien carrée, bien rectiligne, puis ils remontèrent le trottoir et tournèrent à gauche ; les rares voitures avançaient lentement, fenêtres relevées, climatisation poussée à fond. La brume de chaleur qui s'élevait du trottoir frappait Dana en plein visage comme si elle avait traversé un mur qu'elle aurait laissé s'écrouler autour d'elle.

Puis tout se précipita, ils se hâtèrent d'arriver au bout de la rue ; le soleil, les arbres, les trottoirs et les voitures s'évaporèrent dans un flou soudain cristallé sur le pare-chocs arrière d'une Mercedes lie de vin qui les croisa à toute vitesse, clignotant droit allumé, une grande poupée de chiffons plaquée contre la vitre arrière.

CINQUIÈME PARTIE

1

IL était tellement pris par l'instant présent, tellement concentré sur les visages dans l'encadrement de la porte qui
s'était ouverte, tellement conscient de la présence de
Natalia à côté de lui, lissant son plumage et s'enorgueillissant,
tellement encombré par la peluche, les douceurs et les fleurs,
tellement occupé à formuler à moitié les murmures à peine
cohérents qui sortaient de ses lèvres, qu'il ne vit rien venir. Il ne
regardait pas dans son dos. Ne se servait pas de sa vision latérale. Ne surveillait pas ses arrières. « Salut, ma chérie, était-il sur
le point de dire, tu te souviens de moi? » Sa fille avancerait-elle
vers lui? Son visage s'illuminerait-il comme autrefois quand il
était l'alpha et l'oméga de son existence – ou bien lui réservait-
elle un accueil glacial? Et sa mère. Sa mère qui s'était fait faire
une nouvelle coupe de cheveux et portait un ample chemisier
en mousseline bosselé au niveau des hanches, sous lesquelles
commençaient une jupe floue et ses quilles. « Salut, maman,
allait-il dire, je te présente Natalia. Ma fiancée. Ma fiancée,
Natalia. » Natalia adresserait à Sukie son regard de merlan frit,
comprendrait la situation, se mettrait en rogne en songeant à
l'exil de sa propre fille dans ce centre de vacances hors de prix
au bout de la piste qui, tous les jours, accrochait un nuage
loqueteux de poussière à la voiture; et pourtant elle se ressaisi-

363

rait pour faire bonne impression à sa mère, flottant pendant un moment sur le courant ascendant des trois syllabes du mot « fi-an-cée », *fiancée*. Tout ça. Et la chaleur aussi.

Il venait de faire passer la peluche du bras droit au gauche (elle était ridicule, cette peluche, la plus grosse de tout le magasin, une réplique grandeur nature d'un chien de traîneau, avec des yeux en verre bleu). Ainsi, il put prendre la main de Natalia et l'accompagner vers les marches, lorsque soudain un autre visage s'interposa, non, deux nouveaux visages s'interposèrent à la périphérie de sa vision. Celui de cet homme, celui de cette femme. Il n'en crut pas ses yeux et il y eut un moment suspendu avant qu'il ressente le choc en plein cœur. Il eut l'impression d'avoir de nouveau dix ans, quand, tout excité, il était allé voir son premier film d'horreur « interdit aux moins de seize ans non accompagnés par un parent ou un tuteur » : le silence de la salle, le tueur fou en liberté – et puis le cri, nu, universel, collectif. Qui déchira le silence.

La peluche tomba par terre. Peck lâcha la main de Natalia qui demandait « Quoi, qu'est-ce que c'est ? » et se tournait pour suivre son regard ; elle les vit tous deux, jaillis du trottoir en béton à moins de vingt mètres, silhouettes ressurgies d'un mauvais rêve récurrent, d'un cauchemar mortel, de la pire sorte, et Peck Wilson, lui qui restait calme, toujours calme, qui ne perdait jamais contenance, qui n'était jamais pris au dépourvu, qui ne craquait jamais, cette fois-là, ne put se retenir.

Il ne prit pas le temps de se demander comment ils avaient réussi à le retrouver, de se répéter que c'étaient des parasites, qui ne désarmaient pas, qui n'apprenaient pas la leçon même s'il la leur répétait cent fois, parce que cet instant fut au-delà de la réflexion, du ressentiment ou de la peur, un instant qui se déchira en son for intérieur dans une soudaine explosion de violence. Dix pas, trop rapides pour ciller, le cœur de la panthère dont son prof de tae kwon do lui rebattait les oreilles, le cœur de la panthère battit alors à la place du sien, ses mains agirent indépendamment de sa volonté, un équilibre parfait, face à ce crétin qui venait à lui, gesticulant comme une tante. Et lançant des jurons, « Fils de pute » et j'en passe, comme s'il avait du souffle à perdre. Le premier coup, le *sonnal mok anchi-gi*, tranche de la main sur la nuque, fit vaciller son adversaire, deux autres coups rapides lui immobilisèrent les bras et, le temps de reprendre son équilibre sur le pied gauche, il visait la trachée artère.

Quelqu'un poussa un cri. La chaleur ambiante l'assaillit alors, l'enveloppa, une mer de chaleur à la marée montante. Un autre cri. Ce n'était pas Natalia, ce n'était ni sa mère ni Sukie. Un cri comme il n'en avait jamais entendu, hideux, tout simplement hideux. C'était cette salope qui le poussait parce qu'elle voyait Bridger Martin agité de convulsions dans l'herbe, main à la gorge comme s'il voulait s'étrangler tout seul, et voici deux coups de pied au torse décochés à la vitesse de l'éclair pour lui faciliter la tâche, et ils restèrent seuls tous les deux : lui et Dana Halter, en short et t-shirt, visage torturé par l'insoluble énigme de cette voix monstrueuse mariée à ce moment difficile. Et puis, comme si ç'avait été décidé bien avant, il fonça sur elle, elle l'esquiva, se mit à courir et il se lança à sa poursuite.

L'esprit de Peck n'était plus que volonté de donner des coups à cette fille, de lui faire mal, de l'abaisser, de l'écraser, et il l'atteignit presque dès sa première et furibonde tentative, quand il essaya de lui attraper le bras qu'elle laissait traîner en arrière... les os fins et précis de son poignet. Mais elle le prit de vitesse et la fureur qu'il ressentit d'avoir manqué son coup (*la salope, la salope, elle lâche pas...*) éclata derrière ses yeux en une pulsation de chaleur irradiante, de sorte qu'il resta aveugle à tout autour de lui, hormis les semelles brunes des chaussures de marche et l'éventail de la chevelure qui lui échappaient. Il brûlait, brûlait intensément. Il rallia toutes les cordes de son corps. Il était en forme, en bonne forme, mais elle aussi, elle courait pour sauver sa peau, pour le battre, lui, l'humilier, l'éreinter : ils avaient déjà parcouru toute la longueur de la rue et elle avait toujours dix mètres d'avance.

Devant eux, le feu passait au rouge. Il s'en aperçut et calcula ses chances parce qu'elle devrait pivoter pour tourner soit à gauche soit à droite, ce qui la forcerait à ralentir une fraction de seconde, juste ce qu'il lui fallait, mais elle le surprit, elle s'élança tout droit sans même tourner la tête, et un pick-up bleu, qui roulait vite, dut faire une embardée pour l'éviter; c'est lui qui perdit du temps, en devant passer derrière le pick-up, tandis que le chauffeur jurait et klaxonnait. Ce qu'il aurait dû faire, s'il avait réfléchi, c'était retourner tout de suite à la maison, pousser Natalia dans la voiture et disparaître avant que quelqu'un appelle les flics, mais le moment n'était pas à la réflexion. La fille fuyait, il la poursuivait. Il la rattraperait à la prochaine intersection, lui réglerait son compte en soixante secondes, un prêté pour un rendu, puis il s'évanouirait dans la nature.

Il entendait le torrent déchiré de la respiration de la fille, les coups de ses chaussures sur le béton. Ses épaules se balançaient, ses cheveux volaient comme s'ils avaient été détachés de son cuir chevelu. Et encore : il sentait son odeur, les cendres roussies de sa peur, la sueur emprisonnée sous ses aisselles, coulant comme un jus entre ses cuisses. Il réduisit l'intervalle mais la chaleur, se dressant devant lui, lui mit deux mains sur le torse pour le repousser alors qu'il essayait de se rapprocher d'elle et de la faire tomber sur le trottoir par-derrière. Des visages défilaient à l'abri des pare-brise des voitures qui passaient par là; il entraperçut une silhouette sur une véranda, entendit la basse d'une hi-fi invisible, des voix, de la musique, le chant d'une cigale. Son flux sanguin hurlait à ses oreilles. Il n'était même pas essoufflé.

A l'intersection suivante, une voiture, une Chevrolet blanche qui roulait trop vite, accéléra pour passer à l'orange : la femme au volant klaxonna, fonça mais, à deux doigts du but, il n'hésita pas un instant. Il réussit à attraper la fille, il l'agrippa par les cheveux, et une camionnette glissait à côté d'eux comme un taureau frôlant la cape rouge dans l'arène, quand une autre voiture, qu'il n'avait pas vue, vint piler contre son pare-chocs. Ce qui mit un terme à la corrida. Là où il n'y avait eu que de l'air, un étrange tour de prestidigitation interposa un plan de métal, de chrome et de verre Sécurit et tous deux furent heurtés et tombèrent dans l'odeur de caoutchouc brûlé.

Deux crétins noirs. Jeunes, l'air furibond, effrayés. On leur avait foncé sur le côté, et ils sentirent aussi le caoutchouc brûlé, de sorte qu'ils ouvrirent brusquement leur portière chacun de son côté, et bloquèrent la circulation. Dana Halter se redressa d'un bond, comme un lièvre; lui aussi, capable de tout, de *tout*. C'est alors que la sirène hurla, que les gyrophares tournèrent et que la voiture de police arriva, se faufilant entre les véhicules pour bloquer l'intersection, et il n'eut plus de retraite possible. L'espace d'un instant, il la fixa du regard, il fixa ses yeux marron, iris dilatés par la peur, et maintenant par la haine, et le sentiment d'avoir gagné; les flics sortirent de leur voiture de patrouille, une femme à l'air pincé, avec des lunettes d'institutrice, et un vieux mec, l'air morose. Peck resta planté là, transpirant, essayant de reprendre son souffle. Il avait mal au bras gauche, parce qu'il s'était donné un coup contre la voiture, et il avait déchiré son pantalon. Il aurait pu courir et se retrouver en prison ou bien ils auraient pu lui tirer dessus. Il se retint. Il plongea en son for intérieur, fit un effort de concentration et la sérénité descendit sur lui comme une longue nappe de pluie charriée par le vent, parce qu'il vit le regard de la femme flic quand il se posa sur Dana, la lumière de compréhension. Déjà l'un des deux crétins noirs se mettait à crier, surexcité, hystérique, sa voix couvrant bientôt tout le reste.

« Qu'est-ce qui se passe ici? » demanda la femme flic, ignorant le Noir, son regard passant de Dana à Peck, sur lequel il s'arrêta – sur lui. Elle avait porté les deux mains à la ceinture, comme si elle avait été plus lourde qu'elle. Il connaissait le genre. Que du bluff. Des conneries.

« Je ne sais pas, *officer*, s'entendit-il dire d'une voix de stentor, pour contrer les cris de ce crétin de Noir, c'est cette femme – il indiqua Dana ; je crois qu'elle est folle. Ou simplette ? Elle s'est mise à courir dans la rue comme une dératée ; elle essayait peut-être de se suicider, je ne sais pas. J'ai simplement essayé, hum, j'ai essayé de la retenir. Qu'est-ce que je pouvais faire d'autre, n'est-ce pas ? »

La salope l'interrompit. Ses cheveux étaient plaqués sur son visage, ses deux genoux étaient écorchés et saignaient. Elle donnait réellement l'impression d'être cinglée, tout juste relâchée de l'asile. Elle parlait trop vite, trop fort, débitait une histoire incohérente. « Il, il... » Il ne comprit rien d'autre. Elle le désignait. « ... m'a poursuivie, dit-elle. Vraiment : poursuivie.

— Cette folle est entrée de plein fouet dans ma portière... il y a un gnon sur ma porte arrière, vous pouvez vérifier, *officer*, et, je veux dire, c'est pas moi qui l'ai fait. Elle est passée au rouge, elle a même pas regardé d'un côté ou de l'autre, ouais, elle a foncé droit devant...

— C'est un voleur, dit la salope, gesticulant et tapant du pied. Il, il... » Le reste de sa phrase se perdit dans l'air, charabia.

Le vieux flic s'était approché, triturant son petit carnet et tapotant son stylo-bille sur sa paume ouverte comme s'il contenait la solution du problème. Peck attendit qu'il lève les yeux, lui adressa un regard significatif avant de faire de même avec la femme flic, et il haussa les épaules comme pour dire « Hé, elle est cinglée, ça ne se voit pas ? Ça saute aux yeux ! Ecoutez-la ! »

Il disposait sans doute de deux minutes, pas plus, avant que quelqu'un arrive de la rue de sa mère et il pria pour que ce ne soit pas Natalia, pria pour qu'elle ait eu la jugeote de grimper dans la voiture et de disparaître. Il écouta la salope qui continuait de pérorer d'une voix plus tranquille, plus claire, et il adressa à la femme flic un sourire indulgent. « Elle doit être droguée, dit-il, comment savoir ? J'étais simplement descendu acheter mon journal... je veux dire... si elle veut se tuer... Et vous savez quoi, ajouta-t-il en désignant le crétin noir, ce gars-là était en train de griller le rouge. Qu'est-ce que vous en dites ? »

Ce qui ajouta à la confusion. Parce que le jeune Noir, une vingtaine d'années, polo de basket et bandana, n'était pas près d'accepter ce genre de conneries ; sa voix monta d'une octave et son pote s'en mêla, tandis que la femme flic se concentrait sur la salope et qu'un attroupement se formait autour d'eux, tout à coup. C'était l'ouverture que Peck attendait. Tout le monde s'époumonait, même la femme flic, qui essayait d'imposer son point de vue, d'imposer l'ordre. Il recula de deux pas et se retrouva vers l'extérieur du groupe. Deux pas de plus et il n'était plus qu'un badaud lui-même. Il tourna le dos à la scène, plongea dans l'allée de la maison la plus proche, sauta par-dessus la barrière, et se mit à courir.

Il dépassa au moins trois ou quatre intersections, monnaie tintant dans ses poches, poumons en feu, avant d'oser reprendre le rythme de la marche. Marcher, c'était mieux. C'était la chose à faire. Parce que personne ne l'aurait pris pour un joggeur avec son costume en soie taupe et ses Vans à damier ; or, s'il ne faisait pas son jogging, pourquoi courait-il donc ? Surtout qu'on entendait la sirène de la voiture de police qui, passant par-dessus les arbres comme un avion en feu, carambolait contre les fenêtres et gâchait le match à la radio. Il s'efforça de garder son sang-froid, même si son cœur battait la chamade, que ses vêtements étaient trempés de sueur et qu'il devait avoir l'air d'une épave avec ses yeux exorbités, son pantalon déchiré au genou, ses bras ballant comme un demeuré qui serait passé de porte en porte pour vendre des abonnements à des revues ou des aspirateurs. Mais il n'avait sur lui ni aspirateur ni attaché-case ni liasse de bulletins de commande ni quoi que ce soit. De la sueur, c'est tout. Et un falzar déchiré.

Les habitants étaient assis sur leurs marches côté rue ou dans leur modeste carré de pelouse, devant leurs grills et leurs chaises en plastique – quel jour était-ce, d'ailleurs ? Samedi. Pique-nique, fruits de mer à la plage, bière fraîche dans la glacière. Deux gamins accroupis à l'ombre d'un arbre dans la rue fumaient une cigarette en cachette. Ils levèrent les yeux et le suivirent du regard (ils savaient qui habitait dans la rue et qui n'y habitait pas) mais il passa son chemin tête baissée, en direction du fleuve, une rue au sud, une rue à l'ouest, répétant ce schéma jusqu'à ce que le bruit de la sirène s'atténue. Il supposait que quelqu'un avait appelé une ambulance pour Bridger Martin, et les flics aussi, parce que, à un moment donné, il avait entendu une autre sirène qui partait dans cette direction. Une fois la situation éclaircie, ils essaieraient de le retrouver, lui. Sans ralentir, il sortit ses lunettes de sa poche, ôta sa veste et la jeta négligemment sur son épaule. Quand il obliqua à l'intersection suivante, il se retrouva dans une rue qui descendait en pente forte vers la gare de chemin de fer. Il connaissait un bar, un bar de croulants dans un hôtel vétuste qui avait toujours été là : il y entrerait parce qu'il n'y avait jamais grand monde, qu'il y faisait sombre et que personne ne lèverait le nez de son verre pour le regarder. Il commanderait une bière. S'assoirait au bar. Là-bas, il serait en sécurité et aurait le temps de réfléchir à la marche à suivre.

Il devait appeler Natalia sur son portable, c'était sa priorité, mais, quand il tâta sa poche, il se rendit compte qu'il n'avait plus le sien ; il se rappela l'avoir laissé sur le tableau de bord de la Mercedes : il se le représentait parfaitement, comme s'il se repassait une vidéo. Pourquoi était-il donc sur le tableau de bord et pas dans sa poche ? Parce qu'il avait appelé Natalia de la voiture sur le parking du centre commercial pour lui dire qu'il allait passer au magasin de jouets et elle avait demandé « Pour Madison ? », ce à quoi il avait répondu « Peut-être », et elle avait dit « C'est gentil. Tu es gentil. Je suis désolée d'être tellement retard, mais nous aurons très vite fini, toi et moi. »

Bien. Mais où était-elle maintenant? La police l'avait-elle embarquée? Lui avait-on demandé de décliner son identité? L'avait-on interrogée sur son statut vis-à-vis de l'immigration? Sur la personne qui avait attaqué Bridger Martin alors qu'elle leur disait que cette personne s'appelait elle-même Bridger Martin – à croire qu'on se trouvait dans un sketch d'Abbot et Costello. Sous quel nom la voiture était-elle enregistrée? Où habitait-elle? Et puis il y avait Sukie. Et sa mère. Madison au centre de vacances. C'était un cauchemar et il ne voyait aucun moyen de s'en sortir car, avant même que cette salope déboule et envoie tout voler en l'air, il s'était demandé quelle parade il trouverait quand sa mère l'appellerait Peck ou, pire, Billy, et que Natalia riverait sur lui son regard caustique.

Il leva les yeux et vit le fleuve dont le contour de la rive toute proche était dentelé par les toits et les arêtes des immeubles en contrebas; la gare apparut, au bas d'une colonne de voitures qui remontait la colline, comme tirées par un câble invisible. De proche en proche, les racines des arbres soulevaient le trottoir, les dalles de béton, remuées comme des cartes sur toute la descente, et il ressentait le tiraillement dans ses mollets et les longs muscles de ses cuisses quand il passait sur les portions bousculées. Puis il se retrouva sur la partie plane au niveau du fleuve; il traversa face à la lumière et avança le long de la promenade, près d'un restaurant qu'il n'avait jamais vu (un italien haut de gamme, selon toute probabilité, et, jusque dans la fièvre de l'instant, il ressentit le picotement de l'ironie du sort); finalement, jetant un coup d'œil dans les deux directions, il tira la porte du vieux bar dans le vieil hôtel converti en studios et en « Chambres à la semaine » et il laissa l'odeur fraîche et douceâtre de fin d'après-midi qui régnait dans l'endroit l'aspirer comme un maelström.

La dernière chose qu'il voulait, c'était se pinter ou même s'abrutir ne fût-ce qu'un tout petit peu, mais les deux premières bières passèrent comme de l'air, après quoi il prit un verre d'eau et une autre bière – et tout ça dans les cinq premières minutes de son arrivée. « Quelle saloperie, ce temps, dehors, pas vrai ? » fit le barman, essorant une serpillière, et deux clients levèrent les yeux assez longtemps pour entendre Peck confirmer ça. La télé retransmettait un match des Mets à la télé. Le juke-box fonctionnait. Ç'aurait pu être le jour le plus ordinaire de toute son existence. Il but une gorgée de sa troisième bière, sa soif commençait à être étanchée (il n'avait jamais eu aussi soif) puis il alla aux toilettes pour se débarbouiller et se remettre d'aplomb.

La lumière et le ventilateur se mirent en marche quand il poussa la porte ; l'odeur de la pièce n'était guère masquée par le désinfectant dans l'urinoir et le désodorisant automatique parfum chlorophylle. Il avait le genou écorché mais il n'y prêta pas attention, se contentant de tapoter l'étoffe du pantalon avec un papier mouillé pour enlever le sang séché, avant de s'asperger d'eau le visage. Quand il releva les yeux, il n'aima pas ce qu'il vit dans la glace : non pas Peck Wilson mais une tête de nœud, un mou, un trouillard dont l'esprit s'échouait répétitivement contre les crocs acérés du présent. Et si la police fouillait la Mercedes ? Et si on découvrait son portable ? Ils trouveraient le numéro de Sandman et Sandman n'apprécierait pas. Et la maison... si Natalia leur donnait l'adresse et s'ils la fouillaient ? Les principaux documents étaient à l'abri dans un coffre, ses comptes bancaires, ses passeports et les choses comme ça, mais des tas d'autres indices traînaient plus ou moins à la vue de tous : la liste des noms et des comptes dans son carnet, même s'il n'y avait rien qui puisse le compromettre là-dedans puisqu'il n'était pas encore passé à l'action. Mais ils trouveraient d'autres documents, des factures des services publics, des reçus de cartes bancaires aux noms de M.M. Mako,

Bridger Martin ou Dana Halter. Le contrat de location. La Mercedes. Ils remonteraient jusqu'à Bob Almond, jusqu'à l'appartement et à la femme de l'agence immobilière. Le ventilateur claqua, eut un raté, claqua de nouveau. Le désodorisant siffla. Pendant un long moment, Peck fixa des yeux une tache jaunâtre sur le mur, là où un client avait écrasé un cafard.

Cela dit, peut-être s'inquiétait-il pour rien. Peut-être Natalia avait-elle bien réagi et filé tout de suite. La police avait sous la main sa mère, bien sûr, son vrai nom, et son casier, mais sa mère ne connaissait pas son adresse – penser à l'endroit où il vivait maintenant ouvrit en lui un abîme sans fond, au point qu'il dut détourner le regard de la glace. Il devenait impossible de garder cette propriété. A moins que... s'il évitait Peterskill, strictement, comme il en avait l'intention, et amassait un pécule digne de ce nom pour se permettre de la garder comme résidence secondaire. Mais c'était compter sans Bridger Martin. Et sans Dana Halter. Comment, bon sang, l'avaient-ils retrouvé?

Il était tellement tendu qu'il sursauta lorsque la porte des toilettes s'ouvrit et qu'un vieillard, les épaules de la largeur d'une règle, se faufila derrière lui pour rejoindre l'urinoir. Mais c'est alors qu'il entendit la musique du juke-box, simplement une bribe de *No Woman, No Cry*; il intercepta dans la glace un reflet de lui-même : il était redevenu Peck Wilson et tout allait bien. Très lentement, avec d'infinies précautions, sans se lâcher du regard, il se lava les mains d'une poignée ferme de savon en poudre et d'eau tiède, avant de prendre son temps avec les serviettes en papier, alors que le vieillard crachait dans l'urinoir en attendant que sa vessie veuille bien se vider. Quand Peck eut terminé, il alla au téléphone à pièces dans l'étroit couloir des toilettes, et composa le numéro de Natalia.

Tout en écoutant la sonnerie, il observa le tunnel du couloir qui s'enfonçait dans le tunnel plus profond du bar où son verre de bière à moitié consommé attendait sur le comptoir, devant son tabouret vide, comme s'il était déjà parti, comme s'il arborait déjà un autre visage dans une autre vie, sous d'autres cieux. Trois sonneries, quatre. Puis un déclic et un message : *Vous êtes sur répondeur Natalia. Je ne suis pas disponible. Je vous prie. Laissez message. Après bip.* « Réponds, répéta-t-il entre ses dents. Réponds. » Mais elle ne répondit pas. Il dut essayer cinq ou six fois, collant le pesant récepteur en plastique moulé contre son oreille, la frustration, la colère, la panique montant progressivement en lui chaque fois qu'il recomposait le numéro, sur quoi le vieillard sortit des toilettes en tâtonnant et le heurta à l'épaule avec l'angle de la porte; il perdit une pièce de 25 cents dans la machine et se sentit aussi vanné, stérile et creux que jamais auparavant dans sa vie.

Il retourna dans la salle, vida sa bière, en commanda une autre. (Ce n'était pas une mauvaise idée, finalement, de se pinter la gueule.) Et puis pourquoi pas commander un petit verre d'alcool pour la faire descendre? Déconner. Se bourrer. Ressortir dans la rue en titubant et prendre un taxi direct jusqu'à Greenhaven. « Tout bien réfléchi, non, je ne vais pas prendre ça », dit-il en levant la voix pour que le barman, qui actionnait déjà la pression, puisse l'entendre. L'homme (la quarantaine, chauve, pas de menton) se retourna et lui adressa un regard contrit. « J'ai déjà trop bu, expliqua Peck, pour s'excuser. Vous voyez ce que je veux dire? » Et, pendant que le gars à côté de lui levait les yeux (un gogo à tête de rat qu'il lui semblait vaguement reconnaître), il s'entendit, entendit que sa voix prenait l'intonation locale, son accent lui revenant comme il le faisait quand il parlait à Sandman au téléphone depuis la côte Ouest. « A la place, ce sera un Coca Light! Un Coca Light, c'est ça. Avec beaucoup de glaçons. »

Toutes les cinq minutes pendant l'heure qui suivit, il alla au téléphone, essaya sans relâche le numéro de Natalia, en vain, comme s'il était en rade, échec et mat. Il ne pouvait rien faire avant de lui avoir parlé, et évalué l'étendue du désastre. Il essaya de voir le côté positif des choses, essaya de se représenter Natalia reculant dans l'allée et reprenant en sens inverse le labyrinthe de rues jusqu'à la 9, rentrant à la propriété, enfouissant la voiture dans le garage et attendant son coup de fil. Mais si elle attendait son coup de fil, pourquoi ne répondait-elle pas? D'ailleurs, aurait-elle vraiment pris l'initiative de quitter les lieux de l'agression – ou serait-elle restée plantée là, horrifiée, inquiète pour la mère de son compagnon, ressassant ses péchés, contemplant le vrai Bridger Martin se contorsionner sur la pelouse, tandis que les sirènes approchaient et que les voisins sortaient la tête? L'aurait-elle attendu, croyant que c'était la chose à faire? Dans ce cas, ils étaient foutus, tous les deux. Mais il se la représentait tout aussi bien explosant dans un feu d'artifice de jurons russes décapants, sautant dans tous les sens pour écraser les fleurs dans l'allée avec le talon, avant de se précipiter dans la rue, de monter dans la Mercedes et que tout le monde, lui compris, aille se faire voir! Il espérait si ardemment que ce soit le cas, si ardemment!

Le gogo à son côté (ç'aurait pu être le jumeau du barman) n'arrêtait pas de répéter : « Tu sais, je crois que je te connais. » Et Peck niait systématiquement. L'homme se pencha vers lui jusqu'à ce que leurs épaules se touchent et dit : « Je le jurerais... t'étais pas élève à Peterskill High? »

Peck fit encore non de la tête.

« Tu as un frère, alors?

— Non, pas de frère. Je viens de Californie. J'essaie seulement de retrouver ma femme. On va à New York, visiter les monuments. Times Square, les endroits comme ça... »

L'autre prit un air dubitatif. « Mais t'as passé ton enfance ici, non? »

Peck déplia soudain et ostensiblement le bras pour regarder sa montre. « Non, à San Francisco. Mais ma femme... » Et de reculer pour retourner au téléphone. A nouveau, il composa le numéro, fixant le mur chamois sale et les graffiti qu'il connaissait déjà par cœur ; de nouveau, il entendit la sonnerie, une, deux et, enfin... Natalia décrocha.

« C'est Natalia.

— C'est moi. »

Le silence. Rien. Il entendit le faible bourdonnement de la transmission, l'électricité statique, la distance, et, dans son dos, le juke-box dans lequel quelqu'un avait mis une pièce, un éclat de rire. « Natalia ?

— Je te hais. Ordure. Je te *hais* ! »

Il regarda le bar, tout au fond, enveloppa le récepteur avec sa main. « Où es-tu ?

— Tu mens à moi. Et à ta mère. Ta propre mère.

— Ecoute, tout va bien, tout ira bien. Est-ce qu'ils t'ont... est-ce que tu es rentrée en voiture à la maison ? »

La voix de Natalia revint en force, tonitruante, enflammée par l'indignation. « En voiture ? Quelle voiture ! Ils ont pris voiture. Non, ils ont *mis à fourrière*, ils ont dit. Je suis une femme suante. J'ai faim. Et qui va prendre Madison au centre, dis-moi !

— Que leur as-tu dit ? Où es-tu maintenant ? »

Elle continua en russe, une phrase grinçante et dure, avant de lui raccrocher au nez. Il se sentit sombrer. C'était la fin. Tout était foutu. C'est alors qu'on exerça une pression sur son bras, quelqu'un lui donnait de petites tapes, et il se retrouva face à un nul, énorme, en t-shirt noir de motocycliste, et toute une panoplie, tout un magasin de bagues, de pendentifs, et de bracelets en cuir. « T'as fini, mec ? Parce que... c'est pas pour dire mais... »

Merde ! Mais il devait se retenir, cette fois, parce que tout pouvait s'enrayer, très vite. « Un instant, dit-il, en composant une fois de plus le numéro de Natalia. La ligne a été coupée. »

Mais ce clown ne comprenait rien à rien. Il resta là, bras croisés. « Je te connais pas, toi ?

— Non, tu ne me connais pas », répondit Peck – mais, au

fond, peut-être que si : une histoire de moto, peut-être ? « Fous le camp. »

« Natalia. »

Il tourna le dos à son interlocuteur et entoura le récepteur avec la paume de sa main. Si ce mec faisait un mouvement, s'il le touchait, n'importe quoi, il était mort. Il essaya de contrôler sa voix. « Prends un taxi, dit-il, où que tu sois, prends un taxi et viens me retrouver...

– Où que je sois ? Je suis dans endroit horrible dans ton horrible patelin où tu es devenir menteur et je ne te connais plus. Bridger Martin ? Le policier dit que tu n'es pas Bridger Martin. Tu n'es pas Da-na. William, ça rappelle quelque chose ? Hein, William ? »

« Hé, mec, écoute... Tu sais, c'est pas ton living-room ici, merde, mec... laisse-moi mon tour, tu saisis ? C'est un téléphone public. *Public.* » Le nul était dans son dos mais il comptait pour du beurre parce qu'au fond, il comprenait ce qui se passait, ce qui émanait de Peck, et la discussion fut close.

Un regard de Peck, quand celui-ci se retourna, un regard à la Sandman, et le nul recula, remporta dans la salle ses épaules grasses, son gros cul vexé et tout son cinéma. Il se percha sur un tabouret, prit son verre de bibine et fronça les sourcils en direction de la glace derrière le bar, comme pour se rappeler quel con il était sous sa graisse.

« Oublie cette histoire, pour l'instant. Je me rattraperai, je t'assure...

— Oh non.

— Si.

— Non – Natalia marqua une pause pour reprendre son souffle. Tu sais pourquoi ? Parce que je ne serai plus là. Je te quitte. Je vais chercher Madison en taxi, je vais trouver mon frère parce qu'il n'est pas menteur et escroc. Tu entends ?

— Qu'est-ce que tu as dit à la police ? Tu leur as donné notre adresse ? »

Suivit un long silence. Il aurait juré entendre Natalia craquer une fois encore. Une voix infime : « Oui.

— Oh, merde, merde. Qu'est-ce qui t'a pris? Hein? Dis-moi. Pourquoi tu leur as dit où on habite?

— J'avais peur. Ils menacent. Ils disent qu'ils vont... – sa voix se perdit dans la liaison. Ma carte verte. Sinon ils prendront ma carte verte. »

D'un coup, il fut parcouru de frissons, pénétré par l'air conditionné, affaibli par la bière et il eut même du mal à tenir le récepteur contre son oreille. « Tu leur as dit quoi sur moi?

— Ce que je sais. Tu es menteur. Voleur. »

Il aurait voulu rattraper ça, il aurait voulu lui indiquer la marche à suivre, mais il ne trouva pas le ton juste – la situation lui échappait. « S'il te plaît, s'entendit-il la supplier. S'il te plaît. Je vais te dire où nous allons nous retrouver. Tu peux être ici dans dix minutes. Nous irons chercher Madison ensemble et...

— Je suis en route maintenant », dit-elle d'une voix très basse, comme une prière. Puis elle raccrocha.

Il laissa retomber le récepteur, le laissa pendre au cordon graisseux. Il se retourna, traversa la salle comme s'il avait dû se frayer un chemin à travers une foule hostile et, lorsque le nul au comptoir essaya de lui barrer la route, de lui toucher un mot de la Harley Electra Glide, il le repoussa rudement, passa la porte, sortit dans la fournaise et, s'il tamponna un soûlard en chemise hawaïenne qui essayait d'allumer une cigarette et d'entrer dans le bar en même temps, eh bien quoi? Il n'était responsable de rien, à ce moment-là. Il n'était plus responsable de rien. Et encore une chose : comment réussit-il à se retrouver avec le portable du mec dans sa poche intérieure de veste : aucune idée!

2

A U cours de ces quelques secondes fugaces et furieuses, Peck Wilson lui parla sans mots, lui parla aussi claire- ment et sans ambiguïté que s'il avait été enregistré dans sa conscience, d'une voix intérieure soudain enveloppée autour de la sienne au point qu'il réussit à lui imposer silence et lui faire perdre pied en hurlant plus fort qu'elle. Il ne se maîtrisait plus du tout. Elle le voyait dans ses yeux, dans ses gestes, dans le regard qui passa entre eux comme le claquement d'un fouet. Bridger aussi avait perdu tout contrôle sur lui-même. Peu importait qu'il n'ait pas arrêté de lui faire la leçon, de lui seriner qu'il fallait garder leurs distances, rester calmes : identifier l'homme, sa voiture et rester en retrait tant que tout danger ne serait pas écarté, laisser la police intervenir et gérer la situation – mais la soudaine proximité du voleur avait été trop pour lui. Ils marchaient main dans la main dans le suaire de chaleur qui s'échappait de la terre saturée, ils essayaient de paraître naturels, monsieur et madame tout le monde, et voilà que la Mercedes avait déboulé devant eux, remontant la rue pour aller s'arrêter contre le trottoir. Le moteur se tut. Les deux portières s'ouvrirent. Et c'est alors qu'il apparut, Peck Wilson, qu'il émergea de la Mercedes, balafre de cheveux raides, taillés sur la nuque, poignard pointu des pattes, costume d'été et chemise col ouvert. Une peluche sous le bras, il regarda la véranda où se trouvaient sa mère et la petite fille à côté d'elle. Et puis sa femme la menteuse sortit à son tour de la voiture, en tenue de cocktail. Dana s'immobilisa.

C'est à ce moment-là que Peck Wilson tourna la tête à droite, par pur réflexe, et qu'ils échangèrent un regard, leur premier regard, un regard qui, en un instant, passa de l'expression du choc à celle de la crainte, de la rage. Sans s'accorder le temps de la réflexion, Bridger fonça sur le voleur. La peluche tomba à terre. Le soleil continua de transpercer les arbres. Il y eut le heurt soudain de leurs corps, une danse que Peck Wilson connaissait, contrairement à Bridger, mouvements de ballet en accéléré. Puis Bridger s'effondra, se mit à agiter les bras et les jambes dans tous les sens, Peck Wilson, au-dessus de lui, se mit à lui donner des coups de pied et Dana cria, tout l'air comprimé, retenu dans son torse trouvant un moyen de s'exprimer à travers le sifflet de son larynx. C'est au moment où il leva les yeux vers elle que, dans le claquement de fouet de ce second échange de regards, elle comprit ce qu'il allait faire avant même de le faire, de sorte que, quand il s'élança vers elle, quand il essaya d'agripper son poignet, elle n'était plus là. Elle courait déjà. Elle n'avait pas le choix. Bridger à terre ou pas. Son sang n'avait fait qu'un tour et elle avait détalé.

Dans cet instant, elle fut lavée de toute pensée : elle n'avait rien d'autre en tête que : courir. Aucun plan, aucun but, aucune logique. S'échapper : voilà tout. S'échapper. Courir. Soudain, elle courait, en effet. Elle n'avait jamais couru avec plus d'acharnement ou plus vite, de toute sa vie, incapable d'entendre le déchirement irrégulier du souffle de son poursuivant, la propulsion de ses pas, ou d'estimer à quelle distance il se trouvait, craignant de regarder derrière elle, craignant tout : et pourquoi les gens ne l'arrêtaient-ils pas? Elle aurait voulu crier mais elle n'avait pas un souffle à perdre. Ses bras s'actionnaient, ses jambes trouvèrent leur rythme et elle traversa tout droit à l'intersection, volant finalement un regard en arrière qui lui permit de voir qu'il était là, à ses talons, courant de toutes ses forces aussi, sans l'intention de lâcher prise, regard froid et éteint, lèvres pincées. Elle n'osa pas regarder une seconde fois. Elle porta le regard loin en avant, scrutant les dalles inégales de béton pour éviter un embranchement fatal, enregistrant la présence de la vieille qui avançait vers elle avec peine, sacs à provisions pendus aux deux bras, calculant ses chances au prochain feu et au suivant encore, parce qu'il était impossible de s'arrêter, impossible, la seule solution étant de courir plus vite que cet homme, d'être plus maligne que lui, de l'avoir à l'usure. S'il la rattrapait, il lui ferait très mal, très vite, il la blesserait en profondeur, sans quartier, sans retenue. Il l'avait avertie. Et l'on ne pouvait douter de ses intentions.

Une fourgonnette, une fourgonnette blanche, un mur mobile apparut soudain, s'allongea et claqua l'air ambiant avant de disparaître, lui fit perdre une enjambée, un temps, et, quand les doigts de son poursuivant accrochèrent ses cheveux, elle sentit sa tête retenue vers l'arrière mais elle n'aurait pu s'arrêter même si elle l'avait voulu. Et puis il y eut la voiture, la force qui la happa, la piqua, la renversa et son poursuivant aussi fut projeté à terre à côté d'elle, la chaleur de son corps émanant de ses narines comme une toxine. Elle se releva, abasourdie, hébétée, genoux écorchés et ensanglantés, paumes des mains et avant-bras en feu, Cours! criait une voix en son for intérieur, Cours! mais elle n'avait plus à courir, plus rien à faire car une voiture de police arrivait et Peck Wilson était coincé.

Pendant un long moment tonitruant, elle soutint son regard, y découvrit le vide, le repli sur soi, et elle trembla des pieds à la tête, c'était vraiment ridicule, comme si elle avait attrapé froid, le jour le plus chaud de l'année! Où était-elle? Que lui arrivait-il? Elle l'ignorait. « Tu pourriras en enfer! » lui lança-t-elle, triomphante.

Ils restèrent debout l'un à côté de l'autre, à quelques centimètres l'un de l'autre, tandis que les hommes de la voiture, les deux jeunes Noirs, venaient vers eux, agitant les bras, bougeant les lèvres; des badauds s'attroupèrent, la portière de la voiture de police accrocha la lumière lorsqu'elle s'ouvrit, et tout le monde regarda l'uniforme bleu nuit, la matraque, le revolver, la casquette. Son poursuivant allait tenter de fuir, elle en était certaine. Il allait fuir et elle devait l'en empêcher. Elle se retourna d'un coup, trop tendue pour remarquer qui portait l'uniforme, maniait la matraque ou comprendre où tout cela mènerait, dans quelle direction tout cela allait depuis un bon moment, inévitablement : longue spirale descendante, depuis le jour où les microbes avaient envahi son corps et où elle avait cessé d'habiter le monde des entendants. Elle vit le changement d'expression sur le visage de Peck Wilson. Elle lut l'apaisement dans son regard. Et puis la femme flic s'interposa entre eux deux et elle reconnut alors ce visage-là, la fureur, la fureur et l'incrédulité, et elle comprit qu'elle se retrouvait une fois de plus sur le banc des accusés.

Ce qu'elle se rappellerait le mieux, ce qu'elle se rappellerait toujours, c'est la façon dont tous l'avaient abandonnée. Elle essaya de maîtriser son énonciation mais elle était à bout, à bout de souffle, à bout de nerfs. « Lui, n'arrêtait-elle pas de répéter, agitant l'index en direction de Peck Wilson, c'est lui, arrêtez-le », mais P. Runyon ne l'écoutait pas. A un moment donné du remuement silencieux des corps et des visages, sous le choc de la violence avec laquelle P. Runyon lui saisit le bras et le maintint sous sa poigne, elle leva les yeux et s'aperçut que Peck Wilson avait disparu. Il n'était pas dans la voiture de police ou retenu par l'autre flic, le plus vieux au visage affaissé, affairé avec les deux gars noirs, aux gesticulations et dents hargneuses. Sentant la panique monter en elle, elle dégagea son bras. Elle porta, affolée, un regard panoramique autour d'elle, elle fit un tour complet, une fois, deux fois, et la foule lui renvoya des regards indifférents, elle ne vit que les feuillages des arbres qui vrillaient au-dessus d'elle, et des chemises, des chemisiers, des jeans, des shorts. L'*officer* Runyon remit la main sur elle et, à nouveau, elle se dégagea. Ne comprenaient-ils donc pas ce qui se passait ? « Peck Wilson ! » cria-t-elle comme si ç'avait été le seul nom qu'elle connaissait. Elle cria et cria encore, jusqu'à épuisement.

Le temps que l'interprète arrive, il était trop tard. Brûlant d'impatience, Dana avait bien essayé de se dégager, de fendre la foule, de retourner vers la maison de la vieille femme aux cheveux argentés sur la véranda (« Demandez à sa mère, elle aura les réponses, demandez-lui ») mais P. Runyon s'était montrée inflexible. Alors seulement, elle avait pensé à Bridger. Était-il blessé ? Ou n'avait-il que des bleus, ne souffrait-il que d'une douleur passagère, dont il pourrait se débarrasser d'un mouvement d'épaules comme dans les films ? Elle avait ressenti un frisson de peur lui monter dans la gorge : pourquoi n'était-il pas là, n'ajoutait-il pas sa voix au méli-mélo ambiant ? Il serait en mesure, lui, de tout expliquer. Il pourrait dire à cette femme flic aux lèvres avides, à la poigne rude, aux yeux qui commençaient à zéro et ne faisaient que descendre. Où était-il ? Où ? Elle eut la réponse lorsque, l'instant d'après, l'ambulance apparut, gyrophare allumé, et que P. Runyon, d'un geste colère, fit signe au chauffeur de vite dégager, relâchant sa prise sur Dana pour lui indiquer de poursuivre son chemin, de deux coups rapides de la main, qui tranchèrent l'air comme si elle avait voulu écarter un intrus. « Qui... ? » demanda Dana, sans pouvoir terminer ni sa pensée ni sa phrase.

L'*officer* Runyon sortait ses menottes, elle les agitait sous le nez de Dana, l'intimant de se calmer, sans quoi elle n'aurait d'autre choix que de l'emmener au poste, lorsque l'interprète arriva dans une voiture noire standard, avec l'écusson de la ville sur la portière. Elle était petite, jeune, élégante, traits déjà en mouvement tandis qu'elle traversait la chaussée pour venir s'interposer entre les deux femmes. « Que se passe-t-il ? demanda-t-elle dans les deux langues à la fois.

— Il me poursuivait. Il voulait m'attaquer. Peck, expliqua Dana, Peck Wilson. »

L'interprète regarda P. Ruyon, qui se contenta de hausser les épaules : « C'est tout ce qu'elle sait dire. Elle est hystérique. »

Qui est Peck Wilson ? demanda l'interprète en se tournant vers Dana, ignorant la policière.

Le voleur. Il a usurpé mon identité. Et il m'a couru après, il...
Où est-il ?

Où était-il ? La question la bouleversa. Elle ne put résister : à la rage, à la frustration, à l'ironie malsaine qui ressemblait à une plaisanterie cosmique. Elle fondit en larmes. L'interprète baissa les mains, les releva et enlaça Dana. S'ensuivit un long moment en suspens, où celle-ci resta tout contre cette inconnue au milieu d'une foule d'inconnus, avant de se dégager doucement. Elle n'ôta pas ses cheveux de devant son visage, ne s'essuya pas les yeux, elle porta seulement la main au front et passa la main dessus, paume ouverte, comme pour l'essuyer : *Je ne sais pas*, signa-t-elle, *mais je sais où sa mère habite.*

A l'hôpital, elle resta assise sur une chaise en plastique moulé dans la salle d'attente des urgences, l'interprète d'un côté et un détective de la police de Peterskill de l'autre. C'était déjà le soir, samedi soir, et on notait une accalmie momentanée dans le flot de patients pressant des chiffons ensanglantés sur une cuisse, un bras ou le front tandis que la nuit tombait et avant que le flot d'accidentés grossisse à nouveau, alimenté par la consommation d'alcool. Elle était nerveuse : elle avait avalé trois cannettes d'un cola sans sucre et avait encore soif, elle avait des élancements dans le genou droit, là où on lui avait retiré des morceaux de gravier et de terre, nettoyé et bandé la plaie. Elle avait le même carré de pansement sous le genou gauche, mais c'est le droit qui semblait avoir le plus souffert : c'est lui qui lui faisait mal, en tout cas. L'interprète, Terri Alfano, avait vingt-six ans et de grands yeux noirs très écartés, qui absorbaient troubles et blessures pour les remplacer par l'absolution. Dana ne savait pas comment les choses se seraient passées sans elle ; elle avait demandé des clarifications sur l'heure où l'incident avait eu lieu, et le détective qui l'avait interrogée, stylo en suspens au-dessus de son carnet, semblait avoir laissé son esprit vaguer ailleurs tandis qu'elles conversaient en langue des signes.

A présent, le problème, l'inquiétude, la crainte qui résonnait en son for intérieur, en horribles échos mats, ce n'était ni Peck Wilson ni sa mère ni sa femme ni la Mercedes lie de vin que la police avait placée en fourrière jusqu'à ce que la propriété légale soit établie, mais Bridger. Bridger se trouvait quelque part de l'autre côté des portes à battants derrière le bureau de l'infirmière, derrière les patients aux expressions neutres, ava-chis sur les rangées de chaises en plastique moulé et la télé en hauteur sur le mur, qui passait, autre malsaine ironie du sort, un téléfilm hystérique sur un service d'urgences. On ne lui avait pas dit grand-chose et encore n'avait-elle rien compris des informations qu'on lui avait imparties, jusqu'à ce que Terri Alfano les ait écrites noir sur blanc ; apparemment, Bridger avait du mal à respirer et les médecins avaient pratiqué une trachéotomie d'urgence. Il avait un traumatisme laryngien et ils devraient opérer pour faciliter le passage de l'air et réparer les dommages causés au cartilage thyroïdien. Tel était le problème. C'était la raison pour laquelle elle se retrouvait assise là à regar-der la pendule, les portes battantes et l'expression de l'infirmière chaque fois que celle-ci tournait les yeux vers son téléphone et répondait à un appel.

Une heure passa, puis deux. Entre-temps, le détective était parti, depuis longtemps, et la salle d'attente commençait à se remplir. Dana feuilleta un magazine, observa les visages autour d'elle qui changeaient au rythme des entrées et des sorties, les patients au bras de parents ou d'amis, traits tirés et tordus autour du point d'impact de leurs yeux éplorés. On ne lui avait donné aucune nouvelle de Bridger. Voyant le crépuscule gagner les fenêtres, elle se tourna vers Terri Alfano et lui dit qu'elle ferait aussi bien de rentrer chez elle. « Vous n'êtes pas forcée de rester ici pour me tenir compagnie, vous savez... » dit-elle à voix haute, même si elle ne souhaitait pas rester seule. Cette présence la réconfortait, elle en avait besoin. Elle avait mal, ne savait plus où elle en était, se sentait coupable de ce qui était arrivé à Bridger : c'était sa faute, elle était coupable, de l'avoir impliqué, d'abord, puis de l'avoir entraîné jusqu'à New York, et tout ça pourquoi ? Elle n'aurait pas dû se montrer aussi entêtée. Elle aurait dû renoncer. Elle aurait dû laisser la police s'occuper de l'affaire, et les compagnies de cartes de crédit, au lieu de jouer à l'apprentie détective, au lieu de prendre ça personnellement, comme si le voleur s'était soucié de son identité, comme si ça avait la moindre importance, comme si *elle-même* avait la moindre importance. Que croyait-elle ? Le pire, cependant, ce qui la torturait alors que, remuant sur sa chaise, elle fixait des yeux le sol, puis les levait pour regarder l'infirmière, la pendule et les portes à battants qui ne s'ouvraient jamais pour donner la moindre nouvelle, c'était qu'elle l'avait abandonné au moment où il avait eu le plus besoin d'elle, quand il arrivait à peine à respirer, quand il se tenait la gorge et se débattait sur le trottoir, combattant une douleur qui aurait dû être la sienne, à elle. Confrontée à un dilemme moral, elle avait failli à son éthique.

« Pas de problème, ça ne me dérange pas. » Terri tournait oisivement les pages d'un magazine que Dana avait déjà feuilleté deux fois. Quasiment immobile, cambrée, elle dégageait une grande sérénité. Avec sa jupe grise, sa veste assortie et son chemisier rose, très business, presque collet monté, elle n'était pourtant ni froide ni rigide, loin de là, à la différence de tant d'interprètes – Iverson et ses semblables : les petits qui voulaient se grandir aux dépens d'autrui, de quelqu'un qu'ils pouvaient dominer dans un psychodrame de pouvoir et de dépendance.

« Vraiment, ajouta-t-elle en reposant la revue qu'elle feuilletait. Je sais que vous avez mieux à faire. »

Terri haussa les épaules, présenta les paumes de ses mains, sourit. Elles avaient déjà évoqué son petit ami : elle ne réussissait à penser à rien d'autre depuis qu'il était parti dans le Midwest, six mois auparavant, pour saisir une opportunité professionnelle qu'il n'avait pas pu laisser passer ; elle ne faisait qu'attendre son retour. Elles avaient parlé de ses parents, sourds tous les deux (*mère père sourds*, avait-elle signé) : elle leur avait servi d'interprète toute leur vie ; elles avaient parlé de son salaire ridicule, des heures interminables de boulot, de l'obligation qu'elle ressentait envers la communauté des sourds. Et de sa culpabilité. Sans parler de la culpabilité. Elles avaient parlé de Bridger, de l'Ecole San Roque pour les Sourds. De Peck Wilson. « Croyez-moi, dit-elle en sous-titrant en langue des signes, ça va très bien. Je veux rester. Et si le médecin avait besoin de vous dire quelque chose ! Je ne sais pas... quelque chose d'important ? De fondamental ?

— Je peux lire sur ses lèvres.

— Et les termes médicaux ?

— Il peut les écrire. »

Une pause. Toutes deux levèrent les yeux vers une vieille femme en pantoufles et robe de chambre qui traversait la salle jusqu'au bureau des admissions – vieille proue triste sur une mer sans brise. Le visage de Terri s'illumina. *Vous voulez vraiment que je parte ?* demanda-t-elle.

Dana fit non de la tête. Puis, pour confirmer sa réponse : deux rapides claquements de l'index et du majeur contre le pouce : *Non*.

Il était neuf heures passées quand l'infirmière qui leur avait déjà parlé franchit la porte à battants. Elle portait encore sa blouse et même son calot mou, et une tache suggestive, sombre, déjà sèche, lui barrait la hanche. Elles se levèrent. L'observant qui traversait la salle, Dana lut son expression et son langage corporel : elle était satisfaite ; tout allait bien, de sorte que, lorsqu'elle se retrouva devant elles, avec son sourire de circonstance pour leur annoncer que Bridger s'en sortirait très bien, elle le savait déjà. Les détails, c'était une autre histoire. Ils avaient dû installer un implant en silicone polymérique (« Pourriez-vous écrire ça, s'il vous plaît ? ») pour empêcher la formation de granulation sur le cartilage exposé, mais il sortirait le lendemain et le pronostic était bon. Guérison complète. Néanmoins, il ne pourrait pas parler pendant deux à trois semaines, et il pourrait y avoir des séquelles au niveau de la voix.

« Des séquelles ? » Dana regarda Terri puis l'infirmière.

« Sa voix pourrait changer. C'est-à-dire qu'il pourrait avoir perdu sa tessiture d'avant l'accident... la blessure, plutôt. Mais peut-être pas. Peut-être la guérison sera-t-elle complète. C'est souvent le cas. » L'infirmière marqua une pause pour que Terri puisse la rattraper, bien que Dana, lisant sur ses lèvres, ait déjà caracolé beaucoup plus loin. L'infirmière avait la cinquantaine, des yeux tristes, des rides semi-circulaires encadraient sa bouche, qui disparaissaient quand elle souriait, comme elle le faisait maintenant. « Il n'est pas chanteur, n'est-ce pas ?

— Non », répondit Dana en se le représentant, lèvres en avant savourant l'extase pour elle inimaginable d'un air qui passait à la radio, douce mélopée, chant de la chouette... *who, who, who,* ouh ouh ouh.

Quelques heures auparavant, avec l'aide de Terri, elle avait passé un coup de fil aux parents de Bridger, qu'elle n'avait jamais rencontrés. Ils vivaient à San Diego. Son père était plus ou moins lié à la base militaire là-bas, mais elle n'en savait pas davantage. Elle avait observé le visage de Terri tandis qu'elle traduisait, elle l'avait observée et les émotions exprimées à l'autre bout du fil étaient transférées à ses lèvres, à ses yeux, aux muscles de son visage. Les parents de Bridger, sans nouvelles de lui depuis un mois, étaient inquiets. La mère prendrait l'avion le lendemain. Accusaient-ils quelqu'un ? Y avait-il de leur part de la mauvaise volonté, de la rancœur, de l'animosité ? *Une sourde ? Il n'a jamais parlé d'une sourde.*

C'était irritant au plus haut point : elle avait essayé de joindre sa propre mère quantité de fois mais elle ne répondait jamais – ou bien elle avait éteint son portable. Terri tombait toujours sur le message et, chaque fois, elle en laissait un de son côté, lui demandant de rappeler. Sans réaction jusque-là. Dana avait enfoncé son portable tout au fond de sa poche de short pour être certaine de sentir les vibrations ; elle le tâta pour vérifier, pour se rassurer, et il y était encore, toujours inerte, toujours fait de plastique, de métal, de silicone. Un objet froid. Inutile. Elle aurait dû emporter des pigeons voyageurs.

Terri la vit glisser la main dans la poche. Elle sourit, remercia l'infirmière, qui changeait déjà de pied d'appui pour s'en retourner vers les portes à battants. Elle leva les yeux vers Dana : « Toujours pas de réponse ? »

Dana fit non de la tête. « Je crois qu'elle devait aller au théâtre un soir de cette semaine mais je ne me rappelle pas quand. »

L'instant resta suspendu entre elles, puis Terri, sous-titrant ses paroles en langue des signes, dit : « C'est petit, chez moi, et ce n'est pas grand-chose mais j'ai un convertible dans mon salon. Si tu veux venir passer la nuit. Vraiment. »

Elle se réveilla aux premières lueurs du jour, vaguement consciente d'un mouvement juste de l'autre côté du fin grillage de la fenêtre. Il faisait lourd, l'atmosphère était tropicale. Ça sentait l'humidité et le moisi, la senteur fertile de la renaissance des choses qui agissent sous terre, des fleurs qui se déploient, des armées d'insectes qui remuent dans leurs nids, leurs terriers et sous les feuilles des arbres contre la maison. Ça sentait la pluie, ça sentait l'ozone. Pendant un moment, elle resta immobile, yeux rivés au plafond : elle retrouvait ses repères, retraçait le rosaire des événements qui les avaient menés à l'hôpital, Terri, Bridger, Peck Wilson descendant de sa Mercedes, la peur qui avait explosé dans son cerveau et l'avait suivie dans la rue : seulement ensuite son regard se porta sur le grillage. Il y avait bien là quelque chose : un mouvement, une ombre. Son cœur battait fort. Elle s'assit dans le canapé. Et, quand elle sentit la porte s'ouvrir dans son dos, elle manqua pousser un cri (peut-être d'ailleurs cria-t-elle effectivement) avant de s'apercevoir que ce n'était que Terri qui, épaules basses sous l'étoffe matelassée d'une robe de chambre bleu clair, le visage terne et vide, encore à moitié endormie, se rendait à la salle de bain. *Ça va ?* demanda Terri par pur réflexe.

« Désolée, j'ai dû faire un cauchemar » – pieux mensonge : chaque mot était abstrait, forcément incompréhensible, tiré d'une page d'un ancien recueil de souvenirs, tout comme Bridger devait piocher ses bribes d'espagnol de lycée à la baraque à tacos ou quand il allait faire laver sa voiture. Il lui racontait qu'il était toujours soulagé (non : pas seulement soulagé mais éberlué aussi) quand les gens le comprenaient, comme s'ils communiquaient suivant un code indéchiffrable hormis, fortuitement, pendant ces instants-là.

La porte de la salle de bain s'ouvrit puis se referma sur Terri et ce fut comme si elle n'avait jamais été là, apparition évaporée dans le domaine de l'immatériel, puis à nouveau il y eut un mouvement derrière le grillage, le mouvement qui l'avait réveillée, mais ce n'était pas Peck Wilson, qui, encore en liberté, serait venu à sa recherche pour achever ce qu'il avait commencé, et ce n'était pas non plus le résidu d'un rêve : c'était simplement un écureuil qui, bouffi après les récoltes aisées de l'été, plongeait la tête et agitait les pattes dans le sombre lustre de l'herbe humide et soyeuse.

Le temps était encore couvert quand elle se réveilla pour la deuxième fois. Terri se tenait au-dessus d'elle, une tasse de café à la main, un sourire doux et retenu aux lèvres. Elle était habillée, maquillée, coiffée, ses boucles d'oreilles en jade accrochaient le peu de lumière qui filtrait de l'extérieur. « J'ai préféré ne pas te réveiller, dit-elle en lui tendant la tasse de café. Il y a de la crème et du sucre, si tu en veux... je ne savais pas comment tu le prends.

— Quelle heure est-il? demanda Dana, s'asseyant pour prendre la tasse à deux mains.

— Dix heures et demie.

— Quoi! Je ne peux pas croire que j'aie dormi si tard...

— Tu as beaucoup couru hier. Tu es fatiguée. » Grand sourire étincelant : Terri faisait de l'humour. « Mais ne t'inquiète pas, c'est dimanche, le jour de la semaine où on a le droit de faire la grasse matinée.

— Et l'hôpital? Et Bridger? »

Le visage de Terri (son joli minois mobile et animé) ne trahit rien. « J'ai appelé il y a un quart d'heure. Pas un mot. Il se repose. C'est ce qu'on m'a répondu. Nous pouvons lui rendre visite quand nous voulons. »

Le café était brûlant, âcre (Dana préférait le thé et, quand elle prenait du café, elle le noyait dans la crème) mais elle porta la tasse aux lèvres, souffla pour le refroidir et but, remerciant Terri du regard. Soudain, elle se sentit succomber à l'émotion. Cette femme, cette jeune femme au doux visage, cette jeune femme ouverte, qu'elle ne connaissait pas il y a vingt-quatre heures, était déjà sa meilleure amie dans le monde entier, une personne bonne, honnête, généreuse, compatissante (*mère père sourds*), ce pour quoi elle lui était reconnaissante, reconnaissante au point d'en avoir les larmes aux yeux. Mais Terri était aussi une béquille et sa mère aurait été la première à le souligner : « Tu n'as pas à me protéger », dit-elle.

Terri buvait dans un mug, dont l'inscription « Souvenir de Fort Ticonderoga » était surimposée en rouge sur une enceinte qui en faisait le tour. « Ce n'est pas un problème. Et je ne te protège pas, ne crois pas ça. Je veux aider, voilà tout. »

Dana ne put réprimer un sourire. « Ce n'est pas seulement le sens du devoir ? »

Terri haussa les épaules. « Sûr. Pourquoi pas ?

— Rien de mieux à faire ?

— Je ne sais pas. Tu veux prendre ton petit déjeuner ? Des œufs ? Des céréales ? »

Dana sauta du lit, piocha son short par terre et l'enfila. Elle avait besoin d'une douche, sa peau la grattait – les résidus de sa transpiration de la veille : elle avait l'impression d'avoir été roulée dans le sucre comme un beignet. Mais la douche pouvait attendre. « Non, dit-elle, levant les yeux car elle était en train de nouer ses lacets. Ne te dérange pas pour moi (elle leva la main pour prévenir toute réponse) mais, par contre, je dois vraiment appeler ma mère. Je dois l'avertir... »

Terri leva les sourcils et toute son expressivité de personne familière avec la surdité lui revint. « Tu veux que j'interprète ou tu vas lui envoyer un SMS ?

— Si tu peux seulement me dire quand elle décroche, ce serait formidable. Je peux parler et elle répondra par SMS. C'est mieux, de toute façon. Je ne voudrais pas te soumettre à cette torture. Je suis sûre que tu sais comment sont les mères. Eh bien, ma mère est cent fois pire. »

V.V. répondit dès la première sonnerie. « Salut, m'man », lança Dana dans le vide.

Où es-tu ? J'étais inquiète.

« Peterskill. Encore. Ne t'inquiète pas, nous avons récupéré la voiture mais nous avons dû rester la nuit parce que... (elle hésita un instant, sentant l'émotion monter en elle) parce que Bridger, je veux dire... ce Peck Wilson. Peck Wilson l'a attaqué et il est à l'hôpital. »

A l'hôpital ?

« Il va bien. C'est sa gorge. Il a été blessé à la gorge. »

Plus rien pendant un moment, puis les lettres se formèrent sur l'écran miniature : *Combien de fois je te l'ai répété? Il faut toujours que tu...*

« Il va bien. Tout va bien. Ils ont dit qu'ils le laisseraient sortir cet après-midi, tu le verras ce soir. Nous allons à l'hôpital dans un instant. »

Qui ça, nous?

« Moi et Terri. C'est l'interprète de la police. »

Est-ce qu'ils l'ont attrapé?

A nouveau, l'hésitation. Comme si c'était elle qui avait été blessée à la gorge. « Non. Il... il s'est échappé. »

Je viens vous retrouver.

« Non, non. Tu n'as pas à faire ça. Je peux me débrouiller, ne t'inquiète pas. »

Quel hôpital?

Elle fit alors un petit speech sur l'indépendance – sa mère avait toujours milité pour l'indépendance de chacun mais cela ne l'empêchait pas de la traiter comme une enfant. Elle avait trente-trois ans et pouvait mener sa barque, non? N'importe qui aurait pu être la victime d'un voleur de cet acabit, ça n'avait rien à voir avec son handicap, ses capacités ou la façon dont elle gérait son argent et organisait son avenir, ou quoi que ce soit d'autre. « M'man, écoute, je vais répéter pour que tu comprennes bien : je ne veux pas que tu viennes. D'accord? »

Quel hôpital?

La première chose qu'elle vit en entrant dans la pièce avec Terri, ce furent les fleurs. Une jungle de fleurs, des dahlias, des tulipes, des lys, des glaïeuls, des roses – tant de fleurs qu'elle crut s'être trompée de porte, et recula dans le couloir. La deuxième, ce fut la silhouette frêle et sinueuse d'une inconnue, qui se leva de la débauche florale pour lui lancer un regard défiant, et seulement après, elle avisa le lit, les écrans, la transfusion, et finalement Bridger, diminué sur le fond neutre du champ blanc des draps. Il avait un pansement au cou, plus blanc encore, des plis d'une gaze immaculée qui l'enveloppait jusqu'au menton, de sorte que sa tête semblait détachée du corps. Son œil droit était fermé, paupière tuméfiée. En fait (elle dut retenir son souffle lorsqu'elle approcha), elle vit qu'il avait tout le côté droit du visage atteint, un nuage sombre et strié de croûte cloutée sur une contusion jaunâtre. Elle eut un choc : il était blessé, méchamment blessé, et il ne sortirait pas de si tôt.

Elle sut que la femme était la mère de Bridger avant même de la dévisager et de reconnaître les traits de famille, le nez, les yeux, la charpente qui partait en arrière et le pâle carré de chair orbiculaire... Cette femme essaya de lui bloquer le passage, de la questionner, d'affirmer son autorité, mais Dana passa outre, alla jusqu'au chevet de Bridger, prit sa main et déposa un baiser sur le côté de son beau visage ravagé. « Oh, mon Dieu, dit-elle, oh, mon Dieu, je m'en veux tellement », et les larmes lui vinrent aux yeux, brûlantes comme de l'acide, tandis qu'elle percevait quelque chose dans son dos, des mouvements périphériques, des gestes, la mère de Bridger et Terri Alfano, son sauveur, engagées dans des subtilités diplomatiques. Dana leva la tête pour regarder Bridger droit dans l'œil, le bon œil, celui qui était dilaté et limpide. « Est-ce que tu vas bien ? » demanda-t-elle, et la question émanait du tréfonds de sa personne, si ce n'est que les mots sonnèrent faux, ils étaient trop étroits, ils appartenaient au mauvais registre – mais elle s'en moquait.

C'est seulement alors, seulement quand il leva la main droite pour répondre, qu'elle remarqua le plâtre sur l'avant-bras : son geste fut comme une accusation, un index pointé, une malédiction. Poing fermé, mouvement en haut en bas : *Oui.* Puis : *Et toi, ça va ?*

Elle fit oui de la tête.

Est-ce qu'ils l'ont eu ?

Elle vit son visage s'assombrir, la couleur refluer de la contusion pour moucheter sa mâchoire, sa joue, l'orbite de son œil ouvert. Il connaissait déjà la réponse. Savait déjà que la douleur, la frustration, la colère, la haine et l'obsession, sans parler de la fracture du cubitus et de l'écrasement du larynx, que tout cela avait été en vain. Il le vit dans les yeux de Dana.

« Il s'est enfui, dit-elle en sous-titrant en langue des signes. Mais la police a sa voiture... »

Sa voiture? C'est tout? Merde! Il tapa du poing contre son plâtre d'un geste violent de l'autre bras puis essaya de parler, l'œil menaçant et les mâchoires hachant l'air mais elle voyait qu'aucun son ne sortait, elle le sentait. Bridger. La gaze au cou, le plâtre au bras. Il était hors de lui, plus en colère qu'elle ne l'avait jamais vu et, avant qu'elle puisse l'interroger (la rendait-il responsable, était-ce cela?), sa mère avait fondu sur elle, la repoussait sans ménagement pour appuyer avec force sur la sonnette de l'infirmière; celle-ci déboula dans la chambre et plongea sur Bridger, faisant à sa bouche, sa gorge, sa cavité orale quelque chose que Dana ne voulut pas voir. Elle se détourna et la mère de Bridger en profita pour tirer le rideau autour du lit.

Pendant longtemps, elle resta assise à côté de Terri, à fixer les plis blancs qui tombaient de la barre en aluminium. Elle avait reçu une gifle. Elle se sentait déjà suffisamment mal – sa faute, tout était de sa faute – mais, maintenant, elle avait envie de disparaître sous terre. *Ne t'inquiète pas*, la rassura Terri. *Tout s'arrangera.*

Elle ne réagit pas. Elle était trop fatiguée. Lasse. Autant que si elle n'avait pas fermé l'œil depuis une semaine. La lumière faiblit brusquement (de l'autre côté de la fenêtre, à l'extrémité de la chambre, un nuage masqua le soleil). Dana leva les yeux et, pour la première fois, remarqua l'autre lit. Il était presque caché par les gerbes de fleurs que la mère de Bridger avait amassées autour de son fils, ces fleurs qui accusaient Dana d'une autre manière : elle-même n'avait pas pensé, de son côté, à apporter ne fût-ce qu'une marguerite. Mais comment aurait-elle pu? Elle traversait cette épreuve dans sa chair, Peck

Wilson aurait pu l'assassiner elle aussi : comment en faire abstraction ?

Les rideaux du second lit étaient tirés mais, à travers les interstices, elle distingua un patient ou, du moins, deux chevilles croisées et deux pieds nus à la semelle cambrée, jaunâtre, et dix orteils ocre pendant au bout des articulations comme autant de fruits pourris. Ces orteils la fascinèrent, ces pieds anonymes, et son regard dépassa l'attrait facile des fleurs pour se river sur eux : à qui appartenaient-ils ? Quelque voyeur auditif surveillait muettement le drame qui se déroulait autour du lit de Bridger, les cris de sa mère, les étouffements du patient, les interventions essoufflées, charnelles, humides de l'infirmière quand elle venait pratiquer les soins. Lui-même se portait bien : c'était visible dans sa façon de croiser les chevilles. Il était venu là simplement pour épier la scène, dissimulé derrière le rideau. Voilà ce que Dana imaginait en observant ces pieds, laissant ses pensées l'abasourdir, lorsqu'elle ressentit les vibrations familières du portable dans sa poche.

C'était sa mère. Son SMS indiquait *Gare de Peterskill, 15 h 45*. Fin de la communication.

Terri la regarda : « Ta mère ?

— Ouais. Elle arrive à quatre heures moins le quart. » Dana haussa les épaules, baissa les yeux. « Je vais devoir aller la chercher. »

L'instant resta en suspens, avant que Terri lui tapote le poignet avec l'index pour attirer son attention : « Je peux te conduire jusqu'à ta voiture si tu veux. Tu te rappelles où tu l'as garée ? »

Soudain, elle revit la rue, le trottoir ombragé, craquelé et les gamins sur leurs vélos : comme le décor d'une pièce qu'elle aurait vue il y avait très longtemps. « Oui », dit-elle, accompagnant sa réponse d'un hochement de tête significatif.

L'infirmière émergea de derrière le rideau et leva le bras pour l'ouvrir d'une énergique torsion du poignet. La mère de Bridger se leva de la chaise au chevet de son fils et leur lança un regard

qui signifiait *Qu'est-ce que vous faites ici?* Quant à Bridger :
apparemment, la crise avait passé et, écarlate sous le masque
que Peck Wilson lui avait fait, le cuir chevelu si rouge qu'elle
distinguait chaque cheveu sur la peau, il observait Dana. Il avait
été pris d'une quinte de toux ou s'était étouffé, elle ignorait
lequel des deux. Le patient aux chevilles croisées aurait su,
Terri, la mère de Bridger, n'importe qui passant à ce moment-
là dans le couloir aurait su mais pas elle. Parce que la mère de
Bridger avait fermé le rideau.

« Est-ce qu'il va bien ? » demanda-t-elle, se levant pour faire
un pas en direction du lit. L'infirmière lui adressa un drôle de
regard, baissa la tête et quitta la chambre à petits pas feutrés. La
mère de Bridger donnait l'impression que son visage, coulé
dans le béton, pesait un quintal. Elle s'éloigna du lit, se déplaçant subtilement (qui sait, peut-être inconsciemment), en
diagonale, pour s'interposer entre Dana et son fils. Sa bouche
remuait : « Quoi ? Qu'avez-vous dit ? »

Elle posait une question mais pas à Dana. Elle ne la regardait
même pas. Elle regardait Terri.

Terri répondit, et la mère de Bridger parla à nouveau. Bridger était encore tout rouge. Ses mains étaient immobiles, son
bon œil regardait fixement.

Ressentant sur sa main la pression de celle de Terri, Dana se
retourna vers celle-ci. « Mrs. Martin dit qu'il a du mal à respirer. C'est sans doute la phase d'adaptation nécessaire après
l'opération mais il est possible qu'une suture (elle épela le mot
en langue des signes) se soit défaite, à l'intérieur. Dans ce cas, ils
pourraient être forcés de réinsérer le tube respiratoire, mais ce
n'est sans doute pas ça, et c'est tout à fait normal, de toute
façon...

— Dites-lui, reprit la mère de Bridger, agitant les bras
comme si elle hélait un taxi, qu'ils vont devoir pratiquer
d'autres examens et qu'il va devoir rester ici cette nuit et sans
doute encore la suivante, au moins... »

Dana avança la main vers le bras de cette femme, un geste simple : elle souhaitait établir un contact physique ne fût-ce qu'un bref instant et l'assurer qu'elle comprenait, qu'elle pouvait lui parler directement, qu'elles menaient toutes deux le même combat, étaient habitées par le même espoir, le même amour, mais la mère de Bridger la repoussa avec un haussement d'épaules et un regard que Dana ne connaissait que trop bien. Elle vit en même temps les yeux de Bridger, ses yeux bleus, se porter sur Terri. « Dites-lui qu'il a besoin de repos maintenant », ajouta la mère, phrase que Dana lut très nettement sur ses lèvres.

Et Bridger ? Il ne leva pas la main une seule fois, non, pas même le petit doigt.

Elles se retrouvèrent donc à rouler dans les rues animées du voisinage : l'emprise de la torpeur sur les visages, les arbres trop verts, oppressants et odieux, les buissons accusateurs et les pelouses hurlantes, de sorte que Dana replongea dans les affres du cauchemar, une fois de plus accablée de douleur. Elles arrivèrent à une intersection : « Non, indiqua-t-elle à Terri, tourne à droite. Oui, celle-là, et, au bout de la rue, tourne à gauche. » Les trottoirs continuèrent de se dérouler sur les côtés et les voitures garées là tout du long se présentèrent une à une jusqu'à ce que Dana avise sa Jetta à l'endroit où elle l'avait garée, roues de devant tournées vers le trottoir, pare-brise ombré par le feuillage au-dessus.

3

I L roulait à fond, le pied sur le champignon, tout vestige de
sérénité chassé par le pot d'échappement lorsqu'il s'était
jeté sur le demeuré dans le bar : ç'avait été comme tirer sur
sa nuque l'énorme flèche d'un de ces ballons qui flottent au-
dessus des garages de voitures d'occasion. Une nouvelle erreur
dans une journée où, décidément, il les avait accumulées. Mais
il n'avait pas le choix, il devait faire machine arrière alors que
c'était contre ses principes, qu'il évitait toujours ça, quel que fût
le prix à payer. Il était furieux, il devait bien l'admettre. Contre
lui-même, contre Natalia, contre Bridger Martin, contre Dana
Halter et contre tout ce cirque minable et angoissant dans
lequel il s'était laissé entraîner. Il avait tapé plutôt bas, à la
hauteur du genou, sur ce gros lard, parce que les gros cons avec
des seins pendants et la tête en boule de bowling étaient toujours trop lourds en haut et s'effondraient vite par le bas. Le
seul problème, c'est que ce con-là avait tourné sur lui-même
quand son genou avait cédé et il avait effleuré la mâchoire de
Peck avec son poing et son assortiment de bagues de motocycliste, le swastika en argent, la tête de mort et le reste, et maintenant, Peck pissait le sang.

Tête baissée, marchant à vive allure, avec détermination, il
traversa la chaussée et descendit vers la gare ; il dépassa la

terrasse d'un café où des clients mâchaient comme si leur vie en dépendait, puis il déboucha sur la zone d'attente des taxis – quand il vit ceux-ci qui patientaient là et le train pour le nord arrêté de l'autre côté sur le quai, l'idée lui passa par la tête de monter dans un taxi mais il décida de n'en rien faire. La police allait arriver, le clown devait être en train de se relever, ils allaient ranger le désordre et le barman devait, en ce moment même, appeler les urgences, or un taxi devrait passer juste devant toute cette animation. Peck se représenta la scène, tout en marchant sans jamais ralentir, même si les gens le regardaient (du sang sur le visage, pantalon déchiré et maculé); il marcha donc jusqu'au quai, monta dans le train, alla s'asseoir à l'extrémité de la rame. Il ne perdit pas de temps pour aller dans les toilettes se tapoter le visage avec une serviette en papier mouillée; il entendit les sirènes – ou les imagina-t-il? Un instant plus tard, le train démarrait avec un sursaut, les roues agrippaient les rails, puis le wagon se balança comme sous l'influence de deux forces antithétiques, le bruit de ferraille commença et ils se dirigèrent vers le nord.

La coupure – une simple égratignure, en fait –, une petite entaille en son centre, remontait la joue droite jusqu'à son oreille très rouge et saignait plus qu'elle n'aurait dû, ce qui était gênant. Il était fort peu probable que le flic qui serait appelé au bar fasse le rapport avec l'autre incident et encore moins qu'il vérifie les trains : ce n'était au fond qu'une bagarre de bar, une parmi un million, mais Peck ne voulait tout de même pas attirer bêtement l'attention sur lui. S'ils avaient récupéré la Mercedes, les flics seraient bientôt à la propriété avec un mandat et, pendant plusieurs jours, l'un d'eux resterait planqué là à les attendre, du moins attendrait-il qu'il revienne, lui, mais il ne reviendrait pas, il n'en avait pas la moindre intention, ni à la propriété ni ailleurs. Il n'était pas stupide à ce point, même s'il était sur la bonne voie. Lorsqu'il eut arrêté le saignement, il prit un nouveau paquet de serviettes en papier, les humecta et sortit dans le wagon qui se balançait sur ses essieux. Il s'assit à droite pour présenter son profil gauche au contrôleur quand il passerait vérifier les billets.

Le convoi abordait la grande boucle autour d'Anthony's Nose quand le contrôleur passa. « Beacon », annonça Peck en se tournant vers lui, serviettes en papier serrées contre la joue. Le contrôleur (un vieux Noir, le regard lointain, une frange de perruque tombant mollement sous la casquette) ne lui demanda rien mais Peck, en tendant un billet de banque, expliqua : « J'ai une de ces rages de dents ! » Le contrôleur lui tendit un ticket, lui rendit sa monnaie et l'affaire en resta là. Pour l'heure, du moins. Mais ensuite ? Et pourquoi avait-il annoncé « Beacon » et pas Buffalo ? Ou Chicago ?

A l'arrêt de Garrison (un minuscule bâtiment en pierre, une rangée de maisons, une étendue plate de fleuve et un immense parking vide), personne ne l'attendait, pas de flics – pas de Natalia non plus, comprit-il bientôt. Leur histoire était inachevée. La pensée le tourmenta et lui retourna l'estomac, la bière éventée, le mélange apéritif rance, le Coca qui l'avait traversé comme de l'acide de batterie. Natalia l'avait quitté. Evaporée. C'était fini. Au fond, elle était peut-être dans ce même train, qui faisait correspondance avec celui de Toronto. Mais non, ce n'était pas son style, et il essaya de se la représenter, avec cette moue de bouche à baisers qu'elle avait quand elle réfléchissait, se maquillait les yeux ou faisait des mots croisés : Natalia sortant de la baignoire, buvant un verre de beaujolais nouveau, ou furieuse et s'emportant contre lui, toujours prête à démarrer au quart de tour. Elle aurait pris un taxi, se serait fait conduire chez Hertz ou Enterprise, aurait loué une voiture, serait allée chercher Madison et serait rentrée à la propriété. Où elle gambergerait, casserait des objets et s'enfilerait des vodkas, assise en tailleur, d'humeur massacrante, puis elle ferait les cent pas, pieds nus, jusqu'au moment où elle finirait par s'effondrer. Les flics se pointeraient le matin avec leur mandat et fouilleraient la maison de fond en comble. Sur quoi, elle avalerait encore plus de vodka, emmènerait Madison au restaurant à midi, irait faire du shopping, et puis elle se retrouverait de nouveau à la maison, à ranger les dégâts. Elle regarderait par la fenêtre, verrait la voiture de location, un modèle agréable, sport (une Mustang, une T-Bird, parce que : pourquoi se refuser quoi que ce soit tant que les cartes de crédit étaient alimentées?); bientôt, elle ferait les bagages, emportant tout ce qu'elle pourrait transporter. Et puis elle partirait.

Le train brinquebala dans la fin du jour, le soleil déclinant zébrant la grande courbe à l'avant, accrochant des feuilles de-ci de-là au sommet des arbres, tandis que le reste virait au grisâtre. L'esprit de Peck se referma sur l'image de Natalia et il se sentit à nouveau comme un chaudron de colère. La propriété. Il détestait devoir perdre cette propriété autant que perdre Natalia – et tout ce qu'il avait amassé. La Mercedes. Les noms dans le carnet, de l'or en barre, chacun d'eux : son entreprise. Et Sukie. Ça aussi, cette fois, c'était fini pour de bon. Et puis il y avait ceci : que la chute avait été brutale! Le matin même, il était au sommet, il s'était réveillé dans un manoir, six mois réglés d'avance, avec facilités d'achat, il était monté dans une S500 pour emmener sa fiancée voir sa mère et sa fille que lui-même n'avait pas vues depuis trois ans. C'est alors que l'image de Dana Halter lui sauta à la figure, qu'il la revit déboulant sur le trottoir, qu'il revit son regard – elle avait deviné ce qu'il allait faire avant qu'il en soit conscient lui-même –, et puis la façon dont elle avait détalé et avait fait de lui une gourde, une pédale, une fillette. Il avait envie de lui faire très mal. Le genre de mal qu'il avait infligé à Bridger Martin. Question d'égaliser le score. Un dernier coup. Et il disparaîtrait.

Il faisait encore jour quand il descendit du train à Beacon, le trou du cul du monde, de la merde soufflée par le vent sur les rails, de la merde flottant à la surface du fleuve, des tags partout comme si les gens se foutaient de tout, et d'eux-mêmes en premier : où étaient les flics quand on avait besoin d'eux? Pourquoi ne niquaient-ils pas ces petits cons avec leurs bombes au lieu de venir l'emmerder, lui? Pourquoi, d'ailleurs, n'étaient-ils pas en train de nettoyer toute cette merde, de nettoyer les inscriptions des bandes locales, leurs obscénités, au lieu de brûler le carburant du contribuable pour traîner leurs carcasses ballonnées d'une baraque à beignets à une autre? Oh, il était dans ce genre d'humeur... Il voulait bien le reconnaître. Il avait besoin d'une voiture, de se changer, de se mettre quelque chose dans le ventre. Il n'avait pas mangé de toute la journée, rien depuis le petit déjeuner, il avait été trop effrayé, scandalisé, sur les dents pour y penser : mais maintenant, tout à coup, il s'aperçut qu'il mourait de faim.

La lumière des lampadaires commençait à manifester sa présence, par une lueur ambrée qui gonflait dans les ombres, et déjà les insectes affluaient, ballottés comme des flocons de neige. Deux ou trois silhouettes bougeaient par là, t-shirts blancs dégageant une faible lueur fluorescente sur le fond pâle des lampadaires. Il entendit une fille partir d'un fou rire et, en se retournant, il vit, perchés sur le remblai en béton, un groupe d'adolescents qui se passaient une bouteille enveloppée dans un sachet en papier kraft. Comme il ne vit aucun taxi, il remonta le coteau vers les lumières de la ville (toujours se comporter comme si on avait un but, c'était la règle d'or) et il n'avait pas remonté deux cents mètres qu'un taxi s'arrêtait devant une taverne; il traversa donc la chaussée, s'appuya à la fenêtre du chauffeur. Un gosse portoricain avec d'épaisses éraflures d'acné sur les joues se tenait au volant; la radio crachouillait tout bas une soupe hip-hop. « T'attends quelqu'un? » demanda Peck.

Les yeux du gamin, tout crus et trop grands pour son visage, se dérobèrent. Il marmonna un semblant de réponse.

« Quoi?

— Ouais, normalement. »

Peck agita l'index en direction de la taverne. « Quelqu'un là-dedans ? »

Le gamin fit oui de la tête – ses yeux étaient des points blancs dans le néant ombreux de l'habitacle.

« Oublie-le, dit Peck, sortant de son portefeuille un billet de 20 dollars. Tiens, c'est pour toi. Emmène-moi là où je pourrai louer une voiture, à cette heure-ci un samedi soir. L'aéroport ? Tu connais l'aéroport de l'autre côté de l'Hudson ? Ils sont certainement ouverts 24 heures sur 24, 7 jours sur 7, non ? »

Nouveau marmonnement. A propos de Hertz à Wappingers.

« Mais ils sont fermés à cette heure, un samedi, non ? »

— Je sais pas. » Haussement d'épaules très élaboré, regard fuyant. « Ouais, peut-être. »

La porte de la taverne s'ouvrit alors, rectangle de lumière entourant deux silhouettes, un couple bras dessus bras dessous comme s'ils pataugeaient dans les déferlantes de Coney Island. Peck mit donc un terme à la conversation en passant devant le capot du taxi pour aller prendre place sur le siège passager. Les clients de la taverne avancèrent (à six, sept mètres, teint cireux, soûls) mais Peck lança un regard au gamin pour lui faire comprendre, pour lui faire savoir de quoi il retournait, ajoutant : « Démarre. » Et le taxi démarra avec un petit pffuiiit d'excuse de la part des roues arrière.

La préposée prit sa carte Visa Platine sans même lever la tête, il montra son permis californien orné de sa photo tout sourire, au nom et à l'adresse de M.M. Mako, et il signa le contrat de location. Il choisit un 4 × 4 GMC Yukon noir avec sièges rabattables parce qu'il devrait dormir à l'intérieur : il y avait des pistes dans les collines aux environs de Beacon où la circulation était aussi réduite qu'en Alaska et où personne ne viendrait l'ennuyer. Quand la préposée lui demanda s'il souhaitait prendre l'assurance complémentaire collision (l'entourloupe typique), il se contenta de sourire et répondit : « Oui, pourquoi pas. » Puis il alla dîner, salade grecque et deux burgers, feuilletant une revue immobilière gratuite quand il n'observait pas son reflet mâcher sa nourriture dans la vitre obscurcie. Son visage flottait dans le vide, désincarné, un visage séduisant, le visage de monsieur Toutlemonde. Il mâchait, il s'observait, et il laissa la tension refluer de son regard. Tout bien considéré, il n'avait pas trop mauvaise mine, la coupure maintenant rosée et infime, à la lisière de la pommette et disparaissant sous la patte : ç'aurait pu être une simple égratignure qu'il se serait faite en cueillant des framboises sauvages dans les bois ou en jouant avec son chat.

Ou le chat de sa petite amie.

Natalia! Penser à elle le relança sur la pente des ruminations, une pensée en butte avec la suivante jusqu'à ce que le calme momentané concédé par l'absorption de nourriture se soit évaporé comme de la fumée et qu'il dût se lever, jeter un billet sur la table, et sortir à grandes enjambées sans attendre la monnaie. Le liquide, ce n'est pas ce qui lui manquait (il avait constamment sur lui 1 000 dollars en billets de cent, pour parer à l'inattendu et à l'inopportun, en prévision de mauvaises passes comme celle-ci, comme cet interlude paumé dans un parking de New Windsor, New York, sous un ciel noir jusqu'aux molaires de l'univers et aucune rédemption en vue), mais le fric deviendrait un problème dans quelques jours, car il ne pourrait risquer de se pointer dans une banque pour retirer du liquide sur présentation de sa carte bancaire. Cela dit, ce n'était pas encore une urgence. L'urgence du moment, se rappela-t-il en démarrant, c'était Sandman. Il devait appeler Sandman, l'avertir de ce qui allait arriver, et la perspective de ce coup de fil lui donna la nausée. Pas tellement parce que Sandman réagirait comme un joueur de base-ball un soir de match de finale à cause du risque que Peck leur faisait courir à tous les deux et des centaines de milliers de dollars dont il venait de les délester, ou parce qu'il avait cédé à l'impulsion de

foutre une raclée à cette salope et que désormais tout en découlerait et se déroulerait comme une grosse pelote de fil à ressort,
mais parce que, d'abord, il devrait *avouer* sa bévue. Il devrait
jouer les honteux, or il n'aimait pas ça. Il devrait pousser des
soupirs dans le récepteur et reconnaître qu'il avait été faible,
n'avait pas vu plus loin que le bout de son nez, qu'il s'était
comporté en amateur, et puis il devrait dire au revoir, ou plutôt
adieu, au seul ami, sans doute, qu'il avait au monde.

Oui. Il avait le portable à la main, il allait appuyer sur les
touches tout en descendant l'avenue obscure qui menait à
l'autoroute en repassant par le pont au-dessus du fleuve, lorsqu'il se ravisa. Il imagina sa voix : Hé, Geoff, c'est moi. Hé, je
me suis complètement planté. Ne dis rien. Je dois simplement
te prévenir. Il replia donc le portable et le glissa dans sa poche.
Il appellerait Sandman plus tard. Une fois arrivé à destination...
mais quelle était sa destination ?

Presque à son insu, une fois sur l'autre rive, il reprit la 9, vers
le sud, appuyant distraitement sur les boutons de la radio,
tandis que les arbres enveloppaient la route de part et d'autre
dans un vaste continuum interrompu seulement par des clairières qui, de temps en temps, abritaient un restaurant, une
station-service ou un entrepôt, éclairages au mininum et par
king vide. Il avait dépassé North Highland depuis un moment
suivi par une file de voitures dont les phares venaient le débusquer régulièrement, et il ne se pressait pas, il flottait, comme si
c'était tout ce qu'on attendait de lui, dans l'habitacle faiblement
éclairé par les voyants du tableau de bord. Aux endroits où la
chaussée était doublée pour accueillir une autre voie, il restait
sur la plus sombre et se laissait dépasser par les autres véhicules.
La programmation n'était pas géniale (de la musique rétro,
pour la plupart) mais il finit par tomber sur une station qui
passait du reggae, un air de Black Uhuru suivi par Burning
Spear, et puis, qui d'autre que Bob Marley ? Ça le mit en joie. Il
se sentit presque humain. Quand il avisa un snack ouvert en

bordure de route, il obliqua vers l'aire de repos et sortit s'acheter un sachet de chips saveur barbecue, et un pack de six cannettes de bière.

Il n'avait pas la moindre intention d'approcher de la propriété mais, parvenu à l'intersection qui menait à la 9D et à la route qui longeait l'Hudson de Cold Spring à Garrison, il se surprit à mettre son clignotant droit, et bientôt il traversait les profondeurs de la forêt sans fin, sur une route obscure, un itinéraire moins fréquenté. Il écouta le reggae jusqu'à ce que les signaux de la radio s'évanouissent et il but sa deuxième bière. Il passa devant la vieille église et le cimetière avec ses anciennes balises en pierre. Tout était calme, tapi ; la lune pointait au-dessus des cimes des arbres, il était onze heures moins le quart, un samedi soir, et il ne croisait une voiture que de temps à autre, dans un échange de vibrations. Le coin était vraiment calme, c'était d'ailleurs la raison pour laquelle il avait choisi cette route, et il ralentit, juste en dessous de la vitesse réglementaire, il baissa la vitre pour sentir l'air épais sur son visage et revivre au son des insectes. Quand ses phares découpèrent le rectangle noir et vernis de sa boîte aux lettres et le scintillement volatile de son allée de gravier, il éprouva un sentiment de perte si immédiat et insurmontable que ce fut comme un coup de poing qui rebondit depuis son crâne jusqu'à son torse, ses jambes et ses pieds : il freina et immobilisa quasiment le 4 × 4 avant de se reprendre et d'accélérer à nouveau – parce qu'une voiture venait de le doubler à toute allure en klaxonnant.

Que faisait-il donc? Il l'ignorait. Mais, à l'intersection suivante, il s'arrêta : une route privée qui desservait une douzaine de demeures, réduites à cette heure à un vague saupoudrage de lumières à travers un rideau d'arbres aux feuillages noirs; il monta sur le bas-côté et arrêta le moteur. Il résista à l'envie de boire une autre bière (la bière : il n'en aimait même pas le goût et, en plus, ça gonflait l'estomac, ça ralentissait); il sortit son portable. Pendant un instant, il crut qu'il allait appeler

Sandman, puis il comprit qu'il n'en ferait rien. Peut-être d'ailleurs ne l'appellerait-il jamais. Peut-être laisserait-il tout tomber. Il disparaîtrait corps et âme. Qu'ils aillent tous se faire foutre! Était-ce sa faute si cette femme (la sourde, la dingue) jouait au détective? Une sur mille, sur un million. Bon. Et alors. Il attendait dans le noir à deux pas de sa propriété, s'étant autorisé deux bières mais pas une troisième, doigts grenus, couverts de résidus de chips; dans sa tête s'agitaient des fanions et retentissaient les sonneries : *File, file tout de suite!* Il appela donc Natalia pour la centième fois ce soir-là.

Les insectes faisaient un vacarme effroyable. La lune trouait les feuillages des arbres comme un rayon laser et coupait le capot en deux. Et soudain, il entendit la voix de Natalia, là, près de lui, son débit à la fois staccato et manquant d'attaque : *Vous êtes sur répondeur Natalia. Je ne suis pas disponible. Je vous prie. Laissez message. Après bip.* La rage l'envahit, une rage impulsive, violente, brûlante, qui le transperça comme un cautère, au point qu'il tapa le portable contre le tableau de bord et le réduisit en miettes. Sa respiration s'emballa. Ses yeux lui donnaient l'impression de vouloir se cristalliser. Et puis, comme si tout avait été prévu, comme si c'était la raison de sa venue, il ouvrit la portière, sortit dans la nuit et se dirigea vers la maison.

Il se dit qu'il ne faisait que prendre ses repères, estimer l'étendue des dégâts, voir si Natalia et Madison étaient encore là. Après avoir avancé avec précaution, à tâtons, dans le bois qui séparait sa propriété de celle du voisin, il en émergea enfin, entouré par une nuée de moustiques. Toujours en silence, il prit de biais par la pelouse du bas, la pelouse qu'il avait tondue lui-même : les Vans mouillées de rosée, les yeux rivés sur la forme creuse et imposante de la bâtisse. Les lumières étaient éteintes, tout était calme, ordinaire, menaçant et plongé dans l'obscurité, la lune voilée sur le toit. Il distingua la lueur verte et fraîche des voyants sur le panneau de l'alarme dans la cuisine. Pendant un long moment, tapi dans les ombres, il réfléchit à la façon dont il pourrait se glisser à l'intérieur par une fenêtre du rez-de-chaussée, sans déclencher l'alarme, récupérer son carnet avec les noms dessus et tout ce qu'il pourrait trouver de compromettant, factures de cartes de crédit, Dana Halter, Bridger Martin. Mais si la police était embusquée, il n'avait pas une chance de réussir, à cause de la lune et de la couleur claire de son costume – s'il avait été malin, il aurait pu aller chez K-mart et s'acheter un jogging noir, avec une capuche. Mais il n'avait pensé à rien. Le problème était là. C'est à cause de sa bêtise qu'il se retrouvait là.

Il était sur le point de s'engager sur la pelouse quand il perçut un bruit infime dans le silence, comme un souffle mécanique qui frayait son chemin dans la densité de l'air : venu de l'allée devant la maison, il se répandit sur les feuilles et trouva un répit dans l'ouate du bois à l'arrière de la pelouse. Aux oreilles de Peck, frénétiquement à l'écoute, on aurait dit qu'on ouvrait la portière d'une voiture, ô combien discrètement, d'une discrétion aux confins du silence, main sur la poignée, loupiote intérieure éteinte – discrétion trahie seulement par la plainte des charnières mal huilées. Aïe! Que faisait-il donc! Il recula dans les ombres. A quatre pattes, à l'affût de la moindre brindille, d'une branche tombée qui pourrait le trahir à son tour, il rampa juste à l'extérieur du périmètre de la pelouse. Son cœur battait si fort qu'il l'entendait. Il était décidé à vérifier car ç'aurait pu tout de même être Natalia – l'espoir fait vivre –, Natalia qui aurait refusé de partir sans lui, qui l'attendait pour qu'ils puissent emporter l'essentiel dans l'obscurité et se diriger vers la prochaine ville avant que les flics ne se radinent, le matin venu, avec leur mandat de perquisition.

Un autre bruit. Si lointain, si étouffé qu'il ne fut pas certain de l'avoir entendu. Il s'arrêta net. Plissa les yeux pour scruter l'autre extrémité de la pelouse tachetée par la lune, le caillot sombre d'ombres qui dénotait la présence de l'allée, et la forme là-bas, une ombre plus profonde, plus dense, le trou noir le plus noir de tout l'univers. Qu'était-ce : une voiture ? Une voiture garée sous les arbres afin que personne ne la voie ? Et puis le bruit, encore, en catimini mais distinct, et encore la protestation de graviers écrasés par des semelles, une semelle furtive après l'autre, puis une fermeture à glissière qu'on ouvre et, finalement, le bruit de l'eau qui atteint le gravier en un jet bien dirigé. Il apprit ainsi tout ce qu'il voulait savoir. Ça l'échauda. L'alcool se consomma en lui et s'évapora comme s'il n'y avait jamais séjourné, remplacé en un éclair par la décharge d'adrénaline qui l'incitait à se battre, tuer, courir : aucune créature de la nuit, ni opossum ni raton laveur ni trigonocéphale n'aurait disparu aussi silencieusement dans le bois.

Une fois revenu au 4 × 4, il s'installa sans plus de bruit sur le siège conducteur, mit le contact et remonta l'allée du voisin. Ensuite, il attendit un moment, tous phares éteints, jusqu'à ce qu'il voie les phares d'une voiture qui approchait. Alors, il alluma les siens, démarra et la suivit sur la route du sud.

Rêva-t-il, cette nuit-là ? Si oui, il ne se souvint pas de son rêve. Il y eut un vide, dont il émergea quand un rai de soleil qui avait frappé la plage arrière puis remonté la vitre l'atteignit, brusque et vif, au visage. Pendant un moment, il ne sut plus où il était. Bientôt, néanmoins, tout se mit en place : la moquette grise et les sièges en cuir, la nature morte du tableau de bord et du cercle du volant, l'univers intense, quasi douloureux de feuilles aux arêtes acérées, pressées contre les vitres remontées. Il était allongé à l'arrière de sa voiture de location (4 × 4, consommation énorme), gorge sèche, vessie pleine, costume italien en soie, 600 dollars chez le tailleur, crotté aux genoux et aux coudes, qui lui collait à la peau comme une feuille de cellophane. Il avait un mauvais goût dans la bouche. Il n'avait pas de dentifrice, pas de rechange, plus de chez-soi, plus de fiancée.

Longtemps, il resta allongé là, le visage au soleil, analysant les options, et ce n'est que lorsqu'il entendit des voix et les aboiements d'un chien qu'il reprit la position assise.

La végétation, dense, amazonienne, venait tout contre les vitres mais, plus loin, derrière une maisonnette peinte en blanc, plantée exactement au centre d'un carré de pelouse, là, tout près, à une trentaine de mètres, coulait l'Hudson, dont les eaux combattaient à ce moment-là la marée montante. Le soleil poussa un cri. Un oiseau fusa devant sa vitre, replia ses ailes et plongea dans la verdure. Il y avait là deux personnes, un couple : l'homme portait une chemise décolorée par le soleil, la femme, épaules nues, une robe hippie qui lui descendait aux chevilles ; ils promenaient un labrador noir. Ils jetèrent plusieurs coups d'œil à la fois curieux et timides au 4 × 4, avant de baisser à nouveau le regard pour caresser leur chien et lancer un objet au loin (chien prêt à bondir, quatre pattes prêtes à décoller) : un bâton, qui fusait puis revenait un instant après dans la gueule mouillée de l'animal.

Peck n'était pas allé à Beacon pour se cacher dans les chemins de traverse et il n'était pas allé à Peterskill non plus, pour passer en voiture devant la maison de sa mère et la regarder du coin de l'œil, pour voir si les lumières étaient allumées, pour espérer contre tout espoir que cette vision tournerait une clef dans la serrure de son crâne, une clef qui l'éclairerait sur ce qui allait suivre. Il n'avait rien fait de tout ça, parce que, lorsqu'il avait quitté le chemin dans l'obscurité, le fardeau de la journée lui était brusquement tombé sur les épaules, un fardeau sinistre, glacial, écrasant, qu'il ne pouvait soulever seul, et il n'avait pas fait plus de cinq ou six kilomètres avant de se retrouver sur une route sinueuse et obscure qui l'avait emmené au-delà de la ligne de chemin de fer, par une bosse lente et grinçante puis une descente, une piste à une voie collée contre le fleuve, qui remontait ensuite jusqu'à un replat et une lande. C'est là qu'il se trouvait à présent, la gorge sèche, avec son envie de pisser, observant ce couple et leur chien qui l'observaient.

Il lui fallut un moment pour reprendre ses esprits : il devait tout faire pour qu'ils n'appellent pas la police : *Officer*, je ne sais pas mais... il y a un poivrot ou je ne sais qui en costume trois-pièces tout déchiré, qui dort dans sa voiture devant chez nous. Il se retrouva donc vite au volant pour faire décrire au 4 × 4 un grand demi-tour tanguant et mamelonnant qui arracha une touffe d'herbe à la pelouse de ces gens qui le regardèrent d'un air revêche et qu'il regarda lui-même sans leur adresser le moindre signe. Il s'acheta à manger à Peterskill, de la merde solide en sachet kraft et de la merde liquide dans un gobelet sulfurisé avec un couvercle en plastique et une paille à coude en accordéon. Il était passé par le comptoir drive-in parce qu'il ne voulait absolument pas se montrer en public sauf en cas d'absolue nécessité, et il mangea de façon mécanique, sans savourer la nourriture. Puis, il roula sans but dans la ville, simplement pour sentir les roues tourner, avant de se diriger vers la banlieue. De là, il poussa jusque dans la lande le long de Croton Reservoir, pour se soulager la vessie et les intestins. Accroupi dans le bois, assailli par les moustiques, se torchant avec des serviettes en papier fauchées au fast-food, il ne put s'empêcher de se fustiger. L'odeur de sa merde parvint à ses narines. Des bardanes ou des cosses accrochées sur les manches de sa veste. De la boue sur ses chaussures. Le verre de sa montre était fêlé. Que lui arrivait-il ? Jusqu'où avait-il sombré ? Il jeta un bref coup d'œil à son reflet dans le rétroviseur : l'oreille rougie, la fine croûte de sa cicatrice, la barbe noire qui lui donnait l'air d'un clodo de dessin animé. Et, sans réfléchir, il démarra, sortit son portable et appela les renseignements pour demander le numéro de l'hôpital de Peterskill.

La route était étroite, la montée rude, et il était tellement concentré sur son portable qu'il faillit envoyer une petite voiture japonaise dans le fossé, mais il obtint le numéro et, pour un supplément, il fut connecté directement et put parler à la réceptionniste.

« Ici l'hôpital de Peterskill, puis-je vous aider?

— Quelles sont vos heures de visite aujourd'hui?

— Toute la journée jusqu'à neuf heures du soir, pour tous les patients sauf en soins intensifs.

— Pourriez-vous me dire si quelqu'un a été admis... s'il est chez vous? Encore chez vous, veux-je dire.

— Un instant, s'il vous plaît. » Un silence, le bruit de clefs qui s'entrechoquent. « Quel nom?

— Martin. Bridger Martin. »

En chemin, il acheta un journal et un bouquet de fleurs bon marché, les tiges enveloppées dans du papier aluminium et prises dans un cône en plastique : juste au cas où quelqu'un se demanderait ce qu'il venait faire, garé là au milieu des châssis accablés de soleil et des pare-brise scintillants de cent autres véhicules. Il faisait très chaud, éternellement chaud. La radio ne lui apprit rien, musique classique, débats, embrouillaminis de dévotion dominicale, alléluia et amen. Très lentement, avec une patience infinie, il lut le journal, de bout en bout, un œil sur l'entrée principale. Quand il la vit, enfin, à deux heures de l'après-midi, trop expressive et gesticulant sous le nez de la femme qui l'accompagnait, lorsqu'elle émergea des doubles portes et sortit dans l'éclat du soleil, il obtint exactement ce qu'il cherchait. Et quand elle plongea dans la Volvo jaune striée de marques de rouille, immatriculée à New York, que l'autre femme conduisait, que put-il faire sinon démarrer le moteur de son 4 × 4 de location et, de toute sa menaçante autorité haute sur roues, les suivre?

4

ELLE se tenait devant la portière de la voiture de Terri, l'odeur du gaz d'échappement lui montait aux narines, portée par la brise chargée d'humidité venue subitement agiter les branches et soulever du caniveau un morceau de papier et le rejeter sur la chaussée. Il allait pleuvoir, encore de la pluie, l'un de ces orages de fin d'après-midi qui éclataient à cette période de l'année pour inonder les rues pendant une demi-heure avant que les nappes d'eau s'évaporent et que l'air se charge et se réchauffe une fois de plus. « Merci encore, merci pour tout », répéta-t-elle pour la deuxième ou la troisième fois, penchée sur la vitre ouverte de Terri, qui, cheveux noués avec un chouchou noir pour éviter que leur poids ne repose sur ses épaules, l'assura que ç'avait été un plaisir – elle espérait sincèrement qu'elles resteraient en contact.

« Oh, absolument, répondit Dana. J'ai ton numéro de téléphone et ton adresse e-mail, et tu as mon numéro de portable. Il faut que tu viennes à New York passer une journée avec nous. Je t'inviterai au restau. Nous pourrons aussi faire du shopping ou je ne sais quoi.

— Tu ne sais quoi ? » fit Terri, arborant un large sourire qui illumina ses yeux et tira la peau sur ses pommettes. C'était un vrai sourire, spontané, pas comme la douloureuse contorsion des lèvres qu'offrent la plupart des gens. Le terme adéquat remonta d'ailleurs de son entrepôt de bribes de vocabulaire : c'était ce que les psychologues appelaient un « sourire de Duchenne », pour lequel deux muscles faciaux travaillent simultanément – un sourire qu'il est impossible de feindre.

Dana scruta la rue, de haut en bas. Elle souriait aussi, elle se sentait bien, libérée, tout était enfin terminé, ne relevait plus de sa responsabilité. « Du shopping, répéta-t-elle, absolument du shopping. »

Alors, c'est d'accord, signa Terri.

Ouais, d'accord.

Elle avait fait volte-face pour traverser la rue quand elle se sentit tirée en arrière par le bas du t-shirt. Elle se retourna. « Tiens, dit Terri en lui tendant quelque chose, c'est un cadeau. » Un chouchou, teinte citron vert, à pois lilas. « Comme ça, tu peux remonter tes cheveux pour rentrer chez toi, expliqua Terri en désignant le côté de son crâne en guise d'illustration. Pour éviter d'avoir chaud à la nuque.

— C'est une façon détournée de me faire comprendre quelque chose ? » répliqua Dana, se sentant si bien tout à coup qu'elle fit le pitre, levant le bras pour renifler ses aisselles, avant de le rabaisser et de lisser son t-shirt comme si elle avait essayé une robe de soirée. « Je pue tellement que ça ? »

Terri se mit à rire : l'éclat de ses dents, le balancement de sa tête et le menton plongeant, et voilà que la brise revenait, et qu'un papier d'emballage d'esquimau, soufflé en spirale d'en dessous la Volvo, dévala la rue. « Pas encore mais tu tentes le diable ! »

Puis Dana lui dit au revoir et se passa la main dans la masse épaisse de ses cheveux pour se faire une queue de cheval, la sueur mouillant déjà sa nuque et la peau en contact avec le col de son chemisier. Elle resta là un moment à regarder s'éloigner la voiture de Terri, la Volvo d'occasion qu'elle avait héritée de ses parents après que son frère l'eut plutôt maltraitée, et qui, à ce moment-là, concentra la lumière. Puis elle regarda des deux côtés de la chaussée, traversa la rue pour rejoindre sa propre voiture, ouvrit la portière et s'installa au volant.

La gare n'était pas à plus de cinq minutes et bien qu'elle ait dû faire un détour et se soit d'abord engagée dans la mauvaise rue (un cul-de-sac), elle arriva un quart d'heure en avance. Quand elle se gara, le soleil se couvrit soudain et, regardant à travers la peau du pare-brise criblée d'insectes, elle vit passer une traînée effilochée de nuages ; au-delà, sur l'autre rive, les cumulonimbus s'élevaient de la montagne en une bande sombre et ininterrompue. Elle distingua des éclairs : pas de zébrures éclatantes ou de vrilles, simplement de grosses taches de lumière de-ci de-là, comme si la contrée voisine était bombardée. L'air qui entrait par la fenêtre transportait des senteurs riches et fécondes, comme si elles avaient été pompées d'un puits profond. Ou d'une grotte. « Par des cavernes incommensurables pour l'homme/s'enfonçant vers une mer sans soleil », psalmodia-t-elle, pour le plaisir de sentir les mots sur le bout de sa langue, pour le subtil réconfort du rythme. Puis elle trouva une place de parking et fouilla son sac à la recherche d'une pièce pour le parcmètre.

Elle ignorait comment elle allait occuper sa mère. Elle avait songé l'inviter à déjeuner au café du dépôt, en terrasse sous un parasol, dans un coin tranquille avec la belle vue et deux verres d'un vin blanc frappé et un panini à l'ahi, ou bien une salade, de quoi picorer, en tout cas. Mais l'orage allait contrarier ses plans. Sa mère voudrait aller rendre visite à Bridger avant de rentrer à New York mais Dana sentit qu'une partie d'elle-même, de plus en plus virulente, s'opposait à cette idée. Elle ne voulait pas retourner à l'hôpital. Pas encore. Elle ne se sentait pas capable de le supporter, toute la symphonie de sa culpabilité allant de nouveau crescendo – l'expression de la mère de Bridger, les odeurs, les infirmières, le patient aux pieds croisés,

Bridger lui-même. Bridger allongé là, le cou dans la gaze, diminué par son plâtre et ses contusions, Bridger qui avait *du mal à respirer* : or qui était responsable de ce mal ?

Elle imagina un instant la confrontation des deux mères mais aussitôt elle zappa. Elle n'était pas prête. Elle avait envie d'être égoïste, égoïste, un point c'est tout. Elle aurait voulu passer le bras sous celui de sa mère dès l'instant où celle-ci descendrait du train, et la reconduire immédiatement à New York, laissant derrière elle les arbres et la route qui rapetisserait dans le rétro-viseur. Elle voulait se retrouver seule, porte fermée, bénéficier de l'air conditionné qui soufflerait son haleine mécanique, cheveux lavés et enveloppés dans une serviette, dans sa chambre désordonnée et encombrée. Elle tirerait les stores, s'installerait dans un coin du lit et laisserait cette nouvelle sensation croître en elle : relâchement, abandon, tout laisser aller, absolument, complètement et sans regret, debout pour ainsi dire sur le rebord d'une fenêtre au dix-neuvième étage, refusant toute main tendue – pour partir, tout simplement, s'envoler, flotter ou tomber dans le vide.

Elle sortit de la voiture. Ferma la portière en appuyant sur la télécommande. Elle se dit qu'elle pourrait marcher un peu, le long du quai aussi loin que possible d'un côté et de l'autre, et sentir le vent sur son visage. Il n'y avait pas grand monde, c'était dimanche après-midi, en plein été, les nuages noirs comme jais s'amoncelaient au-dessus de la ville et les bateaux sur l'Hudson changeaient de couleur à mesure que la lumière décroissait. Elle passa le café, les guichets et la salle d'attente, gravit les marches vers le quai ; alors, elle ressentit le tremble-ment séismique sous ses semelles, la furibonde irruption conte-nue de l'énergie mécanique : le train de sa mère déboulait en gare, avec cinq minutes d'avance, dans un bruit de tonnerre.

Avec le recul, ce qu'elle se rappelait le plus nettement, ce n'était pas la façon que l'orage avait eu d'éclater à l'instant précis où le train s'immobilisait avec une secousse, comme si le temps se calquait sur l'horaire des chemins de fer, ou la horde de passagers qui avaient surgi de nulle part avec leurs raquettes de tennis, leurs sacs à dos et leurs cannes à pêche pour envahir le quai, mais *l'expression ahurie de sa mère*. D'abord, à cause de l'arrivée soudaine de tous ces gens, Dana ne la vit pas au milieu de la foule et se demanda si elle ne s'était pas trompée de train. Les quelques premières gouttes de pluie espacées l'ayant surprise en lui tapotant sur les épaules et en faisant courir deux doigts glacés à la base de sa nuque, là où elle avait remonté ses cheveux, elle s'était réfugiée avec tout le monde sous la longue marquise métallique qui courait le long du quai. Puis elle sentit que l'air était comme... ébranlé... et elle leva les yeux vers les trombes d'eau qui se déversaient de part et d'autre de la marquise. Elle sentit quelque chose d'autre aussi, un brusque refroidissement, le sixième sens des sourds, et elle allait se retourner pour confronter l'intrus, lorsqu'elle avisa sa mère : là, un peu plus loin, se faufilant entre deux passagers qui portaient des valises, trop bien habillée, en pantalon, talons, chemisier turquoise serré à la taille, écharpe tombante autour du cou. Elle arborait une expression qui en disait long...

Elle n'était pas venue réconforter sa fille, non, pas avec cette mine-là, ou du moins pas jusqu'à ce qu'elle ait exprimé sa désapprobation, sa déception, parce que sa fille, sa fille sourde, pourvue d'une excellente éducation, à qui elle avait appris à être responsable et indépendante, sa fille lui brisait le cœur, elle avait à nouveau des problèmes, ses vêtements étaient sales, ses genoux bandés comme ceux d'une enfant et son fiancé – s'il était encore son fiancé – était à l'hôpital. Il avait été abattu ou plutôt non, seulement battu, à cause d'elle. Parce qu'elle n'écoutait jamais ce qu'on lui disait. Voilà tout ce que cachait l'expression de sa mère à sa descente du train, voilà ce que Dana vit dans ce quart de seconde où sa mère carra les épaules pour s'insinuer entre les deux passagers qui jouaient des coudes, leurs valises à la main, à ce moment-là où la pluie se mit à tomber en trombes et où de la terre émana soudain une odeur immémoriale, saturée. Et puis, en un instant, tout changea : sa mère ouvrit la bouche, resta bouche bée, elle eut un regard éberlué et Dana reçut un coup par-derrière, violent, une épaule fonçant dans la sienne comme si quelqu'un était tombé sur elle. Mais elle réussit à se rattraper et elle se retourna : *il* était là.

En un éclair (les cascades de pluie, sa mère à la périphérie de sa vision, la foule en suspens sur le quai), elle le dévisagea, de si près qu'elle inhala la rugueuse puissance ammoniaquée de son haleine et de sa sueur, qui saignait à travers les restes dissipés d'un après-rasage. Oui, il était là, sous son nez, et elle n'avait plus nulle part où se réfugier. Elle fut parcourue par un frisson. Elle essaya de déglutir, en vain. Elle vit la mince coupure sur sa joue tailladée, la barbe de deux jours, le menton relevé et les deux rubans de muscle saillant sous la mâchoire serrée. Il ne dit pas un mot. Ne bougea pas. Il se contenta de lui envoyer à la figure son haleine ammoniaquée et de la fusiller du regard.

En fait, il ne savait pas ce qu'il faisait. On aurait dit qu'il était déconnecté, comme si quelqu'un avait retiré la prise et que l'ordinateur de son cerveau ne fonctionnait plus que sur batterie, laquelle faiblissait, de sorte que les connexions étaient de plus en plus difficiles à établir. Il n'avait jamais fait de prison, il ne vivait pas sous des noms d'emprunt depuis trois ans, n'avait pas été à l'école de Sandman, n'avait pas appris les méthodes de la rue ou quoi que ce soit d'autre. Elle bougeait, il bougeait : sa perception des choses s'arrêtait là. Quand la Volvo jaune était sortie du parking de l'hôpital et avait pris la 202 jusqu'au centre-ville, quand elle avait obliqué à gauche vers la rue de la Division et la maison de sa mère, il avait suivi.

Ils se trouvaient à une centaine de mètres quand la Volvo, sans l'indiquer, s'était arrêtée le long du trottoir. C'est alors qu'il avait vu la Jetta noire, garée de l'autre côté de la rue dans une rangée d'autres voitures ; il avait laissé le 4 × 4 poursuivre sur sa lancée et l'entraîner au-delà de l'intersection, puis il avait tourné. « Pas la peine de se presser », avait-il songé, prenant conscience qu'il parlait tout fort : il était pitoyable ! Mais il s'était répété, comme si sa voix était venue de la radio, comme si tout ce qu'il pensait était transmis sur les ondes, comme si les gens s'entassaient dans leur salon et s'agglutinaient devant des portes pour l'écouter : « Aucune raison de se presser. » Lorsque, un instant plus tard, il avait descendu la rue où elle se trouvait, la salope se tenait sur le trottoir, penchée vers la vitre baissée de la conductrice, t-shirt relevé dans le dos, de sorte qu'il avait entrevu sa peau soyeuse et l'élargissement de ses hanches ; alors, il avait mis son clignotant et s'était faufilé derrière une camionnette. Il bloquait une sortie mais cela n'avait pas d'importance puisque, d'un instant à l'autre, elle allait monter, seule, dans cette Jetta et tout irait alors comme sur des roulettes. Il avait reculé de deux mètres et déboîté juste assez pour voir derrière la camionnette. Il avait laissé tourner le moteur, vitesse enclenchée.

Elles parlaient, toutes les deux, et la voilà qui utilisait les mains, des mots de séparation, d'au revoir. Il avait vu l'autre femme tirer sur son t-shirt pour la retenir et lui tendre un objet. Quoi ? De la drogue ? Une cigarette ? Un truc de sourds ? Un Sonotone, peut-être. Mais non, la salope remontait ses cheveux et les attachait avec un chouchou, resserrant la masse des deux mains et rejetant la tête en arrière comme Natalia le faisait, quand elle était encore avec lui : ce geste caractéristique, les cheveux qui remontent, les cheveux qui redescendent. Après un dernier au revoir, elle avait traversé la rue et était montée dans sa Jetta, tandis que l'autre femme démarrait et disparaissait dans la circulation. Il avait pensé que cette salope serait coincée là, qu'il serait très facile de se garer à côté d'elle, de lui bloquer la sortie et de faire sa besogne. Mais il n'avait pas bougé. Elle étudiait son reflet dans la glace, les deux bras en V au-dessus de la tête, elle s'arrangeait les cheveux, les lissait, les ajustant autour du goulot du chouchou, et il l'avait observée, fasciné, songeant à Natalia, à Gina : ses bras minces et blancs bougeaient à l'unisson, et sa voiture tanguait doucement parce qu'elle piochait dans son sac à la recherche de son rouge à lèvres, de son fard à paupières, et se maquillait comme pour un rendez-vous galant. Ce qui, en quelque sorte, était le cas.

C'était drôle, de penser à cet aspect des choses. C'était une salope, n'oublions pas ça. Quel mystère, cette façon de s'exposer avec une telle inconscience (propre à toutes les femmes), en quête de la beauté dans un poudrier ou un tube de dentifrice! Elle en avait besoin, elle avait besoin d'être belle et admirée, toujours en quête de grâce : or celle-ci l'avait atteint, lui, avec toute la force d'une révélation et il avait laissé le moteur tourner sous ses pieds, jusqu'à ce qu'elle démarre et commence à remonter la rue : il dut se baisser pour qu'elle ne le voie pas lorsqu'elle passa à côté du 4 × 4, avec ses yeux brillants et l'arc bandé de sa bouche sereine et luisante. Lorsqu'elle arriva au bout de la rue, il fit demi-tour et la prit en filature.

Il ne fut pas difficile de la rattraper. Elle conduisait comme une vieille, ignorait royalement les autres véhicules, un instant au beau milieu de la chaussée, le suivant à deux doigts du trottoir. Le pied constamment sur le frein. Trop vite dans les tournants, trop lentement dans les lignes droites. Il abaissa le pare-soleil et maintint une distance de quatre à cinq voitures entre eux deux (il ne voulait pas – encore – qu'elle le reconnaisse) mais il aurait pu lui coller au cul qu'elle ne s'en serait pas aperçue. Il ne la vit jamais regarder dans le rétroviseur, pas une seule fois, hormis pour ajouter une touche à son maquillage et s'observer en train de presser les lèvres et passer le bout du doigt sur le bord des cils. Mais où allait-elle? Reprenait-elle le chemin de l'hôpital?

Comme le feu était rouge, elle ralentit, s'arrêta et mit le clignotant à gauche. Lui-même ralentit, se déporta pour laisser la

421

voiture derrière lui le dépasser et, de tout ce temps, il sentit qu'un fil se distendait en lui, comme une lente désagrégation. La seconde voiture se colla derrière elle au feu : père, mère, trois gamins à l'arrière, les cheveux de la mère mouillés, tombant, raides comme des guirlandes autour de sa nuque. On entendit un grondement de tonnerre. Le ciel s'assombrit. Il avait beau avoir les deux mains sur le volant, il ne sentait rien. Quand le feu passa au vert, il laissa le 4 × 4 l'entraîner à nouveau, de son propre chef, dans la circulation, il mit le clignotant à gauche et la suivit dans la descente vers la gare, se demandant si c'était là qu'elle se rendait, là qu'il pourrait la coincer.

Il essayait de visualiser l'ensemble de la gare (café, dépôt, quai direction nord, passerelle vers le quai direction sud, rails, passage à niveau, l'Hudson derrière, un endroit ouvert à tous les vents et à tous les regards) lorsque, brusquement, elle tourna encore à gauche, sans signaler son changement de direction, juste un coup de volant, et il n'eut d'autre choix que de continuer tout droit. L'avait-elle vu, tentait-elle une feinte ? Cette seule pensée le fit bondir. Lâchant un juron, il donna un tel coup de volant et l'imposant capot du 4 × 4 obliqua avec une telle rudesse dans la rue suivante qu'il faillit s'envoler. En fait, pendant un dixième de seconde, il se retrouva nez à nez avec un gamin à bicyclette, yeux éberlués, sous le choc, tout près d'être transformé en chair à saucisse ; puis il recula avec un sursaut, changea de vitesse avec un geste brusque et tourna au coin de la rue, d'un seul mouvement, retrouvant la rue qu'elle avait empruntée.

C'était un cul-de-sac. Ce qui était parfait, ou l'aurait été, s'il n'y avait eu des gosses partout, qui beuglaient en espagnol et couraient après un ballon qui passait d'un pied à l'autre si vite qu'il ne put suivre sa course, sur quoi cette salope réapparut, en sens inverse, regardant droit devant, mettant le clignotant à gauche une fois, deux fois. Il aurait pu lui foncer dedans, il aurait pu foncer avec le 4 × 4 sur cette infime merde de bagnole à quatre sous et en finir sur-le-champ, mais non, il s'en abstint, il en fut incapable, toute sa force dégoulinait de lui et le monde s'ébranla sous ses yeux, au point qu'il finit par ne plus savoir où il était, ce qu'il faisait et pourquoi. *Da-na*, voilà comment Natalia l'appelait : il entendit les échos de sa voix dans ses oreilles, *Da-na, Da-na*. Il lâcha un autre juron et c'est ce juron qui le fit revenir à lui. Dès que la Jetta l'eut dépassé, il braqua vers le trottoir d'en face, court-circuita le match de foot quand le ballon vint heurter le pare-chocs arrière et rebondit à travers la chaussée comme s'il s'était dégonflé. « Hé, fils de pute ! hurla un gamin. *Pendejo !* » Il aurait pu tous les écraser, ça ne lui aurait rien fait, jusqu'au dernier : ils avaient des yeux pour voir, non ? Et des oreilles pour entendre ? Il klaxonna. Se battit avec le volant. Monta sur le trottoir, marche arrière sur la chaussée, *Puta ! Puta !* Et la salope était déjà à l'autre bout de la rue, elle débouchait sur l'avenue, l'empruntait dans le sens de la descente, vers la gare.

Il la vit se garer, vérifier une dernière fois son maquillage dans le rétroviseur puis sortir de la Jetta, lever la tête, regarder le ciel, les bottes de nuages au beurre noir qui chassaient la lumière. Très lentement, comme si, au lieu de conduire, il flottait sur une onde vierge de toute circulation, il la dépassa, obliqua vers une place de parking deux rangées plus loin, et resta assis un moment dans le 4 × 4, observant les épaules de Dana et la façon dont ses hanches chaloupaient sur les muscles tendus et tranquilles de ses jambes et de ses fesses tandis qu'elle se dirigeait vers la gare. Elle ne se doutait de rien. La salope. La salope ne se doutait de rien, alors que lui savait tout, avait tout programmé, jusqu'à l'insertion dans le puzzle de la dernière pièce manquante. Il éteignit le moteur mais ne ferma pas le 4 × 4 à clef. Il laissa même les clefs sur le contact. Quant au parcmètre, vous plaisantez !

Brusquement, l'air sembla entrer en ébullition, la chaleur lui explosa à la figure, puis la brise se leva et le poids écrasant d'un coup de tonnerre tomba comme un couperet et voilà que le train arrivait, masse de métal menaçante envahissant la scène ; quand il se mit à pleuvoir, il n'essaya pas de chercher un abri ou de presser le pas, parce que, désormais, il se concentrait tout entier sur un but précis : son but, c'était elle, son dos, ses épaules, l'éclair de couleur pris dans ses cheveux. Il avança. Avec un seul but en tête. Il monta les marches, arriva sur le quai, visage et cheveux mouillés ; sa veste avait perdu toute tenue sous l'assaut de l'orage. Il s'agglutina aux autres, sentit le ferment de leurs corps, qui se heurtaient, obliquaient, se touchaient. Le tonnerre tambourina et ébranla le quai. L'éclair déchira le ciel.

C'est à ce moment qu'il la frappa. C'est à ce moment que, baissant l'épaule, il la frappa mollement par-derrière, pas assez fort pour l'assommer, pas assez fort pour faire plus que communiquer la vérité incontournable qui la distinguait de la foule et faisait qu'elle était sa chose à lui, son identifiant, son projet. Il la tenait. Elle était entre ses mains. Ils se firent face, occupant le même mètre carré de l'univers, unis, mariés, et il était le seul, l'unique être au monde à pouvoir rompre ce lien.

Plus loin devant, il y eut du mouvement, une femme cria. Nouveau roulement de tonnerre. Il observa les yeux de la fille, ses lèvres, il entendit l'écho monocorde de sa voix, et il s'aperçut qu'il n'y avait plus un soupçon de crainte en elle : « Qu'est-ce que vous voulez ? »

Tout se concentra sur cet instant, sur cette question, sur ses lèvres qui bougèrent et sur son haleine, sur la chaleur de celle-ci quand elle effleura son visage, sur le factuel, le réel : *Qu'est-ce que vous voulez ?* La question le surprit. Le paralysa. L'arrêta net. Parce qu'il n'avait pas vraiment pensé au-delà de l'instant, or c'était sa faiblesse, sa faiblesse seulement qui l'avait amené ici. Il le comprit à cet instant-là. Il vit cela avec clarté, y reconnut la vérité, la nouvelle vérité de son existence. Il vit que, comme elle n'avait pas peur, tout cela n'importait guère, n'importait plus.

Da-na, c'était le nom que Natalia lui donnait. Il pensa à Mill Valley, à leur appartement là-bas, à leur propriété de Garrison, au visage de sa fille échouée sur la véranda de sa mère. *Da-na*. *Da-na*. *Da-na*. Les gens jouaient des coudes autour de lui, le dévisageaient, *les* dévisageaient, et il disposa d'une infime fraction de seconde pour évaluer la question avant que la réponse vienne à ses lèvres. Or la réponse ne l'impliquait pas, elle, pas du tout : elle n'avait rien à voir avec elle, mais tout avec lui, Peck Wilson, crétin, gugus, imposteur en costume en soie déchiré, un moins que rien, un nul.

Il hocha la tête. Baissa les yeux. « Rien », répondit-il, sans savoir si elle savait lire sur les lèvres ou pas et il s'en fichait. Puis il se retrouva à marcher, à carrer les épaules, à tirer sur le revers mouillé de sa veste, à se frayer un chemin dans la foule, à remonter le quai pour grimper dans le train. Il ne prit pas la peine de regarder en arrière.

ÉPILOGUE

IL était tard, plus de neuf heures, mais Bridger n'allait nulle part. Il n'avait même pas faim, bien que, dans un recoin de son esprit, l'image emblématique d'une boîte de Chunky Soup de Campbell reluisait comme une statue de la Vierge dans un sanctuaire. *La soupe qui se mange comme un repas* déclarait un récent slogan de la marque; Deet-Deet et lui l'avaient tiraillé dans tous les sens, créant une boîte de conserve digitale avec des membres faits de bâtons et la tête de Radko mise au carré et l'air méchant (*Le producteur qui se mange comme un effet spécial*). Comment un repas se mange-t-il lui-même, de toute façon? A la cuiller? Est-il autophage? A-t-il une bouche? Il travaillait tard parce qu'il n'avait pas grand-chose d'autre à faire, parce qu'il voulait regagner les bonnes grâces de Radko et rester dans la boîte puisque Radko, malgré tout, l'avait repris. Finalement, la jeune femme – la fille – qui l'avait remplacé pendant l'intérim n'avait pas fait l'affaire. Kate était un tantinet égocentrique, du moins c'était l'avis de Deet-Deet : elle était arrivée un lundi matin avec une augmentation de tour de poitrine qui l'avait fait passer du jour au lendemain de limite limande à Graf Zeppelin. Elle jouait à la diva mais, chez Digital Dynasty, on l'appelait « la pêcheuse » parce qu'elle allait toujours à la pêche aux compliments. Quoi qu'il en soit, elle n'avait pas fait long feu et Bridger était de retour. Il avait bien l'intention de se tenir à carreau et d'en profiter au maximum.

La seule lumière dans la longueur de la salle aux murs en béton brossé provenait du panneau lumineux « Sortie de secours » que Radko avait fait installer sur la porte du fond pour amadouer l'inspecteur de la sécurité quand il avait installé les box et les bornes de raccordement, bref, transformé ce qui avait été le dernier atelier de San Roque en studio d'effets spéciaux. Ça convenait parfaitement à Bridger. Son iPod lui tenait compagnie et sa soupe trônait sur l'étagère à côté de la cafetière, avant de passer au micro-ondes. Pour l'instant, l'écran lui procurait du réconfort, le réconfort de l'univers proportionné, corrigé, réduit, couleurs rehaussées, imperfections gommées. Pour l'instant, il travaillait sur un film censé sortir le week-end de Thanksgiving, un remake de *L'Equipée sauvage*, avec le Kade dans le rôle de Marlon Brando et Lara Sikorsky dans celui de la fille du shérif, bien que ce rôle ait été amplifié et modifié pour refléter les réalités postféministes du XXIe siècle : elle était elle-même devenue une fana de moto, ce qui donnait lieu à quantité de vols planés spectaculaires et de pas de deux en suspension dans lesquels Lara et le Kade faisaient la nique aux villageois éberlués et aux *freaks* stéroïdes et béats, déguisés en membres du club de moto rival. Le tout dans un pur esprit de camaraderie. Rien de plus qu'une modeste réinvention de l'histoire du cinéma et une tentative pour profiter encore une fois du rôle du Kade tant que la vogue durait. Bridger n'avait aucun état d'âme sur la question, aucun scrupule : il était simplement heureux d'avoir retrouvé son poste.

On lui avait ôté son plâtre la semaine précédente mais, même avec, il avait réussi à manipuler la souris et à travailler sur ses programmes très efficacement (en fait, il s'était tellement habitué à poser l'engin sur le bord de la table de travail qu'il trouvait bizarre de ne plus l'avoir, comme si son bras lévitait tout seul). Il n'avait plus mal, même si, lorsqu'il inspirait profondément, il ressentait encore un picotement prémonitoire là où les deux côtes avaient subi une fracture infime – et sa voix était manifestement plus rauque. Il n'avait rien remarqué lui-même (on ne s'écoute pas vraiment, sauf quand on chante, et il n'avait guère eu envie de chanter ces derniers temps) mais, quand il avait appelé Deet-Deet à son retour pour lui demander de tâter le terrain dans la boîte, puis quand il avait appelé Radko pour offrir ses services puisque la fille avait été virée, aucun des deux n'avait reconnu sa voix, ce qui était significatif.

Et sa mère. Dès le début elle avait exigé de savoir à l'hôpital quand, comment et dans quelles proportions il recouvrerait sa tessiture, elle avait réclamé des faits, des statistiques, la terminologie exacte, poursuivant les infirmières dans le couloir, contactant tous les spécialistes de l'annuaire, de Ahmad à Zierkofski. Déboulant à l'hôpital, chargée d'un ouragan de fleurs et arborant une expression belliqueuse, elle avait questionné la chirurgienne qui avait opéré son fils, une Taïwanaise aux manières douces, aux paupières tirées en arrière et qui avait toujours l'air d'attendre le coup de feu au départ du cent mètres haies : elle avait fini par lever les bras au ciel et déclarer « Ecoutez, ce dont vous avez besoin, c'est d'un spécialiste qui n'appartienne pas à cet hôpital ». Sa mère avait tendu sa voix comme un fil de fer et répliqué « En effet, c'est exactement ce dont nous avons besoin ». Bridger s'était senti impuissant. Incapable de se concentrer, hésitant, il allait à vau-l'eau sur une mer de médication. Il avait du mal à avaler, il avait l'impression d'avoir quelque chose de coincé dans la gorge, une boule de carton froissé sur laquelle il étouffait. Ça l'effrayait. Ça le rendait réceptif à sa mère et à ses craintes réductrices d'une façon qui le replongeait en enfance : c'était sa mère, elle était venue pour lui, il était content qu'elle soit venue. Et quand elle lui dit qu'elle avait pris rendez-vous, le jeudi, à San Diego, avec le meilleur oto-rhino de Californie du Sud, il ne put qu'opiner du chef. Ce n'était pas sa faute. Il ne pouvait se projeter dans l'avenir. Et (qu'on le pardonne – parce que la victime, cette fois, c'était lui, c'était lui qui était à l'hôpital) il n'avait pas pensé à Dana.

Elle était retournée à New York, il n'en savait pas plus, et il lui envoya un SMS ce soir-là, sa seconde nuit à l'hôpital, sans réussir à exprimer ce qu'il aurait souhaité exprimer, parce qu'il ne l'avait pas en face de lui.

Salut,
Ça va?
Ok. jé du mal à avaler.
Qu'a 10 le dr?
Pas gd-chose.
Quand sors-tu?
Demain.
Quelle heure?
Pas besoin 2 venir.
Je veux venir.
Ma mère est avec moi.
Et alors?

L'hôpital le relâcha le lendemain matin, tôt, et il voulut l'appeler du train pour lui dire qu'il était en route, qu'il espérait la voir avant qu'elle quitte l'appartement. Le plâtre n'était qu'à l'avant-bras mais ils voulaient qu'il garde une écharpe pendant quinze jours, par précaution; il était gêné mais il s'adaptait déjà, se remémorant l'été qu'il avait passé à jouer au basket chez lui quand il était lycéen et essayait, avec des résultats variés, de s'entraîner à marquer des tirs à trois points des deux côtés du panier. Dans le siège voisin, sa mère lisait le journal d'une main et, de l'autre, tenait un gobelet de café en carton, faisant aussi la conversation toute seule : son père serait heureux de le voir, et le chien de même, il pourrait rester chez eux aussi longtemps qu'il le désirerait, parce que personne n'avait utilisé la chambre d'amis depuis que Junie et Al étaient passés les voir au printemps dernier; savait-il qu'ils avaient vendu leur affaire et étaient fin prêts à partir en préretraite? Était-ce croyable? Junie et Al à la retraite! Quand il entendit la sonnerie de son portable, il ne put s'empêcher de se représenter Dana descendant du taxi à Grand Central, la lumière explosant tout autour d'elle, les pigeons fusant du trottoir dans un froufrou de couleurs, ou bien frappant du pied en faisant les mots croisés – à ce moment-là, ils croisèrent le train du nord dans un bruit de tonnerre, à Tarrytown, Dobbs Ferry ou un autre trou de ce genre : visages engourdis, curieux, passés en revue en un instant – et le visage de Dana s'effaça avec tous les autres. Pas de réponse. Sa mère, très en forme, se pencha vers lui pour lui lire des extraits d'articles du journal, but son café, ôta un soulier pour le remettre bientôt à l'aide du gros orteil de l'autre pied, et, quand il dut réagir, quand, par exemple, elle lui posa une question directe : « Alors, comment est-elle, en fin de compte, Dana ? C'est vraiment sérieux, tous les deux ? Ce doit être, hum, je ne sais pas... *compliqué* de communiquer ? », il répondit avec un gribouillage sur une serviette en papier (*Impressionnante. Oui. Pas trop*).

Puis ils se retrouvèrent dans le taxi, dans les rues écrasées par le poids du soleil, des monuments de lumière taillés et dessinés par les bâtiments de pierre, dans un équilibre maintenu jusqu'à ce que, le taxi obliquant une première fois puis une deuxième, la balance bascule brutalement : Bridger ne put plus avaler et il dut demander au chauffeur de s'arrêter pour qu'il puisse sortir, un peu maladroitement, et s'acheter un énorme gobelet en carton plein à ras bord de Coca et de glaçons (sans oublier la paille), qu'il avala à petites gorgées réconfortantes. Enfin, ils se retrouvèrent dans l'immeuble, le portier composa le numéro de l'appartement et Bridger observa le visage de sa mère tandis que l'ascenseur s'élevait vers « la rencontre des mères », la sienne et celle de Dana, et réfléchit à ce que cela signifiait ou pourrait signifier. Vera les attendait à la porte. Elle s'était coiffée et avait mis du rouge à lèvres. « Pauvre petit », dit-elle ou quelque chose dans le genre, en s'avançant pour l'embrasser avant qu'il ait eu le temps de lui présenter sa mère, ce qu'il fit l'instant d'après avec un haussement d'épaules et un geste ample et grimaçant qui le fit terriblement souffrir, sur le côté du visage qui avait heurté le trottoir.

Il voyait bien que sa mère était tendue, que son sourire était de pure forme et que son regard englobait tout à la fois, la mère de Dana, la porte ouverte et l'intérieur plein de pénombre. Elle ignorait à quoi s'attendre (elle n'avait jamais connu de sourds, s'avançait en territoire inconnu) mais, grâce lui soit rendue, elle tendit la main, une main que Vera saisit, et puis ils passèrent tous du couloir au salon dans un éparpillement de bavardage. Vera demanda « Voulez-vous boire quelque chose ? » et il vit qu'elle avait fait un effort pour ranger le désordre, si bien que le canapé et le fauteuil présentaient au moins des surfaces accessibles et que quelques centimètres carrés de table basse avaient été libérés pour recevoir des boissons et la boîte bleue de noix Planters. Il observa sa mère quand elle enregistra tout cela, et il voulut arrondir les angles, prononcer le commentaire incongru qui les mettrait à l'aise mais il ne réussit qu'à tendre le gobelet géant de Coca et remuer les glaçons qu'il restait au fond. Sa mère, jetant un regard dubitatif sur le fauteuil, perdit momentanément son sourire. « De l'eau, dit-elle, merci. »

Au moment où la mère de Dana allait se tourner, reconnaissante d'avoir à s'occuper d'un petit rituel d'hospitalité et de politesse, il lança son bras gauche dans son champ de vision, un geste brusque de handicapé qui dut donner l'impression qu'il avait manqué perdre son équilibre. Mais il eut l'effet souhaité : l'instant resta en suspens, les deux femmes rivèrent leur regard sur lui, puis, en langue des signes, il demanda, du mieux qu'il put dans les circonstances : *Où est Dana ?*

Vera regarda la mère de Bridger avant de se retourner vers lui. « Elle dort, répondit-elle. Je ne l'ai pas réveillée, après tout ce qu'elle a traversé, hier, hier surtout — elle marqua une pause et prit une inspiration. Hier... quel cauchemar. »

Hier ?

« A la gare. Quand il... j'ai cru mourir... littéralement... de peur. » Elle vit l'expression de Bridger, elle se ressaisit : « Tu n'es pas au courant ? Elle ne t'a rien raconté ? »

Il sentit son cœur lâcher. Le côté meurtri de son visage palpita. Les murs se refermèrent sur lui, le sol s'affaissa : effets spéciaux, effets très spéciaux. *Raconté quoi ?*

Elle commença, les mots étaient là, sur sa langue, mais elle se retint. Elle portait une robe imprimé, taillée dans une étoffe soyeuse, une robe qu'elle avait mise pour impressionner la mère de Bridger, mais elle était pieds nus. Il la regarda changer de pied d'appui et recroqueviller les orteils en lui lançant un regard de biais, une attitude qu'il connaissait fort bien, une attitude de Dana. « Voyons, dit-elle, et elle lui tendit la main tout en échangeant un regard avec sa mère, tu devrais aller lui parler toi-même, non ? »

Ils s'arrêtèrent sur le seuil de la chambre d'amis, dans le couloir à la lumière tamisée, livres et revues entassés contre les murs, un fauteuil au milieu, encombré de robes et de sous-vêtements. Tout à coup, d'un seul mouvement, Vera ouvrit la porte pour la refermer aussitôt. Adressant un doux sourire à Bridger, elle expliqua : « C'est notre façon de frapper, dit-elle dans un murmure, se détournant déjà. Entre. Je vais faire la conversation avec ta mère... nous avons beaucoup à nous raconter, toutes les deux. »

Dana, en fait, ne dormait pas. Assise au bureau, qu'elle avait poussé contre la fenêtre, elle travaillait à son portable. Elle était tournée vers lui quand il entra, cheveux relevés au-dessus du front, sur lequel se voyait le vague croissant blanc de la cicatrice qui datait du jour où sa tête avait heurté le pare-brise. Elle portait un t-shirt, une culotte, jambes nues et croisées, un Coca Light à côté d'elle. « Salut », fit-elle, et elle sourit, sans se lever.

Il traversa la chambre pour aller la rejoindre et se pencha pour appliquer ses lèvres contre les siennes, communication instantanée, avant de reculer de deux pas puis de s'asseoir sur le lit.

Elle souriait encore, même si elle l'examinait comme si elle ne l'avait pas vu depuis une semaine. « Tu... (elle marqua une pause) tu as meilleure mine. Bien meilleure mine. Tu te sens comment? »

Quelque chose n'allait pas. Il y avait quelque chose qu'il n'aimait pas là-dedans. Il lui fallait davantage, une reconnaissance plus substantielle. Il était son soldat, son homme : ne voyait-elle pas qu'il était hors de combat? Il haussa les épaules. Détourna le regard. Presque par réflexe, ses mains dirent : *Qu'est-ce qui est arrivé hier?*

« J'aurais dû te le raconter, mais je ne voulais pas te perturber avec ça. Tu dormais. C'est ce qu'ils ont dit à l'hôpital. Tu dormais. »

Il la regarda, simplement.

« Il était là. A la gare. Peck Wilson. »

Les mains de Bridger pesèrent comme des briques. *Quoi? Comment? Ils l'ont attrapé?*

« Il était là, c'est tout. Il avait dû me suivre. Il n'a rien fait. Il m'a... il m'est simplement rentré dedans. »

Il aurait voulu répéter cette formule, en faire une question, mais il ne savait pas quel verbe employer. Les muscles de son visage se tendirent. *Quoi?*

« Ils ne l'ont pas attrapé, dit-elle. Il n'a fait que me taper pour montrer qu'il en était capable, j'imagine, qu'il pouvait tout faire et puis il a passé son chemin et il est monté dans le train. » Elle dégagea sa jambe et posa les deux pieds par terre, pour se pencher en avant, cheveux tombant en fontaine sur ses épaules. « Je ne sais pas, c'était étrange, très étrange même, mais je pense qu'il a voulu dire que tout était terminé, comme s'il demandait un cessez-le-feu. »

Lui, demander un cessez-le-feu? Bridger ne pouvait en croire ses oreilles. Furibond, il sauta du lit et alla au bureau : carnet jaune réglé, stylo-bille (que faisait-elle donc, elle prenait des notes?). Il écrivit. Mal. De la main gauche. *Tu veux dire que tu n'as pas appelé les flics?*

Elle fit non de la tête.

Ou ta mère? Sur ton portable? Ils auraient pu l'attendre à la gare suivante... On aurait pu l'arrêter.

Elle fit encore non de la tête, mais plus énergiquement. Lèvres pincées, regard rivé sur lui. « Non, déclara-t-elle, c'est fini. Il faut le lâcher. Le jeu n'en vaut pas la chandelle. Regarde ce qu'il t'a fait. Regarde l'état dans lequel tu es. »

Sa logique le confondait. Il essaya d'en rassembler les fils, tenta de mettre en rapport d'une part la raclée qu'il avait reçue (il avait manqué suffoquer quand Peck Wilson lui brisait les côtes et lui enfonçait la tête dans le ciment du trottoir!) et, d'autre part, la formule de Dana : le jeu n'en valait pas la chandelle pour qui? Qui était sacrifié, en l'occurrence? Alors, tout remonta à la surface d'un coup, il frappa le bureau avec le poing, tout en essayant de prononcer dans un souffle les paroles qui ne voulaient pas sortir et qu'elle n'aurait pas entendues, de toute façon, des paroles blessantes, des jurons, des récriminations.

« Je ne veux pas en parler », dit-elle, lui arrachant le carnet des mains.

Maladroitement, articulant bien avec la main gauche seulement : *Tu ne veux jamais parler de rien.*

Elle baissa les yeux pour faire abstraction de lui et c'est alors que, comme s'ils discutaient du prix de l'essence, décidaient où ils avaient envie d'aller dîner ce soir, ou quel film ils avaient envie de voir, elle dit : « Mais si, je veux parler parce que j'ai une bonne nouvelle, une très bonne nouvelle... »

Elle lui annonça donc sa nouvelle, et il écouta sa voix débridée qui chevauchait les courants de l'émotion, sa voix par moments évidée et creuse, et à d'autres moments étouffée comme si on l'avait bâillonnée. Il devint vite clair que la nouvelle n'était bonne que pour l'un des deux : pour elle. Elle avait envoyé un e-mail à son mentor de Gallaudet, le Dr Hauser : Bridger se souvenait de lui, n'est-ce pas? Celui qui lui avait fait

437

découvrir les poètes romantiques et siégeait au jury des thèses ? Juste pour garder le contact et lui apprendre ce qui était arrivé à San Roque, et il lui avait répondu, lui annonçant qu'il avait peut-être un poste pour elle, deux cours de base, écriture littéraire, en première année, si elle était intéressée.

« Alors, ce que je veux dire, c'est que nous devrions peut-être descendre à Washington... pour voir ? » Elle eut un haussement d'épaules très élaboré mais son visage, ce visage qui en disait toujours tellement long, si changeant, si expressif, triste et beau à la fois, si violemment vivant, n'exprima rien à ce moment-là. « Nous sommes venus jusqu'ici, après tout... »

Quelqu'un plantait des clous dans un mur devant lui. Bang, bang, bang : les coups de marteau se répercutaient dans son crâne. De quoi étaient faits les murs ? Pas en pierre, pas en brique : un matériau temporaire, contreplaqué, panneaux de fibre, du genre avec lequel on peut construire et détruire en un jour. La main gauche, celle qui posait problème, parla pour lui, index porté à la poitrine, puis un bond, un coup en haut, un coup en bas. *Je ne peux pas.*

Il était plus de dix heures quand il se leva de sa table de travail, retourna en traînant les pieds jusqu'à la kitchenette près du distributeur de boissons gazeuses, prit la boîte de soupe, tira sur la languette pour retirer le couvercle et en révéler le contenu. Il lécha la pâte glutineuse teinte safran sur l'intérieur du couvercle recyclable recourbé avant de le jeter dans la poubelle, avant de renverser la boîte au-dessus du mug sur lequel était peint au pochoir le nom *Sharper* autour du bord, de la tapoter pour faciliter l'action de la pesanteur et de placer le mug dans le micro-ondes. Il régnait un profond silence, un silence surnaturel : la longue salle nue, posée en équilibre entre l'absence de sons et le brusque et surprenant bip mécanique du micro-ondes, auquel succéda le ronronnement étouffé du réchauffement d'un plat cuisiné. Comment aurait-il décrit ce bruit à quelqu'un qui ne l'aurait jamais entendu? Le même son, presque, que lorsqu'on porte un coquillage à l'oreille. Trois minutes trente secondes. Bruit mat. D'électricité statique. Et enfin le bip culminant, claquant comme un coup de feu.

Il retourna à son bureau, travailla sur le remplacement d'une double tête, le Kade et Lara Sikorsky, en suspension sur leurs motos sur fond de ciel lumineux et rehaussé, fusion parfaite, les visages de l'un et de l'autre, flottant. Il prenait une cuillerée de soupe lorsqu'il entendit la clef tourner dans la porte d'entrée. Radko, se dit-il, Radko qui venait vérifier, et il songea qu'il ne l'aurait pas entendu s'il n'avait pas ôté ses écouteurs quand il était allé préparer sa soupe. Non que ç'ait eu la moindre importance. Il était plongé dans son travail, totalement concentré et, même si le patron était arrivé dans son dos en catimini, il s'en serait bien aperçu par lui-même. Radko était donc là, épaules basses quand il recula d'abord contre la porte, puis clignant les yeux quand il traversa la salle, se dirigeant vers Bridger.

« Tu es encorre ici? » fit-il, visage soumis à ses habituelles permutations, de la surprise à la suspicion (Bridger travaillait-il ou glandait-il en donnant l'impression de faire du zèle?) pour arriver à une sorte de plaisir discret lorsqu'il commença à reconnaître pour ce qu'il était le dévouement de son employé prodigue.

« Ouais, s'entendit répondre Bridger. Je me suis dit que je devrais faire quelques heures supplémentaires pour nous rapprocher de la date de livraison. » Dans le silence de la salle, il prit conscience du caractère légèrement éraillé de sa nouvelle voix. « Deet-Deet est resté jusqu'à sept heures. Plum aussi est restée plus tard. »

Radko garda le silence un instant, louchant sur l'écran où les traits digitaux du Kade se surimposaient sur le casque blanc du cascadeur et où Lara Sikorsky n'était encore qu'un flou opaque. « Très bien, finit-il par déclarer, mais comptées comme heures norrmaleuh, on est d'accord?

— Ouais. » Il ne voulait pas avouer qu'il n'avait rien de mieux à faire. « Ouais, je sais. »

A un moment donné, Radko retira sa présence physique et retourna dans le vestibule : échos de pas remontant la séquence d'événements qui l'avait amené là. Le studio retomba dans un silence qui sembla encore plus profond qu'avant. Bridger était tellement concentré sur son écran qu'il oublia son iPod et, bientôt, il régna un tel calme qu'il entendait l'infime clic de sa souris et des touches du clavier : les touches frémissaient comme le tonnerre dans un univers miniature. Il termina le plan sur lequel il travaillait et fit apparaître le suivant, silhouettes figées, nullité blanche de leurs visages, celui du héros, celui de l'héroïne. Alors, au lieu de faire apparaître le visage du Kade, il cliqua sur le sien, l'implanta là sur les épaules du Kade, et il lui fallut un moment avant de se donner l'expression appropriée, un sourire, triste et pourtant ludique en même temps, promesse de joie et d'épanouissement. Ensuite (et il sut qu'il allait le faire avant que ses doigts ne se dirigent une fois de plus vers la souris), il cliqua sur le visage de Dana. Il lui attribua un sourire qu'il accola au sien, un croissant souriant, et tout le ciel bleu de l'univers autour d'elle.

Cet ouvrage a été imprimé par

FIRMIN DIDOT

GROUPE CPI

Mesnil-sur-l'Estrée

pour le compte des Éditions Grasset
en octobre 2007

Imprimé en France

Première édition, dépôt légal : août 2007
Nouveau tirage, dépôt légal : octobre 2007
N° d'édition : 15037 - N° d'impression : 87051